Mike Maurus
TeamGeister

COPPENRATH bei cbj

DER AUTOR

Mike Maurus führt Regie bei Zeichentrickserien und animierten Kinofilmen. Er lebt mit seiner Frau und zwei Töchtern im Süden von München. Seine bisherigen Veröffentlichungen wurden von Publikum und Presse begeistert aufgenommen.

Von Mike Maurus ist als Coppenrath Taschenbuch bei cbj *erschienen:*

»Fantasmania – Mittelsturm« (28004)
»Fantasmania – Jenseitsfalle« (28005)

Mike Maurus

TeamGeister

Mit Zeichnungen
des Autors

COPPENRATH bei cbj

cbj
ist der Kinder- und Jugendbuchverlag
in der Verlagsgruppe Random House

FSC
Mix
Produktgruppe aus vorbildlich
bewirtschafteten Wäldern und
anderen kontrollierten Herkünften

Zert.-Nr. SGS-COC-001940
www.fsc.org
© 1996 Forest Stewardship Council

Verlagsgruppe Random House FSC-DEU-0100
Das FSC-zertifizierte Papier *Holmen Book Cream*
für dieses Buch liefert Holmen Paper, Hallstavik, Schweden.

1. Auflage
Erstmals als *Coppenrath Taschenbuch bei cbj* Mai 2010
Gesetzt nach den Regeln der Rechtschreibreform

Lektorat: Carola Henke
Innenillustrationen: Mike Maurus
Umschlaggestaltung: Basic-Book-Design,
Karl Müller-Bussdorf, unter Verwendung
der Originalgestaltung von
init.büro für gestaltung, Bielefeld
MI · Herstellung: AnG
Satz: Uhl + Massopust, Aalen
Druck und Bindung: GGP Media GmbH, Pößneck
ISBN: 978-3-570-28006-5
Printed in Germany

www.cbj-verlag.de

FÜR ALLE FANS,
die der Geschichte über drei Bände treu geblieben sind, die mit Webseiten, Blogs und sogar Deutsch-Referaten geholfen haben, die Bücher so bekannt und erfolgreich zu machen.

FÜR DIE BLÜMCHEN-PUNKERIN,
deren Namen ich nicht mehr weiß, die das Werk so gelobt hat in ihrem Blog, den ich nicht mehr finden kann.

UND FÜR ALLE IM VERLAG,
die aus Hunderten von Manuskriptseiten wunderschöne Bücher und Hörbücher gemacht haben.

Manche Leute halten Fußball für eine Sache
von Leben und Tod. Ich bin von dieser Einstellung
sehr enttäuscht. Ich kann Ihnen versichern,
es ist sehr viel mehr als das.

BILL SHANKS

Wenn wir alle schlagen, können wir es schaffen ...

HORST HRUBESCH

Auch wenn es eigentlich
unmöglich ist, ist es noch möglich.

STEFAN EFFENBERG

INHALT

Lorenzo Mystelzweig war zu Lebzeiten mein bester Freund. Nicht zu seinen Lebzeiten – zu meinen.

Ja, ihr habt richtig gehört. Ich bin nicht mehr am Leben … aber auch nicht tot. Jedenfalls nicht so richtig. Ich bin ein Geist. Dass die Armbrust, die auf mich gerichtet war, mehr oder weniger aus Versehen losging, half da überhaupt nichts. Ich bin ein Geist geworden, weil ich mich ein einziges Mal geweigert habe, den Weg zu gehen, den das Schicksal einem vorschreibt. Da war ich schon tot. In dem schmutzigen, verregneten Hinterhof, in dem ich gestorben war, öffnete sich plötzlich eine Tür, die es dort vorher nicht gegeben hatte. Daraus strahlte ein helles Licht, wie ich es noch nie gesehen hatte, und mein einziger Wunsch war, in dieses Licht zu gehen. Aber ich hab's nicht getan. Ich hab die Tür zugeknallt und dafür gesorgt, dass Lorenzo nicht als Nächster erschossen wird. Danach war ich ein Geist. Lorenzo hat alles versucht, was in seiner Macht stand, um mich ins Leben zurückzuholen.

Wir hätten uns nie träumen lassen, dass unsere Feinde so weit gehen würden, einen von uns zu verletzen oder gar zu töten. Wir haben anfangs nicht mal gewusst, dass wir Feinde haben. Wir waren nur eine Bande von Straßenkindern, die für ihr Leben gern Fußball spielten.

Für ihr Leben gern … na, in meinem Fall ist der blöde Spruch wahr geworden.

Wenn die Magie stark genug ist, wird ein Geist sichtbar, vielleicht auch für die Lebenden. Das heißt aber noch lange nicht, dass man als Geist irgendwas greifen kann. Anfangs konnte ich nichts anfassen oder bewegen. Es hat verdammt lang gedauert, das erste Buch zu schreiben. Das zweite war schon leichter. Durch einen verrückten Zufall bin ich ein Stück näher an die

Welt der Lebenden herangerückt. Dabei wäre ich aber fast endgültig draufgegangen. Und in dieser Geschichte wird alles noch viel schlimmer.

Mein Name ist übrigens William. Ihr könnt mich auch Will nennen. Ich war ungefähr elfeinhalb Jahre alt, als ich getötet wurde, und ich war Torwart der Verdammten Rotznasen. So nannten wir unsere Waisenhausmannschaft. Das war nämlich das Schimpfwort, das wir am alleröftesten zu hören bekamen, wenn wir irgendwo zu kicken anfingen.

Lorenzo war unser Anführer und der beste Fußballspieler von uns allen.

Bis letzten Sommer lebten wir in einem Heim am Rand der Stadt Arkanon. Das ist die westlichste Stadt der Menschenwelt, direkt an der Grenze zum magischen Königreich Fantasmanien, das man nur mit Erlaubnis des Wilden Waldes betreten kann. Uns hat der Wald durchgelassen, weil uns der Kobold Schnick und der Troll Glubschnack begleitet haben. Inzwischen sind Lorenzo und ich selbst Fantasmanier geworden. Jetzt wohnen wir siebenhundert Meilen westlich von Arkanon im Turm des Zauberers Merellyn, hoch über dem Dorf Flüsterwald.

Um euch zu verklickern, was Fantasmanien ist, warum es einen Krieg gibt und wie Lorenzo und ich mitten hineingeraten konnten, hier erst mal zwei Seiten aus einem fantasmanischen Geschichtsbuch. Wenn ihr Band 1 und Band 2 gelesen habt, könnt ihr das und die Seiten aus dem Macronomicon auch überspringen und mit Kapitel 1 weitermachen. Ach, falls Lehrer Rosenholz fragt: Ich hab sie nicht rausgerissen. Die waren schon lose.
Und die Seiten danach auch nicht. Die hat das Macronomicon mir gegeben. Es ist eine Zusammenfassung von allem, was seit der Schlacht auf der Königsburg passiert ist.

Wann	Was geschah?
Vorzeit	Menschen, Elben, Zwerge und all die anderen magischen Völker leben zusammen. Doch die Menschheit, das Volk mit der schwächsten Magie, fordert immer mehr Macht.
Vor circa 4000 Jahren	Menschenwelt und Fabelwelt trennen sich. Die Fabelwesen ziehen nach Fantasmanien.
Vor 3094 Jahren	Elbenkönigin Urania bringt die Zwillinge Oberon und Zerberon zur Welt.
Vor 2234 Jahren	Oberon wird König. Menschenbanden überfallen immer wieder den Osten Fantasmaniens.
Vor circa 2000 - 1700 Jahren	Lord Zerberon wird der mächtigste Magier aller Zeiten. Die Menschen ziehen immer größere Armeen zusammen, um den Osten Fantasmaniens zu erobern und zu plündern.
Vor circa 1700 Jahren	Lord Zerberon sammelt eine Armee aus Vampiren, Werwölfen und Trollen. Sie verjagt die Menschen aus der Provinz Monstrovia, die im Osten an Fantasmanien grenzt. Der Mensch Mysterio Mystelzweig wird Zerberons Lehrling.
Vor circa 1600 – 1400 Jahren	Zerberon und Mysterio schreiben jeder für sich ein großes Buch der Magie.
Vor circa 1400 Jahren	Die beiden Bücher werden mit silbernen Klammern, den sogenannten Zeichen der Lords, zusammengefügt. Alle Einträge korrigieren und ergänzen sich gegenseitig. Das umfassendste Werk der Magie, das sprechende Macronomicon, entsteht.
Vor circa 1200 – 600 Jahren	Die Provinz Monstrovia wird nach und nach wieder von Menschen besiedelt. Lord Zerberons Truppen überfallen Monstrovia fortwährend.

Wann	Was geschah?
Vor circa 600 Jahren	Als Lord Zerberon den König drängt einen Vernichtungskrieg gegen die Menschen zu führen, stellt sich Mystelzweig gegen seinen Lehrmeister. Er gründet den Ritterorden vom Mystelzweig und baut an der Grenze eine Burg. Das Buch Macronomicon folgt Mystelzweig.
Vor circa 600 – 125 Jahren	Ständige Kämpfe an der Grenze. Der Orden wehrt erfolgreich Überfälle von beiden Seiten ab.
Vor 125 Jahren	Lord Zerberon zerstört die Mystelburg mit Hilfe eines Feuerdrachen. Mystelzweig und seine verbliebenen Ritter fliehen zu König Oberon. Die Menschenstadt Arkanon entsteht unterhalb der Burgruine.
Vor 13 Jahren	Taufe der Kronprinzessin Titanica. Schlacht im Südflügel der Königsburg. Als Zerberons Niederlage nicht mehr abzuwenden ist, entfernt er beide Klammern aus dem Rücken des Macronomicons. Er nimmt die magische Explosion in Kauf, die unweigerlich folgen muss, da weder er noch Mysterio Mystelzweig ihre geheimen Schutzzauber aufgehoben haben. Die Explosion zerstört den Südflügel der Königsburg und fegt alle Magier und Hexen, die noch am Leben sind, davon durch Zeit und Raum.
Vor 13 Jahren	Der sprechende Wald schließt die östliche Grenze Fantasmaniens. Er wird für Menschen undurchdringlich. Sie nennen ihn den Wilden Wald.

Nach einem schneereichen Winter ohne Fußball sind alle gereizt. Lorenzo wird sogar zum Musterschüler, um eine strebsame Mitschülerin zu beeindrucken. Daraufhin schenkt ihm ihre ältere Schwester ein Buch namens Sir Holdmund von Hofesang. Das Buch geht Lorenzo mit seinen Benimm-Regeln für edle Ritter unsäglich auf die Nerven. Damit nicht genug, scheint es eine gespaltene Persönlichkeit zu haben. Ständig tauchen andere Figuren auf dem Einband auf und geben zu allem ihren Senf dazu.

Im Frühjahr kommen viele Fantasmanier nach Flüsterwald, und wollen das Fußballspielen erlernen. Der seltsame Riesentroll Kruschpuk möchte Lorenzo, William und eine sehr begabte Zentaurin namens Palomina für die Mannschaft der Isla Evangelista verpflichten, einer Insel mitten in den gefährlichen Schwarzfiebersümpfen, auf der sich die Waranjäger eingerichtet haben.

Dann werden die Zeichen der Kriegsherren Mysterio und Zerberon gestohlen, jene dolchförmigen Schlüssel, die nötig sind, um mich und meinen feindlichen Bruder zum mächtigsten Zauberbuch der Welt zu verbinden. Merellyn verdächtigt sofort den Troll Kruschpuk. Doch seine Kristallkugel sagt ihm, dass die Zeichen bereits auf dem Weg nach Westen sind. Er geht auf das Angebot des Trolls ein und wir brechen auf zur Isla Evangelista.

Im schwimmenden Hafen am größten Fluß Fantasmaniens begegnet William seiner Mörderin, der Sirene Arachnua. Er belauscht ein Gespräch zwischen ihr und zwei geheimnisvollen Elbenfrauen, Gesandten des Prinzregenten Puck. Sie waren am Diebstahl der Zeichen beteiligt, wurden aber von einer dritten Partei betrogen, so dass die Zeichen verschwunden sind. Es kommt zum Streit, bei dem William hört, dass sie vorhaben, mich zu stehlen.

Wir haben herausgefunden, dass Sir Holdmund seit einem Zauberunfall ein Verzeichnis von seltsamen Büchern in sein Bewusstsein eingebrannt hat. Der Ritter und seine schäbige Armee von Buchtiteln erklären sich bereit mit mir zu tauschen und lassen sich entführen. Lorenzo rettet einer der Gesandten mit Zauberkraft das Leben, doch er erntet keinen Dank dafür.

Die Schwarze Anna gewährt uns eine Passage auf ihrem Piratenschiff, der Jenseits. In einer Sturmnacht rammt das Schiff der Gesandten unser Schiff. Die Jenseits entkommt, aber William entdeckt, dass die beiden Elben heimlich an Bord gesprungen sind. Merellyn stellt die geheimnisvollen Frauen, aber sie fliehen im Sturm. Sie scheinen mehr Monster als Hochelfen zu sein, die durch ein geistiges Band an den Mundovoros gekettet sind. Doch sie hassen ihn, weil er seinen Sohn Gavaron getötet hat. Was für eine Art von Wesen sie sind und welche Verbindung zwischen ihnen, Zerberons Sohn und Lorenzo besteht, bleibt ein Rätsel.

In den Ruinen des Königshafens treffen wir auf ein Lager der Dsinghani-Nomaden. In einem Spiel zaubern die Mädchen des Stammes William für kurze Zeit lebendig.

Doch dieser Zauber ist äußerst gefährlich. Das Mädchen Esmeranda wird dafür zusammen mit ihrem Bruder Arpad aus der Sippe verstoßen. Wir setzen unsere Reise mit ihnen im Zigeunerwagen der beiden fort.

Merellyns Kristallkugel zeigt, dass der Geheimgang, der Arachnua an der Barriere des Wilden Waldes vorbei nach Fantasmanien gebracht hat, durch die Tiefsee führt und damit für Zerberon unpassierbar ist. Aber Merellyn entdeckt, dass die Grenzsteine verschoben wurden und ein kleiner Teil des Königreichs nicht vom Wald beschützt wird. Dort könnte Zerberon genug Kraft sammeln, um den Wald zu durchdringen.

Dann bemerken wir, dass Esmeranda und Palomina seit Tagen Opfer von heimlichen Vampirüberfällen sind. Der Verdacht fällt auf Lorenzo, der in den Sümpfen ohne schützende Mauern dem Mondlicht ausgesetzt ist und sich immer mehr in ein Monster irgendwo zwischen Vampir und Werwolf verwandelt.

Doch die Jungen entdecken, dass der Troll Kruschpuk auf dem Weg zu Merellyns Turm von Vampiren überfallen wurde und nun deren Diener ist. Sie können die Mädchen in letzter Sekunde vor den zwei Vampiren retten, die uns heimlich gefolgt sind. William ergreift dazu als Geist Besitz von Kruschpuk.

Damit wir so schnell wie möglich die Isla Evangelista erreichen, lassen Merellyn und Lorenzo den Dsinghaniwagen fliegen. Um die Riesentrolle an Bord zu kriegen, werden sie magisch verkleinert. Bei einer Bruchlandung verlieren wir Kruschpuk. William entdeckt an der Absturzstelle das Zeichen Lord Zerberons. Der Troll war also der Dieb. Vermutlich hat er das andere Zeichen immer noch.

Als wir von einer großen Gruppe Vampire überfallen werden, kommt Kruschpuk zu Hilfe. Anscheinend ist er vom Vampirismus geheilt, aber er verschwindet wieder, und mit ihm Mysterios Zeichen. Ein Überfall der Nebelhexen ermöglicht uns die Flucht zur Insel der Waranjäger in der Mitte des Engelsees.

Als Nica und William die vier Dornenpflanzen ernten, deren Gift den Troll geheilt hat, entdecken sie den halbtoten Vampir Dragoslav von Venenfels. Merellyn braut einen Trank, mit dem er Palomina und Esmeranda rettet. Auch der Vampir wird zurückverwandelt in den Übersetzer Karol Kleinkrempel. Doch das aus ihm ausgetriebene Vampirblut fährt in William. Mit Dornengift und Wasser aus dem Engelsee retten ihn Lorenzo und Nica. Die verschiedenen Gifte bewirken, dass William fast wieder in der Welt der Lebenden weilt. Er hat wieder ein Gewicht, kann Dinge greifen und sogar essen und trinken.

Ein abgefangener Brief an Prinzregent Puck verheißt größte Gefahr. Lord Zerberon ist demnach neuer Besitzer der Monster Soccers, der Fußballmannschaft von Arkanon. Falls die fantasmanische Nationalmannschaft gegen sie verliert, muss Puck den Schwarzen Lord auf die Königsburg einladen.

Wir vermuten, dass Puck die Jungen in einem anderen, verschollenen Brief zu Trainern der Nationalmannschaft gemacht hat, die es jedoch noch gar nicht gibt. Aber wie wir von Dragoslav erfahren haben, ist der Elb Zerberon auch Werwolf und Vampir, und die beiden Gesandten sind vermutlich seine Nachkommen. Doch wer einen Vampir einlädt, macht ihn zum Herrn über sich und all sein Hab und Gut. In Pucks Fall also zum Herrn über das Königreich Fantasmanien!

DER EX-VAMPIR

Wir saßen auf dem grasbewachsenen Dach des Wunden Warans und schauten den Jägern zu, die am gegenüberliegenden Ufer des Engelswasserseеs arbeiteten. Sie häuteten gerade eines dieser riesigen Viecher, von denen die Kneipe unter uns ihren Namen hatte. Dabei stritten sie die ganze Zeit, aber auf recht freundliche Art. Etwa so:

»Sag mal, wie säbelst du denn da an dem Schenkel rum? Willst du den Waran häuten oder Gulasch daraus machen?«

»Hmmm ..., wenn's geht, beides.«

»Der macht doch aus allem Gulasch, was er in die Finger kriegt. Neulich habe ich Stücke von meinem alten Gürtel in seinem Bisamratten-Eintopf gefunden!«

»Ihr versteht überhaupt nichts von Eintopf. Das war kein Gürtel. Ich würde nie Gürtel in Bisamratte reintun.«

»Was war's denn dann?«

»Eine von Kruschpuks Socken. Jetzt, wo er klein ist, braucht er die ja nicht mehr.«

»Das stimmt.«

Kruschpuk war ein Riesentroll, bis der Zauberer Merellyn ihn und seinen Vetter Glubschnak verkleinert hatte, damit sie in den Wagen passten, mit dem wir aus den überfluteten Schwarzfiebersümpfen geflohen waren. Glubschnak hatte inzwischen seine alte Größe zurück, aber Kruschpuk war beim Angriff der Vampire verloren gegangen. Er war immer noch irgendwo da draußen in den Sümpfen, keinen Zentimeter größer als der Kobold Schnick und furchtbar übel gelaunt. Das wussten wir, weil er zwei der angreifenden Vampire so fertiggemacht hatte, dass einer von ihnen gestorben war. Den anderen hatten wir mit Müh und Not gerettet. Zufällig hatten wir dabei eine Mixtur von Dornengiften entdeckt, die Vampirismus heilen kann.

Kruschpuk war im Frühjahr zu uns gekommen, um uns als Fußballtrainer auf die Isla Evangelista zu holen. Die Waranjäger hatten eine furchtbar schlechte Mannschaft, die blöderweise eine Wette mit den Vampiren von der Burg Venenfels abgeschlossen hatte. Wenn die Waranjäger verloren, mussten sie die Vampire auf die Engelsinsel einladen. Damit hätten sie die Insel verloren, denn es gab ein ungeschriebenes Gesetz:

Wer einen Vampir einlädt, macht ihn zum Herrn über sich und all sein Hab und Gut.

»Das sind alles echt harte Jungs«, sagte Lorenzo. »Aber Fußball spielen werden die nie lernen.«

Uns war todlangweilig. Wir konnten nicht mal mehr kicken. Das heißt, wir hätten schon gekonnt, aber dann wären die Waranjäger gekommen und hätten mitspielen wollen. Und dann war es kein Vergnügen mehr, sondern grauenhaftes Gewürge.

Merellyn hatte gesagt, wir würden zur Königsburg aufbrechen, sobald der Ruriko Zarathustra es geschafft hätte, Kürbisse in perfekter Fußballform zu züchten. Das war ihm gelungen, aber dann war eine von Nicas Hexenmüttern auf der Isla Evangelista angekommen, wo die wilden Waranjäger ihr Hauptquartier haben. Ihr Name war Rania. Sie trug das Oberteil eines Bärenschädels als Helm und sein Fell als Umhang. Man hatte sie geschickt, weil sie von allen Hexen noch die leichtesten Verletzungen aus der Schlacht mit den Vampiren davongetragen hatte.

Die leichtesten Verletzungen! Dann mussten die anderen

kurz vor dem Sterben sein. Rania war bei ihrer Ankunft einfach ohnmächtig vom Besen gefallen. Sie hatte je einen Verband um den rechten Oberschenkel, um den Brustkorb und um den Hals, und alle waren blutgetränkt, als sie ankam.

Nachdem sie sich ein bisschen erholt hatte, führte sie lange Gespräche mit Merellyn und dem Macronomicon. Und die hatten seitdem unseren Aufbruch immer wieder verschoben.

»Ich denke, das kommt, weil so viele Trolle beim FC Waran sind«, antwortete ich Lorenzo. »Seltsam, dass die einfach nicht Fußball spielen können …«

»Von denen kommt keiner in die Nationalmannschaft«, beschloss er.

Wir hatten einen Brief abgefangen, den der Schwarze Lord an den Prinzregenten Puck geschickt hatte. Darin war von einer fantasmanischen Fußballnationalmannschaft die Rede. Die sollte gegen die Monster Soccers, die Mannschaft von Arkanon, antreten. Sollte sie verlieren, musste der Prinzregent den neuen Besitzer der Monster Soccers auf die Königsburg einladen. Wenn dieser Besitzer wirklich Lord Zerberon war, drohte höchste Gefahr. Wir wussten inzwischen, dass der Lord sich freiwillig zum Vampir und zum Werwolf hatte beißen lassen, um seine Macht zu vergrößern. Und es gab, wie ich schon sagte, das Gesetz: Wer einen Vampir einlädt, macht ihn zum Herrn über sich und sein Hab und Gut. Falls Pucks Mannschaft verlor, würde der Prinzregent also den Vampir Lord Zerberon zum Herrn über Fantasmanien machen.

Wir wussten, dass der Prinzregent auch uns eine Nachricht geschickt hatte, die nie angekommen ist. Lorenzo war aber absolut sicher, dass es nur darum gehen konnte, uns zu Trainern der Nationalmannschaft zu machen.

Bevor wir nach Fantasmanien kamen, hatte niemand im Königreich wirklich Ahnung, was Fußball ist. Inzwischen hat sich das Fußballfieber wie ein Lauffeuer verbreitet, und viele Leute sind der Meinung, Lorenzo und ich hätten das Spiel erfunden. Es war also kein Hirngespinst von Lorenzo, zu glauben, dass der Prinzregent uns zu Nationaltrainern machen wollte.

Wir hatten den Ersten FC Wunder Waran in den letzten zwei Wochen trainiert, so wie der Troll Kruschpuk es gewollt hatte, aber das war hoffnungslos.

»Von wegen Nationalmannschaft …«, murmelte Lorenzo. »Warum hängen wir immer noch hier rum? Wir sollten längst beim Regenten auf der Königsburg sein.«

»Merellyn ist bei Zappenduster in der Gärtnerei«, sagte ich. »Ich weiß nicht, an was die immer noch arbeiten. Die Fußbälle sind doch perfekt.«

Der Gärtner hieß eigentlich Zarathustra. Er hatte aber nichts dagegen, von allen Zappenduster genannt zu werden. Er war ein Ruriko oder auch Vogelscheucher. Rurikos sehen wirklich aus wie lebendige Vogelscheuchen. Zappenduster war stockdürr. Sein Kopf schien aus einem ausgehöhlten Kürbis gemacht zu sein. Vogelscheucher sind Genies, was Pflanzen angeht.

Zappenduster hatte Kürbisse gezüchtet, die perfekte Fußbälle als Früchte trugen. Die wollten wir überall in Fantasmanien verteilen. Es gab nämlich im Macronomicon eine Prophezeiung, dass der Krieg um Fantasmanien nur durch ein Spiel zu gewinnen sein würde. Merellyn war fest überzeugt, dass damit Fußball gemeint war.

Lorenzo sprang auf die Beine. »Los, wir gehen hin. Ich will jetzt wissen, was die machen.«

Ich folgte ihm zu dem Feld, wo Zappenduster seine Geräteschuppen und Gewächshäuser hatte. Als wir an der Hecke entlanggingen, die das Feld abgrenzt, hörten wir Stimmen. Die erste gehörte Karol Kleinkrempel, dem geheilten Vampir, ehemals Dragoslav von Venenfels. »Doch, ich will es tun«, sagte er gerade. »Ich weiß, dass es fürchterlich gefährlich ist. Aber ich bin fest entschlossen.«

Lorenzo blieb stehen und deutete mir mit dem Finger über den Lippen an leise zu sein.

»Wie willst du wieder herauskommen?«, fragte der Zauberer Merellyn. »Die Pflanze ist noch nicht erprobt. Sie wird nicht alle Vampire lähmen.«

»Doch, doch, dafür kann ich sorgen«, meldete sich Zappenduster. »Wir wissen nur nicht, was der böse Bruder des Macronomicons tun wird. Dem dürften die Giftpfeile ziemlich egal sein.«

»Können wir die Pflanze schneller machen?«, wollte das sprechende Zauberbuch wissen. »Wir müssen meinen Bruder einfach überrumpeln.«

»Tjaaa…, wenn sie angegriffen wird, wird sie sehr schnell sein«, meinte Zappenduster nachdenklich. »Aber der Zauber darf nicht von allein losgehen. Das Gewächs muss sicher mit dem Buch verbunden sein, um es entführen zu können.«

Vampire? Das andere Buch entführen? Wieder herauskommen?

Das konnte nur eines bedeuten: Karol Kleinkrempel hatte vor, auf die Vampirburg Venenfels zurückzugehen. Sozusagen in die Höhle des Löwen. Nur, dass ich tausendmal lieber mit einem hungrigen Löwen in ein und derselben Höhle als mit einer Bande blutdurstiger Vampire auf ihrer Burg gewesen wäre.

Merellyn, Zappenduster und Kleinkrempel wollten sich irgendwie den von Lord Zerberon geschriebenen Teil des Macronomicons schnappen, von dem wir erfahren hatten, dass er zurzeit auf Burg Venenfels war.

Vor dreizehn Jahren hatte es bei der Taufe der Prinzessin Titanica einen gewaltigen Kampf zwischen ihrem Vater König Oberon und seinem Zwillingsbruder Zerberon gegeben. Der König hatte verloren, aber der Zauberer Mysterio Mystelzweig hatte eine Explosion ausgelöst, durch die beide Brüder und alle Hexen und Magier des Königreichs durch Raum und Zeit davongeschleudert wurden. Mysterio hatte dazu die sogenannten Zeichen der Kriegsherren aus dem Buchrücken des Macronomicons entfernt. Das sind zwei magische, dolchförmige Schlüssel. Wir hatten mal beide, aber sie waren uns gestohlen worden und auf der Jagd nach ihnen waren wir hier in den Sümpfen auf der Isla Evangelista gelandet.

Das Buch Macronomicon war bei der Explosion in zwei Hälften zerrissen worden. Eine war bei uns und wollte uns helfen, die andere befand sich auf der Vampirburg und wollte uns vernichten. Mit den Zeichen der Kriegsherren könnte man die beiden Hälften wieder zum mächtigsten Zauberbuch der Welt vereinen. Eines der beiden Zeichen hatte ich an der Stelle gefunden, an der wir abgestürzt waren, kurz bevor wir die Isla Evangelista erreicht hatten. Der kleine Kruschpuk hatte vermutlich das andere bei sich. Wenn er es an die Vampire verlor, wurde es wieder gefährlich. Also war es gar keine schlechte Idee, ihnen das Buch abzujagen.

Die Blutsauger wussten ja nicht, dass Karol vom Vampirismus geheilt war. Aber er konnte doch nicht hingehen und so tun, als sei er immer noch einer von ihnen. Erstens hatte er keine Flügel mehr. Zweitens wusste ich, dass Vampire das Blut durch die Adern von Menschen fließen sehen wie glühende Lava. Das war mir selbst passiert, als Dragoslavs Vampirblut in mich gefahren war. Die Vampire von Burg Venenfels würden sofort erkennen, dass er ein Mensch war.

Ich löste mich in Rauch auf und zischte durch die Hecke.

Der Zauberer, der Ruriko und der Ex-Vampir standen mitten in Zappendusters Beeten. Die Hexe Rania saß auf einer Bank vor dem Gewächshaus, das verbundene Bein steif von sich gestreckt. Das sprechende Zauberbuch schwebte neben ihr in der Luft.

»Du kannst dich nicht als Vampir ausgeben!«, rief ich, während ich wieder Gestalt annahm. »Du hast keine Flügel mehr. Und sie sehen dein neues Blut. Die wissen sofort, was los ist.«

Merellyn fuhr zu mir herum. »Woher weißt du, dass Karol … sie sehen sein *Blut*? Was meinst du damit?«

»Als ich ein Vampirgeist war, konnte ich dein Blut und das von Lorenzo in euren Adern fließen sehen«, antwortete ich dem Zauberer. »Es glühte richtig in dem dunklen Schuppen. Nur das von Nica schimmerte nicht durch die Haut. Weil sie sich mit Waranblut vollschmiert, glaube ich.«

»Und genau das werden wir mit Karol auch machen«, nickte Rania. »Flügel braucht er nicht. Vampire können ihre Flügel verschwinden lassen.«

»Du hast uns in den Sümpfen nur deshalb immer mit Flügeln gesehen, weil wir die ganze Zeit in Alarmbereitschaft waren«, erklärte Karol. »In der Burg sind wir nie mit Flügeln rumgelaufen.«

»Aber das gestockte Waranblut riechen die Vampire«, wandte ich ein. »Sie sagen, es stinkt. Nica hat das Zeug im Sumpf verwendet, um sie von Lorenzos Versteck fernzuhalten.«

Merellyn packte Karol am Arm. »Warum hast du das nicht gesagt?«, fragte er. »Sie werden dich sofort angreifen. Möchtest du wieder ein Vampir werden?«

»Nein, nein!«, rief Karol Kleinkrempel. »Ich kann es schaffen, wirklich. Jetzt ist Neumond, da sind nicht viele von ihnen wach. Ich werde meinen alten Taganzug tragen, der wird den Geruch abschirmen.«

Bevor wir ihn geheilt hatten, war Karol einer der beiden Vampire gewesen, die uns durch die Sümpfe gefolgt waren. Um sich vor dem Sonnenlicht zu schützen, hatten sie hochgeschlossene Lederanzüge und Kopfmasken mit verspiegelten Augenfenstern getragen.

»Ob ein Lederanzug das wirkungsvoll tut, können wir nicht feststellen«, warnte Merellyn. »Es ist kein Vampir mehr da, der uns sagen könnte, ob es funktioniert. Ich denke, es ist zu gefährlich.«

»Genau!«, meinte Lorenzo. »Außerdem sollten wir jetzt wirklich zur Königsburg aufbrechen und unseren Trainerjob annehmen.«

»Burg Venenfels liegt sozusagen auf dem Weg«, erklärte Karol. »Ein Umweg von vielleicht hundert Kilometern.«

»Hundert Kilometer zu viel«, stellte Merellyn klar. »Wir müssen so schnell wie möglich die Königsburg erreichen. Wer weiß, was Puck noch alles anstellt, wenn ihm niemand auf die Finger hau… äh, schaut.«

»Die Große Mutter hatte eine Vision«, verkündete Rania. Die Nebelhexen nannten sich untereinander alle irgendwie Mutter, Schwester, Tochter, obwohl sie gar nicht miteinander verwandt waren. Ich blickte da nicht durch. Aber die Große Mutter war die Anführerin, so viel war klar.

»Ich dachte, sie hat schweres Fieber?«, sagte Merellyn. »Weil sich die Schwertwunde entzün…«

»Fieber ist die beste Voraussetzung für Visionen«, unterbrach ihn die Hexe. »Sie sieht eine große Gefahr, wenn es Baron Voronin von Venenfels gelingt, die Bücher zu vereinen. Selbst wenn das Buch der Gesandten nicht das echte ist. Davon abgesehen sind sich alle Hexen einig, dass es eine einmalige Chance ist, einen geheilten Vampir als Krieger in unseren Reihen zu haben. Es wäre das allererste Mal, dass wir einen Agenten bei Vampiren einschleusen können.«

»Ich will auf keinen Fall, dass der Baron das mächtigste Zauberbuch der Welt für seine finsteren Pläne benutzt«, sagte Karol entschieden. »Wenn sie mich kriegen, werde ich dafür sorgen, dass ich dabei sterbe. Ich werde nicht noch mal ein Vampir. Was ist schon dabei? Ich hatte eine Verlobte, vor zweihundertdreiundachtzig Jahren. Sie ist längst tot. Lasst es mich versuchen.«

»Also gut«, gab Merellyn nach. »Natürlich ist die Gelegenheit, die andere Hälfte des Buchs zu bekommen, einmalig.«

»So ist es. Jetzt muss ich nur noch überlegen, wie ich zur Turmpforte hinaufkomme«, rief Karol. »Fliegen kann ich ja nicht mehr.«

»Turmpforte?«, wiederholte Merellyn. »Was bedeutet das?«

»Sicherheitsmaßnahme«, erklärte Karol. »Das große Burgtor ist immer verschlossen, außer wenn viele Vampire zum Angriff herauskommen. Nur auf dem höchsten Turm gibt es einen bewachten Eingang. Er bietet bloß einem einzelnen Vampir eine Landemöglichkeit.«

»Das reicht«, stellte der Zauberer fest. »Wir blasen die Sache ab.«

»Könntest du mir nicht ... irgendwie ... für kurze Zeit Flügel zaubern?«, schlug Karol vor.

»Die Veränderung von Lebewesen ist nicht gerade mein Spezialgebiet«, meinte Merellyn kopfschüttelnd. »Selbst wenn ich es könnte ... Was ist, wenn du zu dieser Turmpforte fliegst und die Flügel mittendrin verschwinden? Ich verstehe mich nicht auf so was.«

»Das ist auch gar nicht nötig«, sagte Rania. »Es gibt eine Hexe, die den Kampf mit den Vampiren unverletzt überstanden hat. Nica wird Karol auf ihrem Besen hochtragen. Sie muss versuchen, ihn auf den Landeplatz zu hieven, ohne gesehen zu werden. Dann versteckt sie sich, bis Karol und das Buch wieder herauskommen.«

Der Ex-Vampir grinste verlegen. »Na ja, besser wäre es schon, wenn ich Flügel hätte«, gab er zu. »Es gibt nämlich den Befehl, gut sichtbar vor dem Mond anzufliegen, um zu beweisen, dass man keine feindlichen Absichten hegt.«

»Jetzt reicht's wirklich«, rief Merellyn. »Wenn du mir das alles rechtzeitig gesagt hättest, hätte ich dem Plan nie zugestimmt.«

»Was ist denn der Plan?«, fragte Lorenzo.

»Wir wissen, dass die Gesandten in zwei Tagen auf Burg Venenfels eintreffen werden«, antwortete Merellyn. »Sie sind immer noch in dem Glauben, die andere Hälfte des Macronomicons zu besitzen.«

Die Gesandten waren zwei Elben, auch Hochelfen genannt, von der Königsburg. Der Prinzregent hatte sie mit einer Nachricht zu uns geschickt. Zuerst hatten wir gedacht, es wären Sirenen, weil die Gesandten genau wie diese die Gestalt wechseln konnten. Aber wenn sie es wollten, wuchsen ihnen auch Vampirflügel. Karol vermutete, dass sie Kinder des Schwarzen Lords seien.

Statt dafür zu sorgen, dass wir die Nachricht von Puck bekamen, hatten die zwei Elbenmonsterfrauen sich mit den Vampiren von Venenfels zusammengetan und versucht, uns die beiden Zeichen und unsere Hälfte des Buches zu stehlen.

»Woher wisst ihr das von den Gesandten?«, fragte Lorenzo.

»Die Vampire benutzen eine Art Signalsprache«, erklärte die Hexe Rania. »Mit Spiegeln senden sie Mondlichtzeichen an entfernte Posten. Sie wissen nicht, dass wir den Code entschlüsselt haben.«

»Die sogenannten Gesandten haben übermittelt, dass sie die andere Hälfte des Macronomicons haben«, fuhr Merellyn fort. »Und der Baron von Venenfels wird sie übermorgen Nacht empfangen.«

»Weder die Vampire von Venenfels noch die Gesandten haben die Zeichen der Lords in ihren Besitz gebracht«, berichtete das Macronomicon weiter. »Aber das hat bisher keiner von ihnen in seinen Mondlichtnachrichten zugegeben. Baron Venenfels weiß auch nicht, was mit seinen Agenten Dragoslav und Slobomir geschehen ist. Schon gar nicht, dass einer von ihnen kein Vampir mehr ist und jetzt zu uns gehört. Zarathustra hat eine Pflanze gezüchtet, deren männliche und weibliche Urform exakt wie die Zeichen der Lords aussehen. Damit wollen wir Karol alias Dragoslav in die Festung schicken.«

»Schaut her, das sind die Pflanzen!«, rief Zappenduster vom Gewächshaus her.

Er hielt in jeder Hand einen silbern schimmernden Dolch. Im ersten Moment glaubte ich wirklich, er hielte die Zeichen der Kriegsherren hoch, die uns vor vier Wochen gestohlen worden waren. Aber das konnte nicht sein. Ich hatte ja eines der beiden Zeichen in den Sümpfen wiedergefunden und trug es bei mir, die Magie abgedeckt mit Bleiplatten, versteckt unter meinem Hemd *und* in Anderland, einer Dimension, die nur Geister erreichen können.

Plötzlich zuckten die Dolche in den Händen des Rurikos, veränderten ihre Form und versuchten einander näher zu kommen. Zappenduster spreizte die Arme so weit wie möglich auseinander.

»Ich glaube nicht, dass ich sie noch schneller machen sollte«, meinte er. »Wir wollen doch, dass die beiden Bücher in einen dichten Dornenrankenkäfig gesperrt sind, ehe die Pflanzen ihre Giftpfeile verschießen und die Flucht antreten.«

»Was?«, rief Lorenzo. »*Womit* legen die Pflanzen los?«

»Der männliche und der weibliche Pflanzenstock, von denen alle glauben werden, es seien metallene Dolche, werden in die Halterungen an den Buchrücken geschoben«, erklärte der Vogelscheucher. »In der richtigen Position berühren sich ihre Spitzen und die beiden Pflanzen verbinden sich zu einer. Wenn die dann angegriffen wird, wuchert sie sofort zu einem dichten Dornengestrüpp heran, in dem das Buch, oder die Bücher, wie in einem Käfig eingeschlossen werden.«

»Dann wissen die Vampire natürlich, dass sie nicht die echten Schlüssel bekommen haben«, übernahm das Macronomicon. »Aber die Pflanze kann noch mehr. Sie wird sich verteidigen, indem sie nadelartige Dornen verschießt. In denen ist die Giftmischung enthalten, die Karol geheilt hat.«

»Wir hoffen, dass wir die Vampire damit so weit in Schach halten können, dass der Pflanze mitsamt den Büchern und auch Karol die Flucht gelingt«, fuhr Merellyn fort. »Aber ich bin mir immer noch nicht sicher, ob wir es wagen sollen. Wenn Karol nicht vor dem Mond anfliegt, wie es der Befehl verlangt, werden die Vampire schon vom ersten Moment an alarmiert sein. Dann wird die gesamte Mission extrem schwierig.«

»Wenn die Wache an der Turmpforte ein bestimmtes Bild sehen will …«, sagte Lorenzo, »… nämlich einen Vampir im Anflug vor dem Mond … dann geben wir ihnen das doch. Nica nimmt Karol auf ihrem Besen mit. Ich fliege vor den beiden her und zeige damit der Wache die Vampirflügel. Dass wir vor dem

Mond fliegen, hilft uns noch. Wir werden nur ein dunkler Schemen vor der bleichen Scheibe sein.«

Das wunderte mich. In der Vollmondnacht, in der uns die Vampire angegriffen hatten, hatte Lorenzo Flügel bekommen. Und eine große Truppe von Blutsaugern hatte ihn fliegend nach Norden getrieben, ehe ein wilder Angriff der Nebelhexen uns die Flucht ermöglicht hatte. Seitdem hatte er sich geweigert, über diese Flügel irgendetwas anderes zu sagen, als: »Ich hatte nie Flügel!« Das hatte er sogar noch gesagt, als er abstürzte, weil er sie plötzlich nicht mehr haben wollte und einfach verschwinden ließ.

Und jetzt bot er an, sie für ein Täuschungsmanöver einzusetzen.

Merellyn schüttelte entschieden den Kopf. »Es ist Neumond«, erinnerte er uns. »Ich glaube nicht, dass du jetzt schon Flügel bekommst.«

Rania zog eine Glasflasche aus ihrem Fellumhang. In der Flüssigkeit darin schien ein Licht zu schwimmen. Es war stark genug, durch das dunkelbraune Glas zu dringen.

»Das haben wir in Vollmondnächten gebraut«, erklärte sie. »Da drin ist genug Mondlicht, um ihm jederzeit Flügel wachsen zu lassen.«

Merellyn sah uns mit schmalen Augen der Reihe nach an. Dabei klopfte er sich mit dem Finger seitlich an seine große Hakennase, wie immer, wenn er nachdachte.

»Das geht, wirklich!«, beschwor ihn Karol. Er kniete sich hin und fing an, eine Zeichnung in den sandigen Boden zu kratzen. »Das hier ist der Turm. Die Landefläche ist ein kleines gemauertes Viereck, ziemlich weit oben. Eine Weile fliegen wir vor dem Mond. Bevor Einzelheiten zu erkennen sind, lassen wir uns fallen. Lorenzo und Nica bleiben außer Sicht. An der Turmmauer gibt es genug Nischen und Vorsprünge, um sich festzuhalten. Ich ziehe mich hoch. Wenn der Wächter nach meinen Flügeln fragt, sage ich, dass sie so schwer verletzt sind, dass ich sie nicht mehr ausfahren kann. Ich bin mit allerletzter Kraft zur Turmpforte gelangt.«

Merellyn nickte, aber er sah nicht glücklich dabei aus.

Als er mit Karol und dem Macronomicon gegangen war, stand plötzlich Schnick neben Zappenduster bei den Gewächshäusern. Er war nur mütterlicherseits ein Kobold. Sein Vater war ein Poltergeist. Mit seinem überraschenden Auftauchen musste man immer rechnen. Keine Ahnung, wie lang er schon unsichtbar in der Nähe gewesen war und was er gehört hatte.

»Kann ich dich mal sprechen?«, fragte er den Vogelscheucher. »Irgendwo, wo wir ungestört sind?«

Zappenduster folgte ihm ins Gewächshaus.

FIEBERVISIONEN

Rania zog sich an ihrer Krücke hoch. »Was dagegen, wenn ich mit euch zurückgehe?«, fragte sie. »Ihr könntet mir ein bisschen helfen, wenn der Weg holprig wird.«

Also wanderten wir langsam neben der Hexe zurück zum Wunden Waran. Aber sie brauchte uns gar nicht zum Gehen. Sie wollte nur eine Nachricht loswerden. Besser gesagt, einen Auftrag.

»Die Große Mutter hat mehr gesehen als nur die Vereinigung der Bücher«, begann Rania. »Sie sagt, das Spiel wird über die Zukunft Fantasmaniens entscheiden. Eure Aufgabe ist es, eine Mannschaft zu finden.«

»Das wusste ich!«, rief Lorenzo und fuchtelte der Hexe mit dem Zeigefinger so vor dem Gesicht herum, dass sie zurückzuckte und beinahe über ihre Krücke gestolpert wäre. »Das wusste ich! Wir sind Nationaltrainer. Und wir werden gewinnen!«

Rania sah ihn einen Moment lang mit zurückgelegtem Kopf an. »Das glaube ich fast auch ...«, sagte sie dann langsam. »Aber hört weiter zu. Ihr könnt nicht mit *irgendeiner* Mannschaft gewinnen. Die Große Mutter war in diesem Punkt sehr genau. In der Mannschaft müssen drei Könige spielen, drei Ausgestoßene, drei Magier und drei Waisen.«

»Haahahaha! Wenn's weiter nichts ist!«, rief Lorenzo. »Die hüpfen ja zum Glück immer im Dreier-Pack durch die Gegend. Erst gestern hab ich gesehen, wie drei Könige von einem Baum fielen und ...«

»Das sind zwölf«, stellte ich fest, nachdem ich eine Zeit lang an den Fingern herumgezählt hatte. »Fußball spielt man aber zu elft.«

»Ich bin noch nicht fertig«, verkündete Rania. »Außerdem müssen drei Mischlinge in der Mannschaft spielen. Zum Beispiel jemand, der halb Elb, halb Mensch ist. Oder halb Kobold, halb Poltergeist, wie die kleine Nervensäge da, die gerade versucht mit Zarathustra ins Geschäft zu kommen.«

»Das sind dann fünfzehn«, erklärte ich.

»Also, jetzt mal ehrlich ...«, meinte Lorenzo kopfschüttelnd. »Eure große Mutti versteht doch überhaupt nichts von Fußball. Das ist doch alles Quatsch. Drei dies, drei das ... wir brauchen vier Verteidiger, vier Mann im Mittelfeld, zwei Stürmer und einen Torwart. Sonst nichts.«

»Seltsame Sache, das mit den Visionen«, sagte Rania unbeeindruckt. Sie sah einem Zug Vögel hinterher. »Manche glauben, was sie sehen, wird in der Zukunft ganz sicher passieren. Andere meinen, Visionen zeigen einem nur eine von vielen Möglichkeiten.«

Lorenzo und ich linsten uns schief an. Wovon redete die Frau? Rania hörte auf, mit zusammengekniffenen Augen in den Himmel zu starren, und sah stattdessen uns an.

»Ich habe früher überhaupt nicht an Visionen geglaubt«, gestand sie. »Aber jetzt ... die Visionen der Großen Mutter haben so eine Art, wahr zu werden und einem nach dem Leben zu trachten, wenn man sie nicht beachtet.« Sie schüttelte den Kopf. »Aber macht euch darum nicht allzu viele Sorgen. Tut, was die Große Mutter euch rät, und die Vision wird sich auf ihre Weise erfüllen.«

»Aha. Und was rät sie uns?«, wollte Lorenzo wissen.

»Kehrt nach Hause zurück. Zum Turm. Aber nicht auf dem Weg, den ihr gekommen seid. Vollendet den Kreis um den Königsberg.«

Ich versuchte mir die Karte des Königreichs vorzustellen, aber ich konnte mich nicht an alles erinnern. Ich wusste nur, dass wir von Osten gekommen und dann im Süden an dem Gebirge vorbeigezogen waren, das man den Königsberg nannte. Das hieß, dass wir uns jetzt nach Nordwesten wenden müssten. Aber dort herrschten die Vampire. Und die Königsburg, die unser geplantes Ziel war, lag von uns aus gesehen im Nordosten.

»Das ist mir alles zu kompliziert«, meinte Lorenzo kopfschüttelnd. »Ich will auf die Königsburg und meine Arbeit als Nationaltrainer anfangen.«

»Jemand muss zur Königsburg reisen, das ist richtig«, nickte Rania. »Aber diese Aufgabe sollte Merellyn übernehmen. Ihr müsst euch trennen.«

»Du meinst, er geht zur Königsburg und wir nach Norden zu den Vampiren?«, fragte ich.

»Was für ein Schwachsinn!«, rief Lorenzo. »Die Blutsauger haben uns schon genug Schwierigkeiten gemacht. Und jetzt sollen wir auch noch unsere Kräfte zersplittern? Kommt nicht infrage. Wir spielen das Spiel, gewinnen es und damit hat sich's.«

»Und damit hat sich's …«, wiederholte die Hexe. »Ich fürchte, der Satz funktioniert auch anders herum. Ihr verliert … und damit hat sich's. Für immer!«

»Aber warum sollen wir uns von Merellyn trennen?«, wollte ich wissen.

»Weil dort, wo ihr hingeht, der Tod auf ihn wartet«, erklärte Rania. »Er darf euch auf dieser Mission nicht begleiten, aber ich kann es ihm nicht sagen.«

»Warum denn nicht?«

»Was würde dann passieren?«, fragte die Hexe zurück. »Er würde sich zu eurem Beschützer erklären, sein großes Schwert ziehen und tapfer in den Tod gehen. Aber wir alle brauchen ihn lebendig.«

Sie humpelte ein Stück auf dem Weg weiter. Lorenzo und ich blieben trotzig stehen.

Rania drehte sich noch einmal um. »Das ist alles, was ich euch sagen kann«, erklärte sie. »Ihr müsst nicht darauf hören. Visionen sind keine Tatsachen. Nichts von alldem muss passieren. Aber die Große Mutter hätte mich damit nicht hierher geschickt, wenn es nicht äußerst wahrscheinlich wäre, dass diese Dinge in der Zukunft warten.«

Als wir am nächsten Morgen auf die Wiese vor dem Wunden Waran traten, um unsere paar Habseligkeiten in Arpads Wagen zu packen, hatte der riesige schwarze Fledermausflügel bekommen.

Schnick, der hinter uns aus der Tür trat, sagte im Vorbeigehen: »Das dürfte der teuerste Nomadenwagen der Welt sein.«

»Wieso?«, fragte Lorenzo.

»Schau dir diese Flügel mal genauer an«, empfahl Schnick.

»Aus dem Leder hätte man gut und gern sechzig Jacken für den Markt in Arkanon schneidern können.«

Da wussten wir, was der Kobold meinte. Die Holzkonstruktionen, die Arpad und Myrabella gestern gebaut hatten, waren mit Waranhaut überzogen.

»Eine ähnliche Technik hat mein Dimensionsflugzeug«, sagte Merellyn hinter uns. »Allerdings sind da die Flügel mit echter Drachenhaut bespannt. Ihr könnt euch vielleicht erinnern, dass ich jeden Monat eine Lieferung Drachenfett bekommen habe. Damit habe ich die Flügel meines Flugzeugs bestrichen und es so flugfähig gemacht.«

Er trat zum Wagen und strich mit der Hand über die Bespannung der Flügel. »Die Riesenwarane sind mit den Drachen verwandt«, erklärte er. »Natürlich sind es keine Flugtiere. Aber die Hexen haben Rania eine große Menge von dem Pulver mitgegeben, mit dem sie ihre Besen zum Fliegen bringen. Ich habe es ins Echsenfett gemischt, das müsste gehen.«

»Äh … hähä, gibt's so was wie eine Probefahrt?«, fragte Schnick. »Oder einen Probeflug?«

»Weder noch«, antwortete der Zauberer. »Dazu ist keine Zeit. Der Wagen hat gestern Nacht kurz abgehoben, das muss genügen.«

Lorenzo und ich sahen uns an. Dann schüttelten wir beide ganz leicht den Kopf. Keiner von uns hatte Merellyn etwas über das gesagt, was die Hexe Rania gestern behauptet hatte.

»Glaubst du, was die Hexe erzählt hat?«, zischte Lorenzo.

»Keine Ahnung«, antwortete ich. »Aber ich will's auch nicht drauf ankommen lassen.«

»Mit einem hat sie sicher recht«, stellte Lorenzo fest. »Das können wir Merellyn nicht sagen. Nichts auf der Welt könnte ihn davon abhalten, uns zu beschützen, und dann …«

»Du meinst, wir müssen *ihn* beschützen und heimlich abhauen?«

Lorenzo winkte ab. »Jetzt machen wir erst mal die Venenfels-Vampire fertig«, meinte er. »Die Hexe hatte nichts dagegen, dass wir das gemeinsam erledigen. Danach sehen wir weiter.«

Ich nickte heftig. Das war gut. Das bedeutete nämlich, dass wir jetzt gar keine Entscheidung treffen mussten.

Mir war klar, dass die Zeit vorbei war, in der ich mit Esmeranda … also, wir waren die zwei Wochen auf der Insel … ach, wir waren *gar nichts*, kein Liebespaar oder so. Wir hatten ab und zu Händchen gehalten, uns geküsst und abends die Sterne angesehen. Geredet hatten wir dabei nicht viel. Das ging schon deswegen nicht, weil keiner von uns mehr als fünf Wörter in der Sprache des anderen konnte. Eigentlich war ich ganz froh darüber. Ich hatte nämlich keine Ahnung, über was man mit einem Mädchen reden sollte. Einmal hatten wir Karol Kleinkrempel dabei, der vor seiner Verwandlung zum Vampir Übersetzer gewesen war. Mit seiner Hilfe hätten wir uns unterhalten können, aber weil ein Dritter zuhörte, fiel uns erst recht nichts ein, was wir uns sagen konnten.

Am Abend vor dem Aufbruch standen Esmeranda und ich halb verborgen im Schatten einer Schuppentür eng beisammen. Wir hielten uns an den Händen, schauten uns verlegen an und küssten uns, wenn es zu peinlich wurde, sich tief in die Augen zu sehen. Gesagt haben wir gar nichts. Erst am Schluss, als sie mir den Anhänger schenkte. Es war eine Lederschnur mit einer kleinen, schneckenförmig gedrehten Muschel daran. Sie sagte etwas in ihrer Sprache dazu, was ich nicht verstand. Es war mir auch nicht so wichtig. Ich schämte mich nur, weil ich nichts für sie hatte.

Es gab niemand, von dem Lorenzo sich verabschieden konnte. Oder musste. Er und die Hexe Nica, die ungefähr in unserem Alter war, hatten sich von der ersten Begegnung an absolut nicht ausstehen können. Palomina, auf die Lorenzo … sagen wir mal »gesponnen« hatte, war sauer auf ihn, weil sie glaubte, dass sie ihn und Nica beim Händchenhalten erwischt hätte. Dann wurden die Hexe und die Zentaurin beste Freundinnen. Ab und zu tuschelten sie, sahen zu Lorenzo herüber und kicherten endlos. Das machte ihn wütend, und er schwor, dass die Weiber für ihn erledigt seien.

Glubschnak wollte nicht, aber er wurde für den Flug wieder verkleinert. Als alle an Bord waren, kletterte Arpad auf den Kutschbock des Dsinghaniwagens. Merellyn nahm neben ihm Platz. Sie hantierten an ein paar Hebeln herum, klopften auf Schaugläser und drehten an Einstellrädern, lauter Dingen, die der Wagen vor ein paar Tagen noch nicht gehabt hatte. Merellyn kippte einen Hebel nach vorn und der Wagen jagte mit einem Ruck auf die Baumkronen am anderen Ufer zu. Von den Waranjägern, die sich versammelt hatten, um uns abfliegen zu sehen, kam ein erstaunter Aufschrei. Erstaunt und auch ein bisschen wütend, weil unsere rechte Flügelspitze nach dem Abheben ein großes Trockengestell mit einer aufgespannten Waranhaut daran streifte und umwarf. Arpad zog hastig einen anderen Hebel nach hinten. Das Gefährt schoss nach oben. Man konnte hören, wie Äste dumpf gegen unseren Maschinenraum schlugen. Aber wir kamen frei und flogen nach einigen Schlenkern einigermaßen geradeaus über den Baumwipfeln dahin.

EIN BITTERBÖSER KASTEN

Wir landeten früher in einem Nachbartal von Burg Venenfels als geplant. Merellyn hatte geschätzt, dass wir etwa zwei Stunden nach Mitternacht hier sein würden. Aber der Mond stand noch nicht lange am Himmel, als Arpad und Myrabella die Waranhautflügel wie Ziehharmonikas zusammenfalteten und wir den Wagen ins dichte Gestrüpp schoben.

Danach konnten wir nichts tun als warten. Während dieser Zeit wurde Zappenduster immer nervöser. Er rannte auf und ab. Sicherlich hätte er auf den Nägeln gekaut, wenn er an seinen Holzfingern welche gehabt hätte. Er nahm Karol beiseite und begann ihm noch mal lang und breit zu erklären, wann er die Pflanze dazu bringen sollte, anzugreifen.

Schließlich wandte er sich an Merellyn. »Gibt es eine Möglichkeit, mich mit reinzuschleusen?«

»Wie bitte?«, rief der Zauberer. »Warum denn?«

»Ich glaube nicht, dass ich ihm klarmachen konnte, wann die Pflanze so weit ist«, erklärte der Vogelscheucher. »Ich meine so weit, dass man sie zum Angriff aufstacheln kann. Mir blieb keine Zeit, es zu testen. Dazu hätte ich nämlich noch mal eine wachsen lassen müssen. Aufstacheln. Das ist gut, bei einer Dornenranke.«

»Was heißt das jetzt?«, fragte Merellyn knapp.

»Ich muss die Veränderungen sehen, die mit der Pflanze vor sich gehen«, antwortete Zappenduster. »Dann werde ich wissen, wann es so weit ist, und kann das Kommando geben, die Ranke anzugreifen.«

Merellyn richtete sich auf. »Das wird alles so kompliziert ...«, brummte er. »Das wird nie und nimmer funktionier... warte mal! Ich hab da was.« Er kletterte in die Wagenkabine. Nach kurzer Zeit kam er mit einer normal großen und einer viel kleineren Kristallkugel wieder heraus. Merellyn benutzte die Dinger für alles Mögliche. Wir hatten die Gestaltwandlerin Arachnua in so einer Kugel beobachtet und herausgefunden, dass sie Fantasmanien durch einen Brunnen betreten kann, der tief ins Nordmeer hinunterführt. Der Brunnen stand in der Blutenden Burg oberhalb von Arkanon. Wo sie in Fantasmanien herauskam, wussten wir aber nicht.

Merellyn drückte Karol die kleinere Kugel in die Hand. »Hier, nimm die mal und lauf zwischen die Bäume«, bat er ihn. »Am besten außer Sicht. Halt die Kugel dabei an deine Schläfe. Etwa so.« Er deutete an, dass er sie sich zwischen Auge und Ohr an den Kopf drücken sollte.

Karol trabte also zwischen die Bäume.

Die größere Kristallkugel in Merellyns Händen flammte auf. Sie zeigte ein auf und ab wackelndes Bild von Büschen und Bäumen, die langsam auf uns zukamen. Dann war Karol außer Sicht. Aber wir konnten immer noch sehen, was er sah.

»Hörst du mich noch?«, flüsterte Merellyn in seine Kugel.

Keine Antwort.

»Karol! Hörst du mich? KAROL!«

Keine Antwort.

»Jetzt seh ich auch nichts mehr«, meldete Zappenduster. »Was ist das für ein dunkler Balken schräg durchs Bild?«

»Ach Mist, er hat den Finger über die Kugel gelegt.« Merellyn wandte sich an mich. »William, bitte hol ihn zurück. So wird das nichts.«

Ich wurde zu Rauch und wechselte gleichzeitig in die Geisterwelt, die wir »Anderland« nannten. Das ist ein bisschen kompliziert. Hat was mit Dimensionen zu tun. Außer mir konnte nur der Kobold Schnick dort hingelangen, weil er zur Hälfte ein Poltergeist war. Dort waren alle Farben verdreht. Hell und Dunkel waren vertauscht. Und alles, was sich bewegte, sandte seltsame, wellenförmige Linien aus. Wenn man dort hinwechselt, sieht es in der wirklichen Welt so aus, als ob man einfach verschwindet. Man ist aber noch da, nur eben in einer anderen Dimension.

Ich schoss in die Richtung, in die Karol verschwunden war. Zuerst sah ich ihn nicht, weil es eine windige Nacht war und die tiefer hängenden Zweige und Lianen an den Bäumen viele Bewegungslinien sandten. Aber ich hörte ihn.

»Ich hab Angst!«, sagte er klar und deutlich. »Ich wusste nicht … ich muss es tun, aber ich wusste nicht, welche Angst …«

Der Stimme folgend, entdeckte ich ihn ziemlich bald. Er kauerte auf einer Anhöhe, versteckt zwischen den Wurzeln eines riesigen alten Baumes. Ich flog hin und sah sofort, was ihm solche Angst gemacht hatte. Vor uns lag eine bewaldete Senke. Dahinter erhob sich ein mächtiger Felsblock und aus dem wuchsen die schwarzen Mauern der Burg Venenfels. Sie sah so Furcht einflößend aus, dass sogar mir gleich ganz kalt wurde.

»Was für ein bitterböser, scheißschwarzer Kasten!«, entfuhr es mir, während ich neben Karol in der richtigen Welt auftauchte.

»Waah!«, schrie der Ex-Vampir und versuchte auf Händen und Füßen rückwärts krabbelnd unter den Baumwurzeln zu verschwinden.

»Entschuldige!«, rief ich und dann leiser: »Karol! Karol! Ich bin's nur. William! Es tut mir leid!«

Langsam beruhigte er sich wieder.

»Ich soll dich zurückholen«, sagte ich. »Du kannst sie anscheinend nicht hören, und sie können nichts sehen, weil du den Zeigefinger vor die Kugel gelegt hast.«

Karols Kopf fuhr in alle Richtungen herum. »Die Kugel!«, zischte er. »Ich hab sie weggeworfen, als du … als du …«

»Tut mir wirklich leid«, sagte ich noch mal. »Das war gedankenlos von mir. Aber dieser schwarze Höllenkasten hat mir auch Angst gemacht.«

Karol sank zurück und lehnte sich an den Baumstamm. »Ich kann es nicht«, hauchte er. »Es tut mir leid. Ich muss es tun, aber ich weiß nicht, wie …« Er begann zwischen den Wurzeln zu suchen. »Sie muss hier irgendwo sein«, flüsterte er zwischen Schluchzern. »Ich kann es nicht, ich kann es nicht, aber ich muss! Sie muss doch hier …«

Ich legte ihm eine Hand auf die Schulter. »Lass es gut sein!«, beruhigte ich ihn. »Geh zurück, bevor dich noch irgendjemand sieht. Ich werde die Kugel suchen. Mir kann keiner was tun.«

Schließlich hörte er auf, blind zwischen den Wurzeln herumzutasten, und wischte sich die Nase ab. Karol warf einen letzten Blick auf die Burg, dann robbte er ein Stück den Hügel hinunter. Als er sicher sein konnte, dass er außer Sicht war, richtete er sich auf und rannte davon.

Ich entdeckte die Kugel und hob sie auf. Sie war zur Hälfte mit Metall verkleidet. Silber wahrscheinlich. Ich richtete den gläsernen Teil auf die Burg und hielt mir den Kristall an die Schläfe.

Sofort hörte ich Merellyns Stimme. »Die Kugel! Da ist die Burg. Ich hoffe nur, dass es Willibald ist, der …«

Ich hielt mir die Kugel an den Mund und flüsterte hinein. »William! Ich heiße William!«

»Natürlich, das passiert mir imm… William? Ich kann dich hören!«

Als ich wieder bei den anderen ankam, war ein heftiger Streit darüber ausgebrochen, wie wir in die Burg kommen könnten, aber auch, ob man es nicht ganz bleiben lassen sollte.

Lorenzo und Nica waren dafür, es durchzuziehen. Seltsamerweise schien es ihnen peinlich zu sein, dass sie der gleichen Meinung waren. Nica rannte zur nächsten Anhöhe. Dort begann sie mit gespreiztem Daumen und kleinem Finger vor den Augen den Abstand zwischen Mond und Horizont zu messen.

Zappenduster bestand darauf, dass er eine Möglichkeit haben musste, die Pflanze zu beobachten, weil es nur *einen* richtigen Moment geben würde, ihren Verteidigungsmechanismus auszulösen.

Merellyn wollte die Aktion abbrechen. Er meinte, dass es nicht seine Art sei, um jeden Preis Leben für militärische Siege zu opfern.

Der Ex-Vampir lehnte stehend an der Rückwand des Wagens und sagte kein Wort. Aber ich sah, wie schwer sich sein Brustkorb hob und senkte. Karol Kleinkrempel war im Mondlicht so bleich wie zu der Zeit, als er noch ein Vampir gewesen war. Aber vom schrecklichen Dragoslav von Venenfels steckte nichts mehr in dem dreihundert Jahre alten Übersetzer. Er konnte es gar nicht machen. Er konnte keine Kristallverbindung herstellen. Aber ich schon. Ich konnte *ihn* spielen.

Mitten hinein in den geflüsterten Streit sagte ich: »Ich gehe. Zieht mir den Lederanzug an, dann gebt mir die Zeichen.«

Alle verstummten. Sie sahen zuerst zu mir und dann zu Karol, der bei meinen Worten an der Bordwand entlanggerutscht war und jetzt ohnmächtig vor dem Wagen lag. Ich glaube, er hatte in den letzten zwei Stunden mehr Angst ausgestanden als seit dem Vampirüberfall vor zweihundertdreiundachtzig Jahren.

»Es liegt doch auf der Hand«, meinte ich in die Stille hinein. »Ich kann den Lederanzug tragen. Ich war vor zwei Wochen für kurze Zeit ein…ne Art Vampir. Bei mir funktioniert der Kristall. Ich kann überall hingehen. Mir kann keiner was tun.«

Es war ganz still, und das war ein Zeichen dafür, dass sie mir recht gaben.

Aber dann sagte Myrabella, praktisch wie immer: »Der Anzug passt dir nicht. Karol ist zwei Köpfe größer als du.«

»Probier ihn trotzdem mal an«, schlug Merellyn vor.

Ausgerechnet er! Da wusste ich, dass wir es machen würden.

Bevor ich mich in den Anzug zwängte, griff ich unter mein Hemd und nach Anderland, wo ich das Zeichen versteckte, das ich in den Dornenbüschen gefunden hatte. Es war ausgerechnet das des Schwarzen Lords. Der hatte auch prompt versucht Fantasmanien zu betreten oder zumindest das Zeichen zu bekommen. Aber auch der Zauberer Mysterio Mystelzweig war erschienen und hatte mir befohlen das Zeichen mit Bleiplatten abzudecken und in Anderland verschwinden zu lassen. Seit ich es dort versteckte, hatte es kein Anzeichen vom Mundovoros mehr gegeben. Aber ich konnte es unmöglich mit in die Vampirburg schleppen. Also holte ich es hervor und gab es dem Halb-Poltergeist Schnick, der es an einem ziemlich ähnlichen Ort wieder verschwinden ließ.

Der geflickte Anzug schlabberte nur ein bisschen, aber an den Armen und Beinen schlug er endlos Falten.

Merellyn deutete mit dem Zauberstab auf mich und bewegte ihn dann quer zu mir. Dabei sagte er: »Maximassivus. Magicum Conficium.«

Es machte so ähnlich wie Ffft! und der Anzug passte. Doch die meisten Falten waren noch da. Merellyn deutete nacheinander auf meine Arme und Beine. Dabei sagte er viermal: »Prolongatio. Finitum.«

Meine Gliedmaßen streckten sich und die Falten verschwanden aus dem Anzug.

»Was tut ihr da?«, fragte Nica, die vom Mondmessen zurückgekommen war.

»Will übernimmt«, erklärte Merellyn. »Wir machen ihn nur gerade passend für den Anzug. Es ist nicht so viel, dass seine Plasmadichte in bedrohlichem Maße abnehmen würde.«

Nica sah ihn eine Zeit lang ratlos von der Seite an. »Dann is' ja gut«, murmelte sie.

»Ja, das ist auch gut«, sagte Lorenzo. »Dass Will übernimmt. Denn er kann selber fliegen. Dann kannst du hierbleiben, wo es sicherer ist.«

»Sicherer?«, wiederholte Nica entrüstet. »Glaubst du vielleicht, weil ich ein Mädchen bin, kann ich nicht …« Aber sie brach ab und drehte sich weg. Soweit das unter ihrer schrecklichen Kriegsbemalung zu erkennen war, versuchte sie verächtlich auszusehen, aber sie war ganz klar schwer beleidigt.

»Das ist schon in Ordnung so«, versuchte der Zauberer sie zu beruhigen. »So haben wir jemand im Lager, der im Notfall zur Burg fliegen kann.«

»Na gut!«, sagte Nica über die Schulter. »Dann fliegt los. Jetzt ist die Stunde zwischen Monduntergang und Morgengrauen. Die Kraft der Vampire, die sie aus dem Mondlicht ziehen, wird schwächer. Die aufgehende Sonne wird eure Flucht decken. Sie werden aufgehalten, weil sie erst die Taganzüge anlegen müssen.«

»Und darin sind sie ziemlich schnell«, kam Karols schwache Stimme vom Wagen her. »Die gute Nachricht ist, dass es nicht für alle Vampire auf der Burg solche Anzüge gibt.«

Er half mir die Ledermaske anzulegen. Myrabella hatte einen Riss neben dem rechten Augenfenster so vertieft und dann wieder zugenäht, dass die kleine Kristallkugel unter der Maske an meiner Schläfe festsaß und ein Bild empfangen konnte.

»Hör mal, es tut mir leid«, flüsterte Karol. »Aber beim Anblick der verdammten Burg …«

»Schon gut«, wisperte ich zurück. »Schön, dass du wieder wach bist. Ich werde dich viel öfter an Merellyns Kristallkugel brauchen als Zappenduster. Du musst mir sagen, wo es langgeht, und wie die Leute heißen, mit denen ich spreche.«

»Es ist auch wichtig, wie du dich verhältst«, erklärte der Ex-Vampir. »Es gibt da drin Vampire, die kannst, nein, *musst* du treten, schlagen und … na ja, beißen darfst du sie nicht. Anderen musst du mit Respekt …«

»Treten und Schlagen kommt auch nicht infrage«, unterbrach Merellyn. »Dir fehlt die Kraft eines Vampirs. Spiel am besten den Schwerverletzten. Dann werden dir Fehler eher verziehen. Aber erzähl nicht die Wahrheit. Nichts von Dornengift, das den Vampirismus schwächt.«

Karol sah dem Zauberer nach, als er mit der großen Kristallkugel in den Händen davonging. Dann wandte er sich wieder an mich.

»Sei lieber so wenig verletzt wie möglich«, meinte er. »Es gibt da ein paar Vampire, die können sich beim Anblick eines möglichen Opfers nicht zurückhalten. Halt dich vor allem von Vadyuscha fern. Du brauchst nicht mal wie ein Opfer auszusehen, um von ihr angefallen zu werden. Versuch einfach die Zeichen der Lords so schnell wie möglich bei Baron Voronin abzuliefern. Sein Titel ist ›Euer Gnaden‹. Vergiss nie, den anzufügen. Sag ja nicht ›Exzellenz‹ oder ›Hochwohlgeboren‹.« Karol klopfte gegen mein linkes Augenfenster. »Siehst du alles?«

Ich nickte.

»Pass auf, du weißt, dass Vampire sehr schnell sind«, fuhr er fort. »Wenn du dich manchmal unsichtbar machst und an einem anderen Ort in der Nähe wieder auftauchst, sieht das ganz ähnlich aus. Aber lass die Sache mit dem Rauch. Ich versuche dir immer genau zu sagen, was du tun sollst. Ich … ich bin froh, dass du für mich einspringst und … dass du tot bist. Sie können dir nichts anhaben. Glaube ich. Viel Glück!«

Nica holte die Flasche mit dem Mondscheintrank aus ihrem Umhang. Sie sah kurz zu Lorenzo, zögerte und gab die Flasche dann Merellyn.

Schnick drückte mir die Truhe mit den angeblichen Zeichen in die Hände. Einer der Waranjäger, ein gelernter Tischler, hatte sie gefertigt. Es war eine solide Arbeit, aber er hatte auf der Isla Evangelista natürlich nicht die Möglichkeit gehabt, sie zu verzieren. Zumindest nicht so, wie man das von einer Truhe für die wichtigsten Zeichen des Königreichs erwartet hätte. Aber dann hatte Schnick hervorragende Arbeit geleistet. Er hatte die Truhe bis zu unserer Abreise durch den Dreck geschleift, mit rostigen Ketten auf sie eingeprügelt, sie mit Dornen zerkratzt und Wasser- und Ölflecken hineingerieben. Jetzt konnte niemand mehr sagen, dass die Kiste ziemlich mäßig verziert und erst eine Woche alt war. Sie sah einfach uralt und furchtbar mitgenommen aus. Also fast genauso wie die Originaltruhe.

Dann hielt mir Schnick noch zwei Gegenstände hin. Sie sahen aus wie winzige Holzfässer, in denen kleine Dornenranken wuchsen. »Kannst du die auch noch mitnehmen?«, fragte er. »Wenn der Zauber losgeht, wirfst du sie fest auf den Boden, und dann ...«

»Wozu sind die gut?«, fragte Merellyn, der mit der Flasche Mondscheintrank ankam.

»Ach, nichts Besonderes ...«, wand sich Schnick. »Nur so eine Idee von Zappenduster und mir ...«

»Wenn es nichts Wichtiges ist, wird Willhelm ...«

»William!«

»Exakt! ... William die Dinger auch nicht mitnehmen!«, entschied der Zauberer. »Er hat so schon alle Hände voll zu tun.«

Schnick schlich grummelnd davon.

Merellyn gab Lorenzo den Mondscheintrank. Eine halbe Minute oder so passierte nichts. Aber plötzlich krümmte er sich und stöhnte. Dann wurde aus dem Stöhnen ein Knurren.

»Weg!«, fauchte er. »Geht alle weg!« Er stolperte hinter den Wagen. Ein paar sehr seltsame Geräusche waren zu hören. Am ehesten klang es nach schwallweisem Kotzen. Ich lugte unter dem Wagen durch, aber Lorenzos Frühstück war nicht auf dem Waldboden gelandet. Ich sah seine Beine im Kreis stolpern. Dann fiel er auf die Knie. Er krümmte sich mit verschränkten Armen, als hätte er Krämpfe. Als er mich sah, schüttelte er den Kopf. Ich drehte mich weg.

Es war eine Weile still, dann kam jemand ziemlich Großes hinter dem Dsinghaniwagen hervor. Ich glaube, alle wichen einen Schritt vor der unbekannten, dunklen Silhouette zurück. Im nächsten Moment breitete sie mit einem Rauschen gewaltige Flügel aus. Diesmal war es kein Schritt, sondern ein Sprung rückwärts, den die Gruppe machte.

VAMPIRE!

Ich hatte nie Flügel«, knurrte der bedrohliche Schemen mit Lorenzos Stimme. »Aber sei's drum. Fliegen wir!«

Beim zweiten oder dritten Schlag mit den Schwingen hob er ab. Zuerst sah es ein bisschen unbeholfen aus, und ich dachte, er fällt wieder zurück auf den Boden. Aber dann hatte er den Bogen raus und plötzlich stieg er schnell höher. Ich schoss hinter ihm her und flog so nah an ihn heran, wie ich konnte, ohne von seinen Flügeln getroffen zu werden. Die Burg kam in Sicht.

»Verdammte Trollkacke!«, hörte ich Lorenzo leise fluchen. »Was für ein fieser Bunker!«

»Fliegt einen Bogen nach rechts«, flüsterte Karol an meiner Schläfe. »Ihr seid für den Wächter an der Turmpforte nicht vor dem Mond.«

Mist, wie sollte ich Lorenzo das sagen? Es blieb mir nichts anderes übrig, als es wieder so zu machen wie in der Nacht, als die Vampire ihn durch die Luft vor sich her getrieben hatten. Ich sprang auf Lorenzos Rücken und flüsterte ihm ins Ohr, was Karol gesagt hatte.

Schließlich flogen wir über die äußerste Mauer der Burg. Seltsam, sie hatte Schießscharten, aber keine Wehrgänge dahinter. Dort fingen gleich die Dächer an, und die waren nicht mit Ziegeln gedeckt, sondern auch massiv gemauert. Aus den Dächern wuchsen wieder Türme.

»Es ist der rechte von den drei höchsten Türmen«, erklärte Karol. »Aus eurer Sicht der entfernteste. Ihr seid zu tief. Steigt noch etwa zwanzig Meter auf. Sobald ihr die Plattform seht, soll Lorenzo sich fallen lassen.«

Das gab ich weiter. Lorenzo tat, was der Ex-Vampir gesagt hatte. Dann sahen wir die Plattform und hielten darauf zu. Aber Lorenzo ließ sich nicht fallen.

»Verschwinde!«, flüsterte ich.

»Warte noch!«, zischte er.

»Hau ab!«

»Warte … jetzt!«

Typisch Lorenzo. Er ging das Risiko ein, entdeckt zu werden. Aber es war perfekt. Er tauchte direkt vor der Kante ab. Ich knallte dagegen und krallte mich fest. Die Flügel, die der Vampirwächter sehen sollte, waren erst im letzten möglichen Augenblick verschwunden.

Ich sah nach unten. Lorenzo hockte keinen Meter unter meinen Füßen auf einem Sims und grinste mich an. Ich grinste zurück, aber dann fiel mir ein, dass er das durch die Maske ja gar nicht sehen konnte.

Und noch etwas anderes schoss mir durch den Kopf. Die Truhe! Ich hatte sie bei meinem Aufprall loslassen müssen. Sie war über die ganze Plattform bis zur Pforte gepoltert. Ich sah gerade noch, wie zwei Hände sie nach drinnen ins Dunkel zogen.

»Lass sie dir nicht wegnehmen!«, zischte Karol an meinem Ohr. »Sie werden die Pforte schließen!«

Tatsächlich senkte sich in dem Moment eine steinerne Platte. Ich schoss vorwärts. Aus altem Reflex heraus wechselte ich dabei in die andere Dimension. Deshalb glitt ich teilweise durch den Stein hindurch. Auch für den schnellsten Vampir hätte der sich schließende Spalt nicht mehr zum Durchkommen gereicht. Gleich hinter der Steinplatte wechselte ich wieder in die richtige Welt.

»Stehen bleiben!«, brüllte Karol mir ins Ohr und ich dem Vampir hinterher.

Der Wächter, der sich schon zum Treppenschacht umgewandt hatte, fuhr erstaunt herum.

»Tritt ihn gegen das rechte Knie!«, schrie Karol.

Ich tat es mit aller Macht und der Vampir knickte stöhnend ein.

»Gib mir die Kiste, Magor!«, flüsterte der Ex-Vampir in mein Ohr.

»Gib mir die Kiste, Magor!«, wiederholte ich viel lauter.

Er schob sie über den Boden zu mir.

»Hier, Herr. Bitte, Herr. Wer … wen darf ich melden, Herr?«

Von jetzt an erzähle ich euch die Geschichte so, als ob ich das alles gesagt hätte. Hab ich ja auch. Aber jedes einzelne Wort wurde mir von Karol Kleinkrempel ins Ohr geflüstert.

»Ich bin Dragoslav von Venenfels!«, rief ich. »Du meldest überhaupt niemand, Magor. Du bleibst auf deinem Posten und öffnest das Tor, von dem dir keiner befohlen hat, es zu schließen.«

Dann trat ich ihm noch einmal gegen das Knie.

»Jawohl, Herr Dragoslav«, stöhnte der Vampir. »Sofort, Herr Dragoslav.«

Ich schnappte mir eine Fackel und rannte die Wendeltreppe hinunter.

»Ein Glück, dass Magor der Wächter war«, flüsterte mir Karol zu. »Der einzige Vampir mit einer Verletzung, die sich nicht von selber heilt. Ich glaube, Magors Knie hat mit den gleichen Dornen Bekanntschaft gemacht wie ich. Aber bei den nächsten Begegnungen müssen wir vorsichtiger sein. Lass dir auf keinen Fall die Kiste abnehmen. Gib sie nur Voronin. Er ist so größenwahnsinnig, dass er nicht sehr misstrauisch ist. Pass auf, du bist gleich im Wachhaus. Es sieht leer aus, ist es aber nicht. Spring nach unten! Dann zur Tür. Geistersprung!«

Ich ließ die letzten sechs Stufen aus und sprang in der normalen Welt. Nach der Landung machte ich sofort einen Geistersprung zur Tür.

Hinter mir hörte ich zweimal kurz hintereinander etwas auf den Boden prallen. Ich drehte mich um. An der Stelle, an der ich nach meinem Sprung von der Treppe gelandet war, hockten zwei Vampire. Etwa in der Mitte eines kleinen Raumes, der aber eine sehr hohe Decke hatte, die sich in der Dunkelheit verlor. Dort oben mussten die beiden gewartet haben.

»Szabor. Gyulik. Wie ich sehe, passt ihr auf.«

»Deine Stimme!«, mahnte Karol. »Tiefer!«

»Wer bist du?«, fragten beide und richteten sich auf.

»Als ob ihr das nicht wüsstet!«, brummte ich. »Ihr wart oben im Turm. Ihr habt mein Gespräch mit Magor verfolgt. Melde mich bei seiner Gnaden Baron Voronin, Gyulik. Du nicht, Szabor. Du gehst zurück in den Schacht.« Ich deutete nach oben.

Die beiden zögerten nur ein kleines bisschen, dann folgten sie meinen Befehlen. Gyulik übernahm die Fackel von mir und Szabor stieg wieder auf in die Dunkelheit.

So lief das also. Der Turm war geteilt in ein Treppenhaus und einen leeren Schacht. Von dort beobachteten zwei Wächter, vielleicht durch ein Guckloch, was an der Pforte passierte. Wenn jemand eindrang und die erste Wache überwältigte, konnten sie ihn am Fuß der Treppe abfangen.

Ich folgte Gyulik durch leere, düstere Gänge ohne jeden Schmuck. Es ging mehrere Treppen hinauf und hinunter, durch eine dunkle Halle, in der zentimeterdick der Staub lag, und mehrmals um die Kurve. Die ganze Zeit hörte ich nichts von Karol.

Doch plötzlich flüsterte es an meiner Schläfe. »Wenn er geradeaus geht, folge ihm. Wenn er die nächste Abzweigung nach links nimmt, mach sofort einen Geistersprung geradeaus ans Ende des Ganges. Von dort einen Meter nach rechts und den Lüftungsschacht hinunter.«

Gyulik bog nach links ab, und ich tat, was Karol mir geraten hatte. Als ich am Ende des Gangs ganz kurz in die richtige Welt wechselte, hörte ich jemand an einer Tür klopfen.

»Gyulik wollte dich zu Vadyuscha bringen, Voronins rechter Hand«, erklärte mir Kleinkrempel, als ich im Schacht steckte. »Wenn du ihm gefolgt wärst, hätte sie dich sofort angegriffen. Das war ein Test. Gyulik hat wahrscheinlich gar nicht gemerkt, dass du ihm nicht folgst. Sein Pech, dass er ohne dich geklopft hat.«

Ich hörte ein tierisches Fauchen und fast gleichzeitig ein leises Wimmern. Dann trampelten Füße durch die Gänge über mir.

»Kannst du deine Stimme noch mehr … irgendwie bedrohlicher machen?«, fragte Karol. »Du hattest noch keinen Stimmbruch, bevor du … bevor du tot … Das haben wir in der Eile nicht bedacht.«

»Jetzt müssten wir Schnicks Sprechmuschel vom Mare Centauri haben!«, hörte ich Merellyn sagen. Mare Centauri. Plötzlich dachte ich in dem Kaminschacht an Esmeranda. Sie hatte mir zum Abschied einen Muschelanhänger geschenkt und dazu etwas gesagt. Die beiden letzten Worte hatten geklungen wie: »... Märöiy Centöriy.«

Vielleicht ...

Ich wühlte im Kragen des Anzugs, bis ich den Anhänger hatte. Dann fummelte ich ihn nach oben unter die Maske vor meinen Mund.

Ich hauchte in die Muschel und zuckte zusammen. Das hörte sich an, als stecke ein Hund mit mir in dem dunklen Schacht. Ein sehr großer, sehr böser Hund.

»Was war das?«, fragte Merellyn.

»Das war ich«, flüsterte ich. »Ich *habe* eine Muschel vom Mare Centauri.«

»Woher ... ach, egal, hier ist wieder Karol«, meldete der Zauberer.

»Brüll da bloß nicht so rein!«, empfahl der Übersetzer. »Du hörst dich an wie der König aller Vampire. Das wäre eine Beleidigung für Voronin. Geh in dem Schacht noch ... äh, sagen wir zwei Meter tiefer. Ist ein Zimmer hinter der Wand?«

Ich schob den Kopf durch die Mauer. »Ja, mit einem großen Himmelbett. Es ist leer.«

»Gut, das ist das Mätressenzimmer. Geh einfach durch und zur Tür hinaus. Nach rechts. Jetzt links, die Treppe runter. Öffne die kleine Tür am Ende so leise wie ... so geht's natürlich auch.«

Ich war einfach durchgeschwebt. Leiser ging's nicht. Ich war in einem Kabuff mit getäfelten Wänden und schaute auf die nackte Rückseite eines mächtigen hölzernen Sessels. Links und rechts davon hingen üppige Samtvorhänge. Vor ihrer jahrhundertealten Komplettverstaubung waren sie statt grau wahrscheinlich weinrot mit goldenen Bordüren gewesen.

»Du stehst direkt hinter Voronins Thron«, hauchte Karols Stimme. »Den Gang hinter dir benutzt er, wenn er wieder mal eine junge Frau …«

Eine Stimme, so mächtig und blutgefrierend, dass ich das Flüstern an meiner Schläfe nicht mehr hören konnte, sagte gerade: »So ist es euch also gelungen, die beiden Hälften des mächtigsten Zauberbuchs der Welt an euch zu bringen. Meine unendliche Bewunderung ist euch gewiss. Doch was ist mit den Zeichen der Lords? Ich gab euch den Troll als willfähriges Werkzeug.«

Ganz leise hörte ich Merellyns Stimme: »William? Das muss Voronins Stimme sein. Karol ist ohnmächtig geworden.«

Eine andere, viel lieblichere, aber noch schrecklichere Stimme antwortete. »Der Troll war wohl nicht ganz so willfährig, wie wir uns das alle gewünscht hätten«, erwiderte sie. »Die Zeichen wurden gestohlen, bevor unser Agent ihrer habhaft werden konnte. *Wer* konnte denn wissen, dass sie für kurze Zeit ungeschützt sein würden?«

Wenn Voronins Stimme einem das Blut in den Adern gefrieren ließ, konnte diese das Knochenmark zum Schmelzen bringen. Zum Glück hatte ich weder Blut noch Knochenmark, deswegen konnte ich mich einigermaßen zusammenreißen. Ich spähte zwischen Thron und Vorhang hinaus. Vor mir lag ein runder Saal. Um einen Ring aus Säulen lief außenrum ein Gang. Zwischen den Säulen senkte sich der Boden in mehreren Stufen ab. Das Ganze sah aus wie ein sehr kleines Fußballstadion. Von meinem Platz aus konnte ich etwa zehn oder zwölf Vampire sehen, die auf den Stufen des runden Saals lümmelten. Im Gang hinter den Säulen standen noch mal acht. Es waren meiner Meinung nach etwas mehr männliche als weibliche Vampire. Ich sah zum ersten Mal Vampirfrauen. Sie waren prunkvoll gekleidet und trugen aufwendige Frisuren. Aber insgesamt sahen sie aus, als hätten sie vor circa dreihundert Jahren ein Fest besucht, und danach hatte man vergessen, sie nach Hause zu bringen. Also waren sie einfach hiergeblieben, immer mehr verstaubt und ihre Ballkleider von Generationen von Mäusen angenagt worden. Hinter ihnen hingen lauter vergilbte Bilder von grimmig blickenden Ururur-Blutsaugern an den Wänden. Ich war mir nicht sicher, dass die alle friedlich in ihrer Gruft vor sich hin moderten. Konnte durchaus sein, dass der eine oder andere anwesend war.

In der Mitte des Saals, also am tiefsten Punkt, befand sich ein kleiner Tisch mit einer Brokatdecke. Darauf lag das Macronomicon. So etwas wie ein kleines Feenglitzern lief über seine Oberfläche und das Buch murmelte: »… haltsmaulblöder… $mc^2 = a + b$…schissen hier drin!«

Da wusste ich, dass das der verkleidete Sir Holdmund von Hofesang war und nicht die böse Hälfte des Macronomicons. Das Ritter-Benimmregeln-Buch war an sich schon nervig genug. Es faselte immer von großen Fahrten und erschlagenen Drachen und von holden Jungfern, die total auf erschlagene Drachen stehen. Aber dem Buch war ein magischer Unfall passiert. Eine Liste anderer Buchtitel hatte sich in sein Gedächtnis gebrannt. Jetzt tauchten schmuddelige Köche, verlotterte Soldaten und irre Mathelehrer auf seinem Einband auf und schwafelten noch schlimmeren Blödsinn als Sir Holdmund selbst. Aber immerhin hatte es das irre Buch tatsächlich bis hierher geschafft.

Hinter dem Tisch standen zwei prunkvolle, aber total heruntergekommene Sessel. Darin saßen die beiden verschleierten

Gesandten. Was für ein schlauer Platz für »Ehrengäste«. Sie standen im Mittelpunkt. Und waren von allen Seiten angreifbar, wenn sie auch nur eine falsche Bewegung machten.

Die Flügel des großen Portals gegenüber dem Thron wurden aufgerissen. Zwischen ihnen erschien eine Vampirin, die nicht viel mit den staubigen Balldamen gemeinsam hatte. Sie trug hochhackige Schaftstiefel, eine enge Reithose, eine Schärpe mit einem Degen darin und ein samtschwarzes Mieder über einer Rüschenbluse. Das musste Vadyuscha sein.

Sie stürmte etwa fünf Schritte in den Saal, ehe sie sich besann und in eine Haltung fiel, die gleichzeitig ein Knicks, ein halbseitiger Spagat und eine tiefe Verbeugung war.

»Verzeiht die Störung, Euer Gnaden!«, zischte Vadyuscha in der gebückten Haltung. »Gyulik hier behauptet, ein Mann in einem unserer Taganzüge sei in Burg Venenfels eingedrungen, Euer Gnaden.«

Als sie den Wächter erwähnte, schleppten zwei Vampire einen bewusstlosen dritten durch das Portal und warfen ihn in den Saal. Ich hatte mir seine Kleidung nicht genau gemerkt, aber das konnte Gyulik sein.

Vadyuscha richtete sich auf. »Der Mann im Taganzug behauptet von sich, Dragoslav von Venenfels zu sein, Euer Gnaden«, fuhr sie fort. »Er kannte alle drei Wächter beim Namen und forderte, zu euch vorgelassen zu werden, Euer Gnaden. Gyulik wollte ihn zu mir bringen, doch der Mann verschwand, Euer Gnaden.«

Ich machte einen Geistersprung in den Gang unmittelbar hinter Vadyuscha und ihren Wächtern.

»Das ist nicht wahr«, grollte ich mit der Sprechmuschel vor dem Mund. »Ich bin hier, Euer Gnaden.«

Die Vampire um Vadyuscha fuhren zu mir herum. Ich machte fünf, sechs schnelle Sprünge durch den Saal bis zu Voronins Thron. Ich hoffte, dass es für die Vampire ausgesehen hatte, als bewege ich mich rasend schnell vorwärts. Die meiste Angst hatte ich dabei vor den beiden Gesandten. Ich wusste, dass sie in die Geisterdimension blicken konnten. Ich kniete nieder und verbeugte mich gleichzeitig. Dabei hielt ich dem Baron die Truhe so hin, dass er die zerkratzte, fleckige Gravur mit den Umrissen der beiden Zeichen sehen konnte.

»Ich bin hier, Euer Gnaden«, knurrte ich. »Und ich bringe euch das hier.«

Der Vampirfürst beugte sich ruckartig vor. Die anderen Vampire stöhnten. Unter meiner Achsel durch sah ich, dass eine der

Gesandten aufspringen wollte, aber von der anderen zurückgehalten wurde. Danach bewegte sich niemand mehr. Die Zeit schien zu kriechen, aber ich wagte nicht hochzusehen. Das einzig Gute war, dass Karol sich meldete und versprach, mir wieder zu helfen.

»Kann es wahr sein?«, fragte der Baron nach einer Ewigkeit. »Du bringst mir die Zeichen der Lords? Du hast wochenlang da draußen überlebt und bringst mir die Zeichen der Lords?« Gier triefte aus seiner Stimme.

Ich sagte nur: »Ja, Euer Gnaden.«

»Wo ist Slobomir?«, fragte eine andere Stimme neben dem Baron. Auf Karols Anweisung sah ich hoch. Neben dem Baron, der sich immer noch vorbeugte und auf die Kiste starrte, stand der massigste Vampir, den ich bisher gesehen hatte.

»Er ist tot, Herr Watzlav«, antwortete ich.

»Er soll die Maske abnehmen und uns beweisen, dass er der ist, für den er sich ausgibt!«, forderte Vadyuscha, ohne irgendwelche Gnaden hinzuzufügen.

Watzlav nickte.

»Nimm die Maske ab, Dragoslav!«, befahl Voronins rechte Hand.

Ich wandte mich an den Baron. »Bitte nicht, Euer Gnaden!«, flehte ich. »Die Sonne hat mich verbrannt. Das Leder klebt an meiner rohen Haut, Euer Gnaden.«

»Öffne die Truhe!«, befahl der Baron.

Da kam jemand und schleppte das wertvollste Geschenk an, das man dem Baron machen konnte. Den interessierte es überhaupt nicht, dass der Mann vor ihm halb oder dreiviertel tot war. Aber seine Gnaden verzichtete immerhin darauf, dem Diener zu befehlen, sich das rohe Fleisch vom Kopf zu reißen.

Ich öffnete also die Truhe.

Der Baron fuhr zurück. Seine blutunterlaufenen Augen wurden riesengroß.

»Ergreift sie!«, brüllte er plötzlich und deutete auf die beiden Gesandten. Alle Vampire außer dem Baron selbst und seinem Berater Watzlav stürzten sich auf die zwei Frauen. Wieder wollte die eine aufspringen und noch einmal wurde sie von der anderen zurückgehalten. Danach ließen sich die Gesandten widerstandslos überwältigen.

»Bringt das andere Buch!«, befahl Voronin. Er griff mit beiden Händen in die Kiste und riss die Zeichen heraus. Dann beugte er sich zu mir herunter.

»Gut gemacht!«, flüsterte der Baron. »Wir werden uns um dich kümmern.«

Mir wurde ganz anders. So musste sich ein Schwein fühlen, wenn der Metzger versuchte, freundlich zu sein.

HALB ELB, HALB ZWERG

Vier Vampire schleppten einen Käfig herein. Er war nicht besonders groß, eigentlich nichts weiter als ein flaches Rechteck. Trotzdem hatten sie Mühe, den Gitterkasten festzuhalten: Etwas darin tobte und kleine Blitze zuckten an den Eisenstangen entlang. Irgendein Zauber hielt die Entladungen aber im Käfig gefangen.

Die Vampire nahmen das Buch, das die Gesandten mitgebracht hatten, vom Tisch und wuchteten stattdessen den Käfig darauf. Ein Buchrücken ragte oben aus einer Öffnung, die genau dazu passte. Daneben gab es einen ähnlichen Schlitz, der leer war. Jetzt kapierte ich, dass die Vampire das Macronomicon in einen magischen Käfig gesperrt hatten, der noch Platz für seine andere Hälfte bot.

Genau dorthinein wurde auf Voronins Befehl das falsche Macronomicon gesteckt.

»Verzagt nicht, edler Recke!«, rief das Buch auf einmal. »Die holde Jungfer …« Blitz! »… wirde gebratän mitte Sauce vonne Swiebeln üünd …«.

Der Rest war nicht zu verstehen, weil das Buch im Käfig verschwand. Die Vampire achteten nicht darauf, aber die beiden gefangenen Frauen in den schäbigen Sesseln sahen sich kurz an. Mir kam der Gedanke, dass sie längst wussten, was für ein Buch sie da gestohlen hatten. Warum brachten sie es trotzdem hierher?

Alle im Saal hielten den Atem an, als Baron Voronin die Zeichen durch die Ösen schob. Dann waren beide Dolche, soweit es ging, in die Halterungen gedrückt. Aber es passierte nichts. Konnte es auch gar nicht. Die Flügel an den Zeichen passten nicht durch die Ösen. Die Spitzen der Dolche, die sich berühren sollten, waren mehr als eine Handbreite voneinander entfernt.

»Ich vermute, es war nie vorgesehen, eine Eisenstange zwischen die beiden Bücher zu packen«, sagte die ältere der beiden Gesandten kühl. »Da sich der Baron von Venenfels aber offensichtlich vor zwei Büchern fürchtet, wird es …«

»Schweigt!«, donnerte der oberste Blutsauger im Saal. »Holt den Druiden.«

Für einen Moment ging ein Murren durch den Saal.

»HOLT IIIHN!«, brüllte der Baron. Mehrere Vampire brausten davon wie der Wind.

Aber dann dauerte es wieder eine Ewigkeit. Der Baron setzte sich zurück auf seinen Thron.

Nach einer Weile zischte Zappendusters Stimme an meinem Ohr. »Der soll aufhören mit den Pflanzen zu spielen! Wenn sie sich berühren, vereinigen sie sich, dann können sie nicht mehr eingesetzt werden.«

Ich wusste nicht, was ich dagegen machen sollte, aber Karol flüsterte mir die richtigen Worte ein.

»Ich bitte Euer Gnaden mit den Zeichen der Lords vorsichtig zu sein!«, schleimte ich. »Slobomir hat die Spitzen sich berühren lassen und ist daran gestorben, Euer Gnaden.«

»Gestorben?«, grollte der Vampir entsetzt.

»Er ist verglüht, Euer Gnaden.«

Der Baron starrte mich eine ganze Zeit lang an. Ich hatte schon Angst, er würde mich doch noch die Maske abnehmen lassen. Aber er sagte nur: »Verglüht? Das hätte ich gern gesehen. Legte die Spitzen aneinander. Trottel!«

Von da an hielt er die dolchförmigen Zeichen weit auseinander. Dabei hatte er sicher mit dem Gedanken gespielt, selbst mal zu probieren, was passieren würde, wenn er die Spitzen der Dolche vereinigte.

Irgendwie fühlte ich mich plötzlich beobachtet. Als ich mich langsam im Raum umschaute, entdeckte ich, dass die jüngere der beiden Gesandten mir ihr Gesicht zugewandt hielt. Ob sie mich aber ansah, konnte ich wegen des Schleiers nicht sagen.

Schließlich kamen die Vampire zurück. Zuerst dachte ich, sie führten einen Zwerg an Ketten herein. Der Gefangene trug einen schwarzen Kapuzenumhang, sodass sein Gesicht im Schatten lag. Aber dann rutschte die Kapuze zurück und ich sah die mandelförmigen Augen und spitzen Ohren eines Elben. Doch der Kerl war nicht viel größer als ich. Sein weißer Bart und seine bullige Statur erinnerte an die Zwerge, die immer wieder in der Miesen Muschel aufgetaucht waren. Wir hatten sie Eckis genannt, weil alles an ihnen eckig war: ihre Helme und Schuhe, ihre Brustkästen und Nasen, sogar ihre Muskeln. Die Kobolde nannten wir im Gegensatz dazu Spitzis, aber das hörten sie gar nicht gern.

»Ich kenne den Mann!«, rief Merellyn an meiner Schläfe. »Sein Name ist Escuador. Oder Eskimos? Auf jeden Fall ist er der oberste Druide!«

Oberster Druide? Von was? Ich wusste nicht, ob so etwas möglich war, aber der Gefangene sah aus wie eine Mischung aus einem Zwerg und einem Elb.

»Weiß er, was er zu tun hat?«, fragte Voronin die Vampire, die ihn bewachten.

»Ja, Euer Gnaden.«

»Dann los!«, befahl der Obervampir.

Doch der Elbenzwerg rührte sich nicht. Er sah Voronin an und sagte: »Elliëlenil liniavallia lëillalualliën essil.« Oder so ähnlich. Es klang schön und sanft wie ein leise gesungener Kinderreim.

Der Baron und die Wachen starrten ihn verständnislos an.

»Ich weiß, was ich eurer Meinung nach zu tun habe«, knurrte der weißbärtige Gefangene. »Aber ich werde euch niemals helfen, eure Krallen auf das mächtigste Buch der Welt zu legen. Selbst wenn ihr mich töten werdet.«

Der Baron grinste. »Einige meiner Untertanen werden dir glaubhaft versichern, dass es schlimmere Dinge als den Tod gibt«, sagte er lauernd.

»Ihr könnt mich nicht zu einem eurer Blutsauger machen«, behauptete der Gefangene. »In meinen Adern fließt das Blut von Zwergen und Elben. Ihr könnt mich nicht einmal beißen.«

Es stimmte also tatsächlich. Er war ein Halbblut – halb Zwerg, halb Elb.

»Ich habe genug Leute, denen ich es befehlen könnte«, behauptete der Obervampir. »Vielleicht würden sie an deinem Blut zugrunde gehen, aber auch du würdest schrecklich leiden.«

Der Halbelb starrte ihn trotzig an.

»Aber das wird gar nicht nötig sein.« Voronin zog eine Schatulle hervor und schüttelte sie. Etwas darin prallte mit dumpfen Schlägen gegen das Holz.

»Ich denke, du wirst für mich arbeiten. In dieser Truhe halte ich das Schicksal deines Volkes. Wie wäre es, wenn ich zum Beispiel Thorwald Totaxt zum König mache? Oder seinen Erzfeind Knut Knochenknacker?«

Der Gefangene machte eine Bewegung, als wollte er sich auf den Baron stürzen, aber die Wachen rissen ihn an den Ketten zurück.

»Du bist der oberste Druide der Zwerge, einer von wenigen übrig gebliebenen Hexern im Königreich, die den Zauber mit den Büchern vollbringen können«, fuhr der Vampir fort. »Nur deshalb haben wir dich gefangen genommen. Vereine die Bücher und du kannst deiner Wege ziehen. Und die Königswürde dem Zwerg deiner Wahl verleihen.«

»Der Vampir hat den Nagel des Königs?«, flüsterte Merellyn neben meinem Ohr. Ich wagte nicht zu fragen, was er damit meinte.

In dem Moment meldete sich das Macronomicon alias Sir Holdmund. »Knut Kochkacke?«, krähte eine Stimme. »Es gab mal einen Feldkoch bei der vierten, der …«

Blitz!

»…viertenvondrei. Unbekannten? AchihrblödenDeppenihr! Wennichsagemulti. Pli. Zieren. Solltihr. Multi…«

Blitz!

»Pürieren! Naturelig werden wir pürieren! Nur so bekommen wir die Sswiebeln in die Blutewurst!«

Dann herrschte Schweigen. Alle starrten sich lauernd an.

»Was ist mit diesem Buch los?«, fragte der Baron von Venenfels schließlich.

»Die Stümper, denen wir es abgenommen haben, haben damit experimentiert«, erklärte die ältere Gesandte prompt. »Sie haben versucht es zum Sprechen zu bringen, um ihm Zauberformeln zu entlocken. Aber das ist gründlich schiefgegangen.«

»Sobald die Bücher vereinigt sind, wird dieser Fehler behoben sein«, sprang ihr die jüngere bei.

»Also gut«, meldete sich der bärtige Zwerg-Elb. »Ich werde die Bücher vereinen. Aber vorher gibst du mir die Truhe. Und ihr nehmt mir die Ketten ab.«

Ich glaube, dass er inzwischen verstanden hatte, dass er nicht das echte Macronomicon vor sich hatte.

Auf eine Handbewegung Voronins entfernten die Wachen die Ketten. Als der Druide frei war, reichte der Baron seinem Adjutanten die Schatulle.

»Gib Eskatos das Eigentum der Zwerge zurück!«, befahl er.

Watzlav zögerte.

»Tu es!« Der Baron flüsterte, aber ich verstand ihn sehr gut. »Danach nehmen wir es ihm wieder ab, genau wie beim ersten Mal.«

Watzlav nahm die kleine Truhe mit einer Verbeugung entgegen und überreichte sie dem Zwergendruiden namens Eskatos.

Der verstaute sie in seinem Umhang, trat an den Tisch heran und hob die Hände. Er begann Beschwörungsformeln zu singen. Zwischen den Händen des kleinen Druiden und den beiden Büchern liefen sanft glitzernde Fäden aus Licht.

»Alliësselinua lëibrillium silmalluëlethil!«, rief der Zwergenzauberer. »Die Bücher sind so weit.«

»Dann entfernt den Käfig.«

Die Vampire folgten dem Befehl. Schließlich standen die beiden Bücher nebeneinander, die Buchrücken mit den Ösen nach oben gekehrt. Voronin trat an den Tisch. Der Obervampir schob die dolchförmigen Zeichen entschlossen in die Halterungen.

Plötzlich bekamen die Zeichen ein Eigenleben. Sie entglitten den bleichen Händen des Barons. Die Flügel falteten sich zusammen und die Zeichen der Kriegsherren glitten wie silberne Schlangen in die richtige Position. Als sich die Spitzen der Dolche berührten, verschmolzen sie miteinander, und die Flügel entfalteten sich wieder.

Plötzlich stiegen ganz dünne schwarze Rauchfäden aus den Seiten auf und fraßen das Licht, das der Druide zwischen seinen Händen und den Büchern hielt. Er fing an zu zucken und sich zu wehren. Doch plötzlich wurde er ganz steif und sagte: »Beofactum est.«

»Es ist *geglückt*?«, übersetzte Merellyn an meinem Ohr. »Es kann doch nicht glücken, Sir Holdmund ist doch nicht …«

»Nehmt das weg! Nehmt das weg!«, schrie das Buch. »Das ist nicht mein Bruuummm…«

Dann war es wieder ganz ruhig.

»Was war das?«, flüsterte Merellyn in der Kugel an meiner Schläfe.

»Weiß ich doch nicht!«, dachte ich mir. »Ich war noch nie dabei, wenn sich das mächtigste Zauberbuch der Welt mit dem verrückten Sir Holdmund wiedervereinigt.«

Aber ich sagte lieber nichts.

GIFTPFEILE

Baron von Venenfels sah sich misstrauisch um, doch niemand bewegte sich oder wagte es auch nur, in seine Richtung zu schauen.

Alle im Saal beugten sich atemlos vor. Es zuckte kurz in den vereinigten Dolchen. Langsam liefen sie schwarz an. Das Zucken nahm zu. Dann wurde das Schwarz zu Grün, und erste winzige Dornen erschienen, wie milchig-weiße, dünne Nadeln.

»Jetzt!«, schrie Zappenduster. »Stoß eine Fackel gegen die Pflanze!«

»Jetzt!«, hallte die Stimme der älteren Gesandten in meinem Kopf wie ein Echo. »Schnapp dir das Buch!«

Die jüngere Gesandte stieß im Aufspringen zwei Vampire beiseite und schlug einen dritten so hart, dass er über den Tisch mit dem vereinigten Buch flog. Jetzt war der Weg für sie frei, sich das Buch zu greifen. Aber ich war einen Wimpernschlag schneller. Ich hatte eine Fackel aus einem Wandhalter gerissen und stieß damit nach den Zeichen. Die Gesandte zuckte vor der Flamme zurück. Die Pflanze kreischte.

Dann veränderte sie sich so schnell, dass es mit bloßem Auge nicht zu verfolgen war. Dornenranken schossen über den Bucheinband. Zweige wuchsen aus dem Knäuel und peitschten die Luft. Die ersten Pfeile trafen den Baron, der nach dem Buch greifen wollte, ins Gesicht. Er taumelte rückwärts. Seine rechte Hand Watzlav fing ihn auf und sah dann ungläubig von seinem Herrn zu dem tobenden Pflanzenknäuel. Im nächsten Moment war auch sein Gesicht mit dünnen kleinen Giftpfeilen gespickt.

Geschrei erfüllte den Saal. Mehrere Vampire stürzten sich auf die jüngere der beiden Gesandten. Andere versuchten an das Buch heranzukommen. Das bezahlten sie damit, dass giftige Dornen sie im Gesicht und an den Händen trafen. Zappenduster hatte ein richtiges Monster erschaffen. Anscheinend konnte die Pflanze sehen. Sie zielte nur auf nackte Haut. Es kam ganz selten vor, dass einer ihrer Pfeile wirkungslos in einer Kleidungsschicht stecken blieb.

Die Pflanze tobte und wuchs weiter. Vampire kreischten und taumelten umher. Manche versuchten wegzufliegen und knallten an die Wände oder gegen Säulen. Die beiden Gesandten wehrten jeden Angreifer ab, konnten aber auch nicht an die Bücher herankommen, die inzwischen vollkommen von dornigen Zweigen umwuchert waren.

Der Baron und sein erster Blutsauger lagen ohnmächtig nebeneinander. Aber immer wieder strich ein Ast über die beiden hinweg und jagte eine neue Ladung Dornen in ihre ungeschützten Gesichter. Ihre Körper zuckten jedes Mal, aber sie wachten nicht auf.

Plötzlich schrie eine Stimme, die ich von Sir Holdmunds Buchliste kannte: »He, du schwarzer kleiner Scheißer! Wo willst du denn hin?«

»Haltet das fest! Was ist das für eine vertrocknete …«

»Isch alte nischt fest dies Ekeligkeit! Es würde ruinieren meine Torte a la Creme …«

»Halt's Maul! Lass mich mal mit dem Schwert … wo isser hin?«

Mitten zwischen den kämpfenden und umherrennenden Vampiren richtete sich so was wie ein Schatten auf und breitete für einen Moment Flügel aus. Ich sage Schatten, aber eigentlich war es dünner, dunkler Nebel. Ich glaubte für einen Moment einen Helm, den langen Waffenrock eines Ritters und eisenbeschlagene Handschuhe zu sehen. In dem Rauch, etwa auf Höhe des Helms und nicht viel größer, schwebte etwas.

Die zusammengekrümmte Mumie eines Kobolds? Im nächsten Moment lösten sich der Nebelritter und die kleine schwarze Mumie auf. Der Nebel zog sich zu einer schwarzen Wolke zusammen und griff den Zwergendruiden an. Vom Rauch eingehüllt stürzte er hinter einen der Sessel und ich verlor ihn aus den Augen.

Es gab nur einen einzigen Vampir, der in dem Durcheinander einen kühlen Kopf bewahrte. Das war Vadyuscha. Sie hielt die dicke Brokat-Tischdecke zwischen sich und die tobende Pflanze. Die beiden Gesandten anzugreifen versuchte sie erst gar nicht. Vadyuscha erkämpfte sich unerbittlich ihren Weg durch das Chaos – zu mir. Wenn es sein musste, packte sie einen ihrer Mitvampire und schleuderte ihn mitten in den Pfeilhagel.

Das Dornengestrüpp mit den Büchern darin erhob sich auf mehrere Äste. Es sah aus wie eine grüne Riesenspinne, die in einem Tollwutanfall zuckte. Auf dornigen Spinnenbeinen bewegte es sich Richtung Ausgang, immer noch wie wild Giftpfeile verschießend. Im Saal rührte sich kaum noch ein Vampir, außer Vadyuscha. Ich wurde unsichtbar. Die Vampirin kreischte, warf die dornengespickte Decke weg und sprang. Aber ich war längst nicht mehr an der Stelle. Ich raste unsichtbar Richtung Portal.

Die Pflanze schoss eine letzte Ladung Pfeile, die Vadyuscha alle in den Hintern trafen.

Mehr Vampire erschienen im Eingang zum Saal, alarmiert vom Kampflärm. Fassungslos starrten sie auf das Dornenbündel, dass wie ein riesiger Weberknecht über sie hinwegwanderte. Wer die Geistesgegenwart hatte, das Ding anzugreifen, bekam eine Ladung Antivampirgift ab.

Im Saal schienen nur die beiden Gesandten unverletzt geblieben zu sein – und bei klarem Verstand. Als wäre sie die neue Herrin von Burg Venenfels, befahl die ältere der beiden Hochelfen mit lauter Stimme: »Schließt die Turmpforte! Schließt sofort alle Ausgänge!«

Fast dankbar, dass sie woanders hinrennen durften, nahmen die Vampire in den Gängen den Ruf auf. »Schließt die Ausgänge! Schließt die Ausgänge!«

»Wohin jetzt?«, brüllte ich.

Einen Moment war alles ruhig. Ich hatte vergessen, dass ich immer noch die Sprechmuschel am Mund hatte. Dann ging das Geschrei wieder los.

»Folge der Pflanze! Folge der Pflanze!«, schrien Merellyn, Zappenduster und Karol im Chor. Aber das war gar nicht so einfach. Das Ding bewegte sich plötzlich nicht mehr wie eine Spinne. Es schoss lange Fangarme nach weit entfernten Säulen oder Balustraden und schnellte dann mit einem Affenzahn dorthin. Die Pflanze hielt sich jetzt gar nicht mehr damit auf, Vampire zu beschießen.

Ein paar von den Blutsaugern, die wir auf der Treppe zur Turmpforte überholten, bekamen noch einen Hieb mit irgendeinem dornigen Ast ab, aber davon würden sie sich wieder erholen. Auf dem oberen Drittel der Treppe und in der Kammer vor der Pforte war niemand. Erstes Tageslicht schien durch die Öffnung herein. Doch der Himmel war stark bewölkt und es war düster im Tal von Venenfels.

Die Pflanze schoss ins Freie und kletterte sofort an ihren Peitschenarmen die Burgmauer hinunter. Ich warf mich flach auf die Landeplattform und spähte nach unten. Lorenzo war nicht da. Ich untersuchte die Seitenwände – keine Spur von ihm.

»Ist Lorenzo bei euch?«, brüllte ich in die Kristallkugel.

»Nein. Er ist in die Burg gegangen!«, schrie Merellyn. »Und die junge Hexe ist ihm gefolgt!«

In dem Moment öffnete sich im Nachbarturm ein viel größeres Tor. Ein Schwarm Vampire in Schutzanzügen brach daraus hervor und jagte hinaus in den düsteren Morgenhimmel. Karol hatte gesagt, dass es auf der Burg nur wenige Taganzüge gebe. Aber was da aus dem Turm kam, waren mehr als fünfzig Vampire, jeder in einem Lederanzug.

»Merellyn, ihr werdet angegriffen!«, rief ich. »Es sind viele und sie tragen Schutzanzüge.«

»Gut!«

»Was?«

»Mit den Masken auf dem Kopf können sie kämpfen, aber nicht beißen«, erklärte der Zauberer. »Und da kommt die Pflanze mit den Büchern!«

»Merellyn, ich geh zurück in die Burg«, sagte ich. »Lorenzo und Nica suchen. Sie hätten mir auf dem Weg den Turm herauf in die Arme laufen müssen.«

»William, wir werden starten müssen«, antwortete Merellyn. »Ich muss den Wagen hoch über die Wolken in die Sonne bringen. Hier unten wird es noch stundenlang dunkel sein.«

Keine Minute später sah ich den Wagen mit den schwarzen Waranflügeln in den Morgenhimmel aufsteigen. Gleich danach heftete sich ein Schwarm ungewöhnlich großer Fledermäuse an sein Heck. Dann waren sie auch schon in der dicken Wolkendecke verschwunden.

»Viel Glück, William«, hörte ich Merellyns leiser werdende Stimme noch einmal aus dem Kristall. »Wenn jemand den beiden helfen kann, dann du. Melde dich, sobald du kannst. Myrabella, halt die Blutsauger weg von den Tragflächen!«

Die kleine Kristallkugel rauschte noch kurz, dann verstummte sie völlig.

TREUESCHWUR

Ich wurde unsichtbar und schlich zurück in die Burg. Eine Zeit lang hörte ich gar nichts, höchstens mal ein Stöhnen oder Wimmern. Dann so etwas wie Krächzen oder heiseres Fluchen.

Ich bog um eine Ecke und wurde so heftig angerempelt, dass ich zu Boden und aus Anderland in die richtige Welt fiel. Im nächsten Moment traf mich der Stiefel eines Wesens, das über mich wegtrampelte. Eines Wesens, das eindeutig tot sein musste. Schwarze Haut spannte sich ohne ein Gramm Fett über das Skelett eines Kindes. Von einem zu großen, knochigen Schädel hing eine einzelne schneeweiße Skalplocke. Seine vertrockneten Hände krümmten sich wie Krallen. Das Ding sah aus, als wäre es Jahrtausende geräuchert worden.

Aber tot war es nicht. Die schwarze Mumie hatte die Augen aufgerissen und floh kreischend vor dem Druiden, der halb Zwerg, halb Elb war. Sie schrie: »Kra patupuk! Ischnerod! Ischneriki palupot!«, oder so ähnlich.

Den letzten Rempler bekam ich vom Druiden Eskatos, dann war der Spuk vorbei. Klar, der hielt mich in dem Anzug ja auch für einen Vampir.

Tiefer in der Burg hörte ich leise Stimmen. Als ich mich darauf konzentrierte, wusste ich auch, wer da sprach. Während ich ihrem Streit zuhörte, stieg ich vorsichtig weiter treppab.

»Wie ich es wagen kann, hier das Kommando zu übernehmen?«, fauchte die ältere Gesandte. »Wer sollte das sonst tun? Sieh dir deinen Herrn an! Der wird sich nicht wieder erholen. Schau doch, sein Blut verlässt ihn!«

»Das sagt gar nichts«, erwiderte Vadyuscha. »Die Hälfte von dem, was da aus ihm rausfließt, ist dieses verdammte Gift. Vampirblut kämpfhhggrrrll!« Weiter kam sie nicht. Das hatte irgendwie gequetscht geklungen. Ich konnte mir gut vorstellen, dass die Gesandte Vadyuscha an der Kehle gepackt hatte.

»Mag sein, aber seines ist dabei, die Schlacht zu verlieren«, erwiderte die Hochelfe kühl.

»Dann ist Watzlav der nächste Herr …«

»Der *hat* die Schlacht schon verloren. Was wolltest du sagen, meine Liebe? Dass du die Dritte in der Thronfolge bist? Ich würde mich an deiner Stelle nicht danach drängen.«

Inzwischen hatte ich das Portal zum Thronsaal erreicht.

Genau in der Mitte stand die ältere Gesandte, und wie ich es vermutet hatte, hielt sie Vadyuscha mit ausgestrecktem Arm an der Kehle gepackt. Vadyuschas Füße zappelten herum, aber ihre Stiefelspitzen berührten nur selten den Boden.

»Warum nicht? Ich habe alle Voraus …«

Die Gesandte hob mühelos den Arm. Kein Boden mehr für die Stiefelspitzen.

»Du hast auch eine Ladung von dem Gift abbekommen«, erklärte die Hochelfe scheinbar geduldig. »Wenn auch nur in deinen knochigen Hintern. Ich sehe, dass dir nicht gut ist. Aber es gibt einen viel wichtigeren Grund.«

»Und der wäre?«, quietschte Vadyuscha.

»Dass ich jeden, der Anspruch auf den Titel von Venenfels erhebt, sofort töten werde. Diese Vampirdynastie hat sich gegen den Herrn über alle Vampire gestellt.«

»Aber das ist nicht wahr!«, würgte die Venenfelserin hervor. »Wir haben niemals den Mundovoros angegriffen.«

»Voronin hat das Haus Grauenstein angegriffen«, erklärte die Hochelfe. »Was glaubst du wohl, wessen Blut in den Adern des Grafen von Grauenstein fließt?«

Vadyuscha antwortete nicht gleich. Aber plötzlich weiteten sich ihre Augen.

»Der Schwarze Lord ist der Vater des Grafen?«, fragte sie. Die Vampirin schielte zu ihren Herren, die sich nicht mehr bewegten. Dann schluckte sie und sagte: »Ich war immer gegen den Krieg mit Grauenstein!«

Die zierliche Elbenfrau stellte die größere Blutsaugerin auf den Boden.

»Das ist klug«, meinte die Gesandte. »Denn wer sich gegen den Mundovoros stellt, stellt sich gegen den rechtmäßigen Herrscher über Fantasmanien.«

»Aber er ist doch genauso verschwunden wie König Oberon?«, sagte Vadyuscha vorsichtig. »Und was ist mit Königin Titania?«

»Der König ist vor dreizehn Jahren verschwunden«, erklärte die Hochelfe. »Königin Titania liegt im Todesschlaf in der Gruft. Doch der Mundovoros, der erstgeborene Sohn der Königin Uriana, wird bald zurückkehren.«

»Aber er ist nie zum Herrscher bestimmt worden«, unterbrach Vadyuscha unvorsichtig. »Außerdem gibt es da noch die Prinzessin Titanica. Venenfels hat sich nie gegen das Königshaarrrglll.«

Die Elbe hatte die Blutsaugerin wieder an der Kehle gepackt und hochgehoben. »Die Prinzessin?«, wiederholte die Gesandte. »Auch sie wurde seit dreizehn Jahren nicht gesehen. Hat es sie je gegeben? Oder ist sie nur eine Legende? Und wer ist der Herr über alle Vampire?«

»… der Schwarze Lord Zerberon.«

»Zerberon, der Mundovoros, richtig. Der Erstgeborene. Er kehrt zurück und er wird die Herrschaft über ganz Fantasmanien antreten. Wenn du Graf Grauenstein die Treue schwörst, tust du das auch gegenüber dem König.«

Die Gesandte senkte ihren Arm so weit, dass die Zehenspitzen der Vampirin den Boden berührten. »Und wirst du ihm dienen? Wirst du ihm bedingungslos folgen?«

»Aber der Kögrrll… der … ich werde ihm folgen. Ich werde ihm FOLGEN! Über den Tod hinaus!«

Die Gesandte ließ los und Vadyuscha fiel auf die Knie. Sie fasste sich an die Kehle und rang schwer nach Luft.

»Ich weiß, dass du nicht ersticken kannst«, erklärte die Hochelfe leichthin. »Aber es ist doch angenehmer, atmen zu können, nicht wahr? Nun, ich habe dich etwas gefragt. Wirst du Graf Grauenstein folgen?«

»Ich werde ihm folgen«, flüsterte die Vampirin, dann, lauter: »Ich werde Grauenstein folgen! Bis über den Tod hinaus! Das habe ich im Geheimen immer schon getan. Frag Romano. Er kann dir bestätigen …«

Die Hochelfe unterbrach die Beteuerungen der Blutsaugerin mit einer Handbewegung. »Erhebe dich, Baronin Vadyuscha von Venenfels«, befahl die Gesandte, als wäre sie die Königin von Fantasmanien. »Lass die Toten verschwinden. Heile die Verletzten. Du wirst jeden Vampir brauchen.«

Die Gesandte eilte zum Portal. Dort drehte sie sich noch einmal um. »Rotte deinen kleinen Schwarm zusammen, Baronin«, befahl sie spöttisch. »Warte auf unsere Befehle. Voronins Fehde mit Grauenstein war … dumm. Tu das Richtige und du stehst unter dem Schutz des Schwarzen Lords.« Damit verschwand sie in den Tiefen der Burg.

Vadyuscha sah aus, als würde sie jeden Moment Feuer speien. »Wie kann sie es wagen?«, knurrte sie. »Sie lässt mich Treue schwören und ernennt mich zur Baronin von ihren Gnaden, als wäre *sie* die Königin …«

Die Hand eines stöhnenden Verletzten tastete nach ihrem Bein. Die neue Baronin kreischte wütend wie eine in die Enge getriebene Ratte. Dann stürzte sie sich auf den Hilfesuchenden und schlug ihre Zähne in seinen Hals.

»Ach, übrigens …«, erklang plötzlich noch einmal die Stimme der Gesandten. Die Baronin zuckte zusammen. Als sie hochsah, war ihr Gesicht mit schwarzem Vampirblut verschmiert. »Ich würde mich mit dem Aussaugen der Untergebenen zurückhalten.« Die Hochelfe war anscheinend durch eine Seitentür zurückgekehrt. Aber wo sie stand, war keine Tür. »Die hier im Thronsaal sind alle giftig für dich, und, wie gesagt, die paar anderen wirst du noch brauchen. Ach, und vergiss nicht, wir können jederzeit zurückkommen und eine zweite … äh … Impfung durchführen. Euer Gnaden.« Sie hielt eine Handvoll Dornenpfeile hoch.

Vadyuscha zuckte zusammen. Aber ich sah, dass die Dornen alle leer waren. Die Elbe hatte nur ein paar verschossene Giftnadeln eingesammelt.

Die Gesandten hatten schon im Schwimmenden Hafen vermutet, dass Baron von Venenfels sie reingelegt hatte. Dass er ihnen beim Diebstahl der Zeichen zuvorgekommen war. Also begaben sie sich freiwillig in die Hände der Vampire und brachten ihnen das angebliche Macronomicon, obwohl sie längst wussten, dass es eine Fälschung war. Und der Baron hatte sich in seiner Gier tatsächlich verführen lassen, seine Hälfte des Buchs direkt vor der Nase der Gesandten abzustellen.

Das machte mir Angst. Die waren sich offenbar sicher gewesen, dass sie mit dem echten Teil des Macronomicons aus der Burg marschieren würden und keine Armee von Vampiren sie aufhalten konnte.

Aber dann hatte unser Angriff sie genauso überrascht wie die Vampire. Und jetzt tat die ältere Gesandte so, als wäre die Ranke *ihre* Waffe gewesen.

Baronin Vadyuscha verbeugte sich so tief vor ihrer Bezwingerin wie eine Stunde vorher vor Baron Voronin. Die Gesandte nutzte die Gelegenheit, um durch ein drehbares Wandpaneel zu verschwinden.

Ich jagte hinterher. Unser Angriff hatte die Venenfelser so geschwächt, dass die Hochelfe die Herrschaft in diesem Gemäuer übernommen hatte. Wenn Lorenzo und Nica gefangen waren, dann würde sie mich zu ihnen führen. Falls sich herausstellte, dass sie nichts wusste, konnte ich immer noch die Burg absuchen.

DER BRENNENDE VAMPIR

Mit einer Fackel in der Hand lief sie durch einen Geheimgang, der in scharfen Winkeln immer tiefer führte. Ab und zu blieb sie stehen und sah sich um. Dann hielt ich mich ganz still. Sie nahm sich aber nicht die Zeit, in die Geisterdimension zu blicken.

Irgendwann bog sie in einen Seitengang ab, der scheinbar in einer Sackgasse endete. Sie zog an einem eisernen Ring, der so in der Wand versenkt gewesen war, dass ich ihn nicht gesehen hatte. Einige Mauersteine drehten sich und bildeten eine gezackte Öffnung, die gerade breit genug für die schlanke Frau war.

Auf der anderen Seite lagen endlose Gänge vor uns, durch die ab und zu ein Schrei oder Wimmern hallte.

Wir hasteten an meist leeren Gefängniszellen vorbei. Ich konnte zwar jetzt als Geist viel besser sehen und hören, aber zum Glück immer noch nichts riechen. Die Hochelfe hielt sich zusätzlich zu ihrem Schleier ein Taschentuch vors Gesicht.

Es war, wie ich vermutet hatte. Wir trafen ab und zu Vampire und ein paar andere Wesen, die hier unten in den schrecklichen Kerkern die Aufsicht hatten. Alle begegneten der Gesandten mit unterwürfigem Respekt.

Wir kamen an einem Platz vorbei, an dem die Toten und Schwerverletzten aus der Schlacht mit Zappendusters schrecklicher Dornenranke gesammelt wurden. Hier endeten die gemauerten Wände in einer riesigen Felsenhöhle. Ich konnte es nicht fühlen, aber so, wie alle Anwesenden schwitzten, musste es unheimlich heiß hier unten sein. Auf der rechten Seite der Höhle gab es einen endlos tiefen Spalt im Boden, aus dem es ab und zu dunkelrot glühte. Vermutlich war es eine von den Vulkanspalten, von denen uns Lehrer Rosenholz in Flüsterwald erzählt hatte. Wahrscheinlich kam die Hitze von dort.

Ich sah, wie einer der Verletzten versuchte sich hochzurappeln, und hörte Rufe wie »Lasst mich gehen« und »... bin kein Vampir mehr«. Die Gesandte zögerte und sah zu der Gruppe hinüber, aber dann eilte sie weiter.

Wir ließen die Vulkanhöhle hinter uns und betraten eine enge Felsspalte auf der linken Seite. Plötzlich standen wir vor einer Holztür. Die Gesandte sperrte auf, aber ich glaube, sie schaltete auch ein paar Schutzzauber ab. Wir kamen in eine Art Waffenkammer. Es gab Helme und Hellebarden, Schienbeinschützer und Brustpanzer in hölzernen Gestellen. Aber alles war verrostet, angeschimmelt und so mit uralten Spinnweben umgarnt, dass man es wahrscheinlich gar nicht mehr aus den Regalen zerren konnte. Die Gesandte packte einen Helm und kippte ihn nach vorn. Ein ganzes Regal glitt mit wehenden Spinnweben zur Seite. Dahinter kam nackte Felswand zum Vorschein, aber die Elbe ging hindurch, als sei es ein Vorhang.

Ich wollte ihr wieder folgen, aber ich stieß gegen massiven Fels. Ich! Das war unmöglich. Ich war in der normalen Welt ein anderer Geist geworden, richtig. Einer, der auf dem Boden stand und sich auch mal die Birne anstoßen konnte, wie ein lebendiger Mensch. Aber nicht hier in Anderland. Solange ich mich in dieser Dimension befand, konnte ich immer noch durch Mauern gleiten, wie es sich für einen Geist gehörte. Ich versuchte es an anderen Stellen, aber die Felswand ließ mich nicht durch. Schließlich wechselte ich in die normale Welt und landete mit beiden Beinen auf dem Boden. Ich machte einen Schritt auf die Felswand zu – und stolperte, als ich gegen nichts stieß und plötzlich auf der anderen Seite stand. Ich konnte die Waffenkammer so undeutlich sehen, als befände sie sich in Anderland. Der Schein der Fackel, die die Gesandte trug, verschwand hinter einer Biegung. Ich folgte ihr durch die engen Höhlen auf dieser Seite der magischen Felswand.

Das Einzige, was hier von Menschen- oder vielleicht eher Vampirhand geschaffen war, waren ein paar steile Treppen, die abwärtsführten. Als wir die hinter uns hatten, standen wir am Ufer eines unterirdischen Sees. Einige Fackeln erhellten die nähere Umgebung, aber das Ende des schwarzen Sees und die Höhlendecke, die sich über ihm wölbte, lagen in der Dunkelheit. Es gab einen Steg und ein paar Pfosten, an denen eine Art Flaschenzug hing. Darin lief ein Seil über eine Rolle. Kleine rote Stofffetzen waren an dem Seil befestigt. Sie kamen mit dem Seil aus der Dunkelheit über dem See herangeflogen, flitzten über die Rolle und verschwanden wieder in der unterirdischen Finsternis. So einen Apparat kannte ich. Etwas Ähnliches benutzten Fährleute, um Flusskähne von einem Ufer zum anderen zu ziehen. An kleinen Flüssen benutzten sie manchmal eine Kurbel, an größeren Zugtiere, die entweder an einer Art Mühle im Kreis liefen oder einfach am Ufer entlang, bis das Boot an den Anleger herangezogen war. Wer auch immer diesen Seilzug hier in Gang hielt, befand sich in der Dunkelheit jenseits des Sees. Oder es war ein Zauber. Die zwei Kurbeln auf dieser Seite bewegten sich jedenfalls wie von Geisterhand.

Auf dem Steg stand die jüngere der beiden Gesandten. Neben ihr lagen zwei verschnürte Bündel. Das eine bewegte sich und stöhnte, das andere blieb völlig still. Aber eigentlich war alles klar. Lorenzos Stiefel ragten aus dem stillen Bündel hervor. Die Gesandte schälte die Decke, in die Lorenzo gewickelt war, von seinem Gesicht. Es war im Fackellicht schwer zu sagen, aber er schien vollkommen blutleer.

»Ist er tot?«, wollte die Ältere wissen.

»Nein. Er ist zäh, wie du weißt«, antwortete die Jüngere. »Aber wenn er aufwacht, wird er ein Venenfels-Vampir sein. Er ist von mindestens fünf Vampiren gebissen worden. Dem Mädchen fehlt nicht viel. Sie ist nur niedergeschlagen worden.«

Verdammter Mist! Warum war er in die Burg gegangen? Warum war Nica ihm gefolgt?

»Wie lange, bis das Boot kommt?«, fragte die Gesandte, der ich gefolgt war.

»Etwas weniger als zwei Stunden. Es ist noch nicht lange her, dass ich das Signal durch den Tunnel geschickt habe.«

»Dann dauert es noch mal zwei Stunden, bis wir unter Burg Grauenstein sind«, stellte die Befehlshaberin fest. »So lange können wir nicht warten. Wir saugen ihn hier und jetzt aus.«

»Ihn … aussaugen?«, fragte die jüngere Frau ungläubig. »Aber Mutter! Er ist … er ist einer von uns!«

Ich traute meinen Ohren nicht. Die beiden Hochelfen waren Mutter und Tochter! Und sie glaubten, Lorenzo sei einer von ihnen. Allerdings war mir der Gedanke auch schon ein- oder zweimal gekommen. Sie verwandelten sich, in was immer sie wollten. Und beim letzten Vollmond hatte Lorenzo das auch getan. Na ja. Er hatte sich in alles Mögliche verwandelt. Ob er's wirklich gewollt hatte, war eine andere Sache.

»Richtig, er ist einer von uns«, bestätigte die Mutter. »Und so soll es auch bleiben. Siehst du eine andere Möglichkeit, ihn zu retten?«

»Nein, aber dann wird er … dann wird er *wie wir*, und wir hatten doch die Hoffnung, dass …«

»Sei still!«, befahl die ältere Hochelfe. »Ich muss jetzt sofort etwas für ihn tun, sonst verlieren wir ihn an diese Verrückte. An Vadyuscha, die neue Baronin.« Sie spuckte das Wort fast aus.

»Du hast sie zur *Baronin* gemacht?«, rief die Jüngere ungläubig.

»Nun, zumindest glaubt sie das. Was hätte ich sonst tun sollen? Ihre Herren sind tot. Sie wäre vollkommen außer Kontrolle geraten. Ich habe sie gezwungen Grauenstein die Treue zu schwören. Sie glaubt, der Mundovoros ist der Graf von Grauenstein. Und ich habe ihr weisgemacht, dass *wir* diese Pflanze mitgebracht hätten. Jetzt hilf mir hier! Ich kann es nicht allein tun, sonst gewinnt das verfluchte Gift von Venenfels auch noch die Herrschaft über mich.«

Ich wurde halb wahnsinnig. Jetzt steckte ich hier in Anderland fest und musste Mutter und Tochter zusehen, wie sie sich abwechselnd über Lorenzo beugten und ihm die Zähne in den Hals schlugen. Ich war drauf und dran, in der echten Welt auf die Hochelfen loszugehen, doch dann sagte ich mir, dass das gar nichts bringen würde. Lorenzo war ja schon voller Vampirgift. Aber ich konnte es auch nicht mit ansehen. Ich verzog mich in einen halb gemauerten, halb natürlichen Spalt unter der Treppe, auf der wir heruntergekommen waren. Ich sagte mir, besser *deren* Gift in seinen Adern als das von Venenfels … und außerdem konnte ich sowieso nichts tun … doch, ich konnte hier weggehen und Merellyn suchen. Und Zappenduster. Wir brauchten seinen Trank. Viel Trank!

Aber ich konnte jetzt nicht abhauen. Wenn das Boot kam, von dem sie gesprochen hatten, musste ich ihnen folgen.

Was nützte aller Anti-Vampir-Trank, wenn ich Lorenzo aus den Augen verlor? Und natürlich Nica. Die war zwar nicht so in Gefahr wie er. Sie war immer noch dick mit Waranblut beschmiert, und niemand hatte vor, sie anzubeißen. Aber sie war Lorenzo gefolgt und ich konnte auch sie nicht im Stich lassen. Also saß ich tatenlos unter der Treppe. Dann merkte ich, dass Merellyns Zauber nachgelassen hatte und ich wieder zu klein für den Lederanzug war. Ich streifte ihn ab und stopfte ihn hin-

ter mir in das Loch unter der Treppe. Die kleine Kristallkugel, die aus der Maske gefallen war, steckte ich in die Hosentasche.

Es machte mich verrückt, dass ich einfach nichts tun konnte.

Da hörte ich plötzlich eine leise Stimme auf der Treppe direkt über mir: »Ich weiß, dass du da bist. Folge mir nach oben!«

Zuerst war ich mir nicht sicher, ob die Stimme mit mir gesprochen hatte. Ich kam einfach unsichtbar aus meinem Versteck. Von den vier Fackeln am Ufer des Sees brannte nur noch eine. Die unterirdische Halle, in der wir uns befanden, war kaum noch zu sehen. Die jüngere Hochelfe stand auf der Treppe, die Stiele der drei abgebrannten Fackeln in der Hand. Ihre Mutter lehnte schlafend an einem Pfosten des Bootsstegs.

Als die Tochter höher stieg, folgte ich ihr. Am obersten Treppenabsatz hielt sie an. Sie warf die abgebrannten Fackeln in einen eisernen Korb und zog drei neue aus einem Fass, das halb mit Öl gefüllt war.

Die junge Frau sah nicht zu mir her, aber sie sagte: »Du heißt William, nicht wahr? Du warst heute Nacht der angebliche Vampir in dem Taganzug. Ich weiß, dass du uns folgen wirst. Wir wollen deinen Freund nicht töten. Im Gegenteil. Das, was wir eben getan haben, war die einzige Möglichkeit, ihn zu retten.«

Ich wechselte nicht in die richtige Welt, aber ich fragte sie: »Wieso sagst du, er ist einer von euch? Was heißt das? Wer seid ihr? Wie lautet die Botschaft, die ihr uns bringen solltet?«

»Ich werde versuchen diese Fragen zu beantworten, aber nicht jetzt. Ich bitte dich zuerst etwas für mich zu tun.«

»Und was?«

»Komm mit!«

Ich folgte ihr durch die Waffenkammer und dann bis zum Ende der engen Felsspalte, wo sie sich zu der weiten Höhle mit dem Vulkanspalt öffnete. Die junge Hochelfe deutete zu einer Gruppe von Vampiren am Rand des Spalts.

»Sie werfen die toten Vampire in den Krater. Ich weiß nicht, wie ihr ein Gift erschaffen konntet, das Vampire heilt. Aber bei denen, die sie für tot oder tödlich verwundet erklärt haben, liegen ein paar, die völlig geheilt sind, und viele, die kaum noch Vampire sind. Versuch sie zu retten! Du hast etwa eine Stunde, bis das Boot kommt. Ich muss zurück.«

Sie rannte an mir vorbei, aber an der Tür zur Waffenkammer blieb sie noch einmal stehen. Plötzlich wechselte sie nach Anderland. Ich habe in dieser Geisterdimension noch nie jemand so deutlich gesehen wie diese Hochelfe.

»Die Geheilten sollen nicht glauben, dass diese Gnade vom Mundovoros kommt«, sagte sie. »Oder von Grauenstein. Aber es wäre gut, wenn in den Vampirlanden bekannt würde, dass eine Heilung möglich ist. Gerüchte reisen schnell.« Sie verschwand aus der Dimension, in der ich mich versteckte, und knallte in der normalen Welt die Tür hinter sich zu.

»Die hübsche Dame weiß gar nicht, wie recht sie hat«, sagte eine vertraute Stimme neben mir. Vertraut hin oder her, ich machte trotzdem einen Sprung, dass ich beinahe gegen die Felswand geknallt wäre. In der Luft schwebend drehte ich mich um.

»Schnick? Bist du das?«

»Allerdings.«

Der Kobold erschien im Eingang zu der Felsspalte. Er hielt die zwei kleinen Fässer in den Händen, die er mir vergeblich hatte andrehen wollen, ehe wir starteten.

»Das Fräulein spricht mir aus dem Herzen«, meinte er fröhlich. »Komm mit, es ist nur ein einziger echter Vampir als Aufsicht bei den Verwundeten. Den können wir loswerden. Der Rest muss unsere Botschaft erhalten.«

»Botschaft? Wieso Botschaft? Was für eine *Botschaft*?«, stammelte ich. »Wie kommst du hierher?«

»Diese Rania hat plötzlich die kleine Hexe losgeschickt zur Turmpforte – Nica«, erklärte der Kobold unbekümmert. »Ich habe die Gelegenheit genutzt und bin zu ihr auf den Besen gesprungen. Als sie erst mal in der Luft war, wollte sie wegen mir auch nicht mehr umdrehen.«

»Wieso denn? Weil du die Dinger da loswerden willst?«

Er blickte verträumt auf die kleinen Fässer in seinen Händen. »Das auch …«, meinte er. »Aber wir sahen, dass Lorenzo sein Versteck verließ. Und der hatte mir, genau wie du, alles in die Hände gedrückt, was ihm bei dem Einsatz hinderlich sein konnte. In erster Linie seinen Umhängebeutel.«

»Mit dem Fußball drin? Ja, und?«

»Aber da war viel mehr drin. Ich … äääh …«

»Du hast die Tasche durchsucht«, stellte ich fest.

»Ja. Nur, äh … sicherheitshalber. Und das war gut so.«

»Natürlich. Wegen der Sicherheit.«

»Da waren noch andere Sachen drin außer dem Fußball«, beteuerte Schnick. »Unter anderem seine Flasche mit dem Zeitumkehrer. Die hab ich ihm gebracht.«

Der Halbkobold klemmte sich eines der Fässer unter den Arm und zog mit der freien Hand die Flasche aus dem Gürtel.

»Aber du konntest sie ihm nicht geben?«, vermutete ich.

»Doch, doch. Die Hexe flog sehr schnell«, berichtete Schnick. »Wir erreichten Lorenzo, als er gerade auf die Plattform klettern wollte. Im Turm stritten sich zwei Vampire, ob sie das Tor schließen oder offen halten sollten. Deshalb wollte Lorenzo ja reingehen. Er wollte sicherstellen, dass die Pforte für die Pflanze mit den Büchern offen bleibt.«

»Typisch Lorenzo«, stellte ich fest. »Zwei Vampire, und er glaubt, er kann sich allein mit ihnen anlegen. Ja, und dann?«

»Weiß ich nicht genau. Er nahm die Flasche und stürmte rein. Nica hinterher. Ich ... hehe, ich brauchte ein bisschen, um meine Bom... meine Fässchen scharf zu machen, dann bin ich auch rein. Aber da war niemand. Keine Vampire, keine Spur von Lorenzo oder Nica. Ich fand nur die Flasche auf der Treppe. Sie war leer.«

Schnick drehte die Flasche, aber es fiel nicht einmal ein Tropfen heraus.

Der Zeitumkehrer war ein Trank, der es Lorenzo möglich machen sollte, ab und zu Fußball zu spielen. Eigentlich war es ihm für ein Jahr verboten. Die Wunde an seinem Knie war mit dem Gift der Jahresblume verseucht. Wenn sie innerhalb eines Jahres wieder aufbrach, war das Knie nicht mehr zu retten. Dann war Fußball für Lorenzo Vergangenheit.

Deshalb hatte Merellyn diesen Trank gebraut. Wenn Lorenzo einen Schluck davon nahm, konnte er circa eine Stunde spielen. Wenn er sich in dieser Zeit am Knie verletzte, würde Merellyn mit einem Zauberspruch den Zeitumkehrer starten. Der würde die letzte Stunde für Lorenzo rückwärts abspielen und nichts war passiert. Leider brauchte man für den Trank ein paar echt seltene Zutaten. Merellyn hatte seine letzten Vorräte aufgebraucht und Ersatz hatten wir bis jetzt nicht aufgetrieben.

»Ich habe Lorenzo und Nica gefunden«, sagte ich. »Sie liegen gefesselt da unten, an einem unterirdischen See. Anscheinend gibt's da eine Verbindung nach Grauenstein.«

»Hab ich mitbekommen«, bestätigte Schnick. »Aber das Fräulein meinte, wir sollen den Vampiren die frohe Botschaft bringen. Lass uns das mal machen. Danach folgst du den Gesandten und ich schlage mich zu Merellyn durch.« Er wandte sich um und rannte zu der Höhle mit dem Vulkanspalt, wo die Verwundeten lagen.

Ich folgte Schnick. Zuerst verstand ich nicht, wovon die Hochelfe und der Kobold gesprochen hatten. Die Geheilten sollen nicht glauben ... aber in den Vampirländern sollten alle wissen ... die frohe Botschaft?

Dann fiel der Senkel*. Natürlich! Wir hatten einen Heiltrank gegen Vampirismus erfunden. Wahrscheinlich waren die meisten Vampire so wie Karol Kleinkrempel. Ich meine, Vampire, die gar keine sein wollten, aber nicht wussten, was sie dagegen machen sollten. Die ältere Gesandte hatte Vadyuscha weisgemacht, die Pflanze wäre eine Waffe des Schwarzen Lords. Die neue Baronin würde, ohne es zu wollen, das Gerücht verbreiten, der Mundovoros könne Vampirismus heilen. Wenn die Vampire anfingen, das zu glauben, würden sie Lord Zerberon scharenweise hinterherlaufen. Ich verstand nur nicht, warum die junge Hochelfe, die doch auf seiner Seite war, das nicht wollte. Oder was Schnick mit seiner Botschaft vorhatte.

* 100 Senkel sind 1 Fantasmo

Wir kamen zu dem Platz mit den Verwundeten. Der Witz war ja, dass sie aus Vampirsicht tödlich verletzt waren. Aber die Kräftigeren von ihnen waren nicht verletzt, die waren geheilt!

Tote Vampire wurden zu dem Abgrund geschleppt, der sich schwarz und bodenlos in die Tiefe erstreckte. Sie wurden an Händen und Füßen gepackt und über den Höllenspalt hinausgeschleudert. Noch während sie fielen, gingen sie in Flammen auf und verglühten.

Schnick deutete auf einen einzelnen Vampir, der auf einem Felsen über dem Abgrund stand und die anderen antrieb. Es war einer von den Flüsterern, den Aufsehern, deren Stimme einem das Blut gefrieren lassen konnte.

»Schau ihn dir an«, forderte Schnick. »Er ist müde und verletzt, aber heilbar ist diese Sorte nicht. Er wird lieber die Geheilten in den Vulkanspalt werfen lassen, als sie von der Sklaverei zu befreien. Pass auf, wir machen Folgendes.« Der Halbkobold flüsterte mir eine Weile ins Ohr.

Als er fertig war, sah ich ihn ungläubig an. »Und das soll funktionieren?«

Schnick grinste sein spitzestes Grinsen und nickte heftig. Ich nickte zurück. Wir verschwanden nach Anderland und düsten los, quer durch die Höhle zu dem Flüsterer.

»Worauf wartet ihr?«, hallte seine Stimme durch mein Hirn.

»Sie … sie sagt, sie ist nicht tot, Herr«, meldete einer der beiden Vampire, die die Toten in den Abgrund warfen. Die Vampirin, die sie gerade werfen sollten, stand halb zwischen ihnen und versuchte ihr zweites Bein zu befreien.

»Na und?«, flüsterte der Aufseher. »Sie ist wertlos. Das ist wie tot. Jetzt werft sie hinein.«

Schnick hatte seine Position eingenommen und gab mir mit erhobenem Daumen ein Zeichen. Ich tat, was er mir in langen Lektionen beigebracht hatte.

Ich sprang direkt auf den Flüsterer zu und gleichzeitig in die richtige Welt. Dabei nahm ich die schrecklichste Gestalt an, die mir für diesen Blutsauger einfiel, und schrie das Schlimmste, was ich mir ausdenken konnte.

Er schrie auch, machte einen Schritt rückwärts und stolperte über Schnick, der hinter ihm auf Ellbogen und Knien hockte. Der Vampir ruderte mit den Armen und fiel. Er segelte weit über den Abgrund hinaus. Als er sich von seinem Schreck erholt hatte, entfaltete er seine riesigen Flügel. Er schlug zweimal damit und versuchte sich in Position zu bringen, um uns anzugreifen. Aber ehe er das geschafft hatte, fingen seine Schwingen Feuer. Sie nützten ihm nichts mehr und er fiel wie ein Stein. Sein Körper flammte auf und verschwand.

Ich rannte zu den geheilten oder zumindest noch halbwegs lebendigen Vampiren und wurde dabei wieder unsichtbar. Als Erste nahm ich mir die vor, die versuchten aufzustehen oder die um Hilfe riefen. Ich flüsterte ihnen ins Ohr: »Steh auf! Renn weg! Du bist kein Vampir mehr! Versuch zu entkommen! Du bist geheilt!« Was mir halt so einfiel. Einigen half ich auf die Beine. Manche waren kräftig genug, anderen zu helfen. Manche waren auch schon wieder so weit, andere beißen zu wollen. Aber sie konnten nicht und schüttelten benommen die Köpfe.

Schnick rannte zu den beiden Vampiren, die die Toten geworfen hatten. Hoffentlich schubste er sie nicht in den Abgrund. Immerhin hatten sie gezögert die Geheilte hineinzuwerfen. Aber der Kobold drückte ihnen nur die zwei kleinen Fässer in die Hände.

»Werft die so hoch und weit ihr könnt über den Vulkanspalt!«, befahl er. »Dann öffnet eure Hemden und seht zu, was passiert.«

Ohne jedes Zögern führten die beiden den Befehl aus. Die kleinen Fässchen schossen davon, als hätten sie Flügel. Mitten im Flug explodierten sie, vielleicht von der Hitze, die aus dem Vulkan aufstieg.

Es ergoss sich ein wahrer Hagel von Giftpfeilen. Erst auf den zweiten Blick verstand ich, wie so viele davon in die kleinen Behälter passen konnten. In den Fässern waren keine Dornen gewesen, sondern nur winzige Samenkapseln, die noch im Flug zu Giftstacheln heranwuchsen.

Als Erstes wurden die beiden Werfer gespickt, die tatsächlich brav die Hemden aufgerissen hatten. Sie fielen auf den Rücken wie gefällte Bäume. Der Hagel erreichte die Verwundeten, ob sie lagen oder umherirrten. Schnick und ich entgingen ihm in Anderland.

Ich rannte zu dem Kobold. »Woher hast du die?«, rief ich.

»Während er an den Zeichen gearbeitet hat, hat Zappenduster die hier nebenbei entwickelt«, erklärte Schnick. Er sah sich um. »Hier gibt's garantiert keinen Vampir mehr.«

»Warum hast du Merellyn nicht gesagt, dass ihr noch mehr solche Waffen habt?«

»Äh, hehe, deswegen.« Schnick deutete in die Höhe über dem Abgrund. Dort ging auf einmal eine Art Feuerwerk los. Kleine Blätter, die überall herumsegelten, sprühten Funken und gingen in Flammen auf. Doch anscheinend hatten sie einen Plan. Sie flogen durcheinander, bis sich eine flammende Schrift gebildet hatte, die langsam in den Abgrund sank.

BIsT dU FAMpIR,
dOCH REICHdEs dIHR,
KOMMs dU NACH HIR,
WIR HAILEN dIHR!
NachtAUf & ZaPPenDUSter
ISLA EFANKELIssTA
NATUHRHEILpRAHKsIs vüR FAMpIRE

»Ich glaub es nicht!«, stöhnte ich. »Ihr wollt ein Geschäft daraus machen?«

»Na ja, wie ich immer sage ...«, begann der Kobold.

»Angebot und Nachfrage!«, leierten wir im Chor.

Ich wusste immer noch nicht genau, was damit gemeint war. Aber Schnick begründete jedes zwielichtige Geschäft, das er machen wollte, mit diesem Spruch.

Ich sah mich um. Nach dem zweiten Pfeilhagel gab es nur noch Ex-Vampire. Sie standen oder lagen da und lasen mit offenen Mündern die Leuchtreklame. Dann begannen sie aufgeregt untereinander zu flüstern. Schließlich zogen die Kräftigsten die anderen auf die Beine und der Haufen machte sich humpelnd und stöhnend davon.

Schnick öffnete seine Weste und zeigte mir, dass er darunter überkreuzte Gurte mit größeren Dornen trug. Die sahen aus wie eine Mischung aus winzigen Trollkeulen und Merellyns Spritzen.

»Ich muss los!«, verkündete der Halbkobold. »Mal sehen, ob ich in den Zellen jemanden finde, der eine Impfung braucht ... oder weiter oben in diesem düsteren Kasten. Du solltest dich auch auf den Weg machen, damit du das Boot nicht verpasst. Ach, das gehört dir. Oder zumindest bist du der Chefaufpasser dafür.« Er hielt mir ein flaches Bündel hin. Bleiplatten, mit Lianenfasern umwickelt. Der Verrückte hatte das Zeichen des Mundovoros mitten in die Vampirburg geschleppt! Ich schnappte es mir und ließ es so schnell wie möglich in Anderland verschwinden. Wir zwinkerten uns zu und rannten auseinander.

Wollt ihr wissen, was den Flüstervampir so erschreckt hat? Ich habe mich in Vadyuscha verwandelt. Sie tauchte aus dem Nichts vor dem Vampir auf und fuhr auf ihn los. Das ist nicht so wie bei einer Sirene, die einen Tropfen Blut von jemandem trinkt und dessen Aussehen dann annehmen kann, wann immer sie Lust dazu hat. Als Geist erscheine ich in einer grusligen Gestalt, schnell und kurz wie ein Feuerwerk aus Erinnerungen. Das verpufft gleich wieder. Wenn er nicht gestolpert wäre, hätte der Vampir sehen können, wie ich mich in William zurückverwandelte. Aber da segelte er schon in den Abgrund. Und wisst ihr, was Vadyuscha geschrien hat?

»Küss mich! KÜSS MICH! KÜÜÜÜSSSSS MMIIIICH!«

DIE UNTERIRDISCHE FÄHRE

Ich kam nicht zu spät. Das Boot war da, aber die beiden Hochelfen waren gerade erst dabei, ihre Gefangenen einzuladen. Dann sprangen sie selbst in den Kahn. Die ältere Elbe nahm auf einer Bank im Heck Platz. Ihre Tochter hakte ein Tau in dem Führungsseil ein, das immer noch durch den Flaschenzug lief. Mit einem kleinen Ruck setzte sich das Boot in Bewegung.

Ich konzentrierte mich auf die Fackel, die neben der Mutter in einem Halter steckte, und schwebte hinter dem Boot her. Unter mir glitt öliges, tiefschwarzes Wasser dahin. Ich wollte gar nicht daran denken, was da drin sein mochte. Aber näher ans Boot heran traute ich mich auch nicht. Ich wusste ja, dass beide Hochelfen die Geisterdimension betreten konnten. Die jüngere hatte den Eindruck gemacht, dass sie mit uns zusammenarbeiten wollte. Aber die ältere eher nicht.

Irgendwann wuchsen Felswände aus der Dunkelheit. Wir fuhren in eine Art Kanal hinein. Die Höhle war zum größten Teil natürlich entstanden, aber ab und zu gab es einen Durchbruch oder eine Begradigung, die von irgendjemand angelegt worden war. Manchmal kamen wir an steinernen Säulen oder Stützbalken vorbei. Allerdings glaube ich kaum, dass Vampire die Höhlen ausgebaut hatten, durch die wir kamen. Ich kann mir überhaupt nicht vorstellen, dass Vampire arbeiten.

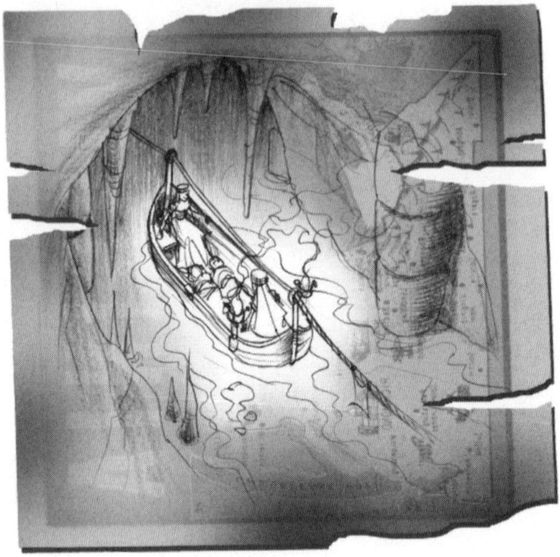

Zweimal passierten wir Quergänge. Durch einen lief ein ähnliches Seil wie durch unseren Kanal. Aber es schien alt und verrottet. Es bewegte sich nicht. Bei der zweiten Kreuzung war das Wasser unruhig. Der Querstollen war auf einer Seite bis unter die Decke verschüttet, und an mehreren Stellen schossen Wasserfontänen aus dem Geröllhaufen, die die Gesandten durchnässten und das Wasser in der Fahrrinne aufwühlten.

Als das Boot das unruhige Wasser hinter sich hatte, sagte die jüngere Gesandte: »Wir werden ihn wecken müssen.«

Die Ältere schüttelte den Kopf. »Dafür ist es noch zu früh. Seine Verletzungen waren zu schwer. Sie sind noch nicht ausgeheilt.«

»Nach dreizehn Jahren?«, fragte ihre Tochter ungläubig. »Wenn er sich jetzt nicht erhebt, wird es für immer zu spät sein.«

Ich hatte keine Ahnung, von wem sie sprachen. Zuerst hatte ich gedacht, es ginge um Lorenzo. Aber der war dreizehn Jahre alt, nicht dreizehn Jahre verletzt.

»Selbst wenn wir ihn wecken, kann er nichts tun«, wandte die Ältere ein. »Burg Grauenstein wird von vielen Augen beobachtet. Er könnte die Burg nicht verlassen, ohne dass unser Herr es erfährt.«

»Wir könnten ihn auf demselben Weg hinausbringen, den wir gerade benutzen«, schlug die jüngere Elbe vor.

»Einen schwer verletzten Vampir durch die Burg eines anderen Clans schleusen?«, rief die Mutter. »Du weißt, dass die Venenfelser ihn in Stücke reißen würden, selbst noch nach der Niederlage, die sie gerade erlitten haben. Wir müssen froh sein, dass wir *ihn hier* einigermaßen heil bei uns haben.«

»Aber er ist der Einzige, der dem Jungen helfen kann«, beharrte die Tochter. »Er hat es schon einmal getan und den Befehl des … Herrn missachtet.«

»Ja, er hat den Jungen gerettet«, gab die Ältere zu. »Indem er gestorben ist. Wenn das alles ist, was er tun kann, ist es sinnlos, ihn von den Toten zurückzuholen.«

Ich wurde nicht schlau aus dem Gespräch. Einen Moment lang dachte ich, sie sprächen von mir, als es ums Sterben und Zurückholen ging. Aber kein Herr hatte mir einen Befehl gegeben. Es ging um jemand anderen.

Nach einiger Zeit wurde Nica so zappelig, dass die Elben ihre Fesseln lockerten und ihr die Decke vom Gesicht zogen. Die weißen, aufgerissenen Augen der jungen Hexe zuckten wild in der dunklen Kriegsbemalung auf ihrem Gesicht hin und her. Ich verließ Anderland und schwebte so lange sichtbar hinter dem Boot her, bis ich sicher war, dass Nica mich gesehen hatte. Danach ließ sie ihren Kopf sinken und wurde ruhiger. Die ältere Gesandte im Heck des Bootes schaute sich um und suchte den dunklen Höhlenkanal ab, aber ich war schon wieder unsichtbar.

Trotzdem hatte ich das Gefühl, dass sie mir direkt in die Augen sah.

Ihre Tochter beugte sich zu Nica hinunter. »Du brauchst keine Angst zu haben«, erklärte sie. »Euch wird nichts …«

»Kein Wort mehr!«, fuhr die ältere Hochelfe dazwischen. »Sie haben versucht unsere Pläne zu durchkreuzen. Sie sind Gefangene. Es gibt keinen Grund, mit ihnen zu sprechen.«

»Aber Mutter, wir …«

»Schweig! Und nenn mich nicht so. Du weißt nicht, wer alles mithört. Niemand muss mehr über uns wissen, als ohnehin schon bekannt ist.«

»Niemand? Aber wir kämpfen auf verlorenem Posten. Wenn man diese Heimlichtuerei überhaupt Kampf nennen kann! Wir sollten uns endlich Verbündete …«

»Hab Geduld«, unterbrach die Gesandte ihre Tochter zum dritten Mal. »Die Dinge werden sich nicht so schnell ändern, wie du dir das wünschst.«

»Das sagst du immer!«, schnappte die jüngere Elbe. »Aber in dem Tempo, in dem wir jetzt vorgehen, wird sich gar nichts ändern. Es kann nur schlimmer werden.«

»Wenn du IHN so kennen würdest, wie ich ihn kenne …«, meinte die Ältere kopfschüttelnd. »Du würdest nicht so reden. Du würdest überhaupt nicht reden …«

»Du hast Angst vor IHM! Sogar hier unten, mit einem Berg über uns als Barriere! ER hat doch in den dreizehn Jahren nicht einmal versucht …«

Die Mutter deutete nur nach vorn. Ein schwacher Lichtschein drang durch den Tunnel. »Es liegt aber kein Berg mehr über uns«, sagte sie ruhig.

Wir kamen in eine Höhle, die derjenigen ähnelte, in der wir aufgebrochen waren. Hier gab es allerdings mehr Fackeln. Etwa acht von den vermummten Schlangenkriegern, die ich schon im Schwimmenden Hafen gesehen hatte, kurbelten an dem Flaschenzug, der das Boot durch den Kanal gezogen hatte. Die ältere Hochelfe gab ihre Befehle. Dann verschwanden Mutter und Tochter durch ein Portal. Ich beschloss bei Lorenzo und Nica zu bleiben.

Die beiden Gefangenen wurden aus dem Boot gehoben und auf kräftige Schultern gehievt. Dann trabten die Krieger eine lange Treppe hoch und ich folgte ihnen. Genau wie in Burg Venenfels war die nächsthöhere eine Kerkerebene. Nur gab es hier nicht so einen obergeheimen Eingang wie auf der anderen Seite.

Aber Lorenzo und Nica wurden nicht in irgendeine Zelle verfrachtet. Wir verließen den Kerker und kletterten höher.

Ich hatte Burg Grauenstein noch nicht von außen gesehen, aber von innen machte sie den Eindruck, dass sie viel größer war als Venenfels.

Größer und weniger düster. Es gab hohe Fenster, viele davon mit wunderschön geschnitzten Rahmen und Glasmalereien. Was ich nirgends sah, waren Bilder von grimmig-grausigen Vorfahren, wie sie in Venenfels überall an den Wänden hingen. Nach endloser Kletterei über immer neue Treppen wurden

Nica und Lorenzo in ein Zimmer gebracht. Man nahm ihnen die Fesseln ab. Lorenzo lag dabei schlaff und völlig teilnahmslos auf dem Himmelbett. Nica wehrte sich, sobald die ersten Stricke gelöst waren. Ohne mit der Wimper zu zucken, drosch ihr einer der Krieger einen kurzen Knüppel über den Hinterkopf. Die Hexe sackte zusammen. Als sie ihre Fesseln los war, wurde sie neben Lorenzo auf das Bett geworfen. Dann entfernten sich die Schlangenkrieger.

Ich wusste nicht recht, was ich als Nächstes tun sollte. Ich drückte probeweise auf die Klinke und stellte fest, dass die Tür nicht mal abgeschlossen war. Dahinter erstreckte sich ein leerer Gang. Das Zimmer lag anscheinend in einem absolut ruhigen Seitenflügel. Wir hätten uns aus dem Staub machen können, wenn die beiden nicht ohnmächtig nebeneinandergelegen hätten wie ein besoffenes Ehepaar. Aber wohin konnten wir gehen? Wir hatten die Burg unterirdisch betreten. Ich wusste nicht mal, in welchem Teil Fantasmaniens sie lag.

Ich fühlte bei beiden den Puls. Nicht weil ich irgendwas damit anfangen konnte, sondern weil mir sonst nichts einfiel. Der von Nica war ruhig und schien mir ganz normal. Der von Lorenzo war mindestens fünfmal so schnell. Ich wollte nicht daran denken, was Lorenzo sein würde, wenn er aufwachte. Ich trat ans Fenster und schaute über endlose Wälder und schroffe Felsen tief unter uns. In der Ferne schimmerten Bergketten.

HEXENWÄSCHE

Hinter mir ging die Tür auf. Ich erwartete die Gesandten, stattdessen kamen zwei Diener hereingeschlurft. Ich verschwand nach Anderland. Sie waren keine Vampire, aber es fiel mir auch schwer, sie als richtige Menschen einzustufen.

Sie sahen verschieden und doch völlig gleich aus. Alles an ihnen war abgewetzt und abgetragen und schäbig und schmuddelig. Kleidung, Haut, Haare, Gesichtsausdruck. Die zwei sahen aus, als wären sie gestorben, hätten ungefähr dreihundert Jahre an einem trockenen, völlig vergessenen Plätzchen irgendwo unter der Kellertreppe gelegen und sich dann doch entschlossen als Hausdiener weiterzuarbeiten. Sie waren beide furchtbar bucklig. In einer besseren Zeit mussten sie aber aufrecht größer als die meisten Vampire gewesen sein.

Obwohl ich mich in der anderen Dimension versteckte, verbeugten sie sich vor mir. Oder sagen wir mal, sie versuchten es. Das heißt, sie machten sich einfach noch ein bisschen krummer und buckliger. Dabei ächzten und knarzten sie wie alte Schiffe im Wind. Ich konnte sehen, dass sie Schwierigkeiten hatten, nach ihren Verrenkungen wieder hochzukommen und nicht auf die Schnauze zu fallen.

»Ich bin Igor«, sagte der eine.

»Ich bin Iwan«, sagte der andere.

Das klang ungefähr so, als würde ein verstopftes Klo die Worte ganz langsam gurgeln. Da sie auch noch gleichzeitig sprachen, klang es wie: »Iiiichbnnnnnliiwwgrroan.«

Ich wusste nicht, was ich dazu sagen sollte. Sie konnten mich sehen.

»Euer Exzellenz gestatten?«, sagten sie beide wieder gleichzeitig.

»Euuurrrr Eexxelleeeens geeeeschdaddnnnn?«

Ich wusste echt nicht, was sie wollten. Euer Exzellenz …?

Also nickte ich und machte eine nichtssagende Handbewegung. Sie hoben Nica in eine sitzende Position und begannen sie zu entkleiden. Das heißt, sie nahmen ihr den Wolfsumhang ab und entfernten vorsichtig eine Waffe nach der anderen aus den vielen Gürteln und Schlaufen und Schlingen, mit denen sie überall an ihrem Körper befestigt waren. Schließlich lag ein unglaublicher Haufen Eisen auf der Kommode neben dem Bett. Den Umhang hatten sie fein säuberlich an einen Haken neben der Tür gehängt. Nicas Flugbesen lehnte daneben an der Wand.

Die Hexe lag jetzt nur noch mit ihrem Lendenschurz und der Lederweste bekleidet auf dem Bett. Erstaunt sah ich, dass ihre Haare ganz oben am Kopf, wo sie den Wolfsschädel als Helm getragen hatte, nicht ganz so verfilzt waren und auch nicht die Farbe von schmutzigem alten Heu hatten. Sie waren erstaunlich goldfarben.

Die Diener hoben Nica an Händen und Füßen aus dem Bett.

»Was habt ihr vor?«, fragte ich und kam in die richtige Welt.

»Die junge Dame soll ein Bad nehmen«, gurgelten Iwan und Igor gleichzeitig. »Wird eine Weile dauern, Euer Exzellenz.«

»Und Lo… und der da?« Ich wies auf Lorenzo.

»Wir haben keine Befehle für den jungen Herrn«, erklärten Igorwan. »Ihro Gnaden will ihn befragen, wenn er aufwacht.«

Während sie Nica nach draußen schleppten, stellte ich noch tausend Fragen, aber als Antwort bekam ich immer nur »Bedaure, Euer Exzellenz!« zu hören.

Dann war ich mit dem leblosen Lorenzo allein und hatte immer noch nicht den Funken eines Plans, was ich als Nächstes tun sollte.

Schließlich wurde es mir zu blöd. Ich schwebte durch die Tür und begann die Zimmer in nächster Umgebung zu erkunden. Sie waren alle wie das, in dem Lorenzo lag, aber leer. Ich dehnte meine Kreise aus. Die ganze Burg schien komplett unbevölkert zu sein.

Ziemlich weit von Lorenzos Zimmer entfernt kam ich in einen Bereich, der wohl die Küche war. Geräte wie Töpfe, Pfannen, Schöpfkellen und Bratenwender wiesen darauf hin. Aber es fehlte jede Art von Vorräten, wie man sie in einer Burgküche erwarten würde. In den Herden und offenen Feuerstellen lag keine Asche und kaum frisches Feuerholz. Auch beim Küchenpersonal: Fehlanzeige. Aber aus einer halb geöffneten Doppeltür am anderen Ende des lang gestreckten Gewölbes kamen Geräusche. Kampfgeräusche.

»AU! Pass doch auf! Du sollst *sie* schrubben, nicht mich!«

»Ja, wie denn? Fräulein, jetzt sei doch … AU!«

»Vernünftig, meinst du?« Das war Nicas Stimme. »Ich *bin* vernünftig. Und die Vernunft sagt mir, Waranblut gibt Sicherheit.«

»In einer Vampirburg, ja. Aber hier … AU!«

Ich hatte die Tür erreicht. Dampf waberte heraus. Ich sah eine Menge Rohre mit Hähnen und Ventilen an Decke und Wänden. Aus einigen undichten Stellen tropfte Wasser. Aber ich konnte nur einen Teil des Raums hinter der Tür sehen, weil mir rechts eine hohe gekachelte Wand die Sicht verstellte.

Es gab ein dumpfes Geräusch und ein Igor oder Iwan rutschte hinter der Wand hervor über den Fliesenboden. Er war klatschnass. Aber er rappelte sich sofort wieder auf und stürzte sich erneut in den Kampf.

»Befehl ist Befehl, Fräulein«, nuschelten die beiden im Chor. »Du musst baden, so oder so.«

»Das werden wir ja sehen!«

Es klatschte laut und der andere Igor oder Iwan kam angeflogen. Vielleicht war es auch noch mal derselbe. Er sah mich und winkte ab.

»Hier kannst du nicht rein, Euer Exzellenz«, erklärte er. »Die junge Dame nimmt ein Bad.«

»Das glaubst nur du!«, rief Nica.

Der zweite Diener rutschte über den nassen Boden in den ersten hinein. Sie halfen sich gegenseitig hoch und hinkten zurück.

»Nica, brauchst du Hilfe?«, rief ich über die Mauer.

»William, bist du das?«

»Ja.«

»Komm bloß nicht rein! Ich habe nichts an. Diese beiden Wüstlinge …«

»Jetzt hör aber auf, gnädiges … AU! … Fräulein«, riefen die Diener entrüstet. »Du hast immer noch deine Lederkleidung an.«

»Aber kein Waranblut mehr!«, heulte Nica.

»Halb so wild!«, meinte ich. »Ich glaube, es gibt gar keine Vampire in Burg …«

»Verzieh dich!«, brüllte die Hexe.

»Lass nur, Euer Exzellenz«, sagte Igor oder Iwan, als er in einem verdrehten Haufen an der gegenüberliegenden Wand landete. »Wir haben hier alles im Griff.«

Knochen knackten, als er sich wieder in eine einigermaßen aufrechte Position brachte. Er hinkte hinter die Wand. Dort klatschte es und wieder kam ein Diener angeflogen.

»Sie kommt bald aufs Zimmer, Euer Exzellenz«, meinte der Bucklige, als er mir vor die Stiefel rutschte. »Kein Grund zur Sorge.«

Ich suchte mir meinen Weg zurück. Diese Burg war wirklich ganz anders als Venenfels. Doch wie konnten sie dort glauben, dass die Grafschaft Grauenstein ihr ärgster Feind war? Auf Venenfels hatte es von Vampiren gewimmelt. Hier traf ich nicht einen einzigen. Aber vielleicht lag es daran, dass hier überall

Tageslicht in die Burg eindringen konnte. Vielleicht schnarchten die Grauenstein-Vampire alle in Särgen in irgendwelchen Gruften und warteten auf die Nacht.

Lorenzo war immer noch bewusstlos, als ich ins Zimmer zurückkam. Lange Zeit passierte nichts. Zeit, in der ich mir Vorwürfe machen konnte, dass ich nicht besser auf ihn aufgepasst hatte. In der ich mir dann wieder sagte, dass man auf Lorenzo gar nicht aufpassen konnte. In der ich blödsinnige Pläne schmieden und sie dann fluchend wieder aufgeben konnte.

Schließlich ging die Tür auf und jemand wurde ins Zimmer gestoßen. Die Tür wurde sofort wieder zugeknallt und seltsam unregelmäßige Schritte entfernten sich eilig den Gang hinunter.

Ein Mädchen stolperte ein paar Schritte ins Zimmer und fing sich dann. Ich hatte sie noch nie gesehen. Vor allem hatte ich noch nie so was Unglaubliches wie ihre Haarpracht gesehen. Das dünne Mädchen war bis zu den Knien eingehüllt in eine Flut aus Gold.

Als sie ihr Kleid wegwarf und sich zur Tür umdrehte, verstand ich blitzartig zwei Dinge.

Erstens: Sie hatte das Ding gar nicht angehabt, sondern nur vor sich gehalten.

Zweitens: Dieser Rauschgoldengel war Nica.

Ich erkannte sie nur an ihrem Lendenschurz und der Lederweste. Dieses Mädchen hatte sich also unter dem ganzen Dreck versteckt. Ohne den sah sie noch dünner aus. Von ihrem Gesicht hatte ich wegen ihrer Mähne immer noch nicht viel mehr als die zornig blitzenden Augen gesehen.

Sie entdeckte ihren Wolfsumhang und fing an darin herumzuwühlen. Irgendwann rief sie: »Ha!«, und drehte sich mit einem Lederbeutel in der Hand zu mir um. Die andere Hand fuhr hinein und kam mit einem dicken Batzen dunkelroter, fast schwarzer Masse wieder heraus.

Ehe sie sich das Zeug ins Gesicht klatschen konnte, packte ich ihr Handgelenk. »Warte doch mal!«, rief ich. »Vielleicht brauchst du das gar nicht. Ich habe in der ganzen Burg keinen einzigen Vampir entdeckt.«

Sie antwortete nicht. Wir kämpften stumm um den Klumpen gestocktes Waranblut in ihrer Hand. Dabei ging es mir genau wie Lorenzo, als er das erste Mal mit ihr gerungen hatte. Wir beide waren einfach gleich stark. Aber plötzlich wurde ihr Arm schlaff, und ich musste mich nach Anderland retten, um das Blut nicht ins Gesicht geklatscht zu kriegen.

»Lorenzo!«, rief Nica. »Wie konnte ich das vergessen!«

GEHE ZURÜCK AUF LOS

Die Hexe schmierte das Waranblut zurück in den Beutel. Dann sah sie sich kurz im Zimmer um und wischte sich die Hand an einem der Vorhänge ab, die vom Himmelbett hingen.

»Ich weiß nicht, wie viele ihn gebissen haben«, sagte Nica. »Wenn er aufwacht …«

»Moment. Die beiden Hochelfen haben alles Vampirgift aus ihm herausgesaugt«, unterbrach ich die Hexe. »Wenn Lorenzo aufwacht, wird er einer von ihrer Sorte sein, was immer das ist.«

»Vielleicht auch nicht«, sagte Nica. »Kennst du den Zauberspruch, der den Zeitumkehr-Trank wirken lässt?«

»Nein. Hat er denn welchen getrunken?«, fragte ich.

»Die ganze Flasche!«, berichtete sie. »Während er mit den ersten beiden Vampiren kämpfte! Und dabei wurde er nicht gebissen. Ich dachte immer, dein Freund ist ein überhebliches A… ein Angeber. Aber er war verdammt gut. Schneller als die Vampire. Erst als die vielen anderen die Treppe raufkamen, haben sie uns gekriegt. Aber das Tor blieb offen. Ist das Buch draußen?«

»Ich glaube, Merellyn hat es«, sagte ich. »Aber was nützt uns jetzt der Zeitumkehrer, wenn wir den Spruch dazu nicht wissen?«

»Warte mal!«, rief die Hexe. »Lorenzo hat mir ...« Sie rannte wieder zu ihrem Umhang und wendete ihn. Wieder rief sie: »Ha!« Als sie sich umdrehte, schwenkte sie Lorenzos Umhängetasche mit dem Ball darin. »Hier, den hat er mir in die Hand gedrückt, ehe er rein ist«, sagte sie. »Er meinte, ich soll ihn ja nicht wegwerfen, der könnte noch wichtig sein. Als ob ich mit seinem Täschchen draußen warten würde, bis der Held fertig ist! Vielleicht hat er den Spruch irgendwo aufgeschrieben.«

Ich wurde nicht schlau aus den beiden Gesandten. Sie nahmen Lorenzo und Nica gefangen, aber sie durchsuchten sie nicht, sondern ließen ihnen alles, was sie bei sich trugen. Die Waffen der Hexe lagen immer noch auf der Kommode.

»Such mal nach einem Zettel«, meinte sie. »Oder Lederstreifen. Oder Holztäfelchen. Oder irgendwas.«

Wir tasteten beide mehrmals nacheinander in dem Beutel herum. Wir leerten den Inhalt auf den Zimmerboden, untersuchten alles und räumten ihn wieder ein. Wir wurden beide ganz fahrig, weil wir plötzlich das Gefühl hatten, dass uns die Zeit davonlief. Noch mal und noch mal durchstöberten wir den Inhalt von Lorenzos Tragetasche. Wir drehten und wendeten alles, was wir fanden. Aber da war nichts.

Nach dem dritten Durchgang rief Nica: »Die Tasche! Dreh die Tasche um! Vielleicht hat er irgendwas auf die Innenseite geschrieben.«

Ich stülpte den Beutel um. Stofffflusen, Staub und uralte Brotkrümel fielen heraus. Der Leinenbeutel war innen nicht sauberer als außen. Kein Wunder, Lorenzo steckte ja nach jedem

Spiel seinen Ball wieder da rein, der durch Gras, Schlamm und was weiß ich für Dreck geflogen war. Wir zerrten den Beutel hin und her. Nichts.

Als ich ihn schon zusammenknüllen und wegwerfen wollte, legte mir Nica eine Hand auf den Arm. »Warte. Da unter dem Trageriemen.« Sie deutete auf eine Stelle, wo einer der Riemen sich zur Hälfte aus der Naht gelöst hatte. Wenn man ihn zur Seite zerrte, konnte man lesen:

Ich binn Fusballla,
ihrr Hidioten!

Der Fußball! Das einzige Teil aus der Tragetasche, das wir nicht untersucht hatten. Er war unbeachtet in eine Ecke des Zimmers gerollt. Wir stürzten hin.

Und da, auf dem Lederstreifen genau gegenüber der Naht stand, fein säuberlich in das Leder geritzt, ein fremdartiger Spruch. Es waren die fantasmanischen Buchstaben, mit denen ich mich immer noch schwertat.

»Lies du vor«, sagte ich zu Nica. »Du bist hier die Hexe.«

»Aber mit Zaubersprüchen haben wir Hexen nichts am Hut…«, widersprach sie, aber dann sah sie mein Gesicht. »Na gut«, sagte sie und begann laut zu lesen.

In der Mitte des Spruchs bäumte sich der bis dahin völlig reglose Lorenzo plötzlich auf. Aber als Nica fertig war, rührte er sich nicht mehr.

»Vielleicht hast du irgendwas falsch vorgelesen?«, meinte ich. »Oder was ausgelassen?«

Die Hexe nahm den Ball in beide Hände und las den Spruch leise murmelnd noch einmal.

»Nein«, sagte sie kopfschüttelnd. »Ich habe es genauso vorgelesen, wie es da steht. Vielleicht kommt's auf die Betonung an…«

Wir sahen beide zu Lorenzo hin. Keine Veränderung.

»Vielleicht ist das gar nicht der Zauberspruch, der zum Zeitumkehrer gehört«, vermutete ich. »Oder man muss ihn rückwärts…«

Ich erschrak wie verrückt, als etwas an meinem Kopf vorbeizischte. Nica duckte sich gerade noch rechtzeitig. Es war, als hätten der Zauberspruch und Lorenzo nur noch auf das Wort »rückwärts« gewartet, um loszulegen.

Nica und ich drückten uns in eine Ecke und hofften, dass er uns nicht traf. Lorenzo raste so schnell rückwärts durchs Zimmer, dass er ganz unscharf wurde. Dann verstand ich: Der Spruch hatte sofort zu wirken begonnen. Aber Lorenzo hatte sich nicht gerührt, weil er die Zeit durchlief, in der er reglos im Boot gelegen hatte.

Eine Axt fiel von der Kommode.

»Die Waffen!«, schrie ich. »Wir müssen die Waffen wegräumen, sonst schlitzt er sich noch auf.«

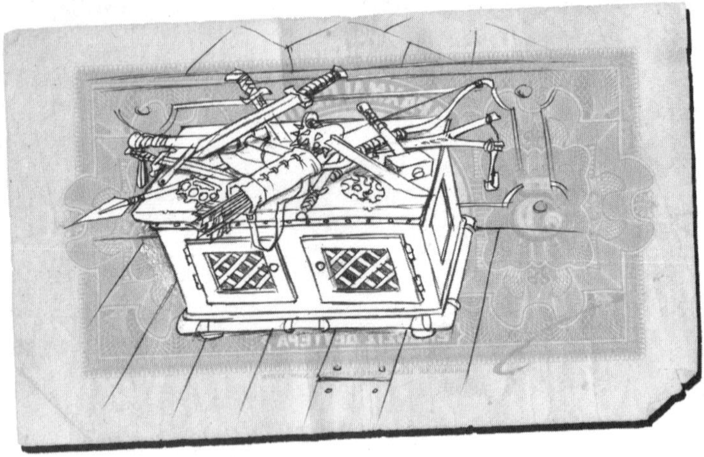

Wir stürzten hinüber und duckten uns, als Lorenzo über uns wegraste. Er war so schnell, dass ich es nicht rechtzeitig nach Anderland schaffte. Ich bekam seinen Stiefel ins Gesicht. In Windeseile räumten wir die verschiedenen Waffen unter das Bett. Dabei mussten wir uns immer wieder ducken. Lorenzo trat und schlug uns, ohne uns zu sehen. Nach einer Ewigkeit, als ich schon dachte, er würde bald explodieren, wurde er endlich langsamer.

»Sad dnu. Sad mmin. Reguastulb etchulfrev!", schrie er plötzlich. Dann rannte er dreimal rückwärts durchs Zimmer. Weil ihm das Bett im Weg war, stolperte er jedes Mal, machte einen Purzelbaum über die Matratze und rannte auf der anderen Seite weiter. In einer Ecke nahm er etwas entgegen von jemand, den nur er sehen konnte, und sagte: »Nedrew gitchiw chon nnak Red. Gew tchin aj nhi friw." Dann taumelte er rückwärts und setzte sich auf den Hosenboden. Er schüttelte den Kopf und sah sich benommen um. »Wo bin ich?«, stöhnte er.

Wir knieten uns neben ihn hin. »In Burg Grauenstein«, sagte ich knapp. Ich wollte erst mal wissen, was mit ihm los war. »Bist du … bist du in Ordnung? Ich meine, du bist doch kein … Venenfels-Vampir oder so was?«

Er sah an sich herunter. Dann schüttelte er den Kopf. »Ich glaube nicht. Fühlt sich jedenfalls nicht so an. Aber was ist eigentlich passiert?«

»Du bist gebissen worden«, klärte Nica ihn auf. »Ich weiß gar nicht, wie oft. Auf der Treppe im Turm. Dann haben sie uns überwältigt.«

»Uns? Auf welcher Treppe?«, fragte Lorenzo. »Jetzt mal der Reihe nach. Äh, Will, warst du in der Vampirfestung? Oder kommt das noch?«

»Ich war drin. Es lief ganz gut. Das zweite Macronomicon und Sir Holdmund sind inzwischen bei Merellyn. Das liegt sicher auch daran, dass ihr beide in den Vampirturm reingegangen seid und sie davon abgehalten habt, das Tor zu schließen.«

»Haben wir? Aber warum weiß ich davon nichts?«

»Du hast den Zeitumkehrer getrunken«, berichtete Nica. »Die ganze Flasche. Das war auch gut so. Es sind schon mindestens acht Stunden vergangen seit dem ersten Biss. Trotzdem hat er noch geholfen. Aber beinahe hätten wir den Zauberspruch nicht gefunden. ›Idioten‹ schreibt man übrigens ohne H vorne.«

»Das wusste ich!«, behauptete Lorenzo. »War nur ein Test.«

Plötzlich wurden seine Augen schmal. »Wer bist du überhaupt?«, wollte er von Nica wissen. »Woher weißt du …«

Ich zog ihn beiseite. »Das ist Nica!«, quetschte ich durch die Zähne. »Sie hat gebadet!«

»Das reicht!«, schnappte die Hexe. »Dreht euch um, ich ziehe mich jetzt an!«

Lorenzo und ich standen da wie früher, wenn uns der Heilige Patrick, der Waisenhausvorsteher, mit dem Gesicht zur Wand warten ließ, bis wir für die abendlichen Prügel dran waren.

Wir schauten uns betreten an und linsten immer wieder verstohlen über die Schulter. Schließlich hielten wir es nicht mehr aus und drehten uns um. Aber wenn wir geglaubt hatten, Nica würde das Kleid anziehen, hatten wir uns gründlich getäuscht. Sie hatte nur alle Waffen wieder an ihrem dürren Körper befestigt. Gerade packte sie ihren Wolfsumhang und wollte sich den Schädel aufsetzen. Da rief Lorenzo: »Warte!«

Er ging schnurstracks zu ihr, nahm ihr goldenes Haar und zog es ihr links und rechts aus dem Gesicht. »Ich möchte wenigstens einmal sehen, wie du aussiehst«, erklärte er. »Du bist …« Mehr sagte er nicht. Er stand da, zwei dicke Haarsträhnen in den Händen. Nica sah ihn an, die Hände mit dem halben Schädel hoch über den Kopf erhoben.

Zu Nicas Gesicht konnte man drei Sachen sagen. Es sah wütend und gleichzeitig verlegen aus. Es war viel, viel schöner, als ich es von diesem spindeldürren, wandelnden Haufen Eisen und Kriegsbemalung erwartet hätte. Und es erinnerte mich gewaltig an jemand, nur kam ich absolut nicht drauf, an wen …

Hinter der Hexe ging die Tür auf. Die jüngere Gesandte blieb erstaunt vor der seltsamen Szene stehen. Sie trug immer noch ihren Schleier. Nicas Augen wurden groß und zuckten zur Seite, hin zu der Elbe in ihrem Rücken. Es war total klar, was die Hexe wollte. Aber Lorenzo schaltete erst, als die Hochelfe einen Schritt ins Zimmer machte und Nica genervt die Augen verdrehte. Er zog die goldenen Haare über ihr Gesicht wie einen Bühnenvorhang. Nica knallte sich den Wolfsschädel auf den Kopf.

NATIONALTRAINER

Die Gesandte nahm eine von Nicas Locken in die Hand und drehte sie zwischen den Fingern. »Schön, dass du gebadet hast«, sagte sie vorsichtig. »Ich versichere dir, du wirst während deines Aufenthalts in dieser Burg weder deine Kriegsbemalung noch deine Waffen brauchen.« Dann wandte sie sich an uns. »Versteht mich nicht falsch«, bat sie. »Es ist eine Vampirburg. Noch vor zwölf Jahren lebten nirgends mehr Vampire als auf Grauenstein. Aber sie kämpfen alle in Nord…« Die Elbe sah Lorenzo an. Sie wollte etwas sagen, aber dann stutzte sie. Als sie an seinen Hals greifen wollte, zuckte Lorenzo zurück.

Ich wurde unsichtbar und wollte durch die Mauer in den Gang gleiten, um zu sehen, ob sie Wachen mitgebracht hatte.

»Lass das«, sagte die Gesandte ruhig. »Es sind keine Wachen draußen. Sagt mir, wie …« Ihr Blick wanderte über Lorenzo, der aufrecht und kampfbereit in der Mitte des Zimmers stand. »Keine Bisswunden … Wie habt ihr das gemacht?«, wollte sie wissen. »Hat er das Dornengift bekommen?«

»Nein, davon haben wir nichts mehr«, antwortete ich. »Es ist ein anderer Zauber, der …«

Sowohl Nica als auch Lorenzo unterbrachen mich und riefen durcheinander: »Wieso sprichst du mit ihr … sie ist ein Feind … nichts verraten …!«, waren die Fetzen, die ich verstand.

»Wartet!«, brüllte ich, als sie gar nicht aufhören wollten, auf mich einzureden. »Schaut doch mal. Sie ist hier, sie hat keine Wachen mitgebracht und die Tür steht offen. Lasst die Elbe doch erst mal reden!« Ich nannte sie absichtlich Elbe. Nicht Vampirin. Oder Ungeheuer. Endlich waren sie still. Ich drehte mich zu ihr um. »Wie heißt du überhaupt?«, fragte ich.

»Mein Name ist Amantua von … Grauenstein«, antwortete die Elbe. Amantua stimmte wohl. Aber Grauenstein? Warum hatte sie gezögert?

»Wie lautete die Botschaft, die ihr uns von Prinzregent Puck bringen solltet?«, platzte Lorenzo heraus. »Wir sind Nationaltrainer, stimmt's?«

Amantua zuckte zurück, als wäre er in einem Clownskostüm aus den Kulissen gehüpft und hätte laut in eine quietschende Kindertrompete geblasen.

»Ja … ja, das ist richtig«, sagte sie nach einer Weile leise und ungläubig. »Aber … ihr habt die Bücher. Ihr habt die Zeichen … dieser Unsinn von der Nationalmannschaft ist doch jetzt nicht mehr wichtig.«

Lorenzo hörte ihr gar nicht zu. Er tanzte durch den Raum. »Ja! Ja! Ja!«, rief er. »Wir! Sind! National! Trainer! Wir! Wir! WIR! JA! JA!« Er machte mich wahnsinnig! Zuerst lag er da, bleich und wie tot. In den Fängen von Wesen, die Schlimmeres waren als nur Vampire. Im nächsten Moment tanzte er johlend durchs Zimmer.

Dabei musste ich gerade jetzt einen klaren Kopf behalten.

Amantua und ihre Mutter waren gleichzeitig Hochelfen und Monster. Sie reisten als Gesandte des Prinzregenten Puck durch

Fantasmanien. Aber sie verrieten ihn, indem sie nicht seine Botschaft weiterleiteten, sondern nur das, was ihnen passte. Sie waren einen Pakt mit Vampiren eingegangen, um uns die Zeichen zu stehlen. Als Gegenleistung für die Hilfe der Venenfelser sollten die Elben deren Vampirfeind Graf Grauenstein vernichten. Aber jetzt standen wir hier in der Burg Grauenstein, in der es anscheinend gar keine Vampire gab. Amantuas Mutter hatte Vadyuscha gezwungen, dem Grafen von Grauenstein die Treue zu schwören. War der Graf der Mundovoros?

Amantua, und wahrscheinlich auch ihre Mutter, glaubten, dass wir nicht nur beide Hälften des Macronomicons, sondern auch die dazugehörigen Zeichen der Lords hatten. Die Elben hatten wohl gar nicht begriffen, was ich da in Wirklichkeit in die Vampirburg gebracht hatte. Amantua glaubte, wir könnten die beiden Hälften des echten Zauberbuchs zusammensetzen und damit den Schwarzen Lord abwehren. Sollte ich ihr die Wahrheit sagen? Konnte ich ihr trauen?

Sicher, sie hatte sich immer wieder gegen ihre Mutter aufgelehnt. Die Mutter selber hatte über Lorenzo auch so gesprochen, als wolle sie ihm helfen. Aber sie hatten doch gewusst, dass ich sie belauschte. Hatten sie mir nur was vorgespielt? Ich beschloss nichts zu verraten und erst mal weiter Fragen zu stellen.

»Du sagtest, Lorenzo ist einer von euch.«

Die Elbe starrte immer noch Lorenzo an und schien sich da gar nicht mehr so sicher.

»Was heißt das?«, hakte ich nach. »Seid ihr die Nachkommen des Schwarzen Lords, wie die Vampire behaupten?«

Amantua schaffte es endlich, ihren Blick von Lorenzo zu lösen. »Diese Frage darf ich nicht beantworten«, flüsterte sie. Sie deutete auf Lorenzo. »Ist der … ist der immer so?«

»Nein, nein, er ist …«, begann ich. »Manchmal ist er auch … na ja, also wenn man's recht bedenkt, ist er auch …«

»Er weiß nicht das Geringste über seine Herkunft, oder?«, vermutete die Elbe.

»Oh doch!«, widersprach ich. »Er weiß, wer sein Großvater ist.«

»Er weiß es?«, rief die Gesandte ungläubig. »Er weiß, dass sein Großvater der …«

Plötzlich krümmte sie sich, als hätte ihr jemand in die Magengrube geschlagen. Beinahe wäre sie auf die Knie gefallen. Ich wollte etwas sagen, aber sie stoppte mich mit erhobener Hand.

»Wir haben wirklich nicht viel Zeit«, erklärte sie gepresst. Als sie mein besorgtes Gesicht sah, winkte sie ab. »Das ist nicht der Schwarze Lord, der uns belauscht. Noch nicht. Das steckt in mir drin.«

Ich nickte, aber man sah mir wohl an, dass ich es nicht verstanden hatte.

»Das ist antrainiert, wie bei einem Hund«, erklärte die Elbe angewidert. »Der hat ein schlechtes Gewissen, wenn er in die gute Stube gemacht hat. Dann winselt er, bis jemand kommt und ihn bestraft. Da ich eigentlich nicht mit euch reden dürfte, reagiere ich so. Aber jetzt zu Wichtigerem. Der magische Wald wurde getäuscht. Seine Verteidigungslinie steht nicht an der unmittelbaren Grenze. Der Mundovoros ist kurz davor, fantasmanischen Boden zu betreten. Seine Macht wächst wieder.«

Ich nickte. Das mit dem Wald hatten wir selbst schon herausgefunden. Er stand nicht da, wo er sollte, weil die Grenzsteine verschoben worden waren.

»Mithilfe des mächtigen, wiedervereinten Macronomicons kann euer Zauberer die Grenzsteine an ihren alten Platz rücken«, fuhr die Hochelfe fort. »Es ist noch nicht zu spät, den

Lord aus dem Königreich herauszuhalten.« Sie brach ab und wurde ganz steif. Sie sah zur Decke, als würde von dort gleich jemand auf sie herunterspringen. »Ich kann nicht einfach weiter so geradeheraus reden«, erklärte sie. »Da dein Freund … geheilt ist, wie es scheint, können wir einige Maßnahmen auslassen, die ich geplant hatte. Das macht die nächsten Schritte leichter. Ich werde euch einen Weg hier heraus zeigen. Der Zauberer *muss* die Grenzsteine zurücksetzen, ehe es zu spät ist!«

Mir blieb doch nichts anderes übrig, als die Wahrheit … zumindest anzudeuten. »Warte!«, rief ich. »Mal angenommen, die Zeichen funktionieren nicht richtig … das Buch kann unter Umständen nicht … Angenommen, wir kriegen das nicht hin … mit den Steinen, meine ich. Was passiert dann?«

Die Elbe packte mich an den Armen und schüttelte mich. »Habt ihr die Zeichen nun, oder nicht?«, herrschte sie mich an. Ich schwieg. Sie ließ mich los. Sogar durch den dunklen Schleier sah ich, dass ihre Augen ganz groß wurden. Ich verstand, dass sie wirklich Angst hatte.

»Das waren nicht die echten Zeichen!«, hauchte sie. »Natürlich. Isla Evangelista! Ruriko-Pflanzenzauber. Wir alle, die Vampire, meine Mutter und ich, wir *wollten* die Zeichen der Lords sehen und deshalb *haben* wir sie gesehen. Und nicht, was du da wirklich mitgebracht hast, selbst nicht, als es zu wuchern anfing. Wir waren immer noch überzeugt, es ist nur ein Zauber, der auf den Zeichen liegt …« Sie taumelte und hielt sich an der Tür fest. »Wenn ihr sie nicht habt …«, fuhr die Elbe fort. »Wenn das Macronomicon immer noch gespalten ist … Dann bleibt nur das Spiel.« Sie sah wieder Lorenzo an, der bei dem Wort Spiel endlich stehen geblieben war.

»Du meinst das Spiel Nationalmannschaft gegen Monster Soccers«, stellte Lorenzo fest.

»Natürlich. Ihr habt unsere Briefe gestohlen. Ihr wisst doch, was unser Herr und der Prinzregent vereinbart haben.«

»Im Großen und Ganzen, ja«, gab ich zu. »Aber die Briefe waren nass geworden. Deshalb …«

»Sucht euch eure Nationalmannschaft zusammen«, empfahl Amantua. »Die Besten der Besten. Die Härtesten der Harten. Denn das wird ER auch tun. Aber es gibt eine Bedingung.«

»Was für eine Bedingung?«, wollte Lorenzo wissen.

»Jedes fantasmanische Volk darf nur durch einen Spieler in der Nationalmannschaft vertreten sein.«

»Hä?«, machte Lorenzo.

Ich glaube, dass Amantua unter dem Schleier die Augen verdrehte. Aber ich gebe zu, ich hab's damals auch nicht gleich kapiert.

»Es gibt viele Völker in Fantasmanien«, sprang Nica ihr bei. »Zwerge, Trolle, Kobolde, Vampire, Menschen, Werwölfe. Und so weiter. In der Nationalmannschaft darf nur jeweils einer davon spielen.«

»Richtig«, nickte die Hochelfe. »Ihr könnt nicht einfach elf Vampire antreten lassen, weil die so schnell sind. Oder elf Werwölfe, weil sie stärker als alle anderen sind.«

Wir schwiegen betreten. Natürlich dachten wir sofort an die Bedingungen aus der Prophezeiung. Drei Könige. Drei Ausgestoßene. Und so weiter.

So eine Mannschaft konnte es gar nicht geben.

»Das macht die Sache nicht leichter, ich weiß«, fuhr Amantua fort. Sie wusste gar nicht, wie recht sie hatte. »Trotzdem. Wenn euch das Buch wirklich nicht als Waffe zur Verfügung steht …

dann gewinnt dieses Spiel!« Sie blickte eindringlich von einem zum anderen. »Gewinnt dieses Spiel!«, wiederholte die Hochelfe. »Oder wir werden alle untergehen.« Plötzlich fasste sie sich an die Kehle, als würde jemand sie würgen. Dann schüttelte sie den Kopf. »Ich kann nicht mehr sagen, ohne uns alle in Gefahr zu bringen.« Sie zeigte auf Lorenzo, der wieder angefangen hatte, im Zimmer und auf dem Bett herumzuspringen.

»Trainer! Mannschaft! Von jedem Volk nur einer! Das ist doch nicht so schwer!«, sang er vor sich hin. »Drei Könige. Drei Weiße und drei Schwarze. Und einer mit 'ner Warze …«

»Kann man vernünftig mit ihm reden?«, fragte die Hochelfe.

»Zurzeit eher nicht«, gab ich zu.

»Und zu anderen Zeiten schon gar nicht«, ergänzte Nica unnötigerweise.

Amantua nickte und zog sich den Schleier vom Gesicht. »Das habe ich mir schon gedacht«, meinte sie. »Deshalb sollten wir besprechen, was …«

Den Rest bekam ich nicht mit, weil ich in einen See aus wirbelnden silbernen Mustern fiel. Dabei hätte ich wissen müssen, dass sie denselben Hypnose-Augentrick draufhatte, wie ihre Mutter.

DER MÜDE VAMPIR

Als ich wieder einigermaßen geradeaus denken konnte, wurde mir klar, dass wir nicht mehr in unserem Zimmer waren. Zumindest sah das, was da im Kreis um mich herumfuhr, anders aus. Keine Höhle, sondern ein niedriger, dunkler Raum mit vielen dünnen Säulen. Aus dem Himmelbett war ein komischer, schwarzer, im Boden eingelassener Kasten geworden. Und in den Kasten regnete es rot. Na ja, nein, es tröpfelte nur. Eigentlich war es bloß ein einziger roter Tropfen am Ende einer langen Nadel, die zu einer grausig großen Spritze gehörte. Das war Blut!

Alles um mich herum hörte auf sich zu drehen. Amantua hielt diese Blutspritze in der Hand. Hinter ihr standen Igor und Iwan und zwischen ihnen hing schlaff Lorenzo. Er hatte seltsame Gewänder an und den Kopf bandagiert. Er war bewusstlos und legte mir den Arm um die Schultern. Oder so ähnlich. Dann brummte er direkt an meinem Ohr: »… issn das für einer?«

Seltsam. Lorenzo hing nicht nur fünf Meter entfernt zwischen den beiden Dienern, sondern auch an mir dran und halb auf mir drauf.

»Und wer hammich inn Arm geschtochn?«, wollte er wissen. Ich war nicht ganz sicher, ob er mit mir redete, weil er zu schielen anfing, die Augen zuklappte und plötzlich schnarchte.

Erst als ich den letzten Rest Hypnose aus dem Kopf geschüttelt hatte, wurde mir klar, dass der Kerl mit dem Gesichtsverband natürlich nicht Lorenzo war. Er hatte nur eine ähnliche Statur und Haarfarbe. Von seinem Gesicht war ja gar nichts zu sehen. Wo es nicht bandagiert war, hing dichtes kastanienrotes Haar darüber.

»Es wird euch allen gleich wieder besser gehen«, behauptete Amantua. »Ich entschuldige mich dafür, Hypnose angewandt zu haben. Aber wir haben nicht viel Zeit. Ihr solltet die Burg jetzt verlassen. Niemand weiß, dass ihr hier seid. Und das sollte so bleiben. Aber alle unsere bekannten Ausgänge werden beobachtet.« Sie wies auf den Bewusstlosen zwischen Igor und Iwan. »Das ist Graf Romano von Grauenstein.« Bei dem Namen richteten die Diener ihn auf und es kam etwas Leben in den Kerl. Er stöhnte. »Bitte jetzt keine Fragen dazu. Romano kennt den einzig unbewachten Weg aus Grauenstein. Er wird euch führen. Ihr werdet unterwegs Gelegenheit haben, euch gegenseitig alles zu erzählen, was ihr voneinander wissen müsst. Viel Glück.«

Amantua sprang auf die Beine. Sie schwenkte ihre Fackel einmal in einem rasend schnellen Kreis und die Flamme erlosch.

»Igor, Iwan, wir gehen«, bestimmte die Elbe. »Unsere Gäste finden allein hinaus.«

In der Dunkelheit hörten wir sie davoneilen. Dann endete das Geräusch der Schritte und wurde durch das Rauschen von Schwingen ersetzt. Wir hörten noch kurz das Schlurfen und Stöhnen der Igorwans. Schließlich war alles still. Und finster.

»Verdammich!«, fluchte Lorenzo in die Dunkelheit hinein. »Was iss'n das heute für ein Tag? Sind alle verrückt geworden? Wo ist dieser Romano?«

»Ich will schlafen«, erklärte dessen Stimme in der Dunkelheit. »Wo ist mein Sarg?«

Amantua hatte uns mit einem Vampir allein gelassen!

Das Kratzen von Feuersteinen war zu hören, dann flammte eine kleine Laterne auf. Nica leuchtete herum, bis sie Romano von Grauenstein entdeckte. Auf allen vieren tastete er den Boden ab, anscheinend auf der Suche nach seinem Sarg.

Die Hexe ging neben ihm in die Hocke.

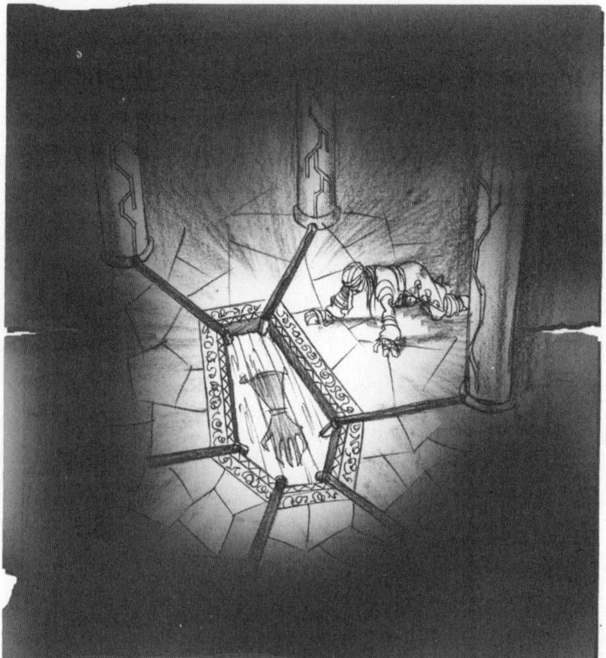

»Ich glaube, jetzt ist nicht die richtige Zeit zum Schlafen«, erklärte sie sanft.

Der Vampir sah sie aus seinem unverbundenen Auge an. Dazu musste er den Kopf weit herumdrehen. »Nicht?«, fragte er. »Ach so, ja. Der sichere Weg aus der Burg. Kann mich gar nicht erinnern …«

Vielleicht war der Kerl doch kein Vampir. Jedenfalls benahm er sich überhaupt nicht wie einer. Ich hatte noch nie einen von den Blutsaugern müde gesehen. Geschweige denn, so komplett planlos und freundlich-verwirrt wie diesen Romano. Und sein Auge! Ringsum war die Haut schrecklich vernarbt. Ein Wunder, dass er es überhaupt aufbekam. Wie musste dann erst das andere unter dem Verband aussehen? Dabei hatten Vampire doch unheimliche Selbstheilungskräfte.

Schließlich rappelte der Vampir sich auf. Er sah uns der Reihe nach an und nickte.

»Hervorragende Truppe!«, lobte der Graf. »Na, dann folgt mir, Männer … und Geister. Und, äh … engelshaarige Wolfswesen?«

Und ab ging es in den nächsten Geheimgang. Nur dass dieser so geheim nicht war. Ich meine, es gab keine verzauberten Türen oder Vorhänge, die wie Felswände aussahen. Der seltsame Graf führte uns einfach immer weiter in ein niedriges Höhlensystem, und jedes Mal, wenn man dachte: »Da geht's nicht weiter«, oder: »Jetzt aber bestimmt nicht linksrum!«, ging es genau da weiter, wo man es nie vermutet hätte. Oder eben linksrum, obwohl man gerade noch geglaubt hatte, dass man dann vor einer massiven Wand stehen würde.

Der Gang war verzaubert, aber auf eine vertrackte Art. Es war ein bisschen so wie mit Nicas gestocktem Waranblut. Sie hatte in den Sümpfen einen Batzen davon an Lorenzos Versteck geschmiert. Vampire können den Geruch nicht ausstehen. So war Lorenzo unbemerkt geblieben, obwohl sie ihn mit einem Blick hätten entdecken können. Der Verstand sagte, dass sie genau dort nachsehen sollten, wo es so verdächtig roch, aber die Nase sagte: »Lass es bleiben. Da ist nichts.«

Etwa so funktionierte der Zauber in diesem Geheimgang. Bei dem übrigens die Decke immer niedriger wurde. Bald war es kein Gang mehr, sondern ein waagerechter Felsspalt. Er wurde so flach, dass sogar der halb verhungerte Graf, der schlaksdünne Lorenzo und die unterernährte Nica Probleme hatten, weiter voranzukommen. Ich glitt halb durch den Schacht und halb durchs Gestein.

An manchen Stellen wäre garantiert der eine oder andere stecken geblieben, wenn die Felsen nicht von einer schmierigen Schicht aus nassem Lehm und bleichem Moos bedeckt gewesen wären.

»Es ist nicht mehr weit!«, versicherte uns Graf Grauenstein, der voranrutschte. »Wir passen schon durch, da bin ich mir ziemlich sicher.«

Der Schacht verformte sich immer mehr zu einer Art Wanne und dann zu einer Rinne, in der sich schnell fließendes Wasser sammelte, das uns vorantrieb. Plötzlich war der Fels zu Ende. Das Wasser schoss in einem hohen, glitzernden Strahl hinaus in den Nachmittag. Dann machte es einen Bogen und wurde zum Wasserfall, der gegen die Flanke einer Schlucht prasselte.

Romano hielt sich an einem Bäumchen fest, das auf einem winzigen Felsvorsprung neben dem Wasserfall wuchs. Lorenzo stieß hart gegen ihn, und der Graf wurde herumgeschleudert, konnte sich aber halten. Dann kam Nica auf dem Wasserstrahl angeschossen wie ein Korken, den es aus der Flasche presst.

Sie prallte gegen Lorenzo und alle drei gemeinsam rissen das Bäumchen aus seiner spärlichen Verankerung. Sie segelten hinaus in die Schlucht. Ich starrte nur fassungslos hinterher.

Nach zwanzig Metern oder so entfaltete Graf Grauenstein Schwingen. Mit wenigen Flügelschlägen hatte er sich gefangen und segelte in Spiralen dem Talgrund entgegen. Nica hantierte wie verrückt an ihrem Besen. Sie brauchte länger als der Graf, aber irgendwann gehorchte ihr das Fluggerät halbwegs. Sie schoss über den Bach weg und rauschte fluchend in die Bäume am gegenüberliegenden Hang.

Nur Lorenzo fiel wie ein Stein. Ich jagte hinterher, ohne rechten Plan, was ich tun sollte, wenn ich ihn erreichte. Kurz bevor es so weit war, schoss etwas durch mich durch. Der Graf von Grauenstein packte Lorenzo und miteinander kriegten sie so was wie einen kontrollierten Absturz hin. Zumindest wurde aus Lorenzos Sturzflug eine Kurve, die leicht vom Talboden weg zeigte. Ganz schafften sie es nicht. Das heißt, etwa drei Meter über dem Grund ließ Romano seine Last los und stieg noch einmal auf. Lorenzo schlug zweimal mit Flügeln, die aber genauso plötzlich wieder verschwanden, wie sie aufgetaucht waren. Dann klatschte er ins Wasser des Gebirgsbaches, der sich durch das Tal schlängelte. Er purzelte noch über ein paar Felsen, fiel einen etwa ein Meter hohen Wasserfall hinunter und trieb dann in einem kleinen natürlichen Becken.

Als ich hinkam, zog er sich gerade ächzend auf die Steine am Ufer. Nica kam aus dem Wald gestolpert. Dabei zupfte sie sich Zweige und Tannenzapfen aus Haar und Fellumhang. Sie sah fast schon wieder so aus wie vor dem Bad. Der Vampir kam ohne Flügel angeschlendert. Im Tageslicht sah man, dass er viel jünger war, als es anfangs den Anschein gehabt hatte.

Vor Lorenzo verbeugte er sich elegant. »Tut mir leid, besser habe ich es nicht hinbekommen«, erklärte er ohne jedes Bedauern in der Stimme. »Bin in den Jahren in der Gruft wohl etwas eingerostet.«

Lorenzo verzog das Gesicht. »Wenigstens bin *ich* sauber«, stellte er fest.

Der Graf sah an seiner einst eleganten, völlig zerlumpten, jetzt auch noch mit Lehm und Kalk beschmierten Kleidung hinunter.

»Punkt für euch, mein flügelhassender junger Freund«, sagte er, als hätten die beiden zusammen Polo gespielt oder was die Reichen sich sonst so einfallen ließen.

»Sag mal …«, meldete sich Nica hinter ihm. »Du bist doch ein Vampir, oder?«

Romano verbeugte sich noch mal.

»Völlig richtig erkannt, junge Dame mit dem, äh … exzentrischen Kopfschmuck.«

»Aber was ist mit deinem Gesicht?«, fragte die Hexe. »Vampire können sich doch selbst heilen.«

Er tastete halbherzig nach dem bisschen, was von seinem Gesicht frei war, und schien entsetzt. »Seh ich so furchtbar aus?«, wollte er wissen. Dann fing er sich. »Na ja, eigentlich war es noch nicht Zeit für mich, aufzustehen. Ich hatte erst dreizehn von den einundneunzig Jahren meines Tiefschlafzyklus' hinter mir. Aber irgendwas hat mich letztes Jahr geweckt. So eine Art magisches …«

»… Gewitter?«, kam Lorenzo ihm zuvor.

Der Vampir sah ihn erstaunt an.

»Ja, das wollte ich sagen«, gab er zu. Dann hielt er sich den Kopf.

»Mal sehen …«, murmelte Romano. Er deutete auf eine krumme Bergspitze, die dunkel über uns im Nachmittagslicht stand. »Da ist das Drachenhorn. Das heißt, wir sind im Finsterbachtal … wie sind wir hierhergekommen? Ach richtig, durch den Geheimgang!« Er sah uns der Reihe nach an. »Aber woher wusstet ihr von dem Gehei… ach, nein, den hab ich euch ja gezeigt«, schwafelte der Vampir weiter. »Geheimgang … das bedeutet … Waren wir etwa auf Burg Grauenstein?«

»Was ist denn mit dir los?«, wollte Lorenzo wissen, während er versuchte, das Wasser aus seinen Sachen zu quetschen, ohne sie auszuziehen. »Ich vermute, du hast *die letzten dreizehn Jahre* auf Burg Grauenstein verbracht.«

»Durchaus möglich«, meinte der Graf. »Sogar sehr wahrscheinlich. Das Problem ist, ich erinnere mich nicht daran. Ich bin nicht hier in den Todesschlaf gefallen. Man hat mich erst später hierher gebracht. Ein Wunder, dass dafür genug von mir übrig war.«

Erst jetzt schaute er an sich herunter, ob alles noch da war. Es sah ganz danach aus und darüber schien der seltsame Graf ziemlich erstaunt.

»Warum ist das ein Wunder?«, fragte Nica. »Was ist mit dir passiert?«

Romano dachte kurz nach. »Ah ja! Jetzt weiß ich wieder. Jemand hat mir einen Pfahl ins Herz gestoßen und mich danach in einen Kessel mit flüssigem Silber geworfen. Daraufhin hatte ich ziemliche Auflösungserscheinungen. Der Rest ist finsterste Nacht.«

»Noch eine Vampirfrage«, meldete die Hexe an. »Wieso stehst du hier, am helllichten Tag … und verbrennst nicht zu einem Häufchen Asche?«

»Tag? Licht? Asche?«, wiederholte der Graf. »Ihr glaubt doch wohl nicht, ich wäre einer von diesen blutsüchtigen, Tageslicht scheuenden, Gift verspritzenden, intriganten, brutalen, hinterhältigen, ekelhaft nichtswürdigen, sich in Särgen verkriechenden … was ich manchmal auch ganz gern, ääh … wo war ich stehen geblieben?«

»Nichtswürdige Sargkriecher?«, versuchte Lorenzo weiterzuhelfen.

»Oh. Ja. Apropos Sargkriecher«, rief der Graf, plötzlich alarmiert. »Wir sollten machen, dass wir hier wegkommen, solange das Tageslicht sie noch aufhält. Mal sehen.« Er tat so, als ob er uns abzählte. Bei Lorenzo stoppte er. »Könntest du dich überwinden deine Flügel ausnahmsweise doch zu mögen?«, fragte er. »Nur um ein bisschen Abstand zwischen uns und die … blutsaugenden Sargkriecher zu legen? Die, nebenbei erwähnt, übrigens alle Flügel haben, auch wenn sie diese erst nachts einsetzen können.«

»Aber es ist nicht so, dass ich die Dinger nicht mag«, erklärte Lorenzo. »Ich weiß nur nicht, wie ich sie hervorholen kann.«

Alles klar. Mit den Flügeln war es wie mit seiner Zauberei. Vorhin war er aufgeregt gewesen und plötzlich waren sie da. Nica fasste in ihren Umhang und holte die Flasche voll Mondlicht heraus, die sie Lorenzo wortlos reichte.

Er nahm einen großen Schluck. Diesmal krümmte er sich nicht und machte auch keine Kotzgeräusche. Er verzog nur kurz das Gesicht. Dann stand er da, mitten am Nachmittag, mit den prächtigsten Vampirflügeln, die man sich vorstellen kann.

»Sehr beeindruckend!«, lobte von Grauenstein. »Auf geht's!« Damit entfaltete er seine eigenen Flügel und hob ab.

Lorenzo lief flügelschlagend ein paar Schritte, dann schwang er sich auch in die Luft. Ich wartete auf Nica, aber sie meinte: »Flieg schon los. Ich starte lieber… unbeobachtet. Du weißt schon …«

Ich nickte und heftete mich an Lorenzos Fersen.

Vor zwei Wochen, als wir die heilenden Dornen gesucht und den verwundeten Dragoslav von Venenfels gefunden hatten, hatte Nica mir gestanden, dass sie das mit dem Fliegen auf dem Besen einfach nicht richtig hinbekam. Sie vermutete, dass sie gar keine Nebelhexe war. Und ich lernte, dass man das nicht von Geburt an war, sondern nur, wenn man sich dazu berufen fühlte. Sie fühlte sich aber nicht berufen. Sie war einfach bei den Hexen aufgewachsen, sonst nichts.

Dann zischte sie an mir vorbei. Sie konnte vielleicht nicht sauber geradeaus fliegen. Aber schnell war sie, das musste man ihr lassen. Wahrscheinlich wusste sie gar nicht, wie man langsam flog.

Ich hörte Lorenzo rufen: »Ja, spinnt die?«, als die Hexe an ihm vorbeizog, und etwas Ähnliches von Graf Grauenstein. Aber beide wurden schneller.

Ich konzentrierte mich auf das Ende von Nicas Besen und überholte die beiden Flieger ebenfalls. Dann jagte ich knapp hinter der Hexe her und rief: »Geht's nicht ein bisschen langsamer? Wenn die zwei in dem Tempo weiterfliegen, fallen sie uns bis zum Abend vom Himmel.«

»Ich versuch's!«, schrie Nica zurück.

Aber sie brauchte eine Weile, bis sie es hinbekam. Doch als sie langsamer wurde, übernahm Lorenzo die Führung und sein Tempo war kaum weniger scharf. Natürlich. Der Irre fühlte sich mal wieder herausgefordert. Noch dazu von einem Mädchen!

Bis gestern Abend, als er plötzlich angeboten hatte, den Vampir zu spielen, hatte Lorenzo so getan, als wären die Flügel eine lästige Krankheit, über die man besser nicht spricht. Er konnte sie immer noch nicht durch seinen eigenen Willen erscheinen lassen. Dazu brauchte er den Hexentrank. Aber jetzt musste er Nica zeigen, was er damit alles anstellen konnte.

Es dauerte zehn Minuten, bis ich ihn dazu überredet hatte, dem Grafen die Führung und das Bestimmen der Geschwindigkeit zu überlassen.

DIE BESOFFENEN RIESEN

Stunde um Stunde ging es in gleichmäßigem Rhythmus dahin. Ich war hundemüde. Versteht mich nicht falsch. Nichts, was ich tat, war körperlich anstrengend. Aber ich musste alles im Geiste erledigen. Und ich war jetzt ungefähr achtzehn Stunden ununterbrochen im Einsatz gewesen. Hügel, Wälder, schroffe Felswände und ab und zu ein paar bestellte Felder zogen gleichmäßig unter uns dahin. Bergketten links und rechts in der Ferne schienen mit uns mitzuwandern. Ich war einfach gehirnmüde. Also döste ich vor mich hin und hielt nur eine kleine Ecke meines Geistes wach, um hinter Lorenzos Stiefelsohlen herzufliegen.

Ich schätze, Lorenzo und Nica waren in keinem besseren Zustand. Wir beschwerten uns ein paarmal bei unserem Führer, aber er schüttelte nur den Kopf und flog unbeirrt weiter. Keiner von uns erwähnte die Königsburg oder dass wir da hinmüssten.

Kurz nach Sonnenuntergang landete der Vampir.

»Diesen Platz habe ich gesucht«, verkündete Romano von Grauenstein und wies auf ein paar große Findlinge, die wie besoffene Riesen aneinanderlehnten. »Der einzige Ort, der von keinem der umliegenden Vampirfürsten beobachtet werden kann. Jetzt können wir eine Pause machen. Aber kein Feuer. Dort drüben im Kreis der Felsen sind wir vor allen Blicken verborgen. Es ist ein uralter, magischer Ort. Ich würde jetzt zu gern erfahren, warum es die Mühe wert gewesen sein soll, meinen Sarg zu verlassen und euch zur Flucht zu verhelfen.«

Ohne unsere Meinung zu seinem Lagerplatz abzuwarten, schritt er hinüber und verschwand zwischen den schweren aneinandergelehnten Felsbrocken. Ich sah die anderen an, zuckte mit den Schultern und folgte dem seltsamen Vampir.

Unter den Findlingen gab es fast so etwas wie eine Felsenhütte. Wenn es stark regnete und der Wind die Schauer hereintrieb, wurde man auch hier drin sicher klatschnass. Aber es gab immerhin eine moosgepolsterte Grube, die vor Blicken schützte.

»Ah, der Geist!«, stellte der Graf fest, der auf einem Felsen lümmelte. »Ich glaube, wir wurden einander noch nicht richtig vorgestellt ...«

Ich brauchte einen Moment, bis ich verstand, dass er mich nach meinem Namen gefragt hatte.

»Ach so, ja!«, stammelte ich. »'tschuldigung. Ich bin William. Der andere, der Schwierigkeiten mit seinen Flügeln hat, ist Lorenzo. Die Hexe heißt Nica.«

Als die beiden zu uns in das Versteck zwischen den Felsen herunterkletterten, war ich schon mitten im Erzählen. Der Vampir war ein guter Zuhörer. Er fragte an den richtigen Stellen nach, merkte sich alles ganz genau, sodass er einem helfen konnte, wenn man sich verzettelt hatte, und er saugte jedes bisschen Information auf wie ein Schwamm. Kein Wunder, nach fast dreizehn Jahren Schlaf in einem Sarg.

Als ich mit Lorenzos und Nicas Hilfe fertig erzählt hatte, nickte der Graf. »Einiges von dem, was ihr da sagt, habe ich geträumt ... Das war wohl immer dann, wenn Amantua mit mir gesprochen hat«, erklärte er. »Erstaunlich. Ich dachte, es wären alles nur Hirngespinste. Ich habe mehr als einmal im Schlaf den Kopf geschüttelt.« Er sah uns aus seinem vernarbten Auge an. In dem bisschen weichen Sternenlicht, das uns zwischen den Findlingen erreichte, sah es lange nicht mehr so schlimm aus. »An die Explosion auf der Burg kann ich mich erinnern«, stellte er fest. »Glaube ich. Sie war weit weg. Aber der Boden zitterte und brach auf. Danach fehlt mir was. Das Letzte, was ich sah, war der Kessel mit geschmolzenem Silber ... Dann habt ihr zwei mich letzten Sommer aufgeweckt? Mit einem Spiel, das den Krieg ersetzen wird. Wer hätte das gedacht ... aber der Name deiner Mutter! Mysticia ... der sagt mir was. Ich hatte mit ihr zu tun ... aber was war das noch mal? Wir sprechen doch über Mysticia von Wolfswald, oder?«

»Was? Ich ... keine Ahnung«, stammelte Lorenzo. »Der einzige Familienname, der je erwähnt wurde, war Mystelzweig. Der von meinem Opa, äh ... Großvater.«

»Mysterio Mystelzweig.«

Lorenzo nickte, zuckte aber gleichzeitig mit den Schultern.

»Aber natürlich konnte Mysticia nicht den Namen ihres Vaters annehmen«, erklärte Romano, als müssten wir wissen, warum das nicht ging. »Immerhin ist sie eine Werwolfprinzessin. Ihr Clan hätte ein Blutbad angerichtet.«

»Werwolfprinzessin?«, echoten Lorenzo und ich.

»Aber ja«, rief der Graf. »Mysticia von Wolfswald ist die Anführerin aller Werwolfclans auf dem Schlachtfeld von Nord-Elbia. Ich habe viele Sommer lang gegen sie gek... ach, *daher* kenne ich sie!«

Er haute Lorenzo kräftig auf die Schulter. »Ha! Ich würde sagen, deine Mutter und ich sind die ärgsten Feinde. Denn ich bin ... war bis vor dreizehn Jahren der oberste Feldherr der Vampirtruppen in Nord-Elbia.«

Lorenzo starrte ihn düster an. »Ihr wart die ärgsten Feinde«, verbesserte er. »Sie ist tot. Schon vergessen?«

»Nein, ich ... sie ist tot?« Romano von Grauenstein wurde noch bleicher, als er ohnehin schon war. »Das kann nicht sein. Sie darf nicht ...«

Vielleicht täuschte ich mich im schwachen Licht der Sterne. Aber es sah so aus, als liefe dem Vampir eine Träne aus seinem vernarbten Auge.

Nica wies auf seinen Verband. »War sie das?«, fragte die Hexe leise. »Hat Mysticia dich ...«

Er tastete nach dem Verband. »Nein, ich glaube nicht«, antwortete der Graf ebenso leise. »Nein. So etwas hätte sie niemals getan.« Er legte sich hin und zog seinen Umhang über sich. »Schlaft jetzt!«, befahl er. »Wir haben noch einen weiten Weg, bevor wir außer Reichweite aller Vampirfamilien sind.«

Ich lag ewig wach, doch ich konnte mir keinen Reim auf das machen, was ich heute Abend gehört hatte. Irgendwas stimmte nicht an der Geschichte. Warum hatte Merellyn uns nicht erzählt, dass Mysticia eine Werwolfprinzessin war? War es das, was mich störte? Und war es überhaupt noch von Bedeutung? Lorenzos Mutter war tot.

Stimmen weckten mich. Sehr leise, sehr aufgeregte Stimmen. Im Traum sah ich ganz kurz Merellyn, der auf den Zinnen einer gewaltigen Burg mit den Armen fuchtelte.

Als ich richtig aufwachte, dachte ich, es sei noch Nacht, weil es so dunkel war. Aber irgendwie stimmte das Licht nicht. Ich sah verschlafen hoch zu dem Spalt zwischen den Findlingen, wo ein kleines Stück Himmel zu sehen war. Dunkle Wolken zogen schnell vorbei. Ganz langsam dämmerte mir, dass ein finsterer Tag angebrochen war. Ich bewegte mich fast nicht, aber ich begann in Rückenlage nach draußen zu schweben. Dort brauchte ich noch eine ganze Weile, bis ich mir über die Himmelsrichtungen klar war. Als ich das endlich auf die Reihe gebracht hatte, war ich mit einem Schlag ganz wach. Die Sonne stand an der völlig falschen Stelle. Wir hatten fast bis zum Abend geschlafen. In der Nacht musste sich der Himmel zugezogen haben. Es war gar nicht richtig Tag geworden und in dem lauschigen Winkel zwischen den Findlingen blieb es fast ganz dunkel. Der Himmel war düster, und der Wald ringsum war es auch. Dann lichteten sich die Wolken und gaben eine untergehende Sonne frei, deren letzte Strahlen durch die Baumstämme zu uns durchdrangen.

Ich sah, dass Nica und Lorenzo gemeinsam in einen moosgepolsterten Felsspalt gerutscht waren. Sie umarmten sich im Schlaf. Plötzlich zappelte Lorenzo herum und stieß sich die Birne an dem Felsen über ihm, als er aufzustehen versuchte. Er sank zurück.

Dann begann er herumzutasten. Seine Hand tappte über Nicas hervorstehende Rippen und ein Stück Wolfsfell.

»Das darf ja wohl nicht wahr sein!«, brummte er. »Ich stecke in einem Felsen mit einem halb verhungerten Wolf!«

Nica wand sich, wie von der Tarantel gestochen, aus dem Felsspalt heraus. Dabei drosch sie Lorenzo mit jedem einzelnen ihrer vorstehenden Knochen gegen den Stein, an dem er lag.

So wie sie auf die Beine sprang, hätte ich erwartet, dass sie im nächsten Moment ein paar ihrer vielen Waffen zog. Aber sie sagte nur: »Sei leise und komm da heraus! Wir müssen reden.«

Als wir beieinanderstanden, fragte sie unvermittelt: »Was haltet ihr von Amantua? Will sie uns wirklich helfen?«

»Ich glaube schon«, sagte ich. »Wenn nicht, hat sie mir viele Stunden lang etwas vorgespielt. Sie wollte doch sogar, dass die Vampire erfahren, dass es ein Heilmittel gibt und dass es nicht vom Schwarzen Lord kommt.«

»Also gut, aber was erwartet sie von uns?«, wollte Nica wissen.

»Ganz einfach!«, meinte Lorenzo. »Wir sollen das Spiel gewinnen.«

»Ach so, ja, wie konnte ich das vergessen?«, rief die Hexe. »Natürlich ist es einfach. Ich schätze, wir sind jetzt etwa hundert Meilen weit in die Länder von Venenfels eingedrungen. Als Erstes fliegen wir weiter zur Königsburg, dreihundert Meilen durch feindliches Vampirgebiet. Wenn wir erst mal dort sind, so in ein bis zwei Wochen, gestehen wir dem Prinzregenten, dass wir keine Mannschaft haben, aber dass eine zwielichtige Hochelfe, die eigentlich für den Feind arbeitet, uns den Auftrag gegeben hat, das Spiel zu gewinnen. Kann also gar nicht schiefgehen. So viel zum *einfachen* Teil. UND DANN?«

»*Und dann? Und dann?*«, maulte Lorenzo. »Woher soll ich das wissen? Es war euch ja so wichtig, das zweite Buch zu bekommen, obwohl wir nur ein Zeichen haben und die beiden Buchhälften gar nicht verbinden können. *Deshalb* sind wir jetzt hier und nicht auf der Königsburg, beschäftigt mit der Auswahl der Spieler für die Nationalmannschaft.«

»Wie stellst du dir das auf der Königsburg vor?«, wollte Nica wissen. »Der Herold verkündet von der höchsten Zinne, dass du Fußballer suchst, und am nächsten Tag stehen Hunderte von Bewerbern im Burghof? Darf ich dich darauf hinweisen, dass die fantasmanische Königsburg vermutlich das am einsamsten und am unerreichbarsten gelegene Gebäude im ganzen Reich ist?«

»Wundervoll!«, lobte Lorenzo. »Fällt dir noch irgendein Problem ein, das du obendrauf packen könntest? Oder hast du irgendeinen vernünftigen Vorschlag zu machen?«

»Allerdings. Raus aus den Vampirländern«, erwiderte Nica. »Wir wenden uns nach Norden, wo andere Völker leben. Vielleicht finden wir dort die Spieler für deine Mannschaft.«

»Was haltet ihr denn von diesem Romano von Grauenstein? Er ist schließlich auch ein Vampir.«

»Auf jeden Fall sollten wir ihn spielen lassen und sehen, was er draufhat«, meinte Lorenzo. Dass der Vampir gestern Abend erklärt hatte, der ärgste Feind seiner Mutter zu sein, schien Lorenzo bei der Talentfrage nicht weiter zu stören.

»Können wir ihm trauen?«, fragte Nica.

»Also, ich halte ihn für einen schleimigen, überheblichen Angeber, der dreizehn Jahre lang in einem schimmeligen Loch von einem Sarg verrottet ist, ohne jedes Training. Von diesem neumodischen Spiel *kann* er überhaupt keine Ahnung haben. Und trauen würde ich ihm schon gar nicht, wenn ihr mich fragt. Seine Geschichte ist doch an den Haaren herbeigezogen«, antwortete jemand, aber *ich* war es nicht. Wer hatte eigentlich gefragt, was wir von Romano hielten?

Wir machten alle einen Schritt zur Seite, weg von Romano von Grauenstein, der neben uns gestanden und grinsend auf sich selbst geschimpft hatte.

»Was soll das?«, fragte Lorenzo.

»Wie lange stehst du schon da?«, wollte Nica wissen.

»Lange genug, um zu wissen, dass ihr nicht die Rettung Fantasmaniens seid, wie Amantua behauptet«, sagte der Graf und verdrehte sein freies Auge. »Ihr habt überhaupt keinen Plan. Der vernünftigste Vorschlag kam noch von der Hexe.«

Das wollte Lorenzo nicht hören. Er maulte herum. Blöde Sprüche flogen hin und her. Ich konnte nicht richtig zuhören, weil ich plötzlich ein ganz ungutes Gefühl hatte. So eine Art Geister-Gänsehaut. Mir war auf einen Schlag total klar, dass auf jedem einzelnen Baum im Umkreis von mindestens fünfzig Metern ein Vampir hockte und den dreien beim Streiten zuhörte.

Und die Sonne war endgültig untergegangen.

DRIBBLING MIT VAMPIREN

Hört auf damit!«, sagte ich tonlos. »Sie sind hier.«

»Was?«, fragten die anderen gleichzeitig.

»Vampire«, hauchte ich. »Sie hocken in den Bäumen.«

»Na gut, wir ... Mist!«, wisperte die junge Hexe. Sie fummelte vergeblich auf der Innenseite ihres Umhangs herum. »Ich finde den Mondtrank für Lorenzos Flügel nicht!«

Der Graf wies verstohlen zu der Felsspalte. Da lag die Flasche zwischen Moosflecken. Sie leuchtete schwach.

»Also gut«, flüsterte Nica. »Nächster Plan. Bei drei springst du zu mir auf den Besen und wir zischen Richtung Norden.«

»Bei drei«, nickte Lorenzo.

»Also gut. Eins. Zwei.«

Die Drei erübrigte sich, weil wir urplötzlich von einem dichten Ring aus Vampiren umzingelt waren. Alle trugen die Lederanzüge mit den Kopfmasken. Sie kamen langsam näher. An einen Start mit Nicas miesem Besen war nicht mehr zu denken.

»Hey, Jungs!«, rief Lorenzo plötzlich. »Bevor es hier zur Sache geht, möchte ich noch eine einzige Frage stellen!«

Die Vampire stoppten. Lorenzo nahm seinen Fußball aus der Umhängetasche. »Wisst ihr, was das ist?«, fragte er in die Runde.

Die meisten schüttelten den Kopf, aber einer meldete sich und berichtete: »Doch. Hab ich schon gesehen. Die Kinder in Kartoffeldorf spielen damit wie verrückt auf einer Kuhweide. Hat nach Spaß ausgesehen …«

»Das ist es auch«, bestätigte Lorenzo. »Vor allem für so superschnelle Kerle wie euch. William und ich zeigen euch jetzt mal kurz, was man mit so einem Ball alles machen kann, okay?«

Alle nickten.

Dann zeigten wir den verdutzten Vampiren die ganze Trickkiste. Wie immer verstanden wir uns blind und spielten uns den Ball zu, als wäre es ein einstudiertes Ballett.

Am Ende schnappten wir uns die Bälle und hielten sie beide in der rechten Armbeuge.

»Glaubt irgendeiner von euch, dass er das auch kann?«

Mehrere Hände schossen sofort hoch und dann nach und nach alle anderen. Natürlich konnte jetzt kein Vampir zugeben, dass er sich das nicht zutraute.

»Also gut«, meinte Lorenzo. »Wir machen ein Spiel draus. Ihr bekommt nacheinander meinen Ball und dann …«

Eine bekannte Stimme unterbrach ihn. »Ist gar nicht nötig, dass ihr mit nur einem Ball spielt«, verkündete sie. »Wir haben eine Wagenladung Bälle dabei! Und alles muss raus, wegen Geschäftsaufgabe. Die Preise sind günstig wie nie. Greift zu!«

Hinter dem engen Ring aus Vampiren, der uns umgab, stand Glubschnak, inzwischen wieder in voller Größe. Auf einer seiner Pranken hielt er Schnick in die Höhe, damit der die Ware anpreisen konnte. Unglaublich! Der Troll und der Kobold hatten uns mitten in der Wildnis gefunden!

Und die zwei Irren schafften es doch tatsächlich, den Vampiren ihre Bälle anzudrehen. Natürlich bezahlte keiner. Sie redeten sich irgendwie heraus, aber Schnick war großzügig und ließ jedes »Hab mein Geld in der Burg vergessen«, »Irgendwann demnächst« und »Ganz bestimmt beim nächsten Mal« durchgehen. Vor jedem Vampir warf er ein Samenkorn auf den Boden. Es machte jedes Mal Wusch!, dann lag ein neuer Fußball da. Dabei zwinkerte der Kobold uns zu, verdrehte aber gleichzeitig immer wieder die Augen. Um die Blutsauger möglichst schnell mit Bällen zu versorgen, nahm Schnick nicht die Sorte, die Zappenduster für uns gezüchtet hatte. Denen konnte man zwar beim Wachsen zusehen, aber einen halben Tag dauerte es trotzdem. Die hier waren ein früherer, fehlgeschlagener Versuch. Bälle, die in Sekundenschnelle wuchsen, aber nicht lange hielten.

Als alle Vampire einen Ball hatten, fingen wir an mit ihnen zu üben. Ich kann euch sagen, so einen Anblick kriegt man nicht alle Tage zu sehen. An die sechzig Vampire, verteilt zwischen hohen Nadelbäumen, jeder mit einem Fußball, denen wir Übungen zeigten, die sie dann wiederholten.

Sie stellten sich gar nicht ungeschickt an. Schon nach wenigen Minuten sprang kaum noch ein Ball unkontrolliert davon.

Lorenzo ließ sich mal wieder total davontragen. Er begann Gruppen von Vampiren auszuwählen, die er in bestimmten Formationen aufstellte. Dann zeigte er ihnen, wie man dribbelte, und forderte sie auf, ihm den Ball abzunehmen. Sie waren wirklich schnell. Manch einer war nah dran, ihm die Pille vom Fuß zu stibitzen. Das machte Lorenzo wahnsinnig. Er drehte immer mehr auf, ohne an sein Knie zu denken.

»Dein begabter junger Freund weiß nicht viel über Vampire, oder?«, flüsterte Romanos Stimme hinter mir.

Ich fuhr herum. »Nicht viel, nein«, gab ich zu. »Außer dass er selbst Vampirflügel … aber das hast du ja gesehen.«

»Das hier sind die untersten Diener aus den tiefsten Gruften der Burg«, erklärte der Graf. »Der Dreck, den man die Drecksarbeit machen lässt. Die Gebissenen, Geschlagenen, Getretenen. Keine Herren.«

Ich kannte beide Sorten. Mit denen hatte ich in Burg Venenfels auch zu tun gehabt.

»Sind die von Burg Grauenstein?«, fragte ich.

»Nein. Bestimmt nicht«, stellte von Grauenstein fest. »Das sind Venenfels-Vampire.«

Nica und ich sahen den Vampir erschrocken an.

»Wenn einer ihrer Herren auftaucht, kriegen wir wirklich Probleme«, fuhr Grauenstein fort.

»Und wenn einer von diesen verdammten Billig-Bällen platzt, was jeden Moment der Fall sein wird, auch«, ergänzte Schnick, den Glubschnak inzwischen abgesetzt hatte.

»Finde einen Weg, dem Bekloppten zu sagen, dass er den Vampiren eine Übung zeigen soll, bei der sie uns den Rücken zudrehen«, forderte die Hexe mich auf.

»Und dabei möglichst noch tief in den Wald hineinrennen müssen«, fügte Schnick an. »Dann verduften wir. Vielleicht erreichen wir eine Kirche oder sonst wie heiligen Boden. Wo sie uns nichts tun können. Weil, lange vor ihnen davonlaufen ist nicht drin.«

Graf Grauenstein sah den Halbkobold mit hochgezogenen Brauen an. »Heiligen Boden finden?«, wiederholte er ungläubig. »Na, das ist ja mal ein toller Vorschlag.«

Ich machte mich unsichtbar und zischte durch die kickenden Vampire zu Lorenzo hin. Ehe ich mit ihm sprechen konnte, passierten zwei Dinge. Ihr könnt euch sicher schon denken, welche.

Es gab einen Knall, dann zischte der erste Ball spiralenfurzend an mir vorbei. Alles erstarrte. Und mitten hinein in die plötzliche Stille brach diese ekelhafte, mächtige Flüsterstimme, die man meilenweit hören konnte. »Ich hoffe, ihr hattet einen schönen Abend, Sklaven«, zischte sie, und es war dem Dümmsten klar, das die Stimme nicht meinte, was sie sagte. »Jetzt ist es an der Zeit, eure Pflicht zu tun. Über die angemessene Bestrafung entscheiden wir bei unserer Rückkehr nach Venenfels.«

Das war allerdings so gemeint, wie es klang.

Die Vampire drehten sich wie ein Mann zu uns um.

»Tötet sie alle«, zischte der Flüsterer. »Alle. Auch den Troll. Egal, was es kostet.«

Die Vampire kamen langsam näher. Glubschnak zog seine Keule. Aber gegen so viele Vampire würde auch die nicht lange helfen.

»Nimm das!«, rief mir Nica zu und warf ein langes Messer in meine Richtung, das wegen seines extrem breiten Hefts aussah wie ein Kreuz. Ich griff an der total falschen Stelle danach. Das Ding hätte mir alle Finger der rechten Hand abgeschnitten. Zum Glück schaffte ich es rechtzeitig nach Anderland, und das Messer zischte durch meine Hand und prallte klirrend gegen einen Felsen.

Nica verdrehte entnervt die Augen und zog zwei Säbel, deren Handgriffe mit Dornen gespickte Schlagringe waren. Grausam. Wer stellte solche Schlächterwaffen her?

Als die Gegner fast in Reichweite waren, sagte eine höfliche Stimme halb neben, halb hinter mir: »Ich glaube, ihr habt das hier fallen lassen, mein transluzenter junger Freund.«

Ich sah mich geistesabwesend halb um und nahm den Dolch, den mir eine große, bleiche Hand mit dem Griff voran hinhielt.

Erst dann fuhr die Schockwelle dieser neuen heiseren Flüsterstimme durch mich durch. Alle waren wie erstarrt. Alle Gesichter waren diesem Jemand hinter mir zugekehrt. Ich drehte mich ganz langsam um.

Da stand ein Vampir, der es mit dem Schwarzen Lord aus meinem Traum gut aufnehmen konnte. Vielleicht *war* er der Schwarze Lord. Sein langes Haar und sein schwarzer Umhang wehten dramatisch in einer Brise, die es gar nicht gab.

»Darf ich fragen, was hier vor sich geht?«, flüsterte es aus einem Gesicht, das im Dunkeln lag, in dem nur die Augen wie zwei schwach glimmende Kohlen leuchteten.

»Ich bin Baronin Vadyuscha von Venenfels. Dies ist der heilige Kultplatz …«

»Ich weiß, was für ein Platz dies ist, und ich weiß auch, was ihr hier getan habt!«, donnerte der Vampir neben mir und alles erstarrte endgültig.

Alle Geräusche im Wald erstarben.

»Wer … wer seid Ihr?«, fragte die Baronin. In ihrer Stimme schwang Unsicherheit mit.

»Das wisst Ihr doch ganz genau, Vadyuscha, mein Augenstern!«

Ich fuhr herum. Was hatte der schreckliche Vampir gesagt? Augenstern?

»Gavain Romano? Seid Ihr das?«

Das Machtgeflüstere war aus der Stimme der Baronin verschwunden.

»Erkennt Ihr mich etwa nicht wieder, meine Liebe?« Der Vampir wies auf die Formation der Findlinge, wo wir übernachtet hatten. »Ist dies nicht das Liebesnest, in dem Ihr mir nächtelang von Verrat geflüstert habt?«

»Sprecht nicht weiter, Herr!«, hauchte Vadyuscha und diesmal flüsterte sie wirklich. Ich meine einfach nur leises Sprechen, kein Donnern durch irgendwelche Gehirnwindungen. Aber wir zuckten zusammen, weil sie es im nächsten Moment doch wieder tat.

»Sklaven, zurück zur Burg!«, befahl sie. »Auf der Stelle!«

Sofort erscholl vielfaches Flügelrauschen, als die Venenfelser abhoben. Dann waren wir mit den beiden Flüstervampiren allein im Wald.

Das Seltsame war, dass nirgends Bälle herumlagen, obwohl bereits einer geplatzt war. Die Gruftvampire, die Vadyuscha »Sklaven« nannte, hatten alle Bälle mitgenommen. Es gab also etwas, das sogar Vampiren Spaß machen konnte.

Baronin Vadyuscha stand allein auf ihrem Felsen und starrte den großen, dunklen Vampir in dem wehenden Umhang an. Der hob plötzlich ab, ohne mit irgendwelchen Flügeln zu schlagen. Er schwebte durch die Luft zur Baronin hin, als stände er auf einem unsichtbaren Förderband. Der Kerl landete auf dem Felsen und packte die Vampirin. Ich dachte, sie würden kämpfen, aber sie sank in seine Arme.

»Wo warst du, all die Zeit?«, hauchte sie.

»Nicht weit von dir und doch Ewigkeiten entfernt«, sagte der Vampir sanft. »Ich war dort, wo wir alle sein sollten. In der Gruft. Ich schlief und ich träumte …«

»… von mir, mein blutiger Fürst?«, wollte die Baronin wissen. Sie legte den Kopf in die Armbeuge des Vampirs, sodass ihre Halsschlagader gut zugänglich vor ihm lag. Prompt senkte er seine Zähne hinein. Aber mit seiner freien Hand machte er uns heftige Zeichen. Es dauerte eine Ewigkeit, bis wir alle verstanden hatten, dass der dunkle, beeindruckend große Vampir in

Wirklichkeit Graf Grauenstein war. Und dann noch den Bruchteil einer Sekunde, um zu kapieren, dass wir verschwinden sollten.

Lorenzo sprintete zu den Findlingen und schnappte sich die Flasche mit dem Mondlicht. Er riss den Korken heraus und trank im Laufen. Ehe er die Flasche abgesetzt hatte, entfaltete er seine Flügel und hob ab. Nica rannte fluchend neben ihrem Besen her und sprang in letzter Sekunde auf, als er vorwärtsschoss und ihr fast aus der Hand gerissen wurde. Schnick hüpfte auf Glubschnaks Rucksack. Er packte die großen, fledermausflügeligen Ohren des Trolls und drehte seinen Kopf in Fluchtrichtung.

»Hüüaaa, Grüner!«, meinte der Scherzkeks und das Gebirge aus Muskeln unter ihm nahm stampfend Fahrt auf.

Ich konnte es mir leisten, zu bleiben und zu beobachten, was als Nächstes geschah. Irgendwann hob der Graf den Kopf. Jetzt beugte sich die Baronin über ihn und senkte ihrerseits ihre Zähne an seinen Hals. Doch plötzlich rief sie: »Puäääh! Was ist denn das?«

Grauenstein machte einen Schritt zur Seite, wie ein Stierkämpfer. Die Vampirin taumelte und fiel auf alle viere.

»Mein Hemdkragen, Allerwerteste«, erklärte der Graf kühl. Die Baronin rollte schwach auf den Rücken und streckte verlangend eine Hand nach ihm aus. Ihre Augen waren ganz glasig und leuchteten rosa.

»Ich fürchte, ich hatte die letzten dreizehn Jahre keine Gelegenheit, ihn waschen zu lassen«, gestand Romano. »Tut mir aufrichtig leid. Aber ich muss jetzt wirklich … war schön, dich wiederzusehen!«

Er sprang in die Luft und entfernte sich mit wilden Flügelschlägen. Vadyuscha hielt immer noch die Hand nach ihm ausgestreckt. Sie versuchte sich zu erheben, aber der Graf musste sie ganz schön ausgesaugt haben. Ihr Arm fiel auf den Fels und sie spuckte: »Warte, du dreckiger Bastard! Wenn ich dich wiedersehe, werde ich dich …«

Aber ich hörte nicht mehr, was sie ihn würde, weil der Fahrtwind um meine Ohren fauchte. Ich hörte nur den Grafen, der den anderen zurief: »Nach Norden! Die nächste Grenze ist im Norden!«

Seltsam. Ich hatte zwei Augen im Dunkeln leuchten sehen und er hatte seinen Mund für den Biss in Vadyuschas Hals freigehabt. Aber als ich ihn erreichte, sah er wieder aus wie ein bandagiertes Bündel verstaubter Altkleider mit Flügeln. Aber etwas war anders. Die Haut um sein Auge war rot, aber nicht vernarbt.

GEJAGT

Wir flogen etwa eine halbe Stunde, so schnell wir konnten. Dann sackte Lorenzo plötzlich ein paar Meter ab, weil seine Flügel für kurze Zeit verschwunden waren. Keine zehn Sekunden danach passierte dasselbe wieder.

Nica schoss knapp unter Lorenzo durch und bremste ihren Besen hart. Er knallte gegen sie und saß plötzlich hinter ihr. Die beiden überschlugen sich mehrmals. Dann schien Nica den Besen so weit im Griff zu haben, dass sie ihn wieder hochziehen konnte. Sie flogen knapp über einen schroffen Felskamm, den die Straße an einem Durchbruch querte. Kaum waren sie über die Felsnadeln weg, rasten sie in einer Spirale den Baumwipfeln im Tal dahinter entgegen. Lorenzos Flügel waren jetzt ganz verschwunden.

Ich hörte das Krachen von Ästen und dumpfe Schmerzensschreie.

Der Graf faltete die Flügel zusammen und zog nach unten. Ich benutzte den Vampir als Sprungpunkt und folgte ihm, ehe der Wald ihn verschlucken konnte. Etwa eine Meile voraus endete die Straße an einer Furt durch einen mittelbreiten Fluss.

Als wir landeten, hing Nica kopfüber von einem niedrigen Ast, wo sich ihr Umhang und ihre unglaubliche Mähne verfangen hatten. Lorenzo fiel gerade vom nächsthöheren. Er schaffte es im letzten Moment, sich so zu drehen, dass er nicht voll auf die Birne knallte. Stattdessen presste ihm der Aufprall auf den flachen Rücken alle Luft aus den Lungen. Es dauerte eine ganze Weile, bis er anfangen konnte zu schimpfen.

»Du spinnst … wohl komplett … du … du … blöde … du blöde Hexe, du!«, stieß er zwischen schweren Atemzügen hervor. »Ich hätte mir beinah den Hals gebrochen!«

»Ich habe dich gerettet!«, schnappte Nica, die immer noch verkehrt herum hing. »Und nenn mich nicht … äh, blöd.«

»Quatsch, gerettet!«, fauchte Lorenzo. »Wovor denn gerettet? Hat dir wohl nicht gepasst, dass ich schneller fliege als du.«

Er griff stöhnend hinter sich und warf einen Stein, auf dem er gelegen hatte, ins Unterholz. Nica hatte inzwischen ihren Umhang befreit. Der hing jetzt nach unten und der Wolfsschwanz fegte durch altes Laub. Aber Nica musste mit schmerzverzerrtem Gesicht feststellen, dass sie jetzt komplett an ihren langen, längst wieder verfilzten Haaren hing.

»So ein Blödsinn!«, schimpfte sie trotzdem. »Wenn du schneller bist, wie konnte ich dich dann überholen?«

Lorenzo stand auf und drehte seinen Kopf hin und her, dass sein Nacken krachte.

»Weil ich dich gelassen habe«, erklärte er mit kindischer Logik. »Ich hatte alles im Griff.«

»Ja, das hab ich gemerkt«, motzte die Hexe. Sie riss wie wild an ihrer Mähne. »Dann hast du mich wohl absichtlich über den Haufen geflogen.«

»Wieso bremst du direkt vor mir? Da blieb mir gar nichts anderes übrig.«

»Ich wollte dich auffangen. Du hattest keine Flügel mehr und wärst …«

Sie merkte zu spät, dass sie sich befreit hatte. Als sie nach dem Ast greifen wollte, verhedderten sich ihre Hände rettungslos in ihren Haaren. Nica wurde steif und glitt aus der Astgabel. Zehn Zentimeter vor dem Boden stoppte sie. Lorenzo war aufgesprungen und hatte ihre Beine gepackt. Er ließ sie härter zu Boden, als es nötig gewesen wäre.

»… abgestürzt?«, fragte er mit einem fiesen Unterton in der Stimme. »Wolltest du das sagen?«

Nica machte eine Rolle rückwärts und sprang wie von der Feder geschnellt auf die Beine.

»Allerdings. Abgestürzt«, bestätigte sie schnippisch. Lorenzo verdrehte die Augen.

Der Graf packte die beiden und zerrte sie hinaus auf die Straße. »Jetzt ist keine Zeit für euer Gezeter!«, zischte er. »Die Furt bildet die Grenze von Venenfels. Hoch mit euch in die Luft und WEITER!«

»Geht nicht«, meldete Lorenzo. Er blieb stur stehen und hob eine braune Flasche hoch, in der kein Licht mehr glitzerte. »Der Mondlichttrank ist alle.«

»Hab ich's doch gewusst!«, schnappte Nica.

»Hast du noch welchen?«, wollte der Graf von ihr wissen.

Sie schüttelte den Kopf.

»Nimm ihn auf deinen Besen, wie du es …«, begann Romano.

»Das geht auch nicht«, sagte die Hexe. »Ich habe mein letztes Flugpulver für das Landemanöver verbraucht.«

»Manöver?«, wiederholte Lorenzo spöttisch.

Plötzlich drehte sich der Vampir um und lauschte. »Unter die Bäume!«, befahl der Graf. »Lauft!«

Wir schafften es gerade noch in Deckung. Durch die Zweige sahen wir, dass ein Vampir oben an dem Durchstich auf der Straße landete. Er spähte hinunter bis zur Furt, dann sah er hinter sich.

»Wartet wohl auf Verstärkung«, flüsterte Romano. »Passt auf, wir schleichen unter den Bäumen weiter runter zum Fluss. Wenn es gar nicht mehr anders geht, raus auf die Straße und rennen, was das Zeug hält! Wer die Furt überquert, hat's geschafft!«

Wir kamen ziemlich nah an den Fluss heran. Aber dann zwang uns eine steile Bergflanke hinunter zur Straße. Nur dort konnten wir den Fluss überqueren. Überall sonst war steiles Hochufer.

Wir waren entdeckt, als wir noch etwa hundert Meter von der Furt entfernt waren. Der Vampir oben am Pass kreischte. Im selben Moment schossen Dutzende Vampire über den Höhenrücken wie Fledermäuse aus einer Höhle.

Nica und Lorenzo rannten, so schnell sie konnten. Der Graf blieb stehen und sah den Angreifern entgegen. Schnell stellte sich heraus, dass der vorderste Vampir im Anflug Vadyuscha war. Sie kreischte wie ein Sack voll tollwütiger Giftspinnen.

»Ach du verödete Krampfader!«, rief Romano. »Ist die sauer! Die Nummer mit der alten Liebe brauche ich wohl nicht noch mal … ich verdufte!«

Er schwang sich in die Luft und flog hinunter zum Fluss.

Die Vampire stießen herunter wie Habichte. Das einzig Gute war, dass die Straße ein richtiger Hohlweg wurde und die Jäger sich gegenseitig behinderten.

Von hinten kam der Troll angedonnert und pflügte mit seiner Keule durch die Meute. Er packte Lorenzo und Nica mit der linken Hand und drosch mit der Rechten seine Keule nach oben in den Schwarm. Mehrere Vampire wollten sich vom rechten Hochufer her auf Glubschnak stürzen. Aber da kam ein Schemen aus den Bäumen angerannt und rammte die Hinterhältler. In einem Knäuel stürzten sie zusammen mit dem unbekannten Angreifer in den Fluss.

Glubschnak erreichte das Ufer und trampelte ins Wasser. Hinter ihm sammelte sich eine Masse aus schwarzen Leibern. Flügel schmolzen dahin, als die Verfolger an der Grenze stehen bleiben mussten. In der Mitte des Flusses reichte das Wasser dem Troll fast bis zur Hüfte. Er hob Nica und Lorenzo über seinen Kopf und rannte weiter.

Am anderen Ufer setzte er die Hexe und den Zauberlehrling ab. Ich riss die Augen auf. Die beiden Kampfhähne hielten sich eng umschlungen. Als sie merkten, dass Glubschnaks Hand sie nicht mehr umschloss, sprangen sie auseinander.

Schnick verschwand von seinem Posten auf dem Rucksack und tauchte am Flussufer wieder auf. Auf der anderen Seite stand Baronin Vadyuscha vor ihren Truppen.

»Verzeihung, wir waren nur auf der Durchreise«, erklärte der Kobold. »Aber ich hätte da noch ein Geschenk für euch. Hier, Euer Gnaden. Fangt auf!«

Er warf drei kleine, dunkle Gegenstände. Aus einem Reflex heraus packte die Baronin die Dinger mit beiden Händen. Sie explodierten und im nächsten Moment ging die knochige Vampirin in die Knie. Das Letzte, was sie noch sagte, klang wie »Urrglll!«, dann kippte sie nach vorn aufs Gesicht. Ihre Vampire starrten auf die Flammenschrift über der Furt.

BIsT dU FAMpIR,
dOCH REICHdEs dIHR,
KOMMs dU NACH HIR,
WIR HAILEN dIHR!
NachtAUf & ZaPPenDUSter
ISLA EFANKELIssTA
NATUHRHEILpRAHKsIs vüR FAMpIRE

Doch Schnick stand wie erstarrt da und blinzelte über den Fluss. »Oh nein!«, stöhnte er leise.

Ich folgte seinem Blick und sah, dass etwas Rundes aus der schlaffen Hand der Baronin rollte. Eine Kristallkugel! Sie blinkte einmal im Mondlicht auf und fiel dann ins Wasser. Schnick machte einen unentschlossenen Schritt auf die Furt zu.

Aber der Graf tippte dem Kobold auf die Schulter. »Los, weg hier!«

SCHMERZHAFTES GULASCH

Wir blieben auf der Straße und wanderten jetzt bei Tage. Als wir unser erstes Nachtlager aufschlugen, fragte Lorenzo den Grafen: »Wieso haben die Vampire uns eigentlich nicht über den Fluss verfolgt?«

»Der Fluss entspringt in der Königsburg«, erklärte Romano. »Die Elben haben sein Wasser verzaubert. Kein Vampir kann es durchqueren oder darüber wegfliegen. Wenn sie nach Kronstadt oder Nord-Elbia wollen, müssen sie den Umweg über die Drachenwüste machen.«

»Kein Vampir?«, rief Lorenzo. »Und du?«

Es dauerte eine Weile, bis der Graf antwortete. Schließlich sagte er nur: »Ich bin nicht wie sie.«

Dann fragte die Hexe: »Was war denn das mit der Baronin Vadyuscha? Bei den drei Findlingen? Wart ihr mal … ein … Liebespaar?«

Romano von Grauenstein, der auf einem der unteren Äste einer großen Eiche hockte, sah lange hoch zu den Sternen, als müsste er sich darüber erst klar werden.

»Das wäre wohl zu viel gesagt«, meinte er schließlich. »Wir haben uns vor Jahrhunderten ein paarmal getroffen, an diesem alten Kultplatz, der weder zu ihren noch zu meinen Ländereien gehört.«

Dann sah er mich an und grinste schief. Die rechte narbige Gesichtshälfte machte nicht mit.

»Sie war eine … sagen wir mal ›aufstrebende‹ junge Vampirin. Und es ging ihr wohl nicht schnell genug mit der Karriere auf Burg Venenfels. Sie suchte Partner, die ihr einen schnelleren Aufstieg in der Vampirgesellschaft bescheren konnten. Sie dachte wohl, wenn sie mir Liebe vorspielt und den Baron auf dem Silbertablett serviert, werde ich sie zur Gräfin von Grauenstein machen.«

»Ihr habt sie nicht geliebt?«, fragte Nica nach und es klang ein bisschen enttäuscht.

Romano richtete sein rotes Auge auf die Hexe. »Nicht mehr, als man den Hund des Nachbarn liebt, wenn er einem ein totes Kaninchen auf den Teppich legt«, schnaubte er verächtlich. »Sie wollte mich benutzen und wurde benutzt. Ich habe das eine oder andere erfahren, aber nichts davon war wichtig. Jetzt hat sie ja bekommen, was sie brauchte.«

Es war nicht ganz klar, ob er damit meinte, dass sie Baronin geworden war oder wie er sie hatte fallen lassen oder dass Schnick ihr eine ordentliche Ladung Antivampirgift verpasst hatte.

Da fiel mir die Glaskugel wieder ein, die in den Fluss gefallen war. Ich fragte Schnick danach.

»Eine von Merellyns Kristallkugeln«, gestand der Kobold. »Er hat sie mir mitgegeben, damit wir mit ihm in Verbindung treten können.« Er schüttelte fassungslos den Kopf. »Und ich Riesentrottel werf sie über den Fluss, einem Vampir in die Hände … Sie war in einem Extrabeutel, aber sie muss herausgerutscht sein. Ich hab die Werbebomben geworfen und die Kugel ist wohl irgendwie daran hängen geblieben.«

»Dann können wir nicht mit Merellyn reden«, stellte ich fest. »Verdammter Mist!«

»Das ist die eine Sache«, gab Schnick zu. »Ich hoffe nur, dass diese Mistkerle sie nicht gefunden haben. Sonst könnten sie Merellyn und seine Leute vielleicht belauschen …«

Lorenzo wandte sich an Romano. »Du hast … so anders ausgesehen … auf einmal«, sagte er zögerlich. »Wie hast du das gemacht?«

Der Graf lachte mit schrägem Mund. »Oh, etwas günstiges Mondlicht. Ein paar Erinnerungen an mächtige Gefühle. Oder an das Gefühl von Macht? Die Magie der Liebe … da kann jeder wie der düstere Ritter aus dem schönsten Fiebertraum aussehen …«

Bockmist. Der Mond hatte sich hinter dunklen Wolken verborgen. Und dass keine Liebe im Spiel war, hatte er uns ja gerade erklärt. Aber Nica und Lorenzo hörten ihm mit offenen Mündern zu, als hätte er das Geheimnis zu verkünden, wie die Welt sich dreht. Ich hatte erwartet, dass es irgendwie feindselig zwischen Lorenzo und dem Grafen zugehen würde, nachdem er erzählt hatte, dass er und Lorenzos Mutter verfeindet waren, aber davon war nichts zu sehen.

Eine Zeit lang waren die Dörfer, durch die wir kamen, noch so abweisend und verriegelt und versperrt wie in den Vampirländern. Aber dann kamen wir doch tatsächlich in ein Dorf, in dem es ein Gasthaus gab. Nicht so eines wie den wundervollen Halben Humpen in Flüsterwald oder die verwinkelte Ganovenkneipe Zur Miesen Muschel in Arkanon. Es war nur ein kleines, windschiefes Fachwerkhaus. Aber es hing ein Schild über der Tür und ein paar wackelige Tische und Bänke standen vor den geöffneten Fenstern in der Nachmittagssonne.

Graf Grauenstein ging zielstrebig darauf zu und besetzte den einzigen Stuhl, nachdem er geprüft hatte, ob er sein Gewicht aushalten würde. Wir folgten ihm automatisch und ließen uns auf die Bänke fallen. Glubschnak setzte sich vorsichtig neben das Haus. Ein dicker Mann mit einer Schürze vor dem Bauch kam heraus und verbeugte sich vor dem Grafen. Von dem, was er sagte, war kein Wort zu verstehen. Aber das war nicht der Grund, warum ihn alle außer Romano anstarrten. Der Wirt war der erste dicke Mann, den wir zu Gesicht bekamen, seit wir den

Schwimmenden Hafen verlassen hatten. Das lag erst vier Wochen zurück, aber es schien eine Ewigkeit her zu sein.

Der Graf antwortete. Er hatte sich inzwischen noch eine Lage Verband vom Kopf geschält. Die Narben im Mundwinkel waren verschwunden. Eigentlich war jetzt nur noch sein linkes Auge bandagiert. Unter dem Verband lugten sternförmig Narben hervor wie rote Spinnenbeine. Aber der Vampir heilte sich eindeutig selbst.

Der Wirt verbeugte sich noch mal und verschwand im Haus.

Ich hielt es für ein gutes Zeichen, einen Dicken zu treffen, auch wenn er nur eine vergleichsweise kleine Wampe hatte. Immerhin konnte er sich eine leisten, und das war ein sicheres Zeichen dafür, dass wir die wirklich gefährlichen Gegenden verlassen hatten. Dort konnte sich keiner einen Bauch leisten, der ihn am Sprinten hinderte.

Der Wirt kam mit einem Tablett zurück. Er stellte einen Tonkrug mit Wasser und mehrere Becher auf den Tisch. Außerdem legte er einen riesigen Laib dunkles Brot daneben, in dem ein Messer steckte. Das kümmerte weder Schnick noch Lorenzo. Die beiden fielen von zwei Seiten über das Brot her und fraßen sich hinein.

Nica lehnte sich angeekelt zurück, aber der Graf beugte sich interessiert vor und stützte das Kinn auf eine Hand. Er sah sich das Schauspiel eine Weile an und sagte schließlich: »Ich hoffe, es schmeckt.«

Die beiden Fresssäcke hörten auf, sich wie Marder durch den Teig zu knuspern, und sahen den Vampir betroffen an.

»Das Brot sollte eigentlich nur die Beilage zur Suppe sein«, erklärte der Graf. »Es ist so gedacht, dass man reihum das Messer nimmt und sich eine Scheibe abschneidet.«

Lorenzo und Schnick schielten verlegen zu dem Messer zwischen ihnen und dann wieder zu Romano.

»Die Suppe wiederum ist als Vorspeise für eine Art Fleischeintopf gedacht, der sehr würzig ist und sich Dolorat Gulyasçz nennt«, fuhr von Grauenstein fort. »Ich hoffe, ihr habt euch dafür noch ein wenig, ähm … Appetit aufgehoben.«

Die beiden ließen das angefressene Brot auf den Tisch fallen. Schließlich nahm Lorenzo das Messer und schnitt die Bissstellen fein säuberlich aus.

Ich erinnerte mich daran, dass ich im Wunden Waran ein Glas Limonade getrunken hatte, kurz nachdem ich mich in den handfesten Geist verwandelt hatte, der ich jetzt war. Es war nicht schlecht, aber seltsam gewesen. Ich fühlte die Flüssigkeit auf den Lippen und schmeckte die Zitrone auf der Zunge. Aber das Schlucken war eigentlich nur eine Erinnerung. Und danach war das Getränk verschwunden.

Ich steckte mir versuchshalber einen der abgeschnittenen Brotkanten in den Mund. Er schmeckte köstlich. Ich zermalmte Teig zwischen den Zähnen, aber je länger ich kaute, desto mehr verschwand der Bissen aus meinem Mund. Schlucken war nicht wirklich notwendig. Es erinnerte mich an das spinnwebartige Zuckerzeug, das man auf Jahrmärkten bekommen konnte. Ein Junge aus der Oberstadt hatte mir mal so was in die Hand gedrückt und gesagt: »Mir ist schlääääacht.« An dem Stecken hingen nur noch wenige Fetzen, aber es war trotzdem ein irres Erlebnis gewesen. Man biss hinein und klebrige Süße explodierte überall im Mund. Dann schmolz sie dahin, es gab nichts zu schlucken und auf der Zunge lag nur noch ein fader Nachgeschmack.

Genauso war es mit dem Brot. Machte aber trotzdem Spaß.

Ich verzichtete darauf, die Suppe zu probieren, auf der riesige Fettaugen schwammen. Lorenzo und Schnick langten noch einmal ordentlich zu. Von dem Dolorat Gulyasçz brachten sie dann nicht mehr viel runter. Ganz im Gegenteil. Sie sahen ziemlich grün aus. Fast wie Glubschnak. Der hatte zwar einen eigenen Eimer von dem Zeug bekommen, aber der war längst blitzsauber. Er schleckte begeistert die Portionen aus Lorenzos und Schnicks Teller.

Bei dem Eintopf griff dafür Nica kräftig zu.

Der Kobold, der belämmert zusah, wie Glubschnaks grüne Zunge die letzten Reste aus Topf und Tellern leckte, sagte plötzlich: »Moment mal. Das Zeug kenn ich. Dolores Gulasch… gibt's dafür nicht noch einen anderen Namen? Irgendwas Witziges?«

»Das stimmt«, bestätigte der Graf. »Es ist sehr … nun, exotisch gewürzt. Es heißt übersetzt: Schmerzhafter Eintopf. Die einfachen Leute nennen es ›Wart-nur-bis-morgen‹.«

Nica, die als Einzige noch aß, sah hoch. Ihre Hand blieb auf halbem Weg zum Mund hängen. Sie ließ das Brotstück fallen, mit dem sie Soße aufgetunkt hatte, und schaute von Grauenstein vorwurfsvoll an. »Warum hast du das nicht gleich gesagt?«, fragte sie den Vampir.

»Ja, seht ihr … ich und essen …«, begann Romano. »Oder vielmehr das Gegenteil, wenn es hinten wieder raus …«

»Schon gut!«, unterbrach ihn Nica. »Davon abgesehen: Sind wir nicht in einer Gegend, in der man Geld braucht, um diese zweifelhaften Genüsse bestellen zu können?«

Bis auf den Troll, der immer wieder versuchte, seinen großen Kopf durchs Küchenfenster zu zwängen, starrten alle die junge Hexe an.

Dann sah Schnick sich in der Runde um. »Geld. Richtig«, meinte er. »Ein wichtiger und begründeter Hinweis. Wir sind vom Regen in die Traufe geraten. Die einen wollen unser Blut, die anderen unser Geld. Ich weiß gar nicht, was schlimmer ist.«

»Ich vermute, der Kern von Fräulein Nicas Frage war: Hat jemand Geld?«, erklärte Graf Grauenstein. »Dies dürfte Antwort genug sein.« Er zog einen Beutel hervor und warf ihn auf den Tisch. Viele schwere Münzen klimperten darin. Die Schnur, die den Beutel verschlossen hielt, lockerte sich ein bisschen und Gold schimmerte aus der Öffnung.

Die Augen des Kobolds leuchteten auf wie Spiegel.

»Ich war nicht ganz unvorbereitet auf eine längere Reise«, fuhr Romano fort.

Als der Wirt aus der Tür trat, ließ der Vampir den Beutel schnell wieder unter seinem Wams verschwinden. Stattdessen zog er ein paar kleine Kupfermünzen aus einer Außentasche und warf sie in die Luft. Der Wirt fing jede einzelne, bevor sie zu Boden fiel.

Romano unterhielt sich eine Weile mit ihm. Dann wandte er sich an uns. »Wir haben Glück«, erklärte er und wies mit dem Daumen auf das schäbige Gasthaus. »Das ist die Endstation der Postkutschenlinie nach Kronstadt. Allerdings ist die Kutsche seit Jahren nicht mehr hier aufgetaucht. Aber der Wirt meint, er hätte gehört, dass sie vorigen Monat immerhin bis Ekely Borat gekommen ist. Das ist …« Er sprach noch mal kurz mit dem Dicken. »… das übernächste Dorf. Zwei Tagesreisen zu Fuß. Nicht mal ein halber Tag auf einem Troll. Ich schlage vor, wir unternehmen einen Ritt auf unserem Kriegselefanten. Ihr solltet nur seinen Kopf aus der Küche entfernen, Herr Schnick, bevor er das ganze Haus umwirft.«

»Wieso nennst du den Troll Kriegselefant?«, fragte der Kobold.

»Er ist mindestens so groß«, zählte der Graf auf. »Er schwankt genauso grässlich, wenn man auf seinem Rucksack sitzt. Und er riecht genauso streng.«

Manchmal war es gar nicht so schlecht, ein Geist zu sein. Ich konnte mich nur noch schwach erinnern, wie der Troll gerochen hatte, als wir ihm zum ersten Mal begegnet waren. Es war der Geruch von einem großen nassen Hund, der sich in einem Sack verfaulter Zwiebeln gewälzt hatte.

»Eigentlich riecht er weniger wie ein Kriegselefant …«, fuhr Romano fort. »Eher wie das, was vor der Schlacht hinten aus ihnen rausfällt.«

ZIRKUS

Wir fanden die Station, aber die Postkutsche hatte sie am Tag davor Richtung Kronstadt verlassen. Also musste Glubschnak noch einen Sprint einlegen, um sie einzuholen.

Obwohl schon Reisende im Wagen saßen, fanden wir alle Platz. Glubschnak trabte hinterher.

Es war eine große Kutsche, die von sechs schnellen Tieren gezogen wurde. Zuerst wunderte ich mich, dass jemand auf die Idee kam, so edle Pferde vor eine Reisekutsche zu spannen. Aber dann erklärte uns der Kutscher, dass es keine Pferde, sondern missgebildete Einhörner waren. Davon gab es anscheinend seit dreizehn Jahren immer mehr.

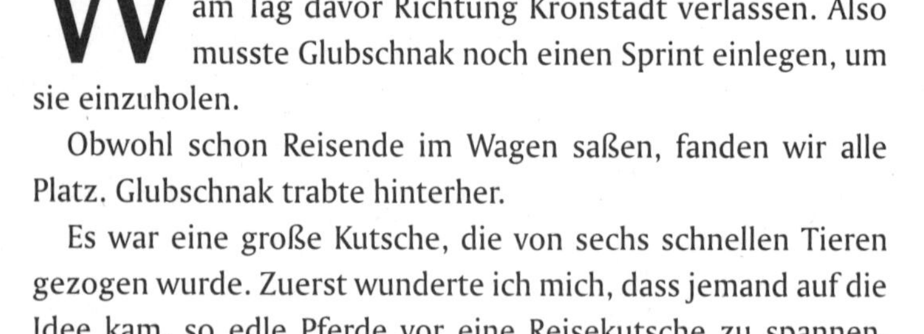

Am Anfang war alles noch einigermaßen in Ordnung. Wir fuhren vier Tage mit der Postkutsche. Dann wurden wir rausgeworfen.

Die Mitreisenden wechselten täglich. Außer uns schien niemand bis Kronstadt fahren zu wollen. Die Leute, die zustiegen, wurden immer feindseliger.

Es fing damit an, dass immer wieder jemand Schnick den spitzen Hut vom Kopf zog und hineinschaute.

Romano verdrehte die Augen. »Es gibt in dieser Gegend ein Märchen, da findet jemand den Hut eines Kobolds, in dem dann Tag für Tag ein Batzen Gold auftaucht«, erzählte er. »Keine Ahnung, wie es weitergeht. Nicht gut für den Finder, so viel ist sicher, aber das wissen diese Idioten wohl nicht. Beachte sie gar nicht. Am besten nimm den Hut ab.«

Also saß Schnick hutlos und böse Blicke verschießend auf seiner Bank. Aber er konnte es sich nicht verkneifen, ab und zu selber in den Hut zu schauen.

Am dritten Tag fingen die Mitreisenden an von mir abzurücken. Jeder, der an unserem Abteil vorbeimusste, machte irgendwelche bösen Abwehrzeichen gegen mich oder hob ein Amulett in meine Richtung. Dann hängte jemand im Vorübergehen eine Knoblauchkette an unsere Bank. Leute erhoben Kreuze gegen Romano und fluchten Verwünschungen. Andere streckten ihre Köpfe aus den Fenstern und starrten den Riesentroll hinter dem Wagen an. Dann zogen sie ihre roten Birnen schimpfend und fluchend wieder ein.

Am vierten Tag war auch Nica dran. Während einer Pause, in der wir uns die Beine vertreten konnten, rannten zwei Kinder an ihr vorbei und klatschten ihr schnell etwas Schmiere von einer Wagendeichsel an den Oberschenkel. Während sie den kleinen Lausern noch fassungslos nachsah, kam ein junger Mann von hinten und griff ihr ins Gesicht. Auch er hatte einen Batzen schwarzes Deichselfett in der Hand. Den schmierte er Nica über Nase, Lippen und vor allem in die Haare.

Dafür bekam er von ihr einen Ellenbogen in die Rippen. Aber im nächsten Moment klatschte ein Dreckbatzen gegen die Eckzähne ihres Wolfsschädels und spritzte ihr ins Auge. Nica drehte den Kopf weg. Das schien das Zeichen für alle Reisenden zu sein, Dreck und Schlamm von den Straßenrändern zu kratzen und die Hexe zu bombardieren.

Erstaunlicherweise sprang ausgerechnet Lorenzo dazwischen, um sie zu schützen. Leider bekam er dabei ein Fell und spreizte große Fledermausflügel. Die Leute wichen schreiend zurück und stießen gegen Glubschnaks Beine. Als sie sich erstaunt umwandten, sahen sie über sich einen Troll, so groß wie ein haariges Gebirge, der gerade tief grollend seine ewig lange Dornenkeule zog. Noch lauter schreiend spritzte die Menge auseinander.

Danach war nicht mehr daran zu denken, dass wir weiter in der Kutsche mitfuhren. Aber der Kutscher selbst blieb sehr höflich. Er entschuldigte sich mehrmals und meinte, er könnte versuchen den Leuten zu erklären, dass wir eine Zirkustruppe seien. Aber wir verzichteten auf den Rest der Fahrt.

Als die Postkutsche davonzuckelte, schimpfte der Graf: »Unglaublich. Vampire, Geister, Kobolde, Hexen, Trolle! In ganz Fantasmanien angesehenes Volk. Ein bisschen gefürchtet, möglicherweise. Und hier in dieser … dieser hintersten *Provinz* wollen sie uns zur Zirkustruppe machen!«

Dann drehte er sich zu uns um und sah uns der Reihe nach an. Er hob eine Augenbraue. »Brillante Idee!«, meinte er plötzlich. »*Natürlich* sind wir eine Zirkustruppe! Wir brauchen Vorräte, Ausrüstung, Landkarten. Und Kleidung, die etwas jünger als dreizehn ungewaschene Jahre ist. Das alles kriegen wir in Kronstadt.« Er sah kurz die Straße entlang, wo die Staubwolke der Kutsche zwischen Bäumen verschwand, ehe er sich wieder zu uns umwandte. »Zirkustruppe. Wie unauffällig! Kann jemand irgendwelche Kunststücke?«

Schnick sah zum hundertsten Mal in seinen leeren Hut. »Nein!«, meinte er dann enttäuscht.

»Ich kann ›La Paloma‹ furzen!«, meldete sich der Troll. »Jedenfalls die ersten ein, zwei Töne.«

Alle schrien durcheinander, dass er uns das bloß nicht vormachen solle.

»Ich kann das hier«, sagte ich. Dann sprang ich nach Anderland, wechselte die Gestalt, sprang als Vadyuscha zurück in die echte Welt und kreischte: »Küss mich! Küss mich! Küss mich!«

Der Graf fuhr angeekelt zurück. »Hör bloß auf!«, rief er. »Wie kannst du mich daran erinnern?«

Ehe ich ihm erklären konnte, wofür ich Vadyuschas Gestalt auf Burg Venenfels gebraucht hatte, wandte er sich an Nica und Lorenzo.

»Was ist mit euch beiden? Eine lustige Flugnummer vielleicht, wie am Bluthurtig-Pass?«

Sie schüttelten die Köpfe.

»Kein Flugpulver«, sagte Nica.

»Keine Flügel«, sagte Lorenzo.

»Wir können überhaupt nichts!«, stellte Schnick wütend fest und warf seinen Hut zu Boden. Im nächsten Moment hob er ihn wieder auf und linste hoffnungsvoll hinein. »Mist!«, murmelte er enttäuscht.

Wir ließen alle die Köpfe hängen.

Die Mittagssonne stach herunter auf die Landstraße.

»Setzen wir uns in den Schatten«, schlug Graf Grauenstein vor. »Lasst uns nachdenken.«

Schon nach kurzer Zeit hatte Lorenzo vom Nachdenken die Schnauze voll. Er holte seinen Ball aus der Tasche und begann ihn in die Luft zu kicken. Wie so oft, wenn ihm langweilig war, probierte er immer schwierigere Tricks.

Ich lief zu Lorenzo auf die Straße und rief: »Gib ab!«

Eine Zeit lang spielten wir hin und her. Ich zählte vierundachtzig Ballkontakte ohne eine einzige Bodenberührung. Dann sprang mir der Ball in einem so blöden Winkel davon, dass Lorenzo ihn unmöglich erreichen konnte. Aber Nica schnellte wie von der Feder geschossen aus dem Sitzen hoch und köpfte den Ball mit ihrem Wolfsschädel, sodass er Richtung Lorenzo flog.

Aber er war zu hoch. Die einzige Möglichkeit, noch daran zu kommen, war ein Fallrückzieher. Der klappte zwar auch gut, aber Lorenzo traf viel zu fest, und der Ball zischte hoch über unsere Köpfe.

Aus dem Augenwinkel sah ich den Schatten einer Bewegung. Im nächsten Moment flog der Ball wieder zu mir und Graf Grauenstein landete sanft.

Zu viert machten wir uns einen Spaß daraus, hundertprozentig verlorene Bälle zurück ins Spiel zu bringen.

Bis der Ball unerreichbar Richtung Himmel davonflog.

Glubschnak, der bis dahin reglos zugesehen hatte, wuchtete seinen baumstammlangen Arm nach oben. Und hielt, wie konnte es anders sein, seine dornengespickte Keule in die Flugbahn des Balles. Ich sah schon, wie es unseren besten und einzigen echten Lederball in tausend kleine Fetzen zerriss. Aber kurz

bevor er gespickt wurde, senkte sich der Ball nach unten und benutzte die Keule wie eine Rutschbahn, um zu wenden und von Glubschnaks Faust ins Spiel zurückzuspringen. Ich sah gerade noch, wie Lorenzo seine Hand sinken ließ. Da wusste ich, dass er sich an seine Zauberkräfte erinnert hatte, um den Ball in die neue Bahn zu zwingen.

Schnick tauchte hinter Glubschnaks Kopf auf und schleuderte etwas zu Boden. Vier neue Bälle sprangen hoch. Der Kobold hatte Zappendusters schnelle Kürbissamen geworfen. Mit fünf Bällen sah das Ganze plötzlich wie ein Ballett aus. Alle sprangen wie verrückt durcheinander, um die Bälle im Spiel zu halten. Als zusätzliche Schwierigkeit mussten wir Glubschnaks Keule ausweichen, weil der Troll es für einen Spaß hielt, damit nach den Bällen zu schlagen.

Irgendwann platzte der erste Kürbisball und dann schnell hintereinander die drei anderen. Ich hechtete nach Lorenzos echtem Ball und pflückte ihn knapp vor Glubschnaks vorbeisausender Keule aus der Luft.

Alle standen oder lagen da wie erstarrt, während sich langsam die Staubwolken senkten. Romano grinste. Sogar der Vampir rang nach Luft.

»Keiner kann Kunststücke, hä?«, fragte er spöttisch. »Dann spielen wir halt Fußball!«

»Das war nicht Fußball«, widersprach Lorenzo. »Das war eine reine Zirkusnummer.«

»Eben«, meinte der Graf. »Auf nach Kronstadt.«

So kamen wir in die Stadt, die so tat, als läge sie nicht mitten im Königreich Fantasmanien, sondern in der Menschenwelt. Die so tat, als gäbe es Trolle, Zwerge, Werwölfe, Kobolde, Feen und Vampire nur im Märchen. Vor allem Vampire.

Die Stadt, die den gewaltigen Berg, an dessen Flanke sie lag, »Kronberg« nannte, als wäre es nur irgendein Hügel, der zum Stadtgebiet gehörte. Und nicht das vorderste Bollwerk des höchsten Gebirges der Welt.

Auf dem Weg nach Kronstadt kaufte der Graf einem Bauern eine große Leinenplane ab, die aussah wie ein riesiger Regenschirm. Eigentlich war sie auch nichts anderes. Sie war dazu da, das gesammelte Heu vor dem Wetter zu schützen, bis es in einen Schober oder so was gebracht wurde. Die Plane wurde in der Mitte von einem Pfahl hochgehalten und mit dicken Schnüren rundum gespannt. Ohne Heu und mit einem höheren Mittelpfahl war sie ein ziemlich gutes Zirkuszelt. Ohne Wände zwar und mit vielen Grasflecken (und einigen dunkleren, die vermutlich von Kuhfladen stammten). Aber der Eindruck war perfekt.

Als Nächstes kaufte Romano einen Planwagen, der uns von Kronstadt her entgegenkam. Er bezahlte zwei Goldstücke dafür und ich glaube, das war viel zu viel. Der Fahrer tanzte nämlich laut schreiend und johlend ein Stück die Straße entlang und schwenkte dabei die zwei Goldmünzen. Auf einmal wurde er ganz still, sah sich verstohlen um und verschwand zwischen den Bäumen.

Der Graf sah ihm lächelnd hinterher. »Ich glaube nicht, dass er der Besitzer dieses Wagens war«, meinte er. »Eher ein Knecht. Aber was soll's? Wenn er einigermaßen bescheiden bleibt und sich das Gold einteilt, braucht er sein Leben lang nicht mehr zu arbeiten.«

»Wenn er bescheiden bleibt, ja«, bestätigte Schnick, als er neben den Grafen auf den Kutschbock kletterte. »Aber ich kenne die Sorte. Der taucht heute Abend in seiner Stammkneipe auf und schmeißt eine Runde nach der anderen. Morgen früh weckt ihn der Bauer, dem diese Karre gehört. Und zwar hinter der Kneipe, wo der Depp im Abfall liegt. Während er verprügelt wird, kann er sich mit dem dicksten Brummschädel seines Lebens Erklärungen ausdenken. Eine für den Bauern, wo der Wagen ist. Und eine für sich selbst, wohin die Goldmünzen verschwunden sind.«

Der Graf sah den Kobold von der Seite an. »Oh, ein Philosoph!«, bemerkte er.

»Überhaupt nicht«, knurrte der Kobold. »Ist mir selbst schon zweimal passiert.«

Als Zirkustruppe kamen wir zumindest bis zum westlichen Stadttor, ohne dass wir wieder so angemacht wurden wie in der Kutsche. Aber die Leute blieben stehen, unterbrachen ihre Gespräche und starrten uns mit offenen Mündern an.

In die Stadt rein durften wir nicht. Es gab einen Weg an der Stadtmauer entlang nach Norden. Dort fanden wir ein weiteres, viel kleineres Tor und davor, links und rechts an die Mauern geduckt, eine Siedlung aus Lagerschuppen, Ställen, Viehkoppeln und schäbigen Hütten. Lorenzo und ich fühlten uns fast wie zu Hause. Unser Viertel An der Straße war dem hier ganz ähnlich. Nur größer und noch unübersichtlicher.

Wir waren anscheinend nicht der erste Zirkus, der Kronstadt besuchte. Es gab einen Platz extra für Leute wie uns. Wir wurden von den üblichen Muskelburschen in Empfang genommen, die in den übleren Vierteln die reguläre Stadtwache ersetzten. Die schleusten uns weiter zu jemand, den sie Quartiermeister nannten. Auch solche Typen kannten wir. Es war nicht immer ganz klar, ob sie im Auftrag der Stadt handelten oder nur auf eigene Rechnung schnelles Geld kassieren wollten.

Dem Kerl hier konnten wir wahrscheinlich trauen, weil er uns nur den Platz zuwies und nicht gleich Geld verlangte. Er zeigte uns sogar einen Schuppen für die Ochsen und meinte: »Euren Troll könnt ihr hier auch anbinden.« Dann ließ er sich irgendeinen Wisch vom Grafen unterschreiben und verschwand zwischen den Bretterbuden.

»Euren Troll anbinden …«

Scherzkeks.

Ein Bergtroll, so groß wie ein zweistöckiges Haus, gehörte niemandem. Und anbinden konnte man ihn schon gar nicht. Doch die Kronstädter taten so, als seien es Zirkustiere. Dann mussten sie nicht zugeben, dass die Trolle ein eigenständiges Volk waren. Genauso ließen sich auch ein knapp einen Meter großer Kobold und ein halb durchsichtiger Geist »übersehen«. Sie redeten sich ein, dass wir das mit irgendwelchen Zirkustricks hingekriegt hatten.

Die Nummer mit dem Zirkus war wirklich genial, dem Postkutscher sei Dank.

EIN FREUNDLICHER VERFOLGER?

Der Quartiermeister hatte gefragt, wann unsere erste Vorstellung sein sollte, und Romano hatte geantwortet, dass wir das noch nicht wüssten. Wir müssten unsere neueste Nummer erst noch üben.

Insgeheim hofften wir, dass wir uns mit Ausrüstung und Vorräten davonstehlen konnten, ehe es zu einer Vorstellung kommen musste.

Aber wir stießen gleich bei unserem ersten Besuch in der Stadt auf Schwierigkeiten. Der Graf hatte kaum noch Kupfermünzen. Als er versuchte an einem Stand mit einer Goldmünze zu bezahlen, gab es große Aufregung. Marktbesucher blieben stehen. Verkäufer von anderen Ständen kamen herüber. Ich verstand fast nichts von dem, was geschrien wurde, aber das Wort »Poliszja« war ein paarmal zu oft dabei.

Der Verdacht lag natürlich nahe, dass das antike Goldstück gestohlen war. Wo sollte ein zerlumpter Zirkusdirektor sonst etwas von so unschätzbarem Wert herhaben?

In der Siedlung An der Straße in Arkanon hätte bestimmt niemand nach der Polizei gerufen. Allerdings wäre innerhalb kürzester Zeit die ganze Siedlung hinter dem Gold her gewesen. Die Lebenserwartung des Zirkusdirektors wäre extrem schnell auf null gefallen.

Aber hier riefen die braven Bürger nach der Wache. In der Ferne waren schon Polizeipfeifen zu hören. Und wir steckten in der Menge fest.

Lorenzo gab Romano den einzigen Tipp, der uns jetzt noch retten konnte. »Wirf es!«, flüsterte er.

»Was?«, formten die Lippen des Grafen stumm.

»Wirf das Goldstück in die Gasse hinter dem Stand«, sagte Lorenzo in normaler Lautstärke.

Der Graf tat es und die Menge drängte schreiend hinterher. Der Stand, dessen Besitzer unser Goldstück nicht hatte annehmen wollen, wurde umgeworfen. Geschah dem Spießbürger recht.

Und wir standen allein da.

»Weg hier!«, rief Lorenzo und wir flitzten los.

Vor dem Unterstand, in dem die Ochsen untergebracht waren, saß Glubschnak auf dem festgestampften Boden. Am Zaun neben ihm lümmelten ein paar von den muskulösen jungen Burschen, die für den Quartiermeister arbeiteten. Sie sahen uns nicht kommen.

»Also, noch mal«, sagte einer gerade. »Dein Name ist Gulaschk.«

»Ja«, antwortete der Troll schlicht. Und dann, nach einer Weile: »Nein. Glub-schnak.«

»Geee-nau! Was so viel heißt wie …?«

»Riesengroßer Blödmann.«

Die Typen lachten sich kaputt.

»Und wer hat dir den Namen gegeben?«, wollte der Anführer wissen.

»Meine Mama.«

»Die Mama! Uähähähähää!«, gackerten die Burschen. »Wie heißen dann deine Brüder? Mittelgroßer Idiot und Winzigkleiner Depp?«

»Nein«, antwortete Glubschnak. »Winzigkleiner Depp, so heißt ein Onkel von mir mit erstem Vornamen.«

Zwei von den Kerlen fielen vor Lachen vom Zaun.

»Und wie … wahaaahahahaha … heißt er mit zweitem Vornamen?«

»Der-sich-von-hinten-anschleicht-und …«

»Winzigkleiner Depp, der-sich-von-hinten-anschleicht-und-buh!-macht?«, ergänzte der Chef-Muskelbube. Sie wieherten wieder wie besoffene Pferde.

»Nein«, sagte Glubschnak ruhig. »Winzigkleiner Depp, der-sich-von-hinten-anschleicht-und-jedem-der-sich-nicht-rechtzeitig-duckt-die-Birne-zu-blutigem-Matsch-klopft. Das ist sein Name.«

Seltsamerweise lachte diesmal niemand.

»Dieser Onkel von dir …«, sagte dann einer schaudernd. »Winzigkleine Blutbirne … ist der hier?«

Glubschnak schüttelte den Kopf.

»Dann is's ja gut«, meinte der Bursche und spähte über die Schulter. »Ich dachte, ich hätte ihn gesehen …«

»Ihn gesehen?«, riefen Glubschnak und die anderen im Chor.

»Jaa … heute im Morgengrauen, beim Muli-Gatter«, berichtete der Zitterer. »So 'n Typ … ganz grün, sah genau wie der hier aus. Aber viel kleiner. Hat wahrscheinlich Trockenfutter aus dem Trog geklaut. Als ich näher kam, hat er sich verkrümelt.«

»Meine Herren!«, rief der Graf. »Können wir etwas für euch tun?«

Sie fuhren herum.

»Ah, der Herr Direktor!«, rief der Anführer, der sich als Erster wieder fing. »Es geht um die Plakate.«

»Plakate?«

»Ja. Ihr habt die Genehmigung bekommen, je ein großes am Stadtplatz und am Südlichen Markt aufzuhängen. Sowie hundert kleine an allen Viehtränken, außer sie stehen vor öffentlichen Gebäuden. Wenn ihr sie fertig habt, können wir die großen für euch gleich mitnehmen und aufhängen.«

»Nein, tut uns leid. Sie sind uns ausgegangen«, log von Grauenstein. »Bis heute Abend malen wir neue.«

»Gut, dann schicke ich euch jemand vorbei, der sie abholt. Die kleinen Zettel werdet ihr wahrscheinlich selber kleben wollen.«

»Richtig. Vielen Dank.«

Die Burschen verabschiedeten sich.

Lorenzo und mir blieb der Mund offen stehen. In Kronstadt war sogar das Plakate-Ankleben organisiert. An der Straße auch, aber nicht von der Stadt aus. Es gab Banden, die um die besten Plakatplätze kämpften, und andere, die nur dafür bezahlt wurden, Anzeigen von der Konkurrenz abzureißen oder anzuzünden. Niemand benutzte Papier für Plakate, sondern Bretter, altes Leder oder Stoffstreifen. Papier war viel zu wertvoll. Die Gebäude An der Straße waren über und über verziert mit Stoff- und Lederfetzen, zerdepperten Brettern und großen Brandlöchern.

Unsichtbar folgte ich der städtischen Aufpasser-Bande. Es dauerte eine Weile, bis derjenige, der erzählt hatte, er hätte einen kleinen Glubschnak gesehen, sich von den anderen trennte. In einer Seitengasse sprang ich in die richtige Welt. Die Häuser standen hier so eng, dass es richtig finster war. Deswegen war ich fast gar nicht mehr durchsichtig.

»Entschuldige«, sagte ich und trat aus einem Hauseingang.

Der Kerl kiekste wie ein Mädchen und sprang zurück an die gegenüberliegende Wand. »Mann, schleich dich bloß nie wieder so an!«, japste er.

»Kann ich dich was fragen?« Ich ging gar nicht auf sein Gezicke ein. »Was hast du da gesehen, heute Morgen bei den Mulißtällen?«

»Ich? Gar nichts … manchmal … Weiß nicht«, stammelte der Kerl. »Manchmal kommen irgendwelche Tiere aus dem Wald bis an die Gehege. Wird ein Rehbock oder so was gewesen sein, der nach Futter suchte.«

»Ungewöhnlich im Frühsommer, oder?«

»Was?«

»Ich meine, wieso sollte ein Reh das tun? Jetzt finden sie doch genug Futter im Wald. Hatte es zwei Keulen bei sich?«

»Keulen? Was für Keulen?«

»Ach, entschuldige, das ist Jägersprache«, log ich. »Ich meine, hatte es Hörner?«

»Hörner? Ja, ja. Zwei Hörner. Also, könnte sein … weiß nicht … war ja gleich wieder weg. Wieso willst 'n das überhaupt wissen, hä?«

»Ach, nur so eine blöde Wette«, dachte ich mir aus. »Hab mit meinem Kumpel gewettet, dass es den grünen, zweigehörnten … äh, gekeulten Rehbock wirklich gibt. Hast mir sehr geholfen, ehrlich.« Ich ließ den Kerl stehen und lief zurück zum Lagerplatz. Ich hatte einen ganz bestimmten Verdacht, wer dieser »Rehbock« war. Trolle waren niemals ohne ihre Keule anzutreffen. Und der verschollene Kruschpuk trug gleich zwei. Mir war so, als hätte ich bei unserem geheimnisvollen Helfer an der Vampirfurt zwei Keulengriffe über den Schultern gesehen.

DIE FLIEGENDEN TEUFEL

Als ich durchs Stadttor rannte, sah ich einen Edelmann vor mir zum Lagerplatz wandern. Seine Gewänder waren übertrieben elegant. Auf dem Kopf trug er einen federbesetzten Dreispitz. Zum Gehen, oder eher Stolzieren, stützte er sich auf einen Stock aus schwarzem Ebenholz mit Messingknauf. Ha! Jetzt waren hundertprozentig Platzmiete, Nutztiersteuer und Landstreicherei-Abgabe fällig. Oder was sie sich in dieser Stadt halt sonst so ausgedacht hatten, um fahrenden Künstlern das Geld aus der Tasche zu ziehen. Ich flitzte an dem Heini vorbei zu unserem Lager.

Lorenzo, Nica und Schnick standen um den Versuch herum, ein Plakat zu malen. Die Grundlage war eine halbe Schuppenwand, die wahrscheinlich Glubschnak irgendwo herausgerissen hatte. Sie hatten sich einen Eimer schwarze Farbe besorgt. Oben auf dem Stück Wand stand:

ZIRR

Und das war's. Jetzt stritten sie sich, wie man Zirkus schrieb. Ich glaube, einer von den dreien wollte ein R streichen, einer wollte es so lassen und einer wollte noch ein R dazuschreiben.

»Wo ist der Graf?«, rief ich und deutete zu dem Nobelmann, der zielstrebig auf uns zukam. »Da ist Ärger im Anmarsch.«

Schnick sah nur kurz zu dem Gutgekleideten hoch.

»Wieso?«, fragte er dann. »Meinst du, Romano will Zirrrrkus mit vier R schreiben?«

Ich stutzte und schaute mir den Typen noch mal an. Über dem linken Auge trug er eine Augenklappe aus steifem, brokatverziertem Stoff. Das *war* der Graf! Als er näher kam, ließ er viele kleine Münzen aus der Hand in einen neuen Geldbeutel regnen.

»Diese Stadt ist erstaunlich!«, meinte er. »Die kleinen Leute beobachten sich gegenseitig und rufen die Polizei wegen nichts und wieder nichts. Aber für einen Mann von Welt bietet Kronstadt alle Möglichkeiten, sich zu vergnügen und Geld loszuwerden. Morgen können wir einkaufen.«

Romano sah sich das angefangene Plakat an.

»Solltet ihr vorhaben, unseren Laden ›Zirruswölkchen‹ zu taufen, seid ihr auf dem richtigen Weg«, merkte er an. »Wenn es aber Zirkus heißen soll, schlage ich vor, ein R zu streichen.«

»Das sage ich doch die ganze Zeit!«, stöhnte Nica. »Zirkus mit einem R.«

»Wo willst du Rechtschreibung gelernt haben, hä?«, fragte Lorenzo. »Bei Professor Moorleich, oder was?«

»Eine meiner Hexenmütter war Schriftgelehrte in … ach, was rede ich überhaupt mit jemand, der Zirkus vorn mit Ts schreiben wollte. Sogar der Kobold wusste, dass das Quatsch ist, und der kann gar nicht schreiben!«

Ich hörte nicht weiter zu.

»Wo hast du die Kleider her?«, fragte ich den Grafen. »Ich dachte schon, du wärst einer von der Stadt, der zum Abkassieren kommt.«

»Irrtum. Ich war *in* der Stadt zum Abkassieren«, erklärte der Vampir. »Eine Schneiderin in der Nähe hatte die Sachen zum Ändern. Sie wird eine Zeit lang süße Träume haben. Wenn alles gut geht, gebe ich die Gewänder zurück, bevor wir aufbrechen. Ach, der schöne Schein ist alles. Niemand fragt nach der Herkunft von Goldstücken, wenn sie von einem reichen Mann von Welt kommen.«

Er trat zu den Streitenden und rupfte Lorenzo den Pinsel aus der Hand. »Jetzt lasst mal den Herrn Zirkusdirektor ran!«, forderte er. »Ich schreibe. Kann einer von euch zeichnen?«

Alle zeigten auf mich. Glubschnak zog das oberste Brett weg, auf dem ZIRR stand, und Romano schrieb:

ZIRKUS

der fliegenden Teufel

Mit dem neuen Spiel, das ganz Fantasmanien bewegt!

Eine rauschende Ball-Nacht erwartet euch!

In der Mitte hatte er eine Lücke gelassen.

»Zeichne da mal was Schönes rein«, verlangte er und drückte mir den Pinsel in die Hand. »Irgendwas mit Fußball.«

Ich überlegte kurz, dann zog ich mir die Mütze vom Kopf. Sie war das einzige echte Kleidungsstück, das ich trug. Schnick hatte sie mir erst vor zwei Wochen im Wunden Waran zurückgegeben, nachdem ich plötzlich wieder fester in der Welt der Lebenden verankert war.

An der Mütze war ein silberner Anstecker befestigt, den ich abmalen wollte. Es war ein Ball mit Flügeln oder Hörnern dran. Ich hatte das Abzeichen von meiner alten Mannschaft, den

Rotznasen, bekommen, als ich einmal drei von fünf Elfmetern hielt.

Der Ball wurde recht schön. Eigentlich wollte ich dann Flügel daran malen, weil es bei unserer Vorstellung ja um fliegende Bälle ging. Aber ich merkte schon, dass dafür die Farbe nicht mehr reichen würde. Also malte ich Hörner, die ich mit weniger Pinselstrichen hinbrachte. Als ich fertig war, entdeckte ich, dass der Ball so was wie ein Gesicht bekommen hatte. Ich hatte die Naht mit den Lederschlaufen so gesetzt, dass es aussah, als würde der gehörnte Ball grinsen. Am Schluss waren wir alle sehr zufrieden mit dem Plakat. Bloß Lorenzo moserte: »Flügel wären aber besser gewesen.«

»Halt's Maul, Zirkus mit TS!«, sagte ich nur.

Sogar die Muskelburschen, die unser Behelfsplakat abholten, waren ziemlich beeindruckt. Sie gaben uns ein Stück Stoff und meinten, an die Abmessungen sollten wir uns bei unseren Handzetteln halten. Stadtvorschrift. Hier war wirklich alles ordentlich geregelt.

Ich kratzte die Farbreste im Eimer zusammen und malte den grinsenden Ball mit den Hörnern auf den Stoffstreifen. Dann schrieb der Graf mit dem allerletzten Klecks Farbe seine Sprüche drum herum.

Der Kobold lieh sich Lorenzos Zauberstab und rief ganz schnell: »Duplicato! Duplicato! Duplicato!«

Bemalte Stofffetzen flatterten davon. Wir sammelten sie ein und klebten sie mit »geliehenem« Schusterleim an alle erreichbaren Viehtränken in der Stadt.

Der Graf kaufte Wein, Käse, Brot und Oliven an einem der wenigen Stände, die noch offen hatten. In Kronstadt gab es eine Sperrstunde und die meisten Marktleute hielten sich daran! In unserem alten Viertel hätte sich niemand für eine städtische Verordnung interessiert. Die Geschäfte liefen rund um die Uhr, wenn die Händler nur ihre Schutzgebühren bezahlt hatten.

Alle Stände, die jetzt noch offen hatten, wurden von Ausländern geführt. Überall stritten dunkelhäutige, schwarzhaarige Familien von den südlichen Küsten der adamantischen See lautstark und tränenreich mit den Stadtwächtern. Und während die eine Hälfte der Familie jammerte und schrie, verkaufte die andere noch schnell so viel Ware wie möglich.

Mit dem Abendessen machten wir es uns unter unserer heu- und mistfleckigen Zirkusplane gemütlich.

Glubschnak legte sich mit drunter und bildete eine massive, haarige Wand für unser Lager. Die Plane spannte über ihm wie eine Kinderbettdecke.

Wir hatten Schnick und Glubschnak noch gar nicht fragen können, wie es den anderen ergangen war, nachdem wir getrennt worden waren.

»Wir kamen ziemlich weit den Königsberg hinauf«, berichtete der Kobold. »Die Vampire griffen immer wieder an, aber das war eigentlich kein Problem, solange sie uns kein allzu großes Loch in eine der Tragflächen rissen. Und das konnten sie gar nicht, weil sie jedes Mal davor zurückschreckten, die Waranhaut zu berühren.«

»Aber das Dornenkraut hat genervt«, warf Glubschnak ein.

»Richtig«, bestätigte Schnick. »Das Ding kam ganz friedlich mit den Büchern an Bord. Aber irgendwann drehte die Pflanze durch. Sie fing an, nach den Passagieren zu schlagen und ihre allerletzten Nadeln zu verschießen. Die Vampire, die um den Wagen herumflogen, machten sie wohl verrückt.«

»Dann sind wir den Elben von der Königsburg auf den Kopf gefallen«, erzählte der Troll.

»Na ja, so ähnlich«, nickte der Kobold. »Wir gingen runter, als Zappenduster meinte, das Gestrüpp würde gleich richtig gefährlich werden, weil neue Dornenpfeile nachgewachsen waren. War ein ziemlicher Sturzflug. Und gelandet sind wir beinahe wirklich mitten in einer Patrouille von der Königsburg. Daraufhin haben sich die Vampire verzogen. Zuerst waren die Elben drauf und dran, uns anzugreifen. Wir waren ein ganzes Stück hinter der Bannmeile von tausend Kloppstock* gelandet. Aber Merellyn kannte den Elb, der die Truppe anführte, und sie nahmen uns mit zur Burg.«

»Aber wieso seid ihr beide plötzlich bei den drei Steinen aufgetaucht?«

** 1Kloppstock = etwas mehr als 26 Meter (alte elbische Maßeinheit)*

»Als der Mond aufging, hatte Merellyn ein Signal von euch in seiner Kristallkugel«, berichtete Schnick. »Wir hatten den ganzen Tag in einem Vorzimmer darauf gewartet, dass der Prinzregent uns empfing. Hat er aber nicht. Merellyn erkannte, dass es ein Signal war, das auch die Vampire empfangen konnten. Er vermutete, dass ihr in Schwierigkeiten seid, und hat seine besten Leute losgeschickt.«

»Nämlich uns!«, rief Glubschnak strahlend.

»Aber wie habt ihr uns gefunden?«

»Also, Merellyn war sich ganz sicher, dass das Signal von euch kam«, erklärte der Kobold. »Aber er konnte über deine kleine Kristallkugel keinen Kontakt mit euch herstellen. Der Hauptmann, der uns auf die Burg brachte, hat Merellyn in die Bibliothek gelassen. Dort hat er eine Million Karten studiert. Hat eine sagenhafte Unordnung hinterlassen. Ich glaube, da waren sogar Karten vom Mond dabei. Dann hat er uns genau gesagt, wo ihr seid.«

»Wie konnten wir ein Signal senden?«, fragte Nica.

»Einer von euch ist entweder ein sehr begabtes Medium«, antwortete Graf Grauenstein. »Oder ihr hattet etwas dabei, das Magie zum Mond gesendet hat. Und der hat es zurückgeworfen.«

»Was iss'n ein Medium?«, wollte Lorenzo wissen.

»Eine Person, die in der Lage ist, andere über eine weite Entfernung zu rufen, also Kontakt zu ihnen herzustellen«, erklärte der Vampir. »Oder auch in anderen Dimensionen. Manche Leute verdienen sich ihr Geld damit, für die Lebenden Verbindungen zur Geisterwelt herzustellen.«

»Dann war es William, der den Vampiren ein Signal geschickt hat?«, vermutete der Kobold.

»Du spinnst wohl?«, rief Lorenzo. »So was würde er nie tun.«

Der Graf verzog das Gesicht. »Na ja, vielleicht nicht freiwillig«, sagte er zögerlich. »Ich sollte wohl dazusagen, dass die drei Grenzsteine an sich schon eine Art Sendestation sind, die …«

»Du hast uns da reingelockt, damit wir ein Signal senden und die Vampire uns finden?«, rief Nica.

»Aber ganz im Gegenteil!«, verteidigte sich der Graf. »Innerhalb der Findlinge ist man normalerweise völlig abgeschirmt. Aber wenn ihr einen Sender dabeihattet …«

Ich zog die kleine Kristallkugel aus der Hosentasche und hielt sie dem Grafen hin. »Du meinst so was wie das hier?«, fragte ich. »Die hatte ich ganz vergessen. Du hast aber auch kein Wort über Sender und Signale verloren.«

Von Grauenstein sah das Ding zweifelnd an, nahm es aber nicht in die Hand. »Eine kleine Kristallkugel …«, murmelte er. »Mit Silber verstärkt.«

Lorenzo nahm mir den Kristall aus meiner blassen Hand. »Mensch, vielleicht können wir Merellyn damit err…«, begann er. Im nächsten Moment ließ er das Ding mit einem Fluch fallen. Er schüttelte seine Hand und blies auf die Finger. »Das ist heiß!«, rief er erstaunt.

Romano packte die Hand und zog sie zu sich heran. Lorenzos Finger waren gerötet und am Mittelfinger bildete sich eine kleine Blase. »Werwolf! Das ist der endgültige Beweis, dass in dir mehr als *ein* Monster steckt«, rief der Graf. »Aber wie ist das mög…« Er brach ab und starrte Lorenzo an. Der starrte zurück.

In dem Moment klickte es bei mir im Oberstübchen. Das war es, was mich an Grauensteins Geschichte gestört hatte. Der Kessel mit flüssigem Silber. Dort hineinzufallen hätte einen Vampir nicht so sehr verunstaltet, wie Romano von Grauenstein es bei unserer ersten Begegnung war. Silber war ein Mittel gegen Werwölfe, nicht gegen Vampire.

Inzwischen hatte Schnick die Kristallkugel in die Finger bekommen. Er drehte sie hin und her und klopfte mit einem spitzen Fingernagel gegen die Silberverkleidung. »Wäre schön, wenn wir mit Merellyn reden könnten…«, meinte der Kobold. »Wir wissen nicht mal, ob er den Prinzregenten schon getroffen hat. Ob das mit Lorenzos Vermutung wegen der Botschaft an euch stimmt… und ob der Regent unserem Zauberer glaubt, wenn er ihm vom Verrat seiner Gesandten erzählt.«

»Das mit den Nationaltrainern stimmt«, erzählte ich. »Lorenzo hat eine der Gesandten direkt danach gefragt und sie hat es bestätigt.«

»Aber dann müssen wir uns über den Leierlauten-Pass auf den Weg zur Königsburg machen!«

»Ich denke, das wäre ganz falsch«, widersprach Romano. »Die junge Hexe hat recht, wenn sie sagt, dass die Königsburg vom Rest des Reiches abgeschnitten ist. Von dort aus bekommt ihr niemals eine Mannschaft zusammen. Der Zufall oder auch die Vampire, die uns nach Norden getrieben haben, haben uns auf die richtige Fährte gesetzt.«

Ich glaubte nicht, dass irgendwas Zufall war. Die Vision der Großen Mutter hatte verlangt, dass wir uns von Merellyn trennen und den Königsberg umrunden. So war es gekommen, ohne dass wir absichtlich irgendwas dazu getan hätten. Jetzt mussten nur noch drei Könige um die Ecke kommen, dann würde ich nie wieder an der Hexenmutter und ihren Fieberträumen zweifeln.

Schnick kratzte sich am Hinterkopf, sodass sein spitzer Hut auf den Rücken seiner spitzen Nase rutschte. »Kann schon sein.

Ich würde trotzdem gern von Merellyn hören. Was für ein Mist, dass ich den Vampiren den großen Kristall direkt vor die Füße geworfen habe. «Er hielt sich die kleine Kristallkugel vor den Mund. »Merellyn!«, rief er hinein. »Hallo! Kannst du mich hören? Merellyn, antworte!«

Plötzlich kam eine Art abgehacktes Zischen aus der Kugel, ein bisschen so, als würde eine Katze ein Haarknäuel hochwürgen. Mit viel gutem Willen konnte man die Worte hören: »Wer ist da? Wer ist da?«

»Merellyn? Bist du das?«, schrie der Kobold.

Im nächsten Moment hatte Romano sein Handgelenk gepackt. Er schüttelte es so heftig, dass die Kugel ins Gras fiel.

»Hör auf damit!«, zischte der Graf. »Wer weiß, wer oder was da antwortet. Euer Zauberer ist es auf keinen Fall. Der Kronberg liegt wie ein gigantischer Wall aus Fels zwischen uns und der Königsburg. Jemand müsste bis auf Passhöhe steigen, vielleicht sogar höher, um eine Verbindung herstellen zu können. Aber dann wäre immer noch eine schrecklich weite Strecke zu überbrücken. Dazu hat dieser kleine Kristall wohl kaum genug Magie.«

Ich nahm die kleine Kugel wieder an mich. Seit sie zu Boden gefallen war, war sie still geblieben. Aber ich glaubte, dass ich hinter dem Keuchen oder Zischen ganz kurz und sehr leise Merellyns Stimme gehört hatte.

UNTERWALD

Ich sah hoch zu dem dunklen Berg über der Stadt. Zwischen seinem Rücken und unserem Zirkusdach funkelte ein schmaler Streifen Sterne. Sobald alle schliefen, vergewisserte ich mich, dass ich den kleinen Kristall in der Tasche hatte, und wanderte zwischen Viehtränken und dunklen Ställen an der Stadtmauer entlang Richtung Kronberg. Dann versetzte ich mich mit Geistersprüngen den Berg hinauf. Er war bis obenhin bewaldet, aber unterhalb des Gipfels gab es einen Bereich, wo nur wenige sehr alte Bäume wuchsen. Als ich dort war, sah ich auch, warum. Der Untergrund war felsig und bot kaum Erde, in die ein Baum seine Wurzeln schlagen konnte. Der Fels war zerklüftet wie ein Irrgarten. Auf einer der höchsten Felsspitzen holte ich die Kristallkugel aus der Tasche. Ich spähte nach Südosten, aber von der Königsburg drang nicht der Hauch eines Lichtscheins bis zu mir. Es schien mir eine Ewigkeit, in der ich immer wieder Merellyns Namen in den Kristall rief.

Als ich schon glaubte, ich würde keine Antwort bekommen, erwachte die kleine Glaskugel plötzlich zum Leben. »Wielliecham?«, sagte sie.

»Jaaa!«, rief ich. »Hier ist William? Wer bist du?«

»Esmeranda«, kam die Antwort, dann schwieg die Kugel. Erst nach einer ganzen Weile fragte Esmeranda: »Gut?«

Jetzt brauchte ich wieder Zeit, um zu kapieren, dass sie versuchte ein Gespräch mit mir zu führen, aber nicht die Worte dafür hatte.

»Ja, es geht mir gut«, sagte ich, als ich verstanden hatte, was sie mich fragen wollte. »Esmeranda, wir haben nicht viel Zeit. Bitte hol Merellyn!«

Wieder schwieg die Kugel eine Zeit lang. Dann sagte sie: »Cholen Merellyn.«

Der Kristall war etwa zwei Minuten still, in denen ich darüber nachdenken konnte, warum Esmeranda so schrecklich beleidigt geklungen hatte. Wie konnte sie erwarten, dass wir auf diese seltsame Art und ohne gemeinsame Sprache ein freundliches – oder vielleicht sogar verliebtes – Gespräch führten?

Dann hörte ich Merellyns Stimme. »William? Wo bist du?«

»Wir sind in Kronstadt.«

»Seid ihr alle wohl …«

Plötzlich war seine Stimme weg. Immer wieder rief ich den Namen des Zauberers, aber ich bekam keine Antwort. Dann merkte ich, dass ich wie in früheren Zeiten, als ich noch ein richtiger Luftgeist war, den Kontakt mit dem Boden verloren hatte. Ich war nach Norden abgedriftet und dann ein ganzes Stück gesunken. Ich befand mich in einer der wenigen Felsspalten, in denen es genug Erde für einen Baum gab. Seine ausladenden Zweige sperrten das Sternenlicht aus. Eine Art Hohlweg führte aus der Senke mit der großen alten Tanne mitten durch einen geborstenen Findling. Als ich zwischen den Felsen landete, hörte ich Merellyns Stimme wieder. Aber er war nicht zu verstehen. Ich wusste nicht, ob das Rauschen des Windes echt war oder aus der Kugel kam. Doch plötzlich wurde die Stimme wieder klar. »William? Wo bist du?«

»In Kronstadt. Wir ...«

»Nein. Ich meine, wo bist du *genau*?«

»Auf dem Kronberg. Ich ...«

»Hast du immer noch das Zeichen Zerberons?«

»Das Zeichen?«, fragte ich. Es hätte mir auffallen müssen, dass mein Gegenüber den Namen des Elbenfürsten ausgesprochen hatte. Das hatte Merellyn nicht einmal dann gern getan, wenn wir uns in der Küche des Turms unterhielten. Niemals wäre es ihm in einem magischen Gespräch über tausend Meilen Entfernung passiert. Das Hirn immer noch nicht auf Alarm geschaltet, fasste ich nach Anderland und zog die verknoteten Bleche hervor. »Hier ist es.«

»Steck es weg! ... bloß weg! Steck es ...«, hörte ich leise Stimmen durcheinanderschreien. Mittendrin brach die Verbindung ab.

Und plötzlich wusste ich, dass ich mich nicht mit Merellyn unterhalten hatte und dass ich nicht allein in diesem Irrgarten aus Felsen war. Ich ließ das verschnürte Bündel in Anderland verschwinden. Aber es war zu spät. Ich fühlte, dass jemand auf mich zukam. Ich wollte nicht den Weg durch den Fels gehen, sondern einfach nach oben wegschweben. Aber irgendwas drückte mich zu Boden.

Jemand kam durch den Hohlweg. Beinahe hätte ich geschrien, aber als sich die Gestalt vorbeugte und ein langer weißer Bart im Sternenlicht blitzte, erkannte ich den Zwergendruiden Eskatos. »Wir dürfen nicht hierbleiben!«, flüsterte er. Er deutete auf den kleinen Kristall in meiner Hand. »Du rufst den Schwarzen damit. Komm, wir verschwinden.«

Er wandte sich zum Gehen, aber etwas hielt mich in der dunklen Senke. Erst als der Druide in den tiefen Schatten verschwunden war, konnte ich mich vorwärtsbewegen.

Doch ehe ich den Hohlweg betreten konnte, schleuderte mich eine Kraft zurück gegen den Baum. Ein schwarzes Wesen kam aus dem Dunkel geschossen und kreischte: »Gib es mir! Gib es mir!«

Es war die Mumie, die ich im Nebel aus den Büchern hatte kommen sehen. Die aussah, als ob sie jahrelang über einem Feuer geräuchert worden wäre.

Die Mumie kam mir größer und viel bedrohlicher vor als in der Burg. In dem Moment, als ihre Krallen nach mir grapschten, gab der Boden unter meinen Füßen nach und etwas riss mich am Kragen nach hinten. Für einen Augenblick war es dunkel.

Dann lag ich in einem unterirdischen Gewölbe, das von einem warmen, orangefarbenen Licht schwach erhellt wurde. Ich hörte einen dumpfen Aufprall, wie ein Rammbock auf eine schwere Tür. Unwillkürlich wollte ich nach dem Zeichen greifen und mich vergewissern, dass es noch da war.

Holz knarrte und jemand tippte mir auf die Schulter.

»Lass das!«, quäkte eine Stimme.

Meine Hand zuckte zurück.

»Lass deine magischen Spielsachen stecken«, brummte eine viel tiefere Stimme. »Bleib in Deckung, Knochensack.«

Mir war sofort klar, dass der Baum sprach, zwischen dessen Wurzeln ich gelandet war. Knochensack, so hatte uns Walter, der verrückte alte Baum bei Merellyns Turm, immer genannt.

Ich war rückwärts und nach unten gerutscht. Steckte ich jetzt unter dem Baum?

Oder innen drin?

»Du darfst ihm kein Tor öffnen«, flüsterte die andere Stimme, hoch und eben ein bisschen quäkig. »Er muss draußen bleiben.«

Ich drehte mich einmal um mich selbst. Aber da war niemand.

Das Gewölbe um mich herum bestand aus Wurzeln. Der Boden war Walderde. Ich befand mich *im* Baum.

»Kann er … kann das Ding da draußen hereinkommen?«, fragte ich in das Zwielicht.

»Wenn es nur das wäre, was man auf den ersten Blick sieht, auf keinen Fall«, kam die Antwort aus dem Nirgendwo. »Aber es ist eine ganze Menge mehr.«

»Jetzt ist es weggegangen«, meldete die Brummstimme des Baums. »Fass bloß nicht das Dingsda noch mal an! Sonst rufst du es wieder.«

»Was ist das für ein Wesen?«, wollte ich wissen.

»Könnte ein Hochelf sein. Oder ein Urvampir«, zählte die Quäkstimme auf. »Möglicherweise ein Überwolf. Sicher auch ein verdammter, holzhackender Zwerg. Vielleicht sogar … wie hieß noch mal die gefährlichste Art? Ach ja, Menschen. Es könnte sogar ein Mensch sein.«

»Aber Menschen sind doch nicht gefährlich!«, rief ich erstaunt. »Die haben doch so gut wie keine Magie.«

»Nein, die sind viel schlimmer!«, entgegnete die Stimme. »Die haben keinen *Respekt* vor der Magie! Sie wollen alles *haben* und fragen nie, was etwas wirklich ist. Sie holzen ab und legen Feuer und nehmen, nehmen, nehmen …«

Ich fuhr zurück, als etwas vor mir auf dem Boden landete. Im ersten Moment dachte ich, ein kleiner Haufen Zweige und Tannenzapfen sei von irgendwo heruntergefallen. Aber der Haufen richtete sich auf und starrte mich an. Da war ich mir sicher, obwohl ich keine Augen entdecken konnte. Es war eines der seltsamsten Wesen, die mir je in Fantasmanien begegnet sind, aber es war nicht so Furcht einflößend wie das Ding, das mich draußen packen wollte.

»Menschen?«, quäkte es mich an. »Was weißt du über Menschen?« Ein Wesen aus Zweigen, das in einem Baum lebte. Ich erinnerte mich, dass Walter von Baumnymphen, den Dryaden, verurteilt worden war, an Merellyns Turm den Lift zu spielen.

»Bist du eine Dryade?«, fragte ich.

Das Wesen fiel auf den Rücken und lachte zappelnd. Dann wälzte es sich herum und verschwand mit wenigen Sprüngen zwischen den Wurzeln des Baums. Aber schon im nächsten Moment bog sich eine Wurzel knarrend herunter und darauf lümmelte das tannennadlige Ding. »Bin ich eine Dryade?«, säuselte es. »Bist *du* ein Mädchen?«

»Werd bloß nicht frech!«, schnappte ich. »Jetzt sag schon, was bist du?«

»Ein Baumkobold«, antwortete der stachelige Kerl. »Und wenn hier einer frech geworden ist, warst du das. Jetzt sag schon, jetzt sag schon ... jetzt sag du schon, was weißt du über Menschen?«

»Ziemlich viel«, sagte ich lässig. »Ich war selber einer. Jahrelang.«

»Alarm!«, rief der Baumkobold und die gebogene Wurzel schoss außer Sicht. »Ein Mensch! Fred, baller ihm eine!«

So wie es sich anhörte, kletterte der Kobold kreuz und quer den Baumstamm hinauf.

Eine Wurzel, viel größer als die, auf dem das Baumwesen gesessen hatte, schoss seitlich auf mich zu. Ich wechselte nach Anderland. Gerade noch rechtzeitig. Ich hatte schon die Rinde an meiner Nasenspitze gefühlt. Aber jetzt rauschte die Wurzel ohne Wirkung durch mich durch.

Im nächsten Moment hörte ich dumpfes Kratzen und eine Stimme, die flüsterte: »Giiiib eeees miiiiir!«

Ich sprang zurück in die Welt. Und bekam eine Ohrfeige von der Wurzel, die an ihren alten Platz zurückschnellte.

»Fred, lass das!«, rief der Baumkobold und sprang mir auf die Brust. »Sonst verschwindet er wieder und das Monster kommt zurück. Still jetzt, alle miteinander!«

Wir machten keinen Mucks und nach einer Weile hörte das Kratzen auf.

Das Kerlchen auf meiner Brust drehte sich zu mir um und zeigte mit einem Zweig voller Nadeln auf mich: »Lass dieses Gehopse nach Anderland. Dort ist das böse Wesen am stärksten.«

»Dann sag deinem Baum gefälligst nicht mehr, dass er mich schlagen soll«, verlangte ich. »Das tut weh.«

Der Kobold packte mein Gesicht und drehte es hin und her.

»Du bist also ein Mensch«, stellte er fest. »Und Menschen können nach Anderland springen. Das ist gefährlich. Sehr gefährlich.«

»Sag ich doch«, brummte der Baum namens Fred irgendwo über uns. »Menschen sind die Gefährlichsten.«

Ich zog die kratzigen Astfinger von meinem Gesicht weg. »Ich *war* ein Mensch«, wiederholte ich. »Aber ich wurde ermordet. Jetzt bin ich ein Geist.«

Der Baumkobold brachte sein Tannenzapfengesicht ganz nah an meines.

»Seltsamer Geist!«, rief er. »In wie vielen Welten kannst du leben?«

»Wie meinst du das?«

»Na, du warst in der Welt, in der alle leben. Oder so ziemlich die meisten. Du warst in Anderland, aber da war der Böse. Und jetzt bist du hier, bei uns. Wir haben dich nach Unterwald geholt, damit er dich nicht kriegt.«

»Unterwald?«

»Die Welt innen im Wald. Hier regiert Puck, der Faun. In der richtigen Welt tut er bloß so.«

»Puck tut nur so? Aber er hat uns einen Brief geschrieben!«, rief ich. »Er ist eine Wette eingegangen und …«

»In eurer sogenannten *richtigen* Welt?«, unterbrach mich die Brummstimme des Baums. »Das zählt in Unterwald nicht viel.«

»Puck ist nicht glücklich darüber, dass er so viel in der Richtigwelt sein muss«, erklärte das zappelnde Astbündel. »Er sagt, das macht ihn ganz schwurbelig im Kopf.«

»Wann hat er dir das gesagt?«, fragte ich scharf. »Ich meine, kannst du mit ihm reden? Er hat uns einen Brief geschrieben, aber der ist nie angekommen.«

»Ach, du möchtest mit Puck reden?«, meinte der Baumkobold. »Hmmm. Vielleicht können wir euch zusammenbringen. Aber Fred muss erst die anderen fragen.«

Wieder verschwand das Wesen mit wenigen Sprüngen in den dunklen Wurzelschlingen über mir. Meiner Meinung nach verging ganz schön viel Zeit, bis der Kobold zurückkam.

»Komm schnell!«, rief er. »Der Alte Eisenrücken hat eine Wurzelkammer eingerichtet.«

Ehe ich fragen konnte, was das bedeuten sollte, wurde ich von vielen Wurzeln gepackt und vorwärtsgezogen. Es wurde dunkel und gleich wieder hell. Also, genauso orange-schummrig, wie es vorher auch gewesen war. Aber jetzt saß ich in einer viel größeren Kammer, deren Wurzeln zu kunstvollen Mustern verdreht waren. Gegenüber von mir öffneten sie sich und ein Junge tauchte auf. Er war vielleicht ein oder zwei Jahre jünger als ich. Er trug nichts als eine Krone und eine Fellhose. Aber gleich darauf sah ich, dass ich mich getäuscht hatte. Was ich für eine Krone gehalten hatte, war ein Efeukranz in seinen lockigen Haaren. Er hing schief an Bockshörnern, die dem Jungen aus den Schläfen wuchsen. Er trug auch keine Hose. Das war echtes Fell an Bocksbeinen. Natürlich. Puck war ein Faun. Oben Mensch, unten Bock. Er sah aus wie zehn, aber er war mehr als fünftausend Jahre alt.

»Du bist einer von denen, die den Fußball erfunden haben«, sagte er zur Begrüßung.

Ich wackelte so mit dem Kopf, dass es genauso gut ein Nicken wie ein Kopfschütteln sein konnte. Es schien mir nicht die Zeit für lange Erklärungen.

»Ich weiß, dass euch mein Brief nicht erreicht hat«, fuhr der Prinzregent fort. »Die Wette war eine Dummheit. Man sagte mir, es wäre gut für die Beziehungen mit Monstrovia.«

Der Faun schüttelte den Kopf und sah sich ratlos um. Ich wollte ihn nicht daran erinnern, dass er wegen des Wilden Waldes gar keine Beziehungen zu Monstrovia hatte.

»Ich bin froh, dass ihr die Mannschaft trainiert!«, rief der bocksbeinige Junge. »Äh, wie geht es der Mannschaft?«

»Mannschaft?«, fragte ich erschrocken. »Wir … na ja, da sind Lorenzo … und ich … und, und … und. Wir arbeiten dran.«

»Gut. Das ist gut.« Der Prinzregent schien nicht im Geringsten erschrocken darüber, dass wir noch kein einziges Teammitglied außer uns selbst vorweisen konnten.

»Ähmmm, sag mal, Herr … äh, Prinzregent«, begann ich vorsichtig. »Könnte man das Spiel nicht vielleicht … absagen?«

»Absagen?«, rief er. *Jetzt* war er erschrocken. »Unmöglich. Ich habe unterschrieben. Ich … ich fürchte, mit meinem Blut, hehe. Kindisch, was?«

Kindisch? Mit Blut unterschreiben?

»Undund … der Zauberer sagt, dass es jetzt nicht mehr meins ist«, stotterte der Faun. »Auf der Urkunde ist es zum Blut Fantasmaniens geworden. Seltsam, was? Ich muss jetzt gehen.« Puck bewegte sich rückwärts, weg von mir. Wurzeln schlangen sich um ihn und zerrten ihn fort in die Dunkelheit.

»Ich befehle euch das Spiel zu gewinnen, klar?«, war das Letzte, was ich von ihm hörte.

»Warte!«, schrie ich. »Ist Merellyn bei dir auf der Burg? Kann ich mit ihm sprechen? Ich muss Merellyn sprechen!«

Aber ich bekam keine Antwort.

Nach einer Ewigkeit veränderten sich die Muster in den verknoteten Wurzeln wieder. Und spuckten Merellyn aus!

Er sah sich erstaunt um. Dann entdeckte er mich. »William! Bist du es wirklich?«, rief er. »Wie schön dich zu sehen! Aber … wo sind wir hier?«

»Weiß ich nicht genau«, gab ich zu. »In einer Wurzelkammer, die der Eisenrücken eingerichtet hat. Das ist wohl der Baum über uns.«

»Ich habe vor Pucks Schlafgemach gewartet«, berichtete der Zauberer. »Plötzlich schossen Wurzeln aus der Tür und ich wurde hierher gezerrt …«

Merellyn betrachtete die Wurzelwand, die ihn ausgespuckt hatte. Dann fuhr er herum. »Wir sind in Unterwald, stimmt's?«

Ich nickte.

»Also gibt es diese Dimension doch!«, rief Merellyn. »Puck, dieser Geheimniskrämer, wollte es nicht zugeben. Die Bäume in Fantasmanien haben unterirdische Verbindungen! Wie bist du hierher gekommen?«

»Ich muss wieder ein Signal gesendet haben, als ich mit dir durch den Kristall geredet habe. Ich habe blöderweise das, äh …

Dingsbums aus Anderland geholt. Und plötzlich war da der Druide aus Burg Venenfels. Du weißt schon, halb Zwerg, halb Elb …«

»Esskarton?«

»Eskatos, ja. Er wollte mich wegbringen, aber irgendetwas hielt mich davon ab, ihm zu folgen. Und plötzlich kam dieser eklige schwarze Kerl angerauscht … der vertrocknete Räucherzwerg, der auf Burg Venenfels aus dem Buch kam.«

»Ja, ich glaube, ich habe ihn gesehen«, erinnerte sich der Zauberer. »Da war Rauch und in dem Rauch dieses Wesen … was passierte dann?«

»Es schrie: ›Gib es mir, gib es mir.‹ Aber ehe es mich packen konnte, gab der Boden nach und ich wurde unter den Baum gezogen. Dann war ich in einer Wurzelkammer, aber nicht in der hier. Ein Baumkobold hat mit mir geredet. Er und sein Baum, der Fred heißt, haben mich gerettet. Ich fragte, ob ich mit Puck und mit dir reden könnte, und jetzt sind wir hier.«

»Baumkobolde … die männlichen Dryaden …«, wiederholte Merellyn versonnen. Dann erhellte sich seine Miene. »Über diese Wurzelkammern können wir die Dryaden im Wilden Wald erreichen und ihnen sagen, dass die Grenzsteine …«

»Ihr könnt gar nichts!«, donnerte eine Stimme. Sie war so tief, dass sie kaum zu verstehen war. Die Wurzelwände zitterten, und ich hatte das Gefühl, dass der Ton eher durch meinen Brustkorb flimmerte als durch meine Gehörgänge. »Du kannst aber nicht mit den Dryaden reden, Feind von Walter. Wenn dich nicht die Gastfreundschaft der Wurzelkammer schützen würde, hätte ich dich schon zerquetscht. Deinetwegen hat der Wald gebrannt.«

»Das ist nicht die Wahrheit«, rief Merellyn. »Sirenen haben das Feuer gelegt. Ich bin auch nicht Walters Feind! Doch das ist Vergangenheit. *Jetzt* müssen die Dryaden an der Grenze erfahren …«

»Was sie müssen und was nicht, entscheiden einzig und allein sie selbst«, polterte der Baum namens Eisenrücken. »Du sagst, das Feuer war gestern. Aber du weißt nicht, was in Unterwald gestern, heute und morgen ist. Die Dryaden werden nicht mit dir reden.«

Merellyn wollte noch etwas zu dem Baum sagen, aber dann überlegte er es sich anders und wandte sich an mich. »William, erzähl! Wie geht es euch?«

Mir flog fast die Zunge raus bei dem Versuch, so schnell wie möglich zu berichten, was passiert war. Aber Merellyn legte mir beruhigend die Hand auf die Schulter. Er wollte keine Einzelheiten wissen. Er meinte nur, die Hauptsache sei, dass wir den Vampiren entkommen waren. Von der Vorhersage der Großen Mutter hatte er inzwischen gehört.

»Wenn ich davon allerdings vor unserem Besuch in Venenfels gewusst hätte, hätte ich euch niemals allein gehen lassen.«

»Ja, aber deswegen konnten wir es dir ja nicht sagen!«, rief ich. »Du wärst mitgekommen, und Rania sagte, dann hätte dich der Tod erwartet.«

Merellyn nickte.

»Danke für eure Sorge um mich«, meinte er schmunzelnd. »Das sieht den Nebelhexen ja gar nicht ähnlich. Die sind für meinen Geschmack immer ein bisschen schnell bereit Opfer in Kauf zu nehmen. Ich bin froh, dass es bisher keine gegeben hat.«

»Was sollen wir jetzt machen?«, fragte ich. »Puck befiehlt einfach, dass wir das Spiel gewinnen. Aber das ist völlig unmöglich! Wir haben noch nicht mal einen einzigen Spieler gefunden. Und die Bedingungen! Keine zwei vom gleichen Volk. Drei Könige, drei Ausgestoßene, drei ...«

»Macht euch deswegen keine Sorgen«, empfahl Merellyn. »Fangt nicht an zu rechnen. Fünf mal drei von jeder Sorte sind nicht gleich fünfzehn. Was ist, wenn jemand ein ausgestoßener König mit magischen Fähigkeiten ist, dessen Eltern tot sind? Das ist nur einer, aber er erfüllt vier Bedingungen.«

»Aber wo kriegen wir den her?«, fragte ich verzweifelt.

Doch Merellyn lachte.

»Nimm das nicht so wörtlich«, meinte er. »Wenn die Vorhersage eintrifft ... schön! Wenn nicht, können wir trotzdem gewinnen. Aber zumindest können wir dafür sorgen, dass ihr den machbaren Teil der Prophezeiung erfüllt. Die Umrundung des Königsbergs. Ich habe einen Auftrag für dich.« Er winkte mich mit einem krummen Finger näher und ich beugte mich zu ihm. »Ich habe auf der Königsburg alte Aufzeichnungen Mysterios studiert«, flüsterte der Zauberer. »Dabei bin ich auf etwas Interessantes gestoßen. Er muss seinem Meister wohl schon seit langer Zeit misstraut haben. Er hat einen Notfallplan aufgestellt. Sehr riskant. Überaus gewagt. Durch und durch gefährlich. Ich werde dir jetzt gar nicht alle Einzelheiten erzählen.«

Ich sah ihn nur an. Keine Ahnung, worauf er hinauswollte.

»Ich glaube, Unterwald ist eine sichere Dimension«, erklärte Merellyn. »Aber wer weiß schon, wer mithört. Hier ist der Auftrag: Geht nach Norden in die Ausläufer der Skelettberge, die man die Kalte Hand nennt. Sucht den Zwergenschmied Erik Eisenerz. Gib ihm das Du-weißt-schon-was. Er wird wissen, was zu tun ist. Sag niemandem etwas davon. Und macht einen Bogen um Nord-Elbia. Hast du das alles behalten?«

Ich nickte. »Nach Norden, Skelettberge, Kalte Hand, Zwergenschmied«, zählte ich auf. »Aber Merellyn, was war das für ein Kerl da draußen? In der Vampirburg war er ganz klein und verhutzelt. Da draußen war er viel größer, aber nicht richtig sichtbar. Das ist doch nicht der Schwarze Lord, oder?«

»Ich fürchte, doch«, sagte Merellyn ernst. »Oder sagen wir, *das* ist der Notfallplan des Mundovoros. Er hat einen Avatar in seiner Hälfte des Buches hinterlassen. Das böse Macronomicon entließ ihn aus seinen Seiten, sobald es aus dem Käfig befreit war.«

»Was ist ein Affa… Aventar?«

»Ein Zerrbild. Platzhalter. Stellvertreter«, zählte Merellyn auf. »Er hat dich über den Kristall aufgespürt. Wieso benutzt du überhaupt die kleine Kugel? Hat Schnick dir nicht die …«

»Schnick hat die Kristallkugel verloren, die du ihm für uns mitgegeben hast«, gestand ich.

Der Zauberer starrte mich eine Zeit lang über den Rand seiner Augenfenster an. »Wie, verloren?«, fragte er dann. »Verloren im Sinne von … äh … verloren? Oder gestohlen? Entwendet? Geklaut? Ist jetzt jemand anders im Besitz des Kristalls?«

»Er ist in einen Fluss gefallen.«

»Hat das jemand gesehen?«, drängte der Zauberer weiter. »Könnte man sie herausgefischt haben?«

»Na ja … am anderen Flussufer standen jede Menge Vampire …«

»Diesen Kristall habe ich weniger zum Senden von Nachrichten oder zum Beobachten entfernter Dimensionen benutzt. Er war mein Speicher für medizinische Rezepte und Zaubersprüche. Es war der letzte, den ich noch bei mir hatte. Die Zusammensetzung des Antivampirmittels ist dort auch gespeichert.

Und was weiß ich noch alles … da war auch ein Mittel, um Werwölfe zu betäuben. Noch nicht getestet …«

»Aber ich glaube nicht, dass einer von den Vampiren was gesehen hat«, meinte ich. »Die waren sehr … beschäftigt.«

»Es ist kein Zufall, dass du einen Kristall benutzt und der kleine Bösewicht auftaucht«, erklärte Merellyn. »Du sagst, der Vorsitzende der Jenseits-Druiden war auch da? Wie hieß er noch? Exitus?«

»Eskatos. Was sind Jenseits-Druiden?«

»Eskatos, ganz genau. Die Druiden stammen alle aus Verbindungen von Zwergen mit Elben von den Jenseitsinseln«, erklärte Merellyn. »Die Mischlinge sind die einzigen Zwerge mit magischen Fähigkeiten. Ihre große Versammlung bestimmt den nächsten König der Zwerge, wenn der alte gestorben ist. Die Versammlung wiederum ist der fantasmanische Zweig …«

»Sag nicht Zweig im Zusammenhang mit Zwergen!«, donnerte der Eisenrücken. »Die kleinen Wühler und wir sind Erzfeinde!«

»Sag nicht Erz im Zusammenhang mit Bäumen!«, erwiderte Merellyn unbeeindruckt. Der Baum antwortete nicht. Der Zauberer sah mich verwirrt an. »Wo war ich stehen geblieben?«

»Die Versammlung der Druiden ist der fantasmanische … äh …« Zweig traute ich mich nicht zu sagen.

»Ja richtig!«, rief Merellyn. »Die fantasmanische Abteilung der Bettelnden Bruderschaft. Der Mönche, die euer Waisenhaus betrieben haben. Ihr Vorsitzender war Gefangener auf der Vampirburg. Und jetzt taucht er auf dem Kronberg auf …«

»Ja, er hat den kleinen Vertrockneten verfolgt«, erinnerte ich mich. »Scheint, er jagt ihn immer noch.«

»Hmmm. Wahrscheinlich hat er so ziemlich den gleichen Weg hinter sich wie ihr«, überlegte der Zauberer. »Ich glaube, diese Mumie hat irgendwie den Kristall an sich gebracht und dich so gefunden. Ich muss zurück auf die Königsburg! Vielleicht kann ich von dort aus den Kristall zerstören. Nun, ich denke, wir haben alles besprochen …«

Merellyn wandte sich den verschnörkelten Wurzeln zu. Doch dann drehte er sich noch einmal um und umarmte mich.

»Es war schön, dich zu sehen, Willobert.« Er ließ mich los und hob abwehrend die Hände. »Nur ein Scherz! Wir sehen uns im Turm, William. Ach, sagte ich bereits, dass das Spiel in Arkanon stattfindet? Am sechsten Tag des siebten Monats. Ihr habt noch genau sechsundsechzig Tage bis dahin. In Arkanon, wo die Grenzsteine nicht da stehen, wo sie sollten. Wo der Wilde Wald der Dryaden einen Teil Fantasmaniens unbewacht gelassen hat. Wo sie unbedingt Verstärkung br…«

Wurzeln peitschten aus den Wänden. In wenigen Sekunden umschlangen sie den Zauberer wie Tentakeln. Er verschwand, und ich könnte nicht genau sagen, wie das geschah. Auch als es gleich danach mir selbst passierte, kam ich nicht mit. Ein Zerren von Wurzeln, Hell-Dunkel-Hell und ich war wieder in dem Baum namens Fred. Vermutete ich.

Diesmal war die Wurzelhöhle voll mit Zweigen und Tannenzapfen, die scheinbar planlos übereinanderkletterten und -purzelten. Nadeln kratzten und pikten mich überall. Eines dieser Zweigmännlein kletterte auf meine Brust. Das musste der sein, der mich zusammen mit Fred vor dem Avatar gerettet hatte.

»Wir haben eine Frage.« Die Quäkstimme war jedenfalls die gleiche. »Stimmt das, was der Zauberer über die Dryaden gesagt hat? Dass sie gar nicht die Grenze bewachen?«

Ich nickte. »Der Wilde Wald wächst entlang der Grenzsteine, seit ich denken kann«, sagte ich. »Aber wir haben herausgefunden, dass jemand die Steine versetzt hat. Das muss schon vor der Schlacht auf der Königsburg passiert sein.«

Die Zweighaufen fiepten wild durcheinander. Der auf meiner Brust schüttelte den Kopf. Oder den Tannenzapfen, den ich dafür hielt.

»Das gibt's nicht«, erklärte er. »Die Steine können nur auf königlichen Befehl versetzt werden. Ihr müsst euch täuschen.«

»Merellyn hat viele Jahre in der Blutenden Burg gelebt«, widersprach ich. »Er weiß, wo die Grenze verläuft. Da war ein Stein, den wir den Alten Schreikopf genannt haben. Der liegt im Tiefen Riss, obwohl er …«

»Warte!«, befahl der Baumkobold. Dann fiepte er seinen Brüdern etwas zu. Nach einer Weile kam Bewegung in die Wurzelhöhle. Ein paar Zweigwesen wurden nach vorn geschoben.

»Die Jungs hier haben früher an der Grenze gelebt«, stellte mein Gesprächspartner sie vor. »Erzähl das noch mal mit dem Grenzstein.«

Ich fing von vorn an und anscheinend fiepte das Männlein auf meiner Brust eine Übersetzung. Die Grenzkobolde fiepten zurück.

»Sie sagen, es gibt keinen Stein, der Alter Schreikopf heißt«, erklärte der Dolmetscher. Die angespannte Erwartung, die bis jetzt geherrscht hatte, wich der Enttäuschung.

»Wartet!«, rief ich. »Merellyn hat einen anderen Namen benutzt. Ich komm gleich drauf … der Name war so was wie Jaulender Jakob. Oder Weinender Willi … Nein, warte! Heinrich! Der Heulende Heinrich!«

Fiep-fiep. Fiep.

»Sie kennen den Heulenden Heinrich. Die Ritter bauten ihren Wall aus Stein um ihn herum.«

»Ja, aber dort ist er nicht mehr. Wo früher der Heulende Heinrich in der Mauer steckte, gibt es jetzt eine Tür. Der Stein liegt im Tiefen Riss.«

Als das übersetzt war, dauerte es fünf Minuten, bis die Kobolde sich so weit beruhigt hatten, dass der Übersetzer wieder mit mir sprach.

»Wir glauben dir, Geist von einem Menschen«, verkündete er. »Jemand müsste die Dryaden warnen. Sie müssen das mit den Grenzsteinen erfahren. Aber das geht nicht, solange …«

»Wieso geht das nicht?«, fiel ich ihm ins Wort. »Merellyn meinte, diese Unterwald-Dimension verbindet ganz Fantasmanien.«

»Seit dreizehn Jahren sind wir von den Dryaden getrennt«, berichtete der Kobold. »Es hat Streit gegeben vor dreizehn Jahren.«

»Mit wem?«, fragte ich. »Mit den Bäumen?«

»Nein, wir Baumkobolde haben uns im Streit von den Baumnymphen getrennt«, berichtete das Zweigwesen. »Den Dryaden. Sie haben einen Baum zur Entwurzelung verurteilt, der unserer Meinung nach unschuldig war. Aber er stand auf ihrem Gebiet. Wir konnten nichts tun.«

»Und dieser Baum heißt Walter.«

»Du kennst ihn? Als sie ihn verurteilt haben, sind auch wir männlichen Baumgeister gegangen. Wenn das Urteil nicht rückgängig gemacht wird, können wir gar nichts tun.«

»Aber warum denn nicht? Schickt doch einfach eine Nachricht. Wir müssen die Rückkehr des Schwarzen Lords verhindern. Die Sache mit Walter können wir doch hinterher klären.«

»Der Kleine soll froh sein, dass er hier im Frechen Fred steckt und nicht im Alten Eisenrücken«, brummte der Baum über uns. »Da dürfte er nicht so daherreden!«

Hunderte Zweighaufen nickten aufgeregt.

»Es ist alles fürchterlich verwurzelt«, meinte der Kobold. »Nein, verschlungen. Oder verworren? Jedenfalls sehr knorrig. Walter ist ein Bruder vom Alten Eisenrücken und der ist der König aller Bäume auf dieser Seite des Königsbergs. Der Eisenrücken hatte Walter zur Menschenstadt geschickt. Er sollte die Dryaden überzeugen, dass wir uns nicht um die Angelegenheiten der Menschen und Elben kümmern sollten. Und dann passierte das mit dem Brand im Jungwald! Der Eisenrücken wird gewiss keinen Wurzelweg zu den Dryaden öffnen.«

Ich schluckte. Walter, der Wahnsinnige Würger, hatte Lorenzo als Baby das Leben gerettet. Weil dabei Jungwald verbrannt war, hatten die Dryaden ihn zur Entwurzelung verurteilt. Seitdem spielte er den Aufzug an Merellyns Turm. Er brachte Passagiere in seinem Wurzelkorb hundert Meter hoch frei an einem Seilzug hängend die Felsnadel hinauf, auf der der Turm stand. Ein verrückter Baum, der Vögel und kleine Tiere fraß. Und der war ein Bruder des Baumkönigs! Verdammter Mist.

»Aber wenn niemand die Dryaden warnt, kann der Schwarze Lord nach Fantasmanien gelangen, ohne den Wilden Wald betreten zu müssen«, wandte ich ein. »Merellyn sagt, dort wird er sehr bald seine alten Kräfte wiedererlangen.«

»Der Schwarze ist ein verdammter Freund von Drachen«, stellte der Freche Fred über uns fest. »Und von holzzerhackenden Zwergen.«

Die Zweigwesen nickten.

»Und ein Freund von Rindenschnitzern und Holzköhlern«, fuhr der Baum fort. »Die Schiefe Kiefer hat einen Wurzelweg geöffnet. Die Immergrün-Brüder unten am Bach auch und sogar die Birkenbande drüben in Wegscheid. Vielleicht müssen wir ausnahmsweise gar nicht mit dem Alten Eisenrücken reden …«

Die Baumkobolde fiepten wie verrückt durcheinander. Erst nach einer ganzen Weile erinnerte sich der Übersetzer wieder an mich.

»Möglicherweise wird etwas ganz Neues geschehen«, erklärte er mir aufgeregt. »Na ja, nicht wirklich neu, aber es ist seit vielen Jahren nicht mehr passiert. Der Wald trifft eine Entscheidung ohne den König. Wir werden die Dryaden wiedersehen, wenn die Bäume uns tatsächlich einen Weg eröffnen. Die Ersten von uns sind auf den Wurzelwegen schon unter dem Es 'chimelliëvin durch.«

»Dann werdet ihr die Dryaden warnen?«

»Könnte sein. Wenn die Bäume uns einen Weg bis dorthin öffnen und wenn die Nymphen mit uns reden wollen. Könnte sein.«

Die Wurzelkammer leerte sich jetzt schnell.

»Ich muss gehen«, quäkte das Zweigmännchen. »Der Freche Fred wird dich nahe an Kronstadt heranbringen. Ich glaube, das böse Wesen ist verschwunden. Leb wohl.«

Ehe ich antworten konnte, war das Zweigbündel in der Dunkelheit zwischen den Wurzeln verschwunden, und ich wurde in die entgegengesetzte Richtung gezerrt. Das Licht flimmerte ein paarmal, dann lag ich auf nadelbedecktem Waldboden.

Durch die Bäume sah ich die Mauern von Kronstadt. Ich machte ein paar Geistersprünge entlang der Stadtmauer, bis ich wieder bei unserem Lagerplatz war. Unter dem Zeltdach wurde ich langsamer und ließ mich zwischen die anderen auf eine der ausgelegten Decken sinken.

Gerade als ich die Augen zumachen wollte, sagte Lorenzo: »Wo warst du?«

Ich schaute mich um und entdeckte ihn auf einem Gatter sitzend neben unserem Wagen. Hinter ihm zeichnete sich der

Sattel des Kronbergs deutlich gegen den Himmel ab. Die Nacht war fast vorbei. Ich schwebte zu Lorenzo und setzte mich neben ihn.

»Ich war oben in den Bergen«, sagte ich mit einer vagen Kopfbewegung Richtung Gebirge. »Ich hab mit Merellyn gesprochen.«

»Du hast mit IHM gesprochen«, stellte Lorenzo fest, mehr erstaunt als vorwurfsvoll. Uns beiden war klar, dass er nicht Merellyn meinte. »Oder er mit dir. Du bist dem Schwarzen Lord begegnet.«

»Woher weißt du das?«

»Keine Ahnung«, gestand Lorenzo. »Er sagte ›Gib es mir!‹, stimmt's? Er meinte sein …«

»Sprich das Wort nicht aus!«, unterbrach ich ihn. »Woher weißt du das?«

»Frag mich nicht. Hab's geträumt oder so.«

Seltsam. Es gab irgendwie eine Verbindung zwischen dem Mundovoros und Lorenzo. Wie konnte er wissen, dass die schwarze Mumie dessen Stellvertreter war? Oder war es vielleicht eher eine Verbindung zwischen Lorenzo und mir?

»Will, das war scheißgefährlich, dass du alleine losgezogen bist. Lass mir das nächste Mal wenigstens deine Silbernadel hier, damit ich sie reiben und dich zurückholen kann.«

Er meinte das Angebot total ehrlich. In diesem Moment wollte ich ihn nicht daran erinnern, dass er Silber nicht mehr anfassen konnte.

»Merellyn sagte, wir sollen einen Zwergenschmied namens Erik suchen«, fuhr ich fort. Ich kenne aber keinen Erik.«

»Ich auch nicht. Hat er sonst noch was gesagt?«

»Wir sollen uns keine Sorgen über das Orakel der Großen Mutter machen«, erinnerte ich mich. »Wir sollen eine Mannschaft einsammeln und zum Turm zurückkommen. Wir haben noch sechsundsechzig Tage.«

»Ja, verdammt. Mannschaft einsammeln. Damit müssen wir jetzt endlich anfangen.« Lorenzo schlug sich mit der Faust in die Handfläche. Dann sah er mich verwirrt an. »Äh, sechsundsechzig … ist das viel oder wenig?«, wollte er wissen.

Als die anderen aufwachten, waren wir in das übliche Gespräch über Fußball vertieft.

GEBRATENE RATTEN

Wir wollten eigentlich nur Vorräte kaufen und uns dann aus dem Staub machen, ohne die Fußballshow zu zeigen. In Kronstadt gab es nur Menschen. Deshalb glaubte wohl keiner von uns, dass wir hier Fußballer für die Nationalmannschaft finden würden. Wir hatten nie darüber gesprochen, aber inzwischen war uns allen klar, dass die meisten fantasmanischen Wesen sportlich gesehen mehr draufhatten als die Menschen. Elfen waren bärenstark, Zwerge eisenhart. Vampire waren schnell wie der Blitz. Die Zentaurin Palomina spielte mit einem Gefühl für Bewegung, das kaum ein Mensch aufbrachte. Nur Trolle konnten einfach nicht Fußball spielen.

Als wir alles beieinanderhatten, waren wir vollgepackt mit Vorräten, warmer Kleidung und Landkarten. Trotzdem fehlte kaum ein Zehntel von den Kupfermünzen, die der Graf für ein einziges Goldstück bekommen hatte. Da wussten wir, dass er wirklich viel zu viel Geld ausgegeben hatte, solange er noch mit Goldmünzen um sich geworfen hatte.

Wir verließen den Markt schon am frühen Nachmittag und waren uns sicher, dass wir nur den Wagen beladen mussten und dann abhauen konnten. Aber da hatten wir uns gründlich getäuscht. Als wir zu unserem Lager kamen, war der Platz davor schon voller Menschen. Jemand hatte eine fahrbare Küche hergebracht und grillte kleine Viecher am Spieß, die für mich wie Ratten aussahen. Ein Mann verkaufte Wasser aus einem Fass, das er auf dem Rücken trug. Zwei andere Händler hatten jeder ein Fass Bier hergebracht und schrien sich jetzt gegenseitig nieder, um ihr Gesöff an den Mann zu bringen. Das wäre gar nicht nötig gewesen, weil die Sonne herunterbrannte und jeder einen Humpen haben wollte. Ein paar Musikanten dudelten auf leicht verstimmten Instrumenten herum. Mit der

schrägen Musik, Kindergeschrei, Händlersprüchen, ein paar Raufereien und den Schwaden vom Grill hatten wir die perfekte Jahrmarktsstimmung.

Lorenzo war nicht mehr zu halten. Er überließ es den anderen, die Einkäufe in den Wagen zu räumen. Er rannte mitten in die Menge und bald flog sein Ball immer wieder hoch über die Köpfe.

Nica wollte ihn unter unser Zeltdach dirigieren, aber Romano winkte ab. »Lass gut sein«, meinte er. »Er soll den Ball ruhig recht hoch kicken. Dann sehen ihn alle. Das ist die beste Ankündigung für unsere Vorstellung.«

Als die Leute verstanden, dass Lorenzos Tricks mit dem Ball der Beginn der Nummer waren, machten sie ihm Platz.

»Wir machen es genauso wie vorgestern auf der Landstraße«, wies uns der Graf an. »William, du steigst als Erster mit ein, dann Nica und dann ich. Der Troll und der Kobold kommen zum Schluss.«

»Lasst mir noch ein bisschen Zeit«, bat die Hexe. »Ich muss neues Flugpulver für meinen Besen machen.« Sie hatte ein kleines Messer aus ihrem Umhang gezogen und schabte damit Späne von irgendwelchen Wurzeln und Knollen, die sie sich auf dem Markt besorgt hatte. Ich nickte und rannte zu Lorenzo. Eine Zeit lang ging alles gut. Das Publikum stieß viele Ahs und Ohs aus, was ich für ein gutes Zeichen hielt. Aber etwas war doch anders als auf der Landstraße. Lorenzo war zu voreilig gewesen. Wir hätten ein Areal abstecken sollen, das uns mehr Raum ließ. Die Zuschauer weiter hinten drängten nach vorn. Dadurch wurde der Platz, auf dem wir spielen konnten, immer kleiner, bis die vordersten Zuschauer wieder nach hinten schoben. Wir hätten abbrechen und eine Absperrung aufbauen sollen. Aber Lorenzo merkte nicht mal, dass wir ein Problem hatten. Eine Weile funktionierte es ja sogar zu viert. Als nämlich Nica mit einstieg und auf ihrem Besen hin und her flog, wurde der Kreis, den die Zuschauer um uns bildeten, wieder etwas weiter.

Auch als Glubschnak dazukam, ging zunächst alles gut. Sein Auftritt wurde sogar eine ziemliche Lachnummer. Er hatte unter dem Zirkusdach geschlafen. Wenn man ihn gewaltsam weckte, schreckte er oft aus einem Albtraum auf, in dem es um seine Probezeit als Burgnachtwächter ging. Als Schnick ihm einen Tritt verpasste, fuhr er hoch und riss die Plane mit. Sie hing ihm so über dem Kopf, dass er wie ein Riesengespenst aussah. Er taumelte ein bisschen, grüßte militärisch und rief: »Nachtwächter! Wenn ihr in einem Lager patro... liuli... oli... siert, immer erst nach der Zeltreihe wenden. Sonst hängt das Zelt hinten an der Keule und der Herr Hauptmann muss im Freien schlafen.«

Alles lachte.

Der Troll fummelte an der Plane herum. In dem Moment, als er sie von seinem Gesicht zog, traf ihn Lorenzos Ball an der fliehenden Stirn. Er grüßte noch mal und brüllte: »Ich danke Herrn Hauptmann für die Beförderung!«

Die Menge johlte. Sie drängte aber auch noch heftiger nach vorn. Als Schnick die Schnellwachs-Kürbissamen auf die Erde schleuderte und vier weitere Bälle durch die Gegend hüpften, war's aus. Das war in dem Geschubse und Gedränge nicht mehr zu kontrollieren.

Nica hechtete nach einem Ball und landete in den Armen eines der Muskelburschen, die uns den Platz zugewiesen hatten. Er schwankte, aber nicht von Nicas Gewicht, sondern eindeutig von zu viel Bier in der prallen Sonne. Er schrie: »Bääääh, was ist das denn für ein Vieh?«, und warf Nica weiter in die Arme von einem seiner Kumpanen.

Lorenzo ging dazwischen, und es passierte das Gleiche wie vor drei Tagen, als er sie vor den Fahrgästen aus der Kutsche schützen wollte. Plötzlich stand da ein großer, geflügelter Wolf, der die panisch zurückweichende Menge anbrüllte. Lorenzo sprang über die am Boden liegende Nica weg und fiel einen der Burschen an, der zu besoffen war, um sich rechtzeitig aus dem Staub zu machen.

Die Leute schrien und trampelten übereinander. Die Garküche wurde umgerissen, und es gab noch mehr Geschrei, als einige der Fliehenden auf glühende Kohlen traten oder auf gebratenen Ratten ausrutschten.

Durch den Lärm der Menge drang das schrille Fiepen von Polizeipfeifen.

Seltsam. Ich hatte während der Vorstellung keine Wächter gesehen. Wo kamen die so schnell her? Sie umringten den geflügelten Wolf, der fauchend herumfuhr. Mindestens drei Totschläger trafen ihn fast gleichzeitig am Hinterkopf und er brach zusammen. Sofort war der Wolf verschwunden. Da lag nur der bewusstlose Lorenzo zwischen den Polizisten.

Ihr Anführer zeigte mit einem Schlagstock auf uns. »Ihr rührt euch nicht von der Stelle!«, befahl er. »Bindet euren Troll an, während wir uns um den Werwolf kümmern.«

Lorenzo wurde von mehreren Fäusten hochgerissen. Die Wächter trabten mit ihm davon.

Der Chef drehte sich im Laufen noch einmal um. »Versucht ja nicht abzuhauen!«, rief er und zog einen Tränensack nach unten, sodass sein geröteter Augapfel zu sehen war. »Ihr steht unter Beobachtung.«

Tatsächlich sammelten sich in sicherer Entfernung die braven Bürger Kronstadts und starrten uns feindselig an.

Die Wache verschwand mit Lorenzo durchs Stadttor. Der Mann vom Rattengrill lief hinterher. »Die schulden mir mindestens zwei Fantasmo fünfzig!«, rief er. »Aber das können die gar nicht bezahlen. Diese Anfänger haben nicht mal Eintritt kassiert. Die Stadtkasse muss das auslegen!«

Was für eine Stadt! In Arkanon wären wegen so einer läppischen Schlägerei keine Wächter gekommen. Hier waren sie schneller da, als man sie rufen konnte. An der Straße wären dem Garküchenmann alle Spieße und sicher auch noch die brennenden Kohlen gestohlen worden. Hier holte er sich Schadenersatz von der Stadtkasse.

Aber zwei Dinge konnte man aus der Sache lernen: Lorenzo musste aufhören sich vor so vielen Leuten in ein Monster zu verwandeln. Und das mit dem Eintritt, den wir nicht verlangt hatten, war ein verdammt guter Hinweis.

SILBERFIEBER

Als die Sonne unterging und es langsam dunkel wurde, hatten immer weniger Bürger Lust, uns zu beobachten. Einzeln, in Grüppchen und auch familienweise schlichen sie sich davon. Die wenigen, die schließlich noch übrig waren, stellten mit Unbehagen fest, dass jeder von uns sich unsichtbar machen und an einem anderen Ort wieder auftauchen konnte. Romano tat es, indem er sich auf Vampirart bewegte. Das war einfach zu schnell für das Auge. Schnick und ich konnten nach Anderland wechseln. Nica hatte ihre eigene Methode. Sie schlenderte hinter den Wagen und kam auf der anderen Seite auf allen vieren wieder heraus. Das funktionierte erstaunlich gut. Man sah irgendeinen Köter davontrotten und wartete weiter darauf, dass die Hexe hinter dem Wagen hervorkam.

Nur Glubschnak konnte sich beim besten Willen nicht unsichtbar machen. Der Troll war mit einem lächerlich dünnen Strick an einem wackeligen Zaun angebunden. Nica hatte sogar eine hübsche Schleife in die *Fessel* gemacht. Einmal gähnte Glubschnak. Als er sich dabei die Hand vor den Mund halten wollte, riss er das ganze Stück Zaun aus der Erde, an dem er angebunden war. Er schaute verdrießlich auf die Latten, die von seinem Handgelenk baumelten. Dann rammte er sie wieder in den Boden, tiefer als zuvor.

Die Kronstädter Bürgerwachen bewegten sich schrittchenweise seitwärts, aufs Stadttor zu, und versuchten dabei einen grimmigen Gesichtsausdruck zu behalten. Wer jedoch das Tor erreicht hatte, warf sich herum und rannte davon.

Als wir allein waren, befahl der Graf: »Spannt die Ochsen an und fahrt los. Ich befreie Lorenzo.«

»Ich komme mit!«, rief ich.

»Na gut. Ein Geist könnte nützlich sein«, meinte der Graf und wandte sich an Nica. »Kannst du Spuren legen und verwischen?«

Die Hexe nickte.

»Habe ich mir schon gedacht«, sagte der Vampir. »Schnick, fahr einfach nach Norden. Nica, lösch die Karrenspur auf eine Viertelmeile. Leg eine andere nach Westen, in den Wald hinein. Nicht zu gut sichtbar.«

»Ich weiß, was du meinst«, erklärte sie. »Unverdächtig. Am besten noch so, als hätte jemand sie verwischen wollen, aber nicht genug Zeit gehabt.«

»Wir verstehen uns«, stellte Romano fest. »Auf zum Münzturm.«

Ich flog hinter ihm her. »Wieso Münzturm?«, fragte ich. »Sie werden Lorenzo ins Gefängnis gebracht haben.«

Der Graf landete im Schatten eines Schornsteins. »Der Wächter sagte, wir werden uns um den *Werwolf* kümmern«, erinnerte er mich. »Ich war im Münzturm, als ich Goldstücke gewechselt habe. Sie haben dort eine gesicherte Kammer, in der sie ihr Silbergeld aufbewahren. Und in der Mitte der Kammer steht ein großer Käfig.«

»Woher weißt du das?«, wollte ich von ihm wissen.

»Vampire sind schnell«, meinte er mit einem Grinsen. »Ich war drin und wieder draußen, ehe der Stadtvogt den richtigen Schlüssel zur Kammer herausgesucht hatte.«

»Aber warum sollen sie ihn dort hingebracht haben?«

»We-herwolf! Si-hilber!«, sagte der Graf, als hätte er es mit einer begriffsstutzigen Schildkröte zu tun. »Die Kronstädter sind praktische Leute. Und sparsam. Statt für Werwölfe Käfige aus Silber zu bauen, stellen sie einfach einen Eisenkäfig mitten in ihre Silbermünzensammlung.«

Klang logisch. Wir flogen hin und gingen rein. Ich durch die Mauer, der Graf als schwarzer Rauch durchs Schlüsselloch. Der Käfig stand in der Mitte, wie Romano es gesagt hatte. Es waren eigentlich nur vier hohe Gitterwände, die im Holzboden verschraubt waren. Eine Decke aus Gitterstäben oder Holzbrettern hatte der Käfig nicht. Rundum an den Wänden waren Silbermünzen auf Tischen, in Regalen und schmalen Schränken gestapelt. Romano tauchte genau in der Mitte des Käfigs auf. Aber Lorenzo war nicht in dem Käfig.

»Er ist nicht hier«, stellte ich fest. »Wachhaus oder Stadtgefängnis. Hast du eine Ahnung, wo das ist?«

»Seltsam«, meinte der Graf. »Ich hätte geschworen, dass sie ihn hierher bringen, wenn sie ihn für einen Werwolf halten.«

»Er heißt Lorenzo?«, kam eine Stimme von oben. Wir schauten hinauf. Hoch über uns hing ein Mädchen von dreizehn oder vierzehn Jahren an der Decke. Nein, es hing nicht, es hatte sich mit den Beinen, dem linken Arm und der rechten Schulter zwischen den Tragbalken für die Decke eingespreizt. Soweit ich sehen konnte, trug sie keine Kleidung, aber richtig nackt war sie deswegen auch nicht. Wo immer es nötig war, war sie bedeckt mit Haar. Ob das wie bei Nica alles auf ihrem Kopf wuchs oder mehr so eine Art Fell war, konnte ich nicht sagen. Was von ihrem Körper zu sehen war, schien nur aus Muskeln und Sehnen zu bestehen. In ihrem rechten Arm hing der bewusstlose Lorenzo.

»Er ist noch nicht lange ein Werwolf, oder?«, fragte das Mädchen und deutete nur mit den Augen auf Lorenzo.

Der Graf sprang und landete ebenfalls an der Decke. Er klebte dort wie eine Spinne. Einspreizen musste er sich nirgends.

»Was machst du da mit dem Jungen?«, fragte er. »Ist das nicht furchtbar anstrengend?«

»Vampir!«, fauchte das muskulöse Mädchen.

»Werwolf!«, gab Romano zurück.

Sekundenlang starrten sich die beiden an. Aber die Feindschaft in ihren Blicken wich bei beiden schnell der Neugier.

Der Graf deutete eine Verbeugung an. »Lorenzo ist ein Mitglied unserer Zirkustruppe«, erklärte er. »Weshalb hast du ihn hier heraufgebracht?«

»Ich halte ihn so weit wie möglich von dem Silber im Raum fern«, erklärte die junge Frau, von der Romano behauptete, dass sie ein Werwolf sei. »Im Käfig, so nah an den Münzen, wäre er fast gestorben. Er bekommt Fieber von dem Silber.«

Der Graf nickte. »Er muss hier raus. Warum hast du nicht die Tür eingetreten? Sie ist nur aus Holz und sollte kein Problem für dich darstellen.«

Die Werwölfin nickte ebenfalls. »Die Tür ist aus Holz, das stimmt. Aber die Stadt ist reich. Sie kann sich Türnägel aus purem Silber leisten.«

Auf den zweiten Blick sah ich es auch. Die Tür zur Kammer wurde von Silbernägeln zusammengehalten. Das Türschloss dagegen war aus billigem Blei.

»William, kannst du den Schlüssel für die Tür besorgen?«, fragte Romano. «Ich könnte sie eintreten, Silber hin oder her … aber wie ich die Bürger dieser hübschen Stadt einschätze, würden sie uns wegen einer kaputten Tür gnadenlos verfolgen, um Schadenersatz zu verlangen. Wenn nur ein … oder sagen wir, zwei Werwölfe fehlen, werden sie vermutlich nicht so eifrig sein.«

Er und die Werwölfin nickten sich grinsend zu. Ich schwebte durch den Turm auf der Suche nach Wächtern. In einem kleinen Raum im Erdgeschoss fand ich zwei und beide schliefen. Der eine hatte seinen Stuhl gegen die Wand gekippt und schnarchte zurückgelehnt mit offenem Mund. Der andere war auf den Tisch gesunken und ein Sabberfaden hing von seiner Unterlippe auf den halb fertig geschriebenen Bericht unter seinen Armen.

Ich nahm den einzigen Schlüsselbund, den ich weit und breit sehen konnte, von einem Haken neben der Tür.

Der dritte Schlüssel passte und ich riss die Tür zur Silbermünzenkammer auf. Romano kam mit dem schlaffen Lorenzo in den Armen herausgeflogen. Gleich danach kam das muskulöse Mädchen. Es landete auf allen vieren im Türrahmen. Dort starrte es mich kurz aus stechenden Pupillen an, als überlegte es, ob ich sein Abendessen sein konnte. Es entschied sich dagegen und machte einen zweiten Sprung, der es quer durch den Vorraum und die halbe Treppe hinunterbeförderte. Ich blickte mich noch mal in der Silbergeldkammer mit dem Werwolfkäfig um. Dann nahm ich eine Münze von dem Stapel, der mir am nächsten war, und steckte sie ein. Keine Ahnung, warum. Ich hatte nicht die Absicht, mir davon etwas zu kaufen, aber das Gefühl, dass ich sie noch brauchen konnte.

Als wir im Freien waren, begann Lorenzo zu zittern und unverständliche Worte zu murmeln.

Der Graf lehnte ihn gegen die Wand des Münzturms und fühlte seine Stirn. Aber dann zog er seine Hand weg und schüttelte den Kopf. »Zwecklos«, meinte er. »Für mich sind alle Sterblichen unglaublich heiß. Ob sie Normaltemperatur oder Fieber haben, kann ich nicht feststellen.« Er sah mich an, aber ich machte gleich eine abwehrende Bewegung.

»Ich fühle weder heiß noch kalt!«, rief ich.

Das Muskelmädchen legte Lorenzo eine erstaunlich schmale, braun gebrannte Hand auf die Stirn.

»Wird schon besser«, stellte sie fest. Sie deutete auf den Turm. »Da drin war er heißer.«

Von Grauenstein hob Lorenzo auf und legte ihn sich über die Schulter. Doch dabei taumelte er. Als ich genauer hinsah, entdeckte ich, dass Romano der Schweiß in Strömen über das Gesicht lief. Irgendwas stimmte nicht. Er hatte offensichtlich auch ein Problem mit Silber. Aber er war doch ein Vampir …

»Danke, dass Ihr Euch um ihn gekümmert habt«, sagte er zu der Werwölfin. »Wir verschwinden aus der Stadt und das solltet Ihr auch tun.«

Das Mädchen nickte und machte ein paar Schritte von uns weg. Dann fragte es: »Wie wurde er zum Werwolf? Es kann noch nicht lange her sein. Er hat keinerlei Abwehrkräfte gegen die Strahlung des Silbers. Aber soweit ich weiß, ist außer mir nur noch *ein* anderer Werwolf in der Stadt. Und *ich* habe den Jungen nicht gebissen.«

Der Graf blieb stehen und wandte sich langsam um. Statt die Frage zu beantworten, stellte er selbst eine. »Warum seid Ihr in der Stadt?«

»Ich wurde hierher gerufen«, antwortete die junge Frau. »Von jemand, der eigentlich tot sein sollte. Ich war kaum angekommen, da war ich von Kronstadts Bürgerwehr umzingelt. Alle hatten Silberspieße. Es war sehr demütigend, von den fetten Bürgern wie eine Wildsau in den Käfig getrieben zu werden.«

»Gerufen von wem?«, wollte Graf Grauenstein wissen.

Die Augen des Mädchens wurden schmal. Jetzt, wo sie nicht mehr an der Decke klebte und jeden einzelnen Muskel im Körper brauchte, um oben zu bleiben, sah sie sehr jung und zart aus. Aber das kannten wir schon von Ariana, der süßen Schreiberin. Wie bei ihr änderte sich das Aussehen der Werwölfin plötzlich. Ihre Kiefermuskeln spannten sich, und man sah, dass das lange Haar über Nacken und Schultern wuchs wie Fell. Ihre Augen leuchteten gelb und die Pupillen zogen sich zusammen.

»Seltsame Frage, ausgerechnet von Euch«, stellte die Fremde fest. Dann entspannte sie sich und sah viel weniger wie ein Tier aus. »Romano von Grauenstein sandte mir eine Nachricht.«

Beinahe hätte ich etwas gesagt. Aber der Graf schwieg, also hielt ich auch den Mund. Er starrte die Werwölfin eine Zeit lang an, ehe er antwortete: »Romano von Grauenstein ist tot. Das sollte sich eigentlich herumgesprochen haben.«

»Alle wissen, dass der Vampirfürst tot ist«, antwortete das Mädchen. »Aber ich weiß, dass sich das vor einem Jahr geändert hat. Zwei Fragen, Vampir: Was kann einen Eurer Art so verletzen, dass er sich nicht selbst heilen kann? Und warum interessiert Euch der zweite Werwolf, den ich erwähnte, so wenig, dass Ihr gar nicht nach ihm fragt?«

In dem Moment fing Lorenzo an zu zappeln. Dann kotzte er geräuschvoll aufs Pflaster hinter Romano. Der starrte weiter die Werwölfin an.

»Ihr fragt nicht, weil Ihr wisst, wo er ist«, stellte sie fest und deutete auf den Vampir. »Er steht vor mir. Und die verdammte Tür hättet Ihr ebenso wenig eintreten können wie ich.«

»Könntest du mich bitte runterlassen?«, bat Lorenzo den Grafen. Doch der hörte ihm nicht zu.

»Wie ist Euer Name?«, fragte er die Wölfin.

»Ihr erinnert Euch nicht? Ich bin Malicia von Wolfswald.«

Der Name kam mir bekannt vor.

»Malicia von Wolfswald«, wiederholte der Vampir. »Ich … erinnere mich. Die Werwolfprinzessin, die Romano von Grauenstein tötete.«

»He, Graf, jetzt lass mich runter!«, verlangte Lorenzo energischer. »Ich hab es satt, über deiner Schulter zu hängen und meine Kotze anzustarren.«

Von Grauenstein stellte ihn geistesabwesend neben sich auf die Füße. Sobald er seine Last los war, veränderte sich seine Haltung und auch die des Mädchens. Vampir und Werwolf standen sich sprungbereit gegenüber.

»Hinterhältig und gegen jede Abmachung«, fauchte Romano.

»Das ist eine Lüge, Romano von Grauenstein«, knurrte die Werwölfin und sah mehr als zuvor wie ein wildes Tier aus. »Kein bleichgesichtiger Blutsauger wird mich dessen beschuldigen.«

»Mir geht's jetzt wieder besser«, meldete Lorenzo und trat genau zwischen die beiden Streithähne. »Wir sollten gehen, bevor uns irgendjemand entdeckt.«

»Und kein fellgesichtiges Halbtier wird mich Lügner nennen!«, fauchte der Graf über Lorenzo hinweg. Eben waren sie noch fast gleich groß gewesen, aber plötzlich überragte der Graf Lorenzo um mehr als einen Kopf. Er wirkte wieder so düster wie bei den Findlingen.

Im Münzturm schepperten Schlüssel und eine Tür knarrte. Dann hörten wir leises Fluchen.

Lorenzo packte die beiden und zerrte sie Richtung Nordtor. »Schön, dass ihr euch kennt«, meinte er beiläufig. »Unterhaltet euch unterwegs.«

Vampir und Werwölfin sahen sich einen Augenblick lang an, dann liefen wir alle los.

Der Wagen war nicht mehr da.

Der Graf suchte kurz den Boden ab. »Sehr schön«, murmelte er. »Eine perfekte Fährte.« Dann hob er ab und flog nordwärts.

Malicia von Wolfswald, die kniend Richtung Wald gewittert hatte, sah ihm nach.

»Eure Leute sind nach Norden aufgebrochen?«, stellte sie fest. Dann blickte sie noch mal nach Westen zum Wald. »Eine gute Fährte, wirklich. Sogar Hunde würden ihr in den Wald hinein folgen.«

Ich konnte weder eine Karrenspur nach Norden sehen noch eine, die westlich in die Wälder führte.

»Lorenzo, soll ich dich tragen?«, fragte der Graf und entfaltete seine Schwingen.

In dem Moment kam der fast volle Mond hinter den Wolken hervor.

Lorenzo breitete ebenfalls seine Flügel aus und meinte: »Nicht nötig.«

Die beiden hoben ab und flogen nach Norden.

»Werwolf *und* Vampir …«, murmelte Malicia. »Ich hätte es mir gleich denken können.«

»Was denken können?«, fragte ich.

Sie sah mich erstaunt an.

»Der Junge ist …«, begann die Werwölfin, aber dann machte sie eine abwehrende Handbewegung. »Das besprechen wir alles noch. Lass uns hier verschwinden.«

Sie verwandelte sich in den größten Wolf, den ich je gesehen habe. Der hetzte davon nach Norden. Ich wurde zu Rauch und folgte ihr.

Wir trafen schon nach einer lächerlich kurzen Strecke auf den Karren mit Schnick und Glubschnak. Obwohl der Kobold sie mit einer langen, angespitzten Weidenrute in die Hinterteile stach und der Troll sie an ihrem Geschirr vorwärtsschleifte, wollten die Ochsen einfach nicht schneller werden.

Eine Zeit lang herrschte Aufregung, weil der Vampir und die Werwölfin sicher waren, dass uns jeden Moment eine Patrouille aus der Stadt einholen würde. Aber dann kam Nica auf ihrem Besen an und meldete, dass wir nicht verfolgt wurden. Sie hatte zwar gesehen, dass Wachen mit Hunden aus dem nördlichen Stadttor kamen, die die Spur in den Wald verfolgen wollten, aber sie wurden von jemand eingeholt, der ihnen sagte, dass nichts gestohlen worden sei. Daraufhin waren sie alle nach Hause gegangen.

So war das nun mal in Kronstadt. Aber *wenn* wir was gestohlen hätten, hätten die Bürger wahrscheinlich eine Quittung von uns verlangt.

TANTE WERWOLF

Von dem Moment an, als wir am Münzturm losgelaufen waren, schien es eine stillschweigende Übereinkunft zwischen Romano von Grauenstein und Malicia von Wolfswald zu geben. Sie versuchten nicht mehr sich anzugreifen. Sie stritten nicht. Sie redeten auch nicht miteinander, aber beide taten alles, damit wir unbehelligt davonkamen.

Das Verhältnis zwischen Lorenzo und der Werwölfin war von Anfang an seltsam. Er wusste, dass sie ihm in der Silberkammer das Leben gerettet hatte, und war ihr dafür auch dankbar. Aber er ging ihr auf eine seltsame Art aus dem Weg. Es war ein bisschen so, als wäre er von zwei Raubtieren in einem Gehege das kleinere, das ständig vorsichtig um das größere herumschlich.

Ich erwischte ihn immer wieder dabei, wie er jede Bewegung der Werwölfin beobachtete, ihren kraftstrotzenden Gang, das schnelle Herumrucken des Kopfes, wenn irgendetwas abseits der Straße sie alarmierte, was nur ihre Wolfsohren oder Wolfsnase erreichte, das Lauern in ihren gelben Augen, das sie mit einem lustigen Zwinkern wegwischen konnte. Oder die Art, wie sie sich abends ans Feuer hockte, ihr langes, dichtes Haar aus dem Gesicht schleuderte und ganz einfach den Eindruck machte, sie könnte einen jederzeit über die Flammen hinweg anspringen. Und ich ertappte Lorenzo dabei, dass er das alles nachmachte. Der wilde Wolf in ihr schien ihn mehr zu interessieren als das Mädchen, das sie doch die meiste Zeit war.

Da war noch eine Sache, die Lorenzo ziemlich verwirrte. Das war die Art, wie die Werwölfin und die Hexe miteinander umgingen. Es fing damit an, dass Malicia am Abend nach unserer Flucht aus Kronstadt zu Nica hinschlenderte. Sie packte den Wolfsumhang und strich mit dem Daumen darüber. Dabei starrte sie wortlos in Nicas Augen, die sie aus dem Schatten unter dem Wolfskiefer anblitzten. Dann fuhr derselbe Daumen, der eben das Fell gestreichelt hatte, über den Oberarm der Hexe und hinterließ einen hellen Streifen in ihrer Kriegsbemalung. Malicia leckte das getrocknete Blut von ihrem Finger. Dann lächelte sie und deutete auf den Schädel auf Nicas Kopf. »Wie alt war er, als du ihn getötet hast?«, wollte sie wissen. Sie sprach in einem Ton, als unterhielten sich zwei Jägerinnen. »Noch ein Kind?«

»Es war eine Sie«, antwortete Nica mit eiskalter Stimme. »Ein Mädchen, vierzehn Jahre alt, und sie hatte in der Gestalt des Wolfes zwei Kinder getötet, drunten in Fischersmoor. Ich war elf.«

»Du hast gesehen, wie sie getötet hat?«, fragte die Werwölfin. »Mit eigenen Augen?«

»Nein. Aber ich habe gesehen, dass sie eines der Kinder auffraß. Das genügte mir.«

»In der Tat«, sagte Malicia und packte die Lederbänder, die um Nicas Hals hingen. Anscheinend hatte ich nie richtig hingesehen. Was ich für Perlen gehalten hatte, waren die oberen Zahnreihen von Menschen. Nur die Eckzähne waren ungewöhnlich lang und spitz. Nica trug Vampirgebisse um den Hals!

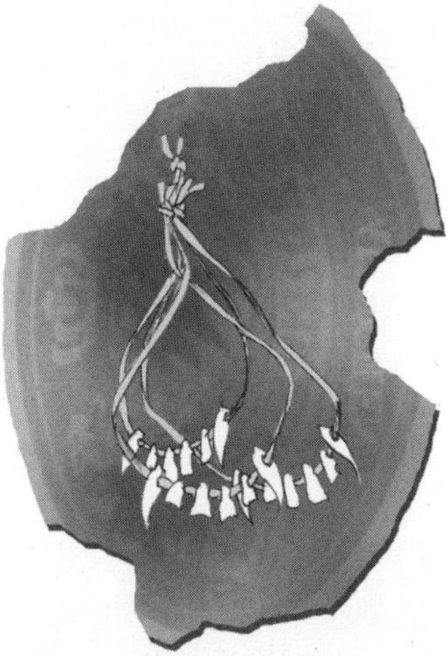

Die Hexe packte Malicias Handgelenk. Die Wölfin wollte ihre Hand wegziehen, konnte es aber nicht. Ihre Augen weiteten sich einen Moment. Sie war einen halben Kopf größer als Nica und bestimmt eineinhalbmal so schwer. Obwohl kein Gramm Fett an ihr war. Aber die beiden Mädchen waren gleich stark.

»Du hast die falsche Karrenspur gelegt, richtig?«, fragte die Werwölfin unvermittelt und die Hexe nickte. »Hervorragende Arbeit. Ich wäre der Spur gefolgt.« Malicia ließ die Halsketten los, befreite sich mit einer blitzschnellen Drehung und packte gleichzeitig Nicas Hand. Sie verbeugte sich und küsste sie wie ein ritterlicher Verehrer. Die Hexe war zu überrascht, um sich dagegen zu wehren. Die Werwölfin beugte sich so weit vor, dass ihr Mund neben Nicas Ohr war. Also mitten in ihrem wirren Haar, dort wo das Ohr liegen musste. »Ich werde mich vor dir in Acht nehmen, Monsterjägerin«, flüsterte sie. Dann ließ sie sich auf alle viere fallen und verwandelte sich. Der Wolf war so groß, dass er Nica ohne Mühe in die Augen sehen konnte. Und er tat etwas, das ich gar nicht für möglich gehalten hatte. Das Tier sprach. »Ich werde versuchen dir keinen Grund zu geben, *mein* Fell als Umhang zu tragen«, sagte es und hetzte davon in die Nacht.

Nica stand mindestens zwanzig Minuten bewegungslos da und starrte auf die Stelle am Waldrand, wo der Wolf verschwunden war. Genauso lang beobachtete Lorenzo die Hexe, und er merkte nicht mal, dass ich es sah.

Von da an ging er sowohl Nica als auch Malicia aus dem Weg. Als hätten die beiden sich darüber unterhalten, wie sie *ihn* am besten erlegen könnten.

Dann war da ja noch das Problem mit dem Zeichen, das ich in Anderland versteckte. Beim Abendessen fragte ich, ob jemand Erik, den Zwergenschmied, kenne. Nica und Lorenzo schüttelten die Köpfe.

»Ich kenne einen Zwerg namens Knuddel«, meldete Glubschnak. Dann kratzte er sich am Kopf, als ob er nachdenken würde. »Ach nein, das war ja mein Kuscheltier, zu Hause bei Mama in Trolling.«

Weder der Vampir noch die Wölfin gaben eine Antwort. Sie starrten sich gegenseitig an. Es dauerte eine ganze Weile, bis Graf Grauenstein, ohne die Augen von Malicia zu nehmen, sagte: »Erik Eisenerz? Ich denke, wir kennen ihn beide.«

»Und wir würden ihn beide am liebsten töten«, ergänzte von Wolfswald.

»Warum?«, platzte Lorenzo heraus.

»Weil er Waffen an den Feind liefert«, erklärten die beiden im Chor und zeigten dabei aufeinander.

»Das ist das Problem«, sagte die Werwölfin. »Erik ist der Allerbeste.«

»Leider weigert er sich, für die eine oder andere Seite Partei zu ergreifen«, fügte der Vampir an. »Wer bezahlen kann, wird beliefert.«

»Aber das ist absolut richtig!«, meinte Schnick. »Eisenerz ist vielleicht ein Zwerg, aber er ist in erster Linie Geschäftsmann. Er folgt den Gesetzen von Angebot und Nachfrage.«

Lorenzo verdrehte die Augen. »Bloß nicht schon wieder einen Vortrag darüber!«, murmelte er.

»Der Schmied kann sich gar nicht für eine Partei entscheiden«, fuhr Schnick unbeirrt fort. »Wenn er nur noch eine Seite beliefert, gewinnt die womöglich. Dann ist der Krieg vorbei und aus ist es mit den schönen Waffengeschäften. Nein, nein, aus der Sicht eines Geschäftsmannes muss er …«

»Wo finden wir diesen Erik?«, unterbrach ich den Kobold.

»Nördlich von Nord-Elbia«, erklärte von Grauenstein. »Soweit ich weiß, wohnt er immer noch auf der Kalten Hand.«

»Klingt nach Schnupfen«, meinte Lorenzo. »Was ist das?«

»Es sind die südlichen Ausläufer der Skelettberge«, erklärte Schnick. »Fünf Felsrücken, die wie Finger nach Nord-Elbia hineinreichen. Ich war da schon. Ganz miese Gegend.«

»Warum?«, fragte Romano. »Etwas einsam, aber landschaftlich …«

»Wer braucht schon Landschaft?«, ächzte der Kobold. »Ganz miese Geschäftslage dort.«

»Ich muss da hin«, verkündete ich. »Ich muss diesen Erik finden.«

»Na, das ist doch schon mal was«, meinte Romano. »Plötzlich hat unsere Reise ein Ziel. Wenn wir uns weiter an der Grenze von Nord-Elbia entlangbewegen, können wir in drei Wochen dort sein.«

»Auf der Kalten Hand wirst du Erik Eisenerz nicht finden«, meinte Malicia düster. »In gerader Linie sind es sechs Tagesreisen von hier ins Zentrum von Nord-Elbia. Dort werdet ihr mehr Glück haben. Wenn sie ihn nicht schon getötet haben.«

»Erik Eisenerz?«, wiederholte der Vampir ungläubig. »Wer sollte den besten Schmied des Zwergenvolkes töten wollen?«

»Ihr und ich«, erwiderte die Werwölfin knapp.

»Was? Wie … was meinst du?«, riefen alle außer Glubschnak durcheinander.

»Es gibt Doppelgänger von Euch und mir«, verkündete die Werwölfin. »Vor zwei Wochen ist ein Graf Grauenstein im Kriegsgebiet aufgetaucht. Ohne die Narben, die Ihr tragt. Angefeuert von Eurer Rückkehr, haben die Vampirtruppen einige große Siege errungen.«

Der Graf starrte sie aus seinem einen Auge an, ohne etwas zu sagen.

»Kurz bevor ich Kronstadt erreichte, erhielt ich die Nachricht, dass ich den Anführer der Zwerge Erik Eisenerz gefangen genommen habe.« Malicia sah uns der Reihe nach mit einem spöttischen Grinsen an. »Da das eine Doppelgängerin sein musste, vermutete ich, dass auch der Graf eine Fälschung ist. Darum wollte ich sehen, wer mich gebeten hatte nach Kronstadt zu kommen. Das war ein Fehler.«

»Ich war es leider nicht«, gab Romano zu. »Für mich ist das alles neu.«

»Das war mir spätestens klar, als Ihr vom Zirkus gefaselt habt, als Ihr mich fragtet, wer ich bin und wer mich gerufen hat.«

»Zu welchem Zweck wurde der Zwerg gefangen genommen?«, fragte Nica.

»Er soll vor Gericht gestellt werden«, erklärte Malicia. »Wie sich herausstellte, haben er und seine Strauchdiebe eine Menge Metall aus dem Kriegsgebiet gestohlen.«

»Gestohlen?«, kreischte Schnick entrüstet. »Aber die Zwerge sammeln doch seit Jahrhunderten das kaputte Kriegsgerät ein und schmelzen es für neue Waffen. Ich selbst habe …«

»Ich kenne dich, Schnick Nachtauf«, unterbrach ihn die Werwölfin. »Du und deine Bande … ihr habt eine Zeit lang für die Zwerge aus Oberhand gearbeitet. Aber ich weiß noch recht gut, dass ihr nie gewartet habt, bis irgendwas kaputt war. Ihr habt mitgehen lassen, was nicht niet- und nagelfest war. Teilweise habt ihr die Lieferungen gestohlen, bevor sie das Kriegsgebiet erreichten!«

»Ach das …«, stammelte der Kobold. »Das war doch nur ein bescheidener Beitrag zu etwas mehr Frieden. Was wir erst mal weg … ähm, sichergestellt hatten, konnte doch niemanden mehr verletzen und …« Er verschluckte sich, als er den Blick der Wölfin sah. »… lange her …«, murmelte er nur noch.

Glubschnak schreckte hoch. »U-u-und ich war nicht dabei!«, trompetete er. »Nachtwächter-Ehrenwort!«

»Erik Eisenerz soll zum Tode verurteilt werden«, fuhr Malicia ungerührt fort. »Darüber hinaus habt Ihr und ich mich des Hochverrats und Doppelgängertums angeklagt.«

»Ihr und ich … was wollt Ihr damit sagen?«

»Die beiden, die uns spielen, sind ein Herz und eine Seele, und sie setzen alles daran, die Zwerge in den Krieg mit hineinzuziehen«, erklärte die Wölfin. »Sie wollen die Vampir- und Werwolf-Armeen gegen die Zwerge vereinigen.«

»Aber was soll denn das bringen?«, fragte der Kobold. »Es gibt Tausende von Wölfen und Vampiren in Nord-Elbia.«

»Zweitausendvierhundert Werwölfe und achtzehnhundert Vampire, Hilfstruppen nicht eingerechnet«, zählte die Werwolfprinzessin auf. »Plus/minus zwanzig Mann auf jeder Seite, die während meiner Abwesenheit gestorben sein könnten.«

»Aber Zwerge gibt es höchstens eine Handvoll«, wandte Schnick ein.

»In Nord-Elbia sind es genau sechsunddreißig, wenn meine Zahlen noch stimmen«, gab Malicia zu. »Aber in den unterirdischen Minen, die sich viele Meilen weit durch die Skelettberge ziehen, leben viele Zwerge, die niemals ans Tageslicht kommen. Ich schätze ihre Zahl allein in den Minen unter der Kalten Hand auf bis zu tausend. Wenn sie sich mit den Zwergen von Oberhand, Tiefensee, Tiefenbruch und Nordenbruch vereinen, stehen unseren Truppen an die sechstausend Zwergenkrieger gegenüber. Wenn nicht noch mehr.«

»Unsere Doppelgänger wollen den Krieg nach Norden verlagern?«, fragte Graf Grauenstein.

»Sie wollen ihn ausweiten«, erklärte die Werwölfin. »Und verändern. Krieg zwischen unseren Völkern ist eine schreckliche Sache mit gewaltigen Schlachten. Aber es gibt naturgemäß kaum Tote, weil wir uns fast immer selbst heilen können. Aber wenn die Zwerge in den Krieg ziehen …«

»… werden sie zu Hunderten sterben, weil sie diese Heilkräfte nicht haben«, ergänzte der Graf.

»Aber auch bei uns wird das Sterben beginnen«, gab Malicia zu bedenken. »Ihr wisst, wie gründlich die Zwerge sind. Und wie stur. Ein Zwerg gewinnt oder er stirbt. Aber bestimmt nicht allein. Ihr habt das flüssige Silber selbst kennengelernt. Kaltes Silber, das nicht fest wird! Eine Erfindung der Zwerge. Ich möchte nicht wissen, was sie sonst noch auf Lager haben.«

Eine Zeit lang schwiegen wir alle betroffen.

»Eine Frage bleibt«, meldete sich Lorenzo nach einer Weile. »Woher wissen wir, dass du die Wahrheit sagst?«

»Eben. Vielleicht ist *sie* die Doppelgängerin«, sprang Nica ihm bei. »Die Begegnung im Münzturm von Kronstadt kommt mir nicht sehr zufällig vor ...«

Ohne hinzusehen, schnappte sich Malicia die Silbermünze, mit der ich gedankenverloren gespielt hatte. Sie hielt sie in ihrer geschlossenen Faust und plötzlich stieg ein dünner Rauchfaden auf. Es zischte vernehmlich. Dann warf sie mir die Münze wieder zu und hielt Nica die offene Handfläche hin.

»Beweis genug?«, fragte sie.

Das Spiegelbild der Münze prangte rot und tief in ihrer Haut, als hätte jemand einen glühenden Stempel hineingedrückt.

»Schon gut«, schnappte Nica. »Du bist also ein echter Werwolf. Aber ...«

»Natürlich war es kein Zufall, dass wir uns begegnet sind«, fauchte Malicia. »Ich habe Graf Grauenstein gesucht, weil er der Einzige ist, der mir helfen kann.«

»Du hast ihn gesucht, damit er dir hilft?«, rief Lorenzo. »Aber er sagt, du hast ihn umgebracht! Wie kannst du ...«

»Ich kenne sie! Ich bürge für sie!«, schaltete sich der Graf ein. Er machte eine ausladende Handbewegung. »Lorenzo Mystelzweig, darf ich dir deine Tante vorstellen?«

»Tante?«, keuchte Lorenzo. Er starrte das Mädchen entgeistert an. »Was soll das bedeuten?«

»Wie mir glaubhaft versichert wurde, ist Eure Halbschwester Mysticia die Mutter dieses jungen Mannes«, sagte der Graf zu Malicia.

»Das wusste ich, als ich ihn sah«, antwortete Malicia. »Aber weiß er, dass … Ihr wisst also, wer … dass es damals …« Sie brach ab, als sie Romanos ratlosen Blick sah. »Woran könnt Ihr Euch eigentlich noch erinnern?«, wollte sie von ihm wissen.

»Die Explosio … der Pfahl, der Silberkessel …«, zählte der Graf auf. »Viel mehr weiß ich nicht. Ja, und dass *Ihr* das getan habt. Da bin ich sicher.«

Malicia schüttelte ungläubig den Kopf. »Das ist *alles*?«, rief sie. Als wir mit Fragen auf sie einstürmten, hob die Wölfin abwehrend die Hand. »Lassen wir es vorläufig dabei«, verlangte sie und deutete auf den Vampir. »Er muss die Geschichte erzählen, sobald er sich wieder erinnert. Mir würdet Ihr niemals glauben. Ich hätte wissen müssen, dass der Graf keine Erinnerung hat. Wie auch? Sie wurde ebenso zerstört wie alles andere …«

Malicia drehte sich weg, zog sich den Umhang über den Kopf, den Romano ihr gegeben hatte, und war nicht mehr zu sprechen. Der Graf von Grauenstein machte es genauso. Und mehr wollten oder konnten sie uns in den nächsten Tagen auch nicht sagen.

Wir löcherten Schnick, aber dabei kam auch nicht viel heraus. Er hatte irgendwann mal gehört, dass der Clan von Wolfswald die Werwölfe anführte, aber er hatte nie darüber nachgedacht, dass die ältere der beiden Prinzessinnen Mysterios Tochter sein könnte.

Wenn möglich, hielt sich Lorenzo danach noch mehr von Malicia fern.

Nachdem wir Kronstadt verlassen hatten, benahmen wir uns eine Zeit lang wirklich wie eine Zirkustruppe. Wir zogen den ganzen Tag auf der Straße nach Norden. Gegen Abend machten wir Halt in einem Dorf oder bei einem einzelnen Gehöft. Dann übten wir die Nummer, die in Kronstadt noch nicht hingehauen hatte.

An den ersten beiden Abenden schaute Malicia von Wolfswald nur zu. Wir übten nur den Ball in der Luft zu halten.

Am dritten Abend lagerten wir vor einer versperrten Scheune. Aus einer versehentlichen Rempelei kam es dazu, dass Romano gegen Lorenzo spielte. Sie nahmen sich gegenseitig den Ball ab und versuchten am anderen vorbeizukommen. Es gelang keinem von beiden. Lorenzo hatte mehr Erfahrung, aber der Vampir war einfach unglaublich schnell.

»Ich habe von dem Spiel gehört«, sagte die Werwölfin hinter mir. »Als ihr geübt habt, dachte ich, es geht um Kunststücke. Ich wusste nicht, dass es das Kampfspiel ist, von dem man überall spricht. Sieht ganz spannend aus.«

»Das, was die beiden da machen, ist nicht das echte Spiel«, erklärte ich. »Fußball wird normalerweise nicht eins gegen eins gespielt. Es treten zwei Mannschaften mit je elf Mann gegeneinander an.«

»Und die machen dann das, was die beiden da machen?«

Da war es wieder, das alte Problem. Wie erklärt man jemand Fußball, der nicht damit aufgewachsen ist? Ich erinnerte mich, dass Merellyn am Anfang gedacht hatte, Fußball könnte nur in einer Stadt gespielt werden, weil nur Stadtmauern Tore haben. Ich versuchte Malicia von Wolfswald Fußball zu erklären. Mit der Zeit verstand sie, dass Fußballtore einfach nur Fangnetze sind, dass die Spielfläche so etwas wie eine Mischung aus Schachbrett und Schlachtfeld ist und dass der Mann, der das Tor behütet, als Einziger die Hände benutzen darf, während die anderen eine sich bewegende Formation aus Kriegern ohne

Waffen bilden. Als sie das so weit kapiert hatte, erklärte ich, dass wir mit Worten nicht mehr weiterkommen würden. Jetzt half nur noch Übung. Versuchen, falsch machen, daraus lernen und noch mal machen. Bis es sitzt.

»Jetzt wird's interessant!«, meinte Malicia. »Ein Kampfspiel ohne Waffen. Schnelligkeit und Körpereinsatz. Wir Wölfe könnten die Vampire schlagen. Sie sind schnell, aber Körpereinsatz ist nicht ihr Ding. Wir machen sie platt.«

»Du hast das, glaube ich, falsch verstanden«, widersprach ich. »In offiziellen Spielen gibt es einen Schiedsrichter. Du darfst den Gegner nicht festhalten, treten, an der Kleidung zerren, schlagen oder umschubsen. Schon gar nicht beißen, ihm die Knochen brechen oder jemand umbringen. Deswegen heißt es Spiel und nicht Krieg.«

In dem Moment schaffte es Lorenzo nach endlosen vergeblichen Versuchen doch noch, an Romano vorbeizukommen und den Ball in unseren Planwagen hineinzuschießen.

»Sieh dir Lorenzo an«, empfahl ich. »Der foult nie. Der ist schon weg, bevor ein Gegner nah genug heran ist, um gefoult zu werden.«

»Warum wartet er nicht?«, fragte die Wölfin und grinste. Ihre Augen blitzten gelb, und ihr Grinsen sah aus, als hätte sie Hunderte von knochenbrecherisch großen und scharfen Zähnen im Mund. Aber dann zwinkerte Malicia das gelbe Leuchten weg, und aus dem Wolfsgrinsen wurde ein Lächeln, mit gerade so vielen Zähnen, wie man dazu brauchte. »Ich möchte mitspielen«, verkündete sie.

Von da an versuchten die Werwölfin und der Vampir sich gegenseitig beim Fußball zu übertreffen. Es war unglaublich, wie schnell sie lernten. Die Werwolfprinzessin nahm Nica mühelos den Ball ab und überwand die Hexe, indem sie an die sechs Meter hoch mit dem Ball zwischen den Fußknöcheln über sie wegsprang. Sie drehte sich im Sprung und flog jetzt rückwärts. Gleichzeitig schlenzte sie den Ball von hinten über die Schulter und knallte ihn volley gegen das Scheunentor, wo der Fußballkürbis zerplatzte. Sie landete auf beiden Beinen in sprungbereiter Haltung und sah uns an, als würde sie gleich einen von uns anfallen. Dann verschwand das Tier aus ihrem Blick und sie richtete sich lächelnd auf. »Darum geht's doch in dem Spiel?«, fragte sie. »Man schießt auf Tore.«

Aber Lorenzo konnte natürlich nicht zulassen, dass jemand ihn auf dem Gebiet übertrumpfte. Also drehte auch er immer mehr auf, obwohl er gar nicht hätte spielen dürfen. Das Jahr Schonzeit für sein Knie war noch nicht vorbei und er hatte keinen Zeitumkehrer mehr. Aber es war zu schön, wieder zu spielen, als dass ich ihn groß ermahnt oder von irgendwas abgehalten hätte. Bisher war beim Fußball ja auch nichts passiert. Lorenzo hatte den Zeitumkehrtrank für etwas völlig anderes aufgebraucht.

Da wir jetzt fünf Spieler waren, konnten wir nach dem Einüben unserer Zirkusnummer immer noch zwei-gegen-zwei auf ein Tor spielen. Meistens Lorenzo und Romano gegen Malicia und Nica. Ich stand im Tor, und wenn ich Zeit hatte, die vier zu beobachten, fiel mir eines auf: Die Hexe konnte weder mit dem schnellen Vampir noch der muskelbepackten Werwölfin oder dem trickreichen Lorenzo mithalten. Aber sie wusste so gut wie immer, was kommen würde, und war stets an der richtigen Stelle, um Pässe anzunehmen oder Gegner zu stoppen. Und da war noch etwas Seltsames: Sie nahm die Spielweise ihrer Gegner an. Immer nur kurz und nie so perfekt wie ihr Gegenüber. Aber damit war sie doch in der Lage, jeden von ihnen eine Zeit lang aufzuhalten und im Spielfluss zu stören. Als ich mir die vier so ansah, wurde mir klar, dass ich den Kern der Nationalmannschaft vor mir hatte. Keiner war vom gleichen Volk. Und wenn man es mit dem Titel nicht so genau nahm, waren auch schon zwei Könige dabei. Romano und Malicia waren die Anführer ihrer Truppen. Ich fragte mich nur, wie schwierig es sein würde, Vampir und Werwolf zum Mitmachen zu überreden.

»Wer sind diese Leute, die sich für uns ausgeben?«, fragte Graf Grauenstein am abendlichen Lagerfeuer. »Werwölfe? Vampire?«

»Weder noch. Ich weiß nicht, was sie sind«, gab Malicia zu. »Aber der falsche Vampir … verzeiht mir, doch er sieht mehr wie der Graf von Grauenstein aus als Ihr. Auch die falsche Malicia … eine perfekte Kopie. Ich weiß nicht, wer so einen Zauber zustande bringt.«

»Wurdest du in letzter Zeit gekratzt?«, wollte Schnick von der Werwölfin wissen. Dasselbe hatte er in einer Regennacht vorigen Sommer gefragt, als sich jemand über meine Leiche beugte, der genau wie Lorenzo aussah.

»Ich kann mich nicht …«, begann die Prinzessin. »Doch, warte! Es gab einen Unfall, vor einiger Zeit, als meine Adjutantin mir in den Brustharnisch half. Sie schlitzte mir den halben Rücken auf. Ist übrigens seitdem verschwunden.«

»Sie ist tot«, sagte Nica mit Bestimmtheit. »Was dich da gekratzt hat, war eine Sirene in der Gestalt deiner Dienerin. Sie müssen einen Tropfen Blut von dir schlucken, um deine Gestalt annehmen zu können.«

»Sirenen? Ich dachte, die gäbe es nur noch im Märchen«, bemerkte Malicia ungläubig.

Lorenzo deutete auf mich. »Eine von ihnen hat letztes Jahr William getötet. Das war kein Märchen.«

Malicia schaute mich an, als sähe sie mich zum ersten Mal. »Seltsam«, meinte sie. »So tot sieht er gar nicht aus.«

»Die Frage ist, wo kommt die zweite Sirene her?«, sinnierte Schnick. »Es war schon schwierig genug, mit nur einer von diesen …«

»Ich fürchte, bei zweien wird es nicht bleiben«, warf Malicia ein. »Wenn nicht sowieso schon mehr von ihnen durch Nord-Elbia ziehen.«

»Wie kommst du darauf?«

»Ich glaube, dass der Krieg dazu benutzt wird, ein Tor zu öffnen.«

»Ein Tor?«, rief Romano. »Was meint Ihr damit?«

»Jemand oder etwas beobachtet diesen Krieg«, berichtete Malicia düster. »Etwas Böses, aus einer anderen Welt heraus, von unserer getrennt. Es hat uns beobachtet oder sogar dazu angetrieben immer weiter zu kämpfen. Es hat darauf gelauert, dass die Gewalt und der Hass in Nord-Elbia ein Loch in die Wirklichkeit reißen. Ein Loch, durch das dieses Böse in unsere Welt gelangen kann. Und dann, letzten Sommer …«

»Lass mich raten!«, unterbrach Schnick. »Es gab ein magisches Gewitter und seitdem …«

»… passieren seltsame Dinge«, nahm die Werwölfin den Faden wieder auf. »Diese Gestaltwandler sind aus der anderen Welt in unsere gelangt. Ich glaube, sie kommen aus dem Meer.«

»Wie kommt Ihr darauf?«, fragte der Graf. »Nord-Elbia ist an die tausend Meilen von jeder Küste entfernt. Und wieso glaubt Ihr, es sind mehr als die zwei, die sich, äh … als wir … oder uns ausgeben?«

»Es gibt Berichte von Leuten, die gesehen wurden, obwohl sie ganz sicher tot sind«, zählte Malicia auf. »Von anderen, die verschwanden und Tage später ohne Erinnerung wieder auftauchten. Und von drei Leuten, die im Keller eines Bauernhauses ertrunken sind.«

»In einem Brunnen? Oder in einer Regentonne?«, rätselte Lorenzo.

Die Werwölfin schüttelte den Kopf. »Der Keller des Hauses war vollkommen trocken«, erklärte sie. »Doch sie hatten Salzwasser in den Lungen.«

»Wir haben in einer Kristallkugel gesehen, dass die Sirene Arachnua ganz tief durchs Meer taucht, wenn sie von Fantasmanien nach Monstrovien will«, berichtete ich.

»Der Krieg reißt also Löcher in die Wirklichkeit«, stellte der Graf fest. »Die führen in die Tiefsee. Und aus der kommen Wesen, die jedermanns Gestalt annehmen können.«

»Es ist ein bisschen anders«, meinte Nica. »Sie können die Gestalt der Leute annehmen, von denen sie Blut haben. Wann hat dein Doppelgänger sich Blut von dir besorgt?«

Romano schwieg lange, bevor er antwortete.

»Das musste er vielleicht gar nicht«, sagte er dann. »Ich war nicht immer Herr über mich selbst. Oder mein Blut.«

BLUTDURST

Wir überschritten die Grenze nach Nord-Elbia. Die Hexe hatte das Land den Vorhof zur Hölle genannt. Das traf es ziemlich gut, obwohl ich mir nicht sicher bin, ob das nur der Vorhof war.

Wenn Merellyn uns immer noch geführt hätte, wäre er mit uns niemals dort hingegangen. Werwolf und Vampir schienen keine Bedenken zu haben, uns halbe Kinder auf das schrecklichste Schlachtfeld der Welt mitzunehmen. Ein Mensch hätte dort keine fünf Minuten überlebt. Aber wir wussten ja inzwischen, dass wir gar keine Menschen in unserer Truppe hatten. Außer mir vielleicht, und für mich war das Problem Überleben schon erledigt.

Sogar Schnick, der sonst meistens einigermaßen vernünftige Entscheidungen traf, hatte anscheinend nichts dagegen, das Schlachtfeld zu besuchen. Glubschnak war so was sowieso egal. Also machten wir uns auf den Weg ins Herz des Wahnsinns.

Als Erstes wurden unsere Vorräte gestohlen. Wir hatten unser Nachtquartier in der Nähe eines Gehöfts aufgeschlagen. Am Morgen fehlte das meiste Essbare, und was nicht weggeschleppt worden war, lag verschüttet im Gras rund um den Wagen. Das Bauernhaus, in dessen Fenstern am Abend noch Licht gebrannt hatte, war verlassen.

Dann wurden unsere Ochsen getötet. Fünf Männer kamen wortlos aus einer Ruine gerannt. Auf halbem Weg verwandelten sie sich in Wölfe. Sie sprachen nicht, sie knurrten nicht, sie griffen uns nicht an. Die Wölfe fielen einfach über die Zugtiere her. Malicia versuchte mit ihnen zu reden, aber sie achteten überhaupt nicht auf sie. Die Prinzessin verwandelte sich und griff an. Da rannten sie vor dem größeren Wolf davon, schlugen einen Haken und fielen wieder die Ochsen an. Malicia konnte nicht verhindern, dass die Tiere starben. Am Ende hatten die Angreifer einen der Ochsen so weit zerfetzt, dass sie ein Hinterbein davonschleppen konnten.

»Versprengte Truppen. Oder Deserteure«, meinte die Werwölfin, als sie sich in einen Menschen zurückverwandelt hatte.

»Der Hunger macht sie verrückt. Dieses Land ist von allem Lebenden, also Essbaren, leer gefegt.«

»Ich hatte nicht erwartet, so weit im Westen auf Kämpfer zu treffen«, sagte der Graf. »Schon gar nicht auf solche.«

»Ich auch nicht«, antwortete Malicia. »Von jetzt ab sollten wir auf der Hut sein.«

Glubschnak wollte alles, was von den Ochsen übrig war, sofort braten. Aber sowohl der Werwolf als auch der Vampir verboten ihm ein Feuer anzuzünden. Also legte der Troll die Tiere in den Wagen und zog den hinter sich her. Er sah ein bisschen aus wie jemand, der am Vatertag von Kneipe zu Kneipe unterwegs ist und seinen Proviant im Leiterwagen dabeihat. Aber als er bei einer Rast die Plane zurückschlug, entdeckte er drei Vampire, die auf seinem Abendessen hockten und versuchten Blut daraus zu trinken. Sie waren irgendwas zwischen fünf und acht Jahren alt. Die kleinen Vampire fauchten Glubschnak mit blutverschmierten Mündern an, dann rannten sie davon in die Nacht. Auch sie sprachen kein Wort.

»Die hohen Herren auf den Schlachtfeldern sind mal wieder ausschließlich mit der Kriegskunst beschäftigt«, stellte der Graf fest. »An so was Lächerliches wie Nahrung für die Untergebenen können sie da nicht denken.«

Malicia sah Nica zu, die tief in ihren Beutel mit gestocktem Waranblut griff und sich von oben bis unten mit der Pampe einrieb.

»Das mag gegen Vampire schützen«, meinte sie. »Gegen Werwölfe hilft es überhaupt nicht.«

Nica sah sie genauso an wie an dem Abend, als die Wölfin sie für ihre Spurenlegerkünste gelobt hatte. Dann griff sie in einen anderen Beutel. Ihre Hand kam bedeckt mit einem glitzernden

Pulver wieder heraus. Damit malte sie silberne Muster in das dunkle Waranblut. »Jetzt besser?«, fragte sie und streckte Malicia ihre Hand entgegen.

Die machte einen hastigen Schritt zurück. »Silbernitrat«, stellte sie fest. »Nun, zumindest wird dich niemand aus der Nähe töten.«

Unser Nachtlager schlugen wir in den Überresten einer Burganlage auf, die sich flach über zwei Hügel erstreckte. Etwas anderes als Ruinen gab es im ganzen Land nicht.

Glubschnak versteckte den Wagen mit den toten Ochsen darin. Er häufte einfach die angekokelten Wände eines eingestürzten Stalls darüber. Romano und Malicia erlaubten immer noch kein Feuer, um etwas von den Ochsen zu braten.

»Vampire essen kein Fleisch«, verkündete Romano.

»Werwölfe braten es nicht«, erklärte Malicia.

Dann verboten sie Glubschnak, einen Ochsenschlegel roh zu essen, weil der Blutgeruch Werwölfe und Vampire gleichermaßen anlocken würde.

Malicia und Romano lehnten sich im Halbdunkel an eine Wand, ohne auch nur ein Wort über Nahrung zu verlieren. Doch plötzlich sprangen beide auf und rannten nach draußen. Ich zischte hinterher. Lorenzo hockte auf einem der Ochsen in Glubschnaks Versteck und wollte gerade seine Zähne hineinhauen. Von denen hatte er plötzlich verdammt viele, und sie waren entweder so spitz oder so groß, dass sie bestimmt nicht zu einem Menschen gehörten. Ehe er zubeißen konnte, hielten zwei Hände seine Schultern gepackt. Lorenzos Raubtiergebiss schnappte ins Leere.

»Tu das nicht!«, verlangte Malicia.

»Halt dich zurück!«, empfahl Romano.

Es gab ein kleines Gerangel, ehe Lorenzo nachgab. »Es ist nicht … ich habe nicht …«, stammelte er.

»Du hast nicht wirklich Hunger«, half ihm die Werwölfin.

»Es ist Blutdurst«, ergänzte der Vampir. »Den haben wir alle.«

»So kurz vor dem Vollmond ist das ganz normal.«

»Kein Grund zur Beunruhigung.«

Die beiden setzten sich zurück auf ihre Plätze an der Wand.

Lorenzo warf sich neben sie und stieß zischend die Luft aus. »Wie macht ihr das bloß?«, fragte er die beiden. »Ihr tut so, als hättet ihr keinen … äh … Blut, hmmm … keinen Hunger. Aber ihr seid doch so was wie … Raubtiere. Ich habe noch von keinem Wolf gehört, der nicht den ganzen Tag ans Fressen denkt. Und die Vampire, die wir in den Schwarzfiebersümpfen getroffen haben, waren halb verrückt vor Blutdurst.«

»Dem darfst du nicht nachgeben«, erklärte Romano. »Dieser Durst geht nie weg, egal wie viele Opfer du anfällst. Also warum überhaupt damit anfangen?«

»Wenn du ihm nachgibst, kannst du nicht mehr aufhören«, fuhr Malicia fort. »Wenn der verdammte Durst dein Denken beherrscht, hörst du auf ein Mensch zu sein.«

»Richtig«, bestätigte der Vampir. »Der Durst regiert, und du bist sein Sklave, der niemals aufhören darf, Nachschub zu besorgen.«

»Die gute Nachricht ist, mit dem Mond nimmt der Durst ab«, berichtete die Werwölfin. »Er geht nie wirklich weg, aber er wird ganz schwach und hat nicht mehr viel zu melden.«

»Hähä, das ist schön …«, meinte Lorenzo. Ich wusste nicht, ob er gleich lachen oder weinen würde. »Nur noch eine lächerliche Woche Vollmond und schon ist alles wieder gut …«

Wir erreichten die Grenze zum eigentlichen Kriegsgebiet.

Lorenzo und Schnick waren furchtbar hungrig. Glubschnak war kaum noch davon abzuhalten, den Ochsen zu essen. Nica, Romano und Malicia ließen sich nichts anmerken.

Gegen Abend des zweiten Tages sahen wir am östlichen Horizont lodernden Feuerschein. Man hörte ferne Explosionen. Und seltsamerweise so etwas wie Musik.

Dann entdeckten wir eine dünnere Rauchfahne ganz in der Nähe. Auf Malicias Zeichen schlichen wir uns langsam an die Quelle des Rauchs heran. Unterhalb eines flachen Felsens, der wie eine riesige, halb eingesunkene Tischplatte neben unserem Weg lag, brannte ein Lagerfeuer. Wer immer es angezündet hatte, war nirgends zu sehen. Malicia duckte sich hinter einen Busch. Sie deutete verstohlen auf ein dichtes Gehölz oberhalb des Tafelfelsens. Dann hielt sie sich die Hand vor die Augen, mit zwei abgespreizten Fingern. Das Zeichen für Späher. Mit der anderen Hand zeigte sie uns, dass es drei waren. Sie richtete sich auf und trat auf den Weg. Wir anderen folgten. Graf Grauenstein verschwand auf der anderen Seite des Weges im Unterholz. Wir taten so, als sei mit einem der Karrenräder etwas nicht in Ordnung. Ich sah den Grafen weit voraus über den Weg huschen. Gleichzeitig kamen von der Baumgruppe, wo Malicia die Späher gesehen hatte, Kampfgeräusche. Wir sahen hinauf. Jemand kippte vornüber aus den Schatten unter den Bäumen. Er fiel auf die Felsplatte und schlitterte auf dem Gesicht bis zu uns herunter. Ein Mann in Lederrüstung. Bewusstlos.

Eine Minute später kam Romano den abschüssigen Felsen heruntergeschlendert. »Ihr hattet Unrecht, es waren nur zwei«, sagte er schon von Weitem. »Werwölfe, wohlgemerkt, keine Vampire. Wer hat sie niedergeschlagen?«

»Niedergeschlagen?«, echote die Werwölfin und sprintete den Felsen hinauf. »Der dritte liegt da unten«, rief sie, als sie an Graf Grauenstein vorbeilief. »Ich dachte, Ihr hättet die Burschen erledigt.«

Da täuschte sie sich. Das hätte bedeutet, dass der Graf gerade an zwei Orten gleichzeitig gewesen wäre. So schnell waren nicht mal Vampire.

Kurze Zeit später kam die Werwolfprinzessin den Felsen wieder herunter.

»Niedergeschlagen, richtig«, bestätigte sie. »Sie werden sich aber bald erholen. Das hier steckte bei einem der Kerle im Hinterkopf.«

»Kruschpuk«, sagte ich.

Malicia hielt einen Dorn hoch. Ich kannte diese Art. Mysterio hatte mir befohlen, mir die vier Dornenarten einzuprägen, an denen Kruschpuk sich gestochen hatte. Die Venenfelser hatten den Troll zum Vampir gemacht, um uns die Zeichen der Lords zu stehlen und uns mit unserem Teil des Macronomicons in ihre Gegend zu locken. Aber das Dornengift hatte Kruschpuk vom Vampirismus geheilt. Das Problem war, wir hatten ihn verloren, weil wir gleich nach dem Absturz von Arpads Wagen von den Venenfels-Vampiren angegriffen worden waren. Der Troll war nie auf seine ursprüngliche Größe zurückgezaubert worden. Das war damals gut so, denn für einen Riesentroll in normaler Größe hätte die Menge des Dornengifts nie gereicht.

»Wie kommst du auf Kruschpuk?«, fragte Lorenzo.

»Ich glaube, er begleitet uns heimlich«, erklärte ich. »An der Grenze zum Vampirland haben uns vier Vampire aus einem Hinterhalt angegriffen, aber sie wurden von jemand anderem in den Fluss gestoßen. Dann hat einer dieser Typen in Kronstadt gesagt, er hätte im Morgengrauen eine kleine Ausgabe von Glubschnak gesehen. Und jetzt das hier.«

»Aber warum folgt er uns *heimlich*?«, wollte Nica wissen.

»Wahrscheinlich schämt er sich, weil er doch ein Vampir war«, meinte Glubschnak. Alle sahen ihn an. »Also, *ich* würde mich schämen. Vampir, wie peinlich.«

»Verdammter Haufen Trollkacke!«, platzte Schnick heraus. »Er hat das …«

Ich sprang nach Anderland, zischte ihm zu: »Sag es bloß nicht!«, und war wieder da, ehe jemand bemerken konnte, dass ich die Dimension gewechselt hatte.

Aber der Vampir war nicht zu täuschen. »Du flimmerst«, stellte er fest. Dann fragte er Schnick: »Er hat *was*?«

»Äääääh, ich wollte wollte … äääääh … sagen, er hat das … er hat das immer noch … nicht aufgegeben«, stotterte der Kobold. »Mit dem Leute-von-hinten-Schlagen. Der Troll. Dieser Dings, äh, Kruschpuk. Das Schlagen.«

»Wir haben dich schon verstanden«, sagte die Werwölfin. »Es ist offensichtlich, dass er Leute von hinten schlägt. Weiter jetzt. Wenn wir erst mal an den Wachen und Patrouillen vorbei sind, können wir uns völlig unbemerkt …« Plötzlich verdrehte Malicia die Augen und stöhnte: »Das riecht guuut.«

Der Graf fuhr herum. »Verdammter Idiot!«, fluchte er.

Glubschnak hatte es nicht mehr ausgehalten. Er hatte eine junge Birke ausgerupft und sie dem toten Ochsen als Spieß durch die Brust gerammt. Daran hielt er den Riesenbraten über die Flammen des Lagerfeuers, während er bereits an einem halb rohen Hinterbein kaute.

Schnick verschwand und tauchte im Genick des Ochsen wieder auf. Er riss sein Maul weit auf und rammte seine nadelspitzen Zähne ins Fleisch. Während er an einem großen Fetzen kaute, musste er die ganze Zeit klettern, damit er nicht gebraten wurde, weil der Troll den Ochsenspieß langsam drehte.

Wir kamen nicht an den Wachen und Patrouillen vorbei, die kamen bei *uns* vorbei.

Plötzlich explodierte die Luft, die Büsche ringsum, einfach die ganze Gegend. Aus allen Richtungen schossen Wölfe und Vampire heran. Wir wurden mitsamt Glubschnaks Feuer vom Weg ins Unterholz gefegt. Ich verschwand nach Anderland. Das Letzte, was ich sah, war der Riesentroll. Er schlug mit seinem halb gebratenen Ochsen nach den Schwärmen von Vampiren, die ihn wie irre fleischfressende Tauben umschwirrten. Von unten kletterten hungrige Werwölfe an seiner Fellweste hoch Richtung Braten.

Erst als Lorenzo auf die Idee kam, den Ochsen samt Birkenspieß mit Zauberei über den nächsten Hügel fliegen zu lassen, war der Spuk vorbei. Die ganze hungrige Meute hetzte dem Braten hinterher.

Als wir wieder allein waren, schauten wir uns fassungslos das Ergebnis an. Aus dem großen Feuer, das wir entdeckt hatten, waren im Umkreis von dreißig Metern viele kleine Feuer geworden. Der schwere Bauernwagen lag umgestürzt im Graben. Sogar in dem ledernen Zaumzeug, das noch an der Deichsel hing, gab es Bissspuren.

Dann entdeckten wir, dass Malicia und Romano verschwunden waren. Wir suchten die ganze Gegend ab. Nach ihnen zu rufen kam nicht infrage.

Als es dunkel wurde, zogen wir uns zurück zum Wagen, den Glubschnak inzwischen wieder auf die Räder gestellt hatte.

Lorenzo blutete an den Rippen und am Hals. Er war fast gleichzeitig von einem Vampir und einem Werwolf gebissen worden.

»Ich glaube, ich schmecke nicht gut«, sagte er grinsend. »Die haben sich umgedreht und ins Gebüsch gekotzt.« Dann taumelte er und kippte gegen den Wagen. Wir legten ihn hinein.

Wir hatten keine Ahnung, was wir jetzt tun sollten. Umkehren? Weitergehen? Ein Lager aufschlagen und warten?

Während wir hin und her palaverten, hörte ich plötzlich einen Zweig knacken. Dann noch einen, fast genau in der entgegengesetzten Richtung. Laub bewegte sich unnatürlich heftig.

»Anscheinend haben sie unseren Braten aufgefressen!«, flüsterte ich. »Die Patrouillen kommen zurück.«

Inzwischen versuchten die Werwölfe und Vampire kaum noch ihr Anschleichen zu verbergen. Wir drängten uns näher an Glubschnak. Der zog seine Keule.

Einige Vampire landeten ein Stück entfernt auf dem Weg. Wölfe und Menschen kamen aus dem Unterholz. Manche zogen Waffen. Andere fielen auf alle viere und verwandelten sich. Der Kreis um uns wurde enger.

»Immarilliël nahuallëin elleminetiallain!«, rief jemand. Oder so ähnlich.

Alle Köpfe fuhren herum.

Der Neuankömmling fuchtelte mit den Armen und schrie noch mal das Gleiche. Dann sah ich den wehenden weißen Bart. Es war der Druide Eskatos, den ich auf dem Kronberg aus den Augen verloren hatte. Werwölfe und Vampire, die in seinem Weg standen, machten Platz.

Der kleine Kerl hüpfte auf den Kutschbock und schrie die versammelten Unholde noch eine Zeit lang an. Einzeln und in Grüppchen drehten sie ab und verschwanden.

Als wir allein waren, sagte der Halbzwerg zu uns: »Elliëlilluithin lluallein illiëllalituan«, und deutete auf den Wagen.

Wir sahen uns an, hoben die Schultern und schüttelten die Köpfe, das internationale Zeichen für: Nix kapiert.

»Eure Gefährten wurden gefangen genommen. Ihr dürft euch nicht mehr trennen«, sagte der Druide. Er deutete auf unseren Karren. »Dieses Fahrzeug ernennen wir zum Lazarettwagen. Folgt mir, ich bringe euch zu dem Ort, wo man sie hingebracht hat.«

»Lazarettwagen?«, wiederholte Schnick.

»Wir Druiden haben ein Verwundetenlager auf dem Galgenberg«, erklärte Eskatos. »Mit einem Krankenwagen kommen wir ungehindert dorthin.«

Wir mussten uns im Wagen verstecken, auf dessen Plane der Druide links und rechts ein Zeichen malte. Von außen waren danach nur noch Glubschnak zu sehen, der den Karren zog, und Eskatos, der vor ihm her stapfte und mögliche Angreifer mit herrischen Befehlen vertrieb.

VORHOF ZUR HÖLLE

Dann rückten wir ins Herz des Irrsinns vor und dort interessierte sich niemand mehr für uns.

Als wir die nächste Anhöhe überquerten, hatten wir unter der Plane hervor einen weiten Blick über das dunkle Land. Unter uns schimmerte ein Fluss im Mondlicht, der sich wie ein silbriges Band durch die Landschaft schlängelte. Eskatos nannte ihn Elliëbareth. Überall brannte es und in der Erde klafften große Löcher. Was es an Bäumen gab, war abgefackelt.

Die meisten Feuer markierten Heerlager, aber viele kamen auch von brennenden Kriegsgeräten oder Befestigungsanlagen. Als wir den Hügel hinunterstiegen, gerieten wir mitten hinein in die Schlacht. Sie war überhaupt nicht so, wie ich mir das vorgestellt hatte. Ich kam mir vor wie auf einer Jahrmarktsvorstellung, die sich ein unheilbar Geisteskranker ausgedacht hatte. Nirgends war so etwas wie eine klare Schlachtordnung zu erkennen, die einen hier, die anderen gegenüber oder so.

Es schien niemand zu geben, der hier wirklich das Kommando über alles hatte. Und es war nur so ganz im Allgemeinen ein Krieg zwischen Werwölfen und Vampiren. Es konnte genauso gut sein, dass zwei Vampirkompanien aufeinander losgingen, weil sie an derselben Stelle kampieren wollten. Oder ein Werwolf-General seine Truppen auf andere Werwölfe hetzte, weil sie ihm bei einem Angriff im Weg waren.

Auf einem Hügel rechts von uns standen einige prunkvolle Zelte. Davor waren Tische aufgestellt, um die Vampir-Feldherren herumstanden. Ein glatzköpfiger Vampir redete und zeigte dabei auf eine große Karte, die auf dem mittleren Tisch ausgebreitet war.

Ein anderer, zum Ausgleich mit einer bescheuert hohen Perücke, hörte dem Redner aufmerksam zu. Alle paar Sekunden verschob er mit einer Art langem Backschuber kleine Holzfiguren auf den Karten. Am Fuß des Hügels ritt ein Werwolf auf einem Pferd, das so aussah, als würde es gleich einen Herzinfarkt bekommen, an einer Reihe von Soldaten entlang. Dabei wechselte er immer wieder die Gestalt und jedes Mal jubelten die Werwolfsoldaten.

Hinter den Werwölfen hingen zwei gefesselte Vampire an hohen Galgen. Sie unterhielten sich seelenruhig. Ab und zu donnerte eine Explosion und irgendetwas flog über unsere Köpfe hinweg. Ein Hagel von kleinen, zugespitzten Pfählen regnete auf die vornehmen Vampire vor den Zelten herab. Sie richteten nicht viel an, aber der mit der Perücke und dem Holzschuber kippte um. Der Kahlkopf tat nichts weiter, als mit genervtem Muss-man-denn-alles-selber-machen?-Blick dem fallenden Vampir die Schiebestange aus der Hand zu nehmen.

In den Ruinen eines ehemaligen Bauernhofes kämpften zwei Männer mit Schwertern gegeneinander. Eine Gruppe Werwölfe und Vampire saß ringsum auf den abgebrannten Mauern und feuerte die beiden an. Ich nahm natürlich an, dass einer der Kämpfer ein Werwolf und der andere ein Vampir war. Erst als sie sich kurzzeitig verwandelten, sah ich, dass beide Werwölfe waren. Auf einem Hügel links von uns ging plötzlich mit einem ohrenbetäubenden Sirren ein Katapult los. Flüssiges Silber flog durch die Nacht und irgendwo in der Ferne schrie jemand. Durch den ganzen Irrsinn marschierten Militärkapellen und spielten mit Trompeten, Pauken und Dudelsäcken fröhlich gegeneinander an.

Niemand interessierte sich dafür, dass überall Gefallene herumlagen. Das war auch nicht nötig. Die meisten bewegten sich nach einer Weile wieder. Knochen knackten, Wunden schlossen sich und ausgerenkte Glieder schoben sich zurück an den richtigen Platz. Die Totgeglaubten standen auf und torkelten davon. Manche kämpften gleich wieder gegen jemand, der gerade neben ihnen auf die Beine gekommen war, und dann gingen beide erneut zu Boden.

Nicht mal Glubschnak fiel auf. Eine ganze Meute von Riesentrollen baute auf einer Anhöhe an so was wie einer Befestigungsanlage oder einem Fort. Dass die Holzpalisade am anderen Ende schon wieder abbrannte, war ihnen offensichtlich egal.

So marschierten wir mitten durch den Krieg zwischen Werwölfen und Vampiren und niemand kümmerte sich darum. Der Druidenzwerg im Kapuzenmantel führte uns zielstrebig zu einem kleineren Berg, der sich in einer Flussschleife erhob.

Vampire überquerten den Elliëbareth fliegend. Viele Werwölfe schwammen, einige hatten Boote, auf die aber oft mit Brandpfeilen geschossen wurde. Nicht wenige benutzten eine Brücke, an deren Ende eine Truppe von Vampiren Maut kassierte, die auch ohne Reibereien bezahlt wurde. Als wir sie überquerten, wurden die vampirischen Brückenzöllner gerade von einem starken Verband berittener Werwölfe angegriffen. So erreichten wir das andere Ufer, ohne bezahlen zu müssen.

Wir kletterten den Berg hinauf und kamen an Stellungen von Werwölfen vorbei, in denen gewaltige Pflockschleudern geladen und über den Fluss hinweg abgefeuert wurden. Weiter oben gab es ein turmartiges Gerüst, von dem aus Vampire zu Angriffsflügen starteten. Als wir ein Stück um den Berg herumgewandert waren, sahen wir, dass der Gipfel gespalten oder eingefallen war. Zwei gewölbte Felswände standen sich gegenüber und bildeten einen natürlichen Kessel. Wir waren ungefähr auf halber Höhe durch eine Lücke in den Felswänden hereingekommen. Schnick erzählte uns, dass er von diesem Berg schon gehört hatte. Es war ein erloschener Vulkan, der passend zur Gegend Galgenberg genannt wurde. Hier oben war die Zerstörung nicht so schlimm. Die Nadelbäume, die an den Felsen hinaufwuchsen, waren nicht verbrannt und es gab grüne Wiesen.

Gegenüber dem Eingang in das Hochtal stand ein hölzernes Fort, das direkt an der senkrechten Wand klebte. Darunter ragten zwei große Felsnasen weit in den Kessel hinein. Zwischen diesen Felsen klebte eine hölzerne Plattform mit einer Art Lastkran, der aber an eine der Felswände gelehnt war. Wie überall im Kriegsgebiet rannten Vampire und Werwölfe durcheinander.

Auf dem Weg zu der Felsnase kamen wir an eine Art offenes Feldlazarett. Dort wurden Verwundete versorgt, die sich nicht mehr selbst heilen konnten, und zwar von lauter Zwerg-Elb-Halbblut-Druiden. Ob die Verwundeten Werwölfe oder Vampire waren, kümmerte sie nicht. So ein Lazarett passte zu einem Krieg, in dem sich sowieso niemand darum scherte, zu welcher Seite man gehörte. Es war aber auch typisch für die Bettelnde Bruderschaft, die jedem half, ob arm oder reich, gut oder böse.

Der Oberdruide befahl Glubschnak an der Krankenstation anzuhalten. Er deutete auf das Fort. »Eure Gefährten sind dort hingebracht worden«, erklärte er. »Es scheint einige Verwirrung mit Doppelgängern gegeben zu haben. Aber es gibt Methoden, festzustellen, wer echt ist und wer nicht. Ich werde dafür sorgen, dass es keinen Betrug mehr gibt. Wartet hier. Spätestens morgen Abend werden eure Gefährten wohlbehalten zurück sein.«

Eskatos stapfte den Hang hinauf zum Fort.

Einige Druiden machten ein paar Schritte auf uns zu, aber ein scharfer Ruf ihres Anführers von der Felsnase herunter stoppte sie. Alle drehten sich zu ihm um. Er deutete mit seinem Stab auf die Verletzten und wiederholte den Befehl. Die Druiden gingen zurück an ihre Arbeit. Also richteten wir uns darauf ein, die Nacht neben der Verwundetenstation zu verbringen.

Im Morgengrauen kam einer der kleinen Druiden durch den Nebel angeschlichen. Er sprach schnell in seiner mir völlig fremden Sprache. »Niëvëillinellian alaïevallis Malissia huominiëllupain eleòviltin kadlai Uëvillanil llialethuien«, sagte er. Oder was auch immer. Es hörte sich zwar schön an, aber ich verstand kein Wort. Er fuhr noch etwa eine Minute mit diesem Singsang fort, dann streckte Schnick den Kopf aus dem Wagen. Der Priester zuckte zurück, aber als er erkannte, dass es nur der Kobold war, fing er wieder an zu sprechen.

»Malissia Wollevewalle huominiëllupain llëanniël ëinolas.«

Ich war mir nicht sicher, aber ich glaubte, er wiederholte den Namen der Werwölfin schon zum vierten oder fünften Mal.

»Das ist Alt-Elbisch«, erklärte Schnick. »Ich kann kaum ein Wort, aber ich glaube Homini-Lupain heißt Werwolf.«

»Malicia von Wolfswald«, sagte ich aufs Geratewohl. »Die Werwölfin?«

»Ja«, nickte der Druide und klopfte sich immer wieder aufs Brustbein. »Nein.«

Dann verbeugte er sich und rannte davon in den Nebel.

Was hatte der Druide mir sagen wollen? Erst sang er mir fünf Minuten was vor, in einer Sprache, in der ich nicht mal ansatzweise erraten konnte, wo ein Wort aufhörte und das nächste anfing. Dann packte er gerade mal zwei verständliche Wörter aus. Und die widersprachen sich!

Aber warum hatte er sich auf die Brust geklopft?

DER GALGENBERG

Der Morgen verging und der Nebel verzog sich. Lorenzo hatte in der Nacht Fieber bekommen, vermutlich von den Bissen. Nica hatte ihm etwas aus ihrem Kräutervorrat gebraut, aber es ging ihm erst am Nachmittag etwas besser.

In dem Felsenkessel wurde es unruhig. Immer mehr Werwölfe kamen an. Sie lagerten in Gruppen an den grasbewachsenen Hängen bis hinauf zu den Felswänden. Weder Malicia von Wolfswald noch Graf Grauenstein tauchte auf, genauso wenig der Druide Eskatos. Schnick wurde immer nervöser.

»Wir sitzen in der Falle«, stöhnte er, als er rundum die wachsenden Lager von Werwölfen betrachtete. »Mir wär's lieber, wir würden die anderen auf eigene Faust finden und heimlich verduften. Dieses Warten auf ein offizielles Ergebnis passt mir nicht.«

Er ließ sich nicht beruhigen. Schließlich fing er an, Glubschnak und den Wagen stückchenweise immer näher an den Ausgang vom Talkessel zu bugsieren. Er faselte von wilden Plänen, dass der Troll den Wagen anzünden und als Sperre verwenden sollte, falls die Werwölfe auf uns losgingen. Dann konnten wir den Berg hinunter fliehen.

Ich versuchte unsichtbar in die Festung zu gelangen, aber irgendeine Art von Schutzzauber stoppte mich etwa einen Meter vor jeder Mauer, die ich durchdringen wollte.

Als ich zum Wagen zurückkam, war Nica verschwunden.

Es wurde Abend und eine Flut von Vampiren ergoss sich in den Kessel, bis er randvoll war mit Kriegern beider Seiten. Überall wurden lange Fackeln in die Erde gerammt und entzündet. Mit den geflügelten Blutsaugern im Tal würde uns auch eine brennende Straßensperre nichts mehr helfen. Wir hätten wohl doch abhauen sollen, solange es noch ging. Um Schnick und mich hatte ich keine Angst. Wir konnten uns unsichtbar machen. Aber Lorenzo und Glubschnak würden es wohl kaum schaffen, aus diesem Tal zu entkommen.

Dann kam Malicia von Wolfswald von der Festung herunter, begleitet von einer ganzen Bande Werwölfen mit Fackeln. Aber es waren auch zwei geflügelte Vampire dabei. Ein seltsames Konzert begann. Alle Werwölfe fingen an zu heulen. Viele Vampire zogen Schwerter, die sie abwechselnd mit der Klinge oder dem Griff gegen ihre Schilde schlugen. Und zwar im Rhythmus zweimal Griff, einmal Klinge, einmal Griff.

Bumbum-Tschak-bumm! Bumbum-Tschak-bumm!

Darüber lag das Heulen der Wölfe. Das konnte einem alle Haare aufstellen. Auf dem Felsen über der Holzplattform standen Stühle. In der Mitte drei thronartige mit hohen Lehnen, links und rechts davon noch mal je drei einfachere Sitzgelegenheiten. Zwei Werwolfwachen führten einen Gefangenen vom Fort herunter. Er war eindeutig ein echter Zwerg, kompakt und so eckig, als wäre er in einer viel zu kleinen Kiste aufgezogen worden. Ganz klar, dass hier die Gerichtsverhandlung gegen den Zwergenschmied Erik Eisenerz stattfinden sollte.

Lorenzo kletterte vom Wagen und wollte etwas zur Plattform rufen, aber Schnick hielt ihn zurück.

»Wenn das die echte Werwölfin wäre und nicht die Doppelgängerin, hätte sie mit uns gesprochen«, raunte er. »Irgendwas ist im Fort schiefgegangen. Jetzt können wir nur noch abwarten, was passiert.«

Malicia nahm auf dem zentralen Richterthron Platz. Ihre Begleiter setzten sich links und rechts von ihr. Die beiden geflügelten Vampire saßen bei den niedriger gestellten Beisitzern. Der Angeklagte wurde unter dem Lärm des blutgefrierenden Konzerts auf die Plattform darunter geführt. Dann war auf einen Schlag alles still.

»Da ist Romano!«, zischte Lorenzo. »Der Kerl neben Malicia. Ohne Augenklappe hätte ich ihn fast nicht erkannt.«

Mir blieb der Mund offen stehen und Schnick genauso. Wir sahen uns an. Lorenzo hatte schon recht. Da saß Romano von Grauenstein. Aber der Hammer war, dass wir die ganze Zeit nicht gesehen hatten, dass der Vampir ohne Augenklappe und ohne irgendwelche Narben aussah wie der Zwillingsbruder von Lorenzo. Sein Gesicht war nur länger und er hatte viel schärfere Wangenknochen und keine Sommersprossen. So konnte Lorenzo in zwei oder drei Jahren aussehen. Irgendwo in meinem Hinterkopf klingelte ein Alarm, aber jetzt war keine Zeit, darauf einzugehen.

Malicia stand auf und wies auf den Zwerg. »Ihr habt uns Waffen verkauft«, stellte sie fest. »Viele Waffen.«

»Das ist richtig, Herrin«, antwortete Erik mit tiefer Bassstimme. »Wir ...«

»Und dann habt ihr uns die Waffen wieder gestohlen!«, kreischte die Richterin.

Wolfsheulen. Schwerterschlagen. Bumbum-Tschak-bumm! Bumbum-Tschak-bumm!

Stille.

»Wir haben euch nichts gestohlen, was noch funktionstüchtig war«, brummte der Zwerg. »Wir haben nur das gesammelt, was nicht mehr zu gebrauchen war. Zerbrochene Waffen. Geschmolzenes Metall, das sich nach dem Abschießen in die Erde gebohrt hat und wieder erkaltet ist.«

»Lauter Dinge, die ihr uns verkauft habt!«, rief Malicia von Wolfswald. »Sie gehören uns, ob sie kaputt sind oder nicht.«

Höllenlärm. Bumbum-Tschak-bumm!

»Aber ihr benutzt nichts mehr davon«, wandte der Angeklagte ein. »Ihr lasst es überall herumliegen. Erst wenn wir in unserer Schmiede das Metall gereinigt und neu in Form gebracht haben, könnt ihr es wieder verwenden.«

»Nur, weil wir Dinge nicht benutzen, heißt das noch lange nicht, dass sie nicht unser Eigentum sind«, erklärte Malicia. »Ich benutze meine Burg in den Skelettbergen den ganzen Sommer nicht, weil ich hier auf dem Schlachtfeld bin. Deswegen habt ihr kleinen Bastarde noch lange kein Recht, dort einzuziehen!«

Mehr Lärm.

»Nun, wir können euch keine neuen Waffen liefern, wenn wir das Rohmaterial nicht von den Schlachtfeldern einsammeln«, sagte Erik in die folgende Stille. »Der Krieg dauert schon eine Ewigkeit. Die niedere Mine ist leer geschürft.«

»Dann müsst ihr tiefer graben oder höher hinauf in die Berge steigen«, entgegnete die Werwölfin. »Kriegführenden Parteien zu stehlen, was ihr ihnen verkauft habt, ist ein schweres Verbrechen. Ich schlage das übliche Urteil für Metalldiebstahl in Kriegszeiten vor.«

Alle anderen Richter nickten. Diesmal dauerte das Gejohle und Schildgeschlage mehrere Minuten.

»Was ist das übliche Urteil?«, fragte Lorenzo.

»Das da.«

Schnick deutete zu den Wachen, die dem Angeklagten einen Strick um den kurzen Hals legten. Das andere Ende des Seils war an den Ausleger der Konstruktion geknüpft, die ich für einen eingeklappten Lastenaufzug gehalten hatte. Aber als der schwenkbare Kran jetzt in circa acht Meter Höhe über den Talboden geschwenkt wurde, sah er plötzlich nach etwas ganz anderem aus. Die Anlage war ein Galgen. Der Berg hatte seinen Namen nicht durch Zufall.

»Sie wollen ihn *aufhängen*?«, rief Lorenzo ungläubig. »Wegen ein paar kaputter Schwerter? Die sind völlig bekloppt! Wo ist die echte Malicia? Und der Graf?«

»Mist! Da!« Schnick deutete zum Fort.

Werwolfsoldaten schleppten die beiden den Hang hinunter. Sie waren gefesselt. Romano konnte noch laufen, aber er war seltsam teilnahmslos. Sein Kopf hing auf die Brust, während er zwischen den Wächtern dahinstolperte. Malicia von Wolfswald war ohnmächtig. Sie wurde einfach an den Armen hinuntergeschleift.

Die Gefangenen wurden auf die Plattform geworfen.

»Und ein weiterer Fall ist zu verhandeln!«, verkündete die Malicia auf dem Richterthron. »Diesmal geht es nicht um ein paar Metalldiebe. Diesmal geht es um Verrat.«

Nach all dem Lärm, den sie gemacht hatten, waren die Krieger im Felsental jetzt mucksmäuschenstill.

»VERRAT!«, schrie die Werwölfin.

Heulen und Schildeschlagen.

»Vampire!« brüllte Malicia und wies mit dem Finger auf den Romano neben sich. »Dies ist Graf Gavain Romano von Grauenstein, euer glorreicher Feldherr! Ich muss zugeben, seit seiner wundersamen Rückkehr habt ihr uns ein paar empfindliche Niederlagen bereitet.«

Diesmal machten nur die Vampire Lärm. Sie schlugen nicht gegen ihre Schilde und sie heulten auch nicht wie die Wölfe. Sie zischten. In der Dunkelheit hatte man das Gefühl, von tausend Schlangen umzingelt zu sein.

Von Grauenstein hob lässig eine Hand. Das Zischen hörte auf.

Die falsche Malicia sprang von ihrem Thron. »Aber daran ist diese Frau schuld!«, schrie sie und zeigte auf die bewusstlose Malicia auf der Plattform. Auf ein Zeichen trat einer der Wächter vor und riss sie an den Haaren hoch. »Eine Doppelgängerin, die meinen Platz einnehmen wollte! Sie hat die falschen Befehle erteilt, die zu unseren Niederlagen geführt haben. Aber jetzt habe ich, Malicia von Wolfswald, wieder die Befehlsgewalt!«, brüllte die Werwölfin. »Es wird keine weiteren Niederlagen für die Werwölfe geben!«

Der Talkessel zitterte unter dem Heulen der Wölfe.

Romano stand auf.

»Es wird überhaupt keine Niederlagen mehr geben!«, verkündete er. »Gemeinsam sind wir unbesiegbar! Die Welt gehört endlich uns!«

Die falsche Wölfin und der falsche Vampir fassten sich an den Händen und reckten sie in den Nachthimmel.

Höllenlärm brach aus.

Malicia fiel in Romanos Arme. Die beiden Gestaltwandler küssten sich leidenschaftlich.

Als sich nach einer Ewigkeit der Lärm etwas gelegt hatte, rief eine Stimme: »Lüge!« Der gefesselte Vampir, der bis jetzt teilnahmslos geblieben war, rappelte sich auf und taumelte an den Rand der Plattform. »Ich bin Romano von Grauenstein!«, rief er. »Das da oben ist ein …«

Weiter kam er nicht. Einer der Wächter war zu ihm getreten und hatte ihm eine Spritze in den Hals gedrückt. Der Vampir brach bewusstlos zusammen.

Alle starrten erwartungsvoll hoch zum Richterthron.

»Ich sagte bereits: VERRAT!«, brüllte die falsche Werwölfin. »Unsere Feinde versuchen den Zusammenschluss unserer Kräfte zu verhindern! Die feigen Elben von der Königsburg! Die habgierigen Zwerge! Sie haben mit schwarzer Magie Doppelgänger von Romano und mir erschaffen. Seht sie euch an!«

Die Wächter packten den Grafen und die Prinzessin und rissen sie an den Haaren hoch. Es gab Buhrufe und Verwünschungen, Zischen und Heulen. Aber meine Geisterohren hörten plötzlich Untertöne. Leute, die aufgeregt miteinander flüsterten. Da waren Vampire und Werwölfe, die weder zischten noch trommelten, sondern mit den Armen wedelten und zur Gerichtsplattform wiesen.

Malicia stoppte den Lärm mit ausgebreiteten Armen. Als es ganz still war, sagte sie ruhig, aber vernehmlich: »Tod durch den Pflock.«

Darauf folgte neuer Lärm. Aber ich sah Vampire, die versuchten, sich ihren Weg zum Gerichtsfelsen zu bahnen. Und andere, die in unsere Richtung drängten. Plötzlich konnte ich die Bewegung ringsum auf uns zukommen sehen wie die Bugwellen von vielen Haiflossen, wenn die Raubfische von allen Seiten auf eine Beute zuschwimmen.

Die falsche Malicia auf dem Richterthron wies auf die echte auf der Anklagebank. »Tod durch den Silberbecher!«, verkündete sie.

»Silberbecher?«, rief ich Schnick im nachfolgenden Lärm ins Ohr. »Was bedeutet das?«

»Der Zwerg wird gehängt«, zählte der Kobold auf. »Der Vampir bekommt einen Pfahl ins Herz. Und der Werwolf wird gezwungen, flüssiges Silber zu trinken. Wenn nur Merellyn hier wäre!«

Die Menge drängte vorwärts und riss uns mit sich. Zum Glück wurden auch die Wächter abgedrängt, die versuchten uns zu erreichen. Plötzlich prallten wir gegen Nica.

»Wo bist du gewesen?«, rief Lorenzo in den Lärm. Aber in dem Moment endete die Bewegung der Masse und es wurde still.

»...wesen?«, klang es laut durch den Talkessel. Zum Glück starrten alle weiter zum Richtertisch, wo die falsche Malicia von Wolfswald mit ausgebreiteten Armen stand. Erik Eisenerz wurde von Werwolfsoldaten gepackt. Sie sahen nach oben und warteten auf das Zeichen, den Verurteilten über den Rand der Plattform zu werfen. Ein weiterer Henker setzte einen Becher an die Lippen der bewusstlosen Malicia von Wolfswald. Ein anderer hielt Hammer und Pfahl über Romanos Brust.

Lorenzo neben mir knurrte. Aber er sah nicht zu der Szene auf der Galgenplattform hin. Er hatte nur Augen für Nica. Ich folgte seinem Blick. Die Hexe hatte das meiste von ihrer Kriegsbemalung verloren. Es sah aus, als hätte sie jemand achtlos mit einem Wasserschlauch abgespritzt. Ihre Augen blitzten wie immer weiß aus der schwarzen Bemalung. Aber um den Mund herum sah sie aus, als hätte sie Brombeermarmelade genascht und dann eilig weggewischt. Doch Lorenzo starrte auf etwas anderes. In der verschmierten Bemalung auf ihrer Lederweste gab es einen deutlichen Handabdruck. Genau da, wo in einem Jahr etwas sein würde, das man Busen nennen konnte. Aber auch ohne Busen sah dieser Handabdruck einfach unanständig aus. Ganz zu schweigen von dem zweiten Abdruck auf der Innenseite ihres Schenkels.

»Was ist passiert?«, flüsterte Lorenzo.

»Frag jetzt nicht!«, wehrte Nica ab. »Du wirst nur wütend und dann ...«

Die Werwölfin auf dem Richterthron gab das Zeichen. Von den Henkersknechten geschleudert, flog Erik über den Abgrund hinaus. Der Becher mit dem flüssigen Silber wurde über Malicias Mund gekippt. Der Hammer schwang in einem hohen Bogen auf den Pfahl über Romanos Herz herab.

Lorenzo verwandelte sich. Es ging so schlagartig, dass ich erschrocken zurückfuhr.

»... verwandelst du dich«, beendete die Hexe den Satz.

Der Zwerg schwebte in der Luft wie eingefroren. Der Silberbecher blieb auf halbem Weg hängen. Der Hammer prallte gegen eine unsichtbare Barriere und flog dem Henker aus der Hand.

Lorenzo sprang mit einem Brüllen über alle Köpfe hinweg. Er schlug dreimal mit den Flügeln, dann hatte er die Entfernung zum Richterthron überwunden. Die falsche Malicia war so überrascht, dass er sie ohne Gegenwehr packen und niederwerfen konnte. Dann richtete er sich auf. Er sah so schrecklich aus wie nie zuvor. Seine Schwingen waren riesig. Sein ganzes Gesicht war mit Fell bedeckt und seine Augen glühten darin wie Kohlen. Ein Aufschrei ging durch die Menge.

»Niemand wird heute Nacht hingerichtet!«, brüllte Lorenzo. Schnick flimmerte kurz und stand dann neben ihm. Ohne den Blick von der Menge zu nehmen, hielt er Lorenzo seine Sprechmuschel vor den Mund.

»Niemand wird heute Nacht hingerichtet!«, wiederholte Lorenzo mit ohrenbetäubendem Donnerhall. Er packte Malicia, die sich nicht wehrte. »Diese Frau ist die Betrügerin. Sie ist keine Werwölfin.«

Doch dann taumelte er ein wenig. Natürlich. Er hielt mit Zauberkraft den Zwerg in der Luft, das Silber von Malicias Kehle zurück und den Pflock von Romanos Rippen weg. Er musste sich auf zu viel gleichzeitig konzentrieren. Alle schrien durcheinander. Die Menge war geteilter Meinung.

»Denkt nach, Leute!«, schrie Schnick in die Muschel. »Wenn die Verurteilte kein Werwolf ist, wie diese Malicia von Wolfswald behauptet, warum muss sie dann mit Silber getötet werden?«

Die Zuhörer riefen immer noch durcheinander, aber jetzt waren viele von ihnen verunsichert.

Plötzlich wusste ich, was der kleine Druide mir am Morgen hatte sagen wollen. Warum er sich immer wieder auf die Brust getippt hatte. Ich wurde zu Rauch und schoss zu Lorenzo auf den Felsen. Was hatte der kleine Druide gesagt?

Malicia von Wolfswald? Ja. Werwölfin? Nein. Er hatte mir sagen wollen, dass es ein Zeichen gab, an dem die Gestaltwandlerin zu erkennen war.

Ich riss der falschen Malicia das Hemd auf. Zwischen den Brüsten der Frau prangte das Zeichen des Schwarzen Lords. Ich hatte die Tätowierung vor einem Jahr zum ersten Mal gesehen. Damals hatte sich die Sirene als ein Mädchen namens Ariana ausgegeben.

»Ihr wurdet getäuscht«, brüllte ich in meine eigene Sprechmuschel. »Das hier ist keine Werwölfin, sondern eine Sirene. Eine Gestaltwandlerin.«

Direkt vor mir zog der falsche Romano ein Schwert.

»Lüge!«, schrie er. »Alles Lüge! Tötet die Eindringlinge! Tötet alle Verräter!«

Der angebliche Vampir griff mich gar nicht an. Er wollte sich nicht mit einem Geist aufhalten, sondern einfach durch mich durchrennen und Lorenzo töten. Aber das ging nicht. Er prallte gegen mich und ich packte seinen Schwertarm. Wir rempelten Schnick an und der stieß gegen Lorenzo. Der schwebende Erik fiel wie ein Stein nach unten und schwang nach vorn, nachdem das Seil sich mit einem Ruck gespannt hatte. Aber Lorenzo hatte die Magie sofort wieder im Griff. Der Zwerg schwebte langsam wieder nach oben.

Mein Gegner war ein ganzes Stück größer und stärker als ich. Schnick trat ihm zwar gegen das Schienbein und schrie nach Glubschnak, aber der Vampir würde Lorenzo erreichen, ehe der Troll sich durch die Menge gekämpft hatte. Etwas kam von oben angerauscht und prallte gegen den falschen Romano und mich. Nica auf ihrem Besen!

Wir fielen vom Richtfelsen und knallten auf die hölzerne Plattform darunter. Das heißt, der falsch Graf knallte. Ich war in Anderland, ehe ich aufschlug. Da tauchte Nica auf. Wie konnte sie diese Dimension erreichen?

»Stoß ihn noch einmal, Will!«, rief die Hexe. »Schmeiß ihn von der Plattform. Sie sollen sehen, dass er keine Flügel hat!«

Ich sprang zurück in die richtige Welt und rempelte den falschen Grauenstein, als er sich gerade aufgerappelt hatte. Er taumelte und griff nach meinem Hemd. Er bekam große Augen, als seine Hand mitten durch meinen Brustkorb fuhr, aber nichts zu greifen bekam.

»Keine Flügel!«, brüllte ich der Menge zu. »Kein Vampir!«

Dann kippte er und fiel. An die drei Sekunden hätte er Zeit gehabt, Vampirflügel zu entfalten, statt sinnlos nach meinem Hemd zu grapschen.

Die Menge stürzte sich auf ihn und begrub ihn unter sich.

Ich sah nach oben. In dem Moment verschwand das Zeichen von der Brust der knienden Frau. Sie raffte ihr Hemd zusammen. Da war eine Bewegung am Rand der Menge, die auf den Richterfelsen drängte. Ich entdeckte Eskatos, der gerade etwas in seinem Umhang verstaute. Sah aus wie ein Zauberstab. Als hätte er meinen Blick gespürt, sah er mich an und machte heftige Zeichen Richtung Talausgang. Das konnte nur heißen, wir sollten verschwinden. Also hatte er die Lage auch nicht im Griff.

Die Zuschauer murrten. Ich weiß nicht, wie sie es schaffte, aber die falsche Malicia sah jetzt wie das absolut unschuldige Opfer aus.

»Lasst euch nicht täuschen!«, rief sie. »Das sind Agenten des Feindes, die uns unseren Sieg nehmen wollen. Von Grauenstein war einer von ihnen und sie haben ihn geopfert.«

Es war mucksmäuschenstill.

Nica flüsterte Lorenzo etwas zu und der nickte. Plötzlich schwebte der Becher, den die echte Malicia austrinken sollte, aus der Hand des Henkers nach oben. Nica streckte ihre Hand aus und fing ihn ein. Die falsche Malicia wusste, was kommen würde, und versuchte aufzustehen, aber Schnick trat ihr in die Kniekehle. Sie knickte ein und Nica schleuderte ihr den Inhalt des Bechers ins Gesicht.

Hunderte Kehlen zogen erschrocken die Luft ein. Die angebliche Werwolfprinzessin zuckte nicht weg, schrie nicht vor Schmerzen oder fing Feuer oder was auch immer Werwölfe beim Kontakt mit Silber tun sollten. Sie wischte sich nur die Augen aus.

»Silber!«, brüllte ich durch die Sprechmuschel. »Es verletzt sie nicht! Sie ist die Betrügerin.«

Die falsche Malicia verwandelte sich vor aller Augen. Aber nicht in einen Wolf, sondern in die große, hässliche Echse, die uns schon in der Blutenden Burg bedroht hatte.

»Jetzt! Jeeetzt!«, kreischte sie. »Greift an! Tötet sie alle!«

Längst nicht alle Zuschauer waren Vampire oder Werwölfe. Viele von ihnen verwandelten sich in schwarze Echsen mit langen, rasiermesserscharfen Klauen. Sie fielen über die Nächststehenden her. In dem Talkessel brach das totale Chaos aus, als die sich in Wölfe verwandelten oder versuchten, Vampirflügel zu entfalten und in die Luft zu gelangen.

Die größte Gruppe von Echsen fand sich rings um den Richterfelsen, weil sich alle Werwolfwachen verwandelten. Nach außen bildeten sie einen Ring, der Werwölfe und Vampire abwehrte. Die näher bei uns versuchten an Lorenzo heranzukommen.

»Schnick, spring zu Glubschnak!«, befahl Lorenzo. »Er soll mit unserem Wagen losfahren. Raus aus dem Kessel hier. Will, Nica, brüllt in die Muschel, so laut ihr könnt!«

Schnick verschwand in Anderland. Die Hexe und ich taten, was Lorenzo wollte. Das verschaffte uns Platz, weil die Leute erschrocken von uns weg drängten. Aber den Platz nutzte auch die oberste Sirene. Sie verwandelte sich wieder. Ein großer, unglaublich hässlicher Vogel mit kleinem Kopf und langem, nacktem Hals stieg hoch in den Nachthimmel.

Lorenzo kümmerte sich nicht darum. Er starrte nur zu dem Galgen hinunter. Plötzlich gab die ganze Konstruktion ein lautes Krachen von sich und kippte ein Stück zur Seite. Mehr als die Hälfte der Werwolfsoldaten fiel herunter. Auch der Kerl, der versucht hatte, Malicia das flüssige Silber einzuflößen.

Dann lösten sich die Stützstreben auf der rechten Seite. Das Gerüst ächzte und krachte, als es nach oben gezogen wurde. Nägel flogen wie Geschosse aus dem Holz und Verstrebungen brachen splitternd. Umstehende wurden getroffen und versuchten von dem Ding wegzukommen. Das Tohuwabohu wurde noch größer, weil Echsen, Vampire und Werwölfe rücksichtslos übereinander weg kletterten. Schließlich riss sich der ganze Galgen los und schwebte über dem Platz. Dann flog er mitsamt Werwolf, Vampir und Zwerg über die Köpfe der Leute Richtung Talausgang. Dort traf er mit Glubschnak und unserem Wagen zusammen. Die ganze Holzkonstruktion krachte auf den schweren Karren drauf und riss das meiste von der Plane und ihren Stützstreben ab. Das gab dem Wagen den letzten Schwung, um den Hügel zu überwinden, hinter dem es aus dem Felsenkessel heraus- und den Berg hinunterging. Das Gefährt kippte seine Nase bergab und wurde schneller. Der Troll wurde regelrecht auf die Hörner genommen. Er krachte mit dem Hintern auf die Galgenkonstruktion und drückte sie nach hinten. Im selben Moment hörte Erik Eisenerz auf zu schweben und knallte auf den Wagen herunter. Die Karre verschwand talwärts. Werwölfe und Vampire jagten hinterher.

Da explodierten mitten im Talausgang mehrere von Schnicks Dornenbomben. Fliegende Vampire stürzten getroffen ab. Der flammende Werbespruch erleuchtete das Hochtal.

BIsT dU FAMpIR,
dOCH REICHdEs dIHR,
KOMMs dU NACH HIR,
WIR HAILEN dIHR!
NachtAUf & ZaPPenDUSter
ISLA EFANKELIssTA
NATUHRHEILpRAHKsIs vüR FAMpIRE

Viele Krieger blieben stehen, um die Flammenschrift zu lesen. Andere, die dem Wagen folgen wollten, prallten gegen sie. Getroffene Vampire wälzten sich schreiend auf dem Boden. Durch das ganze Chaos flogen Hunderte von Fußbällen aus den schnell wachsenden Samen, anscheinend von Schnick geworfen. Die meisten Echsen nutzten die Verwirrung, um sich wieder in etwas Unauffälligeres zu verwandeln und zu verduften. Die sahen wohl auch nicht ein sich hier abschlachten zu lassen, während sich ihre Chefin längst aus dem Staub gemacht hatte.

»Raus hier!«, schrie Lorenzo und wedelte mit den Armen.

Nica, die schon auf ihrem Besen saß, sprang vom Felsen. Für einen Moment dachte ich, sie würde einfach nur abstürzen, aber sie fing sich und schoss knapp über die Köpfe der Kämpfenden hinweg. Lorenzo folgte ihr mit wild schlagenden Flügeln. Ich brauchte mich nur auf sie zu konzentrieren, um ihm zu folgen.

Der Wagen hatte inzwischen ganz schön Fahrt aufgenommen. Glubschnak stemmte sich mit beiden massigen Beinen dagegen, doch es half kaum etwas. Er hielt die Deichsel gepackt und versuchte zu steuern. Aber das Gefährt verließ die Straße schon in der ersten schärferen Kurve. Der Troll entwurzelte mehrere verbrannte Bäume. Erst einige Biegungen weiter unten schaffte er es, den Karren wieder zurück auf den Weg zu bringen.

Erik war von der Ladefläche gefallen und wurde an dem Strick um seinen Hals mitgeschleift. Der schwenkbare Galgen, an dem er hing, schwang wild hin und her. Der Zwerg war schon lila angelaufen, als Lorenzo ihn wieder hinaufzauberte.

Wir landeten mit Ach und Krach auf der Galgenplattform und begannen in voller Fahrt Eriks Fesseln zu lösen. Während wir noch dabei waren, holten uns die ersten Vampire ein. Nica riss ihre Schwerter heraus, aber die Blutsauger griffen nicht an.

»Ist es wirklich wahr?«, rief der vorderste gegen den Fahrtwind. »Auf der Isla Evangelista können sie Vampire heilen?«

»Aber sicher!«, rief Schnick fröhlich. »Meldet euch bei der Firma Nachtauf & Zappenduster. Dort wird euch geholfen.«

Inzwischen hatten auch ein paar Wölfe zu uns aufgeschlossen. »Und Werwölfe?«, fragte einer. Er hatte einen Fußball unterm Arm! »Heilen sie auch Werwölfe?«

»Klar, gar kein Problem«, behauptete der Kobold. »Nachtauf & Zappenduster. Merkt euch diese Firma!« Schnick sah, dass uns bald noch viele andere einholen würden. »Euch allen kann geholfen werden«, rief er den nahen Verfolgern zu. »Aber fürs Erste haltet uns mal eure Kollegen vom Leib.«

Werwölfe und Vampire machten kehrt. Kurz darauf kam es hinter uns zu gewaltigen Schlägereien.

Die Vampire an der Brücke hatten doch tatsächlich den Mut, schon von Weitem Brückenmaut von uns zu verlangen. Aber Glubschnak war längst aufgesprungen und bremste gar nicht mehr. Als die Vampire sahen, mit welcher Geschwindigkeit wir anrauschten, flogen sie davon. Wir rumpelten auf die Brücke. Den Werwölfen darauf wurde klar, dass sie gleich Bekanntschaft mit den ungewaschenen Füßen eines Bergtrolls machen würden. Daraufhin sprangen sie alle ins Wasser. Das hätten sie nicht tun müssen, weil wir schon nach wenigen Metern das Geländer durchbrachen und selber in den Fluss stürzten.

Das sah ungefähr so aus:

Zuerst kam ein Bauernkarren geflogen. Dann die Holzplattform, an der ein Galgen wild hin und her schwang. Auf dem Galgenbaum saß rittlings ein Zwerg, der in der einen Hand einen großen Werwolf und in der anderen einen Vampir am Kragen gepackt hielt. Davor flog ein Riesentroll, über dem sich die Heuabdeckplane wie ein riesiger Schirm auffaltete. Er hielt sich die Kartoffelnase zu, ehe er mit einer gewaltigen Arschbombe ins Wasser tauchte. Die Plattform mit Zwerg, Vampir und Werwolf krachte auf die Wasseroberfläche. Aber nur das Heck sank ein Stück weit ein, dann schoss das ganze Ding wieder nach oben und vorwärts. Der Zwerg auf der schwimmenden Galgenplattform erholte sich schnell von seinem Schreck. Er zog die beiden Bewusstlosen in die Mitte des Galgenfloßes. Dann brach er ein Brett aus der Konstruktion und begann zu rudern. Glubschnaks Kopf tauchte neben der Plattform auf. Zwerg und Troll sprachen kurz miteinander, schließlich nickte Glubschnak und begann mit kräftigen Zügen zu schwimmen. Das Floß drehte sich und folgte ihm dann. Ich sah, dass er den Galgenstrick zwischen die Zähne geklemmt hatte.

Schnick tauchte am Ufer auf und winkte uns zu sich.

»Erik der Hammer meint, wir sollen alle an Bord kommen«, erklärte der Kobold, als wir landeten. »Er hat weiter im Norden ein Boot. Der Elliëbareth führt uns zur Kalten Hand.«

Als wir auf dem Behelfsfloß landeten, wollte ich beinahe Werwolf-Alarm geben. Aber es war Nica, die sich triefnass an Bord zog.

»Ich hab meinen Besen verloren!«, rief sie. Dann spuckte sie einen Schwall Wasser und meinte: »Ich konnte das Ding sowieso nie ausstehen.«

GESTALTWANDLER

Am frühen Morgen erreichten wir das Boot, das Erik der Hammer unter den überhängenden Zweigen einer Trauerweide am Flussufer versteckt hatte. Dort waren wir vor jeder Entdeckung von Land, aber auch vom Fluss aus geschützt.

Eriks Boot war ein breiter, flacher Lastkahn. Das Ding war vollgeladen mit Metall in allen Formen und Farben. Kriegsgeräte. Teilweise waren die Schwerter, Lanzen und Schilde aber noch völlig in Ordnung.

»Das ist wirklich Diebstahl«, flüsterte Schnick. »Kein Wunder, dass man ihn aufhängen wollte.« Er tat so, als hätte er nichts gesagt, als der Zwerg zu uns kam. Er war ungefähr so groß wie ich, aber er hatte bestimmt viermal mehr Masse. Und das waren Muskeln, kein Fett. Sein langer rotbrauner Bart endete in drei geflochtenen Zöpfen.

»Ich bin Erik ›der Hammer‹ Eisenerz«, stellte er sich vor. Vor Lorenzo machte er eine tiefe Verbeugung, sodass die Bartzöpfe im Staub schleiften. »Danke für die Rettung. Die Werwölfe sind zum ersten Mal nicht damit einverstanden, dass wir das Altmetall nehmen.«

Malicia von Wolfswald verbeugte sich ebenfalls. »Das waren keine Werwölfe«, erklärte sie. »Gestaltwandler haben unsere Rollen übernommen.«

»Rollen?«, wiederholte der Zwerg. »So wart nicht Ihr es, die meine Hinrichtung befohlen hat?«

»Es waren Sirenen, die die Gestalt von Werwölfen und Vampiren angenommen haben«, sprang Romano der Werwölfin bei.

»Sirenen? Wie ist das möglich?«, wollte Erik Eisenerz wissen. »Die Tauscher … sie wurden dreizehn Jahre lang nicht gesehen.«

»Tauscher? Ein guter Name für das Gesindel«, meinte Malicia. »Ihr kennt diese Art also. Aber habt Ihr jemals so viele von ihnen gesehen?«

»Viele?«, wiederholte der Zwerg. »Ihr meint, da waren mehr als zwei?«

»Habt Ihr nicht gesehen, wie viele von den Werwölfen und Vampiren sich in … äh, Tauscher verwandelt haben?«

Eisenerz schüttelte seinen eckigen Kopf. »Ich war eine ganze Weile ohnmächtig«, gestand er. »Denn zuerst schwebte ich, doch dann fand das Seil doch noch seine Bestimmung. Ich war sehr verwundert, in den kalten Wassern des Elliëbareth zu erwachen und nicht in der Langen Halle meiner glorreichen Vorfahren.«

»Da waren bestimmt an die zweihun…«, begann Lorenzo.

Weiter kam er nicht, weil ich ihm die Hand auf den Mund gelegt hatte. »Still!«, flüsterte ich. »Ich habe eine Stimme gehört.«

»Wo?«

Ich wies hinaus in den Morgennebel auf dem Fluss. Lautlos schälte sich der Umriss eines Bootes aus den Nebelschwaden. Es war ein etwas größeres Schiff mit einer Kabine und zwei großen Ruderblättern links und rechts zum Steuern. Es gab einen Mast, aber das Segel war nicht gesetzt. Das kleine Schiff trieb einfach mit der Strömung. Niemand schien an Bord zu sein. Doch als es herankam, trat Malicia von Wolfswald aus der Kabine. Aber die Werwölfin schien plötzlich zu zerfließen, wurde kleiner und nahm die Gestalt von Nica an. Gleich darauf wurde die Hexe zu einer der schwarzen Echsen. Im Vergleich zu dem Monster, in das sich die fiese Arachnua verwandelt hatte, sah dieses hier kleiner und viel jünger aus. Romano kam an Deck. Die schwarze Echse sah ihn erwartungsvoll an und er wurde zu Malicia.

»Was tut ihr da?«, rief eine Stimme aus der Kabine.

»Wir üben unsere Gestalten«, erklärte die Werwölfin und wurde ebenfalls zu einer schwarzen Echse.

»Seid ihr verrückt?«, zischte die Stimme aus dem Dunkel. »Doch nicht da draußen! Wenn ihr üben wollt, dann tut es im Verborgenen.«

Lorenzo kam aus der Kabine. Er trug kein Hemd. Auf seiner Brust prangte eine Tätowierung in Form eines Dolchs mit Drachenflügeln.

Obwohl ich genau wusste, dass es nicht der echte Lorenzo war, gab es mir einen Stich ins Herz, als hätte mein bester Freund mich verraten.

Er wies auf die Kabine. »Rein mit euch! Da drinnen könnt ihr die Gestalt wechseln, so viel ihr wollt.«

Das Schiff war an uns vorbei und wurde wieder vom Nebel verschluckt.

»Ailleliënillain llualeht unialliëin lliamuallothain!«, flüsterte eine Stimme, die mir irgendwie bekannt vorkam. Ein nasser Ärmel schwang über den niedrigen Rand von Eriks Lastkahn.

Dann zog sich der Zwergen-Druide an Bord, der uns zum Galgenberg gebracht hatte.

Erik antwortete. Vermutlich benutzte er dieselbe Sprache, aber plötzlich schien der weiche Singsang vor lauter Rs zu strotzen. Trotzdem verstanden sich die beiden ganz offensichtlich.

Nach einer Weile wandte sich Eskatos an uns. »Es tut mir leid, auf dem Galgenberg versagt zu haben«, entschuldigte er sich in unserer Sprache. »Ich war mir sicher, ich könnte die echten Personen von den Gestaltwandlern unterscheiden, aber es gelang mir nicht. Dann war es zu spät und die Verhandlung begann.«

Ehe einer von uns etwas erwidern konnte, fuhr Erik der Hammer dazwischen. »Dies ist Eskatos, der oberste Druide unserer heiligen Versammlung«, erklärte er. »Er ist heimlich gekommen mit unseren Feinden. Er hatte viele Nachrichten und ich denke, sie bedeuten: Wir trennen uns hier.«

»Wie lauten die Nachrichten?«, wollte Malicia von Wolfswald wissen.

Der Druide deutete flussabwärts. »An Bord dieser Barke ist der Kommandeur der Tauscher.«

Erik wies nach Nordwesten. »Falsche Boten eilen nach Norden, der Zwergenarmee die Nachricht von meinem Tode zu bringen. Sie wird in den Krieg ziehen, wenn sie nicht die Wahrheit erfährt.«

Der Druide zeigte nach Süden. »Großes Chaos ist ausgebrochen im Herzen von Nord-Elbia. Es wird überall gekämpft. Wenn ihr in Wirklichkeit die Anführer der Werwölfe und Vampire seid, so müsst ihr alsbald zurückgehen und das Gemetzel beenden.«

»Die Zwerge haben recht«, meinte die Werwolfprinzessin. »Wir müssen uns trennen. Jemand sollte dieses Schiff verfolgen. Die Zwergenarmee muss aufgehalten werden. Niemand könnte das besser als der angeblich Gehenkte selbst. Und wir müssen versuchen den Wahnsinn in Nord-Elbia zu beenden. Ich werde auf jeden Fall ins Kriegsgebiet zurückgehen.«

»Ich auch«, sagte Romano von Grauenstein. »Vielleicht können wir das, was als Verrat begann, zu etwas Gutem wenden.«

»Ich bleibe bei Erik, wenn's recht ist«, meldete ich an. Da war immer noch Merellyns Auftrag.

»Und ich bleibe bei Will!«, rief Lorenzo.

Erik verneigte sich noch einmal. »Es ist mir eine große Ehre«, brummte er. »So kann ich meine Retter dem Volk der Zwerge vorstellen.«

»Ich folge dem Schifflein!«, knurrte Glubschnak völlig überraschend. Er hatte sich noch nie freiwillig gemeldet. Ehe jemand was dafür oder dagegen sagen konnte, glitt der Troll durch die Zweige der Weide hinaus ins Wasser. Er sah aus wie ein Krokodil auf dem Weg zur Beute.

»Ich komm gleich nach!«, rief Schnick, aber er wandte sich noch einmal an uns. »Wir brauchen einen Treffpunkt. Zusammenfluss von Elbenbrett und Schimmelwein, würde ich sagen. Dahin scheint mir der Tauscher-Kutter unterwegs.«

»Es ist eine Barke«, verbesserte ihn Erik. »Und wenn du mit Elbenbrett und Schimmelwein die Flüsse Elliëbareth und Es 'chimelliëvin meinst, so ist das ein guter Vorschlag. Es gibt eine Zwergenfeste eine Drittelmeile nordwestlich des Zusammenflusses. Dort werden wir uns wiedersehen.«

Der Kobold nickte, machte einen Geistersprung und war verschwunden.

»Du solltest bei meinem Neffen und seinem Freund bleiben«, sagte die Werwölfin zu Nica. »Jemand muss auf sie aufpassen.«

»Waaas?«, krähte Lorenzo sofort. »Wenn hier jemand Schutz braucht, dann doch wohl …«

Malicia hatte ihm einen Finger über die Lippen gelegt. Sie zwinkerte. »Du musst anfangen genauer zu beobachten«, empfahl sie Lorenzo. Dann sprang sie ans Ufer, verwandelte sich und verschwand auf allen vieren im Unterholz.

»Beobachten? Wie, was beobachten?«, fragte Lorenzo den Grafen.

Der sah selber einen Moment verwirrt aus. Dann wanderte sein Blick über Nica. Romano begann zu grinsen. Doch er entfaltete seine Flügel und verschwand mit einem Sprung im Morgennebel, ehe Lorenzo ihn fragen konnte, was er gesehen hatte.

Ich hatte plötzlich auch einen Verdacht, aber uns blieb keine Zeit, weiter über das Thema zu reden. Erik hatte seinen Kahn vom Ufer abgestoßen.

»Leise jetzt!«, befahl Eskatos. »Wir wissen nicht, wie weit das Boot der Tauscher voraus ist.«

Wir befanden uns noch gar nicht lange auf dem Fluss, als die Zwerge den Lastkahn ans gegenüberliegende Ufer steuerten. Man hatte es durch den Nebel schon vermuten können: Im Westen war die Hügellandschaft zu einer schroffen Felswand geworden. Zum Glück wurde die Luft jetzt klarer, denn Erik steuerte uns in einen Irrgarten aus Felseninseln. Doch ehe die Sonne wirklich durchbrach, verschwanden wir unter der Erde. Wir hatten uns immer näher an die Steilwand herangearbeitet. Auf einmal war da ein Spalt, der sich erst auftat, als wir schon glaubten, wir würden gleich gegen den Felsen knallen. Der Zwergenkahn passte genau hinein. Nach einer kurzen Strecke wuchsen die Wände über unseren Köpfen zusammen und wir befanden uns wieder einmal in einer Höhle. Sie wurde weiter und endete an einem Strand. Dort gab es jede Menge Lattenverschläge. Manche waren leer, aber die meisten waren mit ähnlichem Eisenschrott vollgestopft wie Eriks Boot. Wir machten es fest, ohne es zu entladen. Erik nahm nur zwei Sachen aus dem Metallhaufen. Das waren ein Helm und ein Hammer. Der war genauso lang wie der Zwerg, aber erst, als der sich den Helm aufgesetzt hatte. Der Kopf des Hammers war so groß, dass er eher wie ein Amboss aussah. Von dem Mörderinstrument hatte Erik der Hammer wohl seinen Namen.

TAUSCHER IN DEN MINEN

Der Zwerg entzündete eine Laterne und führte uns in einen Gang, der nicht natürlich entstanden war. Es war aber noch keine richtige Zwergenmine, wo sie nach Erz schürften. Nur ein kurzer Verbindungsstollen. An seinem Ende stand ein Wagen auf Schienen. In Arkanon gab es solche Dinger in den Werften und zwischen weit entfernten Lagerhallen.

Sie wurden über ein Metallgestänge per Hand bewegt. Man brauchte keine Zugtiere und keine Magie. Der Mechanismus sah ein bisschen aus wie die Kinderwippen in den Gärten der reichen Kaufleute. So ähnlich wurde der Apparat auch bedient. Erik montierte die Laterne in einen Drahtkorb am vorderen Ende des Wagens. Dann stellten er und Eskatos sich an die beiden Querstangen. Erik drückte die Stange mit einiger Anstrengung nach unten. Lorenzo musste sich mit dranhängen, damit der Druide sie auf seiner Seite wieder runterbekam.

Schließlich halfen wir alle mit, den Hebel vorn und hinten abwechselnd zu senken.

»Schneller!«, verlangte der Zwerg. Gemeinsam kämpften wir das widerspenstige Metall erneut nieder. Alles quietschte und ächzte. Der Wagen rollte ein Stück nach vorn.

»Schneller!«, forderte Erik der Hammer wieder und drosch sein Ende nach unten. Als der Wagen Fahrt aufnahm, ging es leichter. Wir wurden schneller und schneller. Schließlich schoss das Gefährt schwankend durch den unterirdischen Stollen. Sobald eine unübersichtliche Kurve kam, betätigte Erik eine Klingel, die an einer Stange am Heck des Wagens hing. Hätte sich hinter der Kurve irgendjemand auf den Schienen befunden, hätte er schon verdammt schnell sein müssen, um noch wegzukommen. Wir konnten bestimmt nicht anhalten. Und plötzlich ging es auch noch bergab.

So rasten wir unter der Erde dahin. Die Eisenstange bewegte sich inzwischen von selbst. Alle folgten Eriks Beispiel und legten sich außerhalb ihrer Reichweite schlafen. Ich wachte auch erst wieder auf, als das Gepolter von Holzschwellen, die unter uns vorbeirasten, aufgehört hatte. Der Wagen stand auf einer leichten Anhöhe. Links von uns führte ein Seitenstollen weg.

»Endstation«, verkündete der Zwerg. »Von hier ab geht es zu Fuß weiter.«

Wir stapften lange Zeit hinter Eriks Laternenlicht her. Mal liefen wir durch richtige Höhlen, dann wieder durch Verbindungstunnel. Manchmal kamen wir an einen Ort, wo früher nach Erz geschürft worden war. Dort gab es immer eine Menge Gesteinsschutt und breite Spalten im Fels. Die sahen ein bisschen so aus, als hätte jemand die Speckschicht aus einem Schinken gesäbelt. Wir stießen überall auf Müll von Zwergen. Mal ein schwerer Bergmannsstiefel, mal der Griff einer Spitzhacke, mal ein hölzerner Eimer. Was es nicht gab, war Metallschrott.

Etwa zwei Stunden nachdem verschiedene Mägen ernsthaft angefangen hatten zu knurren und Lorenzos Fluchen immer lauter wurde, kamen wir zu einer Art Hütte. Sie war halb in die Stollenwand hineingebaut. Der Laden des einzigen Fensters war verschlossen. Aber die Tür hing halb umgestürzt in den Angeln.

Jetzt war es der Zwerg, der fluchte. Er betrat die Hütte und kam nach wenigen Minuten wieder heraus.

»Geplündert!«, meldete er. »Keine Vorräte, kein Brennholz und kein Lampenöl.«

»Wir müssen weitergehen«, verkündete Eskatos.

»Ich fürchte, das werden wir bald im Dunkeln tun«, ergänzte Erik.

Während wir den Zwergen folgten und die Mägen immer lauter knurrten, erklärten sie uns, dass es überall in den Minen diese sogenannten Schutzhütten gab. Wir befanden uns aber in einem Teil des Höhlen- und Stollengeflechts, wo seit vielen Jahren kein Erz mehr abgebaut wurde. Als Nica fragte, ob sie eine Ahnung hätten, wann die Hütte aufgebrochen worden war und von wem, schwiegen die Zwerge.

Wir fanden noch zwei weitere Schutzhütten. Beide waren geplündert. Bei der zweiten befahl Eskatos eine Rast. Lorenzo wollte weitergehen, weil er so Hunger hatte. Aber kaum hatte er den Kopf auf seinen zusammengerollten Umhang gelegt, schnarchte er. Ich hatte das Gefühl, ich sei gerade erst eingeschlafen, als mich hektische Bewegung und ein leiser Fluch im Dunkeln weckten.

»Was is…«, begann ich, aber ein gezischtes »Pssst!« und ein Finger, der mir durchs Gesicht fummelte, ließen mich verstummen. Ich wechselte nach Anderland und die Dunkelheit verwandelte sich in Licht. Erik kniete an der eingeschlagenen Tür der Hütte, den Hammer in der Faust, und spähte den Stollen hinunter. Nica stand mit gespanntem Bogen hinter ihm. Lorenzo bewegte sich neben mir, und Eskatos legte ihm eine Hand auf die Schulter, um ihn ruhigzuhalten.

»Lichter im Stollen«, berichtete Erik der Hammer nach einer Weile. »Machen kein Zwergenzeichen. Entfernen sich bergab Richtung Grüner Schimmer. Wir folgen dem Licht. Aber leise!«

»Was ist Grüner Schimmer?«, flüsterte Lorenzo, als wir unser Zeug packten und aufbrachen.

»Ein See«, erklärte der Zwerg. »Hat ein paar Smaragde drin, aber das grüne Leuchten kommt hauptsächlich von Algen auf dem Kalkgrund.«

»Was sind Zwergenzeichen?«, fragte ich.

»Lichtsignale. Dafür ist die Klappe an der Laterne. Macht jeder Zwerg, wenn eine Schutzhütte oder ein Minenposten in Sichtweite ist. Sagt, ob er zur Hütte kommt oder weiterzieht.«

»Und das Licht, das ihr gesehen habt …«

»Zwei Fackeln. Wanderten einfach nur vorbei und haben sich nicht gemeldet«, fuhr Erik fort. »In diesem Teil der Minen sollte es außer Zwergen nichts geben, was eine Fackel trägt.«

Der Zwerg führte uns sehr zügig durch die Finsternis. Ich wusste, dass Zwerge im Dunkeln sehen können. Ich half mir, indem ich in Anderland blieb, wo Licht und Dunkel umgekehrt waren. Lorenzo konnte mit seinen Wolfsaugen im Dunkeln sehen. Von Nica und Eskatos, der ja ein halber Elb war, wusste ich es nicht. Aber als ich mich umdrehte, sah ich, dass der Druide die Hexe an der Hand führte.

Erik stoppte uns vor einem Querstollen. Er machte ein Zeichen, dass er hinter der nächsten Ecke etwas gehört hatte.

»Ich schaue nach«, flüsterte ich. Langsam schwebte ich hinter der Felswand hervor in den anderen Stollen. Zuerst sah ich nichts, dann bewegte sich etwas direkt vor mir. Zwei Echsen, die in der Geisterdimension fast weiß waren, drückten sich an die gleichfarbige Felswand. Die vordere hatte ihre rasiermesserscharfen, unterarmlangen Klauen zu einem tödlichen Hieb erhoben. Ich zischte um die Ecke, wechselte in die richtige Welt und machte den anderen heftige Zeichen, keinen Mucks von sich zu geben. Dann schaute ich in Anderland wieder nach den beiden Sirenen.

Nach einer endlosen Zeit tippte eine der anderen auf die Schulter. »Los, gehen wir«, flüsterte sie. »Du hast dich sicher getäuscht. Da ist nichts.«

Die andere senkte ihre Mörderkrallen. »Jetzt nicht mehr, nachdem du hier rumquatschen musstest.«

Dabei war die zweite Echse wesentlich lauter als die erste.

Sie zündeten ihre Fackeln wieder an und rannten weiter.

»Tauscher in den Minen!«, fluchte Erik. »So weit im Süden. Das ist nicht gut.«

Eskatos schüttelte nur stumm den Kopf.

Wir hielten jetzt mehr Abstand. Dafür sorgte ich, indem ich zwischen uns und den Verfolgten in Anderland hin und her pendelte.

Dann kam der absolute Schock. Ich folgte den beiden Echsen um eine Kurve und rannte fast in eins von den verdammten Viechern rein. Ich brauchte ein bisschen, ehe ich kapierte, dass es eine dritte Sirene war. Ein Wachtposten, an dem unsere beiden Sirenen ohne ein Wort vorbeigelaufen waren. Die sah ich gar nicht mehr. Sie gingen in einer Riesenversammlung der schwarzen Biester unter. Der Stollen, durch den ich sie verfolgt hatte, endete in einer großen unterirdischen Halle. Zwischen gewaltigen Tropfsteinsäulen wimmelte es nur so von Sirenen.

Den See entdeckte ich erst, als eine Echse mit Fackel zu seinem Ufer hinunterstieg und von einer anderen mit scharfen Zischlauten zurückgerufen wurde. Er schimmerte tatsächlich grün. Es brannten nur ganz wenige Fackeln und die waren so an den Stalaktiten befestigt, dass sie nicht auf den See hinausleuchteten. Er lag gleich wieder im Dunkeln. Aber ich hatte gesehen, dass Dutzende von Booten an seinem Ufer vertäut waren. Ich war in eine Art Heerlager geraten.

»Verflucht noch mal!«, knurrte Erik , als ich die anderen warnte. »Die Mistviecher benutzen unseren alten Sammelplatz.«

»Sie wollen die Zwergenarmee angreifen«, stellte Eskatos fest.

»Woher weißt du das?«

»Die Armee versammelt sich am Ostufer des Grünen Schimmers«, erklärte der Druide. »Von dort aus können sie die fünfzehn Wasserfälle befahren. Das ist nicht ungefährlich, bringt ihre Boote aber weit nach Nord-Elbia. Wenn die Tauscher sie angreifen wollen, tun sie das am besten bei den Wasserfällen.«

»Können wir die Zwerge warnen?«, fragte Nica.

»Kannst du über Wasser fliegen?«, fragte Eskatos mich statt einer Antwort. Ich nickte.

»Dann ja«, meinte Erik. »Dann können wir sie warnen. Ich weiß, was Eskatos meinte … es gibt Grubengeister, die brauchen festen Grund, um zu fliegen. Sie fallen in Löcher und ins Wasser. Aber du bist ja keiner von dieser Sorte. Lasst uns ausspähen, wie viele es sind und wie sie bewaffnet sind. Dann kannst du Sven Stalagmit warnen.«

»Sven wen …?«

»Stalagmit. Er ist der General der Zwergenarmee.«

Als wir den Sammelplatz der Sirenen erreichten, rannten die schwarzen Biester aufgeregt durcheinander. Zuerst dachte ich, dass sie sich wie Hunde die Gesichter ableckten. Aber dann kapierte ich, dass sie Gestalten austauschten. Jede Sirene weinte einzelne Blutstropfen und andere leckten sie auf. Im Blut steckten die verschiedenen Gestalten, die sie annehmen konnten.

»Was für eine Teufelei ...?«, brummte Erik, aber er verstummte, als ein Wächter in unsere Richtung sah. Wir lagen auf einer Felsengalerie hoch über dem sogenannten Säulensaal. Hinter dem Wächter entstand eine neue Art von Bewegung, weil sich immer mehr von den Biestern verwandelten. Plötzlich liefen eine Menge Zwerge zwischen den schwarzen Echsen herum.

Als der Wachposten sich wieder entspannte, flüsterte Nica: »Die wollen die Zwerge nicht angreifen. Die wollen sich unter ihre Armee mischen.«

»Warum?«, fragte Eisenerz.

»Da unten laufen etwa zweihundertfünfzig angebliche Zwerge rum«, schätzte die Hexe. »Zwerge, die auf jeden Fall Werwölfe und Vampire angreifen werden, selbst wenn dein General etwas anderes befiehlt. Sie können aber auch als Vampire oder Wölfe mitten in eurem Lager die Zwergenarmee angreifen. Die sollen sicherstellen, dass es keine Verhandlungen, keinen Waffenstillstand und schon gar keinen Frieden gibt.«

»Sven muss das unbedingt erfahren«, meinte Erik. Er hielt mir eine kleine Holzkiste hin, die mir irgendwie bekannt vorkam. Als ich danach griff, stieß etwas im Inneren mit einem dumpfen Ton ans Holz. Gleichzeitig schob es mich von Erik Eisenerz weg. Da konnte ich machen, was ich wollte. Wir versuchten es ein paarmal, dann meinte der Zwerg: »Zwecklos. Du hast etwas an dir, das den magischen Nagel abstößt.«

Erik öffnete die kleine Truhe. Darin lag ein krummer, rostiger Nagel. »Den müsstest du dem General geben. Dann wird er wissen, dass die Nachricht von mir kommt.«

»Ein alter Nagel?«, fragte Lorenzo ungläubig. »Gib ihm lieber deinen Siegelring oder so was.«

»Der würde überhaupt nichts nützen«, erklärte der Zwerg. »Jeder Betrüger würde mit einem Siegelring kommen. Dies ist das Zeichen.«

Mir dämmerte, was mich davon abhielt, den Nagel zu nehmen. Sein Metall und das, was ich in Anderland versteckte, stießen sich magisch ab. Der Vampirbaron hatte den Nagel gehabt und dann an Eskatos zurückgegeben. Das hatte mich wohl auf dem Kronberg davon abgehalten, dem Druiden zu folgen. Aber als ich den Mund aufmachte, um etwas zu sagen, stoppte mich Eskatos mit erhobener Hand.

»Ich glaube zu wissen, was es ist«, sagte er. »Sprich nicht darüber. Gibt es jemand anderen, der unsichtbar über Wasser fliegen kann?«

Lorenzo wollte sich melden, aber dann fiel ihm wohl ein, dass er inzwischen zwar eine Menge seltsame Dinge konnte, aber Unsichtbarmachen war nicht dabei.

»Ich denke, ich kann es«, flüsterte Nica. »Mit Will zusammen sollte es gehen. Er sorgt fürs Fliegen und ich trage den Nagel.«

Ich wollte sie fragen, was sie damit meinte, wo sie doch keinen Besen mehr hatte. Aber Erik hatte ihr das Erkennungszeichen schon in die Hand gedrückt. Nica machte einen Schritt auf mich zu und verschwand. Als ich die Dimension wechselte, stand sie klar und deutlich vor mir. Ich sah auf die kleine Truhe. Der Nagel schimmerte in Anderland pechschwarz durch das Holz. Reine Magie.

»Wenn du mir die Hand gibst, sollte es gehen«, meinte die Hexe. »Flieg einfach los, aber halt mich fest.«

»Hört auf das Rauschen von Wasser«, empfahl der Zwerg. Er sprach zur Luft etwa zwei Meter neben uns. »Wenn ihr das Rauschen der fünfzehn Fälle hört, könnt ihr das Heerlager nicht verfehlen.«

Ich sah zu Eskatos, weil ich wissen wollte, ob der Druide anders als der Zwerg nach Anderland blicken konnte, aber er stand nicht mehr an der Stelle, an der ich ihn zuletzt gesehen hatte.

»Sagt Sven, er soll die Tauscher einfangen«, befahl Erik der Hammer. »Und sagt ihm, er soll mit niemand einen Krieg beginnen.«

GENERAL STALAGMIT

Bald danach zischten wir über den See. In dieser Dimension schimmerte er nicht grün, sondern hellrot.

»Wie machst du das?«, fragte ich Nica. »Ich dachte, du brauchst zum Fliegen einen Besen.«

»Ich weiß nicht, woher es kommt«, antwortete die Hexe. »Wir haben in letzter Zeit so viele neue Leute und fremdartige Wesen getroffen. Und da habe ich gemerkt, dass ich immer das kann, was sie können.«

»Was? Du kannst fliegen, weil ich es kann? Aber du bist kein Geist.«

»Keine Ahnung«, gestand Nica. »Ich kann es auch nur ... so ein bisschen. Wenn du mich loslässt, falle ich ins Wasser.«

Beim Fußballspielen war mir das an Nica auch schon aufgefallen. Sie schien sich Kräfte von anderen zu leihen. Merellyn hatte uns von jemand erzählt, der das auch tat. Kraft aus der kleinsten Blume und dem höchsten Berg ...

Ehe ich draufkam, von wem er gesprochen hatte, sagte Nica: »Hörst du? Wasserrauschen.«

Ich musste meine Lauscher ganz schön anstrengen, um es auch zu hören. Entweder hatte Nica ein fantastisches Gehör oder sie hatte es sich wie das Fliegen von mir geborgt. Egal, auf jeden Fall waren wir auf dem richtigen Weg.

Wenig später sahen wir in der Ferne einen Lichtschein. Er kam von unzähligen Feuern, die die Zwerge in einer gigantischen Höhle auf dieser Seite des Sees entzündet hatten.

Gegen die Armee der Zwerge war die Sirenenbande ein lächerlicher Haufen. Hunderte von langen Booten dümpelten im Wasser oder lagen an Land. Die Höhle wimmelte von Zwergen. Es waren einfach zu viele, um sie zu zählen.

Nica deutete auf eine gewaltige Säule mitten im Zwergenlager. Von Weitem hatte sie ausgesehen wie eine Burg auf einem Hügel. Aber jetzt sahen wir, dass es ein riesiger, einzelner Stalag…dingsbums war. Keine Ahnung, wie man sie nennt, wenn sie sowohl mit dem Boden als auch mit der Decke verwachsen sind. Ich hatte es nur deshalb für einen Hügel gehalten, weil die obere Hälfte im Dunkeln lag. Die Steinsäule war innen ausgehöhlt. Es gab überall Tore und Fenster und in der Mitte lag ein ganzer Ring davon. Das Fackellicht daraus hatte wie der ferne Lichtschein einer Burg gewirkt. An der Felsensäule führten Treppen in Spiralen hinauf.

Wir landeten auf einer Plattform etwas unterhalb von dem Fensterring und wechselten in die richtige Welt. Eine Klinge fuhr durch meine Schulter, die ich gerade noch rechtzeitig nach Anderland wegzog. Nica wehrte eine Speerspitze mit einem ihrer Messer ab.

»WARTET!«, brüllte ich. Die Zwerge, die uns, ohne zu fragen, in Stücke hauen wollten, zögerten kurz.

»Erik Eisenerz!«, stieß Nica hervor. »Wir haben eine Nachricht von ihm!«

Die Zwerge sahen sich kurz an.

»Erik Eisenerz ist tot«, erklärte einer und hob seine Axt.

»Wer das sagt, lügt«, erklärte die Hexe.

»Habt ihr Beweise?«, fragte eine Stimme außerhalb des Rings aus tödlichen Waffen. Die bewegten sich nach dieser Frage erst mal nicht mehr.

»Wir haben seinen *Nagel*«, sagte ich.

»Eriks Nagel! Hahahahaha!«

»Er hat den Nagel! Hehehe! Direkt aus der geheimen Langen Halle geklaut, was?!«

»Den Königsnagel? Wo hast du das denn aufgeschnappt, Bürschchen?«

»Ihr habt Eriks Nagel? Dann gebt ihn mir«, sagte eine kühle Stimme. Ein paar Zwerge traten zur Seite und gaben den Blick frei auf einen anderen, der ein bisschen größer als der Rest war, aber nur, weil er einen höheren Helm trug. Er streckte gebieterisch die Hand aus. Die Bewaffneten sahen uns gleichzeitig lauernd und verhalten kichernd an.

Nica starrte den Zwerg so verächtlich an wie eine Königin den untersten Aushilfsschuhputzer. »Unsere Nachricht ist für Sven Stalagmit«, verkündete sie eisig. »Er wird den Nagel bekommen.«

Der Zwerg stutzte kurz, fing sich aber ziemlich schnell wieder. »Er *wird* den Nagel bekommen«, versicherte er. »Wenn es einen gibt.«

»Hol Sven und du wirst den Nagel sehen«, verlangte Nica.

»Das geht nicht«, meinte der Kommandozwerg kopfschüttelnd. »Er ist in einer Besprech…«

»In einer Besprechung?«, unterbrach Nica ihn. So hatte ich sie noch nie gesehen. Die Hexe benahm sich, als hätte sie eine größere Armee mitgebracht, als es die gewaltige Zwergenstreitmacht war. »Es wird seine letzte sein, wenn er unsere Nachricht nicht bekommt.«

Der Zwerg schluckte. Dann machte er auf der Stelle kehrt und stapfte zu einem Zwerg auf einer etwas höheren Plattform. Der informierte einen anderen noch weiter oben, und der war endlich hoch genug, um nach drinnen in die Stalagmitenburg zu dürfen. Nica hatte absolut recht gehabt, das Erkennungszeichen nicht dem Erstbesten in die Hand zu drücken.

Nach einer Weile wurden wir von sechs schwer bewaffneten Zwergen abgeholt und in die Burg gebracht. Ehe wir es richtig bemerkten, war die Eskorte schon wieder verschwunden. Wir standen etwas verloren im Gewusel von vielen Zwergen, die mit Bündeln von Waffen, Dokumenten und Rüstungsteilen in der Halle hin und her rannten.

In der Mitte des Saals gab es einen riesigen Tisch, der gepflastert war mit Plänen und Landkarten. Ein Zwerg mit gewaltigem schwarzen Bart stand mitten auf dem Tisch und erklärte anderen mit einem Zeigestab, was los war. Als er uns sah, warf er den Stab weg und hüpfte von der Tischplatte. Er kam zu uns gerannt und die anderen Zwerge trabten hinterher. Aber er winkte ab. Also kehrten sie an den Kartentisch zurück.

»Ich bin Sven Stalagmit«, erklärte er ohne Federlesen. »Erik ist also am Leben?«

»Ja, wir haben seinen Nagel und …«, begann ich, aber der Zwerg winkte ab. Er war kleiner als die meisten.

»Lass nur«, meinte er. »Ohne den Nagel wärt ihr sicher nicht hier. Das ist ein ordentliches Heerlager. Jede Menge magische Schranken und so.« Er wandte sich an Nica. »Was für Nachrichten muss ich unbedingt hören, damit ich noch mehr so tolle Besprechungen abhalten kann wie gerade eben?«

»Am Westufer des Grünen Schimmers versammelt sich eine Truppe von Tauschern«, berichtete die Hexe. »Etwa zweihundertfünfzig.«

Ich hätte erwartet, dass der General über mehrere tausend Zwerge bei dieser Zahl zu lachen anfängt oder sonst irgendwas. Aber er fragte ernst: »Warum sammeln sich Tauscher beim Säulensaal? Ich wusste gar nicht, dass es so viele von ihnen gibt. Was haben sie vor?«

»Ich weiß nicht, welche Nachrichten du gehört hast«, sagte Nica. »Die Nachricht, dass Erik Eisenerz tot ist, hingerichtet von den vereinten Werwölfen und Vampiren, ist nicht die Wahrheit. Tauscher hatten vorübergehend die Rollen der Heerführer übernommen. Sie wollen unbedingt, dass ihr in den Krieg zieht.«

Der General wies nach draußen, wo seine Truppen lagerten. »Das haben sie geschafft«, meinte er. »Aber warum wollen sie das? Ich habe nie gehört, dass Tauscher mehr planen, als eine Ziege zu stehlen oder auch mal etwas Gold. Was ist passiert?«

»Sie dienen dem Mundovoros«, erklärte Nica. »Er braucht den Krieg, um die dunklen Mächte durch die Finsternis zurück nach Fantasmanien zu leiten.«

»Er lässt das Königreich brennen, um es im Dunkeln wiederzufinden«, sagte Sven nachdenklich. »Seht mich nicht so an! Zwerge sind keine Poeten. Das hat einer meiner Druiden heute Morgen gesagt.«

Er trat an eines der Fenster, von dem aus man einen Teppich aus Lagerfeuern in der Dunkelheit sehen konnte. Der General nickte. »Langsam verstehe ich. Erik Eisenerz wird überraschend der Nagel des Königs überreicht. Keine zwei Stunden später steht er vor einem Gericht aus Werwölfen und Vampiren. Wir erhalten die Nachricht von seiner Hinrichtung. Daraufhin sammeln wir eine Armee. Der Krieg erreicht eine ganz neue Ebene. Denn wenn wir Zwerge das Gleichgewicht der Kräfte in Nord-Elbia stören …«

»… werden viele sterben und das ist für den Schwarzen Lord noch besser als das ewige Sich-Verletzen und Selbst-wieder-Heilen der sogenannten Geschöpfe der Nacht.«

»Welche Rolle sollen die Tauscher spielen, die sich im Säulensaal sammeln?«

»Sie können die Gestalten von Zwergen, Vampiren und Werwölfen annehmen. Sie haben Boote wie eure und werden versuchen sich unter deine Armee zu mischen. Wahrscheinlich, wenn ihr die fünfzehn Fälle hinunterfahrt.«

Sven Stalagmit nickte, aber er schien noch mehr zu erwarten.

»Wenn das passiert, hast du keine Möglichkeit mehr, Schlachten zu verhindern oder aus dem Krieg auszusteigen«, fuhr Nica fort. »Es wird dann immer angebliche Zwerge geben, die deine Befehle nicht befolgen und einfach weiterkämpfen. Oder Werwölfe und Vampire, die plötzlich mitten in deinem Lager auftauchen und für Unruhe sorgen. Sie halten den Krieg am Laufen, selbst wenn du seinen Stillstand befohlen hast.«

»Du sollst sie einfangen«, meldete ich mich zu Wort. »Und mit niemand anderem einen Krieg anfangen. Sagt Erik Eisenerz.«

»Na, das ist doch mal was!«, rief der General. »Gut, dass Erik König wird. Wenigstens einer, der für mich das Denken übernimmt. Dann machen wir das genauso. Aber jetzt … möchte ich den Nagel doch sehen.«

Nica öffnete die Kiste und hielt sie Sven hin. Der Zwergengeneral nahm den Nagel vorsichtig heraus und hielt ihn eine Zeit lang mit geschlossenen Augen. Dann sah er das rostige Stück an und nickte.

»Der Königsnagel …«, murmelte Sven.

Im nächsten Moment brüllte er Befehle auf Zwergisch quer durch die Halle. Das kann man kaum aufschreiben. In dieser Sprache stecken so viele Rs, dass man die anderen Buchstaben mit der Lupe suchen muss. Auf Platz zwei, aber weit abgeschlagen, liegt das K, knapp gefolgt vom T. Das hört sich etwa so an, als würde jemand einen Bissen scharfes Dolorat Gulyasçz wieder hochwürgen:

»Krrrurrktkrrrtrrrrkarrrrrkrrrtrtrkrrrrrakrrrruktkrtkrrrak!«

Die sechs Mann, die uns in die Halle gebracht hatten, trampelten wieder heran. Sven Stalagmit beugte sich zu uns.

»Nicht verschwinden!«, flüsterte er und legte den Nagel wieder in Nicas Kiste. »Vertraut mir!«

Im nächsten Moment zeigte er auf uns und brüllte in seiner zwergischen Knurr- und Brummsprache durch die Gegend. Einige Gesichter der Zwerge am Kartentisch wandten sich uns zu. Die Soldaten richteten ihre Hellebarden auf uns. Der General stapfte davon und brüllte weitere Befehle. Ich wollte etwas sagen, aber Nica legte mir die Hand auf den Arm und schüttelte den Kopf. Wir wurden abgeführt und quer durchs ganze Zwergenlager zu einem Bretterverschlag am Ufer des Sees gebracht. Dort wurden wir eingesperrt.

»Los, wir verduften auf Geisterart«, sagte ich, sobald die Tür hinter uns zufiel. »Nimm meine Hand. Der General ist doch durchgeknallt.«

»Das glaube ich gar nicht mal«, meinte Nica. »Hast du gesehen, was für eine Hektik draußen herrscht? Die Zwergenarmee bricht auf.«

»Ja, aber was soll das?«, maulte ich. »Erik sagte doch, Sven soll keinen Krieg anfangen. Hat Eisenerz jetzt hier was zu melden, oder nicht?«

»Hat er. Das darfst du mir glauben«, verkündete die Hexe. »Ich wette mit dir, dass wir in fünf Minuten hier raus sind und auf einem der Boote mitfahren, die nicht die fünfzehn Wasserfälle nehmen, sondern zum Säulensaal aufbrechen.«

»Ach ja? Wie kommst du denn darauf?«

»Sven schaltet schnell. Wir haben ihm gesagt, dass Tauscher in Zwergengestalt darauf warten, seine Armee zu unterwandern. Wenn die Zwergenboote ablegen, werden sich die Boote der Tauscher in der Hektik bei den Wasserfällen daruntermischen. Logischerweise brauchen sie Spione hier im Lager, um zu wissen, wann es so weit ist. Diesen Spionen hat der General das Schauspiel geboten, uns zu verhaften.«

Ich starrte Nica eine ganze Weile mit offenem Mund an. Wie kam sie denn auf so was? Ehe ich sie fragen konnte, ging eine

Tür auf. Nicht die, durch die wir gekommen waren. Ein Zwerg steckte den Kopf herein. »Los kommt, ich soll euch zu Sven bringen«, flüsterte er.

Nica setzte ein Was-habe-ich-gesagt?-Grinsen auf und folgte dem Zwerg. Also zischte ich hinterher. Die Tür führte auf einen Bootssteg. Der war zum Land hin hinter einer schweren Plane verborgen, die an Pfosten gespannt war. Wir gingen an Bord eines Schiffes, das sich für meine Augen in keiner Weise von den hunderten anderen auf dem See unterschied. Na ja, doch. Es war eines von wenigen, die am Heck eine Art niedriges Zelt aufgebaut hatten.

Darin erwartete uns Sven Stalagmit. »Tut mir leid, wenn ihr Unbequemlichkeiten hattet, aber wegen der ...«, begann der Zwerg.

»... Spione?«, vermutete ich.

»Richtig. Sehr gut. Ich wollte keinen Hinweis geben«, erklärte der General. »Aber vermutlich ist unser Aufbruch direkt nach eurer Ankunft Hinweis genug. Doch ich hoffe, dass unsere Eile den Spionen keine Zeit lässt, die Tauscher zu warnen.«

Nica hatte also recht gehabt. Ich wunderte mich nur noch. Wie konnte sie wissen, was ein General und Staatsmann wie Sven dachte? Noch dazu ein Zwergenstaatsmann. Oder heißt es Staatszwerg?

»Woher wusstest du, dass wir nicht wirklich verhaftet waren?«, fragte ich leise. »Und dass sie gleich aufbrechen würden? Kannst du Svens Gedanken lesen, wenn du in seiner Nähe bist?«

Nica schüttelte den Kopf. »Oh nein, er denkt wahrscheinlich zwergisch.« Während sie sprach, stopfte sie Obst aus einer Kupferschale abwechselnd in ihren Mund und in den Schulterbeutel unter ihrem Wolfsumhang. »Das kann ich nicht mal ansatzweise sprechen. Aber mir ist die Geschichte von dem Nagel wieder eingefallen.«

»Aha. Worum geht's da?«

Sven, der am Eingang zum Zelt stand und uns den Rücken zugekehrt hatte, drehte sich interessiert um.

»Wer den Nagel bekommt, wird der nächste Zwergenkönig, stimmts?«, fragte Nica ihn. Sie hörte nicht auf Obst einzustecken, obwohl der General sie ansah. Aber der nickte anerkennend.

»Ich hätte nicht gedacht, dass außer uns selbst jemand etwas über zwergische Geschichte weiß.« Er wandte sich an mich. »Bei uns ist nicht automatisch der Sohn des Königs der nächste König. Wenn der König stirbt, wählen die Druiden seinen Nachfolger. Sie senden ihm den Nagel, der seit mehr als tausend Jahren in der Königskrone fehlt. Wer den Nagel hat, ist der nächste König. Aber etwas beunruhigt mich …«

»Woher wussten die Sirenen, dass Erik, der Schmied, den Nagel bekommen hat?«, stellte Nica die richtige Frage, ehe Sven seine Sorge aussprechen konnte.

»Ja! Woher wussten sie das?«, wiederholte der Zwerg. »Das ist die Frage.«

Mir fiel wieder ein, dass ich die kleine Truhe zum ersten Mal auf Burg Venenfels gesehen hatte. Baron Voronin hatte sie geschüttelt und dem Druiden Eskatos gedroht, dass er damit irgendwelche Leute mit üblen Totschläger-Namen zum König machen könnte. Aber der Elbenzwerg hatte die Truhe zurückbekommen, ehe er geflohen war.

»Um den Nagel an den Königsanwärter zu übergeben …«, fing ich an. »Braucht es dazu nicht eine feierliche … äh, Feier oder irgendsowas?«

Sven sah mich eine Zeit lang an, ehe er antwortete. »Normalerweise, ja. Das heißt, in den letzten Jahrhunderten gab es immer ein feierliches Zeremoniell. Der Anwärter wusste schon, dass er der Auserwählte war, und hielt sich in der Nähe der Druidenversammlung auf. Aber früher war das nicht üblich. Die Zwerge waren in Stollen und Minen über die ganzen Skelettberge verstreut. Da musste der neue König vom Boten mit dem Nagel manchmal monatelang gesucht werden. So war es diesmal auch. Erik war zufällig in Nord-Elbia, als …«

»Eskatos!«, unterbrach ihn Nica.

»Der oberste Druide?«, fragte der General. »Ich denke, er hat einen großen Fehler gemacht, als er Erik den Nagel noch im Kriegsgebiet übergeben hat und nicht erst mit ihm zur Kalten Hand gekommen ist.«

»Er hat es nicht aus Versehen gemacht. Oder aus Ungeduld!«, rief Nica. »Er *wollte* den Vampiren und Werwölfen einen Zwergenkönig liefern, den sie verurteilen und hinrichten könnten. Die Druiden sind die Verräter. Oder zumindest dieser eine … Eskatos … Er ist mit uns in die Höhlen gekommen! Erik und Lorenzo sind in höchster Gefahr!«

Sven rannte nach draußen. Er flüsterte, aber so laut, dass es von der Höhlendecke widerhallte. Auf den anderen Booten wurde der Befehl aufgenommen. Plötzlich peitschten die Ruder wie Dreschflegel ins Wasser. Die Boote schossen vorwärts.

Wir erreichten den Säulensaal keine fünf Minuten später. Die Boote waren alle noch da. Aber von den Sirenen fehlte jede Spur. Der Lagerplatz war verlassen.

Noch ehe die Zwergenboote anlegten, jagte ich hinauf zu der Felsengalerie, wo unsere Freunde sich versteckt hatten. Auch sie waren verschwunden.

Kurze Zeit später kam Nica herauf. Sie suchte die Galerie ab, aber plötzlich erstarrte sie. »Ich habe mich getäuscht«, sagte sie leise. »Eskatos ist nicht der Verräter.«

Sie zeigte auf etwas hinter der Felskante. Als ich nach vorn schwebte, entdeckte ich den kleinen Druiden. Er lag kopfüber in der Steilwand. Zwei Pfeile ragten aus seiner Brust.

Eine ganze Horde schwer bewaffneter Zwerge kam auf die Galerie geklettert. Sie stiegen in die Wand und beugten sich über den leblosen Körper des Halbelben.

»Der oberste Druide lebt!«, meldete einer. »Aber nur noch ein bisschen. Hat zwei Pfeile und einen Armbrustbolzen abbekommen. Der steckt sehr tief.«

Zwerge bildeten eine Kette und reichten den Schwerverletzten nach unten weiter. Mehr Soldaten kamen herauf zur Galerie. Sie rannten hierhin und dorthin. Sie wühlten mit Schwertspitzen und Äxten in Felsspalten. Sie brüllten hin und her. Nica zog mich beiseite.

»Lass uns abhauen«, flüsterte sie. »Ich habe eine Spur. Mehr werden wir nicht finden, so wie diese Zwerge hier herumtrampeln.«

»Und der General?«, fragte ich.

»Der versteht das«, meinte die Hexe. »Die Zwerge werden eigene Suchtrupps losschicken. Ich glaube, dem General wäre es ganz recht, wenn wir vor denen unterwegs wären.«

Ich folgte ihr in das Gewirr von Stollen, aus dem wir erst vor ein paar Stunden gekommen waren.

»Wieso glaubst du, dass er uns als ersten Suchtrupp haben möchte?«, wollte ich wissen.

»Weil er mir heimlich zwei Laternen und einen Schlauch voll Lampenöl geben ließ«, antwortete Nica. »Aber hier in Anderland brauchen wir das gar nicht. Alles, was sonst finster ist, leuchtet hell. Und schau dir mal an, was für eine breite Spur von Magie die Sirenen hinterlassen!«

»Was? Was soll da sein?«

»Siehst du nicht diese purpurnen Fußabdrücke überall?« Die Hexe wies in einen Seitengang. »Hier sind sie abgebogen.«

»Purpur? Das ist so eine Art Rot, oder? Aber nicht hier. Ist doch alles grau in grau.«

Nica schüttelte den Kopf. »Typisch Jungs!«, stöhnte sie. »Alles so grau hier! Was soll da schon sein? Ihr seht einfach nicht zwischen die Dimensionen!«

Ich folgte ihr achselzuckend weiter durch endlose Gänge. Sie hätte ruhig ein bisschen dankbar dafür sein können, dass ich sie überhaupt mitnahm in meine Dimension. Aber auf dieses typische Jungs-Mädchen-Gelaber hatte ich keine Lust. Hauptsache, einer von uns wusste, wo es langgeht. Ich hatte inzwischen das Gefühl, dass dieses Gebirge durchlöchert war wie ein Käse.

JÄGER UND GEJAGTE

Nica und ich kamen in den größten Stollen, den ich bis dahin gesehen hatte. Eigentlich eine künstliche Höhle, von der viele Stollen wegführten. Hier gab es nicht eine Schienenbahn, sondern gleich fünf. Aber keinen von den Wagen mit der eisernen Wippe.

Nica lief eine Zeit lang hin und her. Dann deutete sie auf einen der Stollen und sagte: »Von hier sind die Sirenen mit Wagen weitergefahren. Aber sie haben sich getrennt. Die meisten sind nach Südosten gezogen. Eine viel kleinere Gruppe nach Norden. Ich denke, dass die Gefangenen bei der kleineren Gruppe sind.«

»Bist du dir sicher?«

Nica zeigte auf eine der eisernen Schienen, die in den nördlichen Tunnel führten. Darauf war ein roter Pfeil gemalt. »Ziemlich«, meinte sie. Die Hexe streifte etwas von der roten Farbe mit der Kuppe des Zeigefingers vom Metall. »Das ist Blut«, stellte sie fest. »Mit Magie behandelt.«

»Von einem Tauscher?«

Statt einer Antwort holte Nica ein Metallröhrchen aus einer Tasche in ihrem Umhang und ließ den Tropfen hineinfallen. Sie hielt den Behälter waagerecht. Durch einen Spalt in der Röhre beobachteten wir, was passierte. Der Blutstropfen begann zu zittern und teilte sich. Die beiden Hälften flossen rasch auseinander an die entgegengesetzten Enden des Röhrchens.

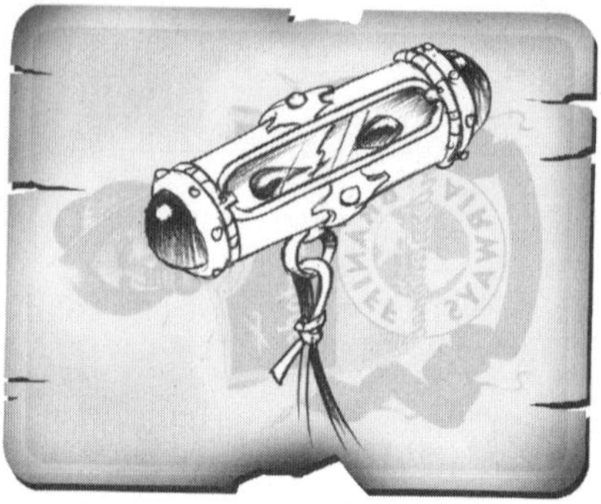

»Vampir«, stellte Nica fest. »Und Werwolf. Lorenzos Blut.« Sie hielt mir ihre Hand hin. »Ich glaube, jetzt müssen wir uns beeilen, sonst verlieren wir den Wagen. Lass uns wieder fliegen. An Abzweigungen müssen wir schauen, ob sie uns noch mehr Spuren hinterlassen haben.«

Ich nahm Nicas Hand und wir flogen los, den Schienen folgend. Es gab ab und zu Querstollen, aber ohne Schienen. Nica entdeckte nirgends Spuren von Sirenen, die vom Wagen abgestiegen wären, also hielten wir uns nicht lange auf und jagten weiter. Wir kamen an zwei weiteren Schutzhütten vorbei, beide geplündert. Spuren der Gestaltwandler fanden wir nicht. Nach einer schier endlosen Zeit erreichten wir eine Stelle, wo sich der Stollen und auch die Schienen gabelten. Wir fanden einen weiteren Blutpfeil im rechten Gang. Dem folgten wir nach meiner Schätzung drei Stunden. Dann kamen wir zur Unfallstelle.

Ein Erdrutsch blockierte hinter einer ziemlich scharfen Kurve die Schienen. Der verbeulte Wagen hing knapp unter dem Gipfel des Geröllhaufens auf der Seite. Zwei tote Tauscher lagen darunter, ein weiterer auf der anderen Seite des Hügels.

»Zwei Gestaltwandler sind auf den Bahnschwellen weitergegangen«, meldete Nica. »Von unseren Leuten keine Spur. Ich sehe diesmal auch keine Blutspur.«

Vielleicht waren sie hier entkommen und in die Höhle gestiegen, die der Erdrutsch aufgerissen hatte. Während Nica auf der anderen Seite des Schuttberges die Schienen absuchte, erforschte ich die Höhle. Aber ich sah bald, dass es sinnlos war. Sie führte nur zu weiteren Spalten und Kammern im Fels, von denen wieder neue natürliche Gänge abzweigten. Beinah hätte ich nicht zurückgefunden. Zum Glück sah ich einmal kurz das Licht von Nicas Laterne und schwebte einfach durch den Fels, bis ich im Stollen mit den Schienen herauskam.

Die Hexe stand ein ganzes Stück weit von der Unfallstelle entfernt, mit ihrem Bluttesteröhrchen in der Hand. »Hier war der Pfeil!«, rief sie. »Folgen wir ihm.«

Wir flogen den Stollen entlang. In einer weiteren künstlichen Halle gab es wieder eine Schutzhütte. Ihre Tür war genauso eingeschlagen wie alle, die wir bis jetzt gesehen hatten. Der Unterschied war, dass eine tote Sirene auf der Schwelle lag.

Die Hexe zog ihre Schwerter. Wir schlichen hin und spähten durch die Tür. Als sich nichts rührte, stiegen wir über den reglosen Körper der Echse weg und schauten uns genauer in der Hütte um. Drinnen lagen ein paar zerwühlte Decken und ein zerbrochener Krug mit einem Rest Zucker oder Mehl darin. Sonst war da nichts.

Ich tippte Nica auf den Arm und deutete stumm zur Tür. Sie schüttelte den Kopf und leuchtete mit der Laterne in die hinterste Ecke. Dort war ein Haufen Decken von einem Regalbrett gerutscht. Nica zog den Stapel weg. Da lag Lorenzo. Seine Augen starrten blind ins Laternenlicht.

»Lorenzo!«, schrie ich und stürzte hin. Seltsame, halb durchsichtige Häute zuckten über seine Augen und deren Farbe wechselte zu Orange, mit starren winzigen Pupillen in der Mitte.

Ehe ich bremsen konnte, hatte er mich gepackt. Gleichzeitig schmolz er dahin, wurde kleiner und dunkler. Ledrige, schwarze Haut. Dünnes, silberfarbenes Haar. Ein lippenloses Grinsen. Ich wollte mich losreißen, aber das ging nicht.

»So sieht man sich wieder«, meinte die Mumie. »Hast du mir was mitgebracht?«

Hinter mir hörte ich das Klirren von Metall und eine bekannte Stimme, die sagte: »Ganz ruhig, Hexchen. Lass deine Schlachtermesser fallen. So, jetzt runter mit dem Wolfsfell. Gut. Und denk nicht mal im Traum daran, irgendeine andere Waffe hervorzuzaubern.«

Der schwarze Kerl grinste immer noch. »Tu, was Arachnua sagt, Herzchen«, zischte er an mir vorbei. »William hier weiß, wie schnell ihre Armbrust losgeht.«

Die Hutzelmumie ließ mich los und wir richteten uns beide auf. Die tote Echse auf der Türschwelle war verschwunden. Mich schauderte bei dem Gedanken, über die lauernde Arachnua geklettert zu sein, selbst wenn wir jetzt in einer schlimmeren Lage waren.

Ich wechselte nach Anderland und sofort wieder zurück.

»Keine gute Idee, kleiner Geist?«, fragte der Alte beiläufig.

Ich schüttelte den Kopf. In Anderland war die Mumie ein großer gesichtsloser Schatten, der dem Schwarzen Lord, wie ich ihn in den Sümpfen und im Traum gesehen hatte, viel ähnlicher war als der verdorrte Zwerg in der echten Welt.

»Wir können das hier ganz schnell hinter uns bringen«, erklärte das Trockenmännchen. »Du gibst mir, was ich haben will, und ihr könnt eurer Wege ziehen. Wir haben keinen Krieg mit Geisterchen und Hexlein.«

»Wo sind die anderen?«, fragte Nica. »Lorenzo und Erik?«

Der Alte lachte. »Sie sind alle hier. Wen möchtest du denn zuerst sehen?« Dann wechselte er ein paarmal seine Gestalt. Er zeigte uns Lorenzo, den Zwerg und zum Schluss den Druiden Eskatos, ehe er wieder zu der Mumie wurde.

»Ist Lorenzo verletzt?«, wollte ich wissen.

»Ach, du meinst wegen der Blutspur?«, fragte die Mumie. »Kaum. Ich musste ihn nur ein bisschen anritzen, um für euch die hübschen Pfeilchen zu malen. Ich wollte, dass du uns verfolgst. Und mir bringst, was ich haben muss.«

Ich starrte ihn nur an und tat so, als wüsste ich nicht, was er meinte.

»Gib mir das Zeichen des Lords!«, rief das Trockenmännchen und streckte fordernd eine Hand aus, die wie uraltes Dörrfleisch aussah.

Ich starrte verständnislos auf die hässliche schwarze Klaue. Warum fragte er nach dem Zeichen? Sein zweites Ich in Anderland hätte es doch nur nehmen müssen. Aber der konnte es nicht sehen! Langsam glaubte ich, dass dieses größere Wesen in der Geisterdimension nur Betrug war.

»Ich sagte doch schon, ich habe es nicht«, log ich.

Der Alte wirbelte mich herum, sodass ich Nica und Arachnua ansah. Die Sirene hielt der Hexe die gespannte Armbrust an die Schläfe und mit der anderen Hand ein großes Messer an die Kehle. Ich entdeckte keine Waffen mehr an Nica. Arachnua hatte ziemlich gründlich gearbeitet. Vielleicht hatte die Hexe noch was in den Stiefeln, aber danach konnte sie sich nicht bücken.

»Stich dem Hexlein ein Auge aus!«, befahl der Druide. »Vielleicht hilft das dem Geist auf die Sprünge …«

Arachnua nahm das Messer von Nicas Hals und zielte mit der Spitze auf ihr Auge.

»Wartet!«, schrie Nica. »William lügt nicht. Ich habe das, was ihr wollt.« Sie hob einen kleinen Lederbeutel, den sie an einer Schnur um den Hals trug. Ich wusste nicht, was da drin war.

»Her damit!«, kreischte der Alte hinter mir. »Arachnua, nimm es ihr ab, aber sei …«

Doch weiter kam er nicht, weil die Hölle losbrach. Die Gestaltwandlerin war so vorsichtig, wie man nur sein konnte, aber das reichte nicht gegen Nica. Ohne sich umzudrehen, rammte die Hexe das, was sie aus dem Beutel nahm, an ihrem rechten Ohr vorbei nach hinten. Die Sirene schrie und taumelte rückwärts. Der Armbrustbolzen bohrte sich tief in einen Dachbalken. Die Mumie stürzte nach vorn, auf Nica zu. Etwas Großes kam durch das verschlossene Fenster geflogen und rammte das ekelhafte Dörrfleischmännchen zur Seite. Einer der Fensterläden sauste knapp an mir vorbei. Fast gleichzeitig flog ein brennendes Bündel durch die Tür und rollte in eine Ecke. Das Ding begann fürchterlich zu qualmen, zersplitterte und sandte Flammen und dichten Rauch überallhin. Sofort brannte die ganze Hütte. Innerhalb von Sekunden war alles voller Qualm.

»Nica, William, raus mit euch!«, hörte ich Lorenzos Stimme von draußen. Aber ich konnte die Hexe nicht entdecken. Mir blieb nichts anderes übrig, als nach Anderland zu wechseln. Ich erwartete, dass ich einem Angriff des Schwarzen Lords ausweichen musste, aber stattdessen war da eine zweite Echse. Sie kämpfte gegen ein Wesen, das ich in dem Durcheinander für einen Troll hielt. Keinen von den riesigen Bergtrollen, aber größer als ein Waldtroll. Weiter hinten entdeckte ich die blonde Mähne von Nica. Arachnua wälzte sich kreischend am Boden und hielt sich das Gesicht. Die Hexe kniete vor ihr und tastete blind an der Sirene herum.

Ich sprang und packte Nica. »Los, raus hier!«, brüllte ich. »Alles brennt!«

»Warte!«, schrie sie. »Ich brauche … Ah!«

Nica hatte etwas gegriffen und riss es mit einem Ruck an sich. Die Sirene schrie auf. Lorenzo kam durch die Tür und fiel fast auf uns. Sein Gesicht war blutüberströmt. Er warf eine nasse Decke über uns und schubste uns Richtung Tür.

Ich zerrte die Hexe ins Freie. Ich dachte, Lorenzo wäre direkt hinter uns, aber es war der Dörrzwerg, der nach uns grapschte. Der Angreifer, der durchs Fenster gekommen war, sprang ihn aus der Tür heraus an. Die Mumie drehte sich in der Vorwärtsbewegung, und ich sah, dass sie mit langen, rasiermesserscharfen Echsenkrallen zuschlug. Doch der Troll oder was immer das war, wich aus und packte seinen Gegner am Umhang. Beide kugelten davon in die Dunkelheit.

In der Hütte kreischte Arachnua. Farbige Blitze und bunter Sternenregen schossen durch Tür und Fenster.

»Raus da!«, brüllte Nica. »Das ganze Zeug in den Taschen meines Wolfsfells geht hoch!«

In dem Moment kam Lorenzo mit der Gestaltwandlerin herausgetaumelt. Sie war ebenfalls in eine nasse Decke gehüllt. Sobald sie in Sicherheit waren, ließ er die Sirene los und sie stürzte auf die Knie. Hinter ihr brach die Hütte in den Flammen zusammen und mehrere Explosionen schossen kunterbunte Rauchfinger durch die Höhle.

Lorenzo rannte zu uns und rief: »Alles in Ordnung? Los, weg hier.«

YETINEST

Wir liefen einen Stollen hinunter. Lorenzo quetschte sich unter einem überhängenden Felsen durch und wir folgten ihm. Dadurch gelangten wir aus dem von Zwergenhand geschaffenen Gang in eine natürliche Höhle. Nach ein paar Wendungen erreichten wir etwas, von dem ich gesagt hätte, dass es ein überdachtes Nest für einen Riesenvogel war. Nur dass die ihre Nester weder aus Steinen bauten noch mit Häuten überspannten und es hier unten sowieso keine Vögel gab. Lorenzo ließ sich hineinfallen, neben den reglosen Erik Eisenerz, der auf einem Polster aus aufgeschichteten Fellen lag.

Jetzt erst sah ich, dass das Blut in Lorenzos Gesicht schon länger getrocknet war.

»Was ist mit ihm?«, rief Nica und deutete auf den Zwerg.

»Er trägt eine Rüstung unter dem Lederhemd«, berichtete Lorenzo atemlos. »Sie ist völlig verbeult, deshalb bekommt er keine Luft. Ich weiß nicht, wie man sie öffnen kann. Deshalb habe ich versucht sie mit Zauberkraft zu dehnen, aber da ging nicht viel. Die Rüstung hat einen Antimagieschutz.«

Die Hexe zog ein langes Messer aus einem Stiefelschaft und schlitzte Eriks Lederhemd auf. Nach einem kurzen Blick auf die

Rüstung nickte sie. »Man muss diesen Stift hier herausziehen«, erklärte sie und zog. Die Rüstung fiel in Einzelteilen von Eriks quadratischem Brustkorb. »Typischer Zwergentrick.«

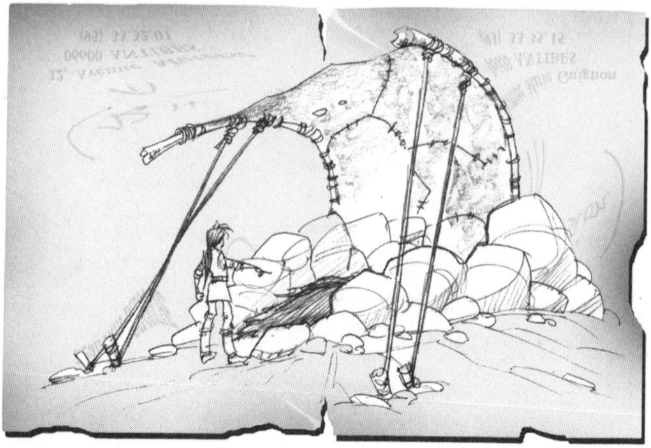

Aber der Zwerg rührte sich nicht.

»Wir müssen ihm Luft in die Lungen blasen.«

»Dann mach doch!«

»Nein, du!«

»Nein, du!«

»Weg, ich versuch's mit Zauberei!«

Lorenzo bewegte die Finger, und der Zwerg machte einen so gewaltigen Atemzug, dass es ihn fast vom Fellpolster hob. Er setzte sich hustend auf. Noch ein paarmal sog er so viel Luft in seine Lungen wie nur möglich, jetzt aus eigener Kraft. Dann sah er sich benommen um und rieb sich die Rippen.

»Was ist passiert?«, fragte er.

»Ein Unfall«, berichtete Lorenzo. »Als dieser weiße Affe die Tauscher überfiel. Er sprang von der Schachtdecke herunter auf den Wagen. Wir drehten uns alle um und im nächsten Moment rasten wir in den Erdrutsch. Dabei bin ich mit dem Schädel an die Mittelstange geknallt. Und dir hat es die Rüstung so verbeult, dass du keine Luft mehr bekommen hast.« Er fasste sich an eine verkrustete Stelle an der Schläfe.

Erik nickte. »Ich erinnere mich …«, meinte er. »Übrigens: Das ist kein weißer Affe. Sag das bloß nicht. Er ist ein Schneemensch.«

»Schneemensch?«, rief Lorenzo erstaunt. »Und der hat uns hier in sein … *Nest* geschleppt? Und ist mit mir dann zurück zur Hütte? Ich dachte, die leben im hohen Norden?«

»Wir *sind* im hohen Norden!«, rief der Zwerg. »Unsere Schienensysteme sind gewaltig. Damit kann man sehr große Strecken in kurzer Zeit zurücklegen. Wenn wir das Gleiche über die Berge versucht hätten, wären wir mindestens noch drei Wochen unterwegs.«

»Aber warum sind wir hier?«, wollte Nica wissen. »Warum haben die Sirenen euch durch die Höhlen nach Norden gebracht?«

»Haben sie nicht«, widersprach Erik. »Ich habe sie hierher gelockt.« Als er unsere erstaunten Blicke sah, fuhr er fort. »Ich habe die Tauscher nach Norden geführt, weil ich hoffte auf Yeti zu treffen.«

»Yeti?«

»So nennen die Schneemenschen sich selbst«, erklärte Erik. »Wir treiben an den nördlichen Minenausgängen manchmal Handel mit ihnen. Sie bezahlen mit Wild und Fellen für unsere Metallwaren. Die Yeti verbringen die langen nordischen Winter in den Höhlen. Es ist euch vielleicht aufgefallen, dass es hier unten ziemlich warm ist. Die Höhlen sind über Schächte mit den Vulkanen am Nordrand der Drachenwüste verbunden. So ist es für die Yeti viel wärmer als draußen in den Schneestürmen. Und ich wusste, dass sie die Tauscher auf den Tod nicht ausstehen können. Der Plan hat hervorragend funktioniert.«

»Was ist denn überhaupt passiert?«, wollte Nica wissen.

»Der Druide war nicht vorsichtig genug«, Lorenzo zuckte die Achseln. »Er zeigte sich an der Felskante und …«

»… wurde von mehreren Schüssen getroffen«, fuhr der Zwergenschmied fort. »Eskatos stürzte in die Felswand. Ehe wir ihn hochziehen konnten, waren die Tauscher bei uns. Sie schirmten ihn von uns ab.«

»Zuerst stritten sie darüber, was sie mit uns anfangen sollten«, berichtete Lorenzo. »Dabei haben uns die Mistviecher immer wieder gekratzt.«

»Den Plan, sich unter die Zwerge zu mischen, hatten sie anscheinend aufgegeben«, meinte Erik.

»Warum?«, fragte Nica. »Wussten sie, dass wir die Zwerge warnen würden?«

»Keine Ahnung«, gab Erik zu. »Aber ihre Anführerin hatte plötzlich eine Idee. Sie verlangte, dass ich sie zur geheimen Langen Halle der ersten Zwergenversammlung führe. Seit ich den Nagel des Königs habe, weiß ich endlich, wo sie liegt.«

Nica zog die Augenbrauen zusammen. »Aber woher wusste die Sirene von der geheimen Halle?«, fragte sie.

»Ich vermute, Eskatos hat ihr gesagt, dass es sie gibt.« Erik grinste.

»Was ist so wichtig an der Langen Halle?«, wollte ich wissen.

»Oh, sie enthält die magischen Waffen, mit denen wir Zwerge alle unsere Kriege gewonnen haben.«

»Da müssen wir hin!«, rief Lorenzo. »Warum habt ihr die Waffen nicht gleich …«

Nica legte ihm eine Hand auf den Arm. Erik grinste immer noch.

»Die Zwerge haben nur einen Krieg geführt, soweit ich weiß«, sagte die Hexe. »Und den haben sie nicht gewonnen und nicht verloren.«

»Aber … was?«, stammelte Lorenzo und sah von einem zum anderen.

»Ihnen von der geheimen Langen Halle zu erzählen war eine wunderbare List von Eskatos«, meinte Erik der Hammer. »Die Halle ist nur eine Legende. Aber plötzlich waren die Tauscher bereit mir zu folgen. Hätte die Druidenversammlung den vorbestimmten König gewählt, hätte der vielleicht gar nichts von den Schneemenschen gewusst. Aber ich war einer von sehr wenigen Zwergen, die viele Jahre an den Eisenerzadern hier oben verbracht haben. Eskatos wusste das.«

»Was meinst du damit, der vorbestimmte König?«, fragte ich.

Der Zwerg gluckste immer noch. »Die Wahl hätte nie auf mich fallen dürfen«, behauptete er. »Ich bin nur ein Schmied. Wer immer die Druidenversammlung beeinflusst, hat mich ausgesucht, weil ich in Nord-Elbia der erste Zwerg war, den sie gefangen nehmen konnten. Ich glaube, ich bin nur zum König gewählt worden, weil ich so bequem nah an ihrem Galgen war, als sie sich den Plan ausdachten.«

»Wer hätte denn sonst König werden sollen?«, fragte Nica.

»Na, wer wohl?«, fragte der Zwerg zurück. »Sven Stalagmit natürlich. Das stand fest, bevor Eskatos bei mir auftauchte. Hast du Sven den Nagel gegeben?«

Nica nickte. Dann hielt sie Erik etwas hin. Der öffnete die Hand und die Hexe ließ einen blutigen Klumpen hineinfallen. Der Zwerg starrte verwirrt darauf.

»Dein Nagel«, sagte Nica. »Ich fürchte, es hängt noch ein bisschen Auge von einem Tauscher dran …«

Erik sah Nica mit aufgerissenen Augen an. »Er hat ihn dir zurückgegeben?«

Die Hexe nickte.

»Verdammter Mist!«, meinte der Zwergenschmied und wischte das Ding an seinem zerfetzten Lederhemd ab.

Ein paar Steinchen polterten einen Abhang hinunter, dann rutschte der Schneemensch über den Felsen in das Nest. Es war das Wesen, das die Mumie angegriffen hatte. Von dem ich dachte, es wäre ein Troll. Mit ihm wurde es hier drin ziemlich eng. Der Kerl hatte wirklich viel von einem Troll, aber nicht die spitzen, fledermausflügeligen Ohren. Dafür aber mehr Fell. Langes, fast weißes Fell. Er hatte auch nicht die typisch trollige Kartoffelnase, die fast über den Augen auf der fliehenden Stirn zu sitzen scheint, sondern ein ganz flaches Näschen unter einem schweren Augenwulst.

Der Yeti überreichte Erik seinen Hammer. »Der kleine Böse das stehlen«, knurrte der Schneemensch. »Er tot. Ich das nehmen.«

Erik stand auf und verbeugte sich. »Ich danke dir. Ich bin Erik *der Hammer* Eisenerz«, sagte er und hob den schweren Hammer. »Hiermit hast du mir meinen Namen zurückgegeben.«

Jeder andere hätte sich jetzt wahrscheinlich selbst vorgestellt. Der Schneemensch sagte nur: »Gut.«

Er holte etwas aus einer Tasche an seinem Lendenschurz. Es sah ganz ähnlich aus wie der Schamanenstab, den Schnick sich

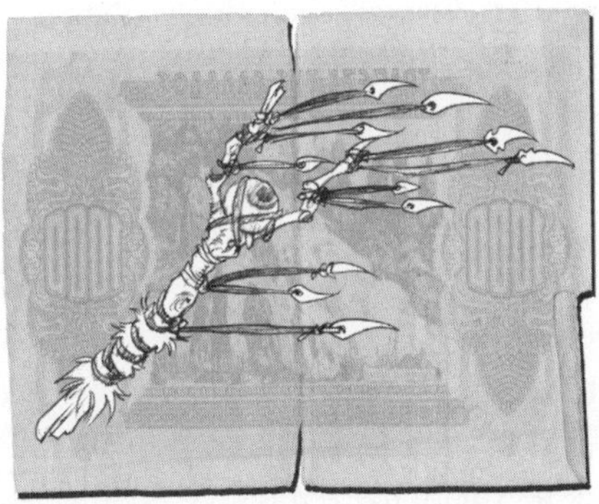

aus den Laderäumen der Jenseits »ausgeliehen« hatte. Es war ein gegabelter Ast, das weiße Fell eines Wintertiers mit Lederschnüren darumgewickelt. An den Spitzen der beiden Astenden waren große Reißzähne befestigt. In der Astgabel saß ein Auge. Erst auf den zweiten Blick erkannte ich, dass es nur ein seltsam gefärbter Flusskiesel war. Viele Lederschnüre mit Krallen an den Enden hingen herunter.

Damit fummelte der Schneemensch jedem von uns vor dem Gesicht herum.

»Was ist das?«, fragte Nica.

»Zauber«, erklärte der Yeti. »Lederschnur. Hier und hier. Zeigt auf Tauscher. Du kein Tauscher. Mein Name Woomba.«

Daraufhin stellten sich alle reihum noch einmal vor.

»Tauscher fliehen«, berichtete der Schneemensch. »Sie noch jung. Mein Clan jagen Tauscher. Wir diesmal viele.«

»Und der kleine Böse … er ist tot?«, fragte ich.

»Mausetot«, nickte Woomba. »Ich schlagen Kopf mit Eriks Hammer.«

»War da nicht noch ein anderer?«, hakte ich nach. »So ein großer Dunkler? Noch viel böser als der Kleine.«

»Nein. Der Kleine war böse. Ich schlagen. Er tot.«

Dann verteilte der Yeti Essen aus einem Fellsack.

Lorenzo hielt mir eine Handvoll von dem geschnetzelten Trockenfleisch mit seltsamen Gewürzen hin. »Probier mal!«, meinte er mit vollen Backen. »Schmeckt grauenhaft, aber ich hab so einen Hunger!«

Ich schüttelte heftig den Kopf. Obwohl es eigentlich unmöglich war, stand ich kurz davor, zu kotzen. Das Zeug sah aus, als hätte Woomba die Mumie zu Schmerzhaftem Gulasch verarbeitet.

MEHR MANNSCHAFT

Der Yeti begleitete uns auf unserer Wanderung südwärts. Er wusste ziemlich genau, welche Wege man nehmen musste, um nicht auf Sirenen zu stoßen.

Wir erfuhren von ihm eine Menge über die Höhlen, die das Skelettgebirge durchzogen. Im Süden benutzten Drachen die Vulkanschächte als Niststätten. Aber weiter nördlich, tiefer drinnen in den Höhlensystemen, wo es immer noch heiß war, aber nicht so unerträglich wie bei den Drachen, gab es meilentiefe Spalten. Und manchmal, wenn das Wasser des Nordmeers diese Löcher flutete, kamen Sirenen heraus. In früheren Zeiten waren die Yeti immer mal wieder mit diesen Biestern aneinandergeraten.

»Aber nicht mehr seit dreizehn Jahren«, erzählte Woomba. »Vor dreizehn Jahren, Berge zittern. Tiere fliehen. Keine Tauscher mehr in den tiefen Höhlen. Keine Brut, ruhige Zeiten. Dann, letzten Herbst, alles anders. Yeti gehen in Höhlen. Sehr kalter Winter kommt. Yeti gehen tiefer als sonst. Stoßen auf böse Tauscher. Immer wieder. Immer wieder. Mehr als zehn mal zehn Hände Finger.«

Wir schwiegen betroffen.

»Früher Tauscher immer Angst«, fuhr der Yeti fort. »Sehen Yeti, verschwinden in Höhlen. Jetzt, sehen Yeti, sie angreifen. Und viele. Darum Yeti-Clan bleiben zusammen. Wir auch viele. Aber ich höre Ruf, gehe allein. Sehe Tauscher auf Zwergenwagen. Ich Falle gebaut.«

»Was für einen Ruf hast du gehört?«, wollte Lorenzo wissen.

Woomba hielt seinen Schamanenstab mit den vielen Klauen an Lederschnüren hoch.

»Yeti wissen. Tauscher nahe?«, sagte er, als müsse er bei mir überlegen. »Geister von Tieren im Stab wissen. Wollen Tauscher jagen.«

Wir wanderten drei Tage südwärts, bis wir wieder auf eine funktionierende Bahn stießen. Diesmal kamen wir an keine geplünderte Schutzhütte, sondern an eine richtige kleine Station mit vier Zwergen als Besatzung.

Dort erwartete uns die Nachricht, dass es in Nord-Elbia so was wie einen Waffenstillstand gegeben hatte. Romano von Grauenstein und Malicia von Wolfswald hatten alle ihre Truppen abgezogen. Danach hatte Stalagmit einen Teil der Zwergenarmee hingeschickt, um die restlichen Kampfhähne voneinander zu trennen. Die Kämpfe waren damit nicht ganz vorbei. Viele Vampire und Werwölfe betrachteten Nord-Elbia als eine Art lustiges Sommercamp. Aber der eigentliche Krieg war zum Stillstand gekommen.

Wir beschlossen uns einen Tag bei der Bahnstation auszuruhen und dann zu der Zwergenfestung am Schimmelwein zu fahren. Natürlich war uns schon am Vormittag des Ruhetages langweilig. Der Platz vor der Station war frei und eben. Also fingen wir an zu kicken. Nach kurzer Zeit spielten Nica und alle vier

Zwerge von der Station mit. Dann fragten nacheinander Erik Eisenerz und der Yeti, ob sie auch mitspielen könnten.

Mittags saßen wir bei Ziegenfleisch, Brot und Käse vor der Bahnstation. Es war absolut klar, dass wir Erik und Woomba in der Mannschaft haben wollten.

Der Zwerg war nicht der Beste am Ball, aber er war einfach unüberwindlich. Er machte jede Täuschung und Körperdrehung mit und stand immer wie eine Mauer am richtigen Platz. Foulen konnte man ihn so gut wie gar nicht. Das war wie gegen eine stabile Felswand zu treten. Es gab nur zwei, die durchkommen konnten, wenn der Zwerg verteidigte. Der eine war ich, aber nur wenn ich als Geist mitten durch Erik düste. Dann war aber der Ball weg. Oder der massige Yeti. Dann war Erik weg.

Woomba spielte besser. Man musste ihm nur noch beibringen, dass er dazu nicht die Hände benutzen durfte. Das war schwierig, weil seine Füße wie Hände aussahen. Die Zehen waren so lang wie Finger und den großen Zeh konnte er wie einen Daumen dagegenstellen. Natürlich griff er sich damit öfter mal den Ball und rannte auf dem anderen Fuß und den Händen los. Er konnte nur schwer einsehen, warum das nicht erlaubt sein sollte.

In den Spielpausen bis zum Abend erklärten wir ihnen, was unser Auftrag war. Als sie verstanden hatten, worum es ging, sagten sie beide zu. Wir hatten unsere Innenverteidigung.

Als wir am nächsten Tag weiterreisten, bekamen wir einen richtigen Zug. Einer von diesen Pumpenwagen zog drei andere, die wie große Badewannen auf Rädern aussahen. Die Zwerge von der Station bedienten den Zugwagen. Den ersten Wagen teilten sich Lorenzo und Nica. Ohne ihren Wolfsschädel auf dem

Kopf sah sie ganz ungewohnt aus. Sie hatte auch keinen Nachschub an gestocktem Waranblut mehr und verlor nach und nach ihre Kriegsbemalung. Aber sauberer wurde sie deswegen noch lange nicht, weil an uns allen immer mehr Kohlenstaub hängen blieb. So sahen wir uns langsam immer ähnlicher.

Woomba hatte einen Wagen für sich allein. Und in den dritten quetschte ich mich mit Erik Eisenerz.

»Ich habe einen Auftrag für dich. Äh, als Schmied. Nicht als König«, sagte ich vorsichtig zu Erik, als die Wagen angefahren waren. »Von Merellyn, dem Zauberer. Ich habe etwas, das dem Schwarzen Lord gehört hat. Merellyn sagte, ich soll es zu Erik, dem Schmied, bringen. Der wüsste, was damit zu tun ist.«

»Du hast das Zeichen des Kriegsherrn«, stellte Erik fest. »Ich wusste es, als du den Nagel des Königs nicht nehmen konntest. Die Metalle haben sich gegenseitig abgestoßen.

Ich habe nicht erwartet, einen Boten zu sehen. Ich war sicher, Mysterio selbst würde kommen. Merellyn will Mysterios gefährlichsten Trick ohne den Alten anwenden?«

»Ich weiß nichts von einem gefährlichen Trick«, gab ich zu. »Wir konnten nur ganz kurz miteinander reden.«

»Eine Frage«, sagte Erik. »Ihr erwartet dem Mundovoros alsbald entgegenzutreten?«

»Ja. Beim Fußballspiel in Arkanon«, erklärte ich. »Wir sind sicher, dass er dort sein wird.«

»Merellyn ist leichtsinnig bis in den Tod«, meinte Erik kopfschüttelnd. »Ich werde dir geben, was ihr für den gefährlichen Trick braucht, aber ich muss es erst herstellen. In der Festung haben sie eine gute, magiesichere Schmiede.«

Erik nahm mich gleich mit in die tiefsten Keller der Zwergenfestung. Ich glaube aber, in Merellyns Verliesen war man noch tiefer unter der Erde. Jedenfalls gab es auch hier eine Bleikammer, und erst als wir da drin waren, wollte der Schmied das Zeichen sehen. Ich holte es aus Anderland und drückte es ihm in die Hand. Vorsichtig wickelte er die vertrockneten Lianenschnüre ab. Lange Zeit saß Erik nur da und starrte das Zeichen des Mundovoros an. Dann setzte er sich ein einzelnes Augenfenster auf. Merellyn hatte für jedes Auge ein Fenster, dafür konnte Erik noch drei immer kleinere Glasfenster vor das erste klappen. Er klopfte mit einem winzigen Hämmerchen auf das Zeichen, träufelte ganz kleine Mengen von Flüssigkeiten darauf und murmelte endlos zwergisch vor sich hin. Ich verstand nur: »Krrrrkkktkkrrrarrrraktrrrrruktakurrrakk…«

Als er mich endlich wieder ansah, zuckte ich zusammen, weil sein rechtes Auge hinter den vielen Fenstern riesengroß war.

»Das ist die verzwickteste Legierung, die ich je gesehen habe!«, rief er begeistert. »Mir wäre nicht im Traum eingefallen, sechsundeinvierzehntel verschiedene Metalle zweihundertdreiundfünfzigtausendfach zu falten. Und das in achteinhalb Dimensionen! Eigentlich in elf Komma drei, wenn man die Wahrscheinlichkeit neidvoller Magie mit einbezieht. Wenn wir den kleinen Dolch hier noch einmal auffalten könnten, würde die Metallfolie ganz Fantasmanien und zwei, drei benachbarte Galaxien bedecken. Allerdings völlig unsichtbar.« Als er mein Gesicht sah, grinste der Zwerg. »Keine Angst, ich kann dir liefern, was du brauchst. Mach, dass du zu deinen Freunden kommst.«

Als die Tür der Bleikammer hinter mir zufiel, hörte ich noch, wie er sagte: »Wäre ich nur beim Schmieden dieser Zeichen dabei gewesen!«

Danach arbeitete er bis zur Abreise ohne Pause in dem geheimen Raum. Er kam nicht einmal zum Essen heraus.

ZWEI FÄLSCHUNGEN

Romano und Malicia wurden von einer Zwergeneskorte in die Festung gebracht. Sven Stalagmit war nicht mitgekommen. Er blieb vorsichtshalber in Nord-Elbia.

Beim Abendessen kam es natürlich zu einer großen Lagebesprechung. Aber der General war nicht dabei und Erik ließ sich mit den barschen Worten entschuldigen: »Noch bin ich Schmied und nicht der verdammte König. Guten Appetit!«

Die Besprechung fand also in einer Zwergenfestung ohne Beteiligung von Zwergen statt, die etwas zu sagen hatten. Das war ein bisschen seltsam.

Die Versammlung der Druiden hatte eine Nachricht geschickt. Darin stand, dass der Rat je zur Hälfte für Sven Stalagmit und Erik Eisenerz als nächsten König gestimmt hatte. Deshalb war Eskatos aufgebrochen, um mit beiden zu reden. Aber dann war er verschwunden. Klar, die Vampire hatten ihn entführt. Sie schrieben, dass Eskatos immer noch am Leben war, aber nicht aufwachte. Deshalb hatte er bisher kein Wort zu seiner Entscheidung für Erik Eisenerz als König sagen können.

Lorenzo schob mir einen Zettel hin. Darauf stand:

LORENTSo Magir uhnd volweisse
WILLIAM Vohlweisse und irgntwie auch Mahgisch
(weiswo Belle hingeen)
NIKHA Hexe (zehlt als Magir)
ROHMANNO (Köhnik der Vampiere)
MALLITSA (Köhnikin der Werwöhlfe)
EHRIK (Köhnik der Tswerge)
PALLOMINNA (Tsentaar, aber schpilt gut)
WUMBHAH (JEHTI-scahamanne = auhc Magihr)

2 Kwerwöhlfe un MIERABELAH

In seiner typischen Bescheidenheit hatte er sich ganz oben auf die Liste gesetzt.

»Sieh dir das mal an!«, meinte er fröhlich. »Könige und Magier sammeln ist einfacher als Brezelbacken! Mir egal, ob sie bei Erik den Nagel verwechselt haben oder was. König ist König, wie ich immer sage. He, und wahrscheinlich ist Nica auch Waise! Macht wieder drei. Wir haben's fast schon geschafft.«

Ich stutzte. Tatsächlich war das mehr, als ich erwartet hätte. »Gar nicht übel«, gab ich zu. »Fehlen uns nur noch die ausgestoßenen Mischlinge.«

»Aber *du* hast doch gesagt, dass *Merellyn* meinte, dass wir uns darum gar nicht so kümmern müssen!«, jammerte Lorenzo. »Hast du überhaupt gesehen, dass diese Liste auch die andere Bedingung erfüllt? Keine zwei Spieler sind vom gleichen Volk. Außer uns und Nica. Aber bitte, ich mein, alles geht nicht.«

»Ja, sag ich doch!«, besänftigte ich ihn. »Ich find's toll. Allein schon deswegen, weil so viel Scheiß passiert ist, dass wir uns gar nicht um die Mannschaft kümmern konnten. Aber du willst doch nicht ernsthaft die Querwölfe spielen lassen? Wenn's einen Schiedsrichter gibt, stehen die keine fünf Minuten auf dem Platz.«

»Jaja, sicher ergibt sich noch was anderes«, meinte Lorenzo leichthin. »Aber sieh dir das doch mal an! Magier! Hexen! Zentaurier! Werwölfe und Vampire! Könige … so eine Mannschaft gab's noch nie.«

Es war kein Wunder, dass wir aufgekratzt und sehr zuversichtlich waren. Wir hatten unglaubliche Gefahren überstanden und saßen jetzt satt und in vorläufiger Sicherheit im Kreis von Leuten, die uns alle helfen wollten.

Doch dann sagte Lorenzo todernst: »Aber eines musst du mir mal verraten!«

Er sah zu Nica hinüber, die sich mit Malicia und Romano unterhielt. Statt des Werwolfschädels benutzte sie jetzt eine große zwergische Bergmannskappe, um ihre Löwenmähne zu verstecken. Es war eigentlich weniger eine Kappe als eine sehr weite Lederkapuze, die ihr bis über den Hintern fiel.

»Was?«, fragte ich.

»Was habe ich übersehen? Was meinte Malicia am Fluss, als sie sagte, ich soll genauer beobachten? Und warum hat Romano gegrinst?«

Ich tat so, als wüsste ich nicht, wovon er redete. Lorenzo haute mir auf den Arm. Das tat weh, weil ich zu träge war, um rechtzeitig in die andere Dimension auszuweichen.

»Jetzt sag schon!«, verlangte er. »Du weißt, wovon sie geredet haben.«

»Also gut.« Er würde ja doch keine Ruhe geben. »Auf dem Galgenberg bist du doch ziemlich wütend geworden …«

»Wütend? Ich kann mich gar nicht dran erinnern. Ich habe rotgesehen und Blut gerochen und ich wollte jemandem die Knochen … also, ähm … ja. Ich *war* wütend.«

»Genau. Und weil du wütend warst, hast du dich verwandelt und gezaubert wie nie zuvor und einen ganzen riesigen Galgen aus einem Berg herausgerissen und den König der Zwerge gerettet und noch ein paar andere Könige dazu. So leicht wie Brezelbacken.«

Lorenzo nickte stolz. »Genauso war's.«

»Aber *was* hat dich wütend gemacht?«

Er überlegte kurz mit zusammengekniffenen Augenbrauen. Dann sah er mich ein bisschen erstaunt an. »Nica. Nica hat mich wütend gemacht. Nein … jemand hatte sie betatscht! Man sah deutlich die Handabdrücke. Am Busen, und er wollte ihr auch noch zwischen die …«

»Und was glaubst du, wer das war?«, fuhr ich dazwischen.

»Keine Ahnung. Einer von diesen Gestaltwandlern. Wahrscheinlich der falsche Romano! Gut, dass er …«

»Bist du dir da sicher? Waren die Handabdrücke nicht ein bisschen klein für Romano? Und wo müsste der … äh … Angreifer gestanden haben?«

Lorenzo fuchtelte in der Luft herum, während er versuchte, sich an die deutlichen Handabdrücke zu erinnern.

»Direkt vor ihr!«, rief er und machte den Griff zum Busen nach. Er sprang auf und drehte sich. Die andere Hand packte einen unsichtbaren Schenkel. »Nein, hinter ihr! Oder warte …«

Lorenzo merkte nicht, dass Nica und die beiden anderen herübersahen. Er versuchte mitten in der Luft die verschiedensten

Griffe, um herauszufinden, wie es gewesen sein könnte. Aber irgendwann hörte er mit dem Herumkaspern auf und sah mich groß an. »Sie hat es selber gemacht?«, fragte er ungläubig.

»Ich glaube, sie wollte, dass du möglichst schnell richtig wütend wirst und …«, begann ich.

Malicia, Romano und Nica kamen zu uns herüber. Die Werwolfprinzessin und der Graf versuchten mit Lorenzo zu sprechen, aber der hörte kaum zu. Er starrte Nica an.

»Ich *war* wütend…«, begann er.

»Du hast den ganzen Galgen ausgerissen!«, hauchte Nica. Sie sagte das mit aufrichtiger Bewunderung. Lorenzo straffte sich stolz. »Es war nicht ganz so, dass jemand mir an die … zwischen die … aber angetatscht hat mich dieses Gestaltwandler-Bürschchen schon …«

»Aber jetzt noch mal ganz von vorn!«, lenkte ich ab. »Wieso seid ihr zwei bei dem Überfall am Grillfeuer verschwunden?«

»Unter den Angreifern waren Tauscher«, berichtete Malicia. »Sie haben Gifte, mit denen sie sowohl Werwölfe als auch Vampire lähmen können. Das ist völlig neu. Ich war einen Moment abgelenkt von dem Bratenduft und …«

»… ich war abgelenkt von Malicias Gesichtsausdruck. Sie erinnerte mich … ich erinnerte mich …«, stotterte der Graf. Er sah Lorenzo an. »An Mysticia. Sie sah einen Augenblick lang aus wie Mysticia. Ich erinnerte mich an alles … dann stach mir jemand eine Nadel in den Hals und danach war alles schwarz.«

»Merellyn glaubt, die schwarze Mumie hat die Kristallkugel gefunden«, sagte ich. »Die Schnick versehentlich mit den Dornenbomben geworfen hat und die dann in den Fluss gerollt ist. Damit hat sie mich auf dem Kronberg gefunden. Der Kristall war Merellyns Rezeptespeicher.«

»Und die Mumie hat das Gift für die Tauscher gemischt?«, überlegte Malicia. »Die Gestaltwandler sind sicher nicht in der Lage, Gifte und Zaubertränke zu brauen …«

Lorenzo ging überhaupt nicht auf unser Gespräch ein. Er sah nur Romano an. »*Woran* hast du dich vor der Spritze erinnert?«

Der Graf schaute nervös von einem zum anderen. Lorenzo hatte ich noch nie nervös gesehen. Aber es gibt für alles ein erstes Mal. Ich sah ihn an und wusste sofort, dass es ihm nicht gut ging. Lorenzo und der Graf zitterten und hatten Schweißausbrüche. Dadurch sahen sie sich ähnlicher als je zuvor.

»Du bist sein Vater«, sagte Nica in die unangenehme Stille hinein zu dem Vampir.

»WAAS?«, entfuhr es mir. »Wie? Jetzt hört aber mal …«

Alle anderen blieben vollkommen stumm. Also klappte ich den Mund auch wieder zu. Lorenzo und Romano starrten sich an. Keinem von ihnen kam ein Wort über die Lippen. Der Vampir sah höchstens drei Jahre älter aus als Lorenzo. Aber die Ähnlichkeit war nicht zu übersehen. Ganz langsam drehte Lorenzo den Kopf, bis er Malicia anstarrte.

»Und? Hast du ihn getötet, vor dreizehn Jahren?«, wollte er wissen.

Sie blickte ihn eine Zeit lang mit großen Augen an. Zum ersten Mal sah sie eher wie die Beute als der Jäger aus. Dann nickte die Werwölfin.

»Ich hatte Malicia darum gebeten«, erklärte der Graf, so ernst wie nie zuvor. »Sie war die Einzige, der ich vertrauen konnte, und die Einzige, die zum richtigen Zeitpunkt nah genug war, um es zu tun.«

»Aber warum?«, flüsterte ich.

Der Graf sah Hilfe suchend zu Malicia. Die schüttelte den Kopf.

»Das müsst ihr selbst berichten. Niemand würde mir glauben.«

Romano war so bleich, dass es sogar für einen Vampir unnatürlich aussah.

»Ich wusste, dass das Kind geboren war. Aber mir war der Gedanke unerträglich… unerträglich, dass …«

»Unerträglich, dass du einen Sohn hast?«, schnappte Lorenzo. »Jemand, um den man sich kümmern muss, statt irgendwelche Jungfrauen halbliterweise auszusaugen?«

Nica flüsterte: »Lorenzo, könnte ich dich kurz sprechen?«

Er fuhr herum und sah sie von oben bis unten an. Mit ihrer Lederkappe und dem Kohlenstaub, den sie als Einzige nicht abgewaschen hatte, sah sie aus wie ein viel zu dünner Bergwerkskobold, dem jemand versehentlich einen Wachstumszauber verpasst hatte.

»Du wolltest, dass ich wütend werde?«, wiederholte Lorenzo. Dann stürmte er aus der Halle.

»Na, das habt ihr geschafft!«, brüllte er im Hinausrennen. »*Ihr alle*!«

»Soll ich mit ihm sprechen?«, fragte der Graf und schaute zur Tür. Man sah deutlich, dass es das Letzte war, was er wollte.

»Ich glaube, das ist das Letzte, was er jetzt braucht«, meinte die Werwölfin.

Gegen Mitternacht holte ein Zwerg mich ab und brachte mich zu Eriks geheimer Werkstatt. Der Raum war sehr klein, trotzdem glühte ein großes Feuer in der Esse. Ich konnte es als Geist nicht fühlen, aber es musste unerträglich heiß und verräuchert sein. Mit dem dicken Bart, in Leder- und Kettenhemd lief Erik der Schweiß in Bächen herunter. Es war ihm aber nicht eingefallen, irgendwas von seiner Zwergenkleidung abzulegen.

Als der Zwerg die Tür geschlossen hatte, öffnete er eine Bleitruhe. Sie hatte zwei Fächer. Im linken Fach lag das Bündel aus Bleiplatten und Lianen, das ich dem Schmied übergeben hatte. Erik forderte mich auf nach Anderland zu wechseln. Als ich es tat, lag das Bündel plötzlich im rechten Fach. Zurück in der realen Welt lag es wieder im linken.

»Du siehst zwei Bündel mit dem Zeichen des Lords vor dir«, erklärte Erik. »Wenn eines nach Anderland verschoben wird, taucht das andere sofort in der wahren Welt auf.«

Ich packte das Bündel im linken Fach und zog es nach Anderland, ohne mich selbst dort hinzuversetzen. Ich konnte es fühlen, aber nicht mehr sehen. Während es aus dem linken Fach verschwand, tauchte es im rechten auf.

»Du bekommst von mir noch einen besseren Bleibehälter für das Zeichen, das in dieser Welt bleibt«, sagte der Schmied. »Jetzt musst du üben die beiden voneinander zu unterscheiden. Das ist nicht leicht zu erkennen. Wenn du deine Finger über die Kanten laufen lässt, kannst du es fühlen. Beim falschen Zeichen sind die Grate der Bleiplatten rund gefeilt und haben einen leichten Wellenschliff. Beim echten Zeichen sind die Grate an den Platten viel schärfer.«

Ich brauchte eine Zeit, bis ich das fühlen und echt von falsch unterscheiden konnte. Als ich mir sicher war, grinste Erik, aber dann schüttelte er zweifelnd den Kopf.

»Was Merellyn da vorhat, ist unglaublich gefährlich«, sagte er noch einmal. »Aber zumindest sind wir vorbereitet.«

ECHTE KEULEN, FALSCHER TROLL

Am Morgen danach brachen wir auf. Bis jetzt hatten wir gar nicht mitbekommen, dass die Zwergenfestung auch ein ganzes Stück über der Erde aufragte. Man öffnete uns ein vielfach gesichertes Tor und wir traten hinaus in den dicksten Morgennebel seit den Schwarzfiebersümpfen. Irgendwo vor uns sollte der Schimmelwein liegen, aber zu sehen war gar nichts.

Als sich das Tor hinter uns geschlossen hatte, sagte Erik: »Nicht so schlimm. Wir müssen nur in gerader Linie zum Ufer hinuntergehen und die Boote klarmachen.«

Der Eingang zur Zwergenfestung verschwand hinter uns im Nebel.

Als wir außer Rufweite waren, wurden wir angegriffen. Und zwar von uns selbst. Romano und Malicia, Lorenzo und Nica, Erik und Woomba kamen ringsum aus dem Nebel gerannt und schlugen mit Schwertern oder anderen Waffen nach uns. Jede dieser Personen gab es mindestens dreimal.

Unsere Nica übernahm sofort das Kommando. »Bildet einen Kreis!«, brüllte sie. »Rücken an Rücken, Waffen nach außen. Lasst euch nicht von der Gruppe trennen. Kämpft nur gegen eure eigenen Ebenbilder. Sonst verletzt ihr womöglich einen von uns.«

Ich beobachtete, wie Malicia und Romano, beide befehlsgewohnte Kriegsherren, sich einen Moment verdattert ansahen. Aber Nicas Befehle waren absolut sinnvoll gewesen. Also befolgten wir sie.

Es war irre, von Leuten angegriffen zu werden, mit denen man eben noch gefrühstückt hatte. Ich sah, dass sich unsere Truppe beim Kämpfen sehr zurückhielt. Es war sicher nicht einfach, auf sich selbst loszugehen. Irgendwie waren die Angreifer auch nicht wirklich darauf aus, uns zu überwältigen. Sie kamen aus dem Nebel, hauten mal mit einem Schwert oder sonst was zu und verschwanden wieder im Nichts.

Dann blieben zwei junge Gestaltwandler in Sichtweite. Beide verwandelten sich zuerst in Lorenzo und dann in Nica. Sie lachten.

Einer verwandelte sich zurück in Lorenzo. »Ich liebe dich!«, hauchte er der falschen Nica zu.

»Ich dich auch!«, erwiderte die.

Lorenzo wurde zu Romano. Er packte Nica und drängte sich an sie. »Ich liebe dich noch viel mehr!«, keuchte der falsche Vampir. »Gib mir einen Kuss, los, nur einen!«

»He, du kannst mich nicht anfassen!«, schimpfte Nica. »Ich bin voller Silber-Glibber.«

»Das gilt doch nur für Werwölfe!«, meinte der falsche Romano achselzuckend. »... jetzt lass uns knutschen!«

»Na gut«, quietschte die falsche Hexe. »Aber Lorenzo wird sooo wütend werden, wenn er das erfährt!«

Romano verwandelte sich zurück in Lorenzo. »Stimmt. Ich bin stinksauer«, rief er. »Und ich hasse dich wirklich!«

Nica wurde zu Malicia. »Dummes Bübchen!«, sagte sie. »Du bist in *mich* verliebt, nicht in Nica.«

Dann lachten sich die beiden kaputt.

Lorenzo wurde zu Nica. Ein anderer Lorenzo stürmte aus dem Nebel heran und schlug die falsche Nica so hart, dass sie taumelte und zu Boden ging.

»Noch mal! Noch mal!«, riefen Romano, Malicia, Erik und wer noch so an Bekannten aus dem Nebel auftauchte und wieder verschwand.

Der echte Lorenzo neben mir brüllte wütend und brach aus unserem Ring aus. Er stürmte auf den Lorenzo los, der eine der Nicas geschlagen hatte. Der wich lachend zurück und verwandelte sich selbst in die junge Hexe. Andere Nicas rannten vorbei und riefen Lorenzos Namen. Er wirbelte angriffsbereit im Kreis, aber sie wichen ihm aus.

Doch plötzlich griffen sie im Rudel an. Sie warfen sich auf ihn und alle verwandelten sich in Lorenzo. Die ganze Lorenzobande stürzte in einem Knäuel zu Boden und der Nebel verschluckte sie.

Ich wechselte nach Anderland. Der Nebel war weg. Logisch, er bestand aus Wassertröpfchen und die gab es in der Geisterdimension nicht. Das hätte mir schon früher einfallen sollen. Da waren die Lorenzos. Ganz unten kämpfte einer, den viele andere festhielten und ein anderer holte mit dem Knüppel aus.

»Die wollen ihm das Knie zerschmettern!«, schrie ich.

Unsere Leute stürzten sich in den Kampf, genau wie die übrigen Gestaltwandler. Es gab einen totalen Kuddelmuddel. Niemand konnte mehr Schwerter, Hämmer oder Zähne einsetzen, weil jetzt überhaupt nicht mehr klar war, wer echt und wer falsch war.

Wieder holte der mit dem Knüppel aus. Gerade, als er zuschlagen wollte, sprang mit einem Schrei der Troll Kruschpuk aus dem Nebel und donnerte dem Kerl eine seiner Keulen an den Hinterkopf. Dann begann er wahllos auf alle anderen einzudreschen. Das Bündel von Gestaltwandlern, die Lorenzo am Boden hielten, wurde weggefegt. Und im nächsten Moment passierte genau das, was ich befürchtet hatte. Ehe Lorenzo sich aufrappeln konnte, trafen ihn Kruschpuks rasende Keulen von links und rechts am Knie. Lorenzo krümmte sich nach hinten, den Mund zu einem stummen Schrei aufgerissen. Kruschpuk stand da wie versteinert. Ringsum verwandelten sich bekannte Gestalten in schwarze Echsen und rannten davon. So wie sie gekommen waren, verschwanden sie wieder im Nebel.

Erik und Woomba wollten sie verfolgen, aber Romano hielt sie zurück. Die beiden würden nur verloren gehen oder einen von uns verletzen.

Kruschpuk zog die Keule von Lorenzos Knie weg. Es gab ein ekelhaft schmatzendes Geräusch, als die Dornen aus dem Fleisch gezogen wurden.

»Es … es tut mir leid«, stammelte der kleine Troll.

Wir stürzten zu Lorenzo. Nica schnitt das Hosenbein auf. Ich sah sofort, dass das Knie bald wieder so schlimm aussehen würde wie vor einem knappen Jahr, als es von Glubschnaks Keule getroffen worden war. Genau wie Kruschpuk gerade hatte der große Troll damals nur helfen wollen.

Eine Hand legte sich auf meine Schulter. Woomba stand hinter mir. »Du. Wissen wollen mein Schutzzauber ist gut«, sagte er. »Du. Schauen hier.«

Er hielt den Schamanenstab in der Hand. Alle Lederschnüre mit den Tierkrallen daran standen waagerecht nach vorn.

Im nächsten Moment hörten wir das Stampfen gewaltiger Füße. Das musste Glubschnak sein. Er schnaufte so schwer wie selten zuvor. Der Troll schleifte etwas Großes, Schweres halb durchs Wasser und halb über den Strand. Dann brüllte er und wuchtete das Ding nach vorn.

Kruschpuk sprang auf. »Glubschnak, ich …« Weiter kam der kleine Troll nicht. Er wurde von einer großen, hölzernen Masse getroffen und verschwand mit ihr im Nebel. Ein Schiff! Glubschnak hatte ein kleines Schiff geworfen! Der Troll blieb stehen und deutete in die Richtung, in der die Barke mitsamt Kruschpuk verschwunden war.

»Der ist nicht echt«, verkündete er. Das Gleiche hatte auch Woombas Stab gesagt. Alle Lederschnüre hatten kerzengerade auf Kruschpuk gezeigt.

Wir fanden das Schiff, aus dessen windschiefem Körper ganze Bündel von Planken herausstanden wie gebrochene Rippen.

Außer Kratzspuren von langen Krallen im nassen Sand war vom falschen Kruschpuk nichts mehr zu sehen. Die Schnüre am Yetistab fielen nach unten.

»Wir wieder allein«, stellte der Schneemensch fest.

Der Mast, an dem Glubschnak das Boot geschleppt hatte, hing schräg in den Seilen und es gab keine Kabine mehr. Eines der Steuerruder war abgebrochen.

»Hab ich gefunden«, brummte der Troll. »Schaut innen rein.«

Romano und Malicia kletterten in das Boot.

»Hier ist noch ein Troll unter Deck!«, rief die Werwölfin. »Sieht irgendwie betäubt aus.«

Sie schleppten Kruschpuk heraus, der wach war, aber teilnahmslos in ihren Armen hing. Woomba deutete mit seinem Schamanenstab auf den Troll, aber die Lederschnüre blieben ruhig nach unten hängen.

»Der echt ist«, verkündete der Yeti.

Sie ließen ihn los und der Troll sank auf den Strand. Er saß einfach nur benommen da und starrte trübe vor sich hin.

»Kruschpuk!«, sagte ich. »Was ist mit dir? Haben sie dich betäubt?«

»Nein …«

Schnick sprang von Glubschnaks Schulter. »Habt ihr seine Keulen?«, rief der Kobold. »Schnell, gebt sie ihm zurück.«

Nica kam mit den beiden dornengespickten Waffen angerannt, die der falsche Troll zurückgelassen hatte. Als Kruschpuk seine Pratzen um die Griffe schloss, kam wieder Leben in ihn. Er rappelte sich auf.

»Ein Bergtroll ist ohne seine rituelle Kampfkeule zu nichts zu gebrauchen«, erklärte Schnick. »Sie müssen ihm die Dinger irgendwie abgeluchst haben.«

»Davon habe ich gehört«, erklärte Malicia. »Dieses Wissen könnte eine Wunderwaffe gegen Trolle sein. Aber die Mistkerle halten die Keulen ja noch im Schlaf fest.«

Ich ging ganz nah zu Kruschpuk. »Hast du noch Du-weißt-schon-was?«, flüsterte ich.

Einen Moment sah er mich verdattert an, als wüsste er eben nicht-schon-was. Aber dann verstand er. Er schüttelte den Kopf. »Sie haben's aus meinem Rucksack geholt«, gestand er. »Ich war ganz schwach. Der Kerl, der mir die Keulen abgenommen hat, hat ausgesehen wie Lorenzo.«

Ich schluckte. Wir hatten das Zeichen des Schwarzen Lords. Aber *er* hatte das Zeichen Mysterios. Oder würde es zumindest bald bekommen.

Lorenzos Knie war endgültig erledigt. Wir hatten hin und her gerechnet. Wir waren uns nicht sicher, aber möglicherweise wäre das Jahr, das Lorenzo warten sollte, am Spieltag schon abgelaufen gewesen. Wahrscheinlicher war allerdings, dass das Spiel einen Tag vor Ablauf des Jahres stattfand.

Aber gespielt hätte Lorenzo so oder so. Das konnten wir jetzt vergessen.

Niedergeschlagen suchten wir nach den Booten. Als wir sie fanden, verbesserte das unsere Stimmung nicht gerade. Ihre Böden waren mit Äxten zerhackt worden. Keiner der Kähne würde weiter als drei Meter in den Schimmelwein hinausschwimmen.

»Wir sollten zur Festung zurückgehen«, empfahl Erik.

Ein halb sirrendes, halb pfeifendes Geräusch näherte sich. Der Zwerg fiel auf ein Knie und hielt seinen eisernen Buckelschild hoch. »Pfeilangriff! Die Schilde hoch!«, kommandierte er.

Aber außer ihm hatte keiner so ein Kriegsgerät. Schwarze Pfeile regneten aus dem Nebel herab. Romano wurde herumgewirbelt, als ihn einer in der linken Schulter traf. Woomba grunzte, als einer in seinem dicken Oberschenkel stecken blieb. Ich spürte, wie einer durch mich hindurchflog. Der riesige Glubschnak bekam mindestens fünf ab. Aber wie immer hielt seine schmutzverkrustete Fellweste das meiste auf. Zwei Pfeile prallten von Eriks Schild ab und Malicia fing doch tatsächlich einen davon.

Sie roch an der Spitze. »Nicht vergiftet«, stellte sie fest. »Greifen wir an?«

»Im Nebel? Mit einem Verletzten?«, fragte Romano. Er zog den Pfeil aus seiner Schulter und warf ihn achtlos weg, als wäre er nur eine unangenehm piksende Tannennadel. »Wir sind nicht *alle* Untote. Aber wenn wir in die nächsten zwei, drei Salven rennen, könnte es so weit kommen.«

»Benutzt die Boote als Deckung für die Verwundeten«, schlug Malicia vor. »Dann können ein paar von uns einen Ausflug machen und sehen, ob wir sie einkreisen …« Sie wurde vom nächsten Pfeilhagel unterbrochen. Diesmal fing sie einen Pfeil direkt im Anflug, warf ihn aber sofort wieder weg. »Silberspitzen!«, rief sie ärgerlich. »Was für eine Unverschämtheit!«

Wir wuchteten die Boote hoch und versuchten eine Palisade zu bilden. Die nächste Salve prasselte dumpf auf das Holz, aber einige Geschosse flogen darüber weg oder durch die großen Löcher in den Booten. Romano schaute verwundert auf einen Holzpflock, der seinen Umhang in den Sand genagelt hatte. Er zog ihn heraus und betrachtete das zugespitzte Ende. Dann beugte er sich über das Boot und sah, dass mehrere solche Pfähle im Holz steckten.

»Diese Salve war wohl nur für mich gedacht«, stellte er fest. Dann rief er in den Nebel. »Vielen Dank! Wie aufmerksam.«

»Jederzeit zu Diensten!«, kam seine eigene Stimme zurück.

Malicia, Nica und Erik zogen Pfeile aus ihren Köchern. Sie nickten sich zu, spannten und schossen fast gleichzeitig. Ein vielfaches Sirren rauschte durch die Luft und mehrere Schreie waren zu hören. Unsere Bogenschützen schauten sich erstaunt an. Es hatte sich angehört, als hätte eine ganze Kompanie geschossen und mehr Verwundete erzeugt, als mit drei Pfeilen möglich war.

Im nächsten Moment kam vom Fluss her eine Stimme. »Ich glaube, jetzt wäre die beste Zeit, an Bord zu kommen.«

Wir fuhren herum. Der vage Umriss eines schlanken dreimastigen Schiffes schimmerte durch den Nebel. Glubschnak hob Lorenzo, Kruschpuk und den sich wehrenden Erik hoch. Romano fuhr seine Flügel aus und hob ab. Malicia und Woomba erkannten, dass der Troll auch ihre Fahrkarte war, trocken zum Schiff zu kommen, und kletterten mit großen Sprüngen an seinem Rucksack hoch. Lorenzo riss sich los, entfaltete seine Flügel und sprang in die Luft. Er fegte niedrig über den Strand und packte Nica, die immer noch dort kniete. Ohne ihr Wolfsfell wusste sie nicht gleich, wo sie den Bogen verstauen sollte, den sie sich in der Zwergenfestung besorgt hatte.

Damit waren wir alle in Sicherheit. Schnick und ich gingen per Geistersprung an Bord.

Wie ich vermutet hatte, begrüßte uns die Schwarze Anna. Wir waren wieder auf der Jenseits. »Immer noch in Schwierigkeiten, was?« Die Piratin war nur ein Umriss auf der Brücke. Aber das Glühen ihrer Zigarre schien durch den Nebel. »Also, einmal Überfahrt über den Schimmelwein. Der Kobold kommt hier zu mir auf die Brücke, wo ich ihn sehen kann. Der Troll setzt sich am besten genau in die Mitte vom Hauptdeck vor den Großmast. Die anderen sind frei, solange sie keinen Matrosen behindern.«

Lorenzo hockte an der Reling, hielt sich das Knie und wollte keinen an sich ranlassen.

Wir anderen versammelten uns bei der Schwarzen Anna auf der Brücke.

»Ihr braucht euch nicht zu bedanken«, verkündete sie. »Die Überfahrt ist von einem Zwerg namens Sven Stalagmit bestellt und bezahlt worden.«

»Warum hat man mir nichts davon gesagt?«, wollte Erik wissen.

»Sie haben mich südlich vom Schwimmenden Hafen erwischt«, erklärte die Kapitänin. »War nicht sicher, ob ich rechtzeitig hier sein würde. So weit alles in Ordnung mit euch?«

»Alles in Ordnung«, antwortete Malicia. »Keine allzu schwer Verletzten.«

»Die Zwerge klangen ziemlich aufgeregt …«, erzählte die Schwarze Anna mit einem lauernden Unterton. »Ihr seid wohl wichtige Leute?«

»Wir sind nur ein paar einfache Krieger mit ein paar einfachen Botschaften«, meinte die Werwölfin kühl.

»Das Einfache ist oft das Beste«, sagte Anna. »Die Zwerge haben mir viel Gold für euch gegeben …«

Die Werwolfprinzessin trat einen Schritt näher an die Piratin heran. »Du meinst, sie haben *für unsere Überfahrt* bezahlt?«, knurrte sie. »Du fragst dich sicher nicht, ob sie dir noch mehr Gold als Lösegeld für uns geben würden.«

Sie war einen halben Kopf kleiner als die Piratin, aber sie sah plötzlich wie ein Wolf auf zwei Beinen aus. Ihr Mund war voller spitzer Zähne. Es gab überhaupt keinen Zweifel daran, dass die Piraten in größerer Gefahr waren als ihre Passagiere.

Die Schwarze Anna nahm ihren Zigarrenstummel aus dem Mund. »Nicht im Allergeringsten«, sagte sie todernst.

Der Rest der Überfahrt verlief schweigend. Erst als sich der Nebel gelichtet hatte und erstes Sonnenlicht auf dem Wasser tanzte, sprach die Piratin wieder. Und zwar mit mir.

JENSEITS-SOUVENIRS

He, Geisterjunge!«, zischte die Schwarze Anna. »Komm mal her.«

Ich schwebte zu ihr auf die Brücke.

Sie deutete auf meine Mütze. »Wo hast du das her?«, wollte sie wissen.

Ich zog mir die Mütze vom Kopf. Richtig, als wir das letzte Mal auf diesem Schiff gereist waren, hätte ich sie noch nicht tragen können. Sie wäre einfach durch mich durchgefallen. Schnick hatte sie mir ja erst im Wunden Waran gegeben.

»Das ist meine alte Mütze«, sagte ich. »Die hab ich schon in Arkanon immer …«

»Nein, ich mein doch nicht diesen alten Lappen«, unterbrach mich die Schwarze Anna. »Woher hast du den Anstecker?«

Ich sah mir die Silbernadel an.

»Freunde haben ihn mir gegeben«, erzählte ich. »Als ich einmal drei von fünf Elfmetern gehalten habe.«

»Drei von fünf elf?«, wiederholte die Piratin. »Magische Zahlen, wie? Weißt du, wo sie das Ding herhatten?«

Ich schüttelte den Kopf.

»Komm mal mit, ich zeig dir was«, forderte Anna mich auf.

Sie schnappte sich eine Laterne und wir gingen in den Laderaum. Ganz hinten, ganz unten sperrte sie eine Tür auf.

»Hier drin war dein Koboldfreund bei unserer letzten Fahrt«, erklärte sie mir. »Versprich mir, dass du hier nie ohne mein Wissen eindringst!«

Ich versprach es feierlich.

Sie stieß die Tür auf und wir betraten einen kleinen Raum mit Fächern links und rechts. Viel befand sich nicht darin. Einen Gegenstand erkannte ich. Es war die Jenseitslaterne, mit der ich dieses Schiff vor einigen Wochen durch einen Sturm geleitet hatte. Mit ihrem Licht hatten wir auch das Entern der zwei Gesandten entdeckt.

Die Schwarze Anna hielt mir etwas anderes hin. Es war meiner Meinung nach eine Lanzenspitze. Das Metall war samtschwarz, aber ich konnte nicht bestimmen, was es war. Die ganze Spitze war über und über mit feinen silbernen Linien bedeckt, die ineinander verschlungen waren.

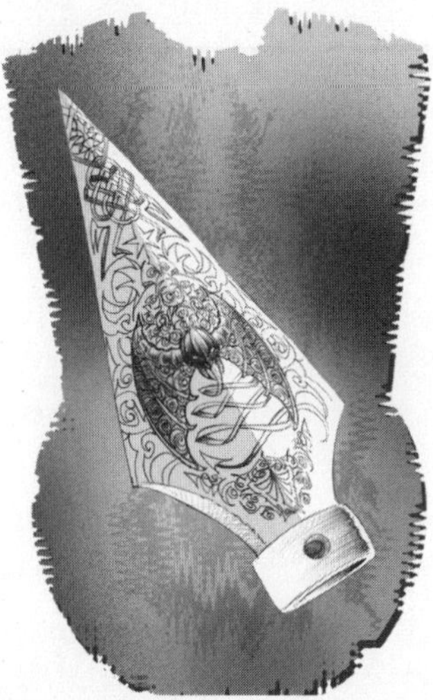

Die Piratin tippte auf etwas in der Mitte. Dort waren die Umrisse des Zeichens, das ich an der Mütze trug. Sie nahm mir die Speerspitze weg und hielt mir ein bemaltes Tongefäß hin. Ringsum fand sich der Ball oder Kreis mit den Spitzen achtmal. Anna stellte das Gefäß weg und zeigte mir den Boden der Laterne. Wieder das Zeichen eingraviert.

»Weißt du, wo ich diese Dinge herhabe?«, fragte sie leise.

»Schnick sagte, von den Jenseitsinseln …«

»Richtig. Ich habe diese Gegenstände aus den sogenannten Diesseitsgräbern«, erklärte sie. »Es gibt auf den Inseln Geister, die ihre Toten im Diesseits begraben. Wenn du dich dort in den Höhlen versteckst, wenn du vor nichts Angst hast und jede Menge Geduld … dann tauchen womöglich solche Dinge auf und ein Toter schwebt durch die Höhle. Drei Tage liegt er zwischen seinen Grabbeigaben. Immer nur drei Tage. Dann verschwindet er und mit ihm die Totengeschenke.«

Ich sah sie mit großen Augen an. Sie hielt mir einen narbigen, nikotingelben Finger vor die Nase.

»Aber manchmal!«, flüsterte sie. »Manchmal stehen die Toten auf und gehen weg. Und die Grabbeigaben bleiben liegen. Wie alt bist du?«

Die Frage überraschte mich. »Äh, elf, warum?«

»Da bist du sicher?«

»Ja, das heißt, nein … ich war elf, als ich starb. Das ist fast ein Jahr her. Wie alt genau, weiß ich nicht. «

»Also eher zwölf«, stellte die Piratin fest. »Vielleicht schon dreizehn?«

»Wieso?… Ich meine, na ja, dann wär ich aber ziemlich klein, für dreizehn … aber möglich wäre es. Vielleicht. Ich weiß nicht, wo ich war, bevor ich ins Waisenhaus kam.«

»Jetzt hör mal zu!«, verlangte die Schwarze Anna. »Vor dreizehn Jahren war ich das letzte Mal auf den Inseln. Wieder erlebte ich, wie Grabbeigaben erschienen. Ein Toter schwebte herein. Aber er verschwand nicht nach drei Tagen. Er ging auch nicht weg, wie mancher andere. Der Tote begann zu weinen. Und er hörte nicht mehr auf.«

»Wie bitte? Was …«

»Er hatte Hunger. Aber er konnte nirgends hingehen. Er schrie nach Milch, wie Babys das nun mal so machen.«

Ich stand mit offenem Mund da. Nicht ein einziger vernünftiger Gedanke blitzte durch meinen Kopf.

»Was hätte ich tun sollen?«, fragte die Piratin. »Ich nahm das Kind mit an Bord, aber da konnte es nicht bleiben. Wir fuhren an der Küste entlang bis nach Arkanon. Ich hatte eine Ziege gekauft, aber der Säugling spuckte das meiste von ihrer Milch wieder aus. Der Kleine wäre mir fast verhungert, bevor ich ihn auf die Stufen des Klosters legen konnte. Hab ein verdammtes Beiboot verloren an den verfluchten Unterwasserriffs vor dem Strand.«

»Willst du damit sagen … meinst du, *ich* …«, stammelte ich.

»Ich will gar nichts sagen«, behauptete die Schwarze Anna plötzlich barsch. Sie stieß die Tür zum größeren Laderaum auf. »Wenn du erst elf oder zwölf bist, kannst du dieser Säugling nicht gewesen sein.« Sie eilte die Treppe zum Hauptdeck hinauf. Kurz bevor wir ins Freie traten, drehte sie sich noch einmal um. »Natürlich gibt es eine ganz banale Erklärung dafür, warum du dieses Zeichen hast«, zischte die Piratin. »Kommst aus demselben Waisenhaus. Bist zufällig an das Zeichen geraten. Aber dann stirbst du und bist in dieser Welt doch nicht tot.« Sie klopfte gegen meinen Arm. »Sogar weniger tot als bei unserer letzten Begegnung, würde ich sagen.« Sie zuckte mit den Schultern. »Vielleicht alles nur Zufall. Aber als ich das Kind auf die Schwelle des Klosters legte, war es immer noch in dasselbe schwarze Tuch gehüllt, in dem ich es in den Grabhöhlen gefunden hatte. Und dieses Tuch wurde zusammengehalten von genau dieser Spange.« Sie tippte mit dem Fingernagel gegen das Abzeichen. Dann sprang sie hinaus ins Freie. »Denk mal *darüber* nach!«, forderte sie. »Ach, und noch was! Du bist ziemlich klein, selbst wenn du nur elf bist, oder?«

Ich nickte. Daran ließ sich nicht rütteln.

»Na ja, es ist so …«, fuhr die Piratin fort. »Die Toten, die ich auf den Inseln gesehen habe … die erwachsenen Toten! Von denen war keiner viel größer, als du es jetzt bist. Keine Zwerge, aber … he, aufpassen, wir sind fast da! Volle Kraft zurück! Oder wollt ihr mein Schiff auf Grund setzen?«

Die Schwarze Anna rannte zur Brücke. Ich blieb zurück. Mein Gehirn fühlte sich an wie eine zermatschte Kartoffel. War das meine Geschichte? Meine Herkunft? Ich war klein für mein Alter. Die Toten von den Inseln waren kleine Leute. Die kleinen Druiden auf dem Galgenberg hatten geglaubt, ich würde sie verstehen. Und Merellyn hatte die Heiler Jenseits-Druiden genannt …

Wenn jemals wieder Ruhe einkehrte, musste ich Merellyn erzählen, was ich eben gehört hatte.

Die Jenseits setzte uns etwa hundertfünfzig Meilen nördlich vom Schwimmenden Hafen ab.

FINSTERALB

Wir machten uns auf den Weg nach Hause. Wie vor einem Jahr trug Glubschnak Lorenzo auf dem Arm nach Flüsterwald.

Lorenzo ging es immer schlechter. Er hatte wieder Fieber und war die meiste Zeit nicht richtig bei Bewusstsein. Nica versuchte es mit verschiedenen Kräutern, aber sie konnte seinen Zustand nicht wirklich verbessern. Glubschnak begann zu rennen. Romano und ich konnten ihm fliegend folgen. Malicia kletterte sofort zu Schnick auf den Rucksack. Erik Eisenerz rannte drei Stunden, bevor er aufgab und sich dazusetzte. Woomba galoppierte auf allen vieren hinter dem Troll her.

Der Troll machte keine Pause. Er rannte auch in der Nacht und machte einen Bogen um die Dörfer.

Kurz bevor wir Flüsterwald erreichten, erwachte die kleine Kristallkugel zum Leben, die ich immer noch mit mir herumschleppte. »William, kannst du mich hören?«, fragte Merellyns Stimme aus meiner Tasche. »Ich sehe dein Signal in meiner Kugel.«

Ich fummelte das Ding heraus. »Ich höre dich!«, rief ich. »Wo seid ihr?«

»Wieder zu Hause«, berichtete der Zauberer. »Wir lüften gerade, und Myrabella besteht darauf, Staub zu wischen.«

»Gut. Wir müssten in zwei oder drei Stunden da sein«, sagte ich. »Bereite schon mal das Behandlungszimmer vor. Lorenzo ist wieder am Knie verletzt. Wieder eine Trollkeule.«

»Die von Glubschnak?«

»Nein, die zwei von Kruschpuk. Er hat die Dornen mit dem Antivampirgift an den Keulen. Lorenzo hat hohes Fieber.«

»Gut. Ich werde alles über diese Gifte und ihre Gegenmittel lesen. Bis bald.«

»Bis gleich. Und Merellyn! Nehmt euch in Acht vor Doppelgängern. Es gibt inzwischen viel mehr Sirenen als nur Arachnua.«

»Haben wir gehört. Das Böse wird stärker. Aber ich denke, im Turm sind wir sicher.«

Drei Stunden später durchquerten wir tatsächlich die Fracht-Fort-Furt und betraten Flüsterwald. Aber es war ganz anders als bei unserem Aufbruch vor wenigen Wochen. Der rege Handelsverkehr, der nach der Schneeschmelze ausgebrochen war, war schon wieder zum Erliegen gekommen. Flüsterwald wirkte wie eine verbarrikadierte Festung, genau wie damals, als wir nach unserer Flucht aus Arkanon hier angekommen waren.

Die Begrüßung durch Walter, den Wahnsinnigen Würger, war wie immer sehr herzlich. »Na, ihr wurzellosen Bewegungshektiker?«, knarrte er. »Auch schon wieder da? Ich befördere keine Trolle, so viel steht fest.« Dann sah er Lorenzo auf Glubschnaks Arm. »Und den da auch nicht«, verkündete er. »Undankbarer Lümmel.«

»Das war sein Doppelgänger, der dir kein Wasser gebracht hat«, erklärte ich. »Eine Sirene, auch Tauscher genannt. Bitte, Walter! Lorenzo ist verletzt.«

Lorenzo war es in den fünf Tagen, die wir vom Schimmelwein bis nach Flüsterwald gebraucht hatten, immer schlechter gegangen. Sein Fieber stieg und er fühlte sich elend und schlapp.

»Lorenzo, Lenzo, Enzo«, moserte der Baum. »Nur weil ich ihm einmal das Leben gerettet habe, heißt das noch lange nicht, dass ich ein Leben lang seine Amme sein muss!«

Aber er zog bereits seine Wurzeln aus der Erde, um sie zu einem Passagierkorb zusammenzuknoten.

Als wir den Vorhof zum Turm betraten, stand da Arpads umgebauter Wagen mit hochgeklappten Flügeln. Arpad lag unter dem Wagen und reparierte irgendwas an der Achse. Esmeranda stand daneben und reichte ihm das Werkzeug. Als sie uns sah, drehte sie sich erwartungsvoll um. Sie war drauf und dran, einen Schritt auf mich zuzumachen, aber dann muss ich wohl irgendwie eine falsche Bewegung gemacht oder blöd geschaut haben. Sie drehte sich wieder zu Arpad um und stand stocksteif da. War die vielleicht immer noch sauer, dass ich nicht mit ihr durch die Kristallkugel gesprochen hatte? Mädchen!

»Das ist jetzt ganz was anderes«, stellte Merellyn fest, nachdem er das Knie untersucht hatte. »Die Verletzung ist bei Weitem nicht so heftig. Was Lorenzo nicht mehr verträgt, ist das Anti-Vampir-Gift. Er hat inzwischen zu viel Vampir in sich, als dass sein Blut nicht merken würde, dass ein Eindringling angreift.« Er blätterte in seinen Büchern.

»Jetzt haben wir den unwahrscheinlichen Fall, dass wir gegen unser mühsam gefundenes Heilmittel ein Gegengift brauchen. Ein Antidot. Contra-Indikation, sozusagen«, murmelte er vor sich hin. »Wie gehen wir da vor?

»Meine Hexenmütter haben eine ganz gute Methode«, meldete sich Nica. »Wenn sie gegen etwas ein Gegenmittel finden wollen, sehen sie nach, ob der Stoff, den sie bekämpfen wollen, bei den Heilmitteln aufgeführt ist. Die Gifte, gegen die sie als Heilmittel helfen, sind dann meistens umgekehrt das Heilmittel für das Heilmittel.«

Ich hatte das nicht ganz kapiert, aber Merellyn nickte. Er schlug ein anderes Buch auf und notierte gleichzeitig auf einem Pergament, wonach er suchen wollte.

»Bilsendorn, Drachenzahn, Färberkraut und Rachwurz …«

Myrabella kam angeschwebt. »Hast du gesehen, was für Banditen diese Bengel angeschleppt haben?«, rief sie, ähnlich freundlich wie Walter. »Einen Schneemenschen und einen Grobian von Zwerg, der sich ›der Hammer‹ nennt. Ich möchte …«

»Nicht jetzt!«, unterbrach Merellyn. »Schau mal in Hutzel Hexeleins ›Durch das Jahr mit Zauberkräutern‹ nach, ob du etwas über eines dieser vier Kräuter findest. Und in Wendelin Wehklangs ›Wo-Wie-Was im Kräutergarten‹. Ich nehme mir ›Dagegen ist ein Kraut gewachsen!‹ und ›Buchen dere verbotenen Krauteren‹ vor. Muss ein Zwergenbuch sein.«

»Warum siehst du nicht im Macronomicon nach?«, fragte ich.

»Unmöglich«, gestand der Zauberer. »Die beiden Bücher kämpfen die ganze Zeit einen stummen Kampf miteinander. Unser Macronomicon scheint stärker, mit all den gezähmten

Dämonen, die es einsetzen kann. Aber das andere Buch hat viel schwarze Magie in sich. Es ist seit der Vereinigung mit Sir Holdmund und seiner Truppe sehr verwirrt. Auf Wunsch unseres Zauberbuchs habe ich die beiden wieder in die Verliese gebracht, damit bei diesem Machtkampf niemand zu Schaden kommt. Ich werde sie erst holen, wenn wir … ähm … Du-weißt-schon-was mit Du-weißt-schon-wem durchziehen müssen. Du hast doch getan, worum ich dich gebeten habe?«

Ich nickte.

Gegen Abend war nur eines klar: Alle vier Kräuter halfen für sich genommen gegen Albträume. Jetzt konnte man aber umgekehrt nicht einfach sagen, dass ein gediegener Albtraum ein gutes Gegenmittel gegen Dornengift war. Zusammengenommen und durch das Metall von Mysterios Zeichen verstärkt, wirkten die Gifte gegen Vampirismus. Es schien uns aber auch grundfalsch, jetzt einfach mal Romano um einen herzhaften Biss zu bitten.

»Ich denke, wir versuchen's doch mit einem Albtraum«, beschloss Merellyn. »Myrabella, hast du nicht vorhin was von einem Finsteralb auf dem Dach vom Westturm gesagt?«

Die Elfe nickte und hielt einen Blumenkasten mit völlig verdorrten Stiefmütterchen hoch. Die Blumen waren ihr Alarmsystem. Sie vertrockneten, wenn ein Wesen der dunklen Mächte in ihre Nähe kam.

»Ja, hab ihn gleich bei unserer Ankunft entdeckt«, bestätigte sie. »Es ist nur ein kleiner, nicht besonders wohlgenährt. Wahrscheinlich auch noch ziemlich dumm, dass er auf dem Dach von leeren Schlafkammern monatelang auf Albträume wartet.«

»Können wir ihn einfangen?«, fragte Merellyn.

Finsteralb? Auf unserem Weg zum Schwimmenden Hafen war uns einer begegnet. Merellyn hatte sich ziemlich aufgeregt, dass so einer es wagte, am helllichten Tag auf der Straße zu reisen. Der Kerl hatte ausgesehen wie ein zu dichtem schwarzem Nebel gewordener Albtraum mit glühenden Augen.

Myrabella schüttelte den Kopf. »Ich könnte ihn vertreiben, aber einfangen kann ihn nur ein Engel.«

Der Zauberer befragte seine Kristallkugel. Nach einer Weile nickte er. »Ein Mädchen aus eurer Klasse kümmert sich darum.«

Das konnte nur eine von den drei schrecklichen Streber-Schwestern sein.

Eine halbe Stunde später kam die mittlere von den dreien, Aerolina, in den Turm. Weil Lorenzo versucht hatte, sie anzubaggern, hatte ihre ältere Schwester Eriolena ihm das schreckliche Buch »Sir Holdmund von Hofesang« geschenkt. Lorenzo wäre fast an dem dummschwätzenden Buch verzweifelt. Aber später haben Sir Holdmund und seine seltsame Armee aus verlorenen Buchtiteln sich anstelle des Macronomicons entführen lassen. Das hat sehr dabei geholfen, dass wir jetzt beide Buchhälften besitzen.

Merellyn erklärte Aerolina, was zu tun war, und führte sie auf den obersten Wehrgang des Westturms. Es schepperte ein bisschen, jemand fauchte und fluchte und dann stürzten zwei, drei Dachziegel in die Klamm. Schon war der Schutzengel wieder da, mit einem nicht besonders großen, aber sehr finster dreinschauenden Alb im Schlepptau.

Während das Mädchen mit den goldenen Locken und dem weißen Spitzenkleid einen strahlend reinen, unschuldigen Eindruck machte, sah der Alb aus wie das reine Böse, das man zu schwarzer Nebelsuppe verkocht hatte. Er schien ziemlich sauer, dass ihn ein Kind mit Schleifchen in den Haaren an einem feurigen Halsband vorführte.

»Kann ich mit dir reden?«, fragte der Zauberer das finstere Wesen.

»Sicher«, kam die Antwort. »Wenn du die Fessel abmachst.«

»Dazu ist es noch ein bisschen zu früh«, wehrte Merellyn ab. Er hielt dem dunklen Wesen die Liste der Dornensträucher hin. »Was weißt du über diese Kräuter?«

»Bilsendorn, Drachenzahn, Färberkraut, Rachwurz«, las der Finsteralb leise vor. »Das sind keine Kräuter. Das sind Dornbüsche. Völlig wertlos.«

»Aha. Völlig wertlos«, wiederholte Merellyn. »Aber seltsamerweise kennst du alle vier.«

Der Finsteralb schwieg.

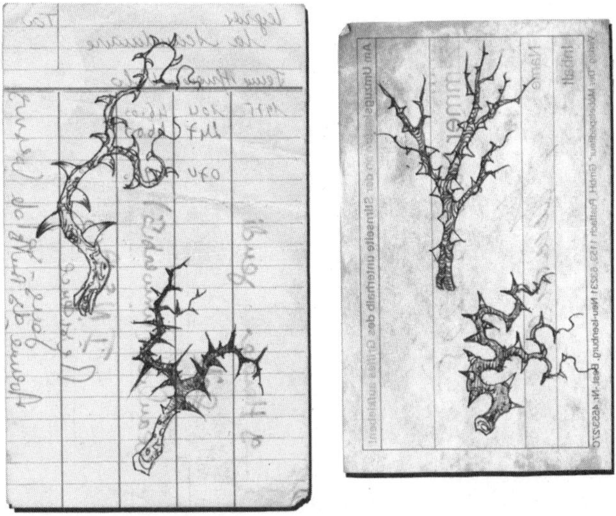

»Könntest du jemanden heilen, der damit vergiftet worden ist?«, fragte der Zauberer. Das dunkle Wesen sah erstaunt aus. »Jemand hat alle vier Gifte geschluckt?«, wunderte es sich. »Davon kann man sterben! Der hatte entweder die schlimmsten Albträume der Welt oder er hat schon ein Jahr nicht mehr geschlafen. Vielleicht könnte ich das Zeug austreiben. Aber dafür müsst ihr mich wirklich von der Leine lassen.«

Merellyn wollte etwas sagen, aber Aerolina kam ihm zuvor. »Das ist nicht gelogen«, sagte sie. »Ich habe diese Dornen studiert, weil ich … schon für's nächste … und … und für's übernächste Schuljahr vorgelernt habe. Wenn die Gifte zusammenwirken, hat der Alb unter dem Bann einer Engelsfessel keine Chance gegen sie.«

»Ja. Also mach sie ab«, verlangte der Finsterling. »Ich weiß gar nicht, warum ihr mich gefangen habt.«

»Du hockst auf dem Dach und lauerst auf Schläfer, denen du Albträume schicken kannst«, warf Aerolina ihm vor. »Die Leute schlafen schlecht und sind tagsüber unaufmerksam. Da passiert leicht mal ein Unfall. Das können wir Schutzengel nicht zulassen.«

»Ja, ja! Bösibösi Finsteralbi!«, äffte der Alb mit hochgezogener Nebellippe hinterher. »Aba mmmwia Sutsssengel sinn ssso lliiiieeeb und passsnn auuuf!«

»Wenn wir dich freilassen, wirst du dann das Gift aus Lorenzo austreiben?«, übertönte ihn Merellyn. »Und danach deiner Wege gehen? Abseits von Flüsterwald?«

Der Finsteralb sah interessiert zu Lorenzo hinüber, der schwer atmend mit geschlossenen Augen dalag.

»Du lügst! Du lügst!«, flüsterte Lorenzo plötzlich.

»Der hat alle vier Gifte geschluckt?«, fragte der Finsteralb. »Na, seine Albträume hätte ich gern mal gesehen.«

»Er hatte keine Albträume«, behauptete ich. »Er wurde von einer Trollkeule getroffen, die mit den vier Dornenarten gespickt war. Heilst du ihn jetzt, oder nicht?«

»Ja klar. Null Problemo.«

Auf Merellyns Zeichen nahm Aerolina das Halsband weg. Der Finsterling reckte und streckte sich.

»Boah, tut das gut!«, meinte er. »Also los, aber ich sag euch gleich, ein Spaziergang wird das für ihn nicht.«

Im Vorüberwallen streifte mich etwas von dem schwarzen Nebel. Sofort war ich überzeugt, dass wir das Spiel verlieren und ich für immer ein Geist bleiben würde. Dann war der Kerl vorbei und ich fasste wieder etwas Hoffnung.

Der Finsteralb trat zu Lorenzo und stellte sich ans Kopfende des Tisches. Hände wuchsen aus dem hin und her wabernden

Nebel, die sich an Lorenzos Schläfen legten. Der zuckte zusammen und wurde stocksteif. Aber der Finsterling ebenfalls. Beide rissen die Augen auf. Augenblicklich rannen an Lorenzos Knie grüne Tropfen aus den Einstichlöchern der Dornen. Der Finsteralb riss die Hände von Lorenzos Schläfen und sprang zurück. Lorenzo sackte in sich zusammen.

Das Albtraumwesen klebte wie schwarzer Nebel unter der Decke. Seine glühenden Augen starrten auf uns herab. »Seid ihr verrückt?«, zischte es. »Wollt ihr ihn und mich umbringen?«

»Warum sagst du das?«, wollte Merellyn wissen. »Was meinst du damit?«

»Der Kerl hat nichts von den Dornengiften im Blut«, erklärte der Finsteralb. »Er hat mich angegriffen. Und Albträume wie seine habe ich noch nie gesehen.«

Die Augen verschwanden und der schwarze Nebel wallte durch die Tür hinaus.

»Warte!«, rief Merellyn. »Ich muss wissen, was du gesehen hast!«

Doch der Finsteralb war verschwunden.

Lorenzo lag jetzt ruhiger da, aber bei Bewusstsein war er immer noch nicht.

Bis zum Spiel waren es noch vierzig Tage.

TRAINING IN DER FOLTERKAMMER

Auf dem Bolzplatz machten wir nur Laufübungen und Schusstraining. Wir kickten gegeneinander, ohne groß Taktik oder Raumaufteilung zu üben. Wir hatten einfach Angst, dass es ungebetene Beobachter geben könnte, die zu viel über unsere Mannschaft herausfanden. Deshalb waren die Foltergeräte aus den unterirdischen Verliesen des Turms geräumt worden. Lorenzo hatte sich so weit erholt, dass er das Training dort leiten konnte.

Aber es war eine Katastrophe. Lorenzo wusste so einiges über Aufstellungen und Laufwege und eine Menge über Tricks bei Freistößen und Elfern. Und er war der absolute Dribbelkönig. Aber es machte ihn wahnsinnig, dass er nur darüber reden und nichts zeigen konnte. Er war ungeduldig und unleidlich, wenn nicht jeder sofort verstand, was er wollte. Im nächsten Moment war ihm alles wieder völlig piepe. Egal, was schiefging – er ließ sich in dem Zustand höchstens zu einem »Das war ja noch nicht so toll« oder der vagen Aussage »Das müssen wir irgendwann noch mal üben« hinreißen. Wenn jemand dann eine halbe Stunde später fragte, was jetzt mit der Übung wäre, rastete er wieder aus. Er war ein Ballvirtuose, aber kein Mannschaftsspieler. Es wäre ihm am liebsten gewesen, jeder Spieler wäre genauso wie er. Auf die eigentlichen Stärken und Schwächen der Leute wollte er nicht eingehen. Er war stinksauer darüber, dass er nicht selbst spielen konnte. Mit Nica, Malicia und Romano sprach er kein einziges Wort mehr.

Wir hatten noch zweiunddreißig Tage, immer noch nicht genügend Spieler und waren eigentlich taktische Nullen. Irgendwann kam Nica mit jeder Menge Aufzeichnungen und Diagrammen an, die sie gemacht hatte. Darstellungen von möglichen Mannschaftsbewegungen, Angriffsvarianten, Verteidigungslinien, die sie Lorenzo in einer Ledermappe auf den Tisch haute. Er sah kurz hinein und wurde so sauer, dass er sich komplett verzog. Er kam auch den ganzen Tag nicht wieder. Die anderen trainierten weiter, aber Nica saß von da an wütend auf einer vergessenen Streckbank in der Ecke und starrte vor sich hin.

Ich schaute mir das Zeug an. Nicht alles verstand ich. Manches war wildes Gekritzel, das vielleicht nicht mal mehr die Hexe entziffern konnte. Aber im Großen und Ganzen fand ich die Pläne unheimlich gut. Sie verschob die Leute bei Angriff und Rückzug immer so, dass einzelne Gegenspieler, aber auch Räume gedeckt waren. Sie hatte sogar die Abseitsfalle entdeckt, obwohl wir bei den Regeln so weit noch gar nicht waren. Außerdem hatte sie Trainingspläne gemacht, die auf die Schwächen der einzelnen Spieler eingingen, und verschiedene Mannschaftsaufstellungen entworfen, bei denen Nebenspieler solche Schwächen ausgleichen konnten. Das war der Hammer. Leider war es das Trainingsprogramm einer ganzen Saison, viel zu viel für den einen Monat, den wir noch hatten.

Ich ging zu ihr und sagte ihr, wie gut ich ihre Pläne fand. Ich wollte wissen, woher sie das alles draufhatte.

»Wir waren früher elf und in den letzten zwei Jahren nur noch neun Nebelhexen«, erklärte sie. »Wir waren immer wieder in Kämpfe mit Vampiren, Waranen, Ghoulen und anderen Monstern verwickelt. Letztes Jahr sogar in die Schlacht gegen die zweihundert Bogenschützen von Arkanon. Unsere Taktiken sind darauf ausgelegt, aus neun fliegenden oder rennenden Hexen eine Armee zu machen.«

Ich nickte. Die Hexen waren unglaublich gut. Selbst wenn man wusste, dass es nur neun Frauen in Tierfellen waren, fühlte man sich doch überrollt.

»Die Schwierigkeit beim Fußball ist, dass man eigentlich niemand verletzen darf«, fuhr die Hexe fort. »Bei einer Schlacht niete ich jemand um und hoffe, dass er liegen bleibt. Beim Fußball klebt mir der Kerl an den Fersen, wenn ich vorbei bin. Aber es ist sich schon ähnlich.«

»Woher wusstest du, was Abseits ist?«, wollte ich wissen.

»Aerolina hat's mir beigebracht«, sagte Nica. »Sie kennt alle Regeln. Wo sie in Fantasmanien ein Buch über das Spiel herbekommen hat, weiß ich nicht.«

»Was machen wir jetzt mit Lorenzo?«, fragte ich ziemlich verzweifelt. »Er ist sich selbst im Weg und das ist meine Schuld. Ich hätte früher erkennen müssen, was die Sirenen am Schimmelwein vorhatten. Aber dass sie noch mal Kruschpuk benutzt haben …«

»Da wäre niemand draufgekommen«, beruhigte mich Nica. »Außerdem ist es meine Schuld. Ich hätte das auf dem Galgenberg nicht mit ihm machen dürfen. Aber in der Eile ist mir nichts anderes eingefallen.«

»Es ist meine Schuld«, meinte Romano, der mit einem Ball angedribbelt kam. »Ich habe mich furchtbar unglücklich ausgedrückt in der Zwergenhalle. Jetzt spricht er kein Wort mehr mit mir …«

»Ich könnte jetzt auch noch die Schuld auf mich nehmen!«, knurrte Malicia, die ebenfalls ihr Training unterbrochen hatte. »Weil ich gewartet habe, bis Euch selbst alles wieder einfiel …« Die Werwölfin wandte sich an mich. »Warum sprichst du nicht mit dem Magier über Lorenzo? Wir haben noch nicht das vereinigte Macronomicon, aber beide Teile. Vielleicht gibt es einen Zauber …«

Das tat ich.

Merellyn hörte zu, aber er sah ziemlich niedergeschlagen aus. Als ich fertig war, sagte er: »Die Sache ist die: Ich habe noch einmal mit dem Finsteralb gesprochen, der Lorenzos schlimmste Träume und tiefste Ängste gesehen hat. Er sagt, Lorenzo ist nicht nur unglücklich. Er hat schreckliche Angst.«

Der Zauberer tigerte mal wieder im Zimmer auf und ab und klopfte sich mit dem Finger an die Nase.

»Ich habe die Befürchtung, dass der Mundovoros es nach der Verletzung irgendwie geschafft hat, in Lorenzos Verstand einzudringen. Der Alb sah Visionen von schrecklichen Blutbädern, von Schlachten und Folter. Da war noch mehr, aber er konnte oder wollte es mir nicht sagen. Es bleibt nur das: Lorenzo hat Angst. Davor, zu versagen, aber auch vor dem, was aus ihm wird. Er ist endgültig nicht mehr der Junge, der in Arkanon aufgewachsen ist. Und das, was aus ihm wird, das will er nicht, aber er kann es nicht aufhalten. Fußball ist das Einzige, was er in beiden Welten hat. Immer wenn er sich allein und ausgestoßen fühlte, hat er das Spiel benutzt, um seine Angst zu überwinden und seine Lage zum Besseren zu wenden. Wenn er den für immer verliert, hat er nichts mehr.«

»Und was heißt das jetzt?«, fragte ich. »Deshalb müssen wir doch einen Zauber finden, damit er spielen kann. Im Augenblick steht er so neben sich, dass er nicht mal als Trainer irgendwas taugt.«

»Ich kann das Knie vor Ablauf des Jahres nicht heilen«, erklärte Merellyn geduldig. »Deswegen heißt die Pflanze, von der das Gift stammt, ja auch Jahresblume. Ich könnte ihm die Schmerzen nehmen, sodass er dieses eine Spiel spielen kann. Aber mit der zusätzlichen zweiten Verletzung wird das Knie damit endgültig den Geist aufgeben. Dann war's das für immer mit Fußball. Kannst du dir einen Lorenzo ohne Fußball vorstellen?«

Ich schüttelte stumm den Kopf.

»Ich auch nicht«, fuhr der Zauberer fort. »Die gute Nachricht ist: Die zweite Verletzung schwächt das Knie, aber sie hat mit der ersten nichts zu tun. Es ist eine neue Verletzung. Die muss einfach ausheilen. Die Wunde von der Jahresblume ist nicht wieder aufgebrochen. Die Aussichten sind also gut, dass er das Jahr durchsteht und danach wieder Fußball spielen kann. Doch das Spiel in Arkanon findet ohne ihn statt, so viel ist sicher.«

»Aber wie bringe ich ihn dazu, wenigstens die anderen so zu trainieren, dass wir eine Chance haben?«, wollte ich wissen. »Manchmal versucht er jeden einzelnen Spieler zu einem neuen Lorenzo Mystelzweig zu machen. Wenn das nicht geht, wird er sofort stinkesauer. Aber ein Spieler wie Lorenzo wird aus dem Zwerg oder dem Yeti nie werden. Solche Leute brauchen wir auch gar nicht in der Innenverteidigung. Dann ist er plötzlich wieder total… sympathisch? Nein, wie heißt das Wort, wenn einem alles egal ist?«

»Du meinst apathisch?«

»Genau. Das Training ist meistens eine Katastrophe, aber er schleicht nur rum und starrt die Wände vom Verlies an, als würde er ein Fenster suchen. Mir wär's am liebsten, Nica würde der Kapitän werden. Als Abwehrchefin. Aber Lorenzo kann Nica nicht ausstehen. Eine Zeit lang sah es aus, als seien sie irgendwie ineinander ver… jedenfalls versuchte er immer für sie den Helden zu spielen. Aber dann hat sie das ausgenutzt. Zwar für einen guten Zweck…aber wenn ich jetzt ausgerechnet sie zum Kapitän machen würde… ich kann das auch gar nicht allein entscheiden. Was glaubst du, wie wütend er erst wird, wenn ich irgendwas über seinen Kopf hinweg…«

»Von Fußball verstehe ich nichts, Junge«, stöhnte Merellyn. »Wenn er es nicht kann, dann bist du der Nächste, der die Geschicke der Mannschaft bestimmt. Du. Kein anderer. Ihr seid die beiden, die den Fußball erfunden haben, schon vergessen?«

Ich wollte etwas sagen, ihm widersprechen, aber mir fiel nichts ein. Er hatte ja recht. Ich musste endlich Entscheidungen treffen, weil Lorenzo es nicht tat.

»Seid ihr jetzt eigentlich überhaupt genug Leute?«, fragte Merellyn plötzlich. »Ich zähle immer wieder, aber ich bin mir nicht sicher.«

»Wir sind auf keinen Fall genug«, gab ich zu. »Wir brauchten elf Stammspieler und mindestens genauso viele Ersatzleute. Wir haben nicht mal die ersten elf.«

Ich setzte mich in die Küche und versuchte eine Aufstellung zu machen. Die sah am Ende so aus:

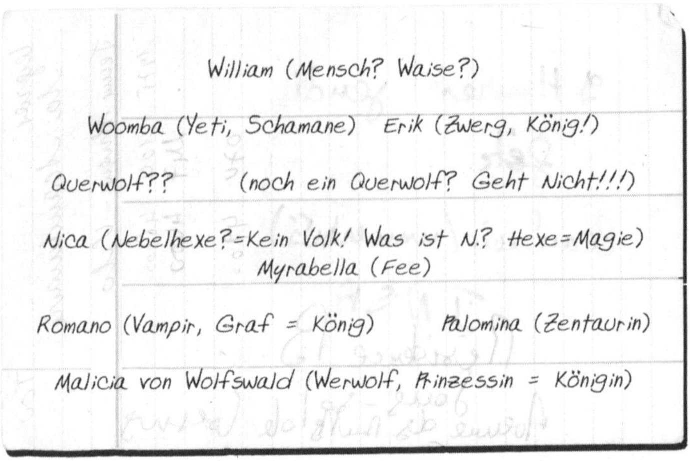
William (Mensch? Waise?)

Woomba (Yeti, Schamane) Erik (Zwerg, König!)

Querwolf?? (noch ein Querwolf? Geht Nicht!!!)

Nica (Nebelhexe? = Kein Volk! Was ist N.? Hexe = Magie)
Myrabella (Fee)

Romano (Vampir, Graf = König) Palomina (Zentaurin)

Malicia von Wolfswald (Werwolf, Prinzessin = Königin)

Das waren zehn Spieler. Zehn! Von Ersatzspielern keine Rede. Und manche hatten Fragezeichen hinter den Namen stehen. Bei den Querwolfburschen musste ich damit rechnen, dass sie ganz schnell vom Platz gestellt wurden. Mit denen war eigentlich nichts anzufangen. Die Gefahr bestand auch bei Erik dem Hammer, aber bei dem blieb mehr als ein Gegner liegen, bevor er raus war. Bei mir und bei Nica war ich mir nicht sicher, ob wir beide Menschen waren. Vielleicht konnte nur einer von uns spielen. Im Grunde donnerte nur ein Name durch mein Gehirn. LORENZO! LORENZO! LORENZO! Der Mittelsturm!

»Also, über uns beide musst du dir keine Sorgen machen«, sagte jemand hinter mir. Im nächsten Moment beugte sich Nica über meine Schulter. Ein dicker Schwall verfilzter Haare rutschte an meiner Wange entlang.

»Wie meinst du das?«

»Na, es dürfen doch keine zwei Spieler in unserer Mannschaft vom selben fantasmanischen Volk sein«, sagte die Hexe.

»Und an deinen Fragezeichen sehe ich, dass du dir Sorgen machst, dass wir beide Menschen sind.«

Ich nickte.

»Eben«, fuhr sie fort. »Das kannst du vergessen. Ich bin kein Mensch und bei dir bin ich mir da auch ziemlich sicher. Und selbst wenn du mal einer gewesen wärst, jetzt bist du doch ein Geist.« Nica tippte auf den Eintrag »Was ist N.?«

»Das kann ich dir nicht beantworten«, meinte sie. »Aber das erste Fragezeichen hinter unseren beiden Namen kannst du wegmachen.«

Wenn Nica recht hatte und weder sie noch ich Menschen waren, hätte ich einen in die Mannschaft aufnehmen können. Aber wen?

Menschen … das erinnerte mich daran, dass jemand heimlich nach Arkanon reisen und sich unsere Gegner anschauen musste. Amantua hatte gesagt, wir sollten uns die Härtesten der Harten suchen, weil das die anderen auch tun würden. Mit den zehn Spielern, die wir jetzt hatten, hätte ich keine Angst vor der alten Mannschaft der Monster Soccers gehabt. Eher Angst um sie. Aber die Hochelfe hatte gemeint, damit dürften wir nicht rechnen.

Diese Fahrt blieb wieder mal mir überlassen. Schnick und ich konnten uns unsichtbar machen und schnell genug reisen. Aber im Gegensatz zu Schnick verstand ich ein bisschen was von Fußball.

Doch dann klopfte jemand ans Tor, mit dem nun wirklich keiner gerechnet hätte. Und das machte meinen Ausflug nach Arkanon überflüssig. Wir bekamen die Spieler, die wir brauchten. Gleichzeitig verbesserte sich Lorenzos Stimmung. Zumindest eine Zeit lang.

WILDER WALD ≈ SICHERHEIT

Myrabella holte uns ins Behandlungszimmer. Dort wartete Merellyn mit dem ungebetenen Gast auf uns. Wir trauten alle unseren Augen nicht. Da saß Fizzbert von Fresseisen, bleich und steif wie ein Besenstiel, mit einer Tasse Tee in den zitternden Händen. Er war ein Stück größer und viel schlanker geworden.

»Ich glaube, ihr kennt diesen Herrn«, begrüßte uns der Zauberer.

»Fizzbert?«, rief Lorenzo . »Was machst du denn hier?«

»Ich will euch warnen«, presste der Sohn des Barons von Fresseisen hervor. »Und um Hilfe bitten.«

»Das ist eine Falle!«, schrie Lorenzo. »Eine Lüge! Glaubt ihm kein Wort!«

»Lorenzo, ich muss doch sehr bitten!«, unterbrach Merellyn mit hochgezogenen Augenbrauen. »Ich habe die Glaubwürdigkeit unseres Gastes überprüft. Und ich nenne ihn immer noch Gast, merk dir das Wort bitte.«

»Aber der … Gast, na gut, ja«, gab Lorenzo nach, als er Merellyns Augen hinter den kleinen Fenstern auf seiner Hakennase sah. »Warnen wovor?«

Fizzbert von Fresseisen war der Sohn des reichsten Mannes von Arkanon, unseres ärgsten Feindes in der Stadt. Das Mädchen, das sich in ein Monster verwandelt und mich getötet hatte, hatte für Baron von Fresseisen gearbeitet. Fizzbert war nichts weiter als ein kleiner fetter Schleimer gewesen, der nur deshalb Kapitän der Monster Soccer Juniors war, weil seinem Vater die Mannschaft und das Stadion gehörten. Jetzt saß er da wie ein Häufchen Elend.

»Uns warnen? Wovor denn?«, wiederholte ich.

»Vor der Mannschaft, die euch erwartet«, erklärte Fizzbert. »Im Viertel An der Straße hat sich alles verändert. Mein … mein Vater … ich glaube, er ist …«

»Ein Mistkerl, der seine Leute auf Waisenkinder hetzt, sie schwer verletzen und sogar umbringen lässt, um blöde Wetten zu gewinnen?«, giftete Lorenzo.

Fizzbert sah ihn an, als hätte Lorenzo ihn geschlagen.

»So kommen wir nicht weiter«, stellte Merellyn fest. »Lorenzo, bitte zügle dich. Junger Herr von Fresseisen, du wolltest uns vor der Mannschaft warnen. Warum?«

»Ihr werdet gegen eine Mannschaft aus lauter Vampiren antreten.«

»Vampiren?«, wiederholte der Zauberer. »Vampire aus Fantasmanien? Keine … wie heißt das noch mal? Profi-Fußballer?«

»Oh doch«, seufzte Fizzbert düster. »Profi-Fußballer *und* Vampire.«

»Wie soll denn das gehen?«, höhnte Lorenzo. »Wir haben in ganz Fantasmanien keinen einzigen Profi…«

»Mein Vater ist ein Vampir!«, platzte Fizzbert heraus. »Er hat die Monster Soccers zu Vampiren gemacht.«

Jetzt waren wir es, die eine ganze Zeit lang kein Wort mehr herausbrachten, bis ich schließlich fragte: »Wie kommst du darauf?«

»Er … mein Vater, ihr wisst ja, wie er ist … wie er war …«, stammelte Fizzbert und zeigte mit den Armen den Umfang eines mittleren Pottwals. »Er hat aufgehört zu essen! Er ist so schlank, wie ich ihn noch nie gesehen habe. Und er geht tagsüber nicht mehr aus dem Haus.«

»Das sagt noch nichts«, meinte Merellyn. »Eine strenge Diät …«

»Nein, ihr versteht nicht!«, widersprach Fizzbert. »Ich weiß, dass er Blut trinkt. Alle unsere Hausangestellten sind völlig … leer. Sie verstecken sich tagsüber im Keller. Nachts läuft der Haushalt, als wäre nichts geschehen. Dann, vor drei Wochen, zeigte mein Vater mir eine Liste. Eine Todesliste.«

»Todesliste?«, echoten wir.

»Na ja. Darauf standen die Namen der Spieler von den Monster Soccers«, fuhr Fizzbert fort. »Auch von den Juniors. Viele Namen waren schon durchgestrichen. Mit roter Tinte. Hinter zwei Namen war sogar ein Totenkopf gemalt! Die nächsten Namen auf der Liste waren alle Verdammte Rotznasen. Wer von ihnen halt noch in Patricks Waisenhaus lebt. Mein Vater befahl mir sie zu ihm zu bringen. Gleichzeitig schob er mir aber diesen Zettel über den Tisch.«

Fizzbert hielt uns ein zerfleddertes, vielfach gefaltetes Stück Pergament hin. Darauf stand:

Bring sie weg!
Wilder Wald = Sicherheit!
Hilf mir!!

»Also sind wir alle in den Wald gegangen«, berichtete Fizzbert. »Ich wusste, dass dort jemand sein muss, mit dem man sprechen kann. Als Kind habe ich die Stimmen gehört ... Ich habe gebettelt und gefleht und irgendwann hat jemand geantwortet. Ich hätte nie gedacht, dass es die Bäume selber sind. Seitdem verstecken wir uns im Wald.«

»Wie könnt ihr im Wald leben?«, rief ich ungläubig. »Wir konnten doch immer nur unseren Bolzplatz betreten.«

Fizzbert winkte ab. »Der ist zugewachsen. Der Wald ist so dicht wie nie. Und er ist überall. Er kriecht durch die ganze Vorstadt. Jede Nacht ein bisschen weiter ... Wir wohnen in einer Höhle, die die Bäume uns gezeigt haben. Sie heißt Nummer Eins. Wir mussten das Skelett von einem halben Pferd wegschaffen und außen anbauen. Gar nicht so einfach. Man muss die Bäume um jeden einzelnen Ast bitten.«

»Die Bäume haben euch Höhle Nummer Eins gezeigt?«, fragte Lorenzo. »Aber wo sind die Rotznasen? Wieso bist nur du hier?«

»Es … es geht ihnen nicht so gut …«, gestand Fizzbert. »Sie sind wohl doch schon gebissen worden, bevor mein Vater mir den Zettel gab.«

»Gebissen worden?«, wiederholte der Zauberer. »Von deinem Vater?«

»Nein, ich … ich glaube, es gibt inzwischen jede Menge Vampire An der Straße«, erklärte der bleiche Junior. »Vielleicht war's sogar der Heilige Patrick selbst. Aber die Jungs sind noch keine Vampire! Nur sehr schwach … Na ja, ich habe öfter Karten von Fantasmanien gesehen. Ich wusste, dass es dieses Dorf gibt. Und ich hatte gehört … Gerüchte gehört, dass ihr hier seid. Also habe ich die Jungs in Höhle Nummer Eins gelassen und bin …«

»Wenn du sagst die *anderen* Jungs, von wem sprichst du eigentlich?«, wollte Lorenzo wissen.

»Von Elmo, Rigo, Akaim und dem, den alle Quassel nennen«, zählte unser alter Bolzplatzfeind auf. »Soviel ich weiß, ist Patrick mit den jüngeren Kindern im Kloster der Bettelnden Bruderschaft untergekommen.«

Die Jungs vom Waisenhaus wohnten in Höhle Nummer Eins, unserer ersten Station, nachdem wir aus Arkanon geflohen waren! Fizzbert wusste von den sprechenden Bäumen. Er sagte tatsächlich die Wahrheit.

»Hilf mir?«, Merellyn ließ den Zettel sinken, den er noch einmal gelesen hatte. »Wobei solltest du deinem Vater helfen? Oder besser gesagt, gegen wen? Gibt es noch eine andere Person? Sozusagen eine graue Eminenz ihm Hintergrund?«

»Was bedeutet graue Emanenz?«, fragte Fizzbert.

»Jemand, der im Verborgenen bleibt, aber in Wirklichkeit die Fäden zieht«, erklärte Merellyn. Der Blick von Fresseisen junior blieb jedoch leer.

»Jemand, der andere die Drecksarbeit für sich machen lässt, damit er selber eine weiße Weste behält«, übersetzte Myrabella, wie schon so oft.

»Aaah, verstehe!«, rief Fizzbert, zuckte aber dann mit den Schultern. »Da ist jemand im Knochenloch. Mein Vater und die Chefin der neuen Geheimpolizei gehen jeden Tag dorthin, obwohl sie Angst davor haben. Inzwischen machen sie sich auch Sorgen, dass sie irgendwann nicht mehr zurückkönnen. Wegen der Bäume. Der einzige Weg ins Knochenloch geht inzwischen durch die Tür in der Mauer. Am oberen Ende der Treppe zum Stadion. Wenn die Tür auch noch zuwächst, ist alles, was im Knochenloch oder in der Blutenden Burg haust, von Arkanon und der Vorstadt abgeschnitten.«

»Gut so!«, flüsterte Merellyn.

»Die Chefin?«, echote Lorenzo. »Doch nicht die süße Schreiberin?«

»Oh nein. Ein ganz anderes Kaliber. Ein hässliches Weib, ganz in Schwarz, immer mit einer Armbrust be…«

Er sah mich an. Dann machte er eine zögerliche Bewegung, aber er wagte es nicht, mich zu berühren. »Bist *du* nicht mit einer Armbrust erschossen worden?«, hauchte er.

»Von einem wilden Weib in schwarzem Leder«, bestätigte ich.

»Und die arbeitet für deinen Alten!«, rief Lorenzo wütend. »Jetzt mal ehrlich … warum kommst du hierher und erzählt uns das alles?«

Fizzbert schwieg eine Weile.

»Ich wusste nicht, wo ich sonst hingehen sollte«, flüsterte er dann. »Die Liste, die mein Vater mir gezeigt hat …

»Aber warum?«, bohrte Lorenzo weiter. »Warum willst du, dass wir das mit den Vampiren wissen?«

»Ihr dürft dieses Spiel nicht verlieren!«, rief der Sohn des Barons. »Es geht nicht mehr um Geld. Es geht um Leben und Tod. Ich habe meinen Vater belauscht. Er brütete über der verdammten Liste. Und plötzlich sagte er: ›Wir werden gewinnen. Das darf nicht wahr sein! Wir können gar nicht verlieren! Und dann sind wir alle tot.‹«

»Werdet ihr ni…«, begann Lorenzo, aber Merellyn unterbrach ihn.

»Vampire«, stellte er ungewöhnlich laut fest. »*Nur* Vampire? Könnte es nicht sein, dass da etwas noch Schlimmeres entsteht?«

»Schlimmer als Vampire?«

»Sind Wölfe gesehen worden? Oder ungewöhnlich große Hunde? Schwarzer Nebel? Geflügelte Kreaturen, die …« Merellyn brach ab, als er Fizzberts Gesicht sah. »Also nur Vampire. Der Baron von Fresseisen verwandelt seine Spieler höchstpersönlich in seinesgleichen. Das ist eine gute Nachricht.«

»Wie bitte? Das findet ihr gut?« Fizzbert von Fresseisen konnte es nicht glauben.

»Aber ja«, bestätigte der Zauberer. »Wir haben mit Schlimmerem gerechnet.«

Er wandte sich an uns.

»Das scheint mir wirklich eine gute Nachricht zu sein«, wiederholte er. »Alle werden Vampire. Baron von Fresseisen kann nichts anderes tun. Und die Vorstadt wird von Bäumen erobert. Die Kobolde haben also die Dryaden erreicht. Die halten sich nicht mehr an die Grenzsteine, sondern lassen die Bäume bis an die richtige Grenze heranwachsen. Für mich deutet alles darauf hin, dass der Mundovoros unsere Welt doch nicht in persona betreten kann. Aber!« Merellyn zückte einen knorrigen

Zeigefinger wie eine Waffe. »Das nützt alles nichts, wenn wir verlieren«, fuhr er fort. »Wer einen Vampir einlädt, macht ihn zum Herrn über sich selbst und all sein Hab und Gut. Das ist nun mal Pucks bescheuerte Wette.«

»Wir treten also gegen Vampire an!«, rief Lorenzo plötzlich begeistert. »Schnell und präzise. Aber nicht sehr kampfbetont. Darauf können wir uns einstellen. Malicia ist genau die richtige Stürmerin. Vielleicht noch besser, als wenn ich … ach, vergiss es. Da fällt mir noch was ein!«

Er wandte sich an Fizzbert.

»Sind die Jungs fit?«, fragte er. »Ich meine, trainieren sie? Haben sie … na ja, Spielpraxis haben sie natürlich nicht.«

Fizzbert schüttelte den Kopf.

»Sie trainieren auch nicht. Sie sind immer nur müde. Ich sagte doch, dass sie schon Bekanntschaft mit Vampiren gemacht haben …«

»Wir holen sie her!«, bestimmte Lorenzo. »Sie bekommen das Gegenmittel. Dann können sie die restliche Zeit mit uns trainieren. Die Mannschaft ist komplett. Gut, es sind Menschen. Sie haben kaum übernatürliche Fähigkeiten, aber es sind erfahrene Fußballer. Endlich haben wir die Mischung, die wir brauchen.«

»Aber Lorenzo, wofür ist das gut?«, fragte ich. »Sie dürfen doch nicht mitspielen. Sie sind nicht in Fantasmanien geboren.«

Lorenzo hielt inne und zog die Augenbrauen zusammen. Mist. Ich hatte seinen neu gewonnenen Schwung nicht bremsen wollen.

Da kam mir Myrabella zu Hilfe. »Wieso denn nicht?«, fragte die Elfe. »Sie sind Waisen, richtig? Wenn sie gar nicht wissen, wo sie geboren sind, ist das schlecht. Aber wenn sie westlich der alten Grenzmauer geboren sind, sind sie Fantasmanier. Dass jemand die Grenzsteine versetzt hat, bedeutet nicht, dass dort nicht Fantasmanien ist.«

»Von zweien weiß ich es!«, rief ich. »Ich habe die Registereinträge von Akaim und Quassel gesehen, als ich mit Schnick im Kloster spioniert habe. Beide sind im Viertel An der Straße geboren. Aber beide sind Menschen. Die Regel …«

»Zumindest einer von ihnen kann spielen!«, fuhr mir Lorenzo ins Wort. »Und Waisen sind sie auch. So was hat uns noch gefehlt.«

Fizzbert sagte: »Verzeihung, ich …«

Dann fielen ihm die Augen zu und er rutschte vom Sessel. Myrabella fing das Teeservice auf und brachte Fizzbert auf eines der kleinen Turmzimmer, damit er sich ausruhen konnte. Er sah selber fast wie ein Vampir aus, aber als Merellyn ihn untersuchte, fanden sich keinerlei Spuren.

»Baron Frasbert von Fresseisen ist also ein Vampir«, stellte der Zauberer fest, als wir abends in der Küche zusammensaßen. Hinter uns schepperten Töpfe und Pfannen, von Myrabella mit Merellyns Zauberstab dirigiert. »Die Frage ist: Wurde er kürzlich zum Vampir gemacht? Oder war er das schon immer?«

»Er wurde gemacht«, sagte Lorenzo. »Letztes Jahr war er bestimmt noch keiner. Er war oft am helllichten Tag draußen.«

»Aber das ist dein … der Graf von Grauenstein auch und er ist trotzdem ein Vampir.«

»Ja, aber der Graf ist …«, Lorenzo brach ab.

Der Graf ist? Was wollte er sagen? … ein Vampir von der alten Sorte? … ein Edelmann? … schlank und elegant, wenn er nicht gerade in einem Kerker verstaubt? … MEIN VATER?

»Du müsstest Frasbert mal sehen!«, rief Lorenzo. »Er ist der fetteste Mensch, den du dir vorstellen kannst. Er frisst den ganzen Tag lang. Ich glaube, der lässt sich sogar nachts wecken, um noch mehr in sich reinzustopfen.«

»*War*«, bemerkte Merellyn.

»Der ist sogar … Was?«

»*War* der fetteste Mensch«, ergänzte der Zauberer. »Sein Sohn sagt, er hat gewaltig abgenommen. Und das habt ihr selbst bestätigt. Als wir ihn vor vier Wochen zum ersten Mal in der Kristallkugel gesehen haben, habt ihr ihn kaum wiedererkannt.«

»Vielleicht war er schon lange ein Vampir, aber er stand unter einem Bann«, vermutete ich. »Vielleicht hat er all die Jahre nur deshalb ständig in sich hineingefressen, weil der Bann ihn vor lauter Blutgier wahnsinnig gemacht hat. Jetzt, wo er seinen Durst stillen darf, isst er gar nichts mehr und hat all sein Fett verloren.«

»Dann ist er ein Vampir. Nur vom Nichts-Essen würde ein dicker Mensch nicht so schnell abnehmen«, gab Merellyn zu. »Vielleicht war es kein Bann. Vielleicht war er so eine Art Vampir auf Abruf.«

»Was meinst du damit?«, wollte Lorenzo wissen.

»Baron von Fresseisen war wohl ein sogenannter Schläfer«, sagte der Zauberer nachdenklich. »Eine Art lebendige Waffe, die unerkannt unter anderen Leuten … nun ja, ›schlummert‹ und bei Bedarf geweckt beziehungsweise scharf gemacht wird. Wahrscheinlich war er wie Kruschpuk so weit ausgesaugt worden, dass er das Tageslicht noch ertragen konnte, aber schon völlig unter dem Bann seines Vampirherrn stand.«

»Dann war er das ärmste Schwein der Welt«, sagte eine Stimme von der Tür her. Wir drehten uns um. Dort stand Kruschpuk und schüttelte den Kopf. »Ich habe das nur vier Wochen mitgemacht. Aber es war die Hölle.«

Der Troll schlurfte durch die Küche zum Vorratsraum. Er verschwand darin und kam nicht wieder heraus. Anscheinend hielt er ein Stündchen täglich in der Speisekammer … oder zwei, ach, sagen wir drei! … für die angemessene Entschädigung. Ich vermute, deshalb weigerte er sich auch, sich von Merellyn endlich wieder vergrößern zu lassen. Dann hätte er da nicht mehr reingepasst.

DIE FANTASMANISCHEN TEUFEL

Glubschnak und Schnick holten die vier Jungs von Höhle Nummer Eins ab und brachten sie nach Flüsterwald. Damit sie wussten, dass mit den beiden alles in Ordnung war, gab ich Schnick meine Mütze mit dem silbernen Abzeichen mit. Das hatte ich von Erik gelernt.

Das Wiedersehen war ein Riesenspaß. Lorenzo war wie ausgewechselt. Keine Spur von schlechter Laune mehr. Bei mir waren die Jungs anfangs ein bisschen zurückhaltend. Bis sie merkten, dass sich nicht viel geändert hatte. Außer dass ich kaum auf Hindernisse achtete und schon mal mit der Schulter durch einen Türstock oder mit den Beinen durch einen Stuhl glitt.

Die erste Woche nach ihrer Ankunft war ein bisschen so, wie ich mir ein Fußballinternat vorstelle. Die Jungs hatten Stockbetten in einer ganz engen Kammer im höchsten Turm. Es gab viel Getrampel und Gejohle auf der Treppe, jede Menge Streiche und lauter gemeinsame Essen in der Küche. Beinahe hätte man vergessen können, was uns bervorstand.

Fizzbert war der Einzige, der immer todernst blieb. Und er benahm sich wie ein Geist. Er versuchte, in jede Wand hineinzuschmelzen, vor der er stand.

Wenn Esmeranda, Palomina oder sogar Myrabella auftauchten, drehten die Jungs fast durch. Sie legten das kindischste Machogehabe an den Tag, das man sich vorstellen kann. Wenn wir allein waren, war alles in Ordnung. Sobald aber ein Mädchen dabei war, vor dem einem peinliches Getue peinlich sein musste, benahmen sie sich auch peinlich. Wenn ihr wisst, was ich meine …

Und am schlimmsten benahm sich Lorenzo, der seine Krise anscheinend komplett hinter sich hatte. Ich war sogar ein bisschen eifersüchtig auf die anderen. Warum konnten sie ihn so leicht aufheitern und mir war das nicht gelungen? Ich hatte auch gar nicht den Drang, mich wie ein Macho aufzuführen. Ich merkte, dass die anderen in dem Jahr, seit wir das Waisenhaus verlassen hatten, nicht nur größer, sondern auch ein Stück erwachsener geworden waren. Seltsam war, dass genau das dazu führte, dass sie sich viel kindischer benahmen.

Aber wenn Nica auftauchte, wurde es ganz fies. Anfangs wurde sie beäugt wie ein seltenes Tier. Dann begannen die Jungs ihr alle möglichen blöden Bemerkungen hinterherzurufen, wie zum Beispiel:

»Ist da in der Lederkappe eigentlich wer drin? Ich meine, außer dem Riesenhaufen Stroh?«

»Schau doch genauer hin! Die schmutzigen Stecken, die da unten zappeln, sind die Beine.«

»Bleib doch hier! Ich möchte das Lied vom mageren Hühnchen auf deinen Rippen trommeln!«

Lorenzo beteiligte sich nicht an diesen Sprüchen, aber er schien auch nichts dagegen zu haben. Ich konnte sehen, wie Nicas Augen jedes Mal zu ihm hinzuckten, wenn es losging. Wenn er dann so tat, als hätte er nichts gehört … oder als hätten die Jungs Witze über ein Möbelstück oder sonst was gemacht, das seinerseits nix hören konnte, wurde sie stocksteif und ging betont aufrecht davon.

Ein einziges Mal wagte Fizzbert eine Bemerkung zu machen, als Nica vorbeiging. Ich weiß nicht, warum sie bei ihm anders reagierte. Ich kann mich gar nicht genau erinnern, was er sagte. Er kam auch nicht weit. Es war was von einer Prinzessin in Lederlumpen und dann war Nica mit einem Sprung bei ihm. Sie drehte ihm so blitzschnell und heftig den Arm auf den Rücken, dass Fizzbert nicht einfach nur hinfiel. Er machte eineinhalb Überschläge und klatschte mit dem Rücken gegen die Wand. Erst dann rutschte er langsam zu Boden. Da war die Hexe schon nicht mehr im Raum.

Danach sahen alle weg, wenn sie kam, und jedes Gespräch hörte schlagartig auf.

Manchmal war ich einfach sauer auf die Jungs, und ich brauchte lange, bis ich herausfand, dass es auch wegen Esmeranda war. Sie beherrschte unsere Sprache inzwischen viel besser. Die anderen konnten locker mit der Nomadin reden, aber zwischen ihr und mir schien es kein einziges Wort zu geben, das noch gesagt werden konnte.

Genauso lange brauchte ich, bis mir klar wurde, warum ich immer wütender auf Lorenzo wurde. Natürlich war es grauenhaft, dass der beste Fußballer von allen an einer Krücke herumhinkte und vor dem wichtigsten Spiel des Universums sicher sein konnte, dass er nicht dabei sein würde. Aber er ließ seinen Frust andauernd an Leuten aus, die nichts dafürkonnten. Er ließ Nica so heftig für die Geschichte auf dem Galgenberg büßen, dass es einfach unerträglich war. Unerträglich für sie. Aber auch für mich, weil mein bester Freund jeden Tag wieder bewies, dass er ein unheimliches Arschloch sein konnte.

Es führte dazu, dass ich viel öfter mit Nica zusammen war. Sie war auch oft sauer, aber darüber reden wollte sie mit mir nicht. Also konzentrierten wir uns auf die Spielvorbereitung.

Und Nicas Taktikschulungen waren ein voller Erfolg. Alle außer Lorenzo hörten sehr aufmerksam zu.

Langsam, aber sicher wurde die Mannschaft besser. Die einzelnen Spieler verbesserten sich und ab und zu war sogar so was wie Spielverständnis da. Mancher Pass kam tatsächlich bei dem an, für den er gedacht war. Manchmal erahnte ein Spieler, was ein anderer vorhatte, und rannte rechtzeitig los, um einen in die Tiefe gespielten Ball anzunehmen. Aber das waren immer noch Ausnahmen. Abseitsfalle übten wir gar nicht. Die Hälfte der Mannschaft hatte immer noch nicht verstanden, was Abseits überhaupt war.

Aber wenn ich jetzt behaupten würde, die Verbesserungen in der Mannschaft hatten wir Lorenzo zu verdanken, würde ich lügen. Gute Laune hatte er nur, wenn er mit den Rotznasen zusammen war.

Schlecht war, dass wir kein Testspiel machen konnten. Die einzige Vorbereitung auf die Vampirmannschaft war, dass jeder Spieler gegen Romano antreten musste. Das war Nicas und meine Idee gewesen. Lorenzo fand, dass das nichts bringen würde, und war total dagegen. Da wären wir beinahe wieder in Streit geraten. Aber nach einer Weile war ihm auch das Vampirproblem egal.

Die Werwölfin konnte es mit dem Vampir aufnehmen. Erik Eisenerz und die Querwölfe konnten ihn aufhalten, aber nur mit so unfairen Mitteln, dass sie danach vom Platz gestellt würden. Woomba war manchmal nah dran, aber auch er konnte den Vampir nicht mit fairen Mitteln besiegen. Myrabella und Palomina machten ab und zu den Anschein, dass sie schnell genug sein könnten, aber im Training waren sie es nicht. Die Menschen waren komplett überfordert. Sie waren nicht mal schnell genug, um den Vampir zu foulen. Und ich machte mir auch langsam Sorgen. Ich hatte nie auf einem richtigen Platz mit einem richtigen Tor hinter mir gespielt. Die Tore, die wir uns auf dem Bolzplatz selbst gebaut hatten, waren einfach irgendwie groß. Wir hatten einen Pfahl in die Erde gebohrt, zehn Kinderschritte gemacht und noch einen Eckpfosten aufgestellt. Mit Turniermaßen hatte das nichts zu tun. Auch die Tore auf Bauer Stumpligs Südweide waren nur über den Daumen gepeilt soundso groß.

Irgendwann schleppten mich Nica und Aerolina zu einer Wand des Kerkers. Aerolina tauchte jetzt immer im Schlepptau von Nica auf. Sie hatte in ihrem Buch nachgeschaut und die Mädels hatten ein Tor mit den richtigen Maßen an die Wand gemalt. Ich schluckte. Es kam mir doppelt so groß vor wie alles, was ich bisher gehütet hatte. Auf einmal fühlte ich mich wieder wie ein kleines Kind.

Aber am Abend bin ich dann runter zu Stumpligs Weide. So schlimm war es gar nicht. Das offizielle Maß war nur einen großen Schritt breiter als das, was wir hier gebaut hatten, und vielleicht dreißig Zentimeter höher. Das würde ich schon in den Griff kriegen. Allerdings nur, weil ich ein Geist war, der schneller und weiter springen konnte als jeder Mensch meiner Größe. Und weil ich ein so ungewöhnlicher Geist war, dass ich das Geistsein ein- und ausschalten konnte, wie ich wollte.

Noch siebenundzwanzig Tage bis zum Spiel. Der Prinzregent kündigte sich an. Ruck Ruppig, der Wirt vom Halben Humpen, war völlig aus dem Häuschen. Aus dem Gasthäuschen sozusagen. Puck und seine Leute hatten alle Zimmer im Humpen belegt.

Nachdem sie sich eingerichtet hatten, kam der Prinzregent mit einem Gefolge von vier Hochelfen herauf in den Turm. Er trug Fußballkleidung. Ein moosgrünes Trikot mit dunkelroten Ärmeln und goldenen Streifen. Dazu eine tannengrüne Hose und dunkelrot-golden gestreifte Stutzen. Keine Schuhe – das wäre bei seinen Bockshufen nicht gegangen. Darüber trug er einen kurzen, purpurfarbenen Umhang. Alles in allem sah er aus wie eins der reichen Oberstadtkinder, die sich nicht entscheiden können, ob sie lieber als Fußballer oder als kleiner König durch die Gegend laufen wollen. Und weil Vati reich genug ist, kann er einem natürlich beide Kostüme kaufen, und dann zieht man beim Sonntagsausflug auch beide an.

Der Faun tat nicht mal so, als würde er mich wiedererkennen. Sein Blick fiel auf Arpads Gefährt, das im Hof geparkt war. »Der fliegende Wagen!«, rief er. »Können wir mit dem nach Arkanon weiterreisen?«

Der Prinzregent wartete keine Antwort ab, sondern kletterte über die Leiter am Heck ins Innere des Planwagens.

Die vier Hochelfen traten zu uns an die Stufen zur Eingangstür. Merellyn und der Hauptmann der Elbenwachen begrüßten sich, indem sie die Fäuste verschränkten und die Unterarme aneinanderlegten, als wollten sie gleich Armdrücken spielen. Gleichzeitig haute jeder dem anderen mit der freien Hand gegen den Oberarm.

»Kelevion. Schön, Euch wiederzusehen«, sagte Merellyn.

»Merellyn. Gut, dass Ihr wohlbehalten nach Hause gekommen seid«, sagte der Hauptmann.

»Brrrrroouuuuuummm!«, rief der Prinzregent. Er hatte sich auf den Kutschbock von Arpads Wagen geschwungen und den breiten Lenker gepackt. »Woooooaaaaaaahh! Wir stürzen aaaaab!«

»Wie schön wäre es, wenn wir uns alle ein solches Gemüt bewahrt hätten«, meinte Merellyn.

»Es gab kein Halten mehr«, berichtete der Elb Kelevion. »Er will jetzt unbedingt endlich das Fußballspielen lernen.«

Merellyn wandte sich an uns. »Holt doch die anderen Jungs«, schlug er vor. »Die Schnupfennasen können ein bisschen mit Puck kicken.«

»Du meinst die Rotznasen?«, fragte ich.

»Oder die, auch gut«, fand der Zauberer. »Glubschnak, bewach den Eingang zum Hof. Aber lass die Keule stecken! Jetzt kommt herein.«

Die vierte Hochelfe nickte uns im Vorbeigehen zu. Sie war verschleiert. Wir konnten nur vermuten, dass es Amantua war, die uns die Flucht aus Burg Grauenstein ermöglicht hatte.

Eine Woche lang kam der Prinzregent mit seinem Gefolge jeden Tag herauf zum Turm und störte das Training.

Aber das Gute war, dass Puck darauf bestand, der Nationalelf Trikots, Fußballschuhe und ein Wappen zu verpassen. Er hatte alles dabei. Seine Schneider fertigten Trikots in den Nationalfarben Grün, Rot und Gold, so wie der Faun es bei seiner Ankunft getragen hatte. Grün für die Wälder, Rot für das Blut, Gold für das Haus der Könige.

Romano hatte noch einen der Handzettel, die wir in Kronstadt überall angeklebt hatten. Puck war begeistert von dem Ball mit den Hörnern und der Ankündigung von der Nacht der fliegenden Teufel. Er taufte die Nationalmannschaft »Die Fantasmanischen Teufel«.

Als wir alle in den neuen Trikots mit dem gehörnten Ball über dem Herzen antraten, fühlten wir uns zum ersten Mal wie eine Mannschaft. Obwohl wir wirklich viele Schwierigkeiten hatten, kam auch ein bisschen Stolz auf.

Ich bekam so etwas wie eine Versöhnung mit Esmeranda hin. Sie verzieh mir großzügig, dass ich in der eisigen Nacht hoch über Kronstadt kein Schwätzchen mit ihr gehalten hatte. Beinahe wäre ich sauer geworden und hätte sie angeschrien, dass ich wirklich was Wichtigeres zu tun hatte und es nix zu verzeihen gab. Aber ich ließ es dabei bleiben und das war gut so.

Wenn wir uns irgendwo im Turm begegnet waren, hatte Esmeranda immer so getan, als ob ich Luft wäre. Das ist für einen

Geist noch ekliger als für jemand aus Fleisch und Blut. Der Geist muss immer gleich nachsehen, ob er vielleicht in der falschen Dimension steckt. Jetzt lächelte sie mir wieder zu und manchmal konnten wir sogar unter der Treppe zu den Schlafräumen ein bisschen knutschen.

Wir hatten noch einundzwanzig Tage bis zum Spiel.

Vampir und Werwolf, Mensch und Elb

In einer dieser Nächte stand Amantua plötzlich in unserer Kammer. Sie weckte uns nicht, aber irgendwas an ihr sorgte dafür, dass wir so ziemlich gleichzeitig hochschreckten.

»Kann ich mit dir reden, Lorenzo?«, fragte die Elbe leise.

Ich driftete vom Bett hoch und sagte: »Ich schau mal in die Küche.«

Wider Erwarten sagte Lorenzo: »William kann ruhig zuhören. Ich habe nichts vor ihm zu verbergen.«

Amantua sah ihn eine Zeit lang stumm an. Dann meinte sie: »Ja, das ist wahrscheinlich sogar besser. Darf ich mich setzen?«

Da es in unserer Kammer zu eng war, um auch nur einen Schemel unterzubringen, wies Lorenzo auf seine Pritsche. Die Hochelfe setzte sich halb aufs Bett, halb auf die Truhe am Fußende.

»Ich hatte auf Grauenstein nur sehr kurz Gelegenheit, mit dir zu sprechen«, sagte sie zu Lorenzo. »Aber nachdem ich euer Training beobachtet habe, muss ich sagen, dass du dich anscheinend sehr verändert hast.«

»Ich? Verändert? Wie kommst du darauf?«

»Auf Grauenstein warst du ganz aus dem Häuschen über die Nachricht, dass ihr die Nationalmannschaft trainieren sollt.

Nichts anderes schien dich zu interessieren. Jetzt scheint es umgekehrt. Nichts interessiert dich weniger.«

»Das stimmt nicht! Ich will ja … ich kann doch …«, stotterte Lorenzo. Er brach ab und ließ seinen Kopf aufs Kissen fallen. Dann kam eine Weile gar nichts mehr.

»Es ist doch alles vollkommen sinnlos!«, brach es plötzlich aus ihm heraus. »Sie verstehen nichts! Absolut gar nichts! Und ich kann ihnen nichts zeigen. Nicht den kleinsten, dümmsten Bewegungsablauf, keine Tricks, gar nichts! Ich kann noch nicht mal hinlaufen und den Ball wieder aufs Spielfeld kicken, wenn er weggerollt ist. Das ist doch nicht mehr mein Spiel. Die sind ohne mich besser dran.«

Die Elbe sah ihn eine Zeit lang an. Dann wandte sie sich an mich. »William, bist du der Meinung, das ist Lorenzo, der da spricht?«

Zuerst verstand ich die Frage nicht ganz. Dann tat ich das Einzige, was mir dazu einfiel. Ich holte den Schamanenstab heraus, den Woomba extra für mich gemacht hatte, und hielt ihn Lorenzo hin. Die Lederschnüre hingen nach unten. »Ein Gestaltwandler ist er nicht«, stellte ich fest.

»War er schon öfter so … mutlos?«

»Nein! Noch nie!«

»Noch nie …«, wiederholte die Hochelfe. Sie seufzte.

»Eines solltet ihr wissen«, sagte sie dann. »Der Mundovoros beeinflusst mein Bewusstsein und das meiner Mutter. Trotzdem haben wir Dinge getan, die nicht seinen Wünschen und Befehlen entsprachen. Und deshalb glaube ich, dass auch du dich von seinem bösen Einfluss befreien kannst, Lorenzo.«

»Mich befreien? Aber er tut doch gar nichts. Das hat doch nichts mit dem Schwarzen Lord zu tun, dass ich …«

»Lorenzo, beantworte mir eine Frage!«, bat Amantua. »Der Zauberer hat mir gesagt, dass du hohes Fieber hattest, als du hier ankamst. In deinen Träumen, was hast du da gesehen?«

»Im Fieber? Nichts … ich habe nichts gesehen.« Lorenzos Gesicht lag im Schatten, aber ich wusste plötzlich, dass er die Augen aufgerissen hatte. »Doch … da war irgendwas Schreckliches … aber dann war das Fieber weg und ich … Blut. Da war Blut. Viel Blut. Und Tote. Es hat eine Schlacht gegeben. *Wir* haben gewonnen! Und dann haben wir das Blut unserer Feinde ge…trun…« Lorenzo drehte sich weg. »Ich bin dem Mundovoros gefolgt«, flüsterte er an die Wand. »Wir haben Menschen getötet. Gebissen. Zerrissen. Ihr Blut getrunken.«

Amantua sprang auf. »Du hast nichts von alldem getan!«, schrie sie ihn an. »Nichts! Er schickt dir die gleichen Bilder, die er mir geschickt hat! Das Gefühl von Macht! Den Blutrausch …«

Der Elbe liefen Tränen über die Wangen. Lorenzos Oberkörper zuckte. Ich traute meinen Augen nicht. Er weinte auch!

Amantua nahm ihren schwarzen Schleier ab. Weil sie den Kopf gesenkt hielt, konnte ich ihre Augen nicht sehen. Ihr Gesicht war nur eine weiße Fläche mit zwei schwarzen Tupfern, wo die Augen im tiefsten Schatten lagen, eingerahmt von einer schwarzen Lockenflut. Sie hätte so bedrohlich wie ein Vampir gewirkt, hätten da nicht die Tränen im Sternenlicht geglitzert. »Er kriegt uns nicht!«, flüsterte Amantua. »Er kriegt uns nicht!« Dann hob sie den Kopf und ihre Schönheit strahlte selber wie ein Stern.

Mein Oberstübchen war kurz davor, in staunende Aaahs und Oooohs auszubrechen, wie beim Feuerwerk eines Gauklermagiers auf dem Markt. Aber ein kleiner Alarmgedanke in meinem

Hinterkopf hielt mich davon ab. Der Mistkerl verhinderte, dass ich Amantuas Schönheit bewundern konnte, er ließ sich aber nicht richtig greifen. Es hing damit zusammen, dass ich schon einmal jemanden wie diese Elbenfrau gesehen hatte.

Schließlich dachte ich mir, dass es nur sie selbst gewesen sein konnte, als sie auf Burg Grauenstein ihren Schleier abgenommen hatte. Wahrscheinlich kam es mir nur so vor, als wäre da noch jemand anders gewesen, weil ich gleich danach hypnotisiert worden war. Ich schubste den nervenden Gedanken zurück in die Dunkelheit.

Dann sah sie mich an. »Du hast mir auf Burg Grauenstein eine Frage gestellt«, erinnerte sie mich.

Richtig. Ich hatte gefragt, ob sie und ihre Mutter Nachkommen des Schwarzen Lords seien, wie der Ex-Vampir Karol Kleinkrempel behauptet hatte.

»Hier ist die Antwort«, fuhr Amantua fort. »Meine Mutter Niobe ist die Tochter des Mundovoros. Sie folgt seinem Befehl, ob sie will oder nicht. Er hat auch mich unter Kontrolle, aber nicht so stark wie sie. Mein Vater war ein Elb, kein Vampir. Mein Blut ist stark.« Sie setzte sich wieder. »Und deines, Lorenzo, ist noch stärker.«

Lorenzo drehte sich von der Wand weg und wischte sich dabei verstohlen über die Augen.

»Du weißt mittlerweile, wer dein Vater ist«, fuhr Amantua fort. »Aber du sprichst kein Wort mit ihm.«

Lorenzo antwortete nicht darauf. Auch Amantua schwieg eine Weile.

»Du tust ihm Unrecht«, sagte sie dann. »Er wollte sich nicht vor der Verantwortung für ein Kind drücken. Aus seiner Sicht war der Tod die einzige Möglichkeit, dich und deine Mutter zu beschützen.«

Lorenzo richtete sich auf die Ellbogen auf.

»Dein Vater ist der Halbbruder meiner Mutter«, erklärte Amantua. »Der Mundovoros hat ihn nicht selbst getötet, wie du weißt. Aber er hat ihm eine Aufgabe gestellt, die ihn umgebracht hat.«

»Wie lautete die?«, fragte Lorenzo tonlos.

»Gavaron sollte die Mutter seines Sohnes nach der Geburt töten«, flüsterte die Hochelfe. »Und das Kind zum Mundovoros bringen. Gavaron konnte sich nicht gegen den Befehl wehren. Also tat er das Einzige, was noch blieb, um Mysticia und das Kind zu schützen. Er tötete den Mörder. Sich selbst.«

Nach dieser Eröffnung herrschte langes Schweigen. Ich brach es schließlich.

»Aber wer ist Gavaron? Der Graf von Grauenstein heißt doch Romano. «

»Oh, aber von dem spreche ich«, sagte die Elbe. »Der Schwarze Lord zeugte einen Sohn mit der Gräfin, aber er selbst war nie Graf. Der volle Name dieses Sohnes, des echten Grafen, ist Gawain Romano von Grauenstein. Gavaron ist der Kosename, den ich als kleines Kind aus seinen Vornamen gemacht habe.«

Lorenzo nickte langsam. Er sah Amantua an. »Und Malicia?«, fragte er.

»Sie hat es für ihn erledigt. Ein Vampir kann sich nicht selbst töten. Ein Werwolf genauso wenig. Und beider Blut fließt in Gavarons Adern, so wie in denen seines Vaters. Er ist mehr Vampir als sonst etwas, weil ja seine Mutter, Gräfin Grimaldia von Grauenstein, ein reinblütiger Vampir war. Aber es genügt nicht, den Vampir zu töten. Der Werwolf würde überleben und das Geschöpf am Ende wiederherstellen. Also musste Malicia deinen Vater erst pfählen und anschließend in flüssiges Silber werfen.«

Lorenzo zog scharf die Luft ein.

Die Hochelfe beugte sich vor. »Während der Zauberer versuchte Mysticia in Sicherheit zu bringen, waren Malicia und Gavaron auf Befehl ihrer Familien immer noch in Nord-Elbia«, flüsterte Amantua. »Die Prinzessin hatte wohl eine ähnliche Verbindung zu ihrer Halbschwester wie wir Elben untereinander. Sie fühlte es, als du geboren wurdest. Sie und der Graf hatten vereinbart, dass sie ihn im selben Moment töten würde. Und so ist es geschehen. Aber ein einziges Mal hat meine Mutter sich dem Befehl des Mundovoros und den Plänen ihres

Bruders widersetzt. Sie brachte Gavarons Überreste nach Burg Grauenstein und hoffte, dass einundneunzig Jahre Schlaf ihn heilen würden. Aber ihr habt ihn schon nach zwölf Jahren geweckt und jetzt muss es eben so gehen.«

Sie richtete sich auf und sprach wieder lauter.

»Deshalb rate ich dir: Denk an die Opfer, die andere bringen, bevor du dir selbst leidtust. Sieh dir deinen Freund an. Er hat darauf verzichtet, die nächste Welt zu betreten, um bei dir zu bleiben. Hast du nicht geschworen ihn aus der Zwischenwelt zu retten?« Amantua stand auf. »Vampir und Werwolf. Mensch und Elb«, zählte sie auf. »Das steckt alles in dir. Ganz zu schweigen von dem Magier, der eiserne Schiffshaken durch die Luft schleudert. Und ganze Galgenkonstruktionen, wie ich gehört habe. Selbstheilung statt Selbstmitleid. Das rate ich dir. Wenn du nicht weißt, wie das geht, frag deinen Vater. Oder deine Tante Malicia. Gute Nacht.«

Die Hochelfe wirbelte herum und verschwand durch die Tür.

Wir lagen eine ganze Weile schweigend im Dunkeln. Dann sagte Lorenzo leise: »William, es tut mir leid.«

Danach war alles anders. Bis einen Tag vor der Abreise wurde so intensiv geackert, wie ich noch nie eine Mannschaft habe trainieren sehen. Lorenzo kümmerte sich um alles. Er war als Erster auf den Beinen und als Letzter im Bett. Er ließ sich sogar jeden Tag Nicas Taktiken und Ideen zu Spielzügen erklären. Davon setzte er mit der Mannschaft um, was er für machbar hielt. Dem kindischen Prinzregenten wurde es zu anstrengend und er kam nicht mehr herauf. Endlich lief das Training ohne jede Störung auf vollen Touren. Die Mannschaft machte keine Fortschritte, das waren Fortsprünge!

Lorenzo und Romano sprachen wieder miteinander, aber wie Vater und Sohn sahen sie bestimmt nicht aus. Eher wie Brüder. Romano versuchte gar nicht erst den Vater zu spielen, und Lorenzo war noch nie auf der Suche nach jemandem gewesen, der ihm sagte, wo es langging, oder auch nur mit gutem Beispiel voranging.

Aber zusammen hatten sie eine Tafel gebastelt, auf der wir alles über die Spieler eintragen konnten. Die sah so aus:

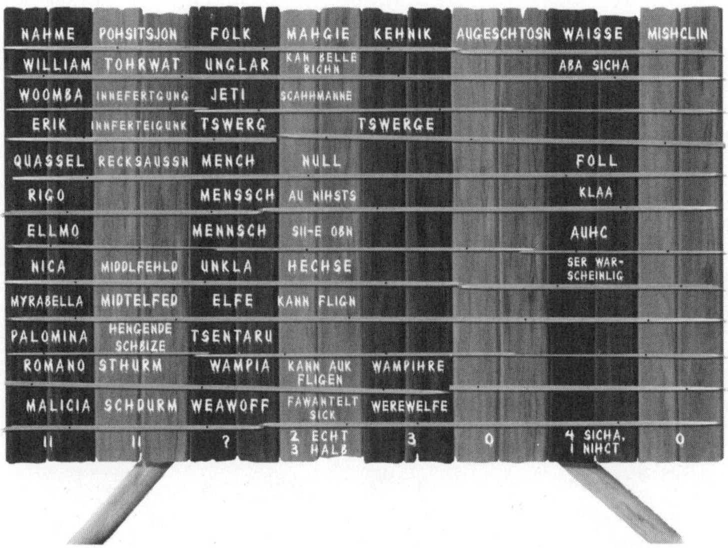

NAHME	POHSITSJON	FOLK	MAHGIE	KEHNIK	AUGESCHTOSN	WAISSE	MISHCLIN
WILLIAM	TOHRWAT	UNGLAR	KAN BELLE RICHN			ABA SICHA	
WOOMBA	INNEFERTGUNG	JETI	SCAHHMANNE				
ERIK	INNFERTEIGUNK	TSWERG		TSWERGE			
QUASSEL	RECKSAUSSN	MENCH	NULL			FOLL	
RIGO		MENSSCH	AU NIHSTS			KLAA	
ELLMO		MENNSCH	SII-E OBN			AUHC	
NICA	MIDDLFEHLD	UNKLA	HECHSE			SER WAR-SCHEINLIG	
MYRABELLA	MIDTELFED	ELFE	KANN FLIGN				
PALOMINA	HENGENDE SCHBIZE	TSENTARU					
ROMANO	STHURM	WAMPIA	KANN AUK FLIGEN	WAMPIHRE			
MALICIA	SCHDURM	WEAWOFF	FAWANTELT SICK	WEREWELFE			
11	11	?	2 ECHT 3 HALB	3	0	4 SICHA. 1 NIHCT	0

Vor dieser Tafel verbrachten wir viel Zeit. Zu Lorenzos Rechtschreibung sagte ich lieber nichts. Ich wollte ihm auf keinen Fall die gute Laune verderben. Jetzt merkte ich erst, wie wenig er in der Schule von Flüsterwald aufgepasst hatte. Er schrieb kein Wort zweimal gleich und das größte Problem hatte er mit der Buchstabenkombination S-C-H. Er war anscheinend der Meinung, dass man das H über die Wörter streuen sollte wie Dünger über einen Garten.

Aber die Tafel war gut.

Wir waren immer noch erstaunt, dass tatsächlich drei Könige oder zumindest die Anführer von drei verschiedenen Völkern mitspielten. Bei den magischen Fähigkeiten waren wir uns ziemlich sicher, dass »zwei ächt drei halb« reichen würde, auch wenn kein richtiger Magier dabei war. Drei Waisen brachten wir auch zusammen, obwohl Nica nichts über ihre Eltern wusste. Aber uns fehlten Mischlinge und Ausgestoßene…

Am Abend vor unserer Abreise kam eine Abordnung von Druiden mit Eskatos nach Flüsterwald. Er war immer noch nicht aufgewacht. Sie transportierten ihn in einem mit Magie versiegelten Planwagen. Die Druiden hatten gehört, dass der Wald uns nach Arkanon durchlassen würde. Deswegen wollten sie mit uns reisen. Sie hofften auf die Heilkunst ihrer menschlichen Brüder im Kloster. Ich war zwar der Meinung, dass Merellyn die Bettelnden als Heiler um Längen schlug, aber die würden schon wissen, was das Richtige war.

GETRÄUMTE BRANDSTIFTER

In der Nacht träumte ich fürchterlich schlecht. Ich sah die riesige, dunkle Gestalt des Mundovoros, der kopfüber an der Wand des Westturms hinunterkletterte. Seine Flügel waren so gewaltig, er hätte damit den Turm umarmen können. Im nächsten Moment aber war es die verhutzelte Mumie, die kopfüber die Wand herunterkam. Flügel waren nicht zu sehen, aber ihr Schatten tauchte den Westturm in Finsternis. Obwohl es nicht finster war. Es war viel zu hell, selbst für eine fantasmanische Vollmondnacht. Ich öffnete die Augen. Es war immer noch ungewöhnlich hell im Zimmer. Seltsam, dass der Mond heute Nacht einen so unruhig flackernden, gelben Schein in unsere Kammer warf ... Dann wurde mir klar, dass das kein Mondlicht war.

Der Westturm brannte.

Ich sprang ans Fenster. Lorenzo tauchte neben mir hoch. Nicht der ganze Turm brannte. Zappendusters Gewächshaus stand in Flammen. Gerade als ich hinsah, explodierte etwas in seinem Inneren. Ein Regen aus Glassplittern und Mauersteinen trommelte gegen die Wand des Hauptturms und ein Stück Bleieinfassung blieb in einem unserer Fensterläden stecken ...

Der Ruriko hatte den größten Wehrgang des Nebenturms komplett verglast und zum Treibhaus umgebaut.

Wir rannten in die Küche, wo wir fast auf gleicher Höhe mit dem brennenden Treibhaus waren. Merellyn riss gerade eines der beiden Fenster auf. Er brüllte einen Spruch und zog mit seinem Zauberstab einen Kreis durch die Luft. Wind zerrte an uns, als plötzlich alle Herdklappen aufflogen und Sturmwolken daraus hervor durch die Küche und zu den Fenstern hinausstoben. In ihnen blitzte es heftig, dann begann das kleine Gewitter in Sturzbächen auf das Gewächshaus hinunterzuregnen. Ein paar Brände, die der Regen nicht löschen konnte, weil sie von irgendwelchen Zaubertränken genährt wurden, erstickte Merellyn mit einem anderen Zauberspruch.

Als alles vorbei war, versammelten wir uns im Behandlungszimmer. Merellyn begann durchzuzählen, um sicher zu sein, dass niemand vermisst oder verletzt war. Zappendusters Kürbisgesicht war voller Ruß, weil er die Überreste seines Treibhauses nach brauchbaren Resten durchsucht hatte. Aber während des Feuers war er nicht dort gewesen. Ihm fehlte nichts, genauso wie dem Rest der Turmbewohner.

»Ist einem von euch etwas Ungewöhnliches aufgefallen?« fragte Merellyn »Gab es ungebetene Gäste?«

Woomba hielt jedem seinen Schamanenstab ins Gesicht und schüttelte dann den Kopf.

»Ich weiß, dass ich abgesperrt habe«, murmelte der Ruriko. »Die Tür hat jetzt keine Scheiben mehr. Sind in der Hitze zerborsten. Aber das Schloss war nicht kaputt.«

»Ich hab den Mundovoros gesehen!«, rief ich. Alle Köpfe fuhren zu mir herum.

»Im Traum!«, sagte ich schnell dazu. »Er kletterte am Westturm runter. Im Traum.«

»Willst du damit sagen, der *Schwarze Lord* hat das Gewächshaus angezündet?«, fragte Zappenduster. »Und alle meine Vorräte an Fußballsamen und Antivampirgift vernichtet?«

»Nein. Es war die Mumie. Und ich sagte doch, es war nur ein Traum.«

»Ich dachte, der Avatar aus dem Buch wurde in den Yeti-Höhlen vernichtet?«, rief Merellyn.

Typisch Fantasmanier. Keiner von ihnen ging darauf ein, dass ich das nur geträumt hatte. Träume waren für sie so wirklich wie das Leben.

»Der Glasballon mit dem letzten Versuch vom Zeitumkehrer ist auch weg«, berichtete Zappenduster. »Wahrscheinlich im Feuer explodiert. In dem Durcheinander kann man kaum noch sagen, was einmal was war. Alles ist geplatzt, geschmolzen, verbrannt. Wenn ihr auf meine Hilfe gegen die Vampirmannschaft hofft, müsst ihr das Spiel um eine Woche verschieben.«

»Diese Woche wird uns der Mundovoros nicht gewähren«, antwortete Merellyn. »Wir brechen morgen auf. Geht jetzt alle schlafen.«

Am nächsten Morgen sammelten wir uns vor dem Halben Humpen. Dort sah ich, dass Pucks Eskorte die Farben unserer Trikots auf den Schilden und Bannern trug. Es war zwar umgekehrt. Wir trugen die Farben Fantasmaniens. Aber ich kam mir wie ein Krieger vor, der mit seiner Truppe in die Schlacht zieht.

Als wir in Arkanon ankamen, gab es die alte Handelsstraße wieder, die dem Viertel zwischen Stadttor und Mauthaus den Namen An der Straße gegeben hatte. Besser gesagt, entstand sie gerade vor unseren Augen. Die Straße reichte etwa eine Meile in den Wald hinein. Während wir auf ihr unterwegs waren, links und rechts eine Mauer aus Bäumen, sahen wir weit voraus ständig Bewegung. Das waren die Bäume, die Platz für mehr Straße machten.

Es war beschlossen, dass wir wieder in die alte Grenzstation ziehen würden, die jahrelang unser Waisenhaus gewesen war. Pucks Leute hatten festgestellt, dass es das einzige von Fantasmaniern erbaute Gebäude in Arkanon war. Schnick und Glubschnak waren vorausgeschickt worden, um das Haus für die Ankunft des Prinzregenten herzurichten.

Schließlich hörte das Geschiebe und Gerucke vor uns auf. Wir erreichten das alte Mauthaus. Früher hatte es außerhalb der Baumgrenze gestanden. Jetzt war es ein Haus mitten im dichten Wald. Die Straße führte daran vorbei über unseren alten Bolzplatz. Die windschiefen Tore mit den selbst geknüpften Netzen waren verschwunden. Nachdem die Druiden mit Eskatos zum Kloster weitergezogen waren, machte der Wald die Lücke dicht, sodass die Straße am Bolzplatz endete.

Das Waisenhaus war aufgeräumt und ordentlich gefegt. Aber nach Kohl müffelte es immer noch. Puck betrat das Gebäude, schnüffelte kurz und verkündete dann: »Das ess ich nicht!«

DREI ZWERGE NAMENS LEONIE

Eine Stunde später stand das Begrüßungskomitee der Stadt vor dem Haus. An allen Schamanenstäben, die wir mit dem Duplicato-Zauber hergestellt hatten, zeigten die Lederschnüre nach draußen.

»Tauscher!«, sagten Woomba und ich gleichzeitig.

Puck, Merellyn und die vier Elbenkrieger traten hinaus. Wir drängten uns hinter ihnen durch die Tür oder im Speisesaal an die Fenster. Dann begann ein Gespräch, in dem der kindische Prinzregent dem Baron von Fresseisen zeigte, wo der Hammer hängt.

Ich brauchte eine ganze Weile, bis ich den Baron erkannte. Der Mann, der da vor seiner Truppe aus Gestaltwandlern stand, hätte an die zehn Mal in den alten, fetten Baron gepasst. Von Fresseisen war schlank und sah aus, als wäre er fünfundzwanzig, keinen Tag älter. Aber er war so bleich, dass seine Haut blau schimmerte, und die Ringe unter seinen Augen waren schwarz. Sein Blick ruhte kurz auf seinem Sohn Fizzbert, der an der Tür stand. Aber beide zeigten keine Regung.

»Ich begrüße euch in der Stadt Arkanon«, begann er.

Puck, der einen Apfel aß, musterte ihn von oben bis unten.

»Wir sind nicht in der Stadt Arkanon«, stellte er fest. »Du stehst auf fantasmanischem Boden. Gibt's ein Bamkett oder sonst was Ordentliches zu futtern?«

»Wie? Äh, was? Bankett?«, stotterte der Baron. »Das war nicht vorgesehen, aber wir können gern ...«

»Warum kommen Euer Majestät nicht in einer Stunde ins Stadion?«, sprang ihm Arachnua bei. Sie war wieder das wilde Weib in Schwarz. Aber jetzt trug sie über dem rechten Auge eine Klappe. Ich musste immer wieder auf den Griff der Armbrust über ihrer Schulter schauen, um sie nicht Schwarze Anna zu nennen. »Wir können den Austragungsort besichtigen und ein Abendessen in der Ehrenloge zu uns nehmen.«

Wieder antwortete Puck nicht gleich. Er nahm mir meinen Schamanenstab ab, schlenderte lässig hinüber und hielt der Gestaltwandlerin den Stab vors Gesicht. Die Krallen an den waagerecht stehenden Lederschnüren trafen sie an Stirn, Nase und Wangen. Sie schienen dort festzukleben.

»Tauscher, was?«, fragte der Prinzregent. »Mach mal irgendwas Lustiges!«

Arachnua bewegte sich nicht. Sie schielte nur hinunter auf den Faun, der sich strecken musste, um den Stab so hoch zu halten.

»Euer Majestät?«, fragte der Baron.

»Na ja, ich habe gehört, sie kann sich in einen sehr großen, sehr hässlichen Vogel verwandeln«, erzählte Puck im Plauderton. »Aber ein karierter Hund wäre mir lieber. Kannst du karierten Hund, Tauscher?«

»Nein«, antwortete Arachnua. »Ich kann das hier.« Sie verwandelte sich und wuchs um gut eineinhalb Meter. Vor dem Prinzregenten ragte die schwarze Echse auf. Sie spreizte fauchend ihren Stachelkamm mit den orange geflammten Streifen.

Der Faun zuckte nicht mal. Er drehte sich um und kam zu uns zurück. »Lass mal, Salamander ist langweilig«, sagte er lässig und warf mir den Stab zu. »Bringt einfach irgendwas zu essen. Aber nichts mit Kohl.«

Als sich die Abordnung nicht bewegte, klatschte Puck zweimal in die Hände und wies dann vage in den Wald, in dem sich irgendwo die Vorstadt und das Stadion befinden mussten. »Auf geht's!«, rief er. »Ab dafür!« Dann ging er zurück ins Haus und fragte: »Haben wir noch einen Apfel?«

Der Baron und die Gestaltwandler standen mindestens noch fünf Minuten völlig belämmert vor dem Mauthaus, ehe sie sich davonmachten. Ohne einen von uns noch mal anzusehen, ging Fizzbert mit ihnen.

Kurze Zeit später kamen tatsächlich ein paar Mann von der Stadtwache mit einem Eselskarren, der beladen war mit Körben voller Essen. Baron von Fresseisen war auch noch einmal dabei. Er bestand darauf, mit Merellyn allein zu sprechen. Aber der Zauberer kam schon nach kurzer Zeit zurück ins Haus. Er hatte einen Packen Dokumente bei sich. Als wir ihn fragten, was der Baron gewollt hatte, meinte er: »Nur das, was wir ohnehin schon wussten. Er hat noch mal unmissverständlich klargemacht, dass nicht mehr er der Besitzer der Monster Soccers ist, sondern Lord Zerberon von Fantasmanien. Fresseisen ist nur noch der Trainer. Der Mann hat eine Heidenangst.«

In der Nacht wachte ich auf. Ich hatte schon wieder vom Avatar geträumt. Er wanderte durchs Waisenhaus und wechselte dabei so schnell zwischen der echten Welt und Anderland, dass er flimmerte. Ich dachte, ich hätte Lorenzo gehört. Aber er lag friedlich im Stockbett neben mir. Im Haus war es still. Als ich beinahe wieder eingeschlafen war, hörte ich ihn deutlich sagen: »William!«

Lorenzos Stimme kam von draußen. Sein Bett war leer. Ich ging ans Fenster, durch das der Mond hereinschien, achtete aber darauf, im Dunkeln zu bleiben. Unten stand Lorenzo auf dem Bolzplatz. Der Vollmond strahlte fast so hell wie eine kleine Sonne, aber Lorenzo verwandelte sich in seinem Licht weder zu Vampir noch Werwolf.

Im Mittelkreis stand ein hölzernes Gestell. Darauf ruhte die Tafel mit der Mannschaftsaufstellung, die Lorenzo gebastelt hatte. Dahinter bewegte sich etwas Großes, Dunkles. Und dann trat der Schwarze Lord hinter der Tafel hervor.

»Deinem Knie scheint es besser zu gehen«, sagte der Mundovoros freundlich. Lorenzo nickte.

»Mein Vater hat mir gezeigt, wie ich es selb…«, begann er.

»Du hast die Kräfte benutzt, die in dir stecken, um die Heilung zu beschleunigen«, unterbrach ihn der Schwarze Lord.

»Sie sind erstaunlich, nicht wahr? Leider nicht ausreichend, damit du morgen spielen kannst. Jede Magie hat ihre Grenzen.«

Eine Zeit lang sahen die beiden sich die Aufstellung an, ohne ein Wort zu sagen.

Plötzlich packte der Mundovoros Lorenzo an der Schulter und zog ihn freundschaftlich zu sich heran. Lorenzo wehrte sich nicht.

»Eine gute Mannschaft, wirklich«, lobte der Mundovoros. »Ihr habt sogar fast alle Vorgaben erfüllt. Könige und Magier treten an, um meine Mannschaft zu schlagen. So viele fantasmanische Völker sind vertreten! Und es hat den Anschein, als habe sich meine ganze Familie gegen mich vereint. Mein Sohn Romano. Seine Schwägerin Malicia. Mein Enkel Lorenzo. Seine Cousine Amantua. Schade, dass ihr nicht gewinnen könnt.«

Jetzt riss Lorenzo sich los. »Da täuschst du dich!«, rief er. »Wir haben die Vorgaben erfüllt. Wir haben eine gute Mannschaft. Und wir kämpfen für Fantasmanien. Deine Leute sind nur bezahlte Profis.«

»Ich fürchte, du bist derjenige, der sich täuscht«, erwiderte der Mundovoros. »Die Vorgaben sind völlig bedeutungslos. *Ich* habe die Vision erfunden, die ich der alten Hexe ins Gehirn geblasen habe. Große Mutter. Ha! Viel Widerstand hatte sie nicht zu bieten. Aber in einem Punkt hast du recht. Bei uns spielen Profis. Mir stehen zweiundzwanzig Vampire mit Fußballerfahrung zur Verfügung. Ihr seid ein kunterbunter Haufen ohne Spielpraxis. Nur eine Mannschaft von Verzweifelten. Wie wollt ihr gewinnen?«

»Wir werden …«, begann Lorenzo, aber sein schrecklicher Großvater unterbrach ihn.

»Jaaa, wenn *du* spielen könntest, dann allerdings hättet ihr eine Chance. Aber der alte Narr Merellyn irrt in dem Fall nicht. Spiel nur eine Minute und das Knie ist für immer zerstört. Doch komm auf meine Seite und ich heile es auf der Stelle.«

Lorenzo stand mit hängendem Kopf da. Er antwortete nicht.

Der Schwarze Lord drehte sich zum Waisenhaus um. »Wirklich, es steckt kein Zauber darin, elf verschiedene Völker in der Mannschaft zu haben!«, rief er laut.

Erst jetzt wurde mir bewusst, dass sich links und rechts von mir Leute drängten. An den anderen Fenstern waren es bestimmt nicht weniger.

»Oder drei Könige. Drei Waisen. Drei Magier. Was auch immer. Das sind nur irgendwelche Spaßregeln, die ich erfunden habe. Ich hätte auch sagen können: Drei Pizzabäcker. Drei Zwerge mit dem Vornamen Leonie. Drei Feen mit Holzbein. Es tut mir leid, aber das ist nun einmal die Wahrheit: Eurer Mannschaft steht keinerlei Magie zur Verfügung. Fantasmanische Teufel?« Er lachte. »Fantasierende Rotznasen würde es besser treffen. Leute, seht es ein: Das wird ein Gemetzel. Lorenzo könnte es verhindern. Indem er auf seinen Großvater hört. Oder du, William. Ich hatte immer den Eindruck, du bist der Vernünftigere von euch beiden. Ich frage dich jetzt zum dritten und letzten Mal! Gib mir das, was mir gehört. Dann zieht ihr alle eurer Wege und die Sache ist vergessen. Gib mir das Zeichen, William!«

Er hatte immer noch den Helm mit den schwarzen Augenschlitzen auf, aber ich war mir sicher, dass er mich direkt anstarrte. Und Lorenzo und der Rest der Fantasmanischen Teufel auch.

»Ich habe es nicht mehr«, behauptete ich.

»Du lügst«, sagte der Schwarze Lord. »Es steckt in der Dimension, die man Anderland nennt.«

»Ich habe es«, sagte eine Stimme von der Tür her. »Und du wirst es auf diese Weise nicht bekommen.« Merellyn trat auf den Bolzplatz, sein großes Schwert in der Hand.

»Ein Schwert, alter Mann?«, sagte Lord Zerberon mit gespieltem Erstaunen. »Du wirst dich noch selbst verletzen.«

Merellyn machte drei schnelle Schritte und stieß mit dem Schwert zu. Der Mundovoros riss Lorenzo herum und die Klinge drang in dessen Bauch ein. Mir blieb der Mund offen stehen.

Lorenzo, der sich zusammengekrümmt hatte, sah ungläubig von Merellyn zu mir. Ich sprang nach Anderland. Zwischen Lorenzos Magengrube und der ausgestreckten Hand des Zauberers war kein Schwert. Ich sprang zurück.

»Respekt, alter Mann«, sagte der Schwarze Lord. »Du bist hart geworden. Hart und verbittert über dein schreckliches Versagen vor dreizehn Jahren. Und du hast wieder versagt! Du hättest wissen müssen, dass du mich mit einem Schwert nicht verletzen kannst. Aber gerade hast du den Jungen ein zweites Mal getötet. Und das fast wieder am gleichen Ort.«

»Hiermit?«, fragte Merellyn.

Er hob das Schwert und es löste sich in Rauch auf. Was der Zauberer in der Hand hielt, sah aus wie eine angebissene Karotte. Vielleicht bildete ich es mir nur ein, aber ich glaube, der Schwarze Lord zuckte zusammen.

»Alles, was jetzt bewiesen ist, ist Eure Feigheit, Lord Zerberon«, erklärte Merellyn. »Da ich Euch nicht verletzen konnte, war es nicht nötig, den Jungen als Schutzschild zu benutzen.«

»Ich wollte dir nur zeigen, was passieren könnte, wenn ich angegriffen werde«, meinte der Schwarze. »Gib mir das Zeichen, dann geschieht dem Jungen wirklich nichts. Ich werde meinem eigen Fleisch und Blut doch nichts antun. Wenn es nicht nötig ist.«

»Nein. Ich mache Euch einen Vorschlag«, sagte Merellyn. »Wir treffen uns morgen vor dem Spiel auf dem Platz. Ich werde Euer Zeichen dabeihaben und die beiden Hälften des Macronomicons. Ihr bringt unser Zeichen mit. Ein Wettkampf. Wer die Zeichen erringt, kann entscheiden, welches zuerst eingesetzt wird. Euer Zeichen – das Buch dient Euch. Mysterios Zeichen – es ist auf unserer Seite.«

Ich begann am ganzen Körper zu zittern. Dabei hatte ich doch eigentlich gar keinen! In der Woche vor der Abreise hatte mich Merellyn in Mysterios Plan eingeweiht. Mir war heiß und kalt geworden. Gegen das, was Mysterio Mystelzweig sich ausgedacht hatte, war der Besuch in Burg Venenfels ein Sonntagsspaziergang.

Merellyn war überhaupt nicht glücklich über das, was Mysterio da verlangte. Aber er meinte, der alte Zauberer hätte mit solchen verzweifelten Tricks oft seinen und den Hals vieler anderer Männer aus der Schlinge gezogen. Also hatten wir vereinbart seinem Plan zu folgen.

»Ein Kampf im Stadion?«, wiederholte der Mundovoros. »Dabei werden viele Leute sterben.«

»Ich denke nicht an einen magischen Wettstreit«, widersprach Merellyn. »Etwas sehr Einfaches. Ein Wettrennen und das muss nicht vor Publikum stattfinden. Wir legen die beiden Zeichen nebeneinander ab und begeben uns an einen Punkt, sagen wir vierzig Schritte entfernt. Wer zuerst bei den Zeichen ist, nimmt sie sich und kann entscheiden, welches er zuerst einsetzt.«

»Ein Wettrennen zwischen uns beiden …«, murmelte der Schwarze Lord. »Wie willst du betrügen, alter Mann? Du kannst kein Rennen gegen mich gewinnen und das weißt du auch.«

»Ja, das weiß ich«, antwortete der Zauberer. »Ich werde nicht selbst antreten.«

»Wer dann?«

»Es wird auf jeden Fall jemand sein, der eine Chance gegen Euch hat.«

Zerberon folgte Merellyns Blick und sah hoch zu mir.

»Der kleine Geist? Er könnte jede Distanz mit einem Sprung überwinden ... Ja, das finde ich interessant. Morgen im Stadion. Sie nennen es die Fensterstunde. Der Geist weiß, wann das ist.«

»Gut. Wir werden da sein«, sagte Merellyn. »Unter einer Bedingung.«

»Bedingung?«, wiederholte der Mundovoros ungläubig. »*Du* willst Bedingungen stellen?«

»Allerdings«, meinte der Zauberer völlig unbeeindruckt. »Es ist doch so: Von dem, was wir alle haben wollen, bringen wir drei Teile mit. Ihr nur eines. Deshalb lautet die Bedingung: Egal wie die Wette ausgeht, die Fantasmanischen Teufel dürfen in dem Spiel morgen so oft auswechseln, wie sie wollen. Das ist alles.«

Lord Zerberon breitete die Arme aus, als wolle er Merellyn umarmen. »Das ist alles?«, rief er. »Wie überaus bescheiden. Bitte schön! Eure Mannschaft darf meinetwegen dreißig Auswechslungen vornehmen. Wenn ihr so viele Spieler habt. Ihr könnt alles und jeden einwechseln, den ihr wollt. Meine einzige Bedingung: kein Riesentroll im Tor!«

Merellyn nickte. »Verstanden.«

»Die Monster Soccers beschränken sich auf drei Wechsel«, erklärte der Mundovoros. »Und nicht mal die werden wir brauchen.«

»Wir wollen nur alle Spieler einwechseln dürfen, die auf dem Spielbogen eingetragen sind«, sagte Merellyn ruhig.

»Jederzeit. Meine Güte! Jetzt klingt es schon fast nach einer sportlichen Herausforderung …«

Im nächsten Moment war der Lord verschwunden.

Merellyn schickte alle wieder zu Bett. Er, Lorenzo und ich trafen uns im dunklen Speisesaal.

»Das Spiel ist eröffnet«, meinte der Zauberer. »Er hat unseren Köder geschluckt.«

Als er unsere Gesichter sah, legte er uns die Hände auf die Schultern.

»Keine Angst, ich wäre nie mit einem Schwert da rausgegangen«, beruhigte er uns. »Ich musste nur sehen, ob er …«

»Du hast mich abgestochen!«, platzte Lorenzo dazwischen. »Konntest du mir nicht wenigstens ein Zeichen geben oder das schon mal vorher mit mir besprechen?«

»Es sah alles viel echter aus, weil du nichts wusstest«, meinte Merellyn. Dann zuckte er die Achseln. »Es tut mir leid. Aber ich bin jetzt sicher, der Schwarze Lord hat diese Welt noch nicht betreten. Das war nur ein Stellvertreter.«

»Woher weißt du das?«

»Der Mundovoros hätte meinen kleinen Zaubertrick auf eine Million Meilen erkannt«, erklärte Merellyn. »Und er hätte sich bei meinem Schwertstoß in Rauch oder sonst was verwandelt. Mit einem Schwert kann man dem Schwarzen Lord schon lange nichts mehr anhaben. Doch wer immer ihn vertreten hat, war verletzbar. Er glaubte wirklich, ich würde ihm das Schwert in die Eingeweide jagen. Aus einem Reflex heraus hat er – oder sie – Lorenzo als Schutzschild benutzt.«

»Ich habe ihn schon wieder im Traum gesehen«, berichtete ich. »Aber außer dem Schwarzen Lord ist da immer noch die vertrocknete Mumie. Der Mundovoros hat gesagt, er fragt mich jetzt zum dritten Mal nach dem Zeichen. Aber die beiden ersten Male war es die Mumie.«

Merellyn schlug sich mit der Faust in die offene Hand.

»Wusst ich's doch! Wir haben es immer noch mit dem Avatar zu tun.«

»Was ist ein Ava …«, begann Lorenzo.

»Ein Zerrbild. Platzhalter. Stellvertreter«, zählte ich auf.

»Die Mumie?«, fragte Lorenzo. »Aber ich dachte, die hat Woomba in den Zwergenminen erledigt?«

»Eskatos stirbt!«, rief eine Stimme von der Tür her. Dort stand einer der Halbzwerg-Druiden, die den Planwagen hierher gefahren hatten. »Zauberer, bitte komm mit!«

BLINDER PASSAGIER

Merellyn sprang auf. »Lorenzo, hol meinen ledernen Reisegürtel mit den Zaubertränken und Spritzen!«, befahl er. »William, weck Nica auf. Sie hat zwar keine Kräutervorräte mehr, aber vielleicht kann sie uns mit Medizin aus der Klosterapotheke helfen. Ich gehe vor. Ihr holt mich ein.«

Wir schlossen an der Klosterpforte zu Merellyn auf. Einer der Bettelnden Brüder führte uns zu Eskatos Zimmer. Der Druide sah aus, als ob er aus Wachs wäre und jeden Moment schmelzen könnte. Er murmelte etwas vor sich hin. Merellyn beugte sich über ihn. Nach einer Weile richtete sich der Zauberer verwirrt wieder auf.

»*Es hat mich verlassen*?«, wiederholte er. »Was hat ihn verlassen? Hat ihn was verlassen?«

Die Druiden und Bettelnden Brüder, die an der Tür und auf dem Gang warteten, sahen sich an.

»Holt Ben!«, befahl einer und ein paar Mönche rannten davon. Nach einiger Zeit schoben sie einen etwa dreizehnjährigen Jungen in die Kammer. Er trug eine Mönchskutte, aber es war tatsächlich unser alter Ben von den Verdammten Rotznasen.

Einer der älteren Mönche gab ihm einen Stoß. »Sag dem Magier, was du gesehen hast«, verlangte er.

»Gesehen ist vielleicht nicht der richtige Ausdruck ...«, begann Ben zögerlich. Er schaute verlegen von einem zum anderen. »Vielleicht eher geträumt. Ich hatte Wache, aber ich war ... eingeschlafen.« Er schielte zu einem kräftig aussehenden Mönch, der mich sehr an den Heiligen Patrick, unseren Waisenhausvorsteher, erinnerte. Der war bestimmt für das allabendliche Verprügeln der Lehrlinge zuständig.

Merellyn legte Ben eine Hand auf die Schulter. »Das macht überhaupt keinen Unterschied«, beruhigte er ihn. »Was ist passiert?«

Typisch. Merellyn fragte nicht, was jemand glaubte, gesehen oder geträumt zu haben, sondern einfach, was passiert war.

»Der Herr Eskatos lag im Bett«, berichtete Ben. »Wie immer, seit er ankam. Er rührte sich nicht. Er hat sich nicht bewegt, seit sie in hierher gebracht haben. Aber plötzlich setzte er sich mit einem Ruck auf. Also, *etwas* setzte sich auf. Das sah ich im Traum. Oder so halb aus dem Augenwinkel ...«

Jemand stöhnte, und zwei oder drei Mönche verdrehten die Augen, als wollten sie sagen: »Schwachsinn!«

»Du hast nicht gesehen, was es war?«, fragte der Zauberer.

»Doch! Das heißt ... anfangs nicht«, fuhr Ben fort. »Inzwischen war ich ganz wach, aber ich traute mich nicht hinzuschauen. Da war noch was anderes im Raum. Etwas Dunkles ...« Er sah sich schnell um, als ob es immer noch irgendwo in den Ecken lauerte. »Ich tat so, als schliefe ich. Jemand sprang aus dem Bett. Der war ziemlich klein. Und leicht. Er machte fast kein Geräusch. Aber er sagte was.«

»Zu dir?«

»Nein, das war seltsam. Denn einer war aus dem Bett gestiegen, aber jetzt setzte sich im Bett wieder jemand auf. Und der sagte: ›Wenn Ihr mich verlasst, werde ich sterben‹. Und ein anderer sagte: ›Ohne mich wärst du schon vor Wochen gestorben.‹«

»Aber wer? Wer hat da gesprochen? Hast du gar nicht hingesehen?«

Ben antwortete so lange nicht, dass uns total klar war, *dass* er hingeschaut hatte.

»Doch«, gab er schließlich zu. »Der eine war der Druide. Er saß im Bett und hielt die Hand auf eine Stelle knapp über dem Herzen. Zwischen seinen Fingern lief so eine gelbliche Flüssigkeit heraus. Und vor dem Bett stand jemand, der … der viel toter aussah als der Herr Eskatos.«

»Er sah *toter* aus?«

»Er war schwarz. Und klein und vertrocknet«, beschrieb ihn Ben. »Wie etwas, das man in der Räucherkammer vergessen hat. Und er sagte: Vielen Dank und der Herr hätte ihnen sehr geholfen. Schade, dass er sterben müsse, weil sonst wäre der … der Mungo … Mongovongo … Entschuldigung, aber der Name hörte sich an wie der Mundgeruchos … es, es tut mir leid! Die Sache ist ernst genug, aber …«

Wieder klopfte Merellyn ihm auf die Schulter. »Keine Sorge, du hast den Namen fast richtig ausgesprochen. Es heißt Mundovoros.«

Die Druiden zogen scharf die Luft ein. Ben dagegen stieß sie erleichtert aus.

»Ja, also, der Mundovoros wäre unendlich dankbar … für die schöne Reise und so. Weil, ohne den Herrn Eskatos hätten sie gar nicht hierherkommen können, durch den Wilden Wald. Und dann hätte der Mundovornus auch nicht herkommen können und wäre in seiner Bruchbude oben im Knochenloch versauert. Aber jetzt könnte er das Haus sein für den Mungodoofnuss und der sei schon auf der Anreise. Dann ist er aus dem Zimmer gerannt und das Dunkle mit ihm und der Herr Eskatos ist wieder umgekippt.«

Niemand sagte etwas. Alle starrten Ben erwartungsvoll an. Der glotzte zurück.

»Aber das hat der kleine Hutzlige *gesagt*«, erklärte er trotzig. »Er will ein Haus sein. O-oder Heim ... Jetzt weiß ich wieder! Er will die Heimstatt sein für den Mungodungus. Da kann ich doch nichts dafür, wenn er so bescheuert ist!«

Merellyn raffte sich auf. »Gut. Das war's!«, rief er. »Bitte verlasst uns jetzt alle. Das heißt, ich brauche den obersten Heiler der Druiden und den Apotheker der Bruderschaft. Nica, geh mit ihm und lass dir die Bestände zeigen. Und du, werter Heiler, erkläre mir, was ihr bisher getan habt.«

Der Druide hob einen Finger und wollte anfangen zu berichten. Aber Merellyn stoppte ihn und wies auf Lorenzo und mich.

»Die Sonne geht bald auf. Versucht noch etwas zu schlafen. Morgen Abend haben wir einen harten Kampf vor uns.«

Wir gingen mit Nica und dem Bruder, der für die Heilmittel zuständig war, nach draußen. Keiner von uns dachte an Schlaf. Die Hexe ließ sich von dem Mönch den Weg zur Apotheke beschreiben und schickte ihn voraus.

»Die Mumie ist also ein Stellvertreter des Schwarzen Lords«, stellte Lorenzo fest. »Aber wer oder was ist in den Zwergenminen gestorben?«

»Der Stellvertreter des Stellvertreters«, erklärte Nica. »Das in der Schutzhütte war ein Gestaltwandler.«

Wir sahen sie verständnislos an.

»Wir hatten Eskatos schon in Verdacht, als wir mit den Zwergen übersetzten«, erinnerte uns die Hexe. »Aber er konnte es nicht sein, weil er schwer verletzt vor unserem Versteck lag.«

»Richtig«, sagte ich. »Aber wo war das eklige Hutzelmännchen, wenn es nicht in der Hütte im Norden war?«

»Da, wo auch der Druide war«, erklärte Nica. »Eskatos war kein Verräter, er war besessen. Der Avatar war in ihm und er hat ihn bisher am Leben erhalten.«

»Bis wir ihn hierher geschleppt haben«, ergänzte Lorenzo. »Das war die schöne Reise, von der Ben, die alte Dumpfbacke, sprach. Wir haben dem Stellvertreter des Schwarzen eine sichere Passage durch den Wilden Wald verschafft.«

»Ja, und jetzt ist er hier An der Straße und will das Haus für den Schwarzen Lord sein«, stöhnte ich. »Sie haben mich auf Venenfels total reingelegt! Der schwarze Schatten kam aus den Büchern und das vertrocknete Männchen auch. Als ich wieder reinging, sah ich, wie es vor dem Druiden davonlief. Das war Theater, nur für mich!«

»Ha! Auf dem Kronberg wollte der Alte dich nicht vor dem Monster retten«, stellte Lorenzo fest. »Der hatte es *mitgebracht*!«

Ich schlug mir mit der flachen Hand auf die Stirn. Nica hatte natürlich recht. Die Mumie in der Schutzhütte hatte mehrmals die Gestalt gewechselt. Das hatte sie bei unseren Begegnungen davor nie getan.

»In der Schutzhütte hat uns ein Tauscher die Mumie vorgespielt«, erinnerte ich mich. »Sie sah aus wie du, als wir sie entdeckten. Und der Schwarze Lord, den mir die Mumie in den Minen zeigte, war nur ein Zaubertrick. Das Ding war ganz schwach. Und als die Hütte brannte, war es schon gar nicht mehr da.«

»Deshalb konnte der Yeti die Mumie töten«, stellte Nica fest. »Es war eine junge Sirene, die vom Avatar mit den richtigen Gestalten ausgestattet und dann in den Tod geschickt wurde.«

»Wozu war die ganze Nummer im Bergwerk dann gut?«, fragte Lorenzo.

»Da steckten viele Möglichkeiten drin«, meinte die Hexe. »Vielleicht hat der Avatar wirklich geglaubt, er könnte mit Eriks Hilfe die geheime Lange Halle und die Wunderwaffen darin finden. Oder sein Stellvertreter hätte Erfolg haben und Will das Zeichen abjagen können. Aber das Wichtigste war die freie Fahrt hierher.«

»Wir haben den Schwarzen Lord aus dem Buch und den, der im Knochenloch haust, zusammengebracht«, gestand Merellyn, der aus dem Zimmer des Druiden trat.

»Beide hätten die neue, viel stärkere Barriere der vereinigten Koboldwälder von keiner Seite durchdringen können. Aber wir haben den Avatar sicher durch den Wilden Wald geschleust. Besonders stark war weder die eine noch die andere Ausgabe des Mundovoros. Doch der Avatar hat Eskatos verlassen und sich mit dem, was im Knochenloch hauste, vereint.«

»Hat er das schon?«, fragte ich. »Ich meine, *sehr* überzeugend war der Schwarze Lord da draußen auf dem Bolzplatz mit unserer Tafel nicht …«

»Ja, wieso schickt er uns durch die Große Mutter ein Orakel, und dann erzählt er uns, es war bloß Quatsch?«, ergänzte Lorenzo.

»Das ist eine gute Frage … Hmmm.« Merellyn klopfte sich mal wieder seitlich gegen die Nase. »So larifari, wie er das hinstellen will, ist die Sache bestimmt nicht. Er ist wohl davon ausgegangen, dass seine Bedingungen unmöglich zu erfüllen sind. Wenn ihr nichts davon geschafft hättet, wäre die Mannschaft von Anfang an mutlos gewesen. Aber ihr seid dem Ziel zu nahe gekommen. Also versucht er die Mannschaft zu entmutigen, indem er sagt: ›Ätsch-bätsch, das war gar nicht wichtig, ich wollte euch nur in die Irre führen.‹«

Merellyn hörte auf, seine Nase zu bearbeiten. Er donnerte beide Fäuste auf den Tisch, sodass die übrig gebliebenen Becher und die zwei Kerzenhalter in die Luft flogen und klappernd wieder landeten.

»Wir werden dafür sorgen, dass alle seine Tricks auf ihn selbst zurückfeuern.« Der Zauberer klopfte uns noch einmal auf die Schultern. »Lorenzo, ich habe nur eine Bitte: Überlass mir morgen die Startaufstellung und die Einwechslungen!«

Lorenzo sah erstaunt aus, aber dann nickte er.

»Wir werden die Tafel ins Stadion mitnehmen«, fuhr Merellyn fort. »Du musst dafür sorgen, dass jede Veränderung in der Aufstellung immer korrekt eingetragen ist. Nicht nur die Namen. Auch, wenn plötzlich mehr Mischlinge auf dem Platz sind. Oder weniger Könige. Alles muss auf der Tafel erscheinen. Wie auch immer. Der Krieg hat begonnen. Geht jetzt zurück. Versucht noch ein bisschen zu schlafen.«

Aber wir haben kein Auge mehr zugemacht.

GEISTERBLUT

Am nächsten Tag waren wir natürlich zu früh auf dem Marktplatz. Merellyn hatte bis zur letzten Sekunde um Eskatos Leben gekämpft. Es war immer noch nicht sicher, dass er durchkommen würde.

Das Viertel An der Straße hatte sich verändert. Im Westen waren die Gassen voller Bäume. Erst nah bei der Miesen Muschel hörte der Wald allmählich auf, obwohl einzelne Bäume schon bis zum Marktplatz vorgedrungen waren. Von den Ständen, die sich früher auf dem Markt gedrängt hatten, stand höchstens noch die Hälfte. Es gab keine Marktschreierei, keinen Streit, kein Gezeter. Nur wenige Kunden schlichen zwischen den Buden herum. Kaum einer wagte zu uns herzusehen. Und es gab absolut gar keine Bettler mehr. Früher hingen sie an jeder Ecke in ganzen Trauben herum und grapschten nach jedem, der ihnen zu nahe kam.

Die Miese Muschel hatte geöffnet. Als wir daran vorbeigingen, zerrten die Lederschnüre an meinem Stab wie verrückt zum Eingang hin. Das war also jetzt das Stammlokal der Tauscher.

Die Fensterstunde kam und verging. Die Tore zum Stadion blieben verschlossen. Der Prinzregent schmollte wie ein Kind, und die Mannschaft hatte Gelegenheit, richtig nervös zu werden. Aber mit Sicherheit war keiner so mit den Nerven runter wie ich. Merellyn wich nicht von meiner Seite. Er beruhigte mich wie ein Rennpferd vor dem Start. Und im Grunde genommen war ich ja in dem Moment nichts anderes.

Erst als es vollkommen dunkel war, öffnete sich das Westtor. Die Mannschaft wurde von einem Gestaltwandler in Empfang genommen und in die Katakomben geführt. Ein anderer winkte Merellyn und mich zwischen den Tribünen durch aufs Spielfeld. Nur vier von den Fackeln rund ums Spielfeld brannten. Die Tribünen waren dunkel und leer. Der Schwarze Lord stand dort, wo Mittellinie und Mittelkreis sich berühren. Er trug wieder den Helm mit den Sehschlitzen, hinter denen absolute Finsternis herrschte. Der Gestaltwandler blieb neben dem westlichen Tor stehen und ließ uns den Weg zum Mittelkreis allein zurücklegen. Merellyn dirigierte das böse Macronomicon mit seinem Zauberstab. Das gute Buch schwebte still hinter ihm her.

»Denk immer dran: Das ist nicht der echte Mundovoros«, flüsterte Merellyn mir zu. »Aber Avatar oder was auch immer, er ist bestimmt mit aller Macht ausgestattet, die der Schwarze Lord geben konnte. Sei auf der Hut.«

Als wir den Mittelkreis erreichten, zwang Merellyn das böse Buch auf der Westseite des Kreises zu Boden. Unser Buch sank daneben auf den Rasen. Wir stellten uns genau gegenüber vom angeblichen Lord Zerberon auf die Mittellinie.

Der Mundovoros hielt ein dolchförmiges Zeichen hoch. Er zog seinen Zauberstab aus der schwarzen Robe und legte die Spitze auf das Metall.

»Mysterio«, sagte das Zeichen laut und deutlich mit der Stimme von Lorenzos Großvater. Seinem menschlichen Großvater.

Ich langte nach Anderland und tastete nach dem Zeichen. Als ich sicher war, das richtige in der Hand zu haben – abgerundete Kanten, leichter Wellenschliff – reichte ich es Merellyn. Er hielt unser Zeichen hoch und berührte es mit seinem Zauberstab.

»Zerberon!«, sagte es mit der Stimme des Mundovoros.

Der nickte leicht, dann drehte er sich um und warf sein Zeichen mit unheimlicher Kraft. Es sauste durch die Luft und blieb in der Querlatte des östlichen Tors stecken. Merellyn tat das Gleiche. Sein Wurf hatte nicht so viel Wucht, aber er traf die Latte genauso präzise.

Dann trat Merellyn zurück. Der Schwarze Lord schritt zur Mitte des Spielfelds, und ich ging ihm entgegen, bis wir beide fast den Anstoßpunkt erreicht hatten. Ich versuchte unter den Helm zu spähen, aber da war nur Dunkelheit.

»Auf dein Zeichen, Zauberer«, sagte der Mundovoros über meinen Kopf weg.

»Gut. Auf die Plätze!«, rief Merellyn.

Ich bereitete mich auf den Geistersprung zum Osttor vor. Sei auf der Hut, hatte Merellyn gesagt. Doch die Art, auf die der Lord, Avatar oder nicht, für seinen Sieg sorgte, war so hundsgemein, damit konnte niemand rechnen.

»Fertig? Los!«, schrie Merellyn.

Ich machte meinen Sprung zum östlichen Tor. Sofort wusste ich, dass etwas nicht stimmte. Ich drehte mich im Flug. Der Mundovoros stand immer noch im Mittelkreis. Er schien mit der Hand über die dunkle Silhouette eines Jungen zu streichen. Eines Jungen, der nur aus wirbelnden Blutströpfchen bestand. Er hatte die Vampirblut-Engelswasser-Dornengift-Mischung aus mir herausgezaubert, die mich so lebendig gemacht hatte. Der Schwarze Lord nahm die Hand weg. Das Blut regnete auf den Anstoßpunkt.

Hinter mir knackte es, als die beiden Dolche sich aus dem Holz lösten. Sie flogen ohne Widerstand durch meinen Brustkorb, in die ausgestreckten Hände des Mundovoros. Ich driftete rückwärts durch die Querlatte. Alles war wie am Anfang, als ich ein Geist geworden war. Ich spürte ein leichtes Kribbeln, sonst nichts. Alles, was an Leben in mir gewesen war, hatte der Elbenzauberer aus mir herausgezogen, als ich startete.

Er nickte mir zu, und ich hatte das Gefühl, dass er grinste, obwohl ich das unter dem Helm nicht sehen konnte. Dann drehte er sich um und zeigte mit den Spitzen der Dolche auf die beiden Bücher. Der Käfig um das böse Macronomicon explodierte und regnete als feiner Eisenstaub ins Gras.

»Bücher, zu mir!«, befahl der Lord.

Gehorsam legten sich beide Bücher aneinander und schwebten reglos vor dem Mundovoros. Er hob die beiden Zeichen hoch über seinen behelmten Kopf.

»Herr, hört mir zu!«, rief eines der beiden Bücher. »Dies ist der fal…«

Doch plötzlich machte es einen Überschlag, und über seinen Einband lief ein Schauer von winzigen Blitzen.

»…sche Gleichung, wenn a + b nicht …«, schwafelte das Macronomicon, das mit Sir Holdmund vereinigt worden war. Und Überschlag, Blitz! »… das richtige Zeichen ist, welches …« Blitz! »… stinkt wie de verfaulte Fisse inne Topfe …« Blitz! »… sodass euch glauben gema…« Blitz! »… aahuaka tsching tau boooo! Hakahaka!«

Der Schwarze Lord machte dem Kauderwelsch mit einer energischen Handbewegung ein Ende. Er schob sein Zeichen zuerst in die Halterungen, dann das von Mysterio. Ein Ruck lief durch die Buchhälften und sie begannen von innen heraus zu glühen. Mit einer Bewegung seines Arms ließ der Schwarze Lord das neu entstandene Buch zur Ehrenloge schweben.

Ich erschrak noch mehr. Es gab überhaupt kein Anzeichen dafür, dass Zerberons Zeichen eine Fälschung war. Wenn ich es verwechselt hatte und der Schwarze Lord sein echtes Zeichen zuerst eingesetzt hatte, war alles aus.

»Jetzt wollen wir uns an dem wunderschönen neuen Spiel erfreuen«, meinte der Mundovoros.

Er drehte sich einmal mit ausgestreckten Armen im Kreis. Alle Fackeln begannen zu brennen. Und plötzlich waren die Tribünen voll mit Zuschauern. Aber es war totenstill.

Bis zu dem Moment, als die Mannschaften einliefen. Schwerter wurden abwechselnd mit der Klinge oder dem Griff gegen Schilde geschlagen. Den Rhythmus kannten wir:

Bumbum-Tschak-bumm! Bumbum-Tschak-bumm!

Dazu zischte und heulte die Menge. Auf den Rängen saßen keine Leute aus dem Viertel An der Straße. Das Stadion war voller Vampire und Werwölfe. Viel mehr als in dem Kessel am Galgenberg.

Lord Zerberon trat zu Romano von Grauenstein und Malicia von Wolfswald. Es sah aus, als hätte er sie in einer Falle aus Fackellicht gefangen.

»Ich wollte euch beide nur darauf hinweisen, wer der oberste Herr über die Krieger von Grauenstein und Wolfswald ist«, erklärte der Schwarze Lord im Plauderton. »Aber es war gut, dass ihr sie aus dem Krieg abgezogen habt. Sonst hätten sie es vielleicht nicht rechtzeitig hierher geschafft.«

Die beiden standen da, als wäre der Rest der Mannschaft ein ganzes Stück von ihnen abgerückt, obwohl sich keiner bewegt hatte. Regentropfen trafen die Drei auf der Tafel, die unter der Spalte »Köhnik« stand, wie kleine Meteoriteneinschläge. Schließlich stand da nur noch eine verwaschene Eins.

Im nächsten Moment war der Schwarze Lord vom Anstoßpunkt verschwunden. Er saß in der Ehrenloge und das glühende Buch schwebte hinter ihm. Der Prinzregent wurde hereingeführt. Er plärrte irgendetwas, aber der Mundovoros machte eine kleine Handbewegung und im nächsten Moment saß Puck stumm und stocksteif auf dem Platz neben seinem Wettgegner. Fizzbert und sein Vater nahmen links und rechts von ihnen Platz. Man konnte gar nicht sagen, wer von den beiden bleicher und fiebriger aussah.

Die Monster Soccers standen uns in einer Reihe gegenüber. Ein Blitz ließ ihre Gesichter einen Augenblick aussehen wie in Stein gehauen. Sie erinnerten mich an die Fratzen in den Dämonentoren zu Merellyns Verliesen. Kein Zweifel, sie waren Vampire.

Der Schiedsrichter und seine Assistenten kamen aus der Kabine. Deren Gesichter waren zunächst im Fackellicht nicht zu sehen. Dann zerriss ein weiterer Blitz die Dunkelheit.

Der Schwarze Lord wusste wirklich, wie man einen Gegner zermürben kann. Der Schiri war Vadyuscha von Venenfels, die Vampirin, die Romano so gedemütigt hatte. Die Linienrichter waren Nica und Lorenzo. Für einen Moment war ich bereit einfach aufzugeben. Der Schwarze Lord schlug uns mit jeder Waffe, die er finden konnte.

Aber Woomba hatte seinen Schamanenstab mit aufs Spielfeld gebracht. Er hielt ihn dem Schiedsrichtergespann entgegen und entschied: »Zwei Tauscher. Ein Vampir.«

Ich war erleichtert. Trotzdem war es jedes Mal wieder ein furchtbarer Schlag, den besten Freund als Feind zu sehen.

Der echte Lorenzo achtete gar nicht darauf. Er starrte mich an, während ich vergeblich versuchte, meine Mütze aufzuheben, die im Mittelkreis lag. Es blitzte wieder und der Regen wurde stärker. Ich spürte, wie die Tropfen kribbelnd durch mich durchfielen, und hörte auf an meiner Mütze herumzuzupfen.

Lorenzo und ich sahen uns an. Ich schüttelte den Kopf. Da drehte er sich um, wischte meinen Namen von der Tafel und schrieb in das Feld »Tohrwat«: krucshpugg.

Jetzt stand da:

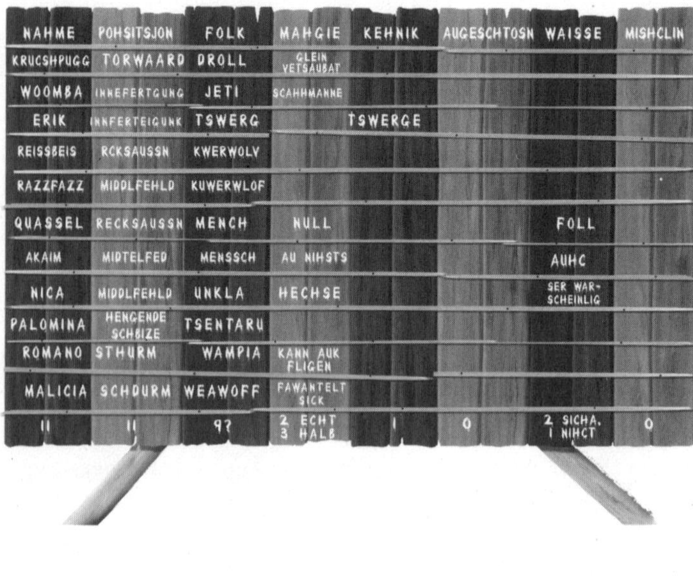

NAHME	POHSITSJON	FOLK	MAHGIE	KEHNIK	AUGESCHTOSN	WAISSE	MISHCLIN
KRUCSHPUGG	TORWAARD	DROLL	GLEIN VETSAUBAT				
WOOMBA	INNEFERTGUNG	JETI	SCAHHMANNE				
ERIK	INNFERTEIGUNK	TSWERG		TSWERGE			
REISSBEIS	RCKSAUSSN	KWERWOLV					
RAZZFAZZ	MIDDLFEHLD	KUWERWLOF					
QUASSEL	RECKSAUSSN	MENCH	NULL			FOLL	
AKAIM	MIDTELFED	MENSSCH	AU NIHSTS			AUHC	
NICA	MIDDLFEHLD	UNKLA	HECHSE			SER WAR-SCHEINLIG	
PALOMINA	HENGENDE SCHBIZE	TSENTARU					
ROMANO	STHURM	WAMPIA	KANN AUK FLIGEN				
MALICIA	SCHDURM	WEAWOFF	FAWANTELT SICK				
11	11	9?	2 ECHT 3 HALB	1	0	2 SICHA. 1 NIHCT	0

DER BESESSENE TORWART

Anpfiff. Etwa eine Minute lang sah es so aus, als wären die Mannschaften gleichwertig. Palomina gelang sogar der erste Schuss aufs gegnerische Tor. Aber dann legten die Vampire ein paar Scheite mehr ins Feuer. Unsere schnellsten Leute waren mit einem weiten Torabstoß überwunden. Über unsere Abwehr brach die Hölle herein. Malicia, Palomina und Romano rannten zurück, um die Verteidigung zu verstärken. Ich schwebte zu unserem Tor und beobachtete Kruschpuk. Er machte mich wahnsinnig. Der Troll stand noch nicht mal besonders falsch, aber er lief ohne Grund heraus oder bewegte sich plötzlich genau entgegengesetzt zum Spiel. Jedes Mal musste er hetzen, um wieder in Position zu kommen, aber dann hatte sich natürlich das Spiel schon wieder geändert. Er war wirklich nicht so schlecht wie andere Trolle. Aber er glaubte anscheinend, die anderen würden genauso wie im Training darauf warten, dass er auf Position ging. Es dauerte immerhin drei Minuten, bis die Soccers zum ersten Mal die Latte trafen. Den Abpraller ballerte Woomba weit in die gegnerische Hälfte, wo niemand mehr war. Ausgerechnet Erik Eisenerz hatte es geahnt und war als Erster gestartet. Dass er plötzlich allein zum gegnerischen Tor unterwegs war, lag aber auch daran, dass er in dem Durcheinander vorher komplett seine Position aufgegeben hatte und jetzt viel zu weit vorn stand. Und daran, dass weder Vadyuscha noch die Linienrichter wussten, was Abseits war. Die Monster Soccers protestierten, aber das Schiedsrichter-Gespann verstand gar nicht, was sie wollten. Also war der Zwerg mit dem Ball unterwegs und es wurde nicht abgepfiffen. Doch er war nicht schnell genug. Die vampirischen Verteidiger rasten links und rechts von ihm auf ihre Positionen und Erik wurde nach links abgedrängt. Der Torwart stürmte dem Zwerg entgegen. Weit außerhalb des Strafraums sprang er und rutschte in Erik hinein. Der Zwerg gab den Ball auf und wollte über den anfliegenden Torwart wegspringen, aber der riss das Bein hoch. Der Tritt wirbelte Erik in hohem Bogen durch die Luft. Er überschlug sich mehrmals und blieb reglos im strömenden Regen liegen. Doch das Spiel wurde nicht abgepfiffen. Der Torwart sprang auf und rannte zurück in sein Tor. Einer der Verteidiger schlug den Ball nach vorn und alles stürmte wieder auf uns los. Der Schiedsrichter winkte auf unsere wütenden Proteste hin nur ab und behauptete: »Der Torwart hat nur den Ball gespielt. Euer Spieler hätte über ihn wegspringen können.«

Erik der Hammer lag immer noch da, ohne sich zu rühren. Aber es gab einfach keinen Pfiff. Das erste Tor fiel zwei Minuten nach dem schweren Foul. Danach konnten wir Erik endlich vom Platz tragen. Es war nicht zu glauben: Das Trikot des Zwergs war blutgetränkt. Dabei trug er darunter sein Kettenhemd und ein dickes Lederwams. Während Merellyn den schweren Riss über den Rippen heilte, sah ich mir die Schuhe des Torwarts genauer an. Aber ich konnte nichts erkennen. Vielleicht hatte er eine Schnappklinge oder so was in der Sohle. Erik taumelte zurück auf den Platz. Danach sah man die Fouls nicht einmal mehr. Die Vampire wurden so schnell, dass nur Romano und vielleicht noch Malicia sagen konnten, was eigentlich passierte. Ich hielt es nicht mehr aus und brüllte Kruschpuk pausenlos Anweisungen zu, aber das verwirrte ihn nur.

Der Querwolf Ratzfatz blieb nach dem 0 : 4 mit gebrochenem Bein liegen. Niemand hatte gesehen, wie das passiert war. Sein Bruder Reißbeiß wurde gleich danach vom Platz getragen. Er hatte versucht Ratzfatz' Gegenspieler auch ein Bein zu brechen, indem er von hinten anlief und mit beiden Stollen auf die Wade sprang, als der Rechtsaußen sich hingekniet hatte, um seinen Schuh zuzubinden. Aber er wurde im Sprung von zwei Vampiren gerammt. Knochen krachten, dass es im ganzen Stadion zu hören war. Weil es ihm das Hemd hochriss, konnte ich sehen, wie sich bei Reißbeiß drei gebrochene Rippen durchs Fleisch bohrten. Noch während die drei Spieler fielen, packte der Querwolf einen der Vampire an beiden Ohren und rammte ihm die Stirn in die Nase. Vadyuscha kam mit der roten Karte angerannt, und wir wussten alle, dass die für keinen der beiden Vampirspieler war. Aber der Mundovoros war aufgestanden und schüttelte den Kopf. Die Schiedsrichterin schob die Karte ein. Reißbeiß wurde einfach nur vom Platz getragen und nicht auch noch gesperrt.

Es war sowieso egal. Die Knochen des Angreifers knackten und die gebrochene Nase richtete sich wieder gerade. Der Vampir schüttelte sich ein bisschen und grinste mit rot glühenden Augen. Merellyn brachte Elmo und Rigo. Die Monster Soccers mussten nicht einmal auswechseln.

Lorenzo schrieb in die Waisenliste:

4 sicha, 1 nihct

Dann fiel das fünfte Tor gegen uns. Als Vadyuscha den Ball zum Anstoßpunkt trug, rief Kruschpuk über die Schulter: »Du musst übernehmen!«

»Kann ich nicht«, wehrte ich mich. »Ich bin weniger als Luft.«

Er deutete auf seinen Kopf. »Geh da rein«, verlangte er. »So wie in den Sümpfen.«

»Aber das war ein absoluter Notfall, das …«

Vor dem Troll stürmten die Vampire wieder heran.

»Was glaubst du, was das *jetzt* ist?«, rief er mit aufgerissenen Augen. »Jetzt MACH SCHON!«

Ich schoss vorwärts und brauchte einen Moment, bis ich mich zurechtfand. Diesmal war der Troll nicht größer als ich, aber es war trotzdem seltsam, plötzlich in einem solchen Muskelpaket zu stecken. Doch der Ball ließ mir keine Zeit, mich einzugewöhnen. Er schrie mir zu, dass er ins linke obere Eck wollte, und ich sprang, während der Vampir noch zum Schuss ausholte. Das war zu früh. Und zu kurz. Der Trollkörper war viermal so schwer wie meiner. Den brachte man nicht locker aus den Knöcheln heraus so weit und so hoch. Er schwebte auch nicht

sekundenlang. Der Ball beschleunigte noch, da war Kruschpuks Körper schon wieder auf dem Weg zur Grasnarbe.

Ich wollte gerade anfangen, mich über Gegentor Nummer sechs zu ärgern, als Kruschpuk mich sozusagen aus dem Kommandostand in seinem Gehirn rempelte. Er schleuderte seinen rechten Arm hoch. Und der wuchs und wuchs endlos in die Länge. Ich spürte den Aufprall des Leders auf die Fingerspitzen meiner rechten Hand und die Landung auf dem Boden wie durch Watte. Dann war ich wieder allein mit den Schmerzen in den Fingern und an der Schulter. Mir war nicht klar gewesen, wie verdammt lang Trollarme sind. Das klappte ja besser, als ich gedacht hätte. Vadyuscha pfiff zur Ecke.

Bis zur Halbzeit hielten wir gemeinsam den Kasten sauber. Doch dann verhedderten sich unsere Gedanken. Ich wollte in die eine Richtung, der Troll in die andere. Kruschpuks Kopf knallte mit voller Wucht gegen den Torpfosten. Der Troll blieb bewusstlos liegen und ich wurde aus ihm herausgeschleudert. Der Ball flog ohne Widerstand durch meine Hände und den Brustkorb.

Es war ein Wunder, dass es zur Halbzeit nur 0 : 6 gegen uns stand. Wir verteidigten gegen Spieler, die so schnell waren, dass es aussah, als würden sie Geistersprünge machen. Spieler, die offenbar Waffen bei sich hatten, weil immer mehr von unseren Leuten blutende Verletzungen aufwiesen.

Wir schlichen unter Zischen und Schildeschlagen in die Kabine. Manch einer zog eine richtige Blutspur hinter sich her.

Malicia ließ sich kopfschüttelnd auf eine Bank fallen. »Sinnlos«, meinte sie. »Ich weiß nicht, was der Schwarze mit ihnen gemacht hat, aber das sind die schnellsten Vampire, die ich je in meinem Leben gesehen habe.«

»Wir können so niemals ein Gegentor erzielen«, stellte Romano fest. »Es verteidigen ja nur noch Malicia, William und ich. An euch ziehen die Vampire vorbei, ohne dass ihr es auch nur merkt.«

»Keine Sorge, merken tun wir's schon«, widersprach Quassel und hielt sein zerfetztes, blutgetränktes Trikot hoch, um eine breite Schnittwunde quer über der Brust zu zeigen. »Nur machen können wir nichts dagegen.« Dann sank er zur Seite. Akaim, Rigo und Elmo ging es nicht viel besser. Auch Erik hatte sich noch nicht wirklich erholt. Woomba stand zwar aufrecht, aber er blutete aus vielen Kratzern und Schnitten. Er schwankte und seine kleinen Knopfaugen waren leicht glasig.

Zappenduster, Merellyn und Myrabella hatten alle Hände voll zu tun, um die Verletzten zu versorgen. Alle anderen hingen wie gelähmt auf den Bänken. Merellyn klatschte in die Hände.

»Jetzt reißt euch zusammen!«, rief er. »Wer noch spielen kann, soll den nassen Dress gegen einen trockenen tauschen. Wer noch nicht gespielt hat, soll sich aufwärmen. Zieht euch um. Ich werde noch mehrere Male einwechseln.«

Romano schüttelte den Kopf. »Sinnlos«, meinte auch er. »Wenn die nicht langsamer werden, haben wir nicht den Hauch einer Chance. Da kannst du einwechseln, wen du willst. Selbst ich sehe nicht immer, was sie tun. Und ich bin ein Vampir!«

Schnick tauchte mitten in der Kabine auf. »Und ich bin ein großer Zauberer!«, verkündete der Kobold grinsend. Er hielt Merellyn einen Zauberstab hin, von dem etwas klebrig Rotes tropfte.

»Ist alles gutgegangen?«, fragte der Zauberer.

Schnick nickte, während Merellyn den Stab angewidert abschüttelte. Tropfen von dem Zeug, das daran klebte, klatschten auf den Boden. Der Geruch von leicht schimmligen Gummibärchen wehte durch die Kabine.

Zappenduster zog die Luft ein. »Was ist das?«, schnüffelte er. »Kommt mir bekannt … wartet mal! Ist das etwa mein letzter Versuch, den Zeitumkehrer herzustellen?«

»Richtig. Den haben sich die Monster Soccers vor dem Spiel einverleibt«, verkündete Merellyn. »Sie haben ihn in der Nacht, als dein Gewächshaus brannte, gestohlen.«

»Aber der ist total schiefgegangen!«, protestierte der Ruriko. »Der Kobold hat ihn getrunken und ist verschwunden.«

Während er Fußballkürbisse und Antivampirdornen wachsen ließ, hatte Zappenduster versucht die fehlenden Zutaten für Lorenzos Zeitumkehrer zu züchten. Aber ihm fehlte eine Pflanze. Deshalb versuchte er sie durch etwas anderes zu ersetzen. Die Tränke, die bei seinen Tests herauskamen, waren alle unbrauchbar. Der letzte war der totale Fehlschlag. Der Vogelscheucher probierte ihn an Schnick aus, den Merellyn dafür als Freiwilligen gemeldet hatte. Der Kobold schluckte das Zeug und verschwand. Erst zog es ihn ein bisschen in die Breite, dann war er weg. Am nächsten Morgen saß er in der Küche, als ob nichts gewesen wäre. Als der Ruriko ihn fragte, was passiert sei, konnte er sich an nichts erinnern. Aber jetzt erzählte er: »Was glaubt ihr wohl, was passiert ist, als ich im Versuch die Brühe schlucken musste? Die Welt war wie eingefroren. Nur ich konnte mich noch bewegen. Da ist mir klar geworden, dass das Zeug einen so schnell macht, dass alle anderen stillzustehen scheinen.«

»Und davon haben die Monster Soccers getrunken?«, fragte Malicia.

»Karol hörte, wie Arachnua sagte …«, begann Schnick, aber Merellyn drängte ihn aus der Kabine.

»Nicht schwafeln! Du musst los«, hörte ich ihn noch sagen. »Hier, ich zaubere dir …« Dann war die Tür zugefallen.

Alle bedrängten Karol Kleinkrempel mit Fragen.

»Das böse Biest sagte, die Spieler sollten in der Pause noch mal von dem Zeug trinken«, erklärte der Übersetzer. »Zeitstrecker, den sie sich im Turm besorgt hatten.«

»Und damit war Merellyns Turm gemeint?«

Karol sah betreten zur Tür. »Sie sagte Tiëmillin Seniëllameluais«, berichtete Karol. »Das ist Alt-Elbisch und heißt Turm oder Burg des verrückten Alten. Sie hat wohl nicht damit gerechnet, dass ein Übersetzer in der Nähe ist. Schon gar nicht einer, der vor zweihundertneunzig Jahren an der Universität von Kronstadt studiert hat, als diese Sprache noch unterrichtet wurde. Ich übersetzte es Merellyn und de…«

»… wusste sofort, dass es in dieser Geschichte nur einen verrückten Alten gibt«, ergänzte Merellyn von der Tür her. »Nämlich mich. Sie haben bei Weitem nicht so viel getrunken wie der Kobold, für den in wenigen Stunden gefühlte drei Tage und Nächte vergingen, ehe die Welt sich wieder drehte. Nur so viel, dass ihr für sie wie Schnecken daherkommt. Schnick ist ganz gut mit kleinen Zaubertricks, also habe ich ihn losgeschickt.«

»Was für ein Zaubertrick?«

»Er hat dem Trank einen REVERSO-Zauber angedeihen lassen«, erklärte Merellyn. »Damit kehrt sich die Wirkung um. Wenn die Monsters jetzt noch einmal davon trinken, sollte euch das in der zweiten Halbzeit ein kleines bisschen helfen.«

DER WÜRGER KEHRT ZURÜCK

Willi-cham«, flüsterte Esmeranda hinter mir. »Schnell kommen schauen.«

Sie lief aus der Kabine und ich folgte ihr einfach durch die Mauer. Während sie durch die Gänge der Katakomben unter dem Stadion rannte, erklärte sie mir: »Dieser Leute. Mensch-Pferd. Pferdenmensch? Kommen. Fragen: Palomina, wo? Ich denken, gutt, Familia. Schicken zu Palomina. Aber Palomina, ich erinnere sagen, Familia nicht gut. Sagen, Palomina nicht spielen. Ich denken, oh-oh, nicht gutt Familia. Suchen Merellyn. Suchen dich. Dann Tauscher kommen. Diese alle gehen, Palomina nicht will. Du chier. Gutt.«

Ich wusste nicht genau, was Esmeranda mir sagen wollte, und auch nicht mehr, wo genau in den Katakomben wir waren. Aber dann bogen wir um eine Ecke, und vor uns lag ein offenes Tor, das in das Gewirr der kleinen Gassen nördlich vom Stadion führte. Das war der Lieferanteneingang, der sich nah an der Stadtmauer befand.

Ich hörte Hufgeklapper, das sich entfernte. Esmeranda rannte auf die Straße hinaus und ich folgte ihr. Zuerst sah es so aus, als würden mehrere Reiter die Gasse hinunter Richtung Marktplatz galoppieren. Aber es waren zwei Zentauren und mehrere Menschen zu Fuß. Einer der Zentauren hatte einen schlecht verschnürten Sack über dem menschlichen Oberkörper und wehrte sich nach Kräften. Das musste Palomina sein! Aber gegen ihren Artgenossen und die vier Menschen hatte sie keine Chance. Ich traute meinen Augen nicht. Die Zweibeiner, die Palomina weitertrieben, waren Lorenzo, Nica, Romano und Malicia.

»Die entführen Palomina?«, rief ich. Esmeranda nickte.

Wir liefen auf den Marktplatz und sahen die Entführer gerade noch Richtung Strand verschwinden. Am Kloster rannten sie vorbei. Die Ansammlung von Gebäuden lag dunkel und scheinbar friedlich da. Wir verfolgten sie, so schnell wir konnten. Oder halt so schnell, wie Esmeranda laufen konnte.

Ich hätte sie mit Geistersprüngen einholen können, aber ich machte keinen. Und zwar einfach deshalb, weil ich Zeit brauchte, um mir einen Plan zu überlegen.

Die Entführer mussten nur noch eine kleine Anhöhe hinaufklettern, dann waren sie am Wilden Wald. Da oben stand jemand und winkte ihnen. Ich erkannte schon von Weitem, dass es die Hutzelmumie war.

»Schneller!«, rief sie den Entführern zu. »In den Wald mit euch! Ich habe dafür gesorgt, dass sich der Pfad nicht schließt. Dort seid ihr in Sicherheit.«

Wir kamen zu spät. Die Gruppe würde im Wilden Wald verschwinden, ehe wir sie erreichten.

Aber gerade, als sie beim Avatar ankamen, trat jemand aus dem Wald und machte den Pfad dicht. »Na, ihr Knochensäcke?«, grollte die Gestalt. »Wo wollt ihr denn hin, mitten in der Nacht?« Walter, der Wahnsinnige Würger! Ein Ast senkte sich und rupfte den Sack von Palominas Oberkörper. »Dich kenn ich«, meinte der Baum. »Du bist auch nicht gerade ein Leichtgewicht.«

»Das tut mir leid!«, sagte die Zentaurin leise. »Dabei halte ich streng Diät.«

»Ich auch«, erwiderte Walter und rupfte eine Möwe aus der Luft, die ihn zeternd umkreist hatte. Sie verschwand zwischen Moos und Flechten, dann spuckte der Baum ein paar Federn aus. Der fremde Zentaur sank auf die Knie. Das sah echt komisch aus, weil seine Hinterbeine einfach stehen blieben. Wie ein Pferd, das Liegestütze machte.

»Verzeiht, Herr des Waldes!«, singsangte der Kerl. »Ich darf mich vorstellen: Mein Name ist Gondoliere. Wir hätten wissen müssen, dass das Betreten des Waldes verboten ist.«

»Ist es nicht. Muss jeder selber wissen, wo er sich nachts rumtreibt«, erklärte Walter großzügig. Er sah zurück zu dem Pfad, auf dem er gekommen war, und schüttelte sich. »Ich würd da allerdings nicht freiwillig reingehen. Richtig gruselig im finsteren Wald.« Walter sah die Gruppe nachdenklich an. »Verboten ist allerdings das Verschleppen von jungen Damen«, sagte er dann. Er hob Palomina aus der Mitte der Entführer und stapfte mit ihr mitten durch die Gruppe. Sie beeilten sich so sehr seinen peitschenden Wurzeln Platz zu machen, dass zwei von ihnen fast den Abhang hinuntergekullert wären.

Unten angekommen, setzte der Baum die Zentaurin ab und meinte: »Speziell, wenn sie ständig Diät machen und leicht wie Federn sind.«

Palomina machte einen Knicks mit den Vorderbeinen und hauchte: »Oh, danke.«

Esmeranda und ich sahen uns an. Dann grinsten wir. Der Baum und die Zentaurin waren ganz altmodisch charmant miteinander.

Der Zentaur sprach Palomina jetzt direkt an. »Wertes Fräulein, Ihr glaubt doch nicht, dass Ihr jetzt einfach zu diesen rüden Gesellen zurückkehren und das alberne Spiel wieder aufnehmen könnt?«

»Ich muss!«, erwiderte die Zentaurin. »Das Spiel muss gewonnen werden. Sonst ist ganz Fantasmanien in Gefahr.«

»Was redet Ihr da!«, rief Gondoliere. »Das Königreich soll von einem Spiel abhängen? Das ist geradezu lächerlich.«

»Was lächerlich ist oder nicht, bestimmst nicht du, Lackaffe!«, raunzte Walter. »Ich gehe jetzt jedenfalls ins Stadion, weil ich eine Einladung bekommen habe. Und die junge Dame wird mich begleiten.«

»Das ist vollkommen ausgeschlossen!«, behauptete der Zentaur fest. Da jetzt einige Entfernung zwischen ihm und dem unheimlichen Baum lag, wurde er lauter. »Palomina! Wagt es nicht, Euch in dieser nie da gewesenen Art und Weise über die Traditionen und den Ehrenkodex der Zentauren hinwegzusetzen! Ihr wisst, was die Folge wäre?«

Palomina, die schon ein Stück weit mit Walter gegangen war, drehte sich um. »Ehrenkodex?«, wiederholte sie. »Welche Ehre sieht der große Gondoliere darin, unter Palmen zu sitzen und an Gedichten zu feilen, die den Herren niemals gut genug sind? Während die anderen Völker Fantasmaniens um unser Überleben kämpfen! Ist das die Ehre der Zentauren? Und was hätte es denn für Folgen, wenn ich beschlossen hätte, dass Eure Feigheit nicht meine Ehre ist?«

»Feige? Ihr nennt mich feige?«, entrüstete sich Gondoliere. »Ich stehe hier auf monstrovischem Boden, zweitausend Meilen von unseren heimischen Stränden entfernt! Dazu gehört mehr Mut, als ihr jemals …«

»Also wirklich, du undankbare Göre!«, mischte sich die Hutzelmumie ein. Der Avatar! Den hatte ich fast vergessen. »Da kommt der Onkel den ganzen Weg hierher, um dich heimzuführen in ein langwei… äh, lang, lang… hat er die langwierige Reise auf sich genommen und … und … und wenn ich was zu sagen hätte, wäre eines ganz klar. Palomina! Würde ich sagen. Du gehst jetzt mit Onkel Schiffschaukel … äh Gondel-Dingsbums nach Hause, würde ich sagen, oder du bist verbannt. Für immer.«

Der Zentaur sah den Avatar erstaunt an. Esmeranda wollte etwas sagen, aber ich hielt sie zurück. Das war auf keinen Fall die echte Mumie. Diese Art zu reden … das konnte nur einer sein.

»Verbannt?«, wiederholte Gondoliere. »Für immer?«

»Aber sicher!«, rief der falsche Avatar ungeduldig. »Verbannt. Ausgestoßen. Vom Zentaurenmeldebogen gestrichen. Was man halt so macht, wenn einer wegmuss. Ich meine, da muss man doch hart durchgreifen. Sonst machen die demnächst alle irgendwo Urlaub, statt zu dichten. Da ist es nicht damit getan, dass man die Rebellen eine Woche ohne Abendheuballen ins Bett schickt! Denen muss man zeigen, wer die Hufeisen anhat! Wenn ihr allerdings gar nicht die Machtbefugnis für so was habt …«

»Aber sicher habe ich die!«, rief Gondoliere. »Hart durchgreifen … Ihr habt vollkommen recht! Dieses Beispiel darf nicht Schule machen … Junge Dame! Ihr kommt auf der Stelle mit oder ich sehe mich gezwungen Euch aus der Herde zu verstoßen!«

Palomina verschränkte ihre Arme. »Kommt überhaupt nicht infrage!«, rief sie zornig. »Ich spiele die zweite Halbzeit!« Sie drehte sich um und trabte über den Strand davon.

Der Oberzentaur sah ihr fassungslos hinterher.

»Was is jetzt?«, wollte die Mumie wissen. »Ich hab nicht die ganze Nacht Zeit …«

Gondoliere wurde sich bewusst, dass alle ihn aufmerksam beobachteten. Schließlich gab er sich einen Ruck. »Palomina!«, rief er. »Hiermit verbanne ich dich für alle Zeiten aus dem Volk der Zentauren! Nie wieder soll das Rauschen der Meereswellen den Fluss deines Gedichtes bestimmen! Nie wieder sollen deine Hufe den hellen Sand der Heimat …«

»Glubschnak, wenn du da bist, knall dem Hohlkopf eine«, verlangte der falsche Avatar.

Der Troll sprang hinter der Klostermauer vor und tat, was Schnick wollte. Während Gondoliere langsam zur Seite kippte, verwandelten sich Lorenzo und die drei anderen in Echsen. Sie versuchten davonzusprinten, aber sie waren zu nah am Wald. Äste und Wurzeln knallten wie Peitschen, als sie sich um Hälse, Arme und Beine wickelten. Die größte Echse wehrte sich wie verrückt. Walter trat näher und quetschte ihr mit einem knarrenden Ast den Kopf auf den Boden.

»Ganz ruhig jetzt, sonst ändere ich meinen Diätplan und probiere mal aus, wie Sirene schmeckt!«, drohte er. Der alte Baum beugte sich vor. »Wir zwei Hübschen kennen uns doch. Du hast mir mit deiner Axt ein Auge ausgeschlagen, vor dreizehn Jahren.« Er packte Arachnuas Kopf und drehte ihn, bis er die leere rechte Augenhöhle sah. »Aaah, aber jemand hat dafür gesorgt, dass wir uns wieder ähnlich sehen … Schade, das Vergnügen hätte ich gern selbst gehabt.« Er ließ die Sirene los. »Viel Spaß beim Waldspaziergang, meine kleinen Meerestierchen. Oder soll ich sagen: Frutti di Mare? Uahhahahaha!«

Die Gestaltwandler verschwanden schreiend im Wald, weitergereicht von Ast zu Wurzel zu Ast. Entkommen war unmöglich.

Wir rannten über den Strand zurück. Glubschnak trug den bewusstlosen Zentaur.

»Das war ja eine zähe Angelegenheit!«, stöhnte Schnick auf Glubschnaks Schulter. »Ich dachte, der Schwafelkopf kommt nie zur Sache.«

»War das alles euer Plan?«, fragte ich.

»Nicht meiner!«, rief Schnick. »Dafür braucht's schon ein Zauberergehirn. Die Tauscher waren schnell dabei. Schwer war es, diesen Schwätzer hierher zu locken. Und noch schwieriger, ihn dazu zu bringen, Palomina zu verbannen. Ein Ausgestoßener hat uns doch noch gefehlt.«

»Einer? Wer sind denn die anderen?«

»Wirst du schon sehen. Kommt alles in Halbzeit zwei.«

»Und ihr seid euch sicher, dass Gondoliere die Verbannung rückgängig machen wird?«, fragte Palomina rennend.

»Aber sicher«, beruhigte sie Schnick. »Dafür wird Merellyn sorgen. Wichtig ist nur, dass er es ernst gemeint hat und seine Meinung bis zum Abpfiff nicht ändert. Deswegen ist es gut, dass er schläft.«

»Schläft, höhö«, brummte der Troll. »Vielleicht kann ich doch noch Nachtwächter werden. Es heißt doch, der Nachtwächter sorgt dafür, dass die Bürger ruhig schlafen. Schau mal, das kann ich gut.« Er hob Gondoliere hoch, dessen Kopf schlaff auf den Schultern hin und her rollte.

»Ja, ganz große Klasse«, lobte Schnick. »Nachts schlafen die lieben Bürgerlein à la Troll und tagsüber haben sie Kopfweh.« Der Kobold wischte sich schwarze Farbe aus dem Gesicht. Aber da war auch noch irgendein Zauber, den er mit abrieb. Mit jedem Wischer wurde seine Nase länger und sein Gesicht spitzer. Er zog sich den schwarzen Kapuzenmantel aus und warf ihn weg. Darunter trug er das Trikot der Fantasmanischen Teufel.

»Was gibt's zu glotzen?«, fragte er mich. »Du wirst dich noch wundern, wer alles ein Trikot bekommen hat. Die Einwechslungen in der zweiten Halbzeit – das glaubst du nicht!«

»Was hat Merellyn vor?«, fragte ich.

»Die Tafel!«, rief Schnick. »Merellyn benutzt die Mannschaftsaufstellung auf der Tafel als Waffe. Sogar Glubschnak hat ein Trikot. Das nehmen wir dann hinterher als Festzelt für die Siegesparty.«

DREIKÖNIG

Zurück im Stadion musste ich feststellen, dass Kruschpuk immer noch bewusstlos war. In der Aufregung mit Palominas Entführung hatte ich ganz vergessen, was mein eigentliches Problem war. Mich packte die Panik.

»Wir müssen ihn aufwecken!«, rief ich. »Er muss spielen. Wenn er nicht spielt, kann ich nicht …«

»Kannst du was nicht?«, fragte Lorenzo. »Will, so kenn ich dich gar nicht. Du bist so daneben wie vor einem Jahr im Kerker. Als die Schleimflügelmonster uns angegriffen haben. Du bist doch kein Geist mehr, der nichts greifen und bewegen …«

»Oh doch!«, fuhr ich ihm dazwischen. »Ich kann überhaupt nichts! Es ist wieder genau wie am Anfang!«

Merellyn kam zu mir herüber und linste erstaunt über den Rand seiner Augenfenster. »Wie kommst du darauf?«

»Du hast doch gesehen, was der Mundovoros getan hat«, sagte ich. »Am Anstoßpunkt, als wir das lächerliche Rennen veranstalteten.«

»Was meinst du?«, fragte Merellyn. »Natürlich hatte er den besseren Trick auf Lager. Aber es ist doch alles genauso gekommen, wie wir es wollten.«

»Wie, das *wollten* wir?«, echote ich. »Wir wollten, dass ich mein Blut verliere und wieder ein komplett hilfloser Luftgeist werde?«

»Hä? Was? Was für Blut? Ich weiß überhaupt nicht, was du meinst.«

»Er hat das Blut aus mir rausgezaubert!«, rief ich. »Ich bin gestartet, und plötzlich sah ich, dass der Mundovoros mein Blut an Ort und Stelle festgehalten hat. Es floss weiter am Anstoßpunkt, in meiner Form, bis er die Hand wegnahm. Dann regnete es ins Gras.«

»Das ist vollkommen unmöglich«, sagte Merellyn mit Bestimmtheit. »In dir war doch überhaupt kein Blut. Alles, was auf der Isla Evangelista in dir gekämpft hat, hat sich gegenseitig vernichtet. Der Schwarze hat dich mit einem Trick hereingelegt.«

»Ich hab auch nichts mitgekriegt«, mischte sich Lorenzo ein. »Als ich sah, dass Will nicht mal mehr seine Mütze aufheben konnte, hab ich den Troll für ihn reingenommen. Ich dachte, das sind die Nerven, der erholt sich schon wieder.«

»Aber die Dolche!«, versuchte ich es noch mal. »Die sind durch meinen Brustkorb geflogen, obwohl ich nicht in Anderland war. Und der Ball zum 0:6 auch.«

»William, das ist bedeutungslos. Du entscheid…«, begann Merellyn.

Den Rest hörte ich nicht. Ich war einfach durch die Wand gesaust. Und durch die nächste. Und noch eine und noch eine, bis ich wieder vor dem Lieferanteneingang stand.

Ich hatte genug. Ich konnte nicht mehr. Mir war total klar, dass der Mundovoros nur mit meiner Angst gespielt hatte. Er hatte mir genau das gezeigt, wovor ich mich am meisten gefürchtet hatte. Und sobald ich es gesehen hatte, passierte etwas anderes. Ich gab nach. Ich ließ es zu. Ich war damit einverstanden, dass ich verloren hatte. Nein, nicht nur einverstanden. Ich war froh. Weil es einfach zu anstrengend geworden war, immer daran zu glauben, dass alles gut war. Daran zu glauben, dass ich die Kraft hatte. Ich war froh, dass ich verloren hatte, weil jetzt der Kampf vorbei war. Und dann kam Merellyn und wollte mir nicht erlauben aufzuhören. Aber ich konnte nicht mehr.

Doch auch in diesem Moment hörte ich Esmerandas Stimme hinter mir: »Willi-cham.« Ich drehte mich zu ihr um.

»Du Angst?«, fragte sie mich.

Ich nickte.

»Du keine Angst«, flüsterte sie. »Du lebst. Ich dich glauben.«

Sie machte eine Pause und starrte auf den Boden. Dann sah sie mich entschlossen an. »Nein«, sagte sie. »Ich. Glaube. An. Dich!«

Esmeranda nahm mein Gesicht in beide Hände und gab mir einen langen, festen Kuss. Es war wie auf der Isla Evangelista. Ich spürte ihre Hände an den Wangen und ihre Lippen auf meinen. Der Kuss war echter als die Tricks des falschen Lords. Zum Glück hatte Esmeranda mir diesmal keinen Tritt zwischen die Beine verpasst wie vor dem ersten Kuss auf der Isla.

Wir rannten zurück in die Umkleide. Jetzt konnte ich mir auch endlich wieder meine Handschuhe anziehen. Es war wie vor dem miesen Trick des Schwarzen Lords. Merellyn hatte absolut recht gehabt. Aber mulmig war mir schon. Es war leichter gewesen, an einen Trank oder Blut oder von mir aus sogar Gift zu glauben, das in einem floss, als nur auf die eigene Willenskraft zu vertrauen. Esmeranda tauchte neben mir auf. Ich wunderte mich gar nicht mehr darüber, dass sie auch ein Trikot in Grün-Rot-Gold anhatte.

Der Regen durchnässte mein Hemd, aber nicht mich. Und der Reverso-Zauber in dem Zeitverdreher-Trank hatte gewirkt. Jetzt war alles umgekehrt. Die Gegner bewegten sich wie Zombies. Die Fantasmanischen Teufel flitzten um sie herum, wie es ihnen passte. Ich hatte Zeit, mir die Tafel mit der Mannschaftsaufstellung anzusehen.

Die Jungs vom Waisenhaus, allesamt Menschen, hatten nicht genug Magie, um sich auf die Schnelle von den Verletzungen zu erholen. Die waren alle ausgefallen. Die beiden Querwölfe waren ebenfalls verletzt draußen. Kruschpuk hatte sich auch noch nicht wieder erholt. Aber er konnte zumindest seine Keulen wieder halten. Ein Schlag auf den Kopf kann einen Troll nicht dauerhaft aus der Bahn werfen.

Lorenzo trug fünf neue Spieler ein. Bei Myrabella und mir ging ich mal davon aus, dass es zumindest keine Verschlechterung gab. Von Schnick und Glubschnak konnte man das sicher nicht behaupten. Um Esmeranda hatte ich einfach nur Angst. Aber die Tafel veränderte sich gewaltig, während Lorenzo schrieb.

Ein paar Sachen waren klar. Aber andere waren eine echte Überraschung. In der Spalte »augeschtosn« erschienen jetzt zwei Einträge. Bei Palomina stand »Wg. Wehglaufn«, bei Esmeranda »Wg. Küssn«. Esmeranda und Glubschnak hielten den Waisenschnitt auf zwei. Von dem Nomadenmädchen wusste ich, dass sie Waise war. Aber Glubschnak hatte so was nie erwähnt. Doch bei mir, wo ich es erwartet hatte, erschien kein Eintrag! Da stand nichts außer »William, Tohrwat«. Lorenzo trug Schnick ein und schrieb in die Spalte »Mischling« ein großes JA. Und plötzlich tauchte bei mir der gleiche Eintrag auf. Ich war also keine Waise, aber ein Mischling wie Schnick.

Die größte Überraschung war der Eintrag bei Myrabella. Sie war keine Waise, sie war kein Mischling. Sie war nirgends ausgestoßen und verfügte über keine besondere Magie. Aber sie war die Königin der Isla Elysia. Ich erinnerte mich, dass die auf der Karte irgendwo im Süden mitten im Schimmelwein eingezeichnet war. Wie kam die Fee dann bloß dazu, bei Merellyn die Sprechstundenelfe zu spielen?

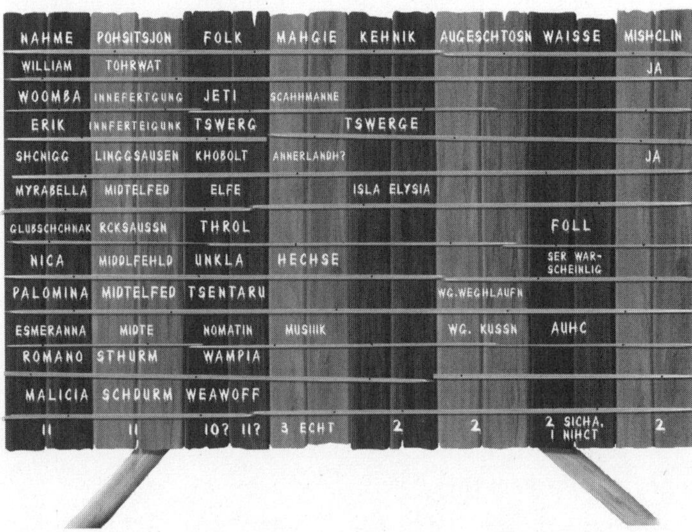

NAHME	POHSITSJON	FOLK	MAHGIE	KEHNIK	AUGESCHTOSN	WAISSE	MISHCLIN
WILLIAM	TOHRWAT						JA
WOOMBA	INNEFERTGUNG	JETI	SCAHHMANNE				
ERIK	INNFERTEIGUNK	TSWERG		TSWERGE			
SHCNIGG	LINGGSAUSEN	KHOBOLT	ANNERLANDH?				JA
MYRABELLA	MIDTELFED	ELFE		ISLA ELYSIA			
GLUBSCHCHNAK	RCKSAUSSN	THROL				FOLL	
NICA	MIDDLFEHLD	UNKLA	HECHSE			SER WAR-SCHEINLIG	
PALOMINA	MIDTELFED	TSENTARU			WG.WEGHLAUFN		
ESMERANNA	MIDTE	NOMATIN	MUSIIK		WG. KUSSN	AUHC	
ROMANO	STHURM	WAMPIA					
MALICIA	SCHDURM	WEAWOFF					
11	11	10? 11?	3 ECHT	2	2	2 SICHA. 1 NIHCT	2

Irgendwann kam doch mal wieder ein Ball auf mein Tor geflogen. Ich fühlte seine Bewegungswellen und flog rechtzeitig in die richtige Ecke. Als der Ball näher kam, war da plötzlich wieder dieser kalte Griff in mein Bewusstsein. Ich war sicher, dass ich den Ball nicht greifen konnte. Doch als er keine zwei Meter mehr entfernt war, schoss die Erinnerung an Esmerandas Kuss wie ein heißer Blitz durch meinen Geist und die kalte Hand war verschwunden. Der Ball prallte gegen meine Brust und ich packte ihn sicher, während ich ins Gras flog. Esmeranda machte ein grimmiges Gesicht und reckte die Faust. Dann lachte sie. Von da ab war meine Angst verflogen.

Glubschnak war die ganze Zeit furchtbar im Weg, Schnick überhaupt nicht. Der Troll stolperte durch die Gegend und hatte nur dann Kontakt mit dem Ball, wenn er angeschossen wurde. Ansonsten war er für alle einfach nur ein großes Hindernis. Das konnte man von Schnick nicht behaupten. Sobald es brenzlig wurde, verschwand der Halbpoltergeist und tauchte an einer anderen Stelle wieder auf. Aber insgesamt war das egal. Durch den Zeitbremser waren wir den Vampiren mindestens ebenbürtig. Palomina und Myrabella arbeiteten sich mit schnellen, kurzen Pässen durch die gegnerische Abwehr. Das hatten sie endlos geübt. Doppel-, Trippel- und sogar … äh … Quadrupelpässe gingen hin und her. Die beiden machten das mal auf der linken, mal auf der rechten Seite. So bekamen Malicia und Romano Flanken von beiden Seiten und schossen aus allen Rohren aufs gegnerische Tor.

Schließlich stand es nur noch 4:6 für die Monsters.

Sie legten sich den Ball zum Anstoß zurecht. Da zeigte Vadyuscha plötzlich auf Nica.

»Du. Gehört diese Haube zum Standard-Trikot der Fantasmanischen Teufel?«, fragte sie. Die Hexe hatte während des ganzen Spiels ihre Zwergenbergmannskappe nicht abgelegt. Zur Antwort schüttelte sie den Kopf.

»Dann weg damit«, befahl die Schiedsrichterin. »Ich glaube, du hast Haare genug, um dich vor dem Regen zu schützen.«

Nica zog sich das Ding vom Kopf und warf es in hohem Bogen an die Seitenlinie.

Dann brach die Hölle los.

Die Monster Soccers bekamen vollkommen zu Unrecht einen Freistoß. Woomba, Erik, Esmeranda und Nica bildeten eine Mauer. Als Vadyuscha sie ein Stück nach hinten scheuchte, hob der Spieler, der ausführen sollte, den Ball auf und warf ihn gute zehn Meter näher ans Tor. Dann beschwerte er sich lautstark, dass die Mauer zu nah stand. Vadyuscha korrigierte die Mauer noch einmal und der Spieler warf wieder den Ball. Malicia rannte zu ihm. Gleichzeitig schrie sie den Linienrichter an, dass er endlich aufpassen musste. Der falsche Lorenzo deutete nur mit einer lässigen Handbewegung an, dass sie sich beruhigen sollte. Im nächsten Moment fiel der Freistoßschütze mit einem Aufschrei um. Der Linienrichter zeigte ein Foul Malicias an. Dabei war sie noch an die drei Meter von ihrem Gegenspieler entfernt. Sofort fielen alle Monster Soccers über die Werwölfin her. Sie verschwand regelrecht unter Leibern und schlagenden Flügeln. Die Fantasmanischen Teufel stürzten sich in das Getümmel und dem Schiedsrichtergespann blieb auch nichts anderes mehr übrig.

Als der Tumult aufgelöst war, hatten sage und schreibe acht Fantasmanier eine gelbe Karte bekommen! Von den Monstroviern nicht einer. Dabei wischten sich manche Monster-Spieler Blut von den Mündern! Vadyuscha pfiff den Freistoß an, ohne darauf zu warten, dass unsere Mauer stand. Der Vampir zog ab. Es war kein unhaltbarer Schuss. Aber ich achtete nicht einmal darauf, wie er in das Netz hinter mir einschlug. Während der Schütze anlief, taumelte Malicia hinter ihm plötzlich. Sie machte ein paar stolpernde Schritte zur Seite, dann brach sie zusammen. Wir mussten sie zur Seitenlinie tragen. Sie hatte aber keine Bisswunden. Nachdem Merellyn sie mit seiner Kristallkugel untersucht hatte, zeigte er uns eine Einstichstelle im Nacken, verborgen unter dem Haaransatz. Ein dünner Faden silbriger Flüssigkeit sickerte heraus.

»Auswechslung«, war alles, was Merellyn sagte.

Als wir uns wieder zum Spielfeld umdrehten, kippte Romano gerade mit dem Gesicht voran auf den Anstoßpunkt. Die Spritze ragte noch aus seinem Nacken. Sie hatten sich nicht mal mehr die Mühe gemacht, sie verschwinden zu lassen. Glubschnak legte den bewusstlosen Vampir vor der Trainerbank ab.

Lorenzo drehte sich halb zur Tafel um, die Kreide in der Hand, und wartete darauf, welche Namen Merellyn ihm sagen würde.

»Walter«, sagte der Zauberer.

Lorenzo fuhr herum. Er starrte Merellyn quer übers Spielfeld ungläubig an.

»Walter, der Wahnsinnige Würger«, wiederholte Merellyn. »Schreib es auf.«

Also trug Lorenzo Walter, den Baum, an Malicias Stelle ein.

Blitze zuckten über den Himmel. Urplötzlich stand Walter an der linken Strafraumecke. Der Baum hatte tatsächlich eine Art Trikot an. Vor den Blitzen bewegten sich seine schwarzen Äste wie bösartige Schlangen. Er beugte sich grinsend vor und brüllte den Monster Soccers entgegen. »Der WAAAALD ist da!«

Die gegnerischen Spieler zuckten zusammen. Das Publikum zischte nicht mehr, es zog nur erschrocken die Luft ein.

Lorenzo hob die Kreide und wartete auf den nächsten Namen.

»Lorenzo.«

Er wurde stocksteif. Weder drehte er sich noch einmal zu Merellyn um, noch schrieb er seinen eigenen Namen auf.

»Vergiss die Schreiberei«, befahl der Zauberer. »Ich hoffe, du hast deine Klamotten schon an.«

»JA!«, brüllte Lorenzo und riss sich das Hemd auf. Grün-Rot-Gold blitzte darunter auf. Er wäre beinahe auf die Schnauze gefallen, weil er erst halb aus der langen Hose war, als er aufs Spielfeld lief. Er kickte sie ungeduldig über die Seitenlinie und rannte nach vorn.

Auf der Tafel verschwand Romanos Name und Lorenzo erschien. Jetzt stand bei Walter: »Ausgeschtosn wg. Brannt, Waise: shcon ewik.« Beide Zähler verwandelten sich in eine Drei, wie die Prophezeiung es verlangte.

Bei Lorenzo erschien: »Lorenzo, Mittlschturm. Eintsiga Menshc. Magie: Aba hallo! Mishclin: shcon.« Die Tafel schrieb sich jetzt zwar selbst, aber sie hatte Lorenzos Rechtschreibung übernommen. Wieder änderten sich die Zahlen. Jetzt hatten wir:

Nahme	11
Folk	10
Magie	3 echt
Köhnik	2
Ausgeschtosn	3
Waisse	2
Mishclin	3

Plötzlich waren wir ganz nah dran, die Prophezeiung zu erfüllen.

Es stand 4:7.

Einer der Vampire ballerte aus der Distanz an meinem Tor vorbei. Ich legte mir den Ball zum Abschlag zurecht. Gerade als ich mich bückte, sah ich, dass der Torwart und einer der Verteidiger von hinten auf Lorenzo zustürmten, der auf meinen Abschlag wartete.

Ich ließ den Ball fallen und schrie: »Lorenzo, pass auf!«

Alle Spieler auf dem Feld wirbelten herum. Beide Gegenspieler sprangen mit gestreckten Beinen in Lorenzos Knie. Ich sah, wie Metall an ihren Schuhen aufblitzte und eine Blutfontäne davonspritzte. Lorenzo brach zusammen wie ein gefällter Baum. Er hatte überhaupt noch nicht ins Spiel eingegriffen!

Ich kriegte kaum mit, dass sich ein Vampir den Ball geschnappt hatte und in mein Tor ballerte. Erst der Torpfiff machte mir klar, dass Vadyuscha sich nicht zu dem Geschehen im gegnerischen Strafraum umgedreht hatte. Sie hatte gewusst, dass es passieren würde.

4:8.

Wir rannten quer über den Platz zu Lorenzo. Aber ehe einer von uns ihn erreichen konnte, sprang er auf. So habe ich ihn noch nie gesehen. Er war so was wie ein aufrecht laufendes Wolfsmonster. Die Flügel passten eher zu einem Drachen als zu einem Vampir. Er brüllte. Dabei spannte sein Brustkorb so sehr, dass sein Trikot zerriss. Gleichzeitig flog das Blut, das rundum ins Gras gespritzt war, zurück in sein zersäbeltes Knie. Die Wunden schlossen sich. Als er brüllte, sah ich, dass seine Reißzähne kaum in seinen Mund passten. Aber das Schrecklichste war, dass er so etwas wie einen Schatten in den Himmel warf. Die Regenwolken nahmen die Form seiner Flügel an und bewegten sich auch so. Es war, als stürmte ein riesiger dunkler Vampirwolfsgeist über das Stadion.

Lorenzo rannte brüllend auf Vadyuscha von Venenfels los. Gleichzeitig wies er mit ausgestreckten Armen auf die Linienrichter. Die begannen sich wie verrückt von einer Gestalt in die andere zu verwandeln. Beide kippten um und lagen gestaltenzuckend an den Seitenlinien. Man kam gar nicht mehr mit. Das

Einzige, worauf es jetzt ankam, war eine Gasse für Lorenzo freizumachen. Wer ihm jetzt im Weg war, würde sterben, so viel war klar. Vadyuscha versuchte gar nicht zu fliehen. Sie tat das Einzige, was ihr übrig blieb. Sie warf sich vor ihm auf den Boden, wie sie es auch in Burg Venenfels vor der Gesandten getan hatte.

Lorenzo stoppte kurz vor der Schiedsrichterin. Seine Krallen wirbelten Gras und Erdbrocken davon. Dann war es totenstill im Stadion.

»Wem dienst du?«, fauchte Lorenzo. Er brauchte gar keine Muschel vom Mare Centauri mehr.

»Dir, Herr!«, murmelte die Vampirin ins Gras.

»Wem dienst du?«, brüllte Lorenzo.

»Dem Schwarzen Lord, Herr«, gab sie zu. »Ich habe Anweisung, alles zu tun, was euch in diesem Spiel schaden kann.«

»Das weiß ich. Wird es auch weiterhin so sein?«

»Ja, Herr. Ich bin durch meinen Eid gebunden. Über den Tod hinaus.«

Lorenzo drehte sich zur Ehrenloge um. Der Schwarze Lord war aufgesprungen. Er sah viel weniger Furcht einflößend aus als Lorenzo. Er hatte weder Flügel noch diese riesige schwarze Aura.

»Moment mal!«, schrie ich über den Platz. »Ich habe gehört, wie du den Eid abgelegt hast. Du hast geschworen, dem Grafen von Grauenstein zu dienen.«

Alle sahen mich an. Ich deutete auf den schwarzen Ritter in der Ehrenloge.

»Das da ist nicht der Graf«, behauptete ich. »Er ist vielleicht sein Vater, aber der echte Graf von …«

»Halt dein Maul, du … du … Geist!«, schrie der Schwarze, doch er quäkte mit der Stimme der kleinen Hutzelmumie.

»Der echte Graf von Grauenstein liegt da am Spielfeldrand«, fuhr ich fort. »Ihm hast du die Treue geschworen. Du musst tun, was er sagt.«

Der Mundovoros auf der Tribüne hatte sich wieder gefangen. »Unglücklicherweise sagt er nichts«, stellte er fest. Er hielt eine Kristallkugel hoch, die in seinem eisernen Handschuh lächerlich klein aussah. »Das Geschenk eures Kobolds war uns sehr nützlich. Voller Rezepte für Gifte und Betäubungsmittel. Das Spiel geht weiter!«

Vadyuscha sah unschlüssig vom Schwarzen Lord zu Lorenzo, von mir zum bewusstlosen Grafen und wieder zurück.

»Ich würde dieses Spiel anzweifeln«, sagte Lorenzo, jetzt viel ruhiger. »Aber das wird nicht nötig sein. Weil wir gewinnen werden. Das Spiel geht weiter.«

Vadyuscha pfiff wieder an. Lorenzo wirbelte die Vampire schwindelig. Die Wirkung des verzauberten Zeitumkehrers hatte zwar nachgelassen, und sie waren wieder so schnell, wie Vampire nun mal sind. Aber das nützte ihnen gegen Lorenzo gar nichts. Sie konnten ihn nicht foulen, sie konnten ihn nicht einmal berühren. Vadyuscha bekam gar keine Gelegenheit mehr, unfair zu pfeifen.

Er spielte je einen Doppelpass mit Palomina, Myrabella und Nica. Dann rannte er mit dem Ball Richtung Eckfahne, ließ mit einer Körpertäuschung zwei Gegner ins Leere laufen und sah hoch. Vadyuscha stand im Weg wie ein dritter Verteidiger. Er hätte über beide Innenverteidiger und die Schiedsrichterin weg zu Palomina passen können, aber die stand nicht viel besser als er. Stattdessen schoss er die Vampirin an. Der Schuss war so scharf, dass es ihr den Kopf herumriss. Der Ball geriet kaum aus der Bahn, prallte dem zweiten Verteidiger ans Ohr und flog unhaltbar ins Tor. Vadyuscha kippte um wie ein gefällter Baum. Es dauerte fünf Minuten, bis sie wieder anpfeifen konnte.

Das zweite Tor schoss Lorenzo, indem er acht Gegner im Strafraum mehrmals ausspielte. Zum Schluss standen sie belämmert da und drehten die Köpfe auf der Suche nach seinem Schatten. Der völlig verwirrte Torwart grätschte mit der Klinge in seiner Schuhsohle einen seiner eigenen Verteidiger um.

Vadyuscha schaute nur benommen zu. Auf ihrer rechten Gesichtshälfte zeichneten sich die Nähte des Balls feuerrot ab.

6:8.

Ausgerechnet der Zwerg und der Baum, Feinde seit Jahrhunderten, sorgten für den nächsten Treffer. Wieder rannte Erik Eisenerz als Einziger einem weiten Abschlag hinterher. Wieder stürzte der Torwart ihm entgegen. Aber der Zwerg versuchte nicht über ihn wegzuspringen. Er spielte den Ball Richtung Eckfahne und wich dem heranschlitternden Torhüter mit einer eleganten Drehung aus. Er rannte zur Ecke und schoss eine Bogenlampe, wie er sie in dreißig Tagen Training nicht hinbekommen hatte. Drei Verteidiger flogen vorbei, dann senkte sich der Ball Richtung leeres Tor. Aber er prallte von irgendetwas ab und blieb wie ein Klumpen nasse Wäsche vor der Linie liegen. Da war eindeutig Magie im Spiel. Der Torwart rannte zurück, um sich das Ding zu krallen. Doch bevor er den Ball erreichte, brach eine Wurzel durch den Rasen. Sie gab dem Ball einen ganz leichten Stoß und der rollte ins Netz. Walter zog grinsend die Wurzel wieder ein, die er heimlich quer unter dem Spielfeld hindurch hatte wachsen lassen. Die Monster Soccers protestierten und beschwerten sich beim Schiedsrichter. Es gab ein Hin und Her, Geschrei und Palaver. Schließlich wurde sogar das

Macronomicon befragt. Aber sie konnten beim besten Willen keine Regel auftreiben, die einem Baum das Toreschießen mit unterirdischen Wurzeln verbot. Das lag sicher daran, dass kein Schwein damit gerechnet hätte, dass jemals ein Baum Fußball spielen würde. Aber der Schwarze Lord hatte uns ausdrücklich erlaubt jeden einzuwechseln, den wir wollten.

7:8 und noch zwei Minuten zu spielen.

Lorenzo nahm den Gegnern unmittelbar nach dem Anstoß den Ball ab. Er rannte durch ihre Reihen, aber zwei- oder dreimal knickte er ein. Er passte zu Palomina und die zog sofort ab. Der Ball prallte von der Latte zurück. Lorenzo hätte nur ein paar Meter laufen müssen, dann hätte er kerzengerade aufs Tor schießen können. Aber nach nur einem Schritt kippte er zur Seite und blieb liegen. Wie aus dem Nichts war Nica da und schoss das Tor.

Es stand 8:8.

Lorenzo schleppte sich humpelnd vom Platz. Er sah zu Merellyn und machte ihm kopfschüttelnd ein Zeichen. Blut lief an seinem Bein entlang. Da ging nichts mehr.

Im Licht der Blitze sah ich, dass der Mundovoros in der Loge aufsprang. Nica drehte sich ganz langsam um und strich sich das nasse Haar aus dem Gesicht. Der Regen hatte die Kriegsbemalung und allen Schmutz von ihr abgewaschen. Im Licht eines weiteren Blitzes stand die Hexe ganz allein auf dem gegnerischen Elfmeterpunkt. Ihr Gesicht war offen zu sehen. In meinem Gehirn hüpfte der kleine Alarmgedanke auf die Bühne und tanzte seinen Sag-ich-doch!-Sag-ich-doch!-Kriegstanz. Amantua im Mondlicht hatte mich an Nica erinnert, wie wir sie für einen kurzen Moment auf Burg Grauenstein gesehen hatten.

Auf der Anzeigentafel änderten sich die Dinge. Der Name war nicht mehr Nica. Da stand Titanica: Hochelfe. Aus der Zwei unter der Rubrik Köhnik wurde eine Drei, und beim Land erschien das Wort Fantasmanien. Jetzt sah die Tafel so aus:

Wir hatten die Prophezeiung erfüllt!

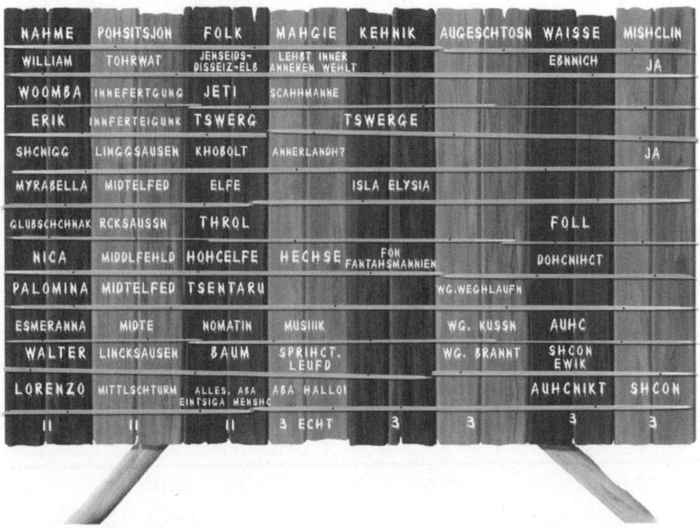

Eigentlich hätte Vadyuscha abpfeifen müssen. Aber sie deutete an, dass es fünf Minuten Verlängerung geben würde.

Die würden wir nicht überstehen. Wir merkten alle, dass der verdrehte Zeiteinfrierer seine Wirkung verlor. Unser bester Spieler lag an der Seitenlinie. Die Monster Soccers waren immer noch zu elft und hatten noch einmal einen Stürmer für einen defensiven Mittelfeldmann gebracht. Sie stürmten mit allem, was sie hatten. Es war wie am Anfang. Wir brachten den Ball nicht weg, Palomina, Myrabella und Nica mussten hinten mit aushelfen.

Noch drei Minuten. Pfosten, Ecke. Ich fing den Ball. Zu schnell abgespielt, Woomba kam nicht mit, ein Gegenspieler schnappte sich das Leder. Noch zwei Minuten. Lattenpraller. Ich wehrte zwei Schüsse hintereinander ab, konnte aber den Ball nicht einfangen. Merellyn schrie und fuchtelte am Spielfeldrand. Die fünf Minuten waren längst abgelaufen. Aber Vadyuscha pfiff nicht ab. Seit Lorenzo draußen war, hatten die Monster Soccers elf Mal auf unser Tor geschossen. Wir nicht ein einziges Mal auf ihres.

Dann flog ich an einem Schuss vorbei. Woomba klärte auf der Linie, wieder mit einem wuchtigen Schuss in die gegnerische Hälfte. Der Monster-Torwart kam angerannt und knallte die Pille wieder mitten ins Geschehen vor meinem Tor. Ich ließ alle Vorsicht sausen und rannte einfach dem Ball entgegen. Leider hatten so ziemlich alle andern die gleiche Idee. Ich prallte in Anderland gegen Schnick. Woomba rammte einen Monster-Stürmer und knallte mit ihm zusammen in Nica und Esmeranda hinein. Palomina stolperte über Wurzeln, die Walter plötzlich aus der Erde riss. Myrabella konnte mit Müh und Not den Ast aufhalten, mit dem er nach dem Leder grapschte. Hand blieb Hand, auch wenn die Hand ein Ast war. Der Ball hüpfte einmal auf und senkte sich dann perfekt Richtung Tor. Genauso senkte sich Eiseskälte in meinen Geist. Wir hatten die Prophezeiung erfüllt! Und trotzdem würden wir jetzt das Spiel verlieren!

Da kam über uns alle hinweg etwas angeflogen, groß wie ein Haus. Glubschnak donnerte seitlich auf die Erde, zermalmte das Tor und trat nach dem Ball. Zum ersten Mal seit er mitspielte, traf er das verdammte Ding. Und zwar eindeutig noch vor unserer Torlinie. Ich wusste sofort, dass der Schuss perfekt war. Ein wunderschöner, kerzengerader Flug durch die Nacht. Der gegnerische Torwart, der mit aufgerückt war, wusste das auch. Er warf sich herum und rannte. Aber der Ball überholte ihn, senkte sich, begann zu flattern und … setzte seinen perfekten Flug fort.

Merellyn stand mit gezücktem Zauberstab am Spielfeldrand. Er hatte die kleine Mumie am Kragen gepackt. Die hielt sich die Hand, die immer noch von Merellyns Fluch glühte. Befreit von seinem bösen Zauber, senkte sich der Ball ins Netz. Der Torwart hechtete, aber er sprang zu kurz.

Es stand 9:8.

Jemand brüllte: »Abpfiff!«

Und Vadyuscha befolgte den Befehl. Ein Rätsel. Warum hatte sie nicht während des Flugballs abgepfiffen? Das Spiel wäre unentschieden ausgegangen und es hätte Verlängerung gegeben. In der wären wir sang- und klanglos untergegangen.

Doch da sah ich, dass Romano am Spielfeldrand stand. Er hatte den Befehl gegeben, das Spiel zu beenden, und Vadyuscha hatte ihn befolgt.

Wir hatten das verdammte Spiel gewonnen!

Aber kein Zuschauer klatschte oder jubelte. Sie sahen uns nicht mal an. Sie blickten zur Ehrenloge. Doch die war nicht zu sehen. Dort war nur ein schwarzes Loch. Die Tribünen darum herum schienen spiralförmig hineingesaugt zu werden.

Und dann war da vor dieser schwarzen Unmöglichkeit doch Bewegung. Das Erste, was man sah, war Nicas unglaubliche blonde Mähne. Der Mundovoros war nur ein großer, etwas hellerer Schatten vor der wirbelnden Finsternis. Aber der Schatten krallte seine Hand in Nicas Haarflut und zerrte sie näher an das Raum-Zeit-Loch heran.

DAS LOCH IN RAUM UND ZEIT

Merellyn versetzte sich mit seinem Zauberstab in die Loge. Romano und dann auch Lorenzo breiteten ihre Schwingen aus und schossen vorwärts. Malicia und die anderen begannen zu rennen. Ich machte einen Geistersprung. Aber wir konnten Nica und den Schwarzen Lord nicht erreichen. Alle, die das Spiel von der Ehrenloge aus verfolgt hatten, waren eingeschlossen in dem Energiewirbel, den das Tor in Raum und Zeit erzeugte. Während der Baron, sein Sohn und auch Puck wie erstarrt waren, zerrte der Mundovoros Nica Schritt für Schritt in den Tunnel. Daneben murmelte die kleine Mumie Zaubersprüche aus dem Macronomicon, das aufgeschlagen vor ihm lag.

Lorenzo sprang hin und her, rammte die unsichtbare Barriere mit der Schulter und schrie immer wieder: »Nica! Nica!« Blut lief aus den Wunden an seinem Knie, aber er war nicht zu bremsen.

Das Gewitter über uns veränderte sich. Es schien, als hätte es das Loch in der Wirklichkeit entdeckt. Die Wolken am Himmel zogen sich in Spiralen über dem Stadion zusammen. Blitze schossen herab und zuckten über die magische Barriere. Energie knisterte von Fahnenmast zu Fahnenmast.

Die Mumie drehte sich irre grinsend zu uns um. »Schreit nur, ihr großen Fußballer!«, fauchte sie gehässig. »Ihr neunmalklugen Magier! Ihr Könige und Waisen und Ausgestoßenen. Lord Zerberon kommt, der echte Mundovoros, und eure lächerliche Prinzessin wird für ihn gehen! Das Chaos hat die Opfergabe angenommen. Königliches Blut für königliches Blut!«

Etwas kam aus dem schwarzen, wirbelnden Schacht auf uns zu. Etwas Unaufhaltsames. Wie glühende Lava, die aus einem Vulkan aufsteigt. Ein Ebenbild des Schattenwesens, das Nica festhielt, bewegte sich in der Finsternis. Aber was da angestürmt kam, blieb kein Schatten. Schwarze Flügel peitschten das Chaos zwischen den Dimensionen. Eiserne Klauen griffen nach der Wirklichkeit. Das Wesen brüllte und der Sturm in unserer Dimension antwortete. Der echte Schwarze Lord war dabei, unsere Welt zu betreten. Sein schattenhafter Stellvertreter musste Nica gar nicht mehr festhalten. Der Sturm zerrte sie immer näher an den bodenlosen Schacht.

Merellyn tauchte zwischen Lorenzo und mir auf. »Das Zeichen!«, brüllte er gegen den Wind. »Will, hol das Zeichen aus Anderland!«

Ich griff danach und es war tatsächlich da. Ich hatte erwartet, dass ich es genauso verloren hätte wie meine Mütze. Ich holte es in unsere Welt und plötzlich schrie die Mumie auf. Ein schwarz behaarter Arm ragte aus den Buchseiten und hielt sie an der Kehle gepackt. In dem Moment, als Eriks falsches Zeichen in Anderland verschwand, war das Macronomicon erwacht. Genau wie seine dämonischen Bewohner. Der Arm zog die quiekende Mumie ins Buch hinein.

Merellyn warf Lorenzo einen Zauberstab zu und zückte seinen eigenen. »Zugleich!«, schrie er.

Die beiden schleuderten Blitze aus ihren Stäben, die sich vereinten und die Barriere trafen. Im nächsten Moment feuerte der Schutzschild zurück. Die Stäbe wurden den beiden aus den Händen gerissen. Zauberer und Lehrling flogen quer durch die Ehrenloge zwischen die Stühle. Die Kuppel aus Energie, die das Dimensionsloch abschirmte, war ein Stückchen größer geworden.

Lorenzo rappelte sich auf und lachte. Wir sahen ihn erstaunt an. »Wisst ihr, was Opa Zerberon ist?«, fragte er. »Ein überhebliches Arschloch! Und damit kenn ich mich aus.«

Er hatte beide Zauberstäbe aufgehoben und riss sie mit einem Schrei hoch über den Kopf. Sekundenlang trafen alle Blitze nur die Stäbe statt der Barriere. Lorenzo schrie die ganze Zeit. Dann schleuderte er die gesammelte Energie gegen die Kuppel. Sie feuerte nach allen Seiten zurück, aber Lorenzo schaffte es irgendwie, diesen Ausbruch nach innen zu wenden. Das Ergebnis war in etwa so, als würde man sich bei einem gigantischen Nieser in letzter Sekunde die Nase zuhalten. Es gibt eine Sauerei und der Kopf fühlt sich doppelt so groß an wie vorher.

Die Kuppel war auch doppelt so groß. Und wir waren innen drin. Ich stürzte vorwärts, das Zeichen in der Hand. Doch ich kam nicht weit.

Der echte Mundovoros streckte die Hand aus und brüllte: »GIIIBB EEEESSS MMMIIIRRRR!!!«

Ich wurde herumgerissen von der Gier und dem Willen des Schwarzen Lords. Doch ehe er mir das Zeichen nehmen konnte, prallte Fizzbert mit einem Aufschrei gegen ihn. Der echte Zerberon wurde aus der Bahn geschleudert und wieder in den Schacht gestoßen. Der falsche Schattenlord griff mich an. Ich warf das Zeichen und schrie nach Lorenzo. Der streckte die Hand aus. Der

Dolch machte eine Kurve, legte die Flügel an und schoss mit einem scharfen Klacken in die leeren Halterungen am Buchrücken.

Der Schattenmann löste sich in Rauch auf.

Das strenge Priestergesicht auf dem Bucheinband öffnete die Augen. »Dimensioconclusimencato«, sagte es.

Das Loch in der Wirklichkeit begann sich zu schließen. Aber zu langsam. Plötzlich kam der Mundovoros aus der Finsternis herangedonnert wie eine schwarze Sturmwelle. Er packte Nica, die immer noch schwankend am Rand des Dimensionsrisses gestanden hatte, und schleuderte sie hinein.

Im selben Moment landete der Schwarze Lord mit beiden Beinen in der Wirklichkeit.

»Mutificio!«, rief er und deutete auf das Macronomicon. »Inhorrescio! Tempum congeliacto.«

Die Welt wurde still.

Die Flammen, die am Baldachin der Ehrenloge hinaufgezüngelt waren, sahen mit einem Mal aus wie gefrorenes Wachs. Ich schwebte schräg über dem Boden und fiel nicht weiter. Nichts bewegte sich mehr.

»Inversificacio signes!«, befahl Zerberon. Die Zeichen begannen aus dem Rücken des gelähmten Buches zu gleiten. Hinter dem Mundovoros schloss sich der Spalt.

Plötzlich stürzte sich Baron von Fresseisen mit einem Schrei auf den Schwarzen Lord. Sie fielen durch den schmaler werdenden Spalt. Ein eiserner Handschuh Zerberons krallte nach dem Macronomicon. Der Mund des strengen Priestergesichts öffnete sich und Sir Holdmunds Arm schlug mit seinem kleinen Schwert nach den Fingern. Die Hand des Schwarzen Lords verschwand im Riss und das Tor schloss sich endgültig. Ich kniff die Augen zu und sprang im letzten möglichen Moment hinein.

Das Heulen des Windes drosch mir auf die Ohren wie das Kreischen verdammter Seelen. Weit voraus fiel Zerberon durch den Sturm. Vom Baron keine Spur. Weil es in dem Chaos kein anderes Ziel gab, sprang ich dem Schwarzen Lord in den Rücken.

Er drehte den Kopf. »Du? Was willst du?«, fragte er, überhaupt nicht böse, nur erstaunt.

»Nica«, sagte ich.

Er nickte. »Noch im Tod der edle Held.«

»Ich bin nicht tot«, behauptete ich.

»Das stimmt«, gab Zerberon zu. »Aber ich fürchte, so weit von allen Welten entfernt, in denen du leben könntest, wird sich das bald ändern.«

»Warum stirbst *du* nicht?«

»Ich kann nicht«, sagte der Mundovoros. »Ich habe eine Aufgabe zu erfüllen.« Er griff über die Schulter und zerrte mich nach vorn. Unter dem Helm sah ich müde Augen, die denen von Lorenzo und Romano glichen.

»Gib mir den Jungen!«, sagte eine Stimme, die ich in den Schwarzfiebersümpfen schon einmal gehört hatte. »Merellyn sucht ihn bereits.«

Das war Mysterio Mystelzweig, Lorenzos anderer Großvater.

»Du!«, rief der Schwarze Lord. »Das mit dem falschen Zeichen war deine Idee.«

In dem Sturm, durch den wir fielen, raste eine weiße Wolke neben uns her. Sie veränderte sich ständig, aber ab und zu konnte man einen alten Mann mit langem Bart erkennen.

»Ich wusste, dass du derjenige sein würdest, der die Zeichen einsetzt«, erwiderte die Wolke. »Da dein Zeichen eine Fälschung war, hat dein Stellvertreter meines zuerst an seinen Platz gesetzt.«

»Meine Stellvertreter waren zu dumm, zu gierig und zu voreilig«, gab der Mundovoros zu. »Beide. Der, den ich durch die Dimensionen ins Knochenloch geschickt habe, und der, den ich im Buch hinterlassen habe.«

»Meine Stellvertreter haben alles richtig gemacht«, sagte Mysterio ohne einen Hauch von Spott. »Jetzt gib mir den Jungen. Ich kann ihn heimbringen. Ich könnte auch dir helfen.«

»Das ist nicht nötig«, meinte Zerberon. »Ich lerne, das Chaos zu beherrschen. Meine Macht wächst immer noch.«

»*Ich* lerne Macht zu verabscheuen. Lass William nach Hause gehen.«

»Ihr habt gut gekämpft und ihr habt gewonnen«, sagte der Lord zu mir. »Ich werde dir helfen Titanica zu finden. Doch sei gewarnt. Diesmal habt ihr gewonnen. Aber es ist nicht vorbei. Es ist niemals vorbei.«

Er packte mich und schleuderte mich davon. Der Sturm verstummte. Aber die weiße Wolke war auch verschwunden. Ich sah Sterne in weiter Ferne. Dann driftete ich in Wolkenberge hinein. Und stieß sanft gegen etwas. Nicas Mähne. Das war ein bisschen so, als würde man in einem Heuhaufen landen. »Nica. Nica? Nica!«

Ich bekam keine Antwort. Ich wusste nicht, ob die Hexe tot war oder nur ohnmächtig. Um sie nicht wieder zu verlieren, packte ich ein paar dicke Haarbüschel.

Wir trieben durch dichten Nebel. Keine Finsternis, kein Sturm, kein Schwarzer Lord, keine Sterne. Nur Nebel. Und Stille. Wir waren verloren in Zeit und Raum, wie der König und die Zauberer.

Ich kann nicht sagen, wie lang es dauerte, bis ich die Lichter sah. Sekunden? Stunden? Tage? Zuerst dachte ich, es wäre der

Mond, aber es gab ein bisschen zu viele davon. Sie umringten uns in einem meilenweiten Kreis. Aber der wurde langsam immer enger. Schließlich sah ich, dass es Kristallkugeln waren. Ein Ring aus Kugeln, aus denen Licht auf uns schien. Irgendwie kam mir die Anordnung bekannt vor. In dem Kreis gab es vier große Kristalle, die sich gegenüberlagen, links und rechts von denen wurden sie immer kleiner, bis zu den vier kleinsten, die sich wieder gegenüberlagen.

Das waren die Kristallkugeln aus Merellyns Dimensionsflugturm. Und sie leuchteten uns alle an.

Dann hörte ich die Stimme.

»Da! Da! Da!«, rief Merellyn. »Ich werd verrückt! Es hat geklappt! Zum allerersten Mal ein Volltreffer!«

Die Umrisse des Dimensionsflugzeugs schälten sich aus dem Nebel. Merellyn hatte mit diesem Fahrzeug jahrelang Raum und Zeit durchkreuzt, auf der Suche nach König Oberon und den guten Zauberern.

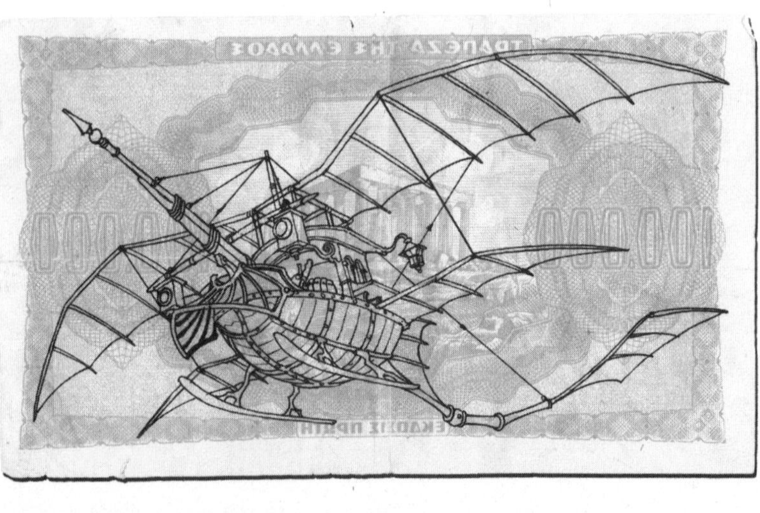

Lorenzo streckte eine Hand aus und zog uns an Bord. »Unglaublich!«, stöhnte er. »Wir haben euch gefunden. Unfassbar!«

»Mysterio!«, rief Merellyn aufgeregt. »Er erschien im Kristall! Er wusste, wie man die Karten lesen muss!«

»Was ist mit Nica?«, fragte ich. »Lebt sie noch?«

»Du kannst aufhören an meinen Haaren zu zerren«, sagte sie. »Du ziehst mir ja die Ohren lang.«

ECHTE HELDEN

Schließlich waren wir wieder zurück. Ich konnte kaum glauben, dass für die anderen fast ein Monat vergangen war, in dem sie heim nach Flüsterwald gereist waren und das Dimensionsflugzeug klargemacht hatten. Merellyn hatte im Macronomicon geheime Karten und Navigationshilfen entdeckt und Mysterio hatte ihm gezeigt, wie man sie lesen musste. So hatten sie uns tatsächlich gefunden.

Ohne das große Trainingslager war es sehr ruhig im Turm. Arpad und Esmeranda brachten Palomina und Gondoliere in ihrem fliegenden Wagen nach Hause. Woomba begleitete Erik Eisenerz zu seiner Krönung. Die Rotznasen waren wieder in die Grenzstation gezogen. Romano von Grauenstein und Malicia von Wolfswald gaben ihre Verlobung bekannt. Der Krieg in Nord-Elbia war tatsächlich vorbei. Zum Erstaunen aller hatte Walter seinen Dienst als Lift wieder aufgenommen. Allerdings verschwand er öfter mal im Wald. Wenn er aber da war, verging keine Fahrt, auf der man sich nicht die Geschichte von dem Tor anhören durfte, das ein Zwerg und ein Baum gemeinsam geschossen hatten.

Alle waren nach Hause zurückgekehrt, mit Fußballsamen in den Taschen und viel mehr Wissen über das Spiel, das (neben Baron Frasbert) die Rückkehr des Mundovoros verhindert hatte. Nica war auch weg, von den Elben geleitet zur Königsburg. Das wiedervereinte Macronomicon begleitete sie, um sie in Regierungsfragen zu beraten. Der erste Erlass, der uns erreichte, war eine Staatsgründung. Nica … Verzeihung, Prinzessin Titanica, erklärte das kleine Stück Land zwischen der Stadtmauer von Arkanon und dem Wilden Wald, zwischen den nördlichen Klippen und der adamantischen See zur freien Handelszone An der Straße. Das war natürlich schlau. Falls der Mundovoros durch irgendwelche Schlupflöcher zurückkehren sollte, die wir nicht kannten, stand er immer noch nicht auf fantasmanischem Boden.

Titanica hatte Fizzbert zum Gouverneur An der Straße ernannt. Sein Vater hatte wohl gedacht, er wäre in das Dimensionsloch gestürzt. Aber Fizzbert war einfach auf der anderen Seite wieder herausgefallen.

Und, wir trauten unseren Augen nicht!, Glubschnak war der erste Botschafter Fantasmaniens in dem neuen Kleinstaat. Für ihn musste extra das Waisenhaus ausgebaut werden, das zur Botschaft erklärt worden war.

Aber es kam noch besser. Elmo, Quassel, Akaim und Rigo waren die Botschaftsleiter. Ben wurde Berater für magische Zusammenarbeit. Und jetzt kommt der Hammer! Schnick war zum Minister für Handel zwischen Fantasmanien und der Menschenwelt ernannt worden! Wie schlau das war, stellte sich erst später heraus. Die Habenichtse aus der Vorstadt wurden steinreich. Und Schnick war der Reichste, bis zu einer Nacht, in der … aber das ist eine andere Geschichte.

Lorenzo und ich waren mit Merellyn und Myrabella allein. Es kam, wie es kommen musste. Eines Morgens beim Frühstück sagte Merellyn wie nebenbei: »Heute ist Sonntag. Morgen ist Schule. Wird Zeit, dass ihr wieder regelmäßig hingeht.«

Es war unfassbar. Wir hatten die Welt gerettet. Ich war immer noch ein Geist, aber manchmal nicht mehr so sicher im Umgang mit Gegenständen wie zu der Zeit, als die eingebildete Giftmischung durch meine eingebildeten Adern geflossen war. Und Lorenzo ging an einer Krücke, die er wahrscheinlich den Rest seines Lebens brauchen würde. Und ab morgen sollten wir wieder Vokabeln lernen.

Das war der Dank für die Rettung der Welt.

Unsere Mitschüler hatten zum größten Teil überhaupt nicht mitgekriegt, was wir in der Zwischenzeit getan hatten.

Nur Aerolina war anders zu uns. Am Abend nach unserem ersten Schultag saßen wir mit Merellyn in der Küche. Die Enttäuschung muss uns ins Gesicht geschrieben gewesen sein.

»Lasst mich euch mal eine Geschichte erzählen«, sagte der Zauberer. »Ich will euch berichten, wie es dazu gekommen ist, dass die Mystelburg ausbrannte und jetzt nur noch die Blutende Burg heißt. Danach wisst ihr, was es heißt, für einen Tag ein Held zu sein und danach in der Versenkung zu verschwinden.«

Wir hörten mit halbem Ohr zu.

»Lord Zerberon belagerte unsere Burg schon eine Ewigkeit«, begann Merellyn. »Er verstand nicht, warum wir nicht längst verhungert waren. Aber der ganze Friedhof war damals mit Geheimgängen durchzogen. Wir konnten immer raus und rein und uns mit allem versorgen, was wir brauchten. Erst als er einen Drachen aus den südlichen Wüsten verpflichten konnte und einen Verräter in unseren Reihen fand, setzte er zur Vernichtung an. Der Drache brannte alles, was nicht aus Stein war, nieder. Der Schwarze Lord und seine Zauberer verschlossen die Geheimgänge. Der einzige Weg hinaus war durch das Tor. Wir hatten uns schon im Torhaus gesammelt, um einen Ausfall zu machen. Aber auf dem Turm über dem Tor hockte der Drache und wartete darauf, uns zu grillen. Wir konnten nicht in den Burghof und nicht durch das Tor hinaus. Unsere Pferde waren halb wahnsinnig vor Angst. Ein Ritter unseres Ordens hat sich geopfert.«

Inzwischen hörten wir doch richtig zu.

»Er stieg den Turm hinauf und lehnte sich aus einem Fenster. Er schaffte es, den Drachen an der Kehle zu verletzen. In der Drachenkehle gibt es ein Organ, das wie ein Blasebalg arbeitet. Es braucht Platz. Darum ist es die einzige Stelle, die nicht durch zusammenhängende Schuppen geschützt ist. Das Drachenblut lief in einem breiten Strom über den Turm hinunter bis zum Tor. Drachenblut brennt nicht. Wir ritten durch die Blutdusche und er konnte weder uns noch unsere Pferde entzünden.«

Ich merkte, dass mein Mund offen stand. Ich hatte den Blutstrom gesehen, letzten Sommer. Und den Mann am Turmfenster.

»Natürlich erwischte der Drache den Ritter im Turm, ehe er starb. Hat ihm einen Eckzahn durch den Leib gebohrt. Ihr wisst sicher, wer es ist.«

Lorenzo schüttelte langsam den Kopf, aber ich sagte: »Lehrer Rosenholz.«

Merellyn legte mir eine Hand auf die Schulter.

»Richtig!«, rief er. »Er ist gestorben, damit wir überleben konnten. Er war ein Held. Jetzt ist er Dorfschullehrer. Ich glaube, er ist ganz zufrieden damit.«

Lorenzo und ich sahen uns an. So richtig war die Geschichte kein Trost für uns.

»Wer war der Verräter?«, fragte Lorenzo plötzlich.

»Ein Knappe namens Frieselbert von Eisfrei«, sagte Merellyn, ohne von seinem Buch aufzusehen. »Hat sogar während der Belagerung ohne Ende in sich hineingemampft. Ihr wisst doch, wie ich mit Namen bin. Kann sie mir einfach nicht merken. Eines Tages nannte ich ihn aus versehen Fressbert. Mysterio hörte das, und er fing an, den Jungen ständig mit dem Namen aufzuziehen. Muss ihn wohl unendlich genervt haben. Wenn er nicht so unglaublich abgenommen hätte, hätte ich euren Baron Frasbert von Fresseisen gar nicht wiedererkannt. Zum Dank hat ihm der Schwarze Lord wohl erlaubt, die Stadt aufzubauen. Und ihm ganz nebenbei befohlen die Grenzsteine zu versetzen.«

Jetzt wussten wir also, wie Arkanon entstanden war, aber ein rechter Trost war das auch nicht. Acht öde Wochen schleppten sich ins Land. Es war Hochsommer geworden, die großen Ferien waren da.

Und mit ihnen eine Einladung auf die Königsburg.

»Wir nehmen das Dimensionsflugzeug«, entschied Merellyn. »Zurzeit dürfte es eines der sichersten Transportmittel sein.«

WO IST NICA?

Wir waren die ersten Gäste und wurden im Hof der Königsburg von Puck begrüßt. Außer einem ledernen Lendenschurz trug er nur einen Kranz aus Waldefeu. Wie vorher die Krone saß er schief und hing eigentlich nur an seinen Hörnern.

»Nach der großen Party ist alles vorbei!«, rief er schon von Weitem. »Ich gehe zurück nach Unterwald und dann kann mich der ganze Laden mal!« Er machte eine ziemlich unanständige Geste Richtung Hauptgebäude. Dann fiel sein Blick auf Merellyns Flugzeug. »Noch ein fliegender Wagen!«, rief er. »Können wir mal 'ne Runde drehen?«

Puck wartete keine Antwort ab, sondern kletterte über die Strickleiter am Bug hinauf.

»Lasst ihn«, meinte Merellyn. »Ich habe die Kristalle entfernt, die es zum Fliegen bringen.«

Hauptmann Kelevion trat zu uns. Diesmal begrüßte er Lorenzo und mich mit demselben Griff wie den Zauberer. Das war die erste kleine Belohnung für das, was wir getan hatten.

»Es ist gut, euch zu sehen!«, sagte der Elb. »Ich zeige euch eure Räume.«

»Brrrrroouuuuuummm!«, rief der Prinzregent. Er saß im Pilotensitz des Dimensionsfliegers. »Woooooaaaaaaahh! Wir stürzen aaaaab!«

Kelevion winkte uns kopfschüttelnd ihm zu folgen.

Am Nachmittag kam eine Elbe und verkündete, dass Prinzessin Titanica uns jetzt empfangen würde. Wir wurden von vier … vier! Dienern durch Gänge und Säle, über Treppen und Balkone geschleift, ehe wir endlich in einem unscheinbaren Nebenzimmer abgestellt wurden. Unscheinbar für die Verhältnisse in dieser Burg. In Merellyns Turm war nur das Behandlungszimmer annähernd so groß.

Der Raum, in dem wir uns befanden, war leer bis auf ein paar Schemel. Er wurde geteilt von einer hohen, fein geschnitzten Holzwand zwischen zwei Stützbalken. Wir warteten, und das nicht zu knapp. Schließlich wurde es uns zu langweilig und wir kickten ein bisschen herum. Aber so richtig ging das bei uns beiden nicht mehr. Ich linste immer wieder zur Tür und semmelte dann wirkungslos durch die Bälle und Lorenzo musste seinem Knie immer wieder eine Pause gönnen.

»Möchte mal wissen, wann sie endlich Zeit hat«, brummte er, als er mal wieder das Knie massierte.

»Vielleicht gar nicht«, überlegte ich. »Hast du das Gewusel auf dieser Burg gesehen? Kannst du dir Nica beim Regieren vorstellen?«

»Muss ich?«, fragte er zurück. »Los, wir kicken noch ein bisschen.«

»Ich wünschte, ich könnte mitspielen«, kam Nicas Stimme von der anderen Seite des Wandschirms.

»Ja, wieso denn nicht?«

»Ja los, komm raus, dann spielen wir.«

Aber sie antwortete nicht gleich.

»Ich komme raus«, sagte sie schließlich. »Aber ihr dürft nicht lachen.«

Wir sahen uns erstaunt an.

Dann kam jemand um den Wandschirm, den wir nicht kannten. Eine junge Dame in einem langen, brokatverzierten Kleid, mit einem so hochgeschlossenen Kragen, dass es ihr wahrscheinlich unmöglich war, auch nur zu nicken, und langen, spitzenbesetzten Ärmeln. In den Stoff waren Goldfäden eingewirkt, die einen ziemlich kratzigen Eindruck machten. Die Trägerin steckte in dem Kleid, als wären am Kreuz noch ein paar eiserne Stützstreben eingebaut. Das Haar der Dame war zu einer kunstvollen Frisur voller Bänder, Schleifen und anderen Verzierungen hochgesteckt. Sie war dezent geschminkt und trug zwei Bernsteinklunker als Ohrringe, die selbst einem Troll die Ohrläppchen ausleiern konnten. Die Dame sah besorgt aus.

»Ist was mit Nica?«, fragte Lorenzo prompt. »Kann sie nicht kommen?«

Die Hofdame verdrehte die Augen. »Blödmann! Ich *bin* Nica.«

Ich hatte es ja schon irgendwie geahnt, aber trotzdem blieb mir genau wie Lorenzo der Mund offen stehen.

»Was haben sie mit dir gemacht?«, schrie er entgeistert. Er wies auf das korsettartige Oberteil des Kleides. »Wie kannst du da drin überleben?«

»Mit Müh und Not«, erklärte sie gequält. »Wenn ich gewusst hätte … ach, lassen wir das. Ich werde in spätestens zwei Minuten auch schon wieder abgeholt. Ich wollte euch nur eines sagen. Es ist …«

Jemand klopfte an die Tür, wartete aber nicht auf ein »Herein«, sondern riss sie gleich auf und quäkte: »Euer Hoheit, der Botschafter Gondoliere von den Zentauren wartet im Thronsaal. Bitte beeilt Euch. Ihr wisst, es geht um das Urteil gegen die … Nationalspielerin.«

Und zu war die Tür.

»Die Zentauren wollen Palomina verurteilen?«, rief Lorenzo. »Wofür denn?«

Nica winkte ab. »Nein, sie haben sie ja eben *nicht* verurteilt«, erklärte die Prinzessin. »Ihre Verbannung wurde aufgehoben. Aber Gondoliere bereut das jetzt sehr. Alle jungen Zentauren organisieren sich in Fußballschulen.« Sie rauschte um den Wandschirm herum. »Ich bieg das schon hin«, meinte sie. »War schön, euch wiederzusehen.«

»Warte, was wolltest du uns sagen?«, fragte ich, aber Nica war schon durch die Tür.

»Es ist nicht zu Ende!«, verstand ich, aber in dem Moment fiel die Tür ins Schloss. Das Gleiche hatte der Schwarze Lord gesagt.

In der Woche danach kamen die ganze Zeit Leute an, die uns bei dem großen Abenteuer geholfen oder uns begleitet hatten. Es war schön, aber jedes Mal ein bisschen peinlich, wenn sie entdeckten, dass wir kaum noch Fußball spielen konnten.

In dieser Woche sahen wir weder Nica noch Merellyn oder das Macronomicon. Die wilde Hexe musste ein Königreich regieren, und der Magier mit dem mächtigsten Zauberbuch der Welt verkroch sich in Mysterios altem Arbeitszimmer.

SIR HOLDMUNDS LETZTES AUFGEBOT

Dann, eines Nachts, konnte ich wegen eines Gewitters nicht schlafen. Es war noch fern, aber das ständige Donnergrollen hielt mich wach. Als ich doch am Einnicken war, stand plötzlich Nica im Licht eines nicht mehr so fernen Blitzes zwischen unseren Betten. Es dauerte eine Weile, bis ich sie erkannte. Sie trug ihren alten Lendenschurz, die Weste mit den Tierzähnen und ihre Stiefel. Aber ihr Wolfsfell fehlte. Klar. Das war in der Zwergenschutzhütte verbrannt.

»Seid leise und kommt mit!«, zischte die Prinzessin. »Wir müssen in den Südflügel.«

Im nächsten Moment huschten wir hinter Nica her durch die entlegensten, stillsten Gänge der Burg. Ab und zu sahen wir in der Ferne Licht oder einen einsamen Wachtposten, aber Nica schien sich in dem Gemäuer schon sehr gut auszukennen.

Dann trafen wir doch auf jemanden. Aber es war nur Hauptmann Kevelion, der uns eine schwere Tür zu einer Wendeltreppe öffnete. Wir rannten sie hinauf und kamen auf einer weiten, von Blitzen erhellten Terrasse heraus. In ihrem Licht sah ich die verkohlten Mauerbrocken und halb geschmolzenen Säulen, die Krater in den Bodenfliesen und die halb zerstörten Fensterbögen mit den gemeißelten Verzierungen. Wir standen im ehemaligen Thronsaal des Südflügels, in dem vor dreizehn Jahren die Schlacht stattgefunden hatte. In der Mitte des dachlosen Saals stand Merellyn mit wehendem Bart, neben sich das schwebende Macronomicon. Noch während wir zu ihnen gingen, blitzten hier und dort kleine Entladungen in den Mauern auf, die das Gewitter überstrahlten. Ab und zu sprühte ein Funkenregen aus einem tiefen Spalt in einer Säule oder ein alter Brandfleck glühte kurz auf.

»Nirgends in Fantasmanien wurde jemals mehr Magie freigesetzt als vor dreizehn Jahren hier in diesem Saal«, erklärte Merellyn. »Wir glauben, es ist der einzige Ort im Königreich, in dem vollbracht werden kann, was wir jetzt vorhaben.«

»Es tut mir leid, dass ihr beide so lang warten musstet«, sagte das Macronomicon. »Aber ich habe die Zeit gebraucht, um alle Möglichkeiten zu prüfen, die seit der Wiedervereinigung in mir stecken.«

Lorenzo und ich sahen uns an. So ganz genau wussten wir im ersten Moment nicht, wovon die beiden sprachen.

»Ihr habt doch nicht geglaubt, wir hätten vergessen, weshalb ihr beide ursprünglich zu mir in den Turm gekommen seid?«, fragte Merellyn.

»Und zu mir in den Kerker?«, ergänzte das Zauberbuch.

Lorenzo schaltete als Erster.

»Es hieß, im Macronomicon gäbe es einen Zauberspruch, der Tote zum Leben erwecken kann«, sagte er abwartend.

»So ist es«, bestätigte das Buch. »Ich habe ihn gefunden. Er ist vollständig, seit ich wieder … ganz bin.«

Ich fühlte einen Stich in der Herzgegend. Reine Einbildung, ohne Herz.

»Aber wie ich euch schon einmal sagte: Dieser Spruch kann nur dann wirken, wenn er von meinen Schreibern gleichzeitig ausgesprochen wird.«

»Weder der eine noch der andere der beiden Autoren ist hier«, fuhr Merellyn fort. »Seit der großen Fußballschlacht ist es kaum wahrscheinlich, dass sie sich bald einfinden werden. Und selbst wenn sie hier wären, wäre es noch unwahrscheinlicher, dass sie zusammenarbeiten würden.«

Jetzt fühlte ich nichts mehr. Normal, für einen Geist.

»Aber ich sprach von *allen* Möglichkeiten, die seit der Vereinigung in mir stecken«, sagte das Macronomicon. Im nächsten Moment überschlug es sich und da war Sir Holdmund auf dem Einband.

»Keine Angst, edle Recken!«, rief er und zog ein Zierschwert, das kaum mehr war als ein großer Brieföffner. »Nunmehr ist die Gelegenheit gekommen, unseren ganz persönlichen Lindwurm…«

Das Buch überschlug sich wieder.

»… mitte die Öl vonne die Olive und winzisch klein geschnittän Stücke von Ssswiebeln zu bratän!«, rief der dicke Koch mit dem soßenfleckigen Schnurrbart.

Dann war das strenge Priestergesicht des Macronomicons wieder da.

Natürlich. Auf Burg Venenfels hatten die Vampire Zerberons Macronomicon ja mit dem verrückten Ritterbuch Sir Holdmund von Hofesang zusammengefügt. Das einzige Buch der Welt mit einer vielfach gespaltenen Persönlichkeit. Ich hätte nicht gedacht, dass der kasperhafte Ritter sich gegen zwei so mächtige Zauberbücher durchsetzen konnte. Aber wir hatten ihn ja gerade gesehen.

»Nun, ich sagte, ich habe alle Möglichkeiten geprüft, die in mir stecken«, wiederholte das Macronomicon. Es lächelte leicht. »Das sind, wie ihr eben gesehen habt, mehr, als meine Verfasser vorgesehen hatten.«

»Was wir zuerst für eine Schwächung des großen Zauberbuches hielten, eröffnet uns jetzt eine einzigartige Chance«, erklärte Merellyn.

»Wie wir herausgefunden haben, hat sich eine ganze Liste von Buchtiteln in Sir Holdmunds Gedächtnis gebrannt«, erinnerte uns das Zauberbuch. »Keine Bücher, nur Titel und die Gestalten auf den Einbänden, die immer wieder für kurze Zeit an die Oberfläche drängen.«

»Doch es gibt zwei auf der Liste, die das nie getan haben«, ergänzte Merellyn. »Wir haben die ganze letzte Woche daran gearbeitet, sie von ihrem Bucheinband in unsere Welt zu holen. Hier sind sie.«

Das Macronomicon öffnete sich einen Spalt breit. Ein kurzer Lichtstrahl drang heraus. Zwei Schattengestalten bildeten sich an seinem Ende. Als das Buch sich schloss und das Licht erlosch, glitten sie zu Boden und wuchsen zu normaler Größe. Beide kamen mir bekannt vor.

Einer von ihnen war ein junger Elb. Alles an ihm war schwarz, Kleidung, Haare und Augen. Der andere war ein Mann mit kastanienrotem Haar und Bart in mittleren Jahren. Er trug die Robe und den spitzen, breitkrempigen Hut eines Zauberers. Und eines war ganz offensichtlich. Jeder der beiden sah auf seine Art Lorenzo ähnlich. Oder umgekehrt: Lorenzo ähnelte den beiden.

»Darf ich vorstellen?«, sagte Merellyn. »Lord Zerberon und Mysterio Mystelzweig.«

Wir schauten fassungslos vom einen zum anderen.

»Um Missverständnissen vorzubeugen: Es sind nicht die echten Personen«, erklärte das Buch.

»Und auch nicht tödliche Trugbilder, wie in Arkanon«, ergänzte Merellyn. »Die beiden fanden wir auf einem Buchtitel in Sir Holdmunds Liste.«

»Sie haben zusammen ein Buch geschrieben«, erklärte das Macronomicon. »Lange bevor sie sich an mich wagten. Der Titel lautet: Vom einzigartigen und gefährlichsten Zauberspruch der Welt. Vielleicht könnt ihr euch vorstellen, welcher das ist?«

»Der Spruch, der Tote zum Leben erweckt«, sagte Lorenzo.

Mir wurde schlecht. Und leicht schwummerig vor den Augen.

»Die Sache ist nur die …«, erläuterte Merellyn. »Die beiden sind hier. Sie beherrschen den Spruch in- und auswendig. Aber sie sind natürlich nur Abbilder der wahren Magier. Jemand muss ihrem Spruch die Macht verleihen, wahr zu werden. Es gibt nur einen Zauberer in Fantasmanien, der die Macht dieser beiden größten Magier in sich vereint.«

Diesmal sagte Lorenzo nichts.

Nica stieß ihn an. »Du bist gemeint, Schlaumeier«, zischte sie. »Die beiden sind deine Großväter.«

Merellyn maß mit seinem Zauberstab den Abstand des Mondes vom Horizont.

»Der Zeitpunkt ist perfekt!«, stellte er fest. »Zehn Minuten bis Mitternacht.«

»Seid ihr bereit?«, fragte das Macronomicon.

Die jungen Abbilder von Zerberon und Mysterio nickten.

Lorenzo schluckte und nickte dann auch. Ich habe ihn noch nie mit so großen Augen gesehen.

Alle Gesichter wandten sich mir zu. Mir fiel ein, was der Vampir Dragoslav von Venenfels gesagt hatte, angekettet auf der Isla Evangelista. Bevor wir ihn mit Dornengift zurückverwandelten in Karol Kleinkrempel, den Übersetzer.

»Würdest du das auch tun, Geisterjunge?«, hatte er mich gefragt. »Den ganzen Weg zurückgehen, auch auf die Gefahr hin, dass du aufhörst zu existieren?«

»Wenn es einen Weg gäbe, ja«, hatte ich geantwortet. Und der Vampir hatte gesagt: »Dann jagt mir dieses Zeug in die Adern. So viel ihr davon habt. Ich werde heute meinen Weg zu Ende gehen. Auf die eine oder andere Weise.«

Hier war also das Ende meines Weges als Geist.

Ich schloss die Augen und nickte.

Das Macronomicon öffnete sich. Zerberon und Mysterio begannen den Zauberspruch aufzusagen. Lorenzo trat hinter die beiden und legte jedem eine Hand auf die Schulter. Ihr Sprechgesang wurde lauter und drängender. Ich hatte den Eindruck, dass immer mehr magische Entladungen um uns herumzuckten. Merellyn drehte sich mit ausgestrecktem Zauberstab im Kreis. Er schien das magische Feuer auf der Spitze seines Stabs zu bündeln. Das Gewitter zog wie ein Mahlstrom um die Burg. In seinem Auge lag der Saal, und darin tobten Feuer, die Merellyn zu einem Ball aus Magie formte, in dem wir eingeschlossen waren und der uns durchdrang.

Ich weiß nicht, ob der Himmel sich verdunkelte oder ich ihn einfach nicht mehr sehen konnte. Irgendwann waren auch die anderen verschwunden. Ich schwebte in Finsternis. Die Stimmen der beiden Zauberer konnte ich noch hören und ich sah noch eine Zeit lang magische Entladungen um mich herumtanzen.

Aus dem Nichts fühlte ich plötzlich Esmerandas letzten Kuss.

Aber danach lief nicht einfach mein Leben als Geist vor meinem inneren Auge ab. Eine Flut von Bildern stürmte auf mich ein und nicht die Hälfte davon hatte etwas mit unserem Abenteuer zu tun. Die Bilder wechselten sich bald so schnell ab, dass ich kein einzelnes mehr unterscheiden konnte. Doch plötzlich hielten sie an.

Ich lag wohl auf dem Rücken. Es war immer noch dunkel. Über mir sah ich Felsen. Aus dem Donner des Gewitters wurde das Rauschen von Brandung, und ich hörte Schritte, die sich näherten. Ich drehte den Kopf. Zwei Leute in Schwarz beugten sich über mich, aber ich konnte nicht erkennen, wer sie waren, weil ihre Gesichter im Dunkeln lagen. Sie waren nicht gleich groß. Die Person weiter weg schien viel größer. Hinter den beiden wölbte sich blauer, fast wolkenloser Himmel, über den Seevögel zogen. Ich lag in dem Schatten einer Höhle an einem Strand. Unter dem Rauschen der Wellen und dem Geschrei der Vögel hörte ich leises Schluchzen. Es kam von der Person, die weiter weg stand. Eine Brise blies ihr das lange schwarze Haar ins Gesicht und sie strich es weg. Eine Frau. Die andere Person beugte sich vor. Eindeutig ein Zwerg. Er lächelte mit Tränen in den Augen und zog schwarzen Stoff über mein Gesicht. Sobald es wieder völlig dunkel war, ging der rasende Reigen von Bildern weiter. Lauter und immer lauter hörte ich eine Stimme drängen, die ich kannte. Sie sprach elbisch. Das war das Einzige, was ich verstand. Wieder hielten die Bilder an.

Ich stand allein im zerstörten Südflügel der Königsburg. Das Gewitter tobte schrecklicher als jemals ein Gewitter davor. Der

Regen peitschte in waagerechten Böen über den zerstörten Fliesenboden. Wenn er mich traf, fetzte er durch mich durch, als wollte er das bisschen, was von mir noch übrig war, davonwaschen. Im Licht des nächsten Blitzes standen plötzlich die zwei aus der Strandhöhle wieder vor mir. Ein Zwerg und eine Elbenfrau. Ich erinnerte mich an Merellyns Worte. Er hatte gesagt, dass Kinder aus solchen Verbindungen immer magisch begabte Druiden würden. Die Frau hielt mir wortlos etwas hin. Ich griff danach und meine Hand tauchte in eine trockene, sturmlose Welt. Was sie mir gab, war ein Stück Schwemmholz, dünn und abgeschliffen in der Form von Hörnern. Oder Flügeln?

Ganz, ganz, ganz leise hörte ich die Worte: »Viel Glück, Sohn!«

Dann donnerte es ohrenbetäubend, ein Blitz sengte blendend weiß durch meinen Geist, und das Letzte, was ich sah, war ein Stern an einem eiskalten Himmel, der eine gehörnte Aura hatte. Die musste von meinen Tränen kommen.

Wieder spürte ich den Kuss.

»Du lebst«, flüsterte Esmeranda. »Ich glaube an dich.«

Dann war ich weg.

Nach einer Ewigkeit hörte ich Lorenzos Stimme. Sie wiederholte endlos drei oder vier Elbenwörter. Keine Ahnung, wo das eine anfing und das andere aufhörte. Aber unter dieser Leier hörte ich seine Stimme noch mal. Und die flehte: »Komm zurück, William. Du hast es fast geschafft. Komm zurück! William. William. Komm zurück, William. Du …«

»Hör auf, Lorenzo.« Das war Merellyn. »Er ist tot. Wir waren zu überheblich … Hör jetzt auf, Lorenzo!«

»Aber es ist doch sein Körper!«, hörte ich Nica rufen. »Sein Körper ist doch wieder da … was hat er da in der Hand?«

»Komm zurück, William!« Lorenzo ließ nicht locker. Und wieder die Elbenworte. Langsam, ganz langsam rastete etwas in meinem Kopf ein, und dann verstand ich, dass er auf Elbisch nichts anderes sagte.

»Komm zurück, William.«

»Du kannst damit aufhören«, wollte ich sagen. »Ich hab dich schon verstanden. Heraus kam: »Llaillaneth le vaëobin. Mevediél lëin lithail lathan.«

»Wer hat da … war das WILLIAM?«

»Er spricht elbisch.«

Ich schlug die Augen auf. Es war immer noch Nacht. Aber der Sturm war vorbei. Mondlicht glänzte silbrig auf den Fließen des Thronsaals. Mir tat alles weh. Aber die Sterne bildeten flammende Formationen, die ich plötzlich deuten konnte. Elbensternbilder. Nichts, was Menschen verstehen würden. Es war ganz klar, was ich zu tun hatte. Ich setzte mich auf und hielt den gehörnten elbischen Zauberstab an Lorenzos kaputtes Knie. Ich musste nur leicht mit Daumen und kleinem Finger drücken, dann hielt der Stab das Knie wie eine Zange.

Der Zauberspruch dazu war ganz einfach. Wenn man Elbisch konnte. Ich sagte: »Alluithuëllëin ellessiëluin.«

Heile dich selbst. Ein kleiner Blitz fuhr in Lorenzos Knie und er sprang zurück. Ich rappelte mich auf die Beine.

»Kann ich was zu trinken haben?«, wollte ich fragen. Meine Kehle schien mit nassem Sand zugekleistert. »Elliëin il lelliëthan lla valliëth?«, sagte ich stattdessen.

Niemand antwortete. Außer Lorenzo. »Könntest du jetzt schön langsam mal aufhören elbisch zu sprechen?«, fragte er. Dabei hüpfte er grinsend auf dem kaputten Bein herum und machte immer wieder einbeinige Kniebeugen.

»Na gut«, sagte ich und das verstand ich jetzt auch selbst wieder. »Könnte ich trotzdem was zu trinken haben?«

Und damit war das Elbisch weg. Ich konnte mich an kein einziges Wort mehr erinnern.

Nica und Merellyn drehten völlig durch. Sie umarmten und quetschten mich, bis mir alles noch mehr wehtat.

Als sie endlich fertig waren, hüpfte Lorenzo auf seinem geheilten Bein heran, packte mich am Nacken und drosch mir fünfmal die Faust auf den Arm, dass ich ihn wahrscheinlich erst in einer Woche wieder heben konnte.

»Du verrückter Mistkerl!«, brüllte er und fing an mit mir herumzutanzen. »Und wo hast du den doppelten Zauberstab her?«

Ich drehte das Ding in meiner Hand. »Meine … ich glaube, meine …« Sollte ich wirklich sagen, was ich glaubte? Ach, warum nicht. »Meine Eltern haben ihn mir gegeben.«

Eine Zeit lang herrschte Schweigen. Dann gingen das Geschrei und der Tanz von vorn los. Und das hörte noch lange nicht auf. Nicht bis zu dem großen Fest.

»Mir tun die Füße weh von der Tanzerei«, motzte Lorenzo.

»Was soll ich da sagen?«, fragte ich. »Diese Schuhe drücken. Ich bin ein Jahr nur mit eingebildeten Schuhen rumgelaufen.«

»Du bist die allermeiste Zeit gar nicht gelaufen«, widersprach Lorenzo. »Du bist geschwebt oder geflogen.«

»Umso schlimmer, dass ich jetzt diese Treter tragen muss.«

Wir saßen auf den Zinnen eines Balkons vor dem Ballsaal. Aus einem geöffneten Fensterflügel klang seltsame Musik. Fröhlich, aber sehr elbisch.

Paare drehten sich auf der Tanzfläche. Malicia und Romano tanzten am Fenster vorbei. Palomina sprang mit Woomba durch den Saal. König Erik Eisenerz saß auf einem Thron und sah aus, als würde er gern mit seinem Hammer irgendwo draufhauen. Es war ein Elbenthron – und die Füße des Zwergs berührten nicht den Boden. Prinzessin Titanica saß steif daneben und achtete darauf, dass ihre Frisur nicht verrutschte. Irgendeine Hofdame hatte versucht auch Esmerandas schwarzen Locken eine Frisur zu verpassen, aber die Haare der Dsinghani wehrten sich noch viel heftiger als die von Nica. Beide Mädchen sahen wunderhübsch und schwer genervt aus.

»So was Blödes«, sagte Lorenzo.

»Was?«

»Da reist man wochenlang durch ganz Fantasmanien und könnte sich dabei das schönste Mädchen der Welt anschauen«, rief er. »Aber sie versteckt alles unter einem stinkenden alten Wolfsfell, acht Kilo Eisen und einer dicken Schicht Dreck und Waranblut.«

»Das war das Beste, was sie tun konnte«, meinte ich. »Bis der Regen den ganzen Dreck runtergewaschen hat, hat niemand sie erkannt. Aber es ist wahr. Sie ist schön. Schöner als Ariana war.«

»Ja. Und jetzt, wo sie sich entschlossen hat, die Schönheit auch zu zeigen, stellt sich raus: Sie ist meine Tante«, grummelte Lorenzo. »Verdammte Verwandtschaft.«

Lange Zeit schwiegen wir. Der Wind strich sanft und warm durch die Nacht. »Lorenzo?«, fragte ich dann.

»Ja?«

»Hast du eigentlich immer dran geglaubt, dass wir's schaffen werden?«

»Klar. Immer. Und du?«

»J...a. Doch. Immer.«

Wieder eine Pause.

»Sollen wir wieder reingehen?«, fragte ich. »Mit den Mädchen tanzen?«

»Jetzt schon? Schau mal, wie hell der Burghof im Mondlicht ist.«

»Bisschen kicken?«

»Ja, los! Nur ein bisschen. Dann tanzen wir wieder.«

»Genau.«

Wir rannten die Treppe runter in den Hof.

Eine scharfe Stimme vom Balkon her stoppte uns.

»Ihr glaubt doch wohl nicht, dass ihr jetzt einfach Fußball spielen könnt?« Esmeranda beherrschte unsere Sprache inzwischen wirklich gut.

Wir schauten uns betreten um.

»Ohne uns?«, rief Nica. Sie zerrte Bänder und Schleifchen aus ihrer Turmfrisur, während die beiden zu uns herunterrannten.

»Spiel ab!«, rief Lorenzo.

FANTASMANIA VON A BIS Z

Arachnua
ist eine Sirene, eine Gestaltwandlerin. In ihrer ursprünglichen Gestalt sieht sie aus wie eine große schwarze Echse. Doch sie muss nur einen Tropfen Blut von jemandem lecken, dann kann sie sich jederzeit in ihn verwandeln. Sie arbeitet für Baron von Fresseisen und ist Williams Mörderin.

Die Stadt Arkanon
liegt auf der Landbrücke unterhalb der ausgebrannten Blutenden Burg mit ihrem uralten Friedhof und dem unheimlichen *Knochenloch*, einem Stadtviertel, das vermutlich älter ist als der Rest der Stadt. Das wildeste und bevölkerungsreichste Viertel nennt sich schlicht »An der Straße«. Es entstand entlang der inzwischen zugewachsenen Karawanenstraße, eingepfercht zwischen dem Wilden Wald und der Stadtmauer um die viel bessere Oberstadt, dem Mystelberg und dem klippenreichen Strand des adamantischen Ozeans.

Der Avatar
ist ein Stellvertreter des Schwarzen Lords, der im bösen Bruder des Macronomicons auf seinen Einsatz gewartet hat. Er kann

sich beim Zusammenschluss mit der anderen Hälfte des Buches befreien. Da aber Sir Holdmund die Rolle des echten Macronomicons spielt, erlangt der Avatar nicht seine volle Macht. Er sieht aus wie eine kleine schwarze Mumie, die jahrelang in einer Räucherkammer eingesperrt war.

Die Bettelnde Bruderschaft und die Jenseitsdruiden
sind der menschliche und der elbisch-zwergische Teil einer Verbindung, die es sich zur Aufgabe gemacht hat, jedem zu helfen, ob arm oder reich, Mensch oder Fabelwesen, gut oder böse.

Dragoslav von Venenfels
ist ein Vampir im Dienst von Baron von Venenfels. Nachdem Merellyn ihn mithilfe des Dornengifts geheilt hat, stellt sich heraus, dass er eigentlich Karol Kleinkrempel heißt und vor seiner Verwandlung zum Vampir vor zweihundertdreiundachtzig Jahren Übersetzer war.

Erik »der Hammer« Eisenerz
ist ein Zwerg und von Beruf Schmied. Überraschenderweise fällt die Wahl des obersten Druiden Eskatos auf ihn als nächsten König der Zwerge.

Eskatos
ist der oberste Druide des Zwergenvolks. Wie alle Druiden ist er ein Halbblut, hervorgegangen aus der Verbindung eines Zwergs mit einer Elbenfrau von den Jenseitsinseln. Seine Aufgabe ist es, den sogenannten »Königsnagel«, das Symbol für die königliche Macht des Zwergenvolkes, dem nächsten König der Zwerge zu überreichen.

Esmeranda
gehört zum Stamm der Dsinghani. Zusammen mit ihrem Bruder Arpad begleitet sie Lorenzo, William und die anderen auf ihrer Reise zur Isla Evangelista.

Fantasmanien
ist die Heimat der Kobolde, Zwerge und Trolle, der Zentauren, Elfen und Feen, der Vampire, Werwölfe und vieler weiterer Wesen. Das Schicksal des Königreichs hängt davon ab, ob Mysterio Mystelzweig oder Zerberon zuerst zurückkehrt und den Thron besteigt.

Baron Frasbert von Fresseisen
ist der reichste, mächtigste und fieseste Mann in Arkanon. Und mit Sicherheit der fetteste. Da er einmal im Besitz des Zeichens des Schwarzen Lords war, scheint er mit den dunklen Mächten Fantasmaniens in Verbindung zu stehen.

Die königlichen Gesandten Niobe und Amantua
sind Hochelfen wie Oberon und Zerberon. Sie sind nicht nur magisch begabt, sondern auch außergewöhnlich schön. Aber sie können sich ebenso in Monster wie Vampire oder Werwölfe verwandeln. Niobe ist Amantuas Mutter.

Glubschnak
ist ein Bergtroll, also riesengroß, grün und blöd wie Bohnenstroh. Der Kumpan von Schnick schleppt ständig eine lange Keule mit sich herum, die in einem dicken Wurzelknoten endet, der mit giftigen Dornen gespickt ist. Lorenzo hat Glubschnak seine Knieverletzung zu »verdanken«. Aber dann haben Schnick

und Glubschnak William und Lorenzo zu Merellyn, dem letzten Zauberer Fantasmaniens, gebracht.

Sir Holdmund von Hofesang
ist ein sprechendes Buch, das Lorenzo geschenkt bekommt. Mit seinen ständigen Benimm-Regeln nagt es an seinen Nerven. Außerdem hat das Buch eine gespaltene Persönlichkeit. Andauernd tauchen ganz schräge Vögel aus anderen Büchern auf. Aber Sir Holdmund lässt sich anstelle des Macronomicons entführen und plötzlich ist diese Armee von verrückten Typen so was wie eine Wunderwaffe.

Der immerwährende Krieg
in Nord-Elbia ist eine irrsinnige Veranstaltung, in der niemand mehr genau weiß, wer gegen wen kämpft. Vor allem scheint es völlig belanglos, worum es in diesem Krieg geht. Denn das Land, das beide Völker für sich beanspruchen, ist vom Krieg völlig zerstört.

Isla Evangelista
ist eine Insel am Südwestende der Schwarzfiebersümpfe. Dort befindet sich auch das Hauptquartier des Ersten FC Wunder Waran – die Kneipe *Zum Wunden Waran*.

Die Jenseitsinseln
liegen weit im Südwesten vor der Küste Fantasmaniens. Die Elben, die diese Inseln bewohnen, sind für Normalsterbliche unsichtbare Geister. Aber ihre Toten und deren Grabbeigaben erscheinen manchmal in unserer Welt.

Die Königsburg

war vor dreizehn Jahren Schauplatz eines Kampfes zwischen den guten und den bösen Mächten Fantasmaniens. Er endete mit einer gewaltigen Explosion, bei der alle Magier wie auch Mysterio, Oberon und Zerberon in Raum und Zeit davongeschleudert wurden. Königin Titania liegt seitdem in todesähnlichem Schlaf in der Gruft der Burg, und die Kronprinzessin Titanica, bei deren Taufe die Schlacht ausbrach, ist spurlos verschwunden.

Kronstadt

ist die einzige Menschenstadt in Fantasmanien. Dort tut man gern so, als gäbe es die anderen Einwohner des Königreichs, die Trolle, Vampire, Zwerge, Kobolde und Elfen, nur im Zirkus. Trotzdem gibt es in Kronstadt geeignete Gefängnisse für all diese Wesen.

Kruschpuk

ist der Cousin von Glubschnak, also ebenfalls ein Troll. Kruschpuk war Teamchef des Ersten FC Wunder Waran, einer ganz miserablen Fußballmannschaft, und hat William und Lorenzo als Trainer engagiert. Bei der Gelegenheit hat er aber auch die Zeichen der Kriegsherren aus Merellyns Turm gestohlen. Niemand wusste, dass er unter dem Einfluss von Vampiren stand.

Lorenzo (Mittelsturm)

ist der beste Freund von William, der meint, Lorenzo sei der beste Fußballer der Welt – trotz keinerlei magischer Begabung. Doch seit er in Fantasmanien ist, zeigen sich bei Lorenzo, dem Enkel von Mysterio Mystelzweig, immer mehr erstaunliche Fähigkeiten.

Das Macronomicon
ist das mächtigste Zauberbuch der Welt. Es ist von Lord Zerberon und seinem ehemaligen Schüler Mysterio Mystelzweig geschrieben worden. Als es vor dreizehn Jahren zu einer gewaltigen Explosion auf der Königsburg kam, ist das sprechende Buch in zwei Hälften geteilt worden. Die eine Hälfte des Buches arbeitet mit Merellyn zusammen, die andere Hälfte versucht dem Schwarzen Lord zur Rückkehr nach Fantasmanien zu verhelfen. Mit den Zeichen der Lords, zwei dolchförmigen Schlüsseln, lassen sich beide Teile des Buches verbinden. Unglücklicherweise hat William Lord Zerberons Zeichen, während dieser im Besitz von Mysterio Mystelzweigs Zeichen ist.

Malicia von Wolfswald
ist eine Werwolfprinzessin. Sie ist die Halbschwester von Mysticia und damit Lorenzos Tante, obwohl sie kaum älter aussieht als er.

Merellyn
ist der letzte Zauberer Fantasmaniens, da er zum Zeitpunkt der Explosion nicht auf der Königsburg war. Mithilfe von Lorenzo und William versucht er die Rückkehr des Schwarzen Lords nach Fantasmanien zu verhindern.

Die Monster Soccers
sind die Fußballmannschaft der Stadt Arkanon. Ursprünglich war Baron von Fresseisen ihr Besitzer, doch jetzt scheint es Lord Zerberon zu sein. Pucks Wette mit dem Besitzer der Monster Soccers besagt, dass der Verlierer den Sieger zu einem Bankett einladen muss. Das ist verhängnisvoll, weil sich herausgestellt

hat, dass Lord Zerberon unter anderem ein Vampir ist. Und wer einen Vampir einlädt, macht ihn zum Herrn über sich und all sein Hab und Gut – in Pucks Fall zum Herrn über Fantasmanien.

Monstrovien
ist die westlichste Provinz der Menschenwelt. Eine schmale Landbrücke verbindet sie mit dem Kontinent Fantasmanien, aber der Wilde Wald verhindert, dass Menschen diesen Kontinent betreten können.

Myrabella
ist eine Fee, ungefähr drei Handbreit groß und sehr hübsch – abgesehen von den blauen Tätowierungen, die ihren ganzen Körper bedecken, und den riesigen, spitz zulaufenden Ohren. Sie hat Bärenkräfte und kann sehr streng sein. Sie ist die Sprechstundenhilfe von Merellyn.

Mysterio Mystelzweig
wendete sich von seinem Lehrmeister, Lord Zerberon, ab, nachdem er in Erfahrung gebracht hatte, dass dieser die Menschheit vernichten will, und gründete den Mystelzweigorden. Seitdem steht Mysterio, mittlerweile selbst ein mächtiger Magier, auf Seiten von König Oberon.

Der Nagel des Königs
fehlt seit Jahrhunderten in der Krone der Zwergenkönige. Doch niemand denkt daran, ihn wieder in die Krone einzusetzen. Er wird dem zukünftigen König als Einladung zur Krönung überreicht.

Nica

ist eine Nebelhexe – Nebelhexen sind sehr mutige Monsterjäger – und ungefähr so alt wie Lorenzo und William. Ob sie hübsch oder hässlich ist, kann man nicht sehen, da sie den Schädel eines Wolfes als Helm trägt und selbst das Gesicht mit Blut und Lehm bemalt. Obwohl sie Lorenzo ständig hilft, kann er sie offensichtlich nicht leiden.

Nord-Elbia

ist das alte Kernland der Elben, die für viele Jahrtausende Fantasmanien beherrscht haben. Doch die Elben ziehen seit Jahrhunderten fort aus dem Königreich. So ist Nord-Elbia verlassen und zum Kriegsgebiet zwischen den Vampiren und den Werwölfen geworden.

König Oberon

ist ein Hochelf und der Zwillingsbruder von Zerberon. Oberon hat über 2000 Jahre in Fantasmanien regiert, bis er durch die Explosion auf der Königsburg in Raum und Zeit geschleudert wurde, wie auch Mysterio Mystelzweig und alle anderen guten wie bösen Magier.

Palomina

hat den Rumpf eines Pferdes und einen menschlichen Oberkörper. Sie ist eine Zentaurin.
Für Zentauren ist es nicht schicklich, wie ein Pferd zu rennen oder zu springen. Aber Palomina liebt es, sich zu bewegen, und spielt verdammt gut Fußball.

Puck
vertritt Oberon auf dem Thron. Er ist ein Waldfaun und bereits fünftausend Jahre alt, aber er sieht aus wie ein Achtjähriger und denkt auch so. Der Prinzregent hat sich auf eine sehr riskante Wette eingelassen.

Graf Romano von Grauenstein
ist ein Urvampir. Er trinkt Blut, aber er macht seine Opfer damit nicht zu Vampiren. Anders als die neuen Vampire kann er im Tageslicht wandeln. Ein dunkles Geheimnis verbindet ihn mit der Werwölfin Malicia von Wolfswald.

Schnick
ist ein Halbblut: halb Kobold und halb Poltergeist. Er ist Boss einer Räuberbande, zu der noch Glubschnak gehört. Die beiden haben für Baron von Fresseisen gearbeitet. Letztlich ist Schnick aber ein guter Kerl.

Die Schwarze Anna
ist Kapitänin der *Jenseits*, des einzigen Schiffes, das den Schimmelwein gen Norden befährt.
Arachnua hat ihr eine Narbe vom Haaransatz über den Nasenrücken bis zur Oberlippe verpasst. Die Schwarze Anna war auch schon auf den Jenseits-Inseln, wo Geister leben, die ihre Toten im Diesseits bestatten.

Sirenen
sind in der Lage, jedermanns Gestalt anzunehmen, von dem sie einen Tropfen Blut geleckt haben. Sirenen ist es so wenig wie allen anderen finsteren Mächten möglich, durch den Wilden

Wald nach Fantasmanien zu gelangen. Aber sie haben ein geheimes Tor, das von einem Brunnen in der Blutenden Burg durch die nordische Tiefsee in die Höhlen im Norden der Zwergenminen führt. Nach dem magischen Gewitter, das Lorenzo und William ausgelöst haben, tauchen immer mehr von diesen Gestaltwandlern auf.

Vadyuscha von Venenfels
ist die ehrgeizigste Vampirin aller Zeiten. Sie steigt zur Baronin auf, als Voronin vernichtet ist. Doch sie ist nur ein Spielball in dem viel größeren Kampf um die Macht in ganz Fantasmanien.

Baron Voronin von Venenfels
ist der Herr über die zweitgrößte Burg in den Vampirgebieten. Doch sein größenwahnsinniger Plan, die beiden Hälften des Macronomicons zu vereinen, wird ihm zum Verhängnis.

Walter, der Wahnsinnige Würger,
ist ein Baum. Er hat Lorenzo gleich nach dessen Geburt das Leben gerettet. Dabei hat er zwei Sirenen erwürgt, die sich als Holzfäller getarnt hatten. Zur Strafe wurde er entwurzelt und muss seitdem die Liftkabine zu Merellyns Turm spielen.

Der Wilde Wald
ist nach der Explosion auf der Königsburg entstanden. Unaufhaltsam und rasend wucherte er über die Straße, die von Monstrovia ins magische Königreich führte, und bildet seitdem eine undurchdringliche Barriere, die ohne sein Einverständnis niemand bezwingen kann.

William
ist 11 Jahre alt, Waise und war Torwart der Verdammten Rotznasen. Er hat die magische Begabung, zu spüren, wann sich etwas bewegt und in welche Richtung. Seit ein Armbrustbolzen auf ihn abgeschossen wurde, ist er ein Geist.

Woomba
ist ein Yeti-Schamane, der mit seinem Zauberstab erkennen kann, ob jemand ein Gestaltwandler ist. Er kommt den Gefährten zu Hilfe, als sie von Sirenen in den äußersten Norden des Zwergenminensystems verschleppt werden.

Zappenduster
sieht aus wie eine Vogelscheuche, ist aber ein Vogelscheucher. Sein richtiger Name ist Zarathustra. Der Ruriko, kann aus Pflanzen alles züchten, sogar magische Dolche und Fußbälle.

Lord Zerberon
wird auch der Schwarze Lord oder der Mundovoros genannt, was so viel wie »Weltenfresser« bedeutet. Der mächtige Magier ist der Meinung, dass man die Menschheit vernichten muss. Nachdem sich der Lord entschlossen hatte, diesen Weg zu gehen – den Weg der absoluten Zerstörung –, wandte sich das Macronomicon von ihm ab und folgte Mysterio.

Die Zwergenminen
liegen zum größten Teil unter den sogenannten Skelettbergen nördlich von Nord-Elbia. Sie sind Teil eines viel größeren Höhlensystems, das sich von der Drachenwüste im Süden bis zu den eisigen Nordmeerküsten erstreckt.

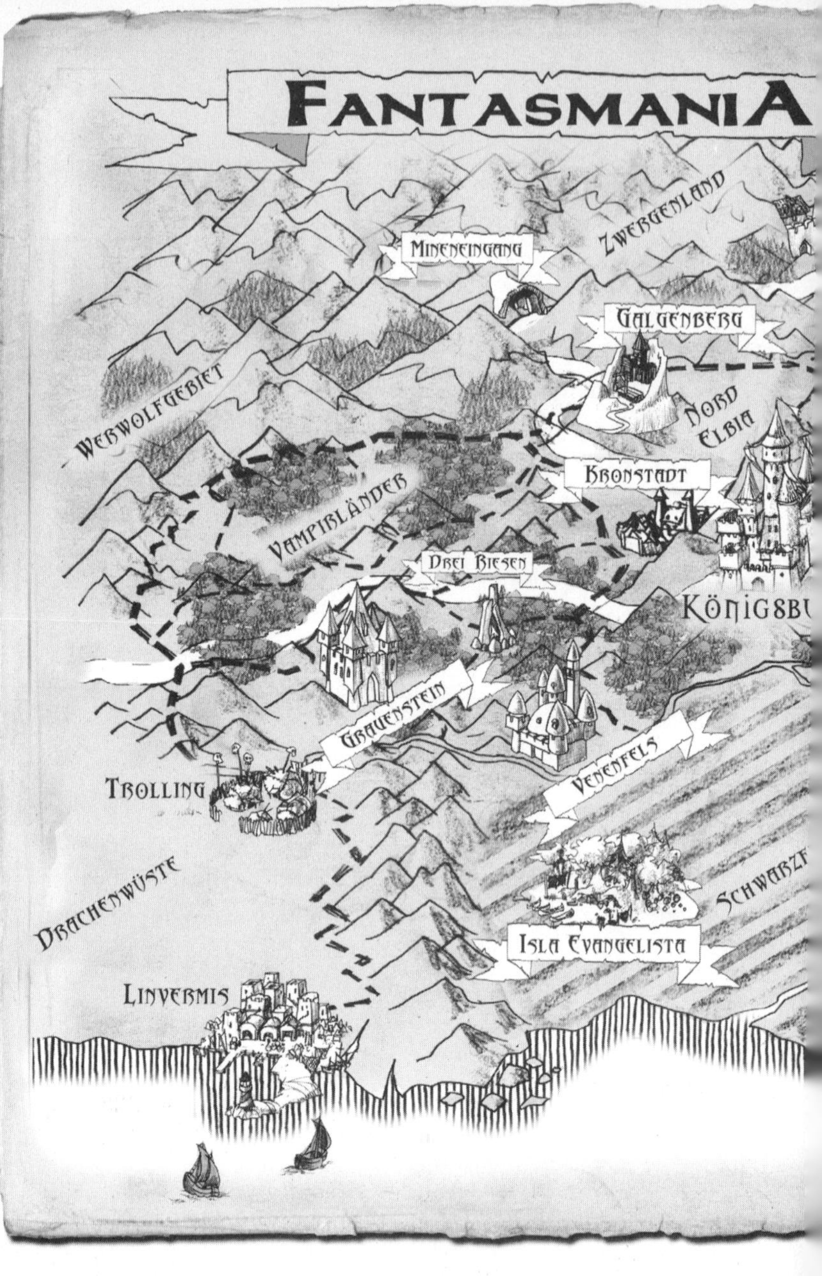
FANTASMANIA
MINENEINGANG
ZWERGENLAND
GALGENBERG
WERWOLFGEBIET
NORD ELBIA
KRONSTADT
VAMPIRLÄNDER
DREI RIESEN
KÖNIGSBU
GRAUENSTEIN
VENENFELS
TROLLING
DRACHENWÜSTE
SCHWARZ
ISLA EVANGELISTA
LINVERMIS

N
NO
W
O
SW
SO
S
WERGENFESTUNG
WERWOLFGEBIET
SCHWIMMENDER HAFEN
FLÜSTERWALD
MERELLYNS TURM
KÖNIGSHAFEN
ISLA
ELYSIA
DELTA

Alte Welt. Westlich
N
O
S
W
NO
SO
SW
NW
DER WILDE WALD
FANTASMANIA
DER TIEFE RISS
DIE MIESE MVSCHEL AN DER STRASSE
OCEANVS AD
DER WILDE WALD
BOLZPLATZ
KLOSTER DER BETTELNDEN BRVDERSCHAFT
WAISENHAVS

NORDMEER
Die freie Handelsstadt
ARKANON
DAS KNOCHENLOCH
FUSSBALLSTADION
OBERSTADT
MONSTROVIA
HANDELSHAFEN
FISCHERHAFEN